LYNNE WILDING

Land meiner Sehnsucht

Buch

Aus den Armenvierteln Sydneys über die Welt der High Society bis zu den Weiten der roten Erde …
Die junge Australierin Laura McRae hat sich nach schweren Schicksalsschlägen geschworen, nie wieder arm zu sein. Das Einzige, an das sie sich nun noch halten kann, ist ihr Talent für Mode und Kleidung – und ihr eiserner Wille. Tatsächlich hat Laura bald Erfolg, ihre Zähigkeit und ihr Können zahlen sich aus und bereiten ihr den Weg in die glamourösen Salons von Sydneys High Society. Doch die dreißiger Jahre sind eine unsichere Zeit, voller undurchsichtiger Machenschaften, hoher Wetteinsätze – und spontaner Hochzeiten. Als Laura dem Bankangestellten Eddie Ashworth begegnet, glaubt sie, den Mann ihrer Träume gefunden zu haben. Aber ist ihr Ehemann wirklich der, für den er sich ausgibt? Während Lauras Geschäft immer erfolgreicher läuft und ihre Kreationen von den Reichen und Schönen der Stadt begeistert gefeiert werden, legen sich dunkle Schatten über ihre Ehe. Doch dann tritt der gut aussehende Amerikaner Captain Jack Beaumont in ihr Leben. Wird Laura nun endlich ihr Glück finden?

Autorin

In Australien längst als die Königin der großen Australien-Sagas gefeiert und für ihre Romane preisgekrönt, lebt Lynne Wilding mit ihrer Familie in Arncliffe bei Sydney.

Von Lynne Wilding bereits erschienen:

Pfad deiner Träume (36301)
Das Herz der roten Erde (36330)

Lynne Wilding

Land meiner Sehnsucht

Australien-Saga

Ins Deutsche übertragen
von Barbara Schnell

blanvalet

Die australische Originalausgabe erschien 1997
unter dem Titel »This Time Forever« bei Arrow Books,
Random House Australia Pty Ltd.

Umwelthinweis:
Alle bedruckten Materialien dieses Taschenbuches
sind chlorfrei und umweltschonend.

1. Auflage
Deutsche Erstveröffentlichung Januar 2007 bei Blanvalet,
einem Unternehmen der Verlagsgruppe
Random House GmbH, München.

Dieses Werk wurde vermittelt durch die Literarische Agentur
Thomas Schlück GmbH, Garbsen.
Umschlaggestaltung: Design Team München
Umschlagfoto: Masterfile/Jeremy Woodhouse
Redaktion: Regine Kirtschig
ES · Herstellung: Heidrun Nawrot
Satz: Uhl + Massopust, Aalen
Druck und Einband: GGP Media GmbH, Pößneck
Printed in Germany
ISBN 978-3-442-36329-2

www.blanvalet-verlag.de

Für meinen Mann John.
Hätte er mich nicht unterstützt
und mich jahrelang ermutigt,
an meinem Ziel einer Veröffentlichung
festzuhalten, hätte dieses Buch
nicht geschrieben werden können.

1

1934

Sie waren arm.

Nicht einfach nur arm, sondern so gut wie bettelarm. So hatte es ihre beste Freundin Mary Ellen Peters, die nicht unbedingt für ihr Taktgefühl bekannt war, gestern auf dem Heimweg von der Schule ausgedrückt.

Laura McRae blickte auf den blank geschrubbten, nackten Küchentisch mit seiner bunten Ansammlung von Geschirr. Kein Stück passte zum anderen, alles war voller Macken und Risse und mehrfach geklebt. Ihr gutes englisches Porzellan und das Tafelsilber hatten sie längst zum Pfandleiher gebracht, um irgendwie über die Runden zu kommen. Das Silberbesteck hatten sie durch ein Sammelsurium gebrauchter Stücke ersetzt, das sie der Armee von fahrenden Händlern abgekauft hatten, die mit ihren Waren von Tür zu Tür zogen und sich so ihr Brot verdienten.

Die Umstände hatten die McRaes in den letzten vier Monaten dreimal zum Umzug gezwungen, und jedes Mal waren die Mietunterkünfte schäbiger geworden. Eine uralte Ruß- und Fettschicht aus dem mit Holz befeuerten Ofen markierte die Umrisse der Kochnische. Statt teurer, mit Strom oder Gas betriebener Lampen ließen sie abends Kerzen brennen, die sie strategisch auf dem Kaminsims, der Küchenfensterbank und dem Tisch platziert hatten. In allen Zimmern blätterte die Farbe von den Decken und Wänden. Laura bezweifelte, dass ihr Vermieter sie nach dem ursprünglichen Anstrich je wieder gestrichen hatte; die Farbe war so undefinierbar, dass sie sich nicht sicher war, ob es einmal Blau oder Grau gewesen war. Der Fußboden war mit billigem Linoleum belegt, und an Stellen, die oft benutzt wurden, war nichts mehr von dem einstmals modischen geometrischen Muster zu erkennen.

Der Rest des spartanisch möblierten Hauses war auch nicht besser als die Küche. Nur die Bemühungen ihrer Mutter, die Zimmer mit selbst gehäkelten, bunten Überwürfen freundlicher zu gestalten, mit Patchworkkissen, die Laura genäht hatte, oder mit Blumen aus ihrem mit Hingabe gepflegten Garten, hinderten Laura daran, es als das zu bezeichnen, was es war. Eine Absteige.

Arm. Nie zuvor hatte sie einen solchen Gedanken auch nur zugelassen. Bis jetzt hatten ihre angeborene Sturheit und ihr Stolz verhindert, dass sie sich die Wahrheit eingestand; heute sah sie alles mit neuen Augen, denn die Beweise waren allgegenwärtig.

Die McRaes waren nie reich oder auch nur gut situiert gewesen, aber die Werkstatt ihres Vaters – er hatte die meistbeschäftigte Schmiede südlich der Hafenbrücke von Sydney betrieben – und das bisschen, was ihre Mutter mit Klavierstunden verdiente, hatten in der Vergangenheit für ein angenehmes Leben gereicht. Sie hatten ein eigenes Pferd besessen, Sonny, und einen Wagen, mit dem die ganze Familie Ausflüge oder Sonntagsbesuche unternehmen konnte. Sie hatten in Coogee in einem hübschen Backsteinhäuschen mit Strandblick gewohnt. Das Haus hatte einen richtigen Salon mit dunklen, massiven Möbeln gehabt, außerdem hatten ein Billardtisch und Mamas Klavier darin gestanden. Laura hatte in ihrem eigenen Zimmer himmlische Zurückgezogenheit vor ihren beiden lärmigen, vorwitzigen Brüdern genossen, und sie hatte einen Schrank voller hübscher Kleider gehabt und ein Herzamulett – ein Geschenk zu ihrem letzten Geburtstag, an dem sie dreizehn geworden war.

Jetzt waren sämtliche Besitztümer der Familie dahin, einschließlich des Amuletts. Aber wenigstens hatte ihr Vater für ein paar Tage Arbeit im Hafen gefunden, sodass die Familie nicht von der Stütze leben musste.

Der nächste Schritt bergab, sie durfte gar nicht daran denken, war das Happy Valley in La Perouse. Laura erschauerte. Mary Ellen war einmal mit ihren Eltern dort gewesen und mit einer Schrecken erregenden Beschreibung zurückgekehrt. Familien, die per Räumungsbefehl aus ihren Häusern vertrieben worden waren, hatten dort eine Hüttensiedlung errichtet, die so schnell wuchs, dass die Behörden völlig überfordert waren. Über hundert Hütten standen dort inzwischen, hatte sie gesagt.

Holzkonstruktionen, meistens mit Termiten verseucht, trugen Dächer aus Schrottblechen. Die Wände bestanden aus Jutesäcken, die Fußböden aus festgestampftem Sand, der ebenfalls mit Jute belegt war. Es gab kein fließendes Wasser. Keine Kanalisation. Nur Millionen von Flöhen und anderen abscheulichen Insekten.

Mary Ellen konnte gut beschreiben, sie hatte ihnen ein Bild von einer dicht gedrängten, verzweifelten Menschenmasse gezeichnet. Von Männern, die im Müll wühlten und sich darum prügelten, von Betrunkenen, die sich in den schmalen Gässchen schlugen, und von Lumpenkindern, die keine Schulen besuchen konnten und stattdessen im Schmutz spielten; Himmel und Hölle, Karten, Kricket. Hauptsache, es vertrieb die Zeit.

Nein. Laura murmelte ihr ganz persönliches Gebet. *Heilige Mutter Gottes, bewahre uns vor einem solchen Schicksal, Amen.* Sie durfte gar nicht daran denken. Es musste einfach wieder aufwärtsgehen. Die Wirtschaftskrise musste doch bald enden, sie dauerte jetzt schon Jahre. Ihr kleines spitzes Kinn nahm eine entschlossene Haltung an. Wenn sie erwachsen war, wäre sie nicht arm. Sie wäre so reich, dass all dies – ihr Blick schweifte durch die Küche – nichts weiter wäre als eine amüsante Erinnerung.

»Nicht schon wieder Porridge!«

Franks jammernder Ton unterbrach Laura in ihren Gedanken. Genau wie ihr elf Monate jüngerer Bruder senkte sie den Blick auf das Schüsselchen, das ihre Mutter vor sie hingestellt hatte. Es war immerhin fast bis zum Rand gefüllt, doch die graue, klumpige Masse hatte nichts Verlockendes an sich. Die Tatsache, dass das Schüsselchen so voll war, war ein verräterisches Zeichen dafür, dass die drei McRae-Kinder – sie, Frank und der siebenjährige Mikey – wieder ohne Mittagsbrot zur Schule gehen würden. Also musste sie nicht lange überlegen, ob sie es essen würde; es gab nur die Wahl zwischen dem Porridge oder gar nichts.

Die Lebensmittelknappheit gehörte zu ihrem Leben, seit ihr Vater wegen der ausbleibenden Kundschaft seine Schmiede mit Brettern vernagelt und sich gezwungen gesehen hatte, in Sydney und Umgebung nach Arbeit zu suchen. Ganz gleich, was für eine Arbeit; Hauptsache, sie versetzte ihn in die Lage, seine Familie mit dem Nötigsten zu versorgen.

Laura wusste nicht mehr, wie oft es nichts zum Frühstück, zum Mittagessen oder zum Tee gegeben hatte. Sie übten schon einmal für die Fastenzeit, sagte ihre Mutter dann immer und versuchte, gute Miene zum bösen Spiel zu machen. Sie füllte die Kinder dann mit gezuckertem schwarzem Tee ab und, wenn der Vorrat zur Neige ging, mit ihrer Hausmischung aus getrockneten Rosenblättern und Pfefferminze. Das schmeckte seltsam, war aber trinkbar.

Hatte Frank das Schuldgefühl und die Frustration in den

Augen ihres Vaters denn nicht erkannt, die Verzweiflung im lieben Gesicht ihrer Mutter nicht gesehen? Wo blieb nur sein Mitgefühl, fragte sie sich. Dann seufzte sie. So war Frank nun einmal.

»Hör auf zu schimpfen. Sei froh, dass überhaupt etwas in der Schüssel ist.«

Angie McRae, die jetzt sparsam braunen Zucker und verdünnte Milch über die drei Schüsselchen gab, lächelte über die mahnenden Worte ihrer Tochter. Das sah Laura ähnlich, ihn in seine Schranken zu verweisen. Zwischen den beiden herrschte ein ungewöhnlich starker Geschwisterzwist, der schon in der Wiege zu spüren gewesen war. Was ihre Familie betraf, so entging Angies wachsamem Auge kaum etwas. Frank war dagegen ein typischer Junge. Ständig hatte er aufgeschürfte Knie und Ellbogen, hier ein blauer Fleck und da eine Kruste. Den Kopf voller Unfug, frech, unordentlich, faul und dazu unglücklicherweise auch noch gerissen. Selbst an seinen guten Tagen stellte er sie und Tom auf eine harte Probe.

Laura war vollkommen anders. Sie machte ihnen keine Sorgen. Nicht, dass sie das perfekte Kind gewesen wäre, ganz und gar nicht. Aber für Angie hatte Laura Evangeline McRae etwas Besonderes an sich, und sie war nicht die Einzige, der das auffiel. Die Leute sprachen sie oft auf das bemerkenswert hübsche Aussehen des Mädchens an, ihren lebhaften, manchmal etwas widerspenstigen Charakter und ihre erstaunliche Sturheit, an der auch ernsthafte Disziplinarmaßnahmen im Lauf ihres dreizehnjährigen Lebens nichts hatten ändern können.

»Warum kann ich nicht das Gleiche haben wie Papa?«, ging das Quengeln weiter, während Frank neidisch auf den mit heißem Eintopf gefüllten Teller seines Vaters starrte.

Laura folgte seinem Blick. Kleine Dampfwölkchen stiegen

von den aufgewärmten Resten des Abendessens von gestern auf. Fleischstücke waren in dem Gemisch zwar dünn gesät, aber runde Möhren, Pastinaken- und Selleriestreifen, Petersilie und Kartoffelwürfel schwammen bunt in einem Meer aus angedickter brauner Soße. Darum herum lagen dicke Toaststreifen, die mit Bratenfett bestrichen waren.

Laura lief das Wasser im Mund zusammen, und sie musste schlucken. Der Teller ihres Vaters sah viel verlockender aus als ihr Porridgeschüsselchen. Mit leisem Schuldgefühl unterdrückte sie den Neid, der sie überkam, und fragte: »Frank, musst du den ganzen Tag Schwerarbeit im Hafen leisten?«

Ihr Bruder hörte auf, mit dem Löffel auf dem Tisch herumzuklopfen, und schob sich eine Haarsträhne aus der Stirn. Dumme Kuh. Er sah sie mit einer bösen Grimasse an und antwortete: »Natürlich nicht. Ich bin doch ein Kind.« Sein Blick wurde noch boshafter. »Heute ist Donnerstag, und ich muss zur Schule.«

»Genau«, pflichtete Angie ihrer Tochter bei, »dein Vater braucht alle Kraft, die ihm dieses Essen geben kann. Deshalb bekommt er es, nicht du.«

Das Thema wurde plötzlich fallen gelassen, denn Tom McRae kam ins Zimmer. Die Küche, die sowieso schon klein war, schien in seiner Gegenwart noch zu schrumpfen. Er war ein kräftiger, muskulöser Mann mit einem rauen Gesicht. Seine Augen waren dunkelbraun, fast schwarz, und ihr Blick war manchmal so durchdringend, dass es die Leute beunruhigend fanden. In seinem dichten, kurz geschnittenen schwarzen Haar gab es keine einzige graue Strähne – nicht schlecht, wenn man bedachte, dass er schon Mitte vierzig war. Für Laura war er der bestaussehendste Vater, den ein Mädchen haben konnte.

Er trug seinen besten – seinen einzigen – grauen Dreiteiler, dazu ein weißes Hemd, den unverzichtbaren, gestärkten

Kragen und eine grün-gelb gestreifte Krawatte. Laura betrachtete die Nähte seines Anzugs. Hatte sie ihn nicht erst letzte Woche enger gemacht? Die Seitennähte so ordentlich von Hand geändert, dass es kaum zu sehen war? Und die Ärmelaufschläge geflickt, sodass die ausgefransten Kanten nicht mehr auffielen?

Doch vor ihrem inneren Auge sah sie ihren Vater immer in den Kleidern, die er an der Esse seiner Schmiede trug. Eine grobe Wollhose, die von breiten, gestreiften Hosenträgern und einem breiten Ledergürtel gehalten wurde. Ein schlichtes Twillhemd, meistens blau, mit hochgekrempelten Ärmeln, sommers wie winters, und robuste, geschnürte Arbeitsschuhe. An kalten Tagen trug er eine karierte Mütze, um sich den Kopf warm zu halten, und eine abgenutzte braune Lederschürze schützte ihn vor den Funken der Esse und dem einen oder anderen schlecht gelaunten Pferd. So stellte sie ihn sich immer vor. Nicht so wie jetzt, so anders, so förmlich.

Tom setzte sich an den Tisch. »Guten Morgen zusammen.«

Mit der linken Hand fuhr er Frank durch die strähnigen schwarzen Haare, die den seinen so ähnlich waren. Mit der rechten strich er Laura sanft über die Wange, dann beugte er sich über den Tisch und fasste Mikey liebevoll ans Kinn.

Als er dann Anstalten machte, mit dem Frühstück zu beginnen, gebot ihm Angie Einhalt.

»Tom, erst das Tischgebet. Sprich du es, Frank.«

»Mikey ist dran.«

Angie wusste zwar, wer das Gebet am nötigsten hatte, aber sie nahm es mit der Einhaltung der Familienregeln, die sie schließlich zum Großteil selbst aufgestellt hatte, sehr ernst.

»Nun gut. Mikey.«

Der jüngste McRae-Sprössling begann stotternd. »K-komm, Herr Jesus, s-sei unser G-gast und s-segne, w-was du uns b-bescheret hast. Amen.«

»Amen«, erwiderten alle.

Dann machte sich Tom mit Appetit über seine Mahlzeit her. Dabei forderte er seinen jüngsten Sohn heraus: »Wetten, dass ich zuerst fertig bin, Mikey, mein Junge.«

»Nicht, Tom. Ich möchte nicht, dass er das Essen in sich hineinstopft. Nach eurem letzten Wettessen ist ihm beinahe schlecht geworden«, tadelte Angie ihn sanft und milderte ihre Worte mit einem Lächeln, während sie ihrem Mann einen dampfenden Becher mit schwarzem Tee reichte.

Laura sah das verstohlene Lächeln, das ihre Eltern austauschten, und die kurze Berührung ihrer Finger, als ihr Vater den Becher entgegennahm. In den dunklen Augen ihres Vaters glühte ein Licht, das er allein für seine Frau aufsparte. Angie und Tom waren seit siebzehn Jahren verheiratet, und doch sahen sie einander oft wie frisch Verliebte an, wenn sie sich unbeobachtet wähnten.

Dabei, das wusste Laura, wäre ihre Romanze beinahe nicht zustande gekommen.

Angela Marchand war die zweitälteste Tochter einer Familie, die in der Nähe von Broken Hill eine gut gehende Schafzucht unterhielt. 1915 war die damals einundzwanzigjährige Angela nach Sydney gefahren, um sich in Randwick bei Freunden auf eine wichtige Entscheidung vorzubereiten – entweder als Novizin bei den Schwestern der Nächstenliebe einzutreten oder sich am Konservatorium einzuschreiben und sich zur Musiklehrerin ausbilden zu lassen. Nach einigen Monaten hatte sie sich für Letzteres entschieden und sich eine Wohnung in der Nähe ihrer Freunde gesucht, direkt neben der Kirche *Our Lady of the Sacred Heart*.

Bei einer Tanzveranstaltung, die die Gemeinde zur Unterstützung der Kriegsanstrengungen abhielt, war Angie 1917 Thomas McRae begegnet. Wie schnittig er in seiner Korporalsuniform ausgesehen hatte, trotz der Beinverletzung, die er sich in Reims zugezogen hatte und die der Grund dafür war, dass er jetzt wieder zu Hause war. Es war für beide Liebe auf den ersten Blick gewesen, und als sie sechs Monate zusammen gewesen waren, war Angela mit Tom nach Hause gefahren, um ihn ihrer Familie vorzustellen. Sie hatte die offensichtliche Missbilligung ihrer Eltern bei dem Gedanken, dass sie einen mittellosen Schmied heiratete, ignoriert, und jede Drohung, sie zu enterben, hatte sich als fruchtlos erwiesen. Tom war ihr wichtiger gewesen als jede Erpressung.

Nach Kriegsende hatten Angie und Tom geheiratet, und erst als die McRaes mit ihrem ersten Kind zu Besuch nach Broken Hill kamen, hatten sich die Wogen zwischen Angie und ihren Eltern geglättet, und sie hatten Tom akzeptiert. Nach dem Tod der Marchands war ihr Vermögen an Angies Brüder George und William übergegangen, nicht an sie, doch davon war sie sowieso immer ausgegangen.

Laura wurde es niemals müde, ihrer Mutter zuzuhören, wenn sie Geschichten aus der Vergangenheit erzählte. Wie sich ihre Eltern begegnet waren und sich ineinander verliebt hatten. Sie hoffte, dass auch ihr das Glück einer langen, liebevollen Beziehung zuteil werden würde, wenn sie groß war.

Sie sah zu, wie ihre Mutter vom Herd zur Küchenspüle ging, und wusste, dass Angie wieder einmal die Person in diesem Zimmer wäre, die das Frühstücken vergaß. Sie hatte in den letzten Monaten viel zu viel abgenommen, obwohl man es unter all den Kleidern, die sie zum Schutz vor der Winterkälte trug, kaum sehen konnte.

Angie McRae war keine Schönheit, aber sie strahlte eine heitere Gelassenheit aus, die kaum jemanden unberührt ließ.

Sanfte Gesichtszüge, eine leise Stimme, selbst wenn sie wütend war, Augen so blau wie der Himmel. Und ihr Haar… ihr Vater sagte, dass es ihn an Honig erinnerte; ein sattes Hellbraun, das hier und da langsam grau wurde. Sie war schmächtig – Laura war jetzt schon fünf Zentimeter größer als sie. Sie war gütig, besaß aber einen außergewöhnlichen Sinn für Humor. Zum Glück, dachte Laura, denn es bewahrte ihre Mutter davor, das zu sein, was Mary Ellen verächtlich als alte Puritanerin bezeichnete.

Laura aß ihren Porridge, ohne ihn wirklich zu schmecken, und seufzte. Wenn sie doch nur mehr wie ihre Mutter sein könnte, ihre Geduld besäße, ihren liebenswerten Charakter. Vielleicht wäre Mutter Gonzaga im Konvent der Brigittinnen dann zufrieden mit ihr, denn Laura wusste, dass diese die Hoffnung aufgegeben hatte, dass aus Laura Evangeline McRae je ein guter Christenmensch werden würde.

»Wer ist denn der Kerl, mit dem du dich gestern draußen vor der Schule unterhalten hast, Laura?«, fragte Frank beiläufig. Er war wütend über Lauras scharfe Kritik und wusste genau, dass einer solchen Bemerkung die Aufmerksamkeit des ganzen Haushalts gewiss war. Die uralte Eifersucht stieg wieder in ihm auf. Laura war so perfekt, die Beste, *die Erstgeborene*. Um dieses Zufalls willen hasste er sie mehr als aus jedem anderen Grund.

»Das weißt du ganz genau. Alex Monroe«, erwiderte sie zischend und warf einen nervösen Blick auf ihren Vater.

»Ich möchte nicht, dass du dich mit Stallknechten unterhältst, Laura. Das habe ich dir doch schon gesagt.« Tom runzelte die Stirn und betrachtete seine Tochter genau. »Was wollte er denn von dir?«

Laura beschoss Frank mit bitterbösen Blicken und sagte stockend: »Oh, nichts Wichtiges. Du weißt schon… eigentlich nur Rennbahngerede.«

»Sicher. Jeder weiß doch, dass Alex Monroe es auf dich abgesehen hat«, setzte Frank gezielt hinterher. »Dauernd sucht er nach Gründen, mit ihr zu sprechen oder sie anzugaffen, Papa.« Ein Grinsen breitete sich über sein Gesicht, während er sein Schüsselchen leer schabte und sich dann mit gierigem Blick nach mehr umsah. Er stahl Mikey einen Löffel Porridge, denn sein jüngerer Bruder sah gerade neugierig zu, wie sein Vater seine Tasche für die Arbeit packte.

»Ach ja?« Tom McRaes Tonfall war nachdenklich.

Laura zuckte mit den Achseln und versuchte, einen ungerührten Eindruck zu machen, aber unter dem bohrenden Blick ihres Vaters wurden ihre Wangen dennoch rot, schließlich stimmte es ja. Manchmal hätte sie Frank erwürgen können. Warum bereitete es ihm nur solche Freude, sie und Mikey in Schwierigkeiten zu bringen? Das tat er schon, seit er stehen konnte und gelernt hatte, aus voller Kehle nach der Aufmerksamkeit zu schreien, von der er glaubte, dass sie ihm zustand.

»Du weißt doch, was ich von Stallknechten und ähnlichen Gesellen halte. Das sind alles nur Lügner und Diebe.«

»Alex ist aber kein Stallknecht, Papa, er macht eine Lehre als Jockey. Und er hat Talent, habe ich gehört.«

»Ach ja? Wer hat dir das erzählt? Bestimmt nur er selbst.«

»Nein, Mary Ellens Vater. Mr Peters hat ihn schon ein paar Mal im Rennen gesehen. Und mit Erfolg auf ihn gesetzt.«

»Nun ja.« Ihr Vater räusperte sich, denn diese Tatsache konnte er nicht leugnen. Auch er wusste von den reiterlichen Fähigkeiten des Jungen. »Das spielt keine Rolle. Was ich gesagt habe, gilt, junge Dame. Du bist zu jung, um den Burschen schöne Augen zu machen, und Monroe ist zu alt für dich. Halt dich von solchen Leuten fern.«

»Aber –«

»Kein aber«, kam die strenge Antwort ihres Vaters, die er abschließend unterstrich, indem er seine Tasche zuklicken ließ.

Sie bezweifelte zwar, dass Alex, der gerade sechzehn geworden war, zu alt für sie war, doch sie wusste, dass der Ton ihres Vaters keine Erwiderung duldete, ganz gleich, wie ungerecht es war. Ihr Vater hatte schon immer eine schlechte Meinung von Stallknechten, Pferdepflegern und Jockeys gehabt, wahrscheinlich, weil er in der Schmiede oft persönlich mit ihnen zu tun hatte, wenn er Rennpferde beschlug. Manche von ihnen waren Lügner und Diebe, genau wie er gesagt hatte, aber nicht alle. Alex – sie war sich eines angenehmen Gefühls der Wärme in ihrem Inneren bewusst, während sie lautlos seinen Namen sagte – war mit Sicherheit keiner.

Tom McRae sah zu, wie das Kinn seiner Tochter einen sturen Ausdruck annahm. Er wusste genau, was für Gedanken ihr durch den Kopf gingen. Es waren mit großer Sicherheit rebellische Gedanken. Aber er konnte es nicht ändern. Er traute diesen kleinen Schuften nicht. Er hatte im Wirtshaus und auf der Rennbahn Geschichten von ihren sexuellen Erfolgen bei jungen Mädchen gehört, oft genug aus dem Mund der Bengel selbst. Er war fest entschlossen, dafür zu sorgen, dass der Name seiner Tochter nicht auf ihrer Liste leichter Eroberungen landete. Nicht, wenn es nach ihm ging.

Angie, die mit ihren Gedanken bei ganz anderen Dingen war, streckte die Hand über die Kochnische hinweg nach dem hölzernen Kaminsims aus. Sie ließ den Finger sacht über das ganze Holzbord fahren und tastete nach dem Shilling, den sie gestern Abend dort hingelegt hatte. Er war fort.

»Hat jemand den Shilling gesehen? Ich habe ihn hier auf den Kamin gelegt.«

Frank spürte, wie ihm ein kalter Angstschauer über den Rücken lief. Sein Herz hämmerte plötzlich laut in seiner

Brust. Am liebsten wäre er davongelaufen, doch er zwang sich, ruhig zu bleiben. Warum musste sie jetzt nach dem verdammten Geld suchen? Warum hatte sie nicht warten können, bis er auf dem Weg zur Schule war? Zum Teufel mit ihr, und zum Teufel mit allen Frauen.

»Bist du sicher, dass du ihn dort hingelegt hast, Liebes?«

»Ganz sicher. Es ist das letzte Geld im Haus, bis du deinen Lohn bekommst, wenn wir heute Abend und morgen etwas essen wollen, brauche ich ihn.«

Bargeld war ein seltener Luxus im Haushalt der McRaes, und Angie brauchte gar nicht nachzusehen, um zu wissen, dass der Inhalt der Küchenschränke nicht einmal ausreichte, um einen Hund satt zu bekommen, von einer fünfköpfigen Familie ganz zu schweigen. Sie hätte aus dem Shilling sowieso schon mehr herausholen müssen als je zuvor, indem sie ein paar Rinderknochen, Gerste, Gemüse für eine kräftige Suppe, ein Pfund Mehl und einen Viertelliter Milch kaufte.

»Hat irgendjemand das Geld gesehen oder angerührt …?«, fragte sie. »Frank, Laura, Mikey, ihr?«

Die Kinder schüttelten die Köpfe.

»Ich muss zur Schule. Wir haben vor dem Unterricht Fußball«, murmelte Frank und schob seinen Stuhl zurück, um aufzustehen. Autsch. Teufel noch mal, das tat weh! Er versuchte, sein Humpeln zu verbergen, als er sich Richtung Tür in Bewegung setzte.

Tom McRae runzelte die Stirn, während er den unregelmäßigen Gang seines Sohnes beobachtete.

»Was ist los, Frank? Hast du dich verletzt?«

»Es geht schon.« Frank fuhr herum und sah seinen Vater an. »Jemand hat mich gestern in der Schule beim Laufen umgeschubst.«

»Wir hatten aber gestern keinen Sport in der Schule«,

meldete sich Mikey unschuldig zu Wort und handelte sich prompt eine Kopfnuss von seinem Bruder ein.

»Du Idiot. Nicht beim Sport, sondern beim Spielen auf dem Schulhof.«

»Tom…« Wegen Angies Aufregung über das vermisste Geld blieb Franks kleiner, brutaler Ausbruch ungestraft.

»Hast du noch irgendwelches Geld?«, fragte sie, obwohl sie die Antwort schon kannte.

»Kleingeld. Genug für die Straßenbahn zum Hafen und zurück.« Er sah die Kinder nacheinander an, dann ordnete er an: »Nun gut, passt alle genau auf. Lasst uns diesen Shilling suchen. Es ist wichtig. Eure Mutter irrt sich nie, wenn es um Geld geht.« Er sah seine Frau an und lächelte, um sie zu beruhigen. »Es muss doch hier im Zimmer sein, oder?«

Einige Minuten lang durchsuchten die McRaes die beengte Küche. Die Kinder krochen unter den Tisch und lugten unter die alte Kommode und in den leeren Brotkasten. Sie schoben das Segeltuchfeldbett, auf dem Frank schlief, zur Seite und sahen alle Schränke durch – ohne Erfolg. Das Geldstück schien sich in Luft aufgelöst zu haben.

Angie begann verzweifelt, ihre Schürzen- und Rocktaschen zu durchsuchen, obwohl sie wusste, dass auch diese Suche nichts fruchten würde. Sie hatte das Geldstück auf den Kaminsims gelegt, darauf hätte sie gewettet.

»Nun gut«, sagte Tom und zeigte auf die Kinder, »leert eure Taschen und eure Schulranzen. Wir wollen doch sichergehen, dass der Shilling nicht zufällig an einen Ort geraten ist, wo er nicht hingehört, oder?«

Frank richtete sich zu voller Größe auf und zog ein finsteres Gesicht.

»Willst du damit etwa sagen, dass einer von uns sich den Shilling genommen hat?« Er war über seine eigene Dreistigkeit überrascht – mit etwas Glück kam er ja vielleicht damit durch. Kein Vater und keine Mutter lebte gern mit der Vorstellung, dass eins der eigenen Kinder ein Dieb war. Sie hungerten lieber, als so etwas zu denken.

Toms Tonfall wurde strenger. »Tu, was ich gesagt habe, Frank. Und zwar sofort.«

Einige Zweige, eine Murmel, ein alter Lutscher und ein schmutziges Taschentuch waren alles, was aus den Taschen ihrer Schuluniformen zum Vorschein kam.

Frank trat von einem Bein auf das andere, und sein Gesicht wurde immer finsterer.

»Wir kommen zu spät zur Schule, Papa.«

»Seit wann stört dich das denn, Frank?« Diesen Seitenhieb konnte sich Laura nicht verkneifen.

»Nun gut, ab mit euch«, sagte Tom langsam. »Aber denkt daran, es gibt heute kein Abendessen«, er starrte seinen ältesten Sohn an, »für keinen von euch, wenn dieser Shilling nicht auftaucht.«

Laura und Mikey griffen als Erste nach ihren Schultaschen, nur Frank, der es gerade noch so ungewöhnlich eilig gehabt hatte, zur Schule zu kommen, schlenderte erstaunlicherweise in aller Seelenruhe von einem Ende des Zimmers zum anderen, um ganz gemütlich nach seiner Tasche zu greifen.

Er hatte es geschafft. Hatte sie alle an der Nase herumgeführt. Er war schon fast zur Hintertür hinaus, als sein Vater ihn zurückrief.

»Frank, komm her.«

Frank war nicht schnell genug, um sich das triumphierende Grinsen aus dem Gesicht zu wischen. »Was ist denn, Papa?«

»Zieh die Schuhe aus, Junge, damit ich einen Blick auf deinen verletzten Fuß werfen kann.«

»Warum denn? Es ist wirklich nicht schlimm.« Sein Blick

huschte flüchtig von seiner Mutter zu seinem Vater. Ein Schweißfilm bildete sich auf seiner Stirn und seiner Oberlippe. »Was ist denn mit der Schule. Ich … ich komme … zu spät.«

»Zum Henker mit der Schule, Junge. Tu, was ich gesagt habe.« Er ignorierte seine Frau, die missbilligend die Luft anhielt. Angie hasste es, wenn jemand fluchte, aber Tom war jetzt so wütend, dass sie noch dankbar sein konnte, dass er keins der Schimpfwörter benutzt hatte, die er im Hafen aufgeschnappt hatte.

Draußen im Flur, der in das handtuchgroße Wohnzimmer und das einzige Schlafzimmer führte, legte Laura den Finger auf ihren Mund, um Mikey zur Stille zu mahnen, obwohl ihr selbst ein leises Glucksen entwischte. Frank war geliefert, das wusste sie. Vater war ihm irgendwie auf die Schliche gekommen und würde ihm das Geld wieder abnehmen. Gut. Sie würde sich kein Wort davon entgehen lassen, auch wenn sie nicht sehen konnte, was passierte.

Frank zog sich die Schuhe aus und reichte sie seinem Vater.

Mit einem Ausdruck gespielter Entrüstung sah er zu, wie sein Vater die Schuhe hin und her schüttelte, weil er hoffte, dass das Geldstück herausfallen würde. Doch das Einzige, was sich löste, war das dicke Pappstück, das er in den rechten Schuh geklebt hatte, um ein großes Loch in der Sohle zu flicken.

Mit versteinerter Miene reichte Tom seinem Sohn die Schuhe zurück und starrte ihn so durchdringend an, dass Frank zu zappeln begann. Er zog nervös an seinem linken Ohrläppchen und zupfte an seiner gestreiften Schulkrawatte herum.

»K-kann ich jetzt gehen?«

»Ja.«

Dann: »*Nein.* Zieh deine Socken aus.«

Frank wurde noch nervöser. »Aber warum denn?«

»Weil ich es sage.«

Er setzte sich auf einen Küchenstuhl und rollte langsam seine linke Socke herunter, als hätte er alle Zeit der Welt. Die Socke fiel zu Boden, doch als es dann daran ging, das Ganze mit dem anderen Fuß zu wiederholen, zögerte er sichtlich, die verbleibende Socke auszuziehen.

»Ich… ich bekomme wirklich Ärger in der Schule, wenn ich mich verspäte.«

Tom verlor die Geduld. Er griff nach Franks Fuß und zog ihm mit einem Ruck die Socke aus.

Eine Silbermünze fiel zu Boden.

Drei Augenpaare sahen zu, wie der Shilling in einer Kurve über das Linoleum rollte. Etwa zehn Sekunden lang sagte niemand im Zimmer etwas. Die Stille war ohrenbetäubend.

»Du mieser kleiner Lügner. Du *Dieb*!«

Die Rage im Tonfall seines Vaters und die roten Flecken auf seinen Wangen ließen Frank erzittern.

»Ich… ich wollte… ihn zurücklegen. Ehrlich. Ich… wollte ihn mir nur ansehen.«

»Mach die Lüge nicht noch schlimmer, Junge. Was wolltest du wirklich damit?«

»Lügen helfen dir jetzt nicht mehr. Besser, wenn du uns die Wahrheit sagst«, warf Angie leise ein. Die Enttäuschung war ihr deutlich ins Gesicht geschrieben, und mehr als das. Eine furchtbare, fast unerträgliche Traurigkeit durchfuhr sie. Was hatten sie bei Frank nur falsch gemacht? Sie suchte verzweifelt nach Antworten. Hatten sie ihn nach seiner Scharlacherkrankung zu sehr verwöhnt und ihn so auf den Gedanken gebracht, dass ein derartiges Verhalten akzeptabel war? Oder war er einfach als schlechter Mensch geboren und konnte nicht anders?

Sie warf einen Blick auf Tom und sah, dass die Adern an seinem Hals hervortraten, ein Warnsignal, dass seine Wut kurz vor dem Überkochen stand. Ihre Augen trafen seinen Blick und baten ihn schweigend, sich zu beherrschen. Im ersten Moment weigerte er sich, der Bitte nachzukommen, dann nickte er kurz, und seine Wut entlud sich in einem geräuschvollen, halb erstickten Seufzer.

Bei diesem Geräusch beeilte sich Frank, sein Handeln zu rechtfertigen.

»Ich… wollte Blinky Taylor ein Fahrrad abkaufen. Für einen Shilling! Es war ein gutes Angebot. Dann wollte ich versuchen, Arbeit als Botenjunge zu finden. Vielleicht zur Thompson's Bay fahren und angeln. Dann könnten wir… Fisch zu Abend essen.«

Tom schüttelte ungläubig den Kopf. Er glaubte nicht eine Minute lang, dass sein Sohn vorhatte, der Familie zu helfen, indem er sich Arbeit suchte oder etwas zu essen auf den Tisch brachte. Er richtete sich auf und griff mit der Rechten nach seiner Gürtelschnalle. Nachdem er den Gürtel ausgezogen und ihn um seine andere Hand geschlungen hatte, sagte er: »Du weißt, wohin es geht.«

Laura und Mikey sahen sich hinter der Tür vielsagend an. Sie hörten die Scharniere der Hintertür quietschen, als sich diese jetzt öffnete.

»Der Holzschuppen«, flüsterte Mikey Laura zu. Er stand wie erstarrt da und hörte zu, wie sich Franks Tonfall in ein flehendes Jammern verwandelte.

»Neiiin… bitte nicht, Papa…«

»Jetzt kriegt er es aber richtig.«

»Ja«, pflichtete ihm Laura bei. Ein kleines Lächeln der Genugtuung erschien für einen Moment auf ihren Lippen. Wie üblich fiel es ihr schwer, etwas anderes als flüchtiges Mitgefühl für ihren Bruder zu empfinden. Warum benahm er sich nur so, fragte sie sich zum hundertsten Mal. Er war das sprichwörtliche schwarze Schaf. Ständig machte er Ärger und log, dass sich die Balken bogen. Fast jedes Mal kam ihm jemand auf die Schliche. Warum lernte er nicht daraus?

Sie zupfte Mikey am Ärmel und zog ihn durch den halbdunklen Flur.

»Los, komm. Wenn uns Papa hier erwischt, leisten wir Frank am Ende noch Gesellschaft.«

Das brauchte sie Mikey nicht zweimal zu sagen. Er nahm seine Schultasche und rannte zur Haustür, so schnell ihn seine Beine trugen.

2

Sonnenlicht drang durch die verblichenen bedruckten Vorhänge und erleuchtete das Zimmer, in das Tom McRae die kleine Veranda an der Rückseite des Hauses für Laura verwandelt hatte. Es war ein spartanisches Zimmer. Wände und Decken waren nicht tapeziert oder gestrichen, der Fußboden ebenso wenig, und das einzige Möbelstück neben dem Bett war eine alte, mitgenommene Schubladenkommode, auf der drei Gegenstände standen: ein abgenutzter Kerzenhalter, ein Holzkruzifix mit einem Messingchristus und eine Stoffpuppe mit einem eleganten Spitzenkleid aus rosafarbenem Taft. An der Wand über dem Bett hingen ein halbes Dutzend Zeichnungen von modisch gekleideten Frauen, und unter jeder standen in eleganter Druckschrift die Worte *Ein Entwurf von Laura*.

Laura wälzte sich unter der Bettdecke hin und her. Ein

Stöhnen entfuhr ihren Lippen, als ein herbstlicher Luftzug durch den Sprung in der Fensterscheibe fuhr – den sie Franks und Mikeys letzter Kricketpartie verdankte. Noch halb schlafend kroch sie tiefer unter die abgenutzte, verwaschene Decke, um noch für ein paar Minuten die Wärme zu genießen und die Notwendigkeit, den Tag zu begrüßen, hinauszuschieben.

Die Tür öffnete sich, und leise Schritte auf den blanken Dielen holten Laura dem Wachsein näher.

Angie stand am Fußende des Betts. Sie beugte sich vor und kniff Laura durch die Decke in den Zeh. »Komm schon, Laura, aufstehen, zur Messe.«

Eine leise Bewegung, nicht mehr als ein Flattern der Augenlider, war das einzige Anzeichen dafür, dass die Aufforderung gehört worden war.

»Hör auf, dich zu verstellen. Ich weiß, dass du wach bist.«

Die Augenlider zuckten erneut, dann öffneten sie sich. Laura räkelte sich, sodass die Drahtfedern des antiken Eisenbetts ihren üblichen Morgengruß quietschten.

»Muss ich, Mama?« Beim nächsten Atemzug spürte sie einen stechenden Schmerz in ihrem Bauch, gefolgt von einer Welle der Übelkeit, und fast hätte sie sich in die Unterlippe gebissen.

»Mir geht es nicht gut.«

Angie runzelte die Stirn und betrachtete ihr ältestes Kind mit wissendem Blick. Laura hatte diesen Trick schon öfter versucht.

»Aufstehen, Faulpelz. Sofort. Du siehst ganz gesund aus. Deine Wangen haben ja sogar Farbe.«

»Aber –«

»Keine Ausreden. Es ist Ostersonntag, und Papa kommt mit uns zur Messe, und …«

Während ihre Mutter redete, lauschte Laura den wispernden Bewegungen ihres schweren Baumwollkleids und ihrer Unterröcke. Sie liebte dieses Geräusch, weil es ihr so vertraut war und ihr das raschelnde Hin und Her das Gefühl gab, geborgen und geliebt zu sein. Der Hall der Schritte sagte ihr, dass sich ihre Mutter vom Bett auf die improvisierte Wäscheleine zubewegte, die sie aufgespannt hatten, um Lauras Kleider aufzubewahren, bis sie sich einen kleinen Schrank leisten konnten – oder Tom einen bauen konnte. Das unangenehme Ziehen in ihrem Bauch wurde stärker, und sie presste erst die Hand auf die Stelle, dann rieb sie sie.

Sie beschwor den Schmerz zu verschwinden. Sie wollte nicht krank sein. Nicht heute.

Ostern war ein besonderes Fest für die McRaes. Und dieses Jahr fiel auch noch der Geburtstag ihres Vaters auf den Ostersonntag. Ihre Mutter hatte es geschafft, im Lauf der letzten Wochen hier und da einen Penny zu sparen, um die Zutaten für einen richtigen Geburtstagskuchen mit echten Trockenfrüchten, kandierten Kirschen und Glasur zu kaufen. Laura holte Luft, und der Duft des frisch gebackenen Früchtekuchens wehte aus der Küche herein, als wollte er sie verlocken aufzustehen und sich fertigzumachen. Normalerweise ließen ihr die Essensdüfte ihrer Mutter das Wasser im Mund zusammenlaufen, heute geschah das seltsamerweise nicht.

Angie griff nach dem Kleid, an dem ihre Tochter in der letzten Woche still und fleißig gearbeitet hatte. Laura hatte es für den heutigen Tag umgeschneidert und dem drei Jahre alten blauen Viyellakleid und dem Hut, den sie dazu passend geändert hatte, neues Leben eingehaucht. Das Geschick, das das Mädchen mit der Nadel bewies, war umso einzigartiger, als Angie ihr nicht mehr beigebracht hatte, als mit der alten Nähmaschine, die sie einmal besessen hatten, eine gerade Naht anzulegen, Knöpfe anzunähen und Kleider zu flicken.

Den Rest hatte sich Laura selbst beigebracht, und es war, als nähte sie schon seit Jahren.

Sie hielt das Kleid vor sich hin, um es einen Moment zu bewundern, dann blickte sie zu der Gestalt unter der Bettwäsche hinüber.

»Du hast das Kleid so wunderbar hinbekommen, Schätzchen. Es wäre doch schade, wenn deine Freundinnen dich nicht darin zu sehen bekämen.« Was für eine durchtriebene Verführung, dachte sie schuldbewusst, etwas, das sie als gottesfürchtige Katholikin doch verabscheuen sollte. Es war zwar nicht besonders anständig, an den Stolz ihrer Tochter auf ihre Leistung zu appellieren, aber Laura sprach nun einmal meistens darauf an.

Laura verdrehte den Kopf, sodass sie das Kleid sehen konnte. Es war tatsächlich ihre gelungenste Arbeit, und sie hatte alles von Hand gemacht. Es sah brandneu aus, und Mary Ellen würde grün vor Neid werden, wenn sie es sah, genau wie diverse andere Mädchen aus ihrer Klasse. Doch ihr war natürlich auch bewusst, dass ihre Mutter sich alle Mühe gab, sie ohne Widerworte aus dem Bett zu locken. Sie wollte bestimmt keine Szene, vor allem nicht an Toms Geburtstag.

»Mir geht's schon besser«, verkündete Laura, obwohl das nicht ganz stimmte. Ihre Übelkeit hatte zwar nachgelassen, aber sie war einem dauernden, stechenden Schmerz gewichen. Laura biss die Zähne zusammen, beschwor das Ziehen aufzuhören und drückte fest mit der geballten Faust gegen ihre Seite. Sie stieß einen erstaunten Seufzer aus, als es funktionierte. Der Schmerz verschwand.

Gerade, als sie ihre Beine aus dem Bett auf den Flickenteppich schwang, der auf dem kalten Fußboden vor dem Bett lag, platzte ihr Vater ins Zimmer.

»Was, noch im Bett?«, erklang sein gespielter Tadel. »Deine

Brüder warten schon vor der Tür. Jetzt aber hinein in die Kleider, Laura.«

Und als wollte er ihr genau dabei helfen, war er mit einem Satz bei ihr, hob sie auf und rannte wie in wilder Eile mit ihr durch das kleine Zimmer. Zuerst lachte Laura, doch dann meldeten sich die Schmerzen wieder, und sie musste die Zähne zusammenbeißen.

»Tom.« Angie unterdrückte ihr Lachen. »So hilfst du ihr nicht, sich fertig zu machen. Und sie wird langsam viel zu groß, um sie so zu tragen. Sie ist doch schon fast eine junge Dame.«

»Junge Dame, dieses Persönchen? Niemals!«, sagte Tom in ungläubigem Tonfall, und sein Blick wurde sanft, als er seine Tochter betrachtete.

Ganz gleich, wie erwachsen sie auch wurde, sie bliebe immer sein kleines Mädchen. Sein Engelchen, das beim Kuchenbacken im Sandkasten so niedlich ausgesehen hatte. Als Achtjährige nicht mit der Wimper gezuckt hatte, als Dr. Hume ihr nach dem Sturz von Phar Lap, den er gerade beschlagen hatte, den Arm gerichtet hatte. Das freche, dünne Geschöpf, das genauso gut austeilen konnte wie Frank. Das weiche Bündel, das sich an langen Winterabenden mit dem Kopf in seinem Schoß zusammenkuschelte wie ein verschlafenes Kätzchen, während sie zuhörten, wie Angie aus einem Buch vorlas. Er schüttelte den Kopf. Es gab so viele Dinge, die der Vergangenheit angehörten. Heute wurde bei den McRaes nicht mehr Klavier oder Billard gespielt, sondern vorgelesen, und auch das kostbare Radio gab es nicht mehr. Sie hatten diese Luxusgegenstände verkauft, um etwas zu essen auf den Tisch zu bringen.

»Setz sie ab, Tom. Wir kommen zu spät zur Messe, wenn sie sich nicht wäscht und fertigmacht.«

Laura bekam eine Gänsehaut, als ihr Vater sie mit den

Füßen auf die kalten Dielen stellte. Gleichzeitig begann ihr Verstand, Worte zu bilden, um zu sagen, wie schlecht es ihr wirklich ging, und daran konnten auch die Vorstellung, sich in der Kirche mit ihren Freundinnen zu treffen, und die Tatsache, dass ihr Vater Geburtstag hatte, nichts ändern.

Sie blickte zu ihrer Mutter hinüber. Angie hielt ihr Kleid vor sich hin und wartete darauf, dass sie sich endlich beeilte. Dann sah sie ihren Vater an und sah die Zuneigung in seinem Gesicht. Wie hätte sie die beiden enttäuschen können, vor allem Papa? Ihr Vater war kein großer Kirchgänger, doch an Feiertagen ging er zur Messe, um Angie eine Freude zu machen.

Angie McRae war streng katholisch, und für sie war es eine Todsünde, an Sonn- oder Feiertagen die Messe zu versäumen. So sagte es die Kirche, und ihre Mutter nahm das alles sehr ernst.

Laura seufzte und beschloss, ihre Bauchschmerzen zu ertragen. Außerdem wollte sie zu gern Mary Ellens Miene sehen, wenn diese sah, wie Laura das Kleid und den Hut geändert hatte. Ihre Freundin verabscheute jede Art von Handarbeit, und ihr eins auszuwischen, war die Qual wert.

Ruth Strachan, ihre andere beste Freundin, wäre ebenfalls beeindruckt, aber anders. Ruth, deren Familie noch ärmer war als die McRaes, kannte keinen Neid.

Die katholische Kirche von Coogee stand neben der Grundschule, in die Laura gegangen war, bevor sie zu den Brigittinnen nach Randwick gewechselt war. Sie war nur zwei Straßen von der Wohnung der McRaes entfernt. Normalerweise war der Weg zur Kirche ein netter Spaziergang, sogar an kühlen Herbsttagen wie diesem, aber heute kam er Laura endlos vor.

Tom und Angie hielten sich ein paar Schritte hinter ihrem

ausgelassenen Nachwuchs. Sie gingen lieber langsamer, denn so konnten sie sich unter vier Augen unterhalten, eine Seltenheit im Alltag ihres geschäftigen, oft lauten Haushalts.

Lauras Brüder hüpften um ihre Schwester herum wie junge Hunde, und an jedem anderen Tag hätten sie sich damit einen gereizten Ausbruch eingehandelt. Heute jedoch schien sie den jugendlichen Übermut der beiden gar nicht zu bemerken.

Sie blieb unterwegs immer wieder stehen, scheinbar, um die spät blühenden Rosen in einigen Gärten zu bewundern. In Wirklichkeit brauchte sie die Pausen, um wieder zu Atem zu kommen, denn die Krämpfe wurden immer stärker, dann ließen sie nach und gingen in einen unheilvoll dröhnenden Schmerz unterhalb ihrer Taille über. Jedem Krampf folgte eine Hitzewelle, dann wurde ihr kalt. Sie hasste es, krank zu sein. Normalerweise hatte sie eine Konstitution wie ein Pferd, wie ihr Vater das ausdrückte, und ihr war noch nie im Leben so unangenehm zumute gewesen. Allmählich breitete sich Panik in ihr aus. Was war nur los?

Sie sah sich nach ihren Eltern um, fast hätte sie ihnen gesagt, dass sie krank war, doch dann kam die Kirche mit ihrem hohen, von einem Kreuz gekrönten Turm in Sicht und die Gemeinde, die auf dem Kirchhof wartete, dass die Neun-Uhr-Messe zu Ende ging, und Laura wurde abgelenkt.

Wo war sie nur? Er hielt schon die ganze Zeit nach ihr Ausschau, hatte aber noch nicht das geringste Anzeichen von ihr erspäht. Er zog seine goldene Taschenuhr hervor und sah nach, wie spät es war: noch fünf Minuten bis zum Ende der Neun-Uhr-Messe. Wenn er nur einen Blick auf sie werfen könnte, bevor sich alle in die Kirche drängten … Ein Lächeln breitete sich über sein Gesicht. Dann wäre sein Tag gerettet.

Sein Blick wanderte über die Gemeinde hinweg und suchte nach dem ungewöhnlichsten, meistens auch dem hübschesten Hut. Lauras Hüte fielen gegenüber denen der anderen immer auf. Es kam ihm so vor, als beobachtete er diese Hüte und ihre Besitzerin schon seit Jahren, nicht erst, seit er vor sechs Monaten begonnen hatte, zur Kirche zu gehen. Eigentlich machte er sich nichts aus der Messe; er kam nur, um Laura zu sehen. Am liebsten saß er etwas seitlich ein paar Reihen hinter ihr, sodass er sie beobachten konnte, ohne dass es jemand merkte – vor allem nicht der alte McRae. Manchmal setzte er sich so dicht in ihre Nähe, dass er hören konnte, wie sie die Kirchenlieder sang, und es erstaunte ihn, dass sie sie auswendig konnte, sogar die lateinischen, ohne auch nur einen Blick in ihr Gebetbuch zu werfen.

Er beobachtete sie besonders genau, wenn sie nach der Kommunion vom Altar zurückkam. Zwar hielt sie den Blick meistens andächtig gesenkt, aber dann und wann richtete sie ihn auch auf die Gemeinde, so als suchte sie nach ihm. Und wenn sich ihre Blicke dann trafen, lächelte er und blinzelte ihr ungeniert zu. Dann wurde sie rot, und er fühlte sich, als hätte er in der Lotterie gewonnen. Sosehr Laura McRae auch versuchen mochte, es zu verheimlichen oder zu ignorieren, sie mochte ihn. Ihn, einen Pferdepfleger aus Wellington.

Er erspähte ihre Freundinnen Mary Ellen und Ruth in der Menge. Er brauchte sie nur weiter zu beobachten; Laura würde mit Sicherheit zu ihnen stoßen. Und plötzlich war sie da.

Vorsichtig näherte sich Alex den McRaes, die jetzt zu den anderen Kirchgängern stießen. Mit halb geschlossenen Lidern betrachtete er das einzige Mädchen, zu dem er sich in seinen sechzehn Lebensjahren je ernsthaft hingezogen gefühlt hatte.

Laura trug ein hübsches blaues Kleid und einen passenden Hut. Doch was ihm am besten gefiel, war nicht ihr honigblondes Haar, ihre Haltung oder die Tatsache, dass sie immer schneller zur Frau aufblühte – ihre Brust und ihre zuvor knabenhaften Hüften hatten sich auf eine Art gerundet, von der vor sechs Monaten noch nichts zu sehen gewesen war.

Sondern es waren ihre Augen, die ihn immer wieder in ihren Bann zogen.

Eigentlich waren sie braun, und braun war keine bemerkenswerte Farbe, aber Laura McRaes Augen waren nicht nur bemerkenswert, sie waren unvergesslich. Jetzt stand er so dicht bei Laura, dass er sie gut sehen konnte. Heute war es ein Braun wie Schlamm. Er wusste, dass ihre Augen diesen Farbton annahmen, wenn Laura erschöpft oder nervös war, doch er hatte sie auch schon anders gesehen. Zum Beispiel, wenn sie wütend auf Frank oder auf die Nonnen in der Schule war. Dann glänzten sie wie golden gefleckte Topase, und wenn sie glücklich war, nahmen sie einen weichen Bernsteinton mit hellgrünen Reflexen an. Und die dichten, dunklen Wimpern machten sie noch einzigartiger.

Mary Ellen Peters beobachtete, wie die McRaes durch das schmiedeeiserne Kirchentor schlenderten, das offen stand und die Gemeinde willkommen hieß. Frank und Mikey nahm sie nur ganz am Rande wahr und vergaß sie sofort wieder. Sie packte Ruth am Arm und zog sie auf ihre gemeinsame Freundin zu, während sie im Geiste eine Bestandsaufnahme von Lauras Garderobe durchführte.

Wie in aller Welt hatte sie es geschafft, ein derartiges Wunder an diesem… ja… an diesem alten blauen Kleid zu vollbringen? Die Ärmel waren gekürzt; Laura hatte den Ausschnitt geändert, ein paar Abnäher gemacht und ein oder zwei Säume ausgelassen, um der Tatsache Rechnung zu tragen, dass ihre Brüste wuchsen. Die Krönung waren von Hand angenähte Samtbordüren am Peter-Pan-Kragen und an den Ärmelaufschlägen. Das Kleid sah brandneu aus!

Mary Ellen presste verärgert die Lippen zusammen, während sie über ihr eigenes, von der Stange gekauftes Kleid nachdachte. Mutter hatte über zwei Pfund dafür bezahlt, aber im Vergleich zu Lauras Kleid war es fade und uninteressant.

Sie warf einen Blick in Ruths Richtung und lächelte selbstzufrieden. Sosehr sich Ruth auch bemühte, sie sah immer aus, als stammten ihre Kleider aus einem Sack der Kleidersammlung, und so war es wahrscheinlich auch. Die arme Ruth. Es war doch nicht ihre Schuld, dass ihr Vater alles verloren hatte. Sein Juweliergeschäft, das Haus und das Auto. Das Komische daran war, dass es den Strachans keinen besonderen Kummer zu bereiten schien.

»Schicksal«, hatte Ruths Mutter gesagt. Schicksal. Pah! Mary Ellens mandelförmige Augen verengten sich zu Schlitzen. Wohl eher schlechter Geschäftssinn, hatte ihr Vater gesagt.

»Laura. Frohe Ostern.«

»Frohe Ostern, Mary Ellen, und dir auch, Ruth.«

»Dein Kleid und dein Hut sehen fantastisch aus«, lobte Ruth aufrichtig. »Hast du das alles selbst gemacht?«

Laura verdrehte übertrieben die Augen. »Jeden einzelnen Nadelstich.«

Ruth legte der Freundin nachdenklich die Hand auf den Arm. »Ist dir nicht gut, Laura? Du bist … ganz rot im Gesicht.«

Laura zog ein zusammengefaltetes Taschentuch aus der Tasche, schüttelte es aus und tupfte sich den Schweiß von der Stirn.

»Mir ist ziemlich warm. Wahrscheinlich vom Gehen … obwohl ich das Gefühl habe, dass ich eine Erkältung bekomme oder so.«

Mary Ellen zog einen Flunsch.

»Oh, puh, das will ich doch nicht hoffen. Wir wollten doch morgen zum Osterjahrmarkt gehen, weißt du noch?«

»Ähm.« Ruths Ton war leise, aber bestimmt. »Ich gehe nicht mit. Ich kann es mir nicht leisten. Mama sagt, vielleicht können wir es uns ja nächstes Jahr erlauben.«

»Oh, Unsinn! Natürlich kommst du mit«, sagte Mary Ellen in ihrem gebieterischsten Tonfall. »Papa hat mir zu Ostern eine Guinee geschenkt. Damit können wir den Eintritt, die Fahrgeschäfte und ein paar Mitbringsel bezahlen.«

Ruths roter Lockenschopf hob sich stolz.

»Danke, Mary Ellen, aber es geht nicht. Mein Vater hätte etwas dagegen.«

Ihre dunkelhaarige Freundin blinzelte ihr verschwörerisch zu.

»Dann erzähl's ihm eben nicht. Sag einfach, dass du mich besuchst und wir ein Picknick machen. Das sollte deinen Vater doch zufriedenstellen.« Was für ein steifer Charakter. Er schien etwas dagegen zu haben, dass sich Ruth oder ihre drei Schwestern jemals amüsierten.

»Das kann sie nicht sagen, es wäre gelogen«, schlug sich Laura auf Ruths Seite. Sie kannte Mary Ellen zu gut. Die Peters hatten mehr Geld als irgendjemand sonst in ihrem Bekanntenkreis, und sie hatten noch mehr Kapital aus der Weltwirtschaftskrise geschlagen. Mary Ellen war ein Einzelkind, und demzufolge war sie ziemlich verwöhnt. Wenn sie sich etwas wünschte, setzte sie Himmel und Hölle in Bewegung, um es zu bekommen. Eine Lüge war für sie nichts Schlimmes, solange es niemand herausfand. Mary Ellen ließ sich ihren Weg nicht von Prinzipien verbauen.

»Na und?«, sagte Mary Ellen unbeeindruckt. »Dann kann sie es doch nächsten Samstag beichten. So mache ich das auch immer.«

»Das macht es aber nicht weniger schlimm«, sagte Laura standhaft zu ihr. *Oje*! Sie fuhr sich mit der rechten Hand an die Taille und drückte fest zu, um die Woge des Schmerzes einzudämmen, der sie überspülte. Doch der Schmerz ließ nicht nach, er wurde schlimmer.

»Laura, dreh dich nicht um, Alex Monroe sieht dich die ganze Zeit an«, flüsterte Ruth. Sie hielt es für das Klügste, Mary Ellens Aufforderung zur Lüge zu ignorieren, und tat so, als konzentrierte sie sich ganz auf Alex, der hinter Laura stand. »Ist dir noch nicht aufgefallen, wie er dich bei jeder Gelegenheit anstarrt?«

»Das ist ja lachhaft!«, leugnete Laura, just als ein Hauch von Glück ihr Herz trotz ihres Unwohlseins schneller schlagen ließ. »Ich interessiere mich doch nicht für Alex Monroe«, fügte sie mit einer verächtlichen Kopfbewegung hinzu, die sie jedoch gleich wieder Lügen strafte, indem sie sich halb umdrehte, um einen Blick auf den jungen Mann zu werfen. Tatsächlich, er sah sie ganz unverfroren an. Was er für Nerven hatte. Sie hob fröhlich das Kinn und sah ihn von oben herab an.

Wer hatte schon Zeit, über Jungen wie Alex Monroe nachzudenken, und wenn er auf seine knabenhaft hagere Weise noch so gut aussah?

Der Schmerz in ihrer Seite wurde schlimmer, und ihre Gedanken stoben auseinander. Sie hatte das furchtbare Gefühl, dass sie in Ohnmacht fallen würde, wenn sie sich nicht bald hinsetzte. Der Gedanke, dass ihr etwas so Peinliches in der Öffentlichkeit passieren könnte, trieb ihr die Schamröte in die Wangen.

»Das ist auch besser so«, mischte sich Mary Ellen ein.

»Dein Vater würde dir wahrscheinlich den Hintern versohlen und Alex die Prügel seines Lebens verpassen, wenn er dich auch nur von der Seite ansieht.«

Die Besucher der ersten Messe begannen, die Kirche zu verlassen, und die drei Mädchen verabredeten sich für später am Chorgestühl, um endgültig über den Jahrmarkt zu entscheiden. Laura begab sich wieder zu ihren Eltern und wartete, bis sich die Kirche geleert hatte, bevor sie hineinging und auf der Hälfte des Mittelgangs auf einer Bank Platz nahm.

Frank und Mikey fingen sofort an zu zappeln – längere Zeit stillzusitzen, war eine echte Herausforderung für sie, und das galt auch in der Kirche. Sie stießen sich mit den Ellbogen an und versuchten, sich gegenseitig das Gebetbuch abzuluchsen, das sie gemeinsam benutzten. Frank, der Familienquälgeist, zog Mikey das Hemd aus der Hose, und Mikey trat ihn dafür vor das Schienbein.

»Laura«, flüsterte ihre Mutter, »setz dich zwischen sie, sonst stören sie die ganze Gemeinde.«

Als Laura ihrer Bitte Folge leistete, warf sie ihrer Tochter einen langen, scharfen Blick zu, denn ihr waren die leuchtenden Flecken auf den Wangen ihrer Tochter aufgefallen. Hatte ihre Freundin Mary Ellen sie ihr Rouge benutzen lassen? Das traute sie der kleinen Peters zu. Dieses Kind hatte viel zu viele Freiheiten. Die rote Farbe malte sich deutlich auf Lauras blasser Haut ab – aber sahen ihre braunen Augen nicht glasig aus?

Angie erkannte, wenn ein Kind krank wurde. Sie beugte sich vor und zupfte Laura am Ärmel.

»Fehlt dir etwas, Schätzchen?«

Laura antwortete mit einem schwachen Lächeln und einem Kopfnicken und biss die Zähne gegen die Krämpfe zusammen, die ihren Körper quälten. Wie lange konnte sie das wohl noch aushalten? Warum hörte es nicht auf? Sie richtete ein verzweifeltes Gebet an die heilige Brigitta in ihrer Nische in der Kirche und war sogar dankbar, dass die Kniebank so hart war, als sie um Erleichterung flehte. Dankbar für jede Ablenkung, die sie vergessen ließ, wie schlecht es ihr ging.

Der Chor beantwortete ihr Gebet mit dem Eröffnungsgesang. Vater O'Grady schritt mit vier in Rot und Weiß gekleideten Messdienern an dem mit Gladiolen und Dahlien festlich geschmückten Altar vorbei.

Als die erste Lesung begann, zupfte Mikeys Fingerchen sie am Ärmel. Er blickte zu ihr auf und sagte leise: »Laurie, du siehst irgendwie komisch aus.«

»Wie meinst du das, komisch?«, flüsterte sie – sie wusste, dass sie Gefahr lief, den Zorn ihrer Eltern heraufzubeschwören, wenn sie während der Messe redete. Es war gar keine Frage, dass sie sich seltsam fühlte. Sehr seltsam sogar. Heftige Übelkeit, lähmendes Schwindelgefühl und die heftigen Stiche an ihrer rechten Seite sagten ihr, dass sie sich gleich übergeben würde. Die Frage war, ob sie es bis hinaus auf den Kirchhof schaffte, ohne sich und ihre Familie zu blamieren?

»Du bist ganz weiß und verschwitzt und... irgendwie schlapp.«

Während er das sagte, kam ihr die Galle hoch und blieb ihr im Hals stecken. Ihre Hand fuhr an ihren Mund; sie presste die Lippen zusammen und fuhr von der Bank auf. Ohne darauf zu achten, dass die Augen der halben Gemeinde, Alex Monroe eingeschlossen, auf sie gerichtet waren, rannte sie durch den Mittelgang.

Angie kam bei Laura an, als diese zu würgen begann. Angst schnürte ihr die Kehle beim Anblick ihrer Tochter zu, die vor Schmerzen gekrümmt auf dem gepflasterten Hof kniete. Das hier war keine Kinderkrankheit, keine beginnende Grippe. Hier stimmte etwas ganz und gar nicht.

»Lassen Sie mich einen Blick auf sie werfen, Mrs McRae.«

Als sie sich umdrehte, sah sie Doktor Hume hinter sich.

»Danke, Herr Doktor. Ich habe keine Ahnung, was es sein könnte. Heute Morgen schien sie noch nichts zu haben.« Sie hielt einen Moment inne, und dann fiel es ihr wieder ein. »Nein… wenn ich darüber nachdenke, hat sie sich beklagt, dass es ihr nicht gut ging, aber dann schien es besser zu werden.«

Doktor Hume lächelte ihr zuversichtlich zu.

»Keine Sorge, wir bekommen das schon hin.«

Er kniete sich hin und untersuchte Laura hastig. Laura ergab sich in ihr Schicksal und presste ihren Körper auf das kalte Pflaster, weil sie hoffte, dass ihr die Kälte wie durch ein Wunder Linderung verschaffen würde. Ihr war so heiß, ihr ganzer Körper brannte, und dann wurde ihr von einem Moment zum anderen eiskalt.

Als sich Doktor Hume aufrichtete, konnte Angie ihm ansehen, dass er keine guten Neuigkeiten hatte. Sie hielt den Atem an und richtete ein stummes Gebet an die heilige Theresa, an die sie sich immer wandte, wenn es darum ging, ihre Familie zu beschützen.

»Es ist der Blinddarm, Mrs McRae. Entweder ist er gerade geplatzt, oder er steht kurz davor. Sie braucht dringend medizinische Versorgung und muss operiert werden.«

»Operiert! Sind Sie sicher?«

Er nickte. »Ich sehe diese Symptome nicht zum ersten Mal. Sie sind unverwechselbar.«

Tom kam die Treppe der Kirche herunter, gefolgt von den beiden Jungen. Sein sonnengebräuntes Gesicht wurde blass, als er Laura am Boden liegen sah.

»Was in aller Welt geht hier vor?« Ohne eine Antwort abzuwarten, zog er seine Jacke aus und kniete sich hin, um sie über sein Kind zu breiten. Seine große, von der langen Arbeit in der Schmiede schwielige Hand berührte die Wange seiner Tochter.

»Guter Gott, sie glüht ja.«

Er hob Laura auf, als sei sie federleicht, und drückte sie an seine Brust.

»Ich nehme an, sie muss ins Krankenhaus?«, sagte er sachlich, obwohl Sorgenfalten seine dunklen Augen umringten. Er hatte sein Leben lang mit Tieren zu tun gehabt, und bei Menschen sahen die Symptome kaum anders aus.

»Es ist ihr Blinddarm, Tom«, bestätigte Doktor Hume. »Kommen Sie mit, mein Wagen steht an der Straße. Wir müssen sie so schnell wie möglich ins *Prince of Wales-Hospital* bringen.«

Tom setzte sich in Bewegung, um dem Arzt zu folgen, doch nach drei Schritten wandte er sich um und rief seiner Frau zu: »Bring die Jungen nach Hause. Dann komm ins Krankenhaus.«

»Mami...« Mikey zupfte am Rock seiner Mutter, um ihre Aufmerksamkeit auf sich zu lenken. »Was ist los? Muss Laurie sterben?«

Frank versetzte ihm eine spielerische Kopfnuss.

»Du Angsthase, natürlich muss sie nicht sterben.« Dennoch suchte er den Blick und die Bestätigung seiner Mutter. »Oder, Mama?«

»Natürlich nicht. Aber sie ist sehr krank, das steht fest.«

Angie zog sie beide an sich und umarmte sie. Normalerweise war sie keine Frau, die ihre Zuneigung öffentlich zur Schau stellte, aber jetzt brauchte sie die tröstende Wärme der Jungen. Nach einem Moment fand sie die Kraft, die sie brauchte, und sie schob die beiden vor sich her, während sie sich selbst zwang, in normalem Tempo nach Hause zu gehen.

Dennoch bedurfte es all ihrer Selbstbeherrschung und einer ganzen Flut stummer Gebete, um ihre Nervosität zu unterdrücken, damit ihre beiden erschrockenen Söhne die Angst nicht sahen, die an ihr nagte.

3

Sie musste den Verstand verloren haben. Das war die einzig sinnvolle Erklärung.

Wie sollte es sonst möglich sein, dass sie allen Gesetzen der Schwerkraft zum Trotz knapp unter der Decke schwebte? Um sie herum war alles so weiß, dass ihre Augen schmerzten. Sie blinzelte ins Licht, und der Nebel verflog, sodass sie etwas sehen konnte... Es war ein sehr merkwürdiges Zimmer. Die Decke und die Wände waren weiß, und es war bis zur halben Höhe weiß gekachelt. Auch der Boden war weiß gekachelt, und von ihrem Aussichtspunkt aus konnte sie eine Gruppe uniformierter Menschen in weißen Kitteln und Hauben sehen, die aufmerksam über einen Gegenstand in einem Bett gebeugt waren. Eigentlich war es gar kein Bett, sondern eher eine erhöhte Plattform mit Metallauswüchsen.

Sie hatte gar nicht das Gefühl, den Verstand verloren zu haben. Aber wenn man verrückt war, war man sich dessen ja vielleicht nicht bewusst. Und wenn es so war, wie war es dann dazu gekommen? Laura konzentrierte sich mit aller Kraft und versuchte, sich zu erinnern.

Es war Ostersonntag, so viel wusste sie noch. Ihre Familie war in der Kirche gewesen. Irgendetwas war dort geschehen. Oh, ja! Ihr war schlecht geworden. Furchtbar schlecht. Danach waren die Erinnerungen nur noch verschwommen. Sie wusste, dass Doktor Hume sie und ihren Vater zum Krankenhaus gefahren hatte, wo plötzlich große Hektik aufgekommen war. Eine weiß gekleidete Frau, ja, eine Krankenschwester mit einer gestärkten, blau gestreiften Schürze und einer Haube, hatte Laura aus ihren Kleidern in das hässlichste Nachthemd geholfen, das sie je gesehen hatte, aber sie war zu krank gewesen, um sich zu beschweren. Mehrere Männer in Anzügen hatten sich um sie gesammelt und mit ernsten Gesichtern auf ihrem Bauch herumgedrückt.

Frauen mit weißen Uniformen und weißen, gestärkten Hauben hatten sie auf eine Liege mit Rädern gelegt und sie in dieses… Zimmer gebracht. Dann hatte ein Mann sie angelächelt und sie gebeten, von hundert an rückwärts zu zählen. Das war eine ziemlich alberne Bitte gewesen, und sie hätte ihm das auch gesagt, wenn ihr nicht so schlecht gewesen wäre. Sie war bis siebenundachtzig gekommen, dann hatte er ihr eine schwarze Maske über das Gesicht gestülpt, die komisch roch. Das war das Letzte, woran sie sich erinnern konnte.

Aha. Wenn sie den Verstand verloren hätte, wäre sie doch mit Sicherheit nicht in der Lage gewesen, sich so genau an all das zu erinnern.

Ihr Körper fühlte sich wunderbar gewichtslos an, leichter als eine Feder. Sie versuchte einfach nur zum Spaß, sich zu bewegen, und stellte fest, dass sie es konnte; sie driftete an der Decke entlang. Außerdem fühlte sie sich seltsam losgelöst, als gehöre sie nirgendwo richtig hin und sei nur als Beobachterin hier.

Plötzlich hörte sie eine Männerstimme sagen: »Wir verlieren sie. Ihr Blutdruck fällt. Siebzig zu achtunddreißig.«

»Ihr Herzschlag wird schwächer, Doktor«, sagte eine der Schwestern.

»Verdammt! Also gut. Schließen wir die Wunde«, sagte der hochgewachsene Mann zu dem kleineren Mann mit dem schütteren Haar. »Ich weiß aber nicht, ob ich alles habe. Paul, nähen Sie, Sie sind schneller mit der Nadel als ich.«

Laura konzentrierte sich angestrengt und bemühte sich mit zusammengekniffenen Augen, die Person auf dem Tisch zu erkennen. Eine blonde Haarsträhne lugte unter einer weißen Haube hervor. Merkwürdig. Ihre eigenen Haare hatten fast dieselbe Farbe…

Dann breitete sich eine seltsame, betäubende Kälte in ihr aus. Das hier war ein Operationssaal, und die Person, die von den Männern operiert wurde, war sie selbst. Aber, aber… sie war doch hier oben an der Decke und beobachtete alles. Wie in Gottes Namen war das möglich? Es sei denn…

Am unteren Ende ihrer Wirbelsäule setzte ein heftiges Pulsieren ein, das sich schmerzhaft bis zu ihrer Brust hinaufarbeitete. Das Hämmern wurde schneller, kräftiger. Sie bekam keine Luft. Es war, als läge ein unsichtbarer Strick um ihren Hals, der von jemandem zugezogen wurde. Sie kämpfte gegen den Schwindel an, der sie zu verschlucken drohte, doch es war vergeblich – das Zimmer begann, sich zu drehen und zu drehen, und vor ihren Augen sammelte sich gräulicher Nebel.

Laura blinzelte und stellte fest, dass sie von Licht umgeben war. Es fiel ihr erst jetzt auf, doch es schimmerte, kreiste und pulsierte, als sei es lebendig. Dann durchspülte sie das wunderbarste Gefühl, das sie je empfunden hatte. Wärme, Güte, Frieden, all das und noch mehr Dinge, die sie nicht in Worte fassen konnte, durchströmten sie. Dann geschah etwas anderes. Eine unsichtbare Energie begann, sie aus dem weißen Zimmer fortzuziehen. Sie hatte nicht den Wunsch, Einspruch zu erheben, etwas anderes zu tun, als sich mitnehmen zu lassen.

Der Ort hatte nichts Bekanntes an sich, keine vertrauten Elemente, nur das allumfassende Gefühl, dass sie hierhergehörte. Gestalten, die vage an Menschen erinnerten, säumten etwas, das ein Korridor zu sein schien, obwohl es weder Fußboden noch Decke oder Wände hatte. Ein endloser Durchgang. Während sie hindurchglitt, immer noch von einer rätselhaften Kraft getrieben, dehnte sich das Licht vor ihr aus, wurde kräftiger, wärmer. Das Gefühl des Glücks nahm zu, bis sie dachte, sie müsste zerspringen.

»Schwester Breene, wie geht es Laura in Bett drei?«, wandte sich die junge, hübsche Schwesternschülerin erwartungsvoll an die Stationsschwester und hielt Notizblock und Stift bereit.

Mavis Breene, die für Station zwei verantwortlich war, schnippte sich einen eingebildeten Fussel von der gestärkten Uniform, bevor sie die Schülerin und die anderen Schwestern der neuen Schicht über ihre goldgeränderte Brille hinweg scharf ansah. Sie war eine kräftige Frau mit braunem Haar, das von grauen Strähnen durchzogen war und das sie zu einem strengen Knoten zusammengebunden trug. Sie wusste, dass man ihr hinter ihrem Rücken nachsagte, nur aus Kleiderstärke zu bestehen und keinen Funken Humor zu haben, doch das kümmerte sie nicht. Auf diese Weise bekam sie ihre Arbeit getan, und die Disziplin im Krankenhaus war ausgezeichnet. Sie räusperte sich, bevor sie etwas sagte, und achtete darauf, sich nicht den geringsten Anschein von Sentimentalität zu geben.

»Laura McRaes Zustand ist nach wie vor kritisch.« Für das Personal, das neu auf der Station war, fügte sie dann hinzu: »Wir haben ihr vor zwei Tagen den Blinddarm entfernt, und sie hat eine schwere Bauchfellentzündung bekommen. Sie spricht nicht auf das Sulfonamid an, sodass die Infektion außer Kontrolle geraten ist. Doktor Hume wünscht stündliche Kontrollen und eine genaue Überwachung des Drainageschlauchs.« Sie unterstrich diese Anordnung durch einen festeren Ton. »Rund um die Uhr. Wenn der Schlauch verstopft ist, muss eine neue Operation angesetzt werden. Die Ärzte möchten das vermeiden, weil ihr Allgemeinzustand so schlecht ist.«

»Wie sind Lauras Aussichten, Schwester?«, fragte ihre Stellvertreterin.

»Nicht einmal fünfzig zu fünfzig, sagt der Arzt. Die Infektion hat sich festgesetzt. Wir können jetzt nur noch dafür sorgen, dass sie keine Schmerzen hat, und diesen Schlauch sauber halten. Das Einzige, was ihr zugute kommt, ist ihr jugendliches Alter.«

Schwester Breene gestattete es sich nicht, Gefühle für die Patienten zu entwickeln. Sie arbeitete seit zwanzig Jahren im *Prince of Wales-Hospital*, und wie sie oft zu den Schülerinnen sagte – zu oft, murmelten diese hin und wieder –, hatte sie schon alles gesehen. Furchtbare Kriegsverletzungen, die Folgen von Senfgasvergiftungen, Amputationen, die Grippeepidemie von 1918 und so weiter. Aus irgendeinem Grund, den sie sich nicht erklären konnte, hatte die Hingabe, die Lauras Eltern an den Tag legten, sie dennoch gerührt.

Mrs McRae wachte beinahe ununterbrochen am Bett ihrer Tochter. Sprach leise auf sie ein, wischte ihr über die fieberheiße Stirn, half dabei, sie zu baden. Die Perlen ihres Rosenkranzes, den sie nur selten aus der Hand legte, waren ständig in Bewegung.

Als Schwester Breene heute Morgen bei der Kontrolle des Drainageschlauchs gefährliche Anzeichen für eine drohende

Blockade gefunden hatte, hatte Mrs McRae ihr ganz aufgeregt ein Fläschchen mit Weihwasser gezeigt, das angeblich aus Lourdes stammte. Sie hatte zugesehen, wie die Mutter ihre Tochter damit betupfte und verkündete, dass sie dies von jetzt an dreimal täglich tun würde. Genau wie das restliche Personal wusste auch Schwester Breene, dass das Kind mehr brauchte als Weihwasser und Gebete, um die heftige Infektion zu bekämpfen, die ihm die Kraft zum Leben nahm, doch sie hatte gelächelt, was bei ihr nur selten vorkam, und gedacht, was kann es schaden? Und als sie den Schlauch später erneut kontrolliert hatte, war er frei gewesen.

Mit finsterer Miene konzentrierte sich die Schwester wieder auf ihre Dienstpflichten und befahl herrisch: »Gehen Sie schon. Und vergessen Sie nicht, jede Veränderung des Zustands der Patientin sofort zu melden.«

Frank und Mikey McRae standen in ihren dunkelblauen Schuluniformen an Lauras Krankenhausbett. Keiner von ihnen traute sich, etwas zu sagen oder den anderen auch nur anzusehen.

Angie hatte endlich nachgegeben und ihren Söhnen erlaubt, Laura zu besuchen. Sie machte sich Sorgen, dass der Besuch Mikey Angst machen könnte – er war ein so zart besaitetes Kind, und er hing so sehr an seiner Schwester. Auch wenn sie diesen Gedanken nie offen ausgesprochen hätte, so hatte sie doch nur nachgegeben, weil es möglich war, dass es für die Jungen die letzte Gelegenheit war, ihre Schwester lebend zu sehen.

Franks Mund war trocken, und es schnürte ihm unwillkürlich die Kehle zu, als er Laura anstarrte. Es war kaum zu glauben, aber sie sah jetzt schon aus wie… tot. Er hatte erst einmal einen Toten gesehen, als er acht war, seinen Großvater väterlicherseits, Jonathan McRae, der im Haus seiner

Großeltern in Condobolin aufgebahrt gewesen war. Laura, deren Haut beinahe so weiß war wie der Kissenbezug und die so flach atmete, dass sich die Bettdecke kaum bewegte, sah auch so aus, als wäre sie bald eine Leiche. *Heilige Mutter Gottes*. Frank bekreuzigte sich, dann schob er die Hände tiefer in die Hosentaschen.

Durch den Vorhang aus schwarzen Haaren, der ihm ständig in die Augen fiel, warf er einen flüchtigen Blick auf seine Mutter, die auf der anderen Seite des Betts stand, und sah den Schimmer der unvergossenen Tränen in ihren Augen. Seine Augen verengten sich nachdenklich, als er den Blick wieder auf seine Schwester richtete. Wie seltsam, sie so reglos und stumm zu sehen. Sie war immer so voller Energie und Kampfgeist gewesen – besonders ihm gegenüber. Außerdem hatte sie eine kräftige Rechte, und er war ihr zwar inzwischen körperlich überlegen, aber sie behauptete sich in jeder Rauferei und hatte sich seinen widerstrebenden Respekt verdient.

»Worüber lächelst du, Frank?«, fragte Angie.

»Was? Oh. Laura. Sie sieht so friedlich aus, nicht wahr? Irgendwie wie ein … Engel.«

Mikeys Unterlippe zitterte, und er verkniff sich schniefend eine Träne.

»Ein Engel. Mama, heißt das, Laura wird sterben?«

»Laura wird nicht sterben. Der Herrgott und die Ärzte hier werden es nicht zulassen«, tröstete Angie ihren Jüngsten. Das sah Frank ähnlich, Mikey in Aufregung zu versetzen. Der Junge hatte ein absolutes Talent dafür, zum falschen Zeitpunkt das Falsche zu sagen, oftmals, das wusste sie, mit Absicht.

»Himmel, du bist aber empfindlich«, sagte Frank und stieß seinen Bruder mit dem Ellbogen an. Dann sah er aus dem Augenwinkel die Stationsschwester kommen und richtete sich auf. Schwester Breene sah Furcht einflößend aus, genau wie Mutter Gonzaga, ihre Schuldirektorin, und ihr Blick war genauso scharf und durchdringend.

»Guten Morgen, ihr zwei, und Ihnen auch, Mrs McRae.« Schwester Breene stellte eine Vase mit rosafarbenen Rosen auf die Kommode neben dem Bett. »Sie sind gerade für Laura abgegeben worden, aber es ist keine Karte dabei, auf der stünde, von wem sie sind.«

»Wie schön sie sind.« Angie berührte die zarten Blüten. Was für erstaunliche Menschen es doch gab. Selbst in dieser harten Zeit, in der die Weltwirtschaftskrise überall Armut hervorrief, gab es immer noch Leute mit Mitgefühl. »Lauras Fieber ist gesunken …«

»Ich weiß, Mrs McRae«, sagte Schwester Breene in sanftem Ton. »Aber die Drainage ist wieder verstopft. Der Oberarzt muss es sich ansehen und sie säubern.«

»Aber Schwester … sie ist so schwach. Kann das nicht bis morgen warten?«, flehte Angie, den Blick auf ihre hilflose Tochter gerichtet.

»Leider nicht.« Jetzt wurde der Tonfall nachdrücklicher. »Wir müssen sie jetzt vorbereiten. In einer Stunde ist die Operation angesetzt.«

Angie McRae seufzte. Dieses Krankenhaus war zu viel für sie. Wieder einmal erschauerte sie angstvoll angesichts der klinischen Kahlheit, die sie umgab. Wie Laura diesen Ort hassen würde. Keine Farbe – alles war kahl, steril, weiß. Und dieser Geruch, ein schwacher, antiseptischer Geruch, der zwar nicht unangenehm war, sie aber stets daran erinnerte, welchem Zweck dieses Haus diente. Hier gab es keine Wärme, keine Lebendigkeit, nur ruhige Objektivität und Zweckmäßigkeit.

Erneut erschauerte sie unwillkürlich, während sie zusah, wie Schwester Breene gemeinsam mit einer anderen Schwester mit den Vorbereitungen begann. Doch Angie hatte den Eindruck, dass Laura zu schwach war, um nach dem schweren Eingriff eine weitere Operation durchzustehen. Wenn sie es doch sah, warum sahen es Schwester Breene oder die Ärzte dann nicht?

Was alles noch schlimmer machte, war die Hilflosigkeit, die Angie empfand. Sie kümmerte sich um Laura, seit diese ihren ersten Atemzug getan hatte. Sie hatte sie gepflegt, als sie an Masern und Mumps erkrankt war oder sich den Arm gebrochen hatte. Hatte ihr beim Spielen zugesehen, hatte sie heranwachsen sehen, hatte sich ihre Mädchenträume von einer Zukunft angehört, in der Laura schöne Hüte und Kleider für Damen entwarf. Es fiel ihr so schwer, jetzt mit dem Bewusstsein zu leben, dass es kaum etwas gab, was sie oder Tom tun konnten. Tag um Tag sah sie mit an, wie der Lebensfunke ihrer Tochter schwächer wurde. Es brachte sie an die Grenze dessen, was sie ertragen konnte.

Sie ergriff das kleine, zerbrechliche Fläschchen mit dem Weihwasser, das auf dem Nachttisch stand.

»Was ist das, Mama?«, fragte Mikey.

»Weihwasser aus Lourdes in Frankreich. Vater O'Grady hat es aus der St. Mary's Kathedrale.« Sie zog den Korken aus der Flasche und neigte sie, um ihren Finger zu benetzen, vorsichtig, um ja keinen Tropfen der kostbaren Flüssigkeit zu verschütten. Dann zeichnete sie mit dem Wasser das Kreuzzeichen auf Lauras Stirn und Lippen.

»Lieber Gott, ich würde bereitwillig mein Leben für das ihre geben, Herr«, murmelte sie.

»Sie müssen mit den Jungen draußen warten, während wir Laura fertigmachen, Mrs McRae«, sagte Schwester Breene zu ihr und beugte sich vor, um die Bettdecke von dem bewusstlosen Mädchen zurückzuschlagen.

»Man könnte wirklich anfangen, es zu glauben«, sagte die stellvertretende Stationsschwester beeindruckt.

»Ich habe so etwas jedenfalls noch nicht erlebt«, murmelte eine Schwester im dritten Lehrjahr, die gerade einen Vermerk in eine Patientenakte eintrug.

»Ich auch nicht«, musste Schwester Breene zugeben.

Dreimal hatten sie Laura McRae für die Operation vorbereitet, weil die Drainage verstopft war, und dreimal hatte Mrs McRae Laura mit Weihwasser betupft, kurz bevor man das Mädchen aus dem Zimmer schob. In weniger als einer halben Stunde – der Arzt desinfizierte sich gerade die Hände – hatte sich die Verstopfung aufgelöst, und die eitrige Masse lief ungehindert aus der Wunde.

Es gab keine logische Erklärung dafür. Verstopfungen in Drainageschläuchen lösten sich normalerweise nicht ohne menschliches Eingreifen. Normalerweise erforderte dies einen chirurgischen Eingriff, bei dem ein frischer Schlauch eingenäht wurde.

Anders bei Laura McRae.

Das andere, nicht minder bemerkenswerte Phänomen war der Zustand des Kindes. Ihr Fieber sank immer weiter, und sie war zwar nach wie vor bewusstlos, war aber von einer Aura umgeben, die sich eigentlich nur als inneres Leuchten beschreiben ließ. Sie sah friedvoll und irgendwie ätherisch aus.

Schwester Breene rief sich lautlos zur Vernunft. In diesen modernen Zeiten war es lächerlich anzudeuten, dass ein kleines Wunder geschehen war. So etwas gab es einfach nicht. Dennoch war es verwirrend und irritierend, und je mehr sie darüber nachdachte, desto mehr Fragen hatte sie. Ohne zufriedenstellende Antwort.

Laura wehrte sich dagegen zu gehen. Sie wollte hier an diesem wundervollen Ort bleiben. Noch nie hatte sie sich so geliebt und willkommen gefühlt. Wärme und Heiterkeit umhüllten sie wie ein unsichtbarer Umhang. Die Dinge, die sie gesehen hatte … erstaunliche Dinge. Vergangenheit, Gegenwart und Zukunft. Sie hatte eine vage Vorstellung davon, wo sie war – auf einem Plateau, auf dem Ewigkeit herrschte und der Raum keine Grenzen kannte. Sie spürte eine überirdische Verbundenheit mit allem, mit denen, die sie umgaben, mit allem, was war und noch kommen würde. Und das Wunderbarste war das Gefühl gewesen, dass alles gut war. Es durchdrang alles. Aber eine Macht, die stärker war als ihr Wunsch zu bleiben, hatte begonnen, sie fortzuziehen …

Ihre Augenlider zuckten und öffneten sich. Sie blinzelte ein paar Mal, weil das grelle Licht sie schmerzte, und versuchte, durch den Nebel scharf zu sehen. Sie erkannte nicht, wo sie war. Alles kam ihr fremd vor.

Als sich ihr verschwommenes Gesichtsfeld klärte, sah sie sich im Zimmer um. Alles war weiß. Große, hohe Eisenbetten waren in Reihen aufgestellt, und es lagen Menschen darin. Weiße Vorhänge zu beiden Seiten der Betten. Der einzige Farbfleck war eine Vase mit rosafarbenen Rosen auf einem Schränkchen neben ihr. Sie bewegte den Kopf ein Stück, und gerade, als die Panik sie zu überwältigen drohte, sah sie ein vertrautes Gesicht.

Das Herz schwoll ihr in der Brust, ihre Halsmuskeln spannten sich so sehr an, dass sie kaum schlucken konnte, und sie flüsterte: »Mama …« Ihre Stimme krächzte so sehr, dass sie sie kaum erkannte.

Angie McRae, die auf dem Stuhl neben dem Bett eingenickt war, fuhr bei diesem Geräusch auf.

»Laura, Schatz …« Sie sah sofort, dass das Leuchten in den Augen ihrer Tochter nicht vom Fieber kam, dass Lauras Wangen nicht mehr glühten und ihre krampfhafte Atmung sich beruhigt hatte. In ihren Augen stiegen Tränen auf, und sie stieß ein kurzes Dankgebet aus.

Aus dem Augenwinkel erspähte sie eine Schwesternuniform, und sie drehte sich um.

»Schwester Breene, kommen Sie doch bitte her.«

»Oh, Mama, ich hatte so einen wunderbaren Traum …«

Mary Ellen Peters knickste, ließ sich in die Bank gleiten und zuckte zusammen, als ihre Knie die harte Kniebank berührten. Ein Seufzer entschlüpfte ihren Lippen, und sie flüsterte ihrer Klassenkameradin zur Linken zu.

»Ruth, Laura ist meine liebste und beste Freundin, genau wie du.« Sie hob den Blick nachdenklich zum Kirchengewölbe.

»Möge Gott mir vergeben«, fügte sie hinzu und bekreuzigte sich, »aber ich bin es leid, Tag für Tag hier zu knien und für sie zu beten. Es scheint ja gar kein Ende zu nehmen. Ich wünschte, Laura würde gesund oder –«

»Sag es nicht«, zischte Ruth, »sie haben ihr die Letzte Ölung verabreicht, weißt du.«

»Ich weiß. Was glaubst du, wie lustig Laura das finden würde?«, flüsterte Mary Ellen zurück und unterdrückte ein Kichern. Aus irgendeinem unerfindlichen Grund war ihr in der Kirche immer zum Kichern zumute, und Mutter Gonzagas alles sehende Augen hatten sich schon argwöhnisch auf sie und Ruth geheftet. Erst, als der Blick der Nonne zu einem anderen Verdächtigen weitergewandert war, wagte sie zu murmeln: »Noch ein einziger Rosenkranz, und ich stelle mich ohnmächtig, nur um hier herauszukommen.«

Ruth versuchte, ihr Kichern zu ersticken, indem sie einen Hustenanfall vortäuschte. Mutter Gonzagas Blick schwenkte zu ihr und Mary Ellen zurück.

»Sie ist jetzt schon seit drei Monaten dort«, klagte Mary

Ellen. »Hast du schon einmal erlebt, dass jemand so lange im Krankenhaus liegt?«

Laura fehlte ihr mehr, als sie sich eingestehen mochte, ihr wahrscheinlich mehr als Ruth, der immerhin drei jüngere Schwestern Gesellschaft leisteten und auf die Nerven gingen. Sie hätte sich zwar eher die Zunge herausgeschnitten, als das öffentlich zuzugeben, aber insgeheim bewunderte sie Laura fast genauso sehr wie ihren Vater, der, davon war sie überzeugt, als Regierungsangestellter alles wusste. Laura wusste natürlich nicht alles, eigentlich wusste Ruth sogar viel mehr, aber sie hatte das, was ihre Mutter Stil oder Pep nannte, obwohl sie noch so jung war.

»Nur meine Großmutter, und die Arme ist gestorben.«

»Tja, es heißt aber, Laura wird nicht sterben. Es geht ihr langsam besser; sie ist nur furchtbar geschwächt, sagt Doktor Hume. Er hat es letzte Woche meiner Mutter erzählt.«

Als Ruth sah, dass sich Mutter Gonzaga aus ihrer Bank erhob und auf sie beide zukam, stieß sie ihre Freundin warnend in die Rippen und senkte den Blick wie zum Gebet.

»Besuchen wir sie doch am Wochenende. Wir nehmen ein paar Blumen mit, und ich bitte meine Mutter, ein paar Apfelpfannkuchen zu backen; die isst Laura so gern.«

Mary Ellen nickte.

»Okay, aber nur ganz kurz. Ich hasse Krankenhäuser. Sie sind gruselig. Oh, oh, da kommt sie schon.«

4

Noch nie war der Heimweg so weit gewesen.

Schwer atmend schlich Laura mit Mary Ellen und Ruth von der Schule nach Hause. Das Frühlingswetter war für die Jahreszeit sehr warm, und Schweißperlen standen ihr auf Stirn und Oberlippe. Vielleicht hatte ihre Mutter ja Recht, und sie war noch zu schwach, aber sie hatte sich zu Hause so gelangweilt, dass sie die ganze Familie mit ihrem Wunsch überraschte, wieder zur Schule zu gehen. Alle wussten, dass Laura höchstens Interesse an Kunst und Englisch hatte.

Was für ein Theater Mutter Gonzaga und die anderen Nonnen um sie machten! Als sei sie etwas ganz Besonderes. Mary Ellen hatte ziemlich schnippisch gesagt, das läge an der Geschichte mit dem Weihwasser aus Lourdes, weil die Schwestern glaubten, an ihr sei ein Wunder vollbracht worden, und sich Nonnen von Wundern leicht beeindrucken ließen.

Schwester Mell sorgte dafür, dass sie in der Pause heißen Kakao trank, und Schwester Bertrice beobachtete sie auf dem Schulhof mit Adleraugen, damit sie sich ja nicht überanstrengte. Sie konnte nicht einmal niesen, ohne dass sich sorgenvolle Blicke in ihre Richtung wandten. Sie kam sich vor wie eine Missgeburt, obwohl sie wusste, dass die Zuwendungen der Schwestern gut gemeint waren. Eine Zeitlang war es schön gewesen, so umsorgt zu werden, aber jetzt wollte sie nur noch normal sein.

Die Wirtschaftskrise war endlich vorbei, und zum Glück arbeitete ihr Vater wieder. Er hatte die Schmiede wieder eröffnet und einen Geschäftspartner namens Barney Doyle gefunden, der aus England kam und gelernter Küfer war. Sie nahmen Geld ein und konnten ihre Rechnungen wieder bezahlen. Laura war froh, weil ihr Vater wieder das tat, was er am liebsten machte, und nicht länger mit der Mütze in der Hand um Arbeit zu betteln brauchte.

Vor allem wollte Laura jetzt vergessen, dass die Blinddarmentzündung sie beinahe umgebracht hätte. Wollte alles andere vergessen, was damit zusammenhing – auch diesen merkwürdigen Traum im Krankenhaus.

Sie blieb stehen, um ihren Schulblazer auszuziehen, obwohl die Nonnen das nicht erlaubten. Sie erstickte ja fast in der Sergejacke. Schlimm genug, dass sie den unförmigen Faltenrock und die langärmelige weiße Bluse tragen musste, aber der Blazer, so beschloss sie, konnte jetzt mit den Handschuhen in ihre Schultasche wandern. Den Hut würde sie erdulden, weil seine breite Krempe ihr Schutz vor der Sonne bot.

»Möchtest du eine Pause machen, Laura?«, fragte Mary besorgt, und weil Laura den Eindruck machte, als könnte sie keinen Schritt mehr gehen, fügte sie hinzu: »Soll ich deinen Vater holen?«

Laura setzte eine sture Miene auf, und sie schüttelte den Kopf.

»Mir fehlt nichts, ich bin nur etwas außer Atem, das ist alles.« Wenn sie es nicht aus eigener Kraft nach Hause schaffte, würden ihre Eltern darauf bestehen, dass sie sich noch länger erholte, und davon hatte sie für dieses Leben genug.

Doch als sie jetzt tief einatmete, gestand sie sich ein, dass es ihr nicht gut ging. Kein Wunder, dass ihre Brüder sie auslachten und sie wegen ihrer Schwäche hänselten. Aber sie würde wieder zu Kräften kommen, das schwor sie, und wenn es den ganzen Sommer dauerte.

Schepper, klapper, klapp…

Die Stille des Nachmittags wurde jäh unterbrochen, und die Mädchen wandten sich in die Richtung, aus der der Lärm kam.

Drei Jungen kamen die Straße entlanggerannt und schlugen mit Stöcken gegen die Gitterzäune, um zu sehen, wer den größten Lärm machen konnte. Als Antwort darauf begannen überall die Hunde zu bellen. Sie passierten einen hohen Holzzaun, und das Geräusch wurde gedämpfter. In kurzer Zeit waren sie dicht hinter den Mädchen. Einer der Jungen überholte sie und blieb dann vor ihnen stehen. Es war Alex Monroe.

Er war groß für einen zukünftigen Jockey, ein paar Zentimeter größer als Laura, die allerdings seit der Krankheit kaum noch gewachsen war. Er trug eine Reithose, staubige Arbeitsschuhe und ein kragenloses Hemd, das einmal hellblau gewesen war, aber durch endloses Waschen zu einem undefinierbaren Grau verblichen war. Darüber trug er eine offene Nadelstreifenweste, an der eine Uhrenkette baumelte. Die Kappe auf seinem Kopf saß schief. Er grinste die Mädchen nacheinander frech an, bevor er etwas sagte, doch sein Blick blieb an Laura haften.

»Hallo, Mary Ellen. Ruth.« Seine Stimme wurde sanfter, als er sich dann an das blonde Mädchen wandte. »Hey, Laura.«

Einer seiner Kameraden, der kräftiger gebaut war als Alex, trat zu ihm. Der dritte Junge, der ein Aborigine war und kaum mehr als Lumpen trug, hielt sich etwas im Hintergrund, als wäre er schüchtern.

»Was für ein Knochengestell, was, Al?«, sagte der kräftige Junge mit rauer, unverschämter Stimme und ließ den Blick von Alex zu Laura und wieder zurückschweifen. Dann legte er die Hände an die Hosenträger, zog daran und ließ los, sodass sie mit einem dumpfen Klatschen gegen sein Hemd schnellten. Er lachte boshaft über Laura, die nach ihrer Krankheit immer noch schmerzhaft dünn war.

»Meine Güte, wenn sie eine Stute wäre, käme sie zum Schlachter. Was meinst du, Billy?«, sagte er und winkte den dritten Jungen herbei.

Billy Wayne stand reglos und schweigend da, denn diesem Gespräch wollte er sich nicht anschließen.

»Was ist denn los mit dir, du Trottel?«, teilte der unverschämte Junge aus. »Verstehst du so eine einfache Frage nicht?«

Billy starrte seinen Peiniger an, schüttelte langsam den Kopf und sagte: »Weiß nicht, Kumpel. Ich glaub, auch 'ne dünne Stute zu erschießen, wäre dumm, wenn Leben in ihr steckt.«

Laura nahm Billys ungeschicktes Kompliment kaum zur Kenntnis. Die Hänseleien des anderen Jungen waren der Tropfen, der das Fass zum Überlaufen brachte. Hier stand sie, am Rand der Erschöpfung, und dieser Lümmel, den sie in der Schmiede ein paar Mal von weitem gesehen hatte, besaß die Frechheit, sich über sie lustig zu machen. Tränen stiegen ihr in die Augen, und sie musste die Lider fest zukneifen, um sie zurückzuhalten. Sie würde sich nicht die Blöße geben, vor ihm zu weinen und bestimmt nicht vor Alex.

Doch bevor sie den Mund aufmachen konnte, um dem frechen Kerl zu sagen, wohin er sich scheren sollte, mischte sich Mary Ellen ein.

»Halt's Maul, Joe Finn, du widerlicher Kerl«, sagte sie in beißendem Ton und schubste ihn aus dem Weg. »Du bist der Trottel. Du könntest doch ein Vollblut nicht von einem Buschpony unterscheiden.«

Ruth und Billy kicherten über ihre Schlagfertigkeit.

Joe gab sich nicht leicht geschlagen. Er blies sich auf wie ein Kampfhahn und setzte eine aggressive Miene auf.

»Sagt wer? Du? Du und deine Freundinnen, ihr könnt doch wahrscheinlich das Vorderteil eines Pferdes nicht von seinem Hinterteil unterscheiden.«

Alex, der bis jetzt geschwiegen hatte, weil er Laura verstohlen beobachtet hatte, funkelte Joe an.

»Halt deinen dreckigen Mund, oder ich stopfe ihn dir. So redet man nicht in Gegenwart von Damen.«

Streithahn Joe ließ sich nicht einschüchtern.

»Damen? Das hier? Was für ein Witz!« Sein Blick wanderte von Mary Ellens zusammengepressten Lippen hinüber zu Ruth, die vor Verlegenheit rot geworden war. Schließlich blieb er an Laura haften, und Joe höhnte: »Willst wohl den Gentleman spielen, was, Al, alter Kumpel? Jeder weiß doch, dass du ein Auge auf McRaes Tochter geworfen hast. Nicht, dass es dir etwas nützen würde. Sie ist genau wie ihre Freundinnen –«, er wies mit dem Daumen auf Mary Ellen und Ruth, »– viel zu eingebildet, um sich mit Stallburschen oder Jockeys abzugeben. Man müsste es einmal ordentlich im Heu mit ihnen treiben, um ihnen ihre verdammte katholische Steifheit auszutreiben.«

Mary Ellen und Ruth schrien entrüstet auf, verstummten aber abrupt, als Alex' geballte Faust auf Joes Nase landete. Diesem Hieb ließ er eine gut gezielte Linke vor den Solarplexus folgen. Joe plumpste auf den Rücken wie ein Haufen Ziegelsteine und blieb liegen. Ein dünnes Blutrinnsal quoll aus seiner Nase. Er fasste sich mit beiden Händen an die Nase und wälzte sich stöhnend auf dem Boden, als sei er tödlich verletzt.

»Himmel, du Mistkerl. Ich glaube, du hast mir die Nase gebrochen.«

Diese Bemerkung beantwortete Alex mit einem Tritt, der Joe eher zum Schweigen bringen als ihn verletzen sollte. Er sah Laura an, und seine Miene war voller Bedauern.

»Es tut mir leid, Laura. Joe hat ein fürchterliches Mundwerk.« Weil die anderen Mädchen schon ein Stück weitergegangen waren, um Abstand von der Auseinandersetzung zu gewinnen, hatte er den Mut zu fragen: »Wie geht es dir denn?«

Was machte sie nur hier mit einem Jungen und einem *Jockey* noch dazu? Wenn ihr Vater sie sah oder ihm jemand davon erzählte, würde er sie beide grün und blau schlagen. Andererseits hatte Alex sie verteidigt, also konnte sie kaum so unhöflich sein, ihn zu ignorieren.

»Eigentlich ganz gut«, sagte sie und verfluchte insgeheim ihren schüchternen Unterton. »Ich bin jetzt wieder in der Schule.«

»Ich habe dir Blumen geschickt. Rosen. Hast du sie bekommen?«

Ihre braunen Augen wurden groß vor Überraschung.

»Sie waren von dir? Das wusste ich nicht, es war keine Karte dabei. Sie waren wunderschön. Danke.«

Sie konnte nicht verhindern, was mit ihr geschah. Sie schien keine Kontrolle über die Wärme zu haben, die sich durch ihren ganzen Körper bis in ihre Wangen stahl, genauso wenig wie über das Gefühl der Schwäche, der Leere, das ihren Bauch erfüllte. Es war kein Hunger, es war etwas anderes, etwas, das sie noch nie zuvor empfunden hatte. Die Art, wie seine tanzenden blauen Augen sie ansahen, als wäre sie etwas Besonderes. Es war aufregend und ein wenig beängstigend zugleich.

Eigentlich schenkten ihr Jungen nicht viel Beachtung, vor allem jetzt nicht. Außer Alex. Der warme Ausdruck seiner Augen sagte deutlicher als Worte, dass die Tatsache, dass sie der dünnste Hungerhaken der Welt geworden war, ihm weder auffiel noch ihn interessierte.

Immer noch mit glühenden Wangen sagte sie leise: »Ich gehe jetzt besser. M-meine Freundinnen warten.«

»Sicher. Vielleicht sehe ich dich ja demnächst in der Schmiede.«

»Vielleicht.«

Sie wussten beide, dass das keine gute Idee wäre. Nicht angesichts der Meinung, die ihr Vater über gewisse Rennbahnangestellte hegte. Dennoch – der Gedanke schoss ihr in den Kopf, bevor sie es verhindern konnte – es gab ja noch andere Treffpunkte, die Kirche, den Strand und die Straße.

Alex winkte Billy zu, und zu zweit packten sie Joe am Hemd und zogen ihn hoch. Sie halfen ihm dabei, sich den Staub aus den Kleidern zu klopfen, und Alex zog ein zerschlissenes Taschentuch aus seiner Tasche. Er bot es Joe für seine blutende Nase an.

»Möchtest du dich vielleicht entschuldigen?«

»Kommt nicht in Frage«, kam die uneinsichtige Antwort, und Joe warf Laura einen hasserfüllten Blick zu. Dann rannte er, so schnell er konnte, den Weg zurück, den sie gekommen waren, weil er weitere Vergeltungsmaßnahmen seines Kameraden befürchtete.

Alex wandte sich noch einmal an Laura und zuckte mit den Achseln. Er hatte ihr so viel zu sagen, er müsste sich Möglichkeiten ausdenken, sich mit ihr zu treffen. Dazu würde es einiger Planung bedürfen. Er winkte ihr zu und folgte gemeinsam mit Billy den Spuren seines feigen Freundes.

»Ich habe dir doch gesagt, dass er es auf dich abgesehen hat, nicht wahr?«, erinnerte Mary Ellen Laura. Sie nahm die Schultasche ihrer Freundin, dann setzten sie den Heimweg fort. »Und du magst ihn doch auch, oder nicht?«

»Ich weiß es nicht. Er scheint ja wirklich nett zu sein.« Sie versuchte, ihrer Stimme einen trotzigen Klang zu verleihen, aber sie war sich sicher, dass ihre Freundinnen sie durchschauten.

»Ganz schön tapfer von ihm, sich mit diesem verflixten Joe Finn anzulegen. Der Kerl hat einen schlimmen Ruf. Hat schon diverse Jugendstrafen hinter sich«, klärte Ruth ihre Freundinnen auf. »Ich verstehe nicht, wie er mit Alex befreundet sein kann; die beiden sind so verschieden.«

»Alex scheint nur Freunde zu haben«, erwiderte Mary Ellen. »Mein Vater meint, er ist der beliebteste Jockey in Sydney. Er sagt, wenn er mit der Lehre fertig ist, gehört er zu den Besten. Was ihn zu einem guten Fang machen dürfte. Spitzenjockeys verdienen nämlich ziemlich gut«, ließ sie in weiser Voraussicht einfließen.

Laura, die ihre gute Laune wiedergefunden hatte, gluckste. »Dazu ist es noch etwas früh. Ich bin doch erst vierzehn.«

»Es macht sich bezahlt, wenn man vorausschauend denkt.«

Ruth und Laura schüttelten die Köpfe, dann lachten sie. Ohne dass sie es merkte, traf Mary Ellen die Ausdrucksweise und den Ton ihres Vaters so genau, dass es einfach zu komisch war. Nur, dass sie ihr das nicht sagen konnten, weil es sie verletzt hätte.

Sie gingen eine kleine Strecke, ohne etwas zu sagen, dann schnitt Ruth ein neues Thema an.

»Mein Onkel und meine Tante kommen nächsten Montag mit dem Schiff aus Europa. Sie werden erst eine Weile bei uns wohnen und sich dann selbst eine Wohnung suchen. Onkel Hans ist Schneider, Tante Gerda Putzmacherin.«

»Wie aufregend für euch. Deine Mutter freut sich doch bestimmt auf das Wiedersehen mit ihrem Bruder«, sagte Laura.

»Wir freuen uns alle. Und auf den kleinen Daniel. Tante Gerda und Onkel Hans sind schon fast zwanzig Jahre verheiratet, aber sie haben gerade erst ihr erstes Kind bekommen. Mama dachte schon, Onkel Hans würde nie Nachwuchs bekommen. Aber dann ist Daniel zur Welt gekommen, zwei Wochen vor ihrer Abreise aus Rotterdam. Papa hat gesagt, ich darf einen Tag in der Schule fehlen, um sie mit abzuholen.«

»Du Glückspilz«, rief Laura neidisch aus. »Schreiben wir am Montag nicht eine Mathearbeit?«

»Doch, aber ...« Ruth zuckte mit den Achseln und grinste sie an. Sie wussten ja, dass Ruth in Mathematik die Klassenbeste war – schließlich gab sie Laura dann und wann Nachhilfe, um ihren Noten auf die Sprünge zu helfen.

Die Addison Street kam in Sicht. Laura war fast zu Hause.

Sie hoffte, dass ihre Mutter nicht auf der Veranda auf sie warten würde. Seit ihrem Krankenhausaufenthalt behüteten ihre Eltern sie furchtbar übertrieben, erst in letzter Zeit gewährten sie ihr wieder ein wenig Freiheit. Nicht, dass sie sich beklagen konnte. Es war wunderbar gewesen, so umsorgt zu werden, aber sie brauchte jetzt Zeit für sich selbst. Zeit, um über ihr Erlebnis im Krankenhaus nachzudenken. Ihre Erinnerungen waren nur bruchstückhaft, aber sie wusste, dass es weder ein Traum noch eine Halluzination gewesen war. Ganz gleich, was alle anderen sagten.

Sie war dem Tod nahe gewesen, das wusste sie genau, und *irgendetwas* hatte sie in diese Welt zurückgezogen. Warum? Wie oft sie sich diese Frage auch stellte, es gab keine zufriedenstellende Antwort. Ihre Eltern, vor allem ihre Mutter, hatten ihr geglaubt und sich von ihr beschreiben lassen, was sie in Ermangelung einer besseren Bezeichnung ihren Traum nannte. Ihre Mutter sagte, dass sie zu einem besonderen Zweck verschont worden war – dass der Traum und das Weihwasser aus Lourdes sie gerettet hatten.

Dieses Erlebnis hatte ihr Leben verändert, würde es noch weiter verändern, obwohl sie keine Ahnung hatte, wie. In ihrem Inneren fühlte sie sich seitdem anders. Nicht besser, nicht klüger, nicht frommer, sondern einfach anders.

5

Der Sommer des Jahres 1937 zählte zu den heißesten, die in Sydney je registriert wurden.

Nachdem sie am Strand von Coogee schwimmen gewesen waren, waren Laura, Mary Ellen und Ruth zu Laura nach Hause gegangen und lagen jetzt im Garten auf Handtüchern unter einem hohen Kampherbaum im Schatten.

»Deine Mutter ist eine großartige Gärtnerin«, lobte Mary Ellen, die in Geberlaune war.

Die Luft war vom Duft der Rosenbüsche getränkt. Hinten an der Gartentür war ein Kräutergärtchen, in dem Schnittlauch, Pfefferminze und Petersilie in Tontöpfen standen. Neben dem alten Blechschuppen wuchsen mehrere Sorten Gemüse, und in einer Ecke stand ein Orangenbaum, der voller Früchte hing. Eine Passionsfrucht rankte sich an einer Seite des Zauns entlang, und im schattigeren Teil des Gartens hingen verschiedene Farnsorten in Drahtkörben an den Ästen des Kampherbaums.

»Papa sagt immer, Mama hat grüne Daumen. Mama sagt, dieses Grundstück hat vor dreißig Jahren zu einer Milchfarm gehört. Dünger satt. Darum ist der Boden hier auch nicht so sandig wie sonst in Coogee.«

»Mmm, meine Mutter hasst Gartenarbeit«, warf Mary Ellen ein. »Sie macht sich nicht gern die Fingernägel schmutzig. Zum Glück können wir uns ja einen Gärtner leisten.«

Laura und Ruth wechselten einen Blick. Sie hatten Mary Ellen beide gern, aber ihre Zuneigung litt manchmal unter deren Prahlereien über den Reichtum ihrer Familie. Mrs Peters war in der ganzen Nachbarschaft dafür bekannt, dass sie das Nichtstun schätzte. Aber sie brauchte ja auch nichts zu tun. Die Wirtschaftskrise hatte Mr Peters reich gemacht, deshalb konnten sie sich Personal leisten, das die Arbeiten im Haus und Garten und in der Küche erledigte.

»Keine zwei Wochen mehr, dann sind die Ferien vorbei, und es geht zurück zur Schule«, murmelte Ruth schläfrig. Sie drehte sich auf den Bauch und stützte den Kopf auf die Hände.

»Das klingt ja, als würde dir der Konvent fehlen«, stellte Mary Ellen schlecht gelaunt fest. Ihr fehlte die Schule nicht im Geringsten. Die Nonnen waren kleinlich und streng. Und sie hatten diese Vorliebe für exzessives Beten. Ein Gebet am Anfang jeder Stunde, eins am Ende, eins vor und eins nach dem Essen. Todlangweilig, wirklich.

»Das stimmt auch. Ich liebe die Schule. Meine Mutter sagt, die Schuljahre sind die schönsten Jahre im Leben. Keine Probleme, keine Verpflichtungen.«

»Wie deprimierend«, seufzte Mary Ellen.

Sie wussten alle drei, was Mrs Strachan von der Schule hielt. Sie saßen oft am Küchentisch der Strachans und hörten den Geschichten der ehemaligen Lehrerin zu. Anna Blumner war nach dem Ersten Weltkrieg mit ihren Eltern aus Holland gekommen, hatte Albert Strachan kennen gelernt und ihn mit siebzehn Jahren nach nur sechswöchiger, turbulenter Verlobungszeit geheiratet. Ihre europäischen Angewohnheiten waren etwas Neues für Mary Ellen und Laura, die Ruth gern besuchten, weil Anna sie so herzlich umsorgte, so köstlich kochte und so spannend erzählen konnte. Jetzt waren die Besuche noch interessanter, wenn Ruths Onkel Hans Blumner,

Tante Gerda und der kleine Daniel auch da waren. Sie erzählten ihnen Geschichten aus weit entfernten Ländern, von Adolf Hitler und der wachsenden Unruhe in Europa, und die Mädchen staunten nur.

»Apropos Verpflichtungen«, nahm Mary Ellen das Thema wieder auf, »habt ihr euch schon entschieden, ob ihr euren Abschluss macht?«

»Ich nicht«, sagte Laura entschlossen. Sie hatte ihr Augenmerk auf einen Schmetterling gerichtet, der in den Garten geflogen war. An seinem herrlichen Muster erkannte sie ihn als Monarchfalter, und ihr Blick folgte ihm von Blume zu Blume. »Ich möchte dieses Jahr von der Schule abgehen und mir eine Stelle suchen.«

»Was denn für eine Stelle?«

»Ich… weiß es nicht.« Das war nicht wahr, und ihre Freundinnen wussten es auch. Ihr war klar, was sie tun wollte, aber sie bezweifelte, dass ihr Vater zulassen würde, dass sie sich eine Stelle suchte, die etwas mit Mode zu tun hatte. Tom war ohnehin der Meinung, dass es Zeitverschwendung für eine Frau war, einen Beruf zu erlernen, weil sie im Normalfall sowieso heiratete und eine Familie gründete. Deshalb wünschte er sich einen vernünftigen Broterwerb für Laura. In einem Büro. Oder hinter einer Ladentheke.

Beides lockte Laura überhaupt nicht, und sie hatte das ihrem Vater auch gesagt, doch es hatte nichts genützt. Selbst ihre Mutter hatte es trotz ihrer erstaunlichen Überredungskünste nicht geschafft, ihn umzustimmen.

»Und wenn du Kleider und Hüte entwirfst? Das kannst du doch so gut?«, meinte Ruth.

Laura seufzte. »Papa hält nicht viel von dieser Idee. Er sagt es ist eine zu… zu künstlerische Beschäftigung. Und die besten Modeschöpfer sind sowieso Männer.«

Sie wandte sich Mary Ellen zu. »Und was wirst du tun?«

Mary Ellen zog ein so komisches Gesicht, dass ihre beiden Freundinnen lachten.

»Weiter zur Schule gehen, denke ich. Papa wünscht es sich so. Dann gehe ich auf eine Schule für Sekretärinnen. Ich würde gern die Privatsekretärin eines reichen Mannes. Außerdem muss ich doch Ruth Gesellschaft leisten.«

Angie McRae stand auf der oberen Stufe der Gartenveranda und beobachtete die Mädchen. Ende des Jahres wären sie alle drei sechzehn, es war nicht zu übersehen, dass sie erwachsen wurden. Laura hinkte nach ihrer langen Krankheit etwas hinterher, aber Doktor Hume hatte ihr gesagt, sie sollte sich keine Sorgen machen; Laura würde die anderen bald einholen. Mary Ellen war die Größte der drei. Sie hatte schon ausgeprägte Brüste, deutlich gerundete Hüften, und sie war ihren Altersgenossinnen an Raffinesse weit voraus. Rassig, so nannte Tom das! Ruth verriet mit ihren wilden roten Haaren und ihrem immer noch knabenhaften Körper schon jetzt die Weltfremdheit der zukünftigen Akademikerin.

Spontan ging Angie in die Küche, holte die frisch gemachte Limonade aus ihrem neuen Kühlschrank, legte ein paar Stücke Karottenkuchen auf einen Teller und trug das Ganze mit drei Gläsern hinaus zu den Mädchen.

»Oh, wunderbar, Mrs McRae«, freute sich Ruth und leckte sich die Lippen.

»Und, worüber unterhaltet ihr euch gerade? Kann eine alte Frau wie ich sich dazusetzen?«

»Natürlich, Mama.«

Laura rückte ein Stück, um ihrer Mutter Platz auf dem Handtuch zu machen, und als sie sie dann betrachtete, wurde ihr ganz warm ums Herz. Ihre Mutter war etwas ganz Besonderes. Möglich, dass sie keine modischen Kleider trug und ihre Frisur nicht der letzte Schrei war – so etwas erlaubten die Finanzen der McRaes nicht –, aber ihre Mutter hatte etwas Würdevolles an sich, das auch so nicht zu übersehen war. Laura vermutete, dass es daran lag, dass sie mit ihrem Leben zufrieden war, auch wenn es hart war. Angie arbeitete bis spätabends, um das Haus sauber und in Ordnung zu halten.

Außerdem war sie eine großartige Köchin, sogar noch besser als Mrs Strachan, fand zumindest Laura. Es war erstaunlich, was sie aus einem Pfund billigem Rindfleisch und ein paar langweiligen Gemüsestücken zaubern konnte.

»Wir unterhalten uns darüber, was wir nächstes Jahr machen«, sagte Mary Ellen. »Das wird schließlich unser letztes Schuljahr.«

»Mrs McRae, stimmt es, dass Lauras Vater ihr nicht erlaubt, Modeschöpferin zu werden? Das kann sie doch so gut«, sagte Ruth.

»Er hat sicher seine Gründe dafür. Tom glaubt nicht, dass sie damit eine Perspektive hätte.«

Insgeheim teilte Angie Ruths Meinung, aber aus irgendeinem Grund hatte Tom beschlossen, dass ein Beruf, der mit Mode zu tun hatte, nichts für *seine* Tochter war. Sicher hatte er auf der Rennbahn irgendwelches geringschätzige Geschwätz gehört und es ernst genommen. Manchmal hörte er leider auf das, was andere sagten, statt sich auf seinen Instinkt zu verlassen.

Doch es dauerte ja noch einige Monate bis zum Ende des Schuljahrs, und *sie* hatte ihn schließlich schon öfter von seinen sturen Ideen abgebracht. Sie lächelte innerlich. Doch, sogar Tom ließ sich zur Vernunft bringen, wenn man es richtig anstellte.

»Aber Laura ist doch so talentiert«, meldete sich auch Mary Ellen zu Wort und warf einen neidischen Blick auf den schicken Badeanzug, den Laura sich genäht hatte. Sie hatte einen alten Badeanzug ihrer Mutter umgearbeitet, indem sie den Stoff färbte, hier ein paar Abnäher machte und dort die Taille veränderte. Jetzt sah er unverwechselbar und doch modisch aus. Ihr fiel wieder ein, wie ihnen vorhin ein paar Jungen am Strand nachgepfiffen hatten. Die Mädchen hatten sie natürlich ignoriert. Nicht, dass Mary Ellen das je offen zugegeben hätte – lieber hätte sie sich die Zunge abgebissen –, aber insgeheim hatte sie gewusst, dass die Pfiffe eigentlich Laura gegolten hatten, Laura mit dem goldenen Haar, dem hübschen Gesicht und der perfekten Haut.

Laura zuckte mit den Achseln. Die Einstellung ihres Vaters schmerzte sie, aber irgendwie würde sie sich schon daran vorbeimogeln. Sie hatte ihre Träume, und auch wenn ihr Vater sie nicht verstand, würde sie sie irgendwie wahr machen.

»Es ist mir gleichgültig, was ich tue. Jede Arbeit wäre eine gute Erfahrung. Vielleicht nehmen sie mich ja bei Mark Foy. Sie suchen doch immer gepflegte Verkäuferinnen.« Sie fügte betont hinzu: »*Daran* würde Papa doch sicher nichts Schlimmes finden, oder Mama?«

»Nein, Schätzchen, wahrscheinlich nicht.« Angie richtete den Blick auf Ruth und fragte: »Wie sehen denn deine Pläne aus?«

»Medizinstudium«, murmelte Ruth. Es überraschte sie, dass Mrs McRae überhaupt fragte, denn sie sprach schon seit Jahren von nichts anderem, und auch die spärlichen Finanzen ihrer Familie würden sie nicht aufhalten. »Es gibt ein paar Stipendien, und ich hoffe, eins davon zu ergattern, wenn ich mich anstrenge.«

»Und Mary Ellen?«

»Ich weiß es nicht. Ich bin nicht so wie Laura oder Ruth – ich meine, ich habe kein besonderes Talent, außer natürlich zum Geldausgeben.« Sie grinste die anderen an, vor allem Lauras Mutter. Als ob sie sehen wollte, ob sie sie aus der Fassung bringen könnte, sagte sie dann: »Alles, was ich werden will, ist reich, reich, reich. Ich habe vor, einen gut betuchten Geschäftsmann zu heiraten.«

Wenn dieser kaltblütige Materialismus Angie McRae schockierte, dann tarnte sie ihre Reaktion gut.

»Nun, das ist ja auch ein Ziel. Eine Ehe und einen Haushalt zu führen, eine Familie zu haben, ist heutzutage kein Kinderspiel.«

»Oh, ich bin gar nicht scharf auf Kinder«, winkte Mary Ellen ab.

»Unsinn, jeder mag Kinder«, gab Laura zurück. »Ich will mich verlieben, heiraten und möglichst ein halbes Dutzend bekommen.«

»Ein halbes Dutzend?«, gluckste Angie.

Laura lächelte ihre Mutter verschwörerisch an. »Na ja, vielleicht nicht ganz. Aber zwei oder drei wären schön.«

»Und bist du deinem Traummann schon begegnet?«, fragte Angie ungewohnt schelmisch.

»Ja«, kicherte Ruth. »Alex Monroe, nicht wahr, Laura?«

Laura wurde vor Verlegenheit rot. »Das stimmt nicht. Alex ist doch nicht einmal mehr in Sydney. Er geht jetzt auf Rennen in Melbourne.«

»Papa hat mir gesagt, dass er im Juni zurückkommt«, warf Mary beiläufig ein und lächelte süßlich dazu.

Die Hitzewelle, die Laura durchraste, war so stark, dass sie das Gefühl hatte, alle müssten sehen, wie sich ihre Hautfarbe änderte. Sie hatte nicht gewusst, dass er so schnell zurückkommen würde. Er hatte ihr vier Briefe geschrieben, die er an Ruths Adresse geschickt hatte, damit Lauras Vater nichts davon erfuhr. Sie hinterging Tom nicht gern, aber er hatte einfach keine Ahnung von ihren Gefühlen für Alex.

Manchmal verstand sie sie ja selbst nicht. An manchen Tagen fehlte Alex ihr schrecklich, tags darauf hatte sie ihn vergessen. Fast. Ach, es fühlte sich wirklich seltsam an.

Laura sah ihre Mutter an und fragte sich, ob sie ihrem Vater von Ruths Behauptung erzählen würde. Nein, so war sie nicht. Mama lebte nicht nach denselben unverbrüchlichen Regeln wie Papa. Zum Glück.

Der Schmetterling, den sie beobachtet hatte, landete auf Ruths Kopf, so sacht, dass diese gar nichts davon merkte.

»Psst«, flüsterte Laura aufgeregt. »Ruth, du hast einen Schmetterling auf dem Kopf. Beweg dich nicht; mal sehen, wie lange er sitzen bleibt.«

»Vielleicht hält er deine Haare für eine orange Sonnenblume«, sagte Mary Ellen ohne jeden bösen Unterton.

»Schmetterlinge sind so etwas Herrliches«, sagte Angie leise. »Man kann sich gar nicht vorstellen, dass sie ihr Leben als hässliche Raupen beginnen. Dann spinnen sie sich ein, und ein paar Wochen später kommen sie als geflügelte Schönheiten wieder zum Vorschein.«

»Aber sie leben nicht besonders lange«, ergänzte Ruth. »Manche nur zwei Wochen, manche einen oder zwei Monate, glaube ich.«

»Es sind ja nur kleine Tiere. Das ist wahrscheinlich ein langes Leben für so ein kleines Geschöpf«, sagte Laura. »Und wenigstens sind sie frei. Frei zu fliegen, wohin sie wollen. Von unserem kleinen Garten auf den höchsten Baum, in die Berge oder ans Meer. Oh, was sie unterwegs alles sehen.«

Angie war überrascht von der Wehmut in der Stimme ihrer Tochter, die sie mit Nachdruck daran erinnerte, wie schnell Laura erwachsen wurde. Bald würde sie sich ihren Lebensunterhalt selbst verdienen. Angie stieß einen kaum hörbaren Seufzer aus. Ihr erstes Baby war fast aus dem Nest. Sie beobachtete die hingerissenen Gesichter der Mädchen –

selbst Mary Ellen hatte nur Augen für den Schmetterling. Es war einer der größten Monarche, die Angie je gesehen hatte, und auch ansonsten ein Prachtexemplar mit seinem schwarz-weißen Muster und den leuchtend orangen und gelben Flecken, die ihm auf den Pflanzen als Tarnung dienten. Dann und wann zitterte einer seiner Flügel, doch vorerst schien er mit seinem Rastplatz auf Ruths Kopf ganz zufrieden zu sein.

Keiner von ihnen bemerkte Frank, der durch den Garten geschlichen kam und sich unter dem Kampherbaum von Schattenfleck zu Schattenfleck bewegte, bis er fast bei ihnen angelangt war. So schnell, dass er sie völlig überrumpelte, hob er sein improvisiertes Netz – einen Drahtring mit einem Stück Musselin an einem Stöckchen –, fegte Ruth den Schmetterling vom Kopf und steckte ihn in ein Glas.

»Frank!«, rief Laura entrüstet. »Wie konntest du nur? Lass ihn frei!«

»Nein. Ich habe ihn gefangen, und ich verkaufe ihn an Sid Morgan. Er hat eine große Schmetterlingssammlung, und für den hier gibt er mir vier Pence.«

»Mama, bitte.« Tränen füllten Lauras Augen. Sie wusste nicht, warum, aber aus irgendeinem obskuren Grund hatte sie sich mit dem Schmetterling verbunden gefühlt. Für sie symbolisierte er Freiheit, Schönheit, Anmut und Sanftheit – Eigenschaften, von denen sie selbst gern mehr besessen hätte. »Mama, bitte lass ihn das nicht tun.«

»Genau, du gemeiner Kerl«, sagte Mary Ellen verächtlich. »Er tut doch niemandem etwas. Lass ihn frei.«

»Gib mir das Glas, Junge«, forderte Angie ihn auf.

Frank presste das Glas mit beiden Händen an seine Brust und weigerte sich, sich von seiner Beute zu trennen.

»Warum denn, Mama?«, jammerte er. »Ich habe ihn gefangen, dann kann ich ihn auch behalten. Sonst darf ich doch auch Insekten fangen.«

»Gib es mir, Frank. Sofort!«

Der eiserne Unterton in der Stimme seiner Mutter bewog ihn dazu, ihr seinen Fang auszuhändigen, und während Angie das Glas betrachtete, schnitt er seiner Schwester eine Grimasse. Die kleine Hexe, das Lieblingskind hatte wieder einmal seinen Willen bekommen.

Angie öffnete den Deckel und kippte den Schmetterling vorsichtig ins Gras. Er bewegte sich nicht. Bei genauerer Betrachtung sah sie, dass der Körper des Insekts verbogen war. Sie sah Laura an und schüttelte den Kopf.

»Ich glaube, er ist tot, Schatz. Wahrscheinlich ist es passiert, als Frank ihn in das Glas gesteckt hat.«

Laura sah Frank voll Abscheu an. Manchmal konnte sie gar nicht glauben, dass er ihr Bruder war. Er war ganz anders als sie und Mikey, und manchmal fragte sie sich, was ihn dazu brachte, anderen all diese gemeinen Dinge anzutun. Ihr und Mikey, wenn er glaubte, dass es niemand merkte, aber auch allen anderen, die er zwischen seine groben Finger bekam. Frank hatte eine brutale Ader, die sie nicht verstand.

»Wenn er tot ist, kann ich ihn ja auch haben. Sid hätte ihn sowieso getötet. Er hätte Nadeln hineingestochen und ihn auf ein Brett gesteckt«, sagte er unverhohlen genüsslich. Er starrte Laura an, als hätte er dasselbe gern mit ihr getan. Ohne den enttäuschten Blick seiner Mutter zu beachten, legte er den Schmetterling wieder in sein Netz und lief damit davon, bevor sie noch weiter mit ihm schimpfen konnte.

»Verflixter Mistkerl«, murmelte Mary Ellen gereizt. Dann wurde sie rot, und sie sah seine Mutter mit einem entschuldigenden Lächeln an. »Entschuldigung, Mrs McRae.«

»Schon gut, Mary Ellen. Frank ist wirklich anstrengend, das kann ich nicht leugnen.« Sie zuckte mit den Achseln. »Jetzt, wo er ein Jugendlicher ist und immer kräftiger wird, wird er auch immer widerspenstiger.«

»Ich wünschte, er –« Laura hielt inne und biss sich auf die Lippe, bevor sie den Gedanken zu Ende aussprechen konnte. Würde für immer fortgehen, beendete sie den Satz im Stillen. Ihre Mutter hatte Recht. Was für Impulse ihn auch antrieben, sie wurden immer schlimmer. So schlimm, dass selbst ihr Vater ihn nur noch mit Mühe im Zaum halten konnte.

Frank hatte den Mädchen den Nachmittag ruiniert, und Angie versuchte, sie aufzuheitern.

»Möchtet ihr noch ein Stück Kuchen, ihr drei?«

»Führen Sie mich nicht in Versuchung, Mrs McRae«, sagte Ruth grinsend. »Es ist schon so kurz vor dem Abendessen.«

Angie spürte, dass die Mädchen lieber wieder allein sein wollten. Sie packte das Geschirr auf ihr Tablett und stand auf.

»Ja, das Abendessen. Darüber sollte ich mir langsam auch Gedanken machen.«

Laura sah ihr auf dem Weg zur Veranda nach und begriff plötzlich erschrocken, wie dünn ihre Mutter in den letzten Monaten geworden war. Sie war zwar nie die Fülligste gewesen, aber jetzt war ihre Figur fast so knabenhaft wie Ruths. Merkwürdig, das fiel ihr jetzt zum ersten Mal auf.

»Was machen wir denn morgen?«, unterbrach Mary Ellen ihren Gedankengang.

»Wie wär's mit einem Picknick im Centennial Park?«, schlug Laura vor.

»Gute Idee.« Ruth klopfte ihrer Freundin auf den Arm. »Ich bringe die Brote mit.«

»Ich bringe Obst und Kuchen mit«, fügte Laura hinzu.

»Ich eine Thermoskanne mit Tee und eine Decke«, sagte Mary Ellen. »Vielleicht könnten wir ja sogar reiten gehen …«

»Onkel Hans hat gefragt, ob wir ihn heute nach der Schule in seinem Laden besuchen«, sagte Ruth. »Es ist Daniels erster Geburtstag. Sie möchten, dass wir ihm helfen, die Kerzen auf seinem Kuchen auszupusten.« Ihre beiden Freundinnen nickten zustimmend, bevor sie hastig ihre Schultaschen holten, um sich dann zum Schlussgebet in der Klasse zu versammeln.

Die drei Mädchen ließen sich Zeit mit dem Spaziergang über die Coogee Bay Road. Es gab viele interessante Läden in dieser Straße, und auch wenn sie jedes Schaufenster inund auswendig kannten, war es eine willkommene Abwechslung und eine Pause vom ständigen Lernen – in drei Wochen waren die Abschlussprüfungen.

Laura besuchte den Laden der Blumners immer gern – für sie war er eine wahre Schatztruhe. Stoffballen stapelten sich regalweise bis zur Decke. Serge, Tweed und Wollstoffe in nüchternen Farben für Herrenanzüge und an der Wand gegenüber die Stoffe für Damenkleider: Viyella, Baumwolle, Satin, Taft, Seide, Samt. Sie liebte es auszuprobieren, wie sich die verschiedenen Materialien anfühlten, und sie über die Schneiderpuppe zu drapieren – Mr Blumner erlaubte ihr das –, um zu sehen, wie sie glatt fallend oder in Falten gerafft aussahen. Dann gab es Schachteln mit Bändern und Spitzen, Hunderte bunter Garnröllchen und eine Unmenge Kärtchen mit Knöpfen in allen Farben, Formen und Größen.

Gerda war Hutmacherin, und ihre Produkte waren in zwei Regalen ausgestellt. Praktische Winterhüte, modische Sommerhüte und sogar ein paar zierliche Kreationen für den Abend. Laura hatte ihr schon öfter in ihrer kleinen, durch Vorhänge abgetrennten Werkstatt bei der Arbeit zugesehen und gestaunt, wie gekonnt sie einen schlichten, schmucklosen Hut in ein kleines Kunstwerk verwandeln konnte.

Der Zuschneidetisch war einer der interessantesten Orte im Laden. Auch hier sah sie oft dem Schneider dabei zu, wie er den Stoff mit einem langen Lineal und Kreide markierte, ihn zielsicher zuschnitt und die Teile dann vor dem Nähen mit Nadeln zusammensteckte. Beide Blumners beherrschten ihr Handwerk außerordentlich gut; das verriet Laura ihr eigenes, angeborenes Talent für die Schneiderei.

Hans bat die Mädchen in den Laden und winkte sie in das Wohnzimmer im hinteren Teil des Hauses, um sich noch um eine Kundin zu kümmern.

»Aah, ihr Mädchen, guten Tag.« Gerda holte sie ins Zimmer und lud sie zum Hinsetzen ein. Daniel kreischte vor Entzücken, als er die Mädchen erkannte, und stolperte auf wackeligen Beinchen auf sie zu. Er streckte Ruth die Arme entgegen, damit sie ihn aufhob, und ließ sich von ihr verwöhnen. Bald aber wand er sich auf ihrem Schoß, damit sie ihn losließ und er wieder zu seinem neuen Spielzeug krabbeln konnte, einem bunten Holzlaster, der mit Bauklötzen beladen war.

»Der Kleine ist ein richtiges Energiebündel. Er schafft mich jetzt schon«, gestand Mrs Blumner und lächelte. »Es ist lieb von euch, dass ihr gekommen seid, um mit ihm zu feiern.«

Als es dämmerte, schloss Hans den Laden ab und kam ebenfalls ins Wohnzimmer. Dort herrschte Feierstimmung, und er blieb einen Moment in der offenen Tür stehen und sah zu. Kreppgirlanden zogen sich von Wand zu Wand; der Tisch war mit Häppchen gedeckt, und an der Deckenlampe hing ein Dutzend bunte Luftballons. Überall lag zusammengeknülltes Geschenkpapier. Hans war ein ernster, verschlossener Mann von vierundvierzig Jahren, aber während er jetzt seinen Sohn beobachtete, leuchteten seine Augen, und ein kleines Lächeln umspielte seine Lippen.

Daniel ließ sich von den drei Mädchen verwöhnen. Hans freute sich zu sehen, wie wunderbar Laura mit ihm umging. Das Mädchen mit den goldenen Haaren saß im Schneidersitz auf dem Teppich und half seinem Sohn dabei, runde Holzstifte in einen Rahmen zu hämmern. Daniel krähte vor Begeisterung, als er es mit nur zwei Schlägen schaffte.

»Was er für eine Kraft hat«, sagte Mary Ellen.

»Und wie schwer er ist«, klagte Ruth. »Versuch doch einmal, ihn aufzuheben. Er wiegt eine Tonne.«

Mary Ellen fuhr alarmiert zurück. »Nein, danke. Nachher spuckt er mich noch voll.«

»Nicht doch«, verteidigte Gerda ihren Sohn gutmütig. »Er ist doch nicht krank. Er hat Bärenkräfte.«

»Das ist auch gut so«, dröhnte Hans' Stimme an der Tür, »wenn er älter ist, kann er mir helfen, die schweren Ballen zu heben.«

Sie feierten weiter, bis es draußen fast dunkel war. Als Gerda sah, dass ihr Sohn müde wurde und sich die Augen rieb, holte sie den Geburtstagskuchen, auf dem eine große Kerze brannte. Die drei Mädchen halfen ihm, die Kerze auszupusten und den Kuchen aufzuschneiden.

»Und jetzt, junger Mann, ist Schlafenszeit.«

Das löste Protestgeheul aus, bis Gerda den Kleinen aufhob und mit ihm schmuste. Er steckte den Daumen fest in den Mund und ließ sich ohne weitere Klagen in sein Schlafzimmer über dem Laden tragen.

»Laura, ich habe einen Ballen mit einem neuen Material aus Frankreich. Es ist eine Mischung aus Seide und einer neuen Kunstfaser namens Nylon. Würdest du gern einen Blick darauf werfen?«

»O ja, Mr Blumner.« Laura warf einen Blick auf das Durcheinander, das sie gemeinsam mit Daniel im Zimmer angerichtet hatten. Überall lagen Spielsachen, Luftballons und Papiergirlanden verstreut, die Daniel mit Begeisterung in kleine Stücke gerissen hatte. »Ich räume nur noch schnell auf.«

»Gut. Komm in den Laden, wenn du fertig bist«, sagte Hans und verschwand in seinem dunklen Geschäft.

»Geh schon und sieh dir an, was er dir zeigen will«, sagte Ruth und fügte mit einem vielsagenden Blick auf Mary Ellen hinzu: »Wir räumen hier auf.«

Laura sah ihre beiden Freundinnen an. »Macht es euch auch bestimmt nichts aus?«

»Los«, sagte auch Mary Ellen. »Das hier schaffen wir in null Komma nichts.«

Glücklich ging Laura zu Mr Blumner in den Laden und sah ihm dabei zu, wie er mehrere Meter Tuch auf der Ladentheke ausrollte.

»Da bist du ja. Schön. Fühl das einmal an, Laura.«

Das tat sie und staunte, wie weich der Stoff war. Während sie damit herumspielte, stellte sie fest, dass er sich gut drapieren ließ und weniger fließend war als reine Seide.

»Er wird nach einem neuen Verfahren hergestellt, von einer Firma namens Dupont. Das Gute daran ist, dass er nur halb so teuer wie Seide ist. Er ist leicht zu pflegen. Außerdem heißt es, dass er keine Wasserflecken bekommt«, fügte Mr Blumner begeistert hinzu. »Ich habe noch zwei Ballen bestellt, und sieh nur«, er griff nach dem Stoff, um ihn aus der Nähe zu betrachten, »sind die Muster nicht wunderbar? Das liegt am Webverfahren.«

»Lässt er sich denn gut verarbeiten?«, fragte Laura, die wie immer praktisch dachte.

»Das weiß ich noch nicht. Bis jetzt hat noch niemand etwas davon gekauft.« Er sah sie über die Ladentheke hinweg an und räusperte sich. Dann sagte er: »Ich schneide dir etwas davon ab, dann kannst du dir einen Rock nähen. Danach wissen wir beide, ob sich der Stoff leicht verarbeiten lässt.«

»Ich werde ihn aber bezahlen, Mr Blumner.«

»Nein. Ich bestehe darauf. Es ist schließlich ein Experiment. Es ist wichtig, dass ich meinen Kunden erzählen kann, dass es eine Freude ist, mit dem Stoff zu nähen. Du wirst ihn für mich ausprobieren, und dann wissen wir Bescheid.«

Laura runzelte die Stirn, denn dieses Arrangement war nicht ganz nach ihrem Geschmack. Sie legte großen Wert darauf, die Dinge zu bezahlen, die sie aus dem Laden der Blumners mitnahm.

»Laura, es gibt noch einen Grund, warum ich mit dir reden wollte, nicht nur den Stoff. Ich möchte dir einen Vorschlag machen.«

Sie sah ihn nachdenklich an. »Was denn für einen Vorschlag, Mr Blumner?«

»Mrs Blumner hat mit dem kleinen Daniel alle Hände voll zu tun. Ja«, er lächelte nachsichtig, »er beschäftigt sie rund um die Uhr. Ich brauche jemanden, der mir im Laden hilft. Der die Kunden bedient, zuschneidet, beim Nähen hilft. Ich dachte, eine solche Anstellung könnte dich vielleicht interessieren, wenn du mit der Schule fertig bist.«

Laura bekam große Augen. Eine Anstellung! Stoffe verkaufen, Kleider schneidern, Hüte nähen, und wenn sie Glück hatte, dann und wann auch Entwürfe herstellen.

»Eine Anstellung. Meinen Sie so etwas wie eine Lehre?«

»Ja, so in etwa. Ich würde dir das Schneidern beibringen. Außerdem sehe ich ja, dass du dich für die Hutmacherei interessierst. Meine Frau könnte dir alles beibringen, was du wissen musst. Sie hatte in Amsterdam ihr eigenes Hutgeschäft direkt neben der Schneiderei.«

»Das klingt ja wunderbar.« Genau das, was sie sich wünschte, wovon sie geträumt hatte. Blumners Geschäft war ganz in der Nähe. Sie müsste nicht in die Stadt fahren, könnte zu Fuß zur Arbeit gehen. Es war perfekt – aber was war mit ihrem Vater? Was würde er sagen?

»Ich möchte, dass du es dir überlegst. Wenn du Interesse hast, komme ich zu dir nach Hause und unterhalte mich mit deinem Vater über die Einzelheiten und deinen Lohn.«

»Da gibt es nichts zu überlegen, Mr Blumner, das ist genau das, was ich mir wünsche. Wenn«, sie hielt inne, weil sie daran denken musste, was ihr Vater von Berufen hielt, die mit Mode zu tun hatten, »wenn mein Vater einverstanden ist.«

»Gut.« Er zwinkerte ihr zu. »Mach dir keine Gedanken. Ich sorge dafür, dass er die Dinge genauso sieht wie wir.«

Und genau das tat Hans Blumner erstaunlicherweise auch. Niemand im Hause McRae, nicht einmal Angie, wusste, was der Schneider zu Tom McRae sagte. Es gab ein einstündiges Gespräch im kleinen, für offizielle Anlässe reservierten Salon der McRaes – in dessen Verlauf es nicht bei einem Glas des guten schottischen Whiskys blieb, den Hans Tom geschenkt hatte –, und am Ende erklärte sich Lauras Vater damit einverstanden, sie bei den Blumners arbeiten zu lassen, wenn sie Ende des Jahres mit der Schule fertig war.

6

Je näher das Jahresende rückte, desto seltener besuchte Laura die Schmiede ihres Vaters. Seit sie alt genug war, um zu Fuß von zu Hause nach Randwick zu gehen, wo sich die Schmiede in der Nähe der Rennbahn befand, liebte sie es, ihrem Vater bei der Arbeit zuzusehen.

Die scheunenartige kleine Halle, über der sich ein Heuboden befand, hatte viele faszinierende Winkel und dunkle, geheime Ecken. Pferdeboxen, Stroh- und Heuballen und viele verschiedene Metallwerkzeuge. Wenn die Sonne schien, zeichneten ihre Strahlen, die durch die Ritzen in den Balkenwänden fielen, geometrische Lichtmuster auf den Fußboden. Der Geruch nach Heu, Holzkohle, heißem Metall und Pferden war seltsam anregend. Aber die Hauptattraktion war natürlich immer Tom McRae.

Heute trug Laura eine weiße, kragenlose Bluse und den Rock, den sie sich aus Hans Blumners Stoff genäht hatte. Der weiche Rock umschmeichelte beim Gehen ihre Knie.

Gerade, als sie das Tor der Schmiede erreichte, holte ihr Vater mit dem Arm aus, bevor er ihn heftig niedersausen ließ, um ein Stück glühend heißes Eisen zu einem Hufeisen zu schmieden. Sofort regten sich Liebe und Bewunderung für seine Kraft und sein Geschick. Wie viele Jahre sah sie ihm jetzt schon lautlos und fasziniert dabei zu, wie er Eisenstücke in jede beliebige Form brachte? Wie er beruhigend auf die Pferde einredete, die er beschlug – was nicht immer einfach war. Manche Pferde waren unleidlich und versuchten zu beißen oder zu treten, aber ihr Vater ließ sich Zeit, ohne dem Tier jemals die Kontrolle zu überlassen.

Er schien sich durch nichts aus der Fassung bringen zu lassen. Er hatte Geduld in Hülle und Fülle, mit allem und mit jedem – eine wichtige Eigenschaft für jemanden, der mit Metall arbeitete, denn das war eine langwierige, mühsame Arbeit.

Laura beneidete ihn darum, dass er genau wie ihre Mutter mit dem, was er hatte, zufrieden war. Umso seltsamer, dass sie selbst von Träumen verzehrt wurde, dass sie mehr vom Leben wollte. Warum konnte sie nicht mit ihrem Schicksal zufrieden sein, so wie ihre Mutter? Diesen Ehrgeiz hatte sie nicht von ihren Eltern, woher kam das geheime Verlangen nur?

Hufgeklapper erscholl auf dem gepflasterten Weg vor der Schmiede, und als sie sich umdrehte, sah sie drei junge Männer, die eine Reihe von Pferden auf den Hof führten. Sie kannte sie. Einer hieß Clyde, der zweite war Billy Wayne, der Aborigine, und der dritte, der das Schlusslicht bildete, war Alex.

Alex…

Sofort liefen ihre Wangen heiß an, und ihr Herz schlug schneller. Dass sie so reagierte, wenn sie ihn nur sah, verwirrte sie gewaltig. Er winkte ihr zu, dann verschwand er in einer Seitengasse, ohne sie auch nur zu grüßen. Laura runzelte die Stirn. Weil sie so viel für die Schule lernte und er überall im ganzen Land arbeitete, von Brisbane bis Melbourne, hatte sie ihn seit Monaten nicht mehr gesehen. Durch ihre persönliche Spionin Mary Ellen hatte sie erfahren, dass man ihm immer bessere Pferde zur Verfügung stellte und er so viele Siege errungen hatte, dass er einer der Kandidaten für den Titel des Nachwuchsjockeys des Jahres war. Sie wusste auch, dass er sich ein Auto gekauft hatte, was ihn in seinen Kreisen zu einem Mann von Welt machte. Obwohl sie nicht viel von ihm gesehen hatte, hatte er ihr weiter geschrieben und ihr seine Zuneigung ausgedrückt. Bei dem Gedanken an seine leidenschaftlichen Worte wurde ihr Gesicht noch heißer.

»Fehlt dir etwas, Laura?«, fragte ihr Vater, als sie die Schmiede betrat. »Du bist ganz rot im Gesicht. Geh lieber aus der Sonne, Kleine. Mach dich nützlich und hol mir die große Zange, ja? Sie liegt auf der Bank.«

»Ja, Papa.« Sie kam seiner Bitte eilig nach und hoffte, dass unterdessen die Röte nachlassen und jeder Gedanke an Alex das Weite suchen würde.

Sie hatte ihrem Vater das Mittagessen mitgebracht. Normalerweise tat Angie das jeden zweiten Tag, aber sie war schwer erkältet und konnte das Bett nicht verlassen. Laura war nicht in die Schule gegangen und hatte gern die Hausarbeit übernommen und eine warme Mahlzeit gekocht, damit sich ihr Vater das Geld für das Wirtshaus sparen konnte.

Als er das Pferd fertig beschlagen hatte, führte Tom es auf den gepflasterten Hof hinaus und band es an den Zaun, damit es dort auf seinen Besitzer warten konnte. Den Stalljungen, die sich dort herumtrieben, trug er auf, nach vier Uhr zurückzukommen und ihre Pferde abzuholen. Dann wusch er sich die Hände mit grober Seife und spülte den Schaum in dem Wassereimer ab, in dem er die Hufeisen abgekühlt hatte. Mit dem Feuereifer eines Verhungernden wandte er sich lächelnd dem Essenskorb zu, den Laura mitgebracht hatte.

»Isst du etwas mit, Laura?«

»Ich habe schon gegessen; ich bleibe nicht lange. Mama hat mich gebeten, ein paar Erledigungen für sie zu machen.«

Tom hob den Deckel von dem Emailtopf. »Das riecht aber gut.«

Fischeintopf. Fischbrühe, Gemüse, Reis und ein paar Filetstücke von den Fischen, die Frank und Mikey gestern am Strand geangelt hatten. Tom griff nach einem Löffel und machte sich mit Genuss über das Essen her.

Eine Zeitlang sah ihm Laura einfach nur beim Essen zu. Sie goss ihm heißen Tee aus der Thermoskanne in seinen großen, angeschlagenen Emailbecher und fügte zwei gehäufte Teelöffel aus dem Zuckerglas hinzu, das auf einem Regal über der Werkbank stand.

»Wie geht es deiner Mutter denn?«, fragte Tom kauend. »Ist der Arzt schon da gewesen?«

»Er war da, kurz bevor ich gegangen bin. Er hat ihr ein Medikament dagelassen, das den Husten austrocknen soll.«

»Hmpf, hoffentlich funktioniert das. Bis jetzt hat noch keiner von diesen widerlichen Tränken gewirkt. Ich habe schon daran gedacht, sie nach Condobolin zu bringen, damit sie zu Hause etwas frische Landluft schnuppern kann. Das wird die Farbe schon wieder in ihre Wangen zurückbringen.«

»Das wäre schön. Vielleicht könnten wir ja Weihnachten fahren? Es ist schon ewig her, dass wir Oma und Onkel Jim zuletzt gesehen haben.«

»Mal sehen, was sich machen lässt.« Er tunkte ein Stück knuspriges Brot in den Eintopf und biss mit Genuss hinein. »Das hast du wirklich gut gemacht, Schatz. Es ist köstlich.«

»Danke, Papa.« Sie streckte impulsiv die Arme aus, drückte ihn und küsste ihn auf die Wange. »Ich gehe jetzt lieber. Ich habe Mama versprochen, dass ich nicht zu lange bleibe.«

»Dann geh nur«, sagte er und klopfte ihr im Vorübergehen liebevoll auf die Hüfte. »Bis heute Abend.«

Weil sie sich auf dem gepflasterten Weg ganz auf sich selbst konzentrierte, hörte sie die leisen Schritte hinter sich nicht, bis jemand sie um die Taille fasste und umdrehte. Der Schreck nahm ihr den Atem.

»Alex. Du hättest mich fast zu Tode erschreckt.«

»Das hatte ich aber wirklich nicht vor, liebste Laura.«

Bevor sie begriff, was er vorhatte, und sie protestieren konnte, hatte er ihr einen flüchtigen Kuss auf die überraschten, halb geöffneten Lippen gedrückt.

»Was –?« Diverse unvertraute Empfindungen durchströmten sie. Ihre Lippen kribbelten von seiner Berührung, und ihr Magen ballte sich zu einer festen Kugel zusammen, während sich gleichzeitig ein warmes Gefühl durch ihre Arme und Beine schlich und ihre Knie weich werden ließ. Sie hatte noch nie einen Kuss von jemand anderem als ihren Verwandten bekommen, und auch wenn das verdorben war, beschloss sie, dass es sich gut anfühlte. Sehr gut.

Er legte ihr die Arme um die Taille und zog sie dichter an sich. Sie konnte seinen maskulinen Geruch riechen, der sich mit Zigarettenrauch, Brillantine und Heu vermischte. Sie wusste, dass sie sich das verbitten sollte, doch es hatte ihr die Sprache verschlagen.

»Von diesem Kuss träume ich schon seit Jahren, Laura«, sagte Alex, dann küsste er sie noch einmal. Diesmal leidenschaftlicher, kühner, zeichnete er den Umriss ihres Mundes mit der Zungenspitze nach, neckte sie und versuchte, sie dazu zu bringen, dass sie die Lippen öffnete. Er seufzte, als es ihm gelang, und der Kuss wurde tiefer, bis sie beide rot und atemlos waren.

Schließlich siegte die Vernunft, und Laura befreite sich aus seiner Umarmung, indem sie ihn von sich schob.

»Bitte, Alex, das dürfen wir nicht.« Sie blickte an den Latten- und Eisenzäunen entlang, die den Weg säumten. »Was, wenn jemand hier entlangkommt und uns sieht?«

»Da hast du wohl Recht.« Er grinste sie reumütig an. »Ich möchte nicht, dass dein Vater über mich herfällt. Er wird zwar nicht jünger, aber ich habe gehört, dass er immer noch ordentlich zuschlagen kann.«

»Darauf kannst du Gift nehmen«, sagte sie.

Alex betrachtete sie und saugte ihre Schönheit in sich auf. Er wollte sie mehr, als er je etwas anderes gewollt hatte. Sie war jetzt fast sechzehn, beinahe erwachsen, und sie machte ihn völlig verrückt. Natürlich war er schon mit einigen Frauen zusammen gewesen, er war schließlich kein Mönch, zum Kuckuck, aber keine hatte sein Herz und seinen Verstand so mit Beschlag belegt wie Laura McRae.

»Hör zu, Laura, ich würde gern mit dir ausgehen.«

»Du willst dich mit mir… verabreden?«

»Ja. Wir könnten ins Kino gehen. Oder Essen. Was du gern möchtest.«

Er sah, wie sie zögerte und ihr Blick in Richtung der Schmiede huschte.

»Ich werde es anständig machen. Ich bitte deinen Vater um Erlaubnis.«

»Das kannst du nicht machen, Alex. Du kennst doch die Meinung meines Vaters in Bezug auf…« Sie verstummte. Ihr Vater würde sie niemals mit Alex Monroe ausgehen lassen, und wenn er der beste Jockey der Welt war, selbst wenn sie ihn auf Knien anflehte. Es war so ungerecht. Alex war keiner dieser Jockeys, die Mädchen in Schwierigkeiten brachten und ständig in Prügeleien verwickelt waren.

Alex richtete sich auf. Er war groß für einen Jockey, hielt sein Gewicht aber ohne große Mühe. Laura war einen guten Zentimeter größer als er, doch das störte ihn nicht. Sie hätte auch einsachtzig groß sein können, ohne dass es ihn kümmerte. Sie war *seine* Laura, und er hatte vor, sie auch zu bekommen. Und wenn er dazu ihrem Vater gegenübertreten und seine Absichten erklären musste, dann würde er das tun.

»Mach dir keine Sorgen. Ich spreche mit deinem Vater.«

Er küsste sie erneut ausgiebig und fuhr ihr mit den Händen durch das seidenglatte, von der Nachmittagssonne gewärmte Haar, bis das Verlangen ihn zurückfahren ließ.

»Dann geh jetzt. Ab mit dir«, sagte er in schroffem Ton und schubste sie spielerisch. Als er ihre Verwirrung über seinen scheinbaren Stimmungsumschwung sah, grinste er und berührte ihre Wange.

»Es wird alles gut, du wirst schon sehen«, versprach er ihr mit deutlich mehr Selbstvertrauen, als er wirklich empfand.

Der alte Tom McRae stand in dem Ruf, eine harte Nuss zu sein, daran gab es keinen Zweifel. Auf allen Rennbahnen hatten die Leute einen gesunden Respekt vor ihm. Er war ein exzellenter Schmied, hatte einen guten Charakter – und hütete seine einzige Tochter mit Argusaugen.

»Also schön.« Sie lächelte und wandte sich ab.

Vor lauter Glück wäre sie am liebsten nach Hause gehüpft.

Tom McRae wartete, bis sich der junge Mann, der vor ihm stand, zum zweiten Mal nervös geräuspert hatte, bevor er in seinem formellsten Ton sagte: »Also, Alex Monroe, was verschafft mir das Vergnügen Ihres Besuchs?«

Alex hatte sich die Haare mit Pomade frisiert und trug seinen Sonntagsstaat. Sein marineblauer Anzug sah brandneu aus. Ein weißes Hemd mit gestärktem Kragen, eine dezent gemusterte Krawatte mit einer goldenen Nadel und der neue Filzhut, den er unter dem Arm hielt, vervollständigten das Bild eines jungen Mannes aus der Großstadt.

Es war das erste Mal, dass der junge Jockey vor der Haustür der McRaes stand, ganz zu schweigen davon, den Salon zu betreten, und Tom, der sein Gesicht sorgsam von jedem Ausdruck frei hielt, wusste auch, warum er hier war. Aber fürs Erste genoss er es, dem jungen Mann zuzusehen, der sich – ganz anders als sonst – vor Unbehagen wand. Er beobachtete, wie sich Schweißperlen auf seiner Oberlippe und Stirn bildeten. Würde er sie abwischen und damit seine Nervosität verraten, fragte sich Tom, oder würde er sie lassen, wo sie waren?

Tom hatte seine Tochter in diesem Jahr zu einer jungen Frau heranblühen sehen, wie eine Blume, deren Blütenblätter sich gerade in der Sonne zu öffnen begannen. Und dieser Junge war nicht der Erste, der an seine Tür klopfte und um die Erlaubnis bat, sie besuchen zu dürfen. Die beiden anderen hatte er schnell ihrer Wege geschickt. Er gluckste innerlich. Er war neugierig darauf, wie es ihm mit Alex ergehen würde, wie viel Kampfgeist er mitbrachte. Eine Charakterprüfung sozusagen.

»Äääähm, ja, Sir. Ich bin wegen Ihrer Tochter Laura hier …«

McRae zog mürrisch die rechte Augenbraue hoch. »Was ist mit ihr?«

»Nun, Sir, sie ist ja fast mit der Schule fertig, und… ich möchte, habe mich gefragt…« Alex schluckte den Frosch in seinem Hals herunter, holte tief Luft und sagte hastig, »… ob Sie mir wohl gestatten, mich mit Ihrer Tochter zu treffen, Sir?«

»Ach ja?« McRae senkte die Stimme zu einem Grollen. »Und warum glauben Sie, dass ich das gestatten sollte, Mr Monroe?«

»Weil ich…«, McRae genoss diese Szene, das wusste Alex genau, »… Laura aufrichtig gern habe, Sir.« Er sah, wie sich die Augenbraue noch einen Zentimeter hob, und redete eilig weiter.

»Außerdem respektiere ich sie sehr, und ich glaube, hoffe, dass Laura meine… Aufmerksamkeiten nicht unangenehm wären.«

»Wirklich? Junger Mann, *mir* ist Ihr Interesse an meiner Tochter unangenehm. Was sagen Sie dazu?«

Alex spürte, wie seine Handflächen vor lauter Nervosität feucht wurden. Der alte Teufel machte sich einen Spaß daraus, ihn zu verunsichern.

»Sir… wenn Sie mich besser kennen würden, hätten Sie, glaube ich, eine andere Meinung von mir. Ich bin auf der Rennbahn sehr gefragt. Ich habe Geld auf der Bank und besitze einen Wagen. Ich… habe« – er schluckte krampfhaft – »… Pläne, Sir.«

»Ich verstehe. Dieselben Pläne wie das ganze andere Gesindel auf der Rennbahn. Meine Tochter in Schwierigkeiten zu bringen.«

»Nein, Sir«, sagte Alex heftig. »Laura gilt meine ganze Hochachtung. Ich würde ihr niemals wehtun.«

Tom McRae richtete sich zu voller Größe auf, sodass er den Jockey um mindestens zehn Zentimeter überragte.

»Da bin ich mir sicher, weil Sie mit ihr nirgendwo hingehen werden.«

Alex spürte, wie sich sein Magen vor Wut zusammenballte. Der alte Mistkerl hatte nicht vor, auch nur einen Zentimeter nachzugeben. Zum Teufel mit ihm und seiner Engstirnigkeit. Er versuchte, seine wachsende Frustration herunterzuschlucken, und sagte: »Vielleicht sollten wir Laura fragen, Sir? Vielleicht hat sie ja auch eine Meinung dazu.«

»Die hat sie ganz bestimmt«, pflichtete Tom ihm bei und erkannte den Mut des jungen Mannes mit einem grimmigen Lächeln an. Seine halsstarrige Tochter hatte mit Sicherheit ihr Ohr an die Zimmertür gepresst und hörte jedes Wort mit, während sie hoffte, dass Alex ihn umstimmen würde.

»Das würde aber nichts ändern. Mein Entschluss steht fest.«

»Warum denn, Sir? Ich … würde es sehr schätzen, wenn Sie es mir ehrlich sagen würden.«

Tom starrte den jungen Mann an.

»Dann will ich ehrlich sein. Weil Sie nicht gut genug für sie sind, mein Sohn. Meine Laura kann und wird eine viel bessere Partie machen, als Sie es sind. Das steht fest.« Er sah, wie in Monroes Kinn ein Muskel zuckte, und wusste, dass der Junge seine Wut und Enttäuschung nur mit Mühe unter Kontrolle hielt. Nicht, dass er sich deswegen übergroße Sorgen machte. Er kannte den Ruf des Jockeys gut, und Alex schien zwar ehrlich zu sein und stand nicht in dem Ruf, sich herumzutreiben, doch er wollte einfach nicht, dass sich ein Jockey seiner Tochter auch nur auf Armeslänge näherte. Seine Tochter würde die Männer anziehen wie eine hübsche Stute die jungen Hengste, aber solange sie noch so jung war und er ihre sture Ader noch kontrollieren konnte, würde er nicht zulassen, dass sie sich an Männer wie Alex Monroe wegwarf.

Doch Alex ließ sich nicht so leicht abwimmeln. Nur so konnte er sich in der rauen Welt der Jockeys durchsetzen und immer bessere Pferde bekommen.

»Wenn Sie mich besser kennen lernen würden, wenn Sie wüssten, was ich für ein Mensch bin, Mr McRae, würden Sie vielleicht Ihre Meinung ändern und es sich… noch einmal überlegen?«

Tom starrte den jungen Mann an, versuchte, ihn dazu zu bringen, dass er den Blick abwandte, aber Alex hielt dem Kräftemessen entschlossen stand. Dieser kleine Gernegroß! Aber immerhin hatte er Rückgrat. Ein Funke Respekt regte sich in Tom McRae, doch an seiner Meinung änderte sich dadurch nichts.

»Das haben Sie schön gesagt, Mr Monroe, aber«, er legte gezielt eine Atempause ein, »ich denke, nein. Ich habe meine Entscheidung gefällt, und dabei bleibt es.«

Tom McRae trat auf die Salontür zu und signalisierte damit, dass das Gespräch vorüber war. Laura, die draußen schamlos gelauscht hatte, lief in ihr Zimmer und schloss die Tür. Sie warf sich auf das Bett, drückte ihr Gesicht in das Kissen und weinte und weinte. Wie konnte Papa nur so grausam sein? Er hatte doch gar keine Ahnung, was sie fühlte, was Alex für sie fühlte. Oh, er war so ungerecht!

Plötzlich setzte sie sich hin und trocknete ihre Augen. Sie holte ihre Bürste aus der oberen Schublade und bürstete sich fest die Haare, bis ihre Augen vor Entrüstung über diese Ungerechtigkeit brannten. Dann schüttelte sie entschlossen den Kopf und machte sich auf die Suche nach ihrem Vater.

Tom McRae saß allein im Salon. Normalerweise drehte er seine Zigaretten selbst, aber heute griff er nach der Zigarrenkiste auf dem Kaminsims, hob das Bierglas an den Mund und wartete. Er brauchte nicht lange zu warten. Die Tür flog auf, und Laura marschierte mit verheulten Augen auf ihn zu und baute sich vor ihm auf. In ihrem angespannten, wütenden Gesicht standen alle Zeichen auf Sturm.

»Wie konntest du nur? Alex hat das Richtige getan, er hat sich verhalten wie ein Gentleman, und du bist auf ihm herumgetrampelt. Was du getan hast, war gemein und … rücksichtslos.«

Tom hob die Hand, um sie zum Schweigen zu bringen. Er fragte sie gar nicht erst, woher sie wusste, wie das Gespräch verlaufen war; er wusste, dass sie gelauscht hatte.

»Genug davon! Als dein Vater habe ich jedes Recht dazu. Solange du unter meinem Dach wohnst, treffe ich die wichtigen Entscheidungen, die dich betreffen. Wie ich es schon immer für die ganze Familie getan habe.«

»Papa, du bist so altmodisch.« Laura verdrehte entnervt die Augen. »Es ist 1938, zum Kuckuck. Andere Eltern verhalten sich auch nicht so. Mary Ellen hat alle Freiheit, die sie haben möchte. Sogar Ruth wird von ihren Eltern nicht eingeschränkt. Ich fange demnächst an zu arbeiten. Wenn ich alt genug bin, um Geld zu verdienen, bin ich auch alt genug, um meine eigene Entscheidungen zu treffen.«

Sie setzte eine sture Miene auf. »Ich habe Alex gern. Ich *möchte* mit ihm ausgehen. Er ist gütig und nett, und er wird mich gut behandeln. Du hast kein Recht, ihn … ihn …« Sie hielt inne, um ihn verstohlen anzusehen. Sein Gesicht hatte sich verzerrt, ein sicheres Anzeichen dafür, dass er kurz vor dem Überkochen war. Es war ihr gleichgültig.

»Du hättest mich fragen sollen, was ich möchte, Papa. Bedeutet es dir denn gar nichts, ob ich glücklich bin?«

»Es bedeutet mir alles, genau wie das Glück deiner Mutter und deiner Brüder.«

Sie klammerte sich an diese Worte. »Aber ich möchte mit Alex ausgehen. Furchtbar gern.«

Er schüttelte den Kopf. »Was du für diesen Jungen fühlst oder zu fühlen glaubst, ist Vernarrtheit. Das Verliebtsein eines kleinen Mädchens. Darüber kommst du schnell hinweg.« Er streckte versöhnlich die Hand nach der ihren aus, doch sie entriss sie ihm abrupt. Er seufzte.

»Es gibt so viele junge Männer, Männer mit guten Aussichten, die darum bitten werden, mit dir auszugehen. Sie werden alles dafür tun, du wirst schon sehen.«

Sie starrten sich so lange schweigend an, dass es eine Ewigkeit zu dauern schien. Schließlich war es Laura, die entschlossen das Wort ergriff.

»Mich interessieren aber keine *anderen Männer*. Alex ist der Einzige, der mich interessiert.«

Tom McRae presste wütend die Kiefer aufeinander. Was für ein stures Ding sie doch war.

»Tja, das tut mir leid für dich. Ich habe beschlossen, dass er nicht gut genug für dich ist, und dabei bleibt es.« Er zog die Stirn in Falten, und als sie den Mund öffnete, um noch etwas zu sagen, schnitt er ihr barsch das Wort ab. »Das ist alles, was ich dazu zu sagen habe, Laura. Hast du verstanden?«

Laura hatte verstanden. Sie kannte diesen endgültigen Ton, der keine Widerrede duldete. Papa hatte dieses Haus immer schon regiert wie ein wohlwollender Diktator, aber bis jetzt war *sie* nur selten die Dumme gewesen, wenn er einen Fehler beging.

Tom sah, wie sie die Lippen aufeinanderpresste und ein

trotziger Schimmer in ihren braunen Augen aufleuchtete. In ohnmächtiger Wut stampfte sie mit dem Fuß auf den Flickenteppich auf. Dann machte sie auf dem Absatz kehrt und verließ wortlos das Zimmer.

Mutlos setzte sich Laura auf die Bettkante und starrte bedrückt das Holzkruzifix auf ihrer Kommode an. Ihr Vater glaubte vielleicht, dass er eine endgültige Entscheidung getroffen hatte, doch jetzt, da sie fast erwachsen war, brauchte und würde sie sich nicht daran halten. Ihre Finger trommelten unhörbar auf den Bettüberwurf, während sie ihrerseits eine Entscheidung traf.

Trotz des Verbots ihres Vaters würde sie einen Weg finden, sich mit Alex zu treffen. Heimlich. Es musste einen Weg geben, sie musste es nur wollen. Ein Lächeln zog langsam ihre Mundwinkel nach oben. Schon entstanden Pläne in ihrem Kopf...

Nur, könnte sie diese Verabredungen vor ihren Eltern geheim halten? Und, was nicht minder wichtig war, vor Frank?

Die Arbeit bei den Blumners war eine Erleuchtung für Laura. Sie war eine begabte Schülerin, der man nur einmal sagen musste, was sie zu tun hatte. Manchmal wusste sie es sowieso instinktiv und brauchte gar keine Anleitung.

Hans lehrte sie die Grundlagen der Schneiderei. Maßnehmen, zuschneiden, Anprobe, Nähen, und nach sechs Monaten gab es kaum noch etwas, was er ihr beibringen konnte. Wenn Daniel sein Mittagsschläfchen machte, unterwies Gerda sie in der Kunst der Hutmacherei. Dafür zeigte Laura besonderes Talent, und ihre schlanken Finger begannen zu fliegen, wenn sie Seide, Tüll und Netzstoffe in Falten, Rosetten und Schleifen legte, um noch dem schlichtesten Hut eine individuelle Note zu verleihen.

Oft ließ Hans sie auch den Laden führen, wenn er zu einem Stofflager fuhr. Dann und wann nahm er sie mit, um sie mit den Händlern der Umgegend bekannt zu machen. In der kurzen Zeit, seit er hier war, hatte Hans Kontakte zu vielen kleinen Fabriken und Hinterhofwerkstätten geknüpft, die Schneidereibedarf lieferten.

Laura freute sich, dass er ihr so viel zutraute. Und in den Zeiten, wenn sie nicht mit hunderteins Kleinigkeiten beschäftigt war, die im Geschäft zu erledigen waren, begann sie, eine Mappe mit ihren eigenen Hutentwürfen zusammenzustellen: Hüte für jede Gelegenheit und Jahreszeit. Außerdem hatte sie damit begonnen, diese Entwürfe in der Mittagspause oder manchmal auch nach Ladenschluss in die Realität umzusetzen. Nur noch zwei Monate, bis es Frühling wurde, und es müsste doch schön sein, den Kundinnen eine Auswahl an bunten, leichten Hüten präsentieren zu können, wenn die stabileren, praktischen Winterhüte wieder in den Schrank wanderten.

Dabei träumte sie davon, eines Tages ihr eigenes Geschäft zu eröffnen – und Bert Denton, ein Vertreter, der den Blumners Baumwollstoffe und Knöpfe verkaufte, bestärkte sie halb scherzhaft in diesem Traum. Oft sprach er davon, dass sie doch zusammen in einer der Einkaufsarkaden in der Innenstadt einen kleinen Laden gründen könnten. Laura wusste dann nie, ob Bert, ein Mann in den mittleren Jahren, sie vielleicht aufzog, aber er war ein sympathischer Mensch, der sich aufrichtig für ihre Hutmacherei zu interessieren schien.

Doch es war noch zu früh. Sie hatte noch viel zu lernen und musste noch viel Geld sparen, bevor sie über so etwas nachdenken konnte. Und Hans und Gerda waren die besten Lehrer der Welt.

Winterregen klatschte gegen das Schaufenster, auf den Bürgersteig und auf die Straße, und kleine Wasserbäche trugen

Zweige, Laub und Papier durch die Rinnsteine in die Kanalisation.

»Hast du einen Schirm dabei, Laura?«

»Ja, und meinen Mantel. Aber es gießt so sehr; ich warte lieber, bis es nachlässt.«

»Gute Idee.« Hans hielt sich die Hand vor den Mund, um sein herzhaftes Gähnen zu unterdrücken. »Gerda hat das Abendessen fertig; deshalb gehe ich essen. Schließ ab, wenn du gehst, ja?«

»Natürlich, Hans. Gute Nacht.«

Zehn Minuten später tobte Mutter Natur immer noch unnachgiebig, und Regen und Windböen trafen mit voller Wucht auf das Fenster, sodass sich Laura darauf einstellte, lange warten zu müssen. Sie stützte sich auf die Ladentheke und beobachtete den Verkehr. Menschen huschten mit gesenkten Köpfen durch den Sturm nach Hause und hielten ihre Schirme fast waagerecht in den Wind. Autos fuhren mit eingeschalteten Scheinwerfern langsam über die Straße. Ihre Reifen ließen das Pfützenwasser aufspritzen.

Ein Wagen wurde langsamer, dann hielt er vor dem Laden. Der Fahrer, ein junger Mann, stieg hastig aus, schob sich den Hut tief ins Gesicht und spurtete unter die schützende Markise. Seine Bewegungen kamen ihr irgendwie vertraut vor, und als er dann den Hut abzog, um sich mit der Hand durch die Haare zu fahren, und sich dem Licht des Schaufensters zuwandte, erkannte sie ihn. Alex.

Er kam an die Ladentür und klopfte an die Glasscheibe.

Laura öffnete ihm hastig. Es war einen ganzen Monat her, seit sie ihn das letzte Mal gesehen hatte, denn er hatte in Brisbane gearbeitet. Dank Mary Ellen, die ihren Vater gnadenlos über den aufstrebenden Jockey aushorchte, wusste sie über jedes Rennen Bescheid.

Seit Monaten trafen sie sich insgeheim, aber ein Teil von

ihr quälte sich immer noch, weil sie ihre Familie täuschte. Ruth und Mary Ellen waren bereitwillige Mitverschwörerinnen und lieferten ihr Alibis, wenn es nötig war. Sie waren diskret und trafen sich nur an Orten, wo es unwahrscheinlich war, dass man einen von ihnen erkannte – vor allem Alex, der in Rennbahnkreisen inzwischen ziemlich bekannt war.

»Was … seit wann bist du zurück?«

Er lächelte sie schief an.

»Was denn, kein Willkommenskuss? Da ist ein Mann dreißig Tage fort, und seine Freundin freut sich gar nicht, ihn zu sehen?«

Sie wurde vom Scheitel bis zur Sohle rot. »Natürlich freue ich mich. Ich bin nur … überrascht.«

Sein Grinsen wurde noch breiter, und er zog eine Augenbraue hoch. »Tja …?«

Sie beugte sich vor und drückte ihm einen schüchternen Kuss auf die Wange. Dabei flüsterte sie: »Es könnte uns jemand sehen, und du weißt doch … Papa.«

»Zum Teufel mit deinem Vater. Du hast mir so gefehlt.«

Ohne ihre Warnung zu beachten, zog er sie an sich, ein wenig rau, so sehr sehnte er sich danach, ihr nahe zu sein, und dann küsste er sie so gründlich, dass sie beide nach Luft schnappten.

»Wann musst du zu Hause sein?«, fragte er und liebkoste ihren Hals mit den Lippen.

Sie konnte kaum denken, so gut fühlte es sich an, so in seinen Armen geborgen zu sein. Selbst seine Bartstoppeln, die über ihren Hals kratzten, sandten ihr noch seltsame Schauer des Verlangens über den Rücken und durch den ganzen Körper.

»Ich weiß es nicht. Gegen halb sieben. Meine Mutter geht sicher nicht davon aus, dass ich bei diesem Regen nach Hause laufe.«

»Komm mit mir. Wir fahren nach Clovelly, unterhalten uns ein bisschen, dann fahre ich dich nach Hause.«

»Ich weiß nicht...« Ihr Vater wäre außer sich, wenn er es herausfand.

»Komm schon«, drängte er, »du bist doch erwachsen. Du arbeitest. Du musst unabhängiger werden. Und ich will dir mein neues Auto zeigen. Es ist ein Buick, und es fährt wunderbar. Billy Wayne hat es heute für mich abgeholt.«

»Ein neues Auto! Stimmte denn etwas nicht mit deinem alten?«

»Nein, aber das hier ist besser. Bequemer. Ich habe in Queensland genug gewonnen, um es bar zu bezahlen. Komm schon«, bat er sie.

Sie sah die Wiedersehensfreude in seinen Augen leuchten und kapitulierte. Aus Gründen, die sie immer noch nicht verstand, richtete Alex Monroe Dinge mit ihren Sinnen und ihrem Verstand an, die kein anderer junger Mann vermochte. Sie konnte der Verlockung nicht widerstehen, diese neuen Gefühle weiter zu erkunden... und wenn sie sich tief genug in den Beifahrersitz sinken ließ, würde niemand merken, dass sie überhaupt mit im Wagen saß.

»Also gut«, sagte sie, »aber nur eine halbe Stunde.«

Ohne das Rauschen des Regens und das Dröhnen der Brandung zu hören, die auf die Felsen von Clovelly prallte, entspannte sich Laura in Alex' Armen und bestaunte den Nebel aus Kondenswasser, den ihr heftiger Atem auf den Scheiben hinterließ.

»Gott, wenn du wüsstest, wie sehr du mir gefehlt hast, Laura«, flüsterte Alex und liebkoste ihr Ohr mit seinen warmen Lippen. Er nahm sie fester in die Arme und sah auf sie hinunter.

»Du mir auch...«, antwortete sie und erschrak ein wenig über den rauchigen Unterton ihrer eigenen Stimme.

Er sah die vernebelte Windschutzscheibe an und holte tief Luft.

»Heirate mich, Laura.« Bevor sie antworten konnte, legte er ihr den Zeigefinger auf die Lippen, um sie zum Schweigen zu bringen. »Ich bin verrückt nach dir. Bin es immer schon gewesen, schon, als ich dich das erste Mal mit Zöpfchen in der Schmiede deines alten Herrn gesehen habe. Wir könnten uns jetzt verloben und es geheim halten, bis du älter bist.« Er ließ sie einen Moment darüber nachdenken.

»Dann hätte ich Zeit, für ein Haus zu sparen. Der zweite Platz beim Nachwuchsjockey-Preis hat mir sehr geholfen. Ich bin jetzt ein richtiger Jockey, bekomme immer bessere Pferde und werde gut bezahlt. Bis du neunzehn oder zwanzig bist, habe ich genug gespart, um uns ein angenehmes Leben zu ermöglichen.«

»Oh, Alex…« Sie konnte gar nicht geradeaus denken. Sie hatte nicht damit gerechnet, dass er um ihre Hand anhalten würde, noch nicht. Sie war doch gerade erst siebzehn. Was würde ihre Mutter sagen und schlimmer noch, ihr Vater? Er würde ihr nie erlauben, Alex Monroe zu heiraten. Niemals!

»Du machst dir Sorgen wegen deines Vaters, nicht wahr?« Er sah ihr Nicken und zuckte mit den Achseln. »Er wird seine Meinung schon irgendwann ändern. Außerdem«, fügte er in einem Anflug von Tollkühnheit hinzu, »wenn ich erst anfange, richtig Geld zu verdienen, wird der alte Knabe so beeindruckt sein, dass er mich mit offenen Armen in die Familie aufnimmt.«

Als er ihr Zögern spürte, fügte er sanft hinzu: »Ich weiß, dass ich dich überrascht habe. Du brauchst jetzt nicht zu antworten. Denk nur darüber nach. Jetzt bin ich ja erst einmal wieder in Sydney, und wir können uns treffen, ohne dass dein Vater es erfährt.«

»Oh, ja.« Laura war nicht besonders erpicht darauf, ihren Vater weiter zu belügen, aber wenn es nötig war, um Alex sehen zu können, dann würde sie es tun. In Alex' Nähe fühlte sich alles so richtig an, und das Hämmern des Blutes in ihren Adern zeugte von der Tiefe ihrer Gefühle für ihn. Er bot ihr ein neues, aufregendes Leben an, das sie gern mit ihm erkunden wollte. Sehr, sehr gern.

»Ich bin mir sicher, dass ich dich heiraten möchte«, sagte sie bestimmt. »Ich liebe dich, Alex Monroe.«

»Und«, er küsste sie, »ich liebe dich auch. Für immer.«

7

Vater O'Gradys Predigt nahm und nahm kein Ende; er zeigte sich heute wieder von seiner langweiligsten Seite. Aus dem Augenwinkel sah Laura Ruth mit ihrer üblichen Strickmütze auf dem Kopf neben Mary Ellen sitzen, deren glänzendes, dunkles Haar von einem feschen breitkrempigen Hut gekrönt wurde. Der Hut war eine von Lauras Kreationen, und sie fand – völlig zu Recht –, dass sie unter Gerdas Anleitung gute Arbeit geleistet hatte.

Gerda bescheinigte ihr großes Talent für die Hutmacherei, Laura hatte zwar auch Freude an der Schneiderei, aber ihr wurde immer klarer, dass die Hüte ihre wahre Stärke waren. Sie liebte die Arbeit mit verschiedenen Materialien, die sie nach der neuesten Mode verarbeitete, streng oder frivol. Eines Tages würde sie diese Mode gern beeinflussen, sie vielleicht sogar vorgeben.

Nach der Messe trafen sich die drei Freundinnen auf den

Stufen der Kirche. Da auch Frank und Mikey ihre Kameraden gefunden hatten und mit ihnen über den Kirchhof flitzten, gesellte sich Angie zu den Mädchen.

»Herzlichen Glückwunsch zum Geburtstag, Mary Ellen«, sagte Angie McRae zu der jungen Frau, die heute achtzehn wurde.

»Danke, Mrs McRae«, lächelte Mary Ellen. »Ruth hat mir ein Buch geschenkt, und Laura hat mir diesen Hut gemacht, ist er nicht hübsch?«

»Ja, ich habe ihr bei der Arbeit zugesehen.«

Mit einem verschwörerischen Blick von Ruth zu Laura und Mrs McRae, den diese nicht bemerkte, sagte Mary Ellen: »Mrs McRae, weil ich Geburtstag habe, würde ich Ruth und Laura gern zum Mittagessen in die Stadt einladen. Haben Sie etwas dagegen, dass wir ins Hotel Sydney gehen?«

Angie bekam große Augen. Sie warf einen Blick auf Laura und sah, dass ihre Tochter von der Idee ganz begeistert zu sein schien. Das Hotelrestaurant hatte einen guten Ruf; warum also nicht? Der Ausflug würde Laura guttun, denn ihrer Meinung nach arbeitete das Mädchen viel zu viel.

»Das ist aber großzügig von dir, Mary Ellen. Es ist eine wundervolle Idee.«

»Gut. Dann fahren wir jetzt mit der Straßenbahn, machen einen Schaufensterbummel, essen etwas und sind gegen drei zurück.«

»Danke, Mama. Bis heute Nachmittag.«

Die drei jungen Frauen, so unterschiedlich in Typ und Kleidungsstil, schlenderten Arm in Arm auf die Straßenbahnhaltestelle zu. Schließlich kam die Bahn in die Stadt, und sie stiegen ein.

Die Fahrt von Coogee in die Stadt dauerte fünfunddreißig Minuten, und das Rattern der Räder auf den Schienen ließ keine großen Unterhaltungen zu.

»Mary Ellen, wir können doch gar nicht in das Hotel gehen, wir sind doch nicht volljährig«, sagte Ruth, wie stets darauf erpicht, das Richtige zu tun.

»Oh, Humbug!« Mary Ellen winkte ab. »Das schaffen wir schon. Wenn ich dem Türsteher fünf Shilling Trinkgeld gebe, lässt er uns sicher hinein«, sagte sie mit einem vielsagenden Augenzwinkern. »Wir sollten bei David Jones vorbeigehen und uns die Schaufenster ansehen.« Sie warf einen Blick auf Laura. »Ich weiß schon, wer daran den meisten Spaß haben wird.«

»Aber was, wenn uns im Hotel jemand darauf anspricht? Was, wenn man uns bittet zu gehen?« Ruth ließ sich nicht abwimmeln und runzelte ihre sommersprossige Stirn.

»Das passiert schon nicht. Es sei denn, wir betrinken uns und benehmen uns daneben.« Mary Ellen lachte über Ruths schockiertes Gesicht.

»Komm schon, Ruth«, tadelte Laura, lächelte aber gleichzeitig besänftigend, »es passiert nichts. Es wird nur ein kleines Abenteuer, eine Begegnung mit der Schickeria.« Insgeheim fand sie diese Vorstellung sehr aufregend. Das Hotel Sydney! Wie wunderbar erwachsen. All die interessanten Menschen und *Hüte*, die sie sehen würden.

Ruth blickte auf ihr praktisches graues Winterkostüm, ihre schief gelaufenen hohen Absätze und ihre Handtasche – es war seit drei Jahren dieselbe – hinunter. Dann richtete sie den Blick auf Mary Ellen, die wie immer bis zum Abwinken herausgeputzt war, und auf Laura. Ganz gleich, ob Mary Ellen das meiste Geld hatte – Laura war diejenige, die von den dreien das beste Gespür für Stil hatte und es immer wieder schaffte, wie ein Model aus einer Frauenzeitschrift auszusehen.

Sie grinste Mary Ellen an. »Ihr könnt ja allen sagen, dass ich die arme Kusine aus dem Busch bin.«

Mary Ellen nahm Ruth herzlich in den Arm. »Wenn dich irgendjemand von oben herab ansieht, bekommt er es mit mir zu tun.«

Laura lächelte, während sie die Elizabeth Street entlanggingen. Die Schaufenster bei David Jones waren großartig, und sie kämpfte gegen den Drang an, zu bleiben und jede Falte und Rundung der modischen Kleider und Hüte genau zu studieren.

»Komm schon …« Mary Ellen zog Laura am Arm. »Du kannst auf dem Heimweg noch einen Blick darauf werfen.«

Ganz wie angekündigt, hatte Mary Ellen tatsächlich kein Problem damit, sie durch den Eingang des Hotels Sydney zu schleusen. Sie hatte einen Tisch in dem eleganten Speiseraum reserviert, der sich jetzt allmählich füllte.

Laura betastete das Silberbesteck und musste plötzlich daran denken, wie sie während der Wirtschaftskrise ihrer Mutter geholfen hatte, das Familienbesteck für den Mann einzupacken, der es ihnen abgekauft hatte. Sie wusste, wie sehr sich ihre Mutter hatte zusammenreißen müssen, um nicht zu weinen – das Besteck war ein Hochzeitsgeschenk gewesen. Das gute Porzellanservice war schließlich denselben Weg gegangen. Eines Tages, das schwor sich Laura im Stillen, würde sie das Beste für ihre Mutter kaufen. Das hatte sich Angie wahrlich verdient.

»Wir fangen mit Champagner an, Champagner aus Frankreich«, verkündete Mary Ellen.

»Aber –«

»Kein Aber, Ruth Strachan. Ich werde nur einmal achtzehn. Heute ist mein Geburtstag, und den feiern wir.« Sie ergriff die Speisekarte und sah Laura und Ruth warnend an. »Dass mir niemand aufs Geld schaut. Papa hat mir fünfzehn Pfund geschenkt, mit denen ich machen kann, was ich will, also werden wir exzellent essen und uns prächtig amüsieren.«

Es war schwer, Mary Ellen nicht zumindest ein wenig zu beneiden, fand Laura, während sie die fremd klingenden Gerichte auf der Karte studierte. Es fehlte ihrer Freundin an nichts, während Ruth, die ihre Studiengebühren mit Hilfe von zwei Teilzeitstellen finanzierte, und sie selbst für jeden Shilling hart arbeiteten. Das ist gut für den Charakter, sagte ihre Mutter, und es bleibt ja nicht immer so schwer. Angie McRae glaubte fest daran, dass nichts lange so blieb, wie es war, einschließlich schlechter Zeiten. Laura hoffte es sehr. Sie fand, dass sie für den Rest ihres Lebens schon genug an ihrem Charakter gearbeitet hatte.

Der Kellner kam, und Mary Ellen bestellte mit der größten Selbstverständlichkeit den Champagner.

»Ich nehme den Lammbraten«, sagte Ruth.

Mary Ellen verdrehte die Augen. »Du musst zuerst eine Suppe oder eine Vorspeise nehmen, dann das Hauptgericht, und vergiss nicht, Platz für etwas Süßes zu lassen.«

»Ich glaube, ich probiere die Schildkrötensuppe und... mmm... gebackene Forelle«, sagte Laura. Sie hatte noch nie Forelle gegessen, und es klang so elegant.

Nachdem sie bestellt hatten, brachte Laura, die die Älteste war, einen Toast aus. »Auf Mary Ellen, viel Glück zum Geburtstag. Möge dein Leben«, in ihren Augen glitzerte der Schabernack, »ein einziges Glas Champagner sein.«

Mary Ellen grinste. »Darauf trinke ich gern. Danke.«

Die drei jungen Frauen stießen an, probierten den Champagner und kicherten.

»Und«, sagte Mary Ellen im Verschwörerton, »erzähl schon, triffst du dich nach dem Essen mit Alex? Ich habe deiner Mutter schließlich nicht umsonst gesagt, dass wir nicht vor drei zurück sind.«

»Heute nicht. Er hatte irgendetwas mit seinen Freunden vor. Ein Fußballspiel, glaube ich. Aber Dienstagabend gehen wir vielleicht ins Kino.« Laura zog die Augenbrauen hoch und lächelte ihre Freundinnen geheimnisvoll an. »Möchte jemand mitkommen?«

Ruth nickte. »Es muss herrlich sein, einen richtigen Freund zu haben. Und Alex ist so in dich verliebt. Ihr beide habt solches Glück.«

»Ich wäre noch glücklicher, wenn ich mich nicht verstecken müsste, um ihn zu sehen. Ich finde das schrecklich, und Alex auch. Aber was bleibt uns anderes übrig?«

Mary Ellen, die ihr erstes Glas Champagner schon geleert hatte und die Flasche aus dem Eisbehälter gehoben hatte, um sich ein neues einzugießen, sagte: »Aber dadurch wird es doch viel aufregender, nicht wahr? Geheime Rendezvous, das verleiht der ganzen Sache doch noch mehr Würze.« Sie warf Laura einen verschlagenen Blick zu und fragte: »Habt ihr beide es schon getan?«

»Was denn?«, erkundigte sich Ruth.

»*Du weißt schon*«, sagte Mary Ellen. »Verkehr gehabt, miteinander geschlafen oder, wie es dieser grässliche Joe Finn einmal so wunderbar ausgedrückt hat, es im Heu getrieben.« Sie trank noch einen ordentlichen Schluck Champagner, dann kicherte sie über Lauras verdatterte Miene. »Das würde doch zu einem Jockey passen, oder? Im Heu.«

»Nein.« Lauras Ton war von Abscheu erfüllt. »Wir haben es noch nicht getan, wie *du* es so geschmacklos ausgedrückt hast.«

»Warum denn nicht? Ich dachte, ihr seid verlobt. Du bist doch nicht prüde, oder?«

Ruth versuchte, sie zum Schweigen zu bringen. »Mary Ellen! Was Laura und Alex tun, ist doch ihre Sache. Es geht niemanden etwas an.«

»Ich weiß. Ich bin einfach nur neugierig. Wir sind doch Freundinnen. Beste Freundinnen, oder nicht?« Sie wartete das zustimmende Nicken der beiden ab. »Ich würde euch doch auch alles erzählen.«

»Das hast du doch schon«, erwiderte Laura schlagfertig. Sie und Ruth wussten alles über Mary Ellens drei Affären, inklusive genauer Beschreibungen. Mary Ellen war so sehr ins Detail gegangen, dass Laura glaubte, wegen ihrer Hochzeitsnacht keine Befürchtungen mehr haben zu müssen – die Berichte waren sehr lehrreich gewesen.

»Was in aller Welt macht ihr zwei denn, wenn ihr stundenlang in seiner Wohnung seid und *nicht* ins Bett geht?«

»Oh, nicht viel. Wir unterhalten uns, hören Radio.« Laura spürte, wie ihre Wangen heiß wurden, und wandte den Blick ab, als wollte sie die Kentiapalme, die in einem Messingkübel im Restaurant stand, genauer betrachten. Manchmal ging das Verlangen ein wenig mit ihr und Alex durch. Verträumt dachte sie daran zurück, wie sie ihn vorgestern Abend besucht hatte.

Alex hatte in seiner kleinen Wohnung in Maroubra eine köstliche Casserole gekocht, und sie hatten zusammen gegessen. Ihren Eltern hatte sie gesagt, dass sie mit Mary Ellen in Randwick eine alte Schulfreundin besuchen würde. Alex war ein begeisterter Koch; er hatte nur deshalb keine Probleme damit, sein Gewicht zu halten, weil er einer der wenigen Jockeys war, die an tägliches, hartes Training glaubten.

Nach dem Spülen und Abtrocknen hatten sie sich auf sein altes Sofa gesetzt, um sich eine Komödie im Radio anzuhören – soweit das beim Küssen möglich war.

Bald lag sie mit Alex auf dem Sofa. Er hatte sie mit verzweifelter Heftigkeit geküsst, und sie hatte seine Küsse mit derselben Leidenschaft erwidert. Bei der bloßen Erinnerung daran brannten ihre Wangen noch. Seine Hände waren zu ihren Brüsten gewandert, hatten sie umfasst und liebkost, bis sich die Brustwarzen aufrichteten. Sie hatte gespürt, wie er sich hart gegen ihren Unterleib presste, und auch in ihr war es heiß aufgeflammt. Seine Hand war über ihre Hüften zu ihrem Oberschenkel geglitten und hatte sich dann langsam und zögernd an dessen Innenseite emporgetastet. Ihr ganzer Körper hatte sich angespannt, ihre Atmung war ein leises, unregelmäßiges Keuchen gewesen.

»Alex…«, flüsterte sie ihm ins Ohr, »bitte, lass uns…«

»Lass uns was?« Seine Stimme war heiser.

Sie hatte ihn schüchtern angelächelt. »Nicht mehr warten. Du weißt schon, was ich meine.« Ihr ganzer Körper hatte bei dieser Kühnheit in Flammen gestanden. »Wir lieben uns doch, und wir wollen es beide. Warum sollten wir warten? Es wird noch Jahre dauern, bis wir heiraten können.«

Er seufzte an ihrem Hals und lag schwer atmend still, während sie ihn mit den Händen liebkoste, wohl wissend, dass sie ihn damit an die Grenze brachte.

»Nein!« Er löste sich plötzlich von ihr und setzte sich auf die Sofalehne.

»Was ist denn?« War sie zu forsch gewesen? Sie versuchte, ihren Körper zu ignorieren, der vor lauter Verlegenheit und Sehnsucht fast den Siedepunkt erreicht hatte.

»Es geht nicht«, sagte er ausdruckslos. »Ich habe ein Versprechen abgelegt. Vor mir selbst. Dass ich, dass wir… nicht vor unserer Hochzeitsnacht…«

»Ja, aber –«

Seine Miene war voller Stolz und Entschlossenheit, als er sie jetzt ansah. »Ich will mir nicht von deinem Vater nachsagen lassen, dass ich mich benommen habe, wie es die meisten anderen Jungs in meinem Gewerbe tun würden. Ich liebe dich zu sehr, du hast etwas Besseres verdient. Außerdem, was, wenn du schwanger wirst?« Er zog vielsagend die Augenbraue hoch. »Ich möchte nicht, dass unsere Ehe so beginnt. Ich möchte es richtig machen, und …« Schmerz und Sehnsucht erfüllten sein Gesicht.

»Oh.« Sie hatte gar nicht daran gedacht, dass sie schwanger werden könnte. Sie hatte nur daran gedacht, dass sie ihn lieben wollte, dass sie ihrer beider Frustration ein Ende setzen wollte.

Statt also wieder an den Rand des Erträglichen zu geraten, hatte er einen Spaziergang am Strand vorgeschlagen, im Dunkeln, im Regen. Sie war einverstanden gewesen …

»Laura, aufwachen«, sagte Mary Ellen scharf. »Woran denkst du, nein, sag's mir nicht. Alex, *Mr Wunderbar.*«

Wäre Laura voll und ganz bei der Sache gewesen, hätte sie den Neid in der Stimme ihrer Freundin gehört. So merkte sie nichts davon, doch sie riss sich aus ihren Gedanken, und ihr fiel wieder ein, dass sie ja hier waren, um einen Geburtstag zu feiern.

Die Kellnerin brachte ihre Vorspeisen, und Ruth, die Laura genau beobachtet und ihr Unbehagen bemerkt hatte, lenkte das Gespräch in eine andere Richtung.

»Was haltet ihr von den jüngsten Schlagzeilen? Glaubt ihr, in Europa gibt es Krieg?«

Auch das war ein Thema, zu dem Mary Ellen einiges zu sagen hatte. Schließlich hatte ihr Vater ihr und ihrer Mutter erst gestern genau darüber einen langen und lautstarken Vortrag gehalten.

»Sehr wahrscheinlich; das sagt so gut wie jeder. Papa hält den britischen Premierminister Chamberlain für einen Schwächling, der sich von Hitler an der Nase herumführen lässt.«

Ruth nickte. »Und wenn Großbritannien in den Krieg zieht, wird Australien es wohl auch tun. Früher oder später.«

»Das wird den Männern gefallen, und wie umwerfend sie

in ihren Uniformen aussehen werden«, sagte Mary Ellen, in ihren Augen glitzerte die Vorfreude.

Laura und Ruth schüttelten lachend die Köpfe. Mary Ellen Peters war unverbesserlich. Sie war mannstoll, seit sie fünfzehn war. Alles, was Hosen trug, unter dreißig und unverheiratet war, war ein akzeptables Ziel für ihre leichtlebige Freundin. Mary Ellen besuchte immer noch den Kursus für angehende Sekretärinnen, in den ihr Vater sie eingeschrieben hatte, brachte es aber gleichzeitig fertig, keine Party auszulassen und sich fortwährend zu verabreden – bevorzugt mit den begehrtesten Junggesellen.

»Los, Mädels, trinkt aus. Ich bestelle uns noch eine Flasche Schampus.«

»Lieber nicht«, warnte Ruth. »Ich trinke keinen mehr. Er macht mich ganz beschwipst.«

Mary Ellen zwinkerte ihr zu. »Das ist doch das Ziel, Ruth.«

Um halb drei verließen sie das Hotel über die mit Teppich belegte Treppe. Mary Ellen hatte sich als sehr viel trinkfester erwiesen als ihre Freundinnen. Alle drei glühten munter vor sich hin, aber Mary Ellen machte noch einen beinahe nüchternen Eindruck – bis sie den Mund aufmachte.

»Nedder Middach, Mädels.«

»Ich glaube, wir bringen dich besser nach Hause«, bot Laura ihr an.

»Nein, sch'geh' nich nach Hause. S'wartet noch jemand auf mich. D-da isser ja!«, rief Mary Ellen aus und winkte einem jungen Mann in einem schicken offenen Sportwagen zu. Sie sah ihre Freundinnen verschlagen an, dann sagte sie halb flüsternd: »Johnny un' isch woll'n auch noch feiern.«

»Du solltest heimgehen, Mary Ellen«, ermahnte Ruth ihre Freundin, während sie sie an der Bordsteinkante stützte.

»Unsinn. Alles bestens.« Sie tätschelte Ruth die Wange. »Sei doch nich' so'n Spielverderber, Ruth. Bin doch jetzt achtzehn, muss mich bisschen amüsieren, hm?« Damit winkte sie den beiden anderen zu und stolperte auf ihren hohen Absätzen über die Straße.

»Wir sollten –«

»Sie gehen lassen«, sagte Laura. »Mary Ellen kann auf sich selbst aufpassen, nüchtern oder nicht.« Sie lächelte ihrer Freundin ironisch zu. »Wahrscheinlich besser, als wir es könnten.«

Sie hakte sich bei Ruth unter, und sie machten sich auf den Weg zur Straßenbahnhaltestelle an der Elizabeth Street. Unterwegs machten sie vor jedem Schaufenster Halt.

Es war Anfang August, und der Wind war kalt. Er wehte vom Meer herüber, als Laura über die Coogee Bay Road zum Laden der Blumners ging. Ein flacher Nebelschleier hing über dem Wasser und verwischte den Horizont, was normalerweise einen schönen Tag verhieß. Der Frühling stand vor der Tür, und die ersten Laubbäume bekamen schon wieder Blätter. Wie immer in den letzten Monaten kreisten Lauras Gedanken auf dem Weg zur Arbeit um die Kollektion von Hüten, die sie für das nahende Frühjahr angefertigt hatte.

Alex wäre beeindruckt, wenn er sie in dem einen oder anderen davon sah. Er sah sie gern in hübschen Sachen, obwohl er immer sagte, dass es ihm gleichgültig war, was sie trug, weil sie immer schön war, egal, was sie anhatte. Laura lächelte vor sich hin. Der rosa Hut, ihr Lieblingsentwurf, war fast fertig. Sie wollte ihn zu der Bluse tragen, die sie sich aus einem Stoff in Marine und Rosa genäht hatte und die wunderbar zu ihrem neuen marinefarbenen Leinenkostüm passen würde.

Sie hatte den Entwurf des Huts gezeichnet, und Gerda

hatte ihr gezeigt, wie sie ihn am besten realisierte. Der Korpus war aus leichtem Kurzhaarfilz mit einer aufschlagbaren Krempe. Laura hatte an der Rückseite eine Schleife angebracht, das Schleifenband vorn gekreuzt und eine Feder hineingesteckt. Zu beiden Seiten der Feder hing ein Goldkettchen, an dessen Ende einige zarte Kirschblüten steckten. Falls heute nicht viel zu tun war, würde sie ihn fertig machen und ihn dann mit nach Hause nehmen, um ihn ihrer Mutter zu zeigen.

Sie erreichte den Laden, und als sie das Schaufenster sah, bekam sie vor Überraschung große Augen. Normalerweise drapierte Hans die neuesten Stoffe, die er gekauft hatte, darin. Heute sah das Fenster völlig anders aus. Hohe Ständer präsentierten eine Auswahl der Frühjahrshüte, die sie und Gerda genäht hatten, und *ihre* rosafarbene Kreation, die noch nicht einmal ganz fertig war, bildete den Blickfang. Mit einem verdutzten Lächeln auf den Lippen öffnete sie die gläserne Ladentür und trat ein.

Hans stand hinter der Ladentheke. Er strahlte erwartungsvoll.

»Gefällt dir das Schaufenster?«

»Oh, ja, wie wundervoll. Eine gute Idee, es so auffällig zu gestalten.« Mit diesem Kompliment ging sie durch den Laden, um Mantel, Hut und Handtasche in der durch Vorhänge abgeteilten Werkstatt abzulegen. Sie hätte gern noch einen Blick auf das Schaufenster geworfen, aber es warteten schon zwei Kundinnen auf sie.

Als diese gegangen waren, sagte Hans: »Ich war die Winterware leid und habe mir gedacht, dass deine Hüte die Damen so kurz vor dem Frühling anregen könnten, sich Stoff für neue Sommerkleider zu kaufen.«

»Das war eine gute Idee«, pflichtete sie ihm bei, »aber den rosa Hut muss ich noch fertigmachen. Wenn ich heute irgendwann eine Viertelstunde Zeit habe, hole ich ihn aus dem Fenster und mache das.«

»Aaaah, Laura. Was den rosa Hut angeht. Es ist etwas ganz Erstaunliches passiert…«

Laura, die sich daran gemacht hatte, ein paar Stoffballen, die sie gestern nicht mehr weggeräumt hatte, aufeinanderzustapeln, drehte sich zu ihm um.

»Ja?«

»Jemand möchte ihn kaufen. Eine Dame hat ihn im Fenster gesehen, als der Laden noch geschlossen war, sie hat geklopft und geklopft, bis ich aufgemacht habe.«

»Sie haben ihr doch gesagt, dass er nicht zu verkaufen ist, oder?«

Er zuckte mit den Achseln und nickte. »Ja. Die Dame möchte mit dir darüber reden. Sie meinte, vielleicht könntest du ihr ja genau so einen für die Rennbahn machen. Allerdings möchte sie ihn für das Rennen in Randwick haben – kommendes Wochenende«, beendete er seinen Satz mit ratloser Miene, denn er wusste, dass sie einen solchen Entwurf unmöglich in so kurzer Zeit zuschneiden, nähen, anpassen und fertigstellen konnte.

Laura lachte.

»Oh, Hans, Sie wissen doch besser als ich, dass das nicht zu schaffen ist.«

»Vielleicht kennst du die Dame ja, Mrs Kitty Smithers.«

»Der Name kommt mir bekannt vor…« Sie runzelte die Stirn und überlegte.

»Du hast sie bestimmt schon einmal in ihrem Sportwagen in Coogee herumfahren sehen. Ein großes cremefarbenes Auto. Sie ist mit Bruce Smithers verheiratet, einem der reichsten Männer von Sydney.«

»Natürlich.« Jetzt fiel es ihr wieder ein. Kitty Smithers war bekannt für ihre ausschweifenden Partys und ihre skandalösen Kleider. Die Smithers besaßen eine Villa an der Elizabeth Bay und ein Gebäude, das sie ihr Strandhaus nannten, in Coogee.

»Sie wollte fünf Guineen für den Hut bezahlen.«

Laura blinzelte ihn schockiert an. Fünf Guineen. So viel verdiente sie in zwei Wochen nicht! Es war doch wohl nicht möglich, dass jemand so viel Geld für einen Hut übrig hatte. Die bloße Vorstellung war schon unanständig. Selbst Mary Ellen, deren Familie gut situiert war, würde nicht einmal davon träumen, so viel für einen Hut auszugeben.

»Ich habe ihr gesagt, dass du kein Interesse hast, aber sie hat für alle Fälle ihre Telefonnummer dagelassen.« Er sah ihren völlig verblüfften Gesichtsausdruck und fügte hinzu: »Sie ist sehr reich, diese Kitty Smithers. Es wäre nicht schlecht, sich mit ihr gutzustellen ... sollte eine gewisse Person immer noch von einem eigenen Laden träumen.«

»Wer hat Ihnen denn das erzählt?«

Er grinste sie an. »Bert Denton. Du weißt doch, dass er ein Geheimnis nicht eine Minute für sich behalten kann. Er würde eines Tages einen guten Partner für einen schicken Hutsalon in der Stadt abgeben. Wenn eine gewisse Person einmal alles weiß, was es über die Hutmacherei, den Materialeinkauf und die Wünsche der Kunden zu wissen gibt.«

Hans Blumner war nicht nur ein wunderbarer Arbeitgeber, sondern auch ein hellwacher Kopf. Andere Vorgesetzte wären womöglich bei dem Gedanken außer sich geraten, dass eine ihrer Angestellten darüber nachdachte, ihnen Konkurrenz zu machen, aber Hans nicht. Er wusste, dass Sydney groß genug für sie beide war.

Fünf Guineen! Laura ging zum Ladeneingang und betrachtete die ausgestellten Hüte. Wie schön sie waren. Sie hatte hart daran gearbeitet. Sie waren ein Teil von ihr, seit sie die ersten Skizzen zu Papier gebracht hatte. Aber war der rosa Hut ihr so viel wert?

Eine Kundin kam in den Laden, und während Laura sie bediente, dachte sie nur daran, was sie mit diesem Geld tun könnte. Es könnte der Grundstock ihrer Ersparnisse für einen eigenen Laden werden.

Es kamen immer wieder Kundinnen, die sich lobend über das Schaufenster mit den Hüten äußerten, während sie Stoffe zum Nähen kauften. Erst eine Stunde später kam Laura dazu, sich mit Hans, der gerade einen grauen Nadelstreifenanzug zuschnitt, über ihre Überlegungen zu unterhalten.

»Eigentlich kann es ja nicht schaden, Mrs Smithers anzurufen und ihr zu erklären, dass der Hut nicht zu verkaufen ist, wenn sie schon danach gefragt hat.«

»Mach das nur, wenn du möchtest.« Er fischte ein Stück Papier aus seiner Hosentasche. »Hier ist ihre Nummer.«

Fünf Minuten später kam Laura wie vom Donner gerührt in die Werkstatt zurück und sagte ungläubig: »Ich weiß nicht, wie sie das angestellt hat.« Sie runzelte die Stirn. »Aber am Ende habe ich mich bereit erklärt, ihr den Hut zu verkaufen.« Sie lächelte glücklich. »Für sechs Guineen! Ist das nicht unglaublich? Kitty Smithers bezahlt mir sechs Guineen für den Hut.«

»Herzlichen Glückwunsch, Laura. Dein erster Geschäftsabschluss. Ich vermute, es wird nicht lange bei dem einen bleiben.«

»Sie hat mich gefragt, ob ich ihn in der Mittagspause bei ihr vorbeibringen würde und ob ich meine Mappe mitbringen könnte. Sie hat gesagt, es könnte sein, dass sie noch mehr Hüte braucht. Ich habe ja gesagt. Ist das in Ordnung, Hans?«

»Ja. Ich werde Gerda bitten, auf den Laden aufzupassen,

und dich hinfahren. Dann brauchst du nur zurück zu Fuß zu gehen.«

»Oh, danke, Hans.«

Lauras erster Eindruck vom Haus der Smithers' war, dass es riesengroß war. Es war zweistöckig und stand am Nordende der Beach Street. Zwei Autos, ein viertüriger schwarzer Ford und ein cremefarbener Cord-812-Sportwagen – das wusste Laura nur, weil Mikey so ein Autonarr war und ihr vor ein paar Tagen einen Vortrag darüber gehalten hatte – standen in der Auffahrt. Ein Balkon in der ersten Etage und eine Veranda im Parterre machten das Beste aus der herrlichen Aussicht, und als sich Laura jetzt der Eingangstür mit den großzügigen Bleiverglasungen und dem dekorativen Messingklopfer näherte, dachte sie, dass sie noch nie etwas so Imposantem so nahe gewesen war.

Sie hatte kaum geklopft, als eine Frau von etwa dreißig ihr die Tür öffnete. Sie war hochgewachsen und schlank, ihr dunkelbraunes Haar war fast so kurz geschnitten wie das eines Jungen und nach vorn gekämmt, sodass es ihr Gesicht einrahmte. Sie trug lange Perlohrringe, die zu ihrer dreifachen Perlenkette passten. Ihre Augenfarbe war ein ungewöhnliches grünliches Grau, und sie war komplett bis hin zu den falschen Wimpern geschminkt, als wäre sie im Begriff, auf eine Party zu gehen. Die Finger ihrer linken Hand hielten beiläufig eine Zigarette in einem fünfzehn Zentimeter langen Elfenbeinhalter. Sie trug einen weißen Angorapulli und eine schwarze Hose.

Laura fand es sehr gewagt, dass sie Hosen trug, beschloss aber nach einem Blick auf Schnitt und Sitz, dass sie ihr gefielen.

»Laura?«

»Ja.«

Die Frau stieß ein kehliges Glucksen aus, als sie den pinkfarbenen Hut sah, den Laura in schützendes Seidenpapier gewickelt in der linken Hand hielt.

»Wer sollte es auch sonst sein?«

Sie betrachtete Laura beiläufig von oben bis unten. »Ich hätte nicht gedacht, dass Sie noch so jung sind. Ich bin Kitty Smithers. Kommen Sie doch herein. Wir gehen nach oben in mein Zimmer, da haben wir unsere Ruhe. Bruce erwartet Geschäftsfreunde zum Mittagessen, aber ich habe ihm gesagt, dass er sich selbst um sie kümmern muss. Kommen Sie.«

Kitty Smithers führte sie durch das schwarz-weiß geflieste Foyer die geschwungene, mit Teppich belegte Mahagonitreppe hinauf. An der Foyerdecke hing ein großer Kristallleuchter; mitten im Raum stand ein runder Tisch aus poliertem Holz mit dem größten Blumengesteck, das Laura je gesehen hatte, und an der Wand stand eine zweitürige Vitrine mit einer Sammlung von Kristall- und Porzellanfigurinen. Die Treppe war von zwei chinesischen Vasen flankiert, die Laura fast bis zur Taille reichten. Ein grauhaariger Mann in einem schwarzen Anzug stand an einer der hinteren Türen und betrachtete Laura im Vorübergehen.

»Hier hinein.«

Kitty öffnete eine Flügeltür, und Laura folgte ihr in ein Zimmer, das so groß war, dass ihr halbes Elternhaus hineingepasst hätte. Große Fenster führten auf den Balkon, durch die Scheiben konnte sie den sanft geschwungenen Strand sehen, die Insel Wedding Cake Island und das endlose Meer. Der Boden war mit Axminsterteppichboden in einem leuchtenden Blumenmuster belegt. Zwei große Schränke aus Walnussholz, eine breite Ankleidekommode mit einem runden Spiegel und ein riesiges Himmelbett mit einer grauen Seidendecke bildeten das Mobiliar. Zwei Pekinesen, die bei Lauras

Eintreten zu kläffen begannen, saßen wie lebende Dekorationsstücke mitten auf dem Bett.

»Chang und Rou, hört auf damit. Das ist Laura. Seid jetzt brav.« Kitty tätschelte die Hunde kurz, und das Knurren verstummte.

»Nun, Laura, darf ich mir den Hut einmal aus der Nähe ansehen?«

Mit einem zurückhaltenden Lächeln sah Laura zu, wie ihr durch und durch selbstbewusstes Gegenüber das Seidenpapier öffnete. Laura fand Kitty auf den ersten Blick sympathisch, obwohl sie nicht sagen konnte, warum. Vielleicht war es ihre ungezwungene, freundliche Art; vielleicht war es das allgegenwärtige Lächeln, das nicht aufgesetzt zu sein schien, oder vielleicht war es auch die Tatsache, dass sie keinerlei Aufheben um die Tatsache machte, dass sie abnorm reich war.

Kitty trat zu ihrer Kommode, ließ sich graziös auf dem Hocker nieder und setzte den Hut auf. Sie drehte den Kopf in alle Richtungen, setzte den Hut ein wenig schief und griff nach einem Handspiegel, um ihn auch von hinten sehen zu können. Der Hut stand ihr, als wäre er für sie gemacht.

»Er ist wunderschön, Laura.« Sie sah Laura aus dem Spiegel an und fragte: »Sie sind doch Tom McRaes Tochter, oder?«

Laura lächelte, fragte sich allerdings, woher Kitty das wusste. »Das stimmt, Mrs Smithers. Kennen Sie ihn?«

»Nein, ich kenne Ihren Vater nicht, aber Bruce kennt ihn. Mein Mann scheint jeden zu kennen, der irgendetwas mit Pferderennen zu tun hat. Er hat eine große Vorliebe für den Rennsport, und ich habe gehört, dass Ihr Vater einer der besten Hufschmiede ist.«

Während sie redete, drehte sie weiter den Kopf hin und her, um den Hut aus allen Winkeln zu betrachten. »Er ist wirklich schön, Laura. Sie haben Talent.«

»Danke.« Laura spürte, wie ihre Wangen bei diesem Kompliment erröteten.

»Und die Farbe steht mir auch gut, finden Sie nicht?«

»Doch.«

»Gut, dann sind wir uns ja einig.« Sie wandte sich um und sah Laura an. Als ob sie deren Beklommenheit spürte, lächelte sie ihr gewinnend zu. »Wie wäre es mit einer Tasse Tee und einem kleinen Plausch? Dann können wir uns etwas näher kennen lernen, bevor Sie wieder zur Arbeit gehen.«

»Das ist sehr freundlich von Ihnen, Mrs Smithers. Danke.«

»Nennen Sie mich Kitty. Ich bestehe darauf.«

Kitty ging zu einer quadratischen Metallplatte an der Wand neben der Tür und drückte einen Knopf. Dann sprach sie in ein rundes Gitterchen: »Mrs Denning, würden Sie bitte eine Kanne Tee und zwei Tassen in mein Zimmer bringen?« Kitty wandte sich wieder zu Laura um und sagte erklärend: »Ein System zur Kommunikation. Bruce ist ganz verrückt nach solchen neuen Spielzeugen. Ich weiß allerdings nicht, ob unsere Haushälterin auch so begeistert davon ist.« Sie lächelte Laura verschwörerisch zu. »Vor allem nicht, wenn Bruce seinen fordernden Tag hat.«

»Wie modern das klingt, Kitty.«

»Oh, ja. Das ist einer der Vorteile, wenn man mit jemandem verheiratet ist, der die ganze Geschäftswelt von Sydney kennt. Man erfährt von vielen Neuheiten schon, bevor sie auf den Markt kommen.«

Kurz darauf brachte ihnen die Haushälterin ein Teetablett, auf dem auch frisch gebackene Plätzchen lagen. Sie stellte es auf ein niedriges Tischchen am Fenster und ging wieder.

»Kommen Sie, Laura, setzen Sie sich.« Das tat Laura. Unterdessen schenkte Kitty den Tee ein und begann im Plauderton: »Ich bin wirklich sehr ungehalten über meine Hutmacherin, Beryl Atkinson. Sie hat mich einfach sitzen lassen und ist nach Melbourne gezogen – ist das zu glauben? Dabei bin ich gerade erst aus Paris zurück und habe mindestens ein Dutzend Kleider mitgebracht, zu denen ich passende Hüte brauche.« Sie warf einen neugierigen Blick auf die Mappe aus festem Karton, die an Lauras Stuhl lehnte. »Darf ich Ihre Entwürfe sehen?«

»Natürlich.«

»Erzählen Sie mir von sich«, sagte Kitty, während sie die Mappe durchzublättern begann.

Laura lächelte und schüttelte den Kopf. »Da gibt es nicht viel zu erzählen. Ich habe fast mein ganzes Leben in Coogee verbracht. Ich bin bei den Brigittinnen zur Schule gegangen.«

»Schwingt da immer noch Mutter Gonzaga das Zepter?«

»O ja, das tut sie«, lachte Laura.

»Was für ein Besen diese Nonne doch ist. Sie hat mich auch unterrichtet oder es zumindest versucht. Ich erinnere mich nur noch an ihre übergroße Vorliebe für den Rohrstock.«

»Ja.«

Doch Laura erinnerte sich auch daran, wie gütig die Nonne nach ihrer Krankheit zu ihr gewesen war. »Aber sie hat auch ihre guten Seiten.« Und zu ihrem Erstaunen ertappte sie sich dabei, wie sie Kitty davon erzählte, wie Mutter Gonzaga sie umsorgt hatte.

Kitty starrte sie ungläubig an. »Sie scheint auf ihre alten Tage tatsächlich ein weiches Herz zu bekommen.« Dann wechselte sie abrupt das Thema. »Und, haben Sie schon einen Freund?«

»Eigentlich nicht. Es ist schwierig wegen …« Sie verstummte.

»Wegen Ihres Vaters? Ja, ich habe schon gehört, dass er Ihre Verehrer gern abblitzen lässt. Das hat er auch mit Alex Monroe gemacht, oder?«

Laura bekam große Augen. Woher in aller Welt wusste sie das? Es wusste doch hoffentlich nicht jeder in Coogee, wie sich ihr Vater aufführte?

»Kennen Sie Alex etwa?«

»O ja. Ich habe in den letzten Monaten ein paar hundert Pfund gewonnen, weil ich auf ihn gesetzt habe.«

Kitty sah Lauras verlegenes Lächeln, und ihr wurde sofort klar, dass zwischen Alex Monroe und dieser hübschen jungen Frau etwas vorging. Es war ja auch nicht überraschend. Sie hielt sich für eine gute Menschenkennerin, und der sture Zug um Laura McRaes Kinn war ihr nicht entgangen.

»Bruce und ich sind nächsten Monat zu einer Gartenparty im Government House eingeladen. Dafür werde ich einen besonders extravaganten Hut zu meinem Kleid brauchen. Meinen Sie, Sie können etwas für mich kreieren, Laura?«

Ohne eine Antwort abzuwarten, sprang sie auf, trat zu einem der Schränke und zog ein dreiteiliges Kostüm aus blassblauer Seide hervor. »Etwas, das hierzu passt?«

Im ersten Moment war Laura sprachlos vor Überraschung. Doch sie erholte sich schnell und murmelte: »Ja, Kitty. Wenn Sie nichts aus der Mappe wollen, entwerfe ich etwas Neues. Und ich habe noch mehr Skizzen zu Hause.«

Schon gingen ihr Formen, Umrisse und Materialien durch den Kopf.

»Gut, bringen Sie sie vorbei, sobald Sie können. Außerdem möchte ich noch mehr Hüte von Ihnen haben. Kommen Sie«, winkte sie Laura zu, »werfen Sie einen Blick auf meine neue Sommergarderobe. Oder nein!« Sie überlegte es sich anders. »Erst möchte ich Ihnen den rosa Hut bezahlen.«

Sie nahm ihre Handtasche von der Kommode und zählte

Laura das Geld in die Hand. Dann trat sie wieder zu ihrem Schrank und begann, Kleidungsstücke auf das breite Bett zu werfen, woraufhin Chang und Rou in Deckung gingen.

Noch nie hatte Laura so viele teure Kleider gesehen. Klassische französische Mode in Seide, Crèpe und feiner Wolle. Jedes Stück war großartig.

Kitty hielt ein schwarzes Nachmittagskostüm vor sich hin, und Laura griff spontan zu ihrem Skizzenblock. Schon sprudelten die Ideen, und ihre Hand huschte mit raschen, fließenden Bewegungen über das Blatt.

Kitty Smithers sah dabei ihr zu, wie sie den blonden Kopf über den Skizzenblock beugte. Sie hatte das Gefühl, dass sie und Laura sich gut verstehen würden. Diese junge Frau hatte etwas an sich, eine Aura von ... oh, etwas Undefinierbarem.

Es wäre interessant zu beobachten, wie sich ihr Talent entwickelte.

8

Laura und Ruth waren schon früh an der Rennbahn in Randwick. Sie wollten sich das letzte Rennen der Wintersaison ansehen. Mary Ellen hatte gesagt, sie würde später dazukommen, weil sie die halbe Nacht auf einer Party an Bord einer Yacht im Hafen verbracht hatte. Nicht, dass es Laura im Moment interessiert hätte, wo Mary Ellen blieb; sie war so früh hier, weil sie hoffte, vielleicht ein paar Augenblicke mit Alex verbringen zu können, bevor er sich auf das Rennen vorbereitete.

Laura und Ruth bezahlten ihren Eintritt und betraten die Rennbahn. Laura erspähte Alex fast sofort. Er unterhielt sich mit einem hochgewachsenen, kräftigen Mann, der einen eleganten dunklen Anzug trug. Sein grauer Hut verhinderte, dass man seine Haarfarbe sah. Aus der scherzenden Art, wie die beiden Männer miteinander umgingen, schloss Laura, dass sie gut miteinander bekannt waren. Der größere Mann klopfte Alex kameradschaftlich auf die Schulter. Im selben Moment hob er den Kopf und richtete seine hellblauen Augen auf sie.

Eddie Ashworth verspürte das beinahe unkontrollierbare Bedürfnis, laut zu seufzen, als sein Blick die junge Frau traf. Sie war das hübscheste Mädchen, das er je gesehen hatte. Er musterte sie von Kopf bis Fuß, von ihrem dunkelblonden Scheitel, auf dem ein hübsches marinefarbenes Hütchen thronte, an ihrem perfekt sitzenden dunkelblauen Kostüm entlang, das ihre Figur betonte, bis hin zu den wohlgeformten, schlanken Beinen und den hochhackigen Lederpumps. Gerade lächelte sie über etwas, das ihre Begleiterin sagte, und ihr Gesicht fing an zu strahlen. Die Tatsache, dass sie ihr Lächeln dann auf ihn zu richten schien, brachte ihn vollends aus der Fassung.

»Und, Eddie, was hältst du davon?«, wiederholte Alex geduldig.

»Ähm, wovon, Kumpel?«

Als Alex sah, wohin sein Freund so gebannt starrte, begann er breit zu grinsen. Laura. Er sah Eddie scharf an, konnte ihm aber nicht übelnehmen, dass er so beeindruckt war. Laura sah atemberaubend aus, und sie gehörte ihm. *Nur* – er runzelte verärgert die Stirn – dass er es der Welt nicht mitteilen konnte, weil ihr Vater so ein Sturkopf war.

»Ich sehe schon, du bist ganz Auge und Ohr. Möchtest du, dass ich dich vorstelle?«

»Du kennst sie?« Eddie entging nicht, wie selbstzufrieden Alex mit dem Kopf nickte. »Und wie ich das möchte!«

»Okay, Eddie, solange du eins nicht vergisst. Sie gehört mir. Das ist Laura, von der ich dir erzählt habe.«

Eddie sah seinen Freund an und kniff die Augen zusammen. Das war also die Frau, in die Alex so sehr verliebt war.

»Das ist Tom McRaes Tochter, Franks Schwester?«

»Ja. Du kennst Frank McRae?«

Eddie nickte. »Mmm. Er treibt sich oft an den Wettschaltern herum, wenn er nicht gerade seinem Vater hilft.«

Alex warf einen Blick auf seine Uhr. Noch zehn Minuten, dann musste er los.

»Dann komm, wir haben nicht viel Zeit.« Damit zog er Eddie am Arm auf die Mädchen zu.

»Laura und Ruth, ich möchte euch Eddie Ashworth vorstellen. Er ist ein guter Freund von mir.«

Laura nahm Eddies Gegenwart zwar mit einem höflichen Lächeln zur Kenntnis, aber ihre Aufmerksamkeit galt fast ausschließlich Alex. Er sah fabelhaft aus, aber das war ja immer so. Alex achtete sehr auf sein Aussehen.

Heute war erst das zweite Mal, dass sie ihn ein Rennen reiten sah. Normalerweise hielt sie sich aus diversen Gründen von der Rennbahn fern. Nicht nur, dass ihr Vater sie zusammen sehen könnte, auch Frank konnte ihnen über den Weg laufen. Und da sie wusste, wie gefährlich der Rennsport war, sah sie lieber nicht zu, wie Alex Leib und Leben riskierte – obwohl Alex einer der größten Glückspilze unter den aktiven Jockeys war, denn er war bis jetzt ohne Stürze und Knochenbrüche davongekommen.

Ruth sah die Lachfältchen, die Alex' Augen umgaben, wenn er Laura anlächelte, und sie hegte nicht den geringsten Zweifel an seinen Gefühlen für ihre Freundin. Sie schienen beide zu strahlen, wenn sie zusammen waren. Es war eine

Freude, sie zu sehen. Da Alex und Laura beiseitegetreten waren, um ein paar Worte unter vier Augen zu wechseln, unterhielt sie sich mit Alex' Freund.

»Haben Sie auch etwas mit Pferderennen zu tun, Mr Ashworth?«

Eddie grinste. »Bitte nennen Sie mich Eddie. Mein Vater war Buchmacher, bis er letztes Jahr bankrott gegangen ist. Ich helfe hin und wieder bei einem seiner Kollegen aus.« Er zog theatralisch die Augenbrauen hoch. »Ansonsten bin ich derzeit stellenlos.«

»Und woher kennen Sie Alex?«

Ruth war eine gute Beobachterin, und ihr war sofort aufgefallen, dass Eddie wie ein echter Stadtmensch aussah. Er war ein attraktiver Mann, und als ihr Blick jetzt von ihm zu Alex huschte, fiel ihr eine entfernte Ähnlichkeit zwischen den beiden Männern auf, obwohl Eddie viel größer war als Alex. Beide hatten braunes Haar, das dazu neigte, sich in Wellen zu legen; sie hatten die gleiche Augen- und Hautfarbe, und wenn sie lächelten, wurde die Ähnlichkeit noch größer. Vielleicht, dachte Ruth, waren sie ja verwandt.

»Sind Sie ein Vetter von Alex oder so etwas?«

»Nein, wir sind nicht miteinander verwandt, obwohl uns die Leute immer wieder darauf ansprechen, wie ähnlich wir uns sehen«, sagte er, bevor er dann ihre andere Frage beantwortete.

»Als ich achtzehn war, wollte ich ein bisschen Landluft schnuppern, also hat mir mein Vater Arbeit auf einem Gut namens Terramina besorgt, dreißig Meilen westlich von Wellington. Alex hat da auch gearbeitet, manchmal auch sein Vater, bis er sich seinen eigenen kleinen Hof gekauft hat. Seine Eltern sind beide tot, und Alex lässt den Hof jetzt von jemand anderem verwalten. Ich finde ja, er sollte ihn verkaufen. Alex hat mir das Reiten und Schafehüten beigebracht.«

Er grinste zu seinem Freund hinüber, der ganz in seine Unterhaltung mit Laura vertieft war. Die beiden standen dicht beieinander, ohne sich zu berühren, aber mit gebannten Gesichtern. Seine Kinnmuskeln spannten sich an, als er sich wieder an den Rotschopf wandte.

»Alex hat mir alles über das Landleben beigebracht. Einmal hat er mir sogar das Leben gerettet.«

Ruths Augen leuchteten neugierig auf. »Wie hat er das denn gemacht?«

»Wir haben einen Bach überquert, der Hochwasser hatte, weil wir ein paar Rinder auf der anderen Seite zusammentreiben wollten. Die Strömung hat mich vom Pferd gerissen. Sie war so reißend, dass ich nicht schwimmen konnte. Ich konnte gerade eben den Kopf über Wasser halten. Alex hat mir ein Seil zugeworfen und mich an Land gezogen.« Er lachte auf. »Er hat gesagt, ich wäre der größte, hässlichste Fisch, den er je gefangen hätte.«

Ruth stimmte in sein Lachen ein, und Alex und Laura kamen wieder zu ihnen.

»Ich muss zum Wiegen gehen«, sagte Alex mit unüberhörbarem Bedauern. »Ich habe gute Pferde im ersten und im dritten Rennen, und mit etwas Glück kommen ja im Lauf des Tages noch ein oder zwei andere dazu.« Er sah Eddie an. »Kümmerst du dich für mich um die Damen, Kumpel?«

»Mit Vergnügen.« Eddies Blick wanderte zu Laura hinüber, verweilte ein oder zwei Sekunden dort, dann huschte er zu Ruth. »Ich werde gut auf sie aufpassen.«

Alex stieß ihn spielerisch am Arm an. »Das will ich doch hoffen.«

Laura und Alex wagten es nicht, sich in der Öffentlichkeit zu küssen. Zu viele Augen, die es sehen konnten, zu viele Münder, die es weitersagen konnten. Alles, was sie taten, war, sich kurz an den Händen zu berühren, bevor Alex ging.

»Nun, wohin möchten die Damen denn? Wie wär's mit einer Visite bei den Buchmachern, um herauszufinden, wie die Chancen stehen? Oder der Teesalon ist offen. Möchte jemand eine Tasse Tee?« Er selbst hätte gern mit einem Bier darauf angestoßen, dass ihm die schönste Frau der Welt begegnet war. Doch das kam nicht in Frage. Er musste heute ein Gentleman sein, um Laura McRae zu beeindrucken.

»Wir haben unserer Freundin Mary Ellen versprochen, hier auf sie zu warten. Sie wird uns nie finden, wenn wir uns vom Fleck bewegen.«

»Was glauben Sie denn, wann sie kommt?«

Laura warf einen Blick auf die Rennbahnuhr.

»Im Lauf der nächsten halben Stunde.« Außerdem fiel ihr ein, dass sie Kitty Smithers versprochen hatte, sie in ihrer Loge zu besuchen, um sich ihren Hut anzuschauen.

»Da.« Ruth wies zum Tor, durch das inzwischen viele Menschen strömten. »Da kommt Mary Ellen …«

Die Rennbahn von Randwick bot ein fröhliches Bild, und die Atmosphäre war heiter. Tausende von Zuschauern spazierten über das Gelände. Später würden sie den Siegern zujubeln, die Verlierer bedauern und vor allem versuchen, am Wettschalter auf die richtigen Paare zu setzen.

Tom McRae hatte im Stall alle Hände voll damit zu tun, die Beschläge der teilnehmenden Pferde zu kontrollieren, und Frank half ihm dabei. Aber wann immer er konnte, stahl er sich davon, um sich ein Rennen anzusehen oder auf einen Insidertipp hin eine kleine Summe auf ein Pferd zu setzen.

Laura, Ruth, Mary Ellen und Eddie aßen zusammen zu Mittag und studierten danach an den Wettschaltern das Rennprogramm. Laura interessierte sich allerdings nicht sonderlich für Glücksspiele. Sie genoss lieber den Anblick der Rennpferde, dieser herrlichen, glänzenden, kraftvollen Geschöpfe, die mehr umsorgt wurden als manche Menschen.

Eddie Ashworth entpuppte sich als angenehmer Begleiter. Er gab ihnen ein paar Tipps und ging auch selbst für sie zu den Buchmachern. Er besorgte ihnen gute Plätze und tat auch sonst, worum Alex ihn gebeten hatte – er kümmerte sich gut um sie.

Laura war begeistert, als Alex in seinem ersten Rennen Dritter wurde und das zweite gewann. Er arbeitete schließlich darauf hin, eine ordentliche Summe zu sparen, denn sie hatten vor, an Lauras zwanzigstem Geburtstag zu ihrem Vater zu gehen und ihn von ihren Heiratsplänen zu unterrichten. Laura wusste zwar, dass ihr Vater im ersten Moment wütend reagieren würde, aber genau wie Alex war sie sich sicher, dass er ihnen seinen Segen geben würde, wenn er sah, wie sehr sie sich liebten, und begriff, dass Alex gut für sie sorgen würde.

Und wenn nicht… darüber wollte sie nicht nachdenken, nicht heute, nicht jetzt.

Während sich das Quartett lachend unterhielt, betrachtete Laura mit wachem Auge, was die Damen auf der Rennbahn trugen. Gerda hatte Recht mit ihrer realistischen Sichtweise. Die meisten Frauen in Sydney legten weder Abenteuerlust noch Modebewusstsein an den Tag, wenn es um ihre Kopfbedeckungen ging. Von ihrem Sitzplatz aus überblickte Laura ein bewegtes Meer von Hüten, die meisten davon dunkel, praktisch und langweilig. Sie lächelte vor sich hin. Sie hatte vor, das eines Tages zu ändern.

Sie sah zu, wie Eddie Mary Ellen half, das Pferd auszusuchen, auf das sie beim vierten Rennen setzen wollte, und plötzlich fiel ihr auf, welche Ähnlichkeit er mit Alex hatte. Warum merkte sie das erst jetzt? Er war zwar hochgewachsener und auch etwas älter, doch in ihrem Aussehen ähnelten sich die beiden Männer merklich.

»Eddie, ob es wohl möglich wäre, auf die Ehrentribüne zu kommen?«, fragte Laura. Sie hätte so gern gesehen, wie Kitty ihr Hut stand. »Ich weiß ja, dass dort nur Mitglieder zugelassen sind, aber Kitty Smithers hat gesagt, sie würde dem Ordner Bescheid sagen, dass er mich hineinlassen soll.«

Er lächelte ihr selbstbewusst zu. Es freute ihn unbändig, dass sie ihn um Hilfe bat. »Wir können es ja versuchen. Ich kenne die meisten Leute, die hier arbeiten, deshalb sollte es eigentlich nicht allzu schwierig sein.« Er richtete seinen lächelnden Blick auch auf die beiden anderen jungen Frauen. »Warum gehen wir nicht alle zusammen?«

»Ich komme sowieso hinein, ich habe Mamas Ausweis«, sagte Mary Ellen wichtigtuerisch und hakte sich besitzergreifend bei Eddie ein.

»Geht ihr nur«, sagte Ruth bescheiden, »es macht mir nichts aus hierzubleiben.«

Laura schüttelte den Kopf. »Du kommst auch mit.«

Sie bahnten sich den Weg durch das Gedränge zur Ehrentribüne, und in Eddies Begleitung ließ man sie, ohne zu fragen, ein. Hier stellte Laura einen deutlichen Unterschied in der Garderobe der Besucher fest. Kitty Smithers fiel besonders auf, nicht nur, weil ihr Ensemble farbenfroher war als die gedämpfteren Töne der anderen Frauen, sondern auch wegen des Mannes an ihrer Seite. Laura erkannte Kittys Ehemann augenblicklich – sie hatte sein Foto schon oft in der Zeitung gesehen.

Bruce Smithers, ein hochgewachsener, distinguierter Gentleman mit ergrauenden Schläfen, trug einen Cutaway. Er und seine Frau gaben ein spektakuläres Bild ab.

Kitty winkte sie zu sich herüber, und mit ihren beiden

Freundinnen im Schlepptau betrat sie die Loge der Smithers'. Nach der allgemeinen Vorstellung ergriff Kitty Lauras Hand.

»Meine Liebe, ich habe schon so viele Komplimente für meinen Hut bekommen. Alle wollen wissen, wo ich ihn gekauft habe.« Sie zwinkerte den drei Freundinnen zu. »Natürlich habe ich nichts gesagt. Ich habe Mrs Clarke-Bruce – sie ist so ein Snob – gesagt, dass ich vorhabe, meinen jüngsten Fund für mich zu behalten. Sie ist ganz gelb geworden und davongestürmt, um ihre Wut an ihrem Mann auszulassen.«

»Wie schön.« Laura sah, dass der Hut in der Tat fantastisch aussah und das i-Tüpfelchen auf Kittys Ensemble bildete.

»Alle sind begeistert von dem Hut, wirklich, Laura.«

»Ja.« Laura sah sich um. »Ich begreife allmählich, dass die Damenwelt von Sydney in puncto Hutmode wirklich etwas Besseres verdient hat.«

»Das stimmt«, antworteten Mary Ellen und Kitty im Chor.

Mit einem schelmischen Zwinkern fügte Kitty dann hinzu: »Und ist unser Alex heute nicht gut geritten? Ein großer Tag für junge Favoriten, nicht wahr, Bruce?«

Bruce Smithers, der sich mit Eddie über das nächste Rennen unterhielt, lächelte ihr kurz zu.

»Ja, Schatz. Möchtest du gern, dass ich im nächsten Rennen für dich auf jemanden setze?«

»Eine Sekunde, lass mich nachsehen.« Kitty sah Laura an. »Was ist mit Ihnen?«

»Nein. Ich habe schon ein Pfund gewonnen. Ich höre lieber auf, solange ich es mit Gewinn tun kann.«

»Kluges Mädchen«, lobte Bruce Smithers mit einem ironischen Lächeln.

Während sich alle über das Programm beugten, hörte Laura eine Lautsprecherdurchsage.

»Meine Damen und Herren, bitte beachten Sie einen Reiterwechsel im Tattersall-Preis. Nummer neun, Devil May Care, startet unter Alex Monroe.«

Ruth grinste ihre Freundin an. »Hast du das gehört, Laura? Alex reitet im Cup mit. Dafür wird er bestimmt gut bezahlt.«

»Wahrscheinlich.« Das war Alex ja so wichtig. Vielleicht zu wichtig, dachte sie. Sie sah, wie die Pferde zu den Startboxen geführt wurden, und wandte sich an Eddie, der gerade vom Wettschalter zurückkam. »Dürfte ich mir für dieses Rennen Ihr Fernglas leihen?«

»Natürlich.« Eddie sah ihr dabei zu, wie sie das Fernglas einstellte und es sich vor die Augen hielt. Gott, wie hübsch sie war. Statt sich sklavisch an die Mode zu halten, trug sie das gelockte Haar lose in einer unaffektierten Frisur, die ihr gut stand. Und sie hatte die herrlichsten Augen, auch wenn er diese im Moment nicht sehen konnte. Ihre Gesichtszüge kannte er schon auswendig, aber er konnte den Blick nicht von ihren vollen Lippen losreißen, die sich aufwärtsschwangen, als ob sie fortwährend lächelten.

Erwartungsvolle Stille senkte sich über die Menge, als die Pferde an den Start gingen. Laura suchte das Startfeld mit dem Fernglas nach Alex ab. Er trug eine blaue Mütze, einen schwarzen Renndress mit einem blauen, diagonalen Streifen, die obligatorische weiße Hose und schwarze Reitstiefel mit einem braunen Abschluss. Er hatte alle Hände voll damit zu tun, den Vorwärtsdrang seines Pferdes zu zügeln. Dann senkte der Steward den Hebel, und die Startboxen öffneten sich. Das Feld war unterwegs.

Alex legte einen guten Start hin, und Devil May Care ging mit vier anderen Pferden in Führung. Die Jockeys schienen ihre Pferde in der Kurve zurückzuhalten. Laura spürte, wie sich ihr Magen verkrampfte. Alex ritt ein exzellentes Rennen; er lag an dritter Stelle und hatte eine gute Position an der Flanke des Feldes.

»Los, los, los!« Die Rufe der Menge schwollen zu einem erregten Tosen an.

Plötzlich erschauerte Laura. Ihr wurde durch und durch kalt – nicht nur kühl, sondern absolut eiskalt. Das Bild im Fernglas wurde unscharf, und sie kämpfte mit den Rädchen, um die Linsen wieder scharf zu stellen. Als sie wieder klar sehen konnte, konzentrierte sie sich auf das Spitzenfeld.

Es geschah innerhalb weniger Sekunden.

Ein Pferd geriet aus dem Rhythmus und stolperte gegen Devil May Care, der scheute und einen Satz zur Seite machte. Sein Hintermann prallte gegen ihn, und Alex stürzte vom Pferd. Laura hielt den Atem an, doch ihr Herz fühlte sich an, als schlüge es doppelt so schnell. Ein Gewirr fuchsfarbener und brauner Pferde, rasender Hufe und fliegender Turfbrocken war alles, was sie sehen konnte, bis das Feld vorbei war. Sie richtete das Fernglas auf Alex, und ihr Herz hämmerte zum Zerspringen, während sie ihn lautlos beschwor aufzustehen, sich zu bewegen.

Er tat es nicht.

»Oh, nein! Das ist ja Alex.«

Laura hörte den Schrecken in Mary Ellens Ton, aber sie antwortete nicht. Ihr Fernglas war auf Alex gerichtet, und sie hielt es so fest, dass ihre Fingerknöchel weiß wurden. Er lag vollkommen reglos da.

Das Publikum jubelte weiter, sodass der knackende Lautsprecher und die Stimme des Sprechers kaum zu hören waren.

»Es hat einen Sturz gegeben. Ich kann noch nicht ausmachen, wer der Reiter ist.« Noch mehr Knacksen. »Ich glaube, es ist Nummer neun. Devil May Care ist reiterlos. Ja, Alex Monroe liegt am Boden. Es sieht so aus, als wäre er bewusstlos. Sanitätspersonal ist mit einer Trage unterwegs …« Knacks, knister. »Meine Damen und Herren, das Feld nähert sich der Zielgeraden, Dancing Girl ist in Führung gegangen, und jetzt kommt von hinten …«

Ein paar Sekunden lang verstummten alle Geräusche, und alles, was Laura hörte, war ein Hämmern in ihrem Kopf. Alex ist verletzt! Oh, lieber Gott, lass es nichts Schlimmes sein. Ohne Ruth zu beachten, die ihr die Hand auf die Schulter gelegt hatte, machte Laura kehrt und rannte auf den Tribünenausgang zu.

Eddie holte sie ein und ergriff ihren Arm. »Ihm ist sicher nichts passiert, Laura.« Er sah ihr erschüttertes Gesicht. »Ich weiß, wohin sie ihn bringen, kommen Sie mit.« Er nahm ihre Hand und zog sie hinter sich her.

Mary Ellen und Ruth verabschiedeten sich hastig von den Smithers' und folgten ihrer Freundin.

Laura hätte die Leute am liebsten angebrüllt, aus dem Weg zu gehen, während sich Eddie gekonnt durch die Menge boxte. Sie gingen eine Treppe hinunter und durch einen endlosen Korridor, wo sie die Massen hinter sich ließen.

Eddie blieb vor der Jockeykabine stehen. Aus dem Augenwinkel sah er, dass am Seiteneingang ein Krankenwagen vorgefahren war.

»Warten Sie hier, Laura. Als Frau wird man Sie da nicht hineinlassen. Ich werde sehen, was ich herausfinden kann.«

»Ich möchte, ich muss ihn sehen«, flehte sie, während sie sich verzweifelt bemühte, nicht in Tränen auszubrechen. Tief im Inneren hatte sie dieses Gefühl, das an ihrem Herzen nagte und ihren ganzen Körper mit Schmerz erfüllte. Alex war schwer verletzt, sie wusste es einfach.

»Stellen Sie sich doch vorsichtshalber neben den Krankenwagen«, schlug Eddie vor.

Eddie verschwand in der Kabine, und Mary Ellen und

Ruth tauchten atemlos auf und fassten Laura an den Armen, um sie zu stützen.

»Ihm ist bestimmt nichts passiert«, versuchte Mary Ellen, sie zu trösten. »Jockeys fallen jeden Tag vom Pferd.«

»Er hat sich nicht bewegt…«, sagte Laura bestürzt zu ihnen. »Ich habe es durch das Fernglas gesehen.«

»Er hat wahrscheinlich eine Gehirnerschütterung, Laura, deshalb hat er sich nicht bewegt«, sagte Ruth sanft.

Die drei Freundinnen gingen auf den Krankenwagen zu, der mit geöffneten Türen bereitstand.

Die rückwärtige Tür der Jockeykabine öffnete sich, und eine Trage wurde auf den Wagen zugerollt. Alex lag unter einer Decke darauf und regte sich nicht. Sein Kopf war mit einem turbanartigen, gepolsterten Verband umwickelt, der an mehreren Stellen mit Blut durchtränkt war. Eddie ging hinter der Bahre her und unterhielt sich leise mit einem Mann in einem dunkelblauen Anzug, der eine schwarze Tasche in der Rechten trug.

Laura ging auf Alex zu, ohne zu überlegen. Seine Augen waren geschlossen, und als sie die Trage erreichte, nahm die ganze Situation einen irrealen Zug an. Sie betete darum, sich in einem Albtraum zu befinden und in der nächsten Sekunde aufzuwachen, aber sie wusste, dass es nicht so war. Sie hätte ihn so gern berührt, mit ihm geredet, ihn reden gehört. Wenn sie nur seine Stimme hören könnte, würde alles gut werden.

»Tut mir leid, junge Dame«, sagte einer der Helfer schroff, als Laura versuchte, näher an die Trage zu gelangen. »Wir fahren ihn sofort ins *Prince of Wales*.«

»Junger *Mann*«, antwortete Mary Ellen gebieterisch, »die Dame ist seine Verlobte. Sie hat ein Recht zu erfahren, wie es ihm geht.«

»Dann fragen Sie besser den Arzt.«

Eddie führte den Arzt auf Laura zu und stellte ihn vor.

»Laura, das ist Doktor Campbell, der Rennbahnarzt. Er fährt mit Alex zum Krankenhaus.«

»Ich möchte ihn auch begleiten«, sagte sie mit bestimmter Miene.

»Miss McRae, es ist nicht genug Platz für Sie, für mich und für den zweiten Sanitäter.«

»Aber –«

»Schon gut, Laura, wir nehmen ein Taxi«, beruhigte Eddie sie. Er fasste sie am Ellbogen, winkte Ruth und Mary Ellen zu, ihnen zu folgen, und hielt auf den Ausgang zu.

»Es tut mir furchtbar leid, Miss McRae. Ihr Verlobter ist im Krankenwagen verstorben, kurz bevor wir das Krankenhaus erreicht haben.«

Laura hörte die Worte des Arztes zwar, doch sie konnte sie nicht akzeptieren.

»Aber wie? Ich verstehe nicht…« Sie sah ihn flehend an. Tief in ihrem Inneren setzte ein Zittern ein, und sie ballte die Fäuste, um einen Rest von Fassung zu bewahren.

»Es tut mir leid«, wiederholte er. »Bei dem Sturz wurde Mr Monroe von einem Huf am Kopf getroffen. Ich hatte gehofft, es wäre nur ein leichter Schädelbruch, doch auf dem Weg ins Krankenhaus hat er angefangen zu bluten. Wahrscheinlich ein Blutgerinnsel. Ich… konnte die Blutung nicht stillen. Wäre es im Krankenhaus passiert, im Operationssaal, hätte er vielleicht eine Chance gehabt.« Dr. Campbell zuckte traurig mit den Achseln.

Laura spürte, wie sie zu schwanken begann und sich die Decke des Wartezimmers drehte. Mary Ellen und Ruth legten die Arme um sie, ihre Wärme war ein stummer Trost.

Alex, ihr Alex, tot. Fort, *für immer*. Einfach so. Innerhalb von ein paar Minuten.

War das der Unterschied zwischen Leben und Tod, fragte sie sich am Rand der Hysterie. Ein paar Minuten, Sekunden? Das konnte nicht wahr sein. Der Mann, den sie liebte, war so warm gewesen, so lebendig. Sie hatten ein gemeinsames Leben geplant, nicht nur ein paar gestohlene Monate. Warum war er so grausam von ihrer Seite gerissen worden?

Benommen zwang Laura eine Tasse Tee in sich hinein, die ihr eine mitfühlende Krankenschwester brachte, und wie in einem Vakuum hörte sie Eddie und ihre Freundinnen Beileidsbekundungen murmeln. Ihr Körper wurde taub. Das Gefühl oder eher die Abwesenheit jedes Gefühls begann in der Gegend ihres Herzens und breitete sich aus, bis es ihren ganzen Körper erfasst hatte. Nur ihr Verstand blieb hellwach. Erinnerte sich. Zeigte ihr immer wieder die Ereignisse vom Augenblick des Sturzes bis zum Schicksalsspruch des Arztes. Sie hätte Alex gern gesehen, sich verabschiedet, doch der Arzt hatte ihr nachdrücklich davon abgeraten. Er hatte gesagt, ihre Erinnerung an den Mann, den sie als Lebenden geliebt hatte, sei besser für sie als der Anblick der zerschmetterten Überreste, die jetzt Alex Monroe waren.

Laura bekam vage mit, wie Eddie Lyle Morris anrief, den Besitzer des Rennstalls, in dem Alex gelernt hatte, und ihn bat, das Begräbnis zu organisieren.

Dann brachten Mary Ellen, Ruth und Eddie sie zu den Strachans, wo sie mehr Tee trank, als ein Mensch in sich aufnehmen konnte, und alle freundlich und tröstend auf sie einredeten. Später brachten Ruth und Eddie sie nach Hause, und wie durch einen Dunstschleier nahm sie den erschrockenen Ausdruck ihrer Mutter wahr, als diese ihnen die Tür aufmachte. Sie wusste nicht, was Ruth ihrer Mutter sagte, aber bevor sie begriff, wie ihr geschah, hatte man sie ins Bett gesteckt und ihr ein Schlafmittel gegeben – und wieder eine Tasse Tee.

Sie hatte das Gefühl, stundenlang in ihrem abgedunkelten Zimmer zu liegen, während sie darauf wartete, dass das Schlafmittel wirkte. Sie fragte sich, warum sie nicht weinen konnte. Sie hatte doch im Krankenhaus geweint, oder? Aber jetzt weinte sie nicht.

Als die ersehnte Schläfrigkeit dann endlich über sie kam, verstand sie, warum. Sie trug all ihre Tränen in sich, und sie ertrank darin.

Angie McRae stand am Fußende des Betts, und das gedämpfte Licht aus dem Flur fiel auf die Gestalt, die darin lag. Während sie ihrer Tochter beim Schlafen zusah, dachte sie daran, wie oft sie im Lauf der letzten achtzehn Jahre so dagestanden hatte. Öfter, als man zählen konnte.

Sie hatte sofort gewusst, dass etwas nicht stimmte, als Ruth und dieser nette junge Mann, an dessen Namen sie sich nicht erinnern konnte, Laura nach Hause gebracht hatten. Irgendein schreckliches Erlebnis auf der Rennbahn. Laura hatte einen Jockey, Alex Monroe, stürzen und sterben sehen. Ja, das hatte sie im Radio gehört. Wie schade, so ein junger Mann.

Ruth hatte gesagt, Laura sei bestürzt. *Bestürzt* war nicht die Beschreibung, die Angie gewählt hätte. Nie zuvor hatte sie im Gesicht ihrer Tochter solche Erschütterung und solchen Schmerz gesehen. Sie machte sich furchtbare Sorgen – aber sie glaubte auch, den Grund dafür zu kennen. Laura war in Alex Monroe verliebt … gewesen. Das war die einzig sinnvolle Erklärung.

Laura stöhnte im Schlaf und wälzte sich unruhig auf die Seite.

Angie schüttelte traurig den Kopf. Laura hatte alle Ermahnungen ihres Vaters in den Wind geschlagen und genau das getan, was sie wollte. Fast hätte Angie gelächelt. Lauras

Sturheit saß wirklich tief. Was sollte sie jetzt tun? Tom davon erzählen oder einfach abwarten, was geschehen würde.

Als Laura am nächsten Morgen nicht aufstand, um in die Messe zu gehen, erfand Angie eine Entschuldigung und sagte, sie hätte eine heftige Grippe. Bevor sie zur Kirche ging, warf Angie noch einmal einen Blick auf ihre Tochter und erschrak über das, was sie sah. Laura hatte dunkle Ringe unter den Augen, und ihre Wangen waren hohl. Das Mädchen sah aus, als sei ihr jegliche Energie ausgesaugt worden.

Laura öffnete die Augen und lächelte ihre Mutter schwach an. Wie gern hätte sie ihr von Alex erzählt. Davon, wie sehr sie ihn geliebt hatte, von ihren gemeinsamen Plänen. Der Schmerz über den Verlust erstickte sie fast, aber es wäre nicht fair, ihre Mutter damit zu belasten. Angie würde sich verpflichtet fühlen, ihrem Vater davon zu erzählen, und dann würde alles nur noch viel schlimmer werden. Laura seufzte tief. Welche Rolle spielte das jetzt noch. Alex war fort, und es war, als würde die Sonne nie wieder scheinen.

»Möchtest du eine Tasse Tee oder etwas zu essen? Einen Toast vielleicht?«

»Nein, Mama, keinen Tee.« Sie hatte seit dem Krankenhaus genug Tee getrunken. Jedermann schien Tee für ein Allheilmittel zu halten, das selbst den Tod eines geliebten Menschen wieder gutmachte. Wäre es doch nur so gewesen.

»Ich fühle mich erschlagen. Ich glaube, ich bleibe heute einfach im Bett, wie du vorgeschlagen hast.«

»Gut, mein Herz. Ich bringe dir eine heiße Zitrone mit einem Schuss Whisky. Vielleicht fühlst du dich danach etwas lebendiger.«

Laura signalisierte achselzuckend ihr Einverständnis. Eine heiße Zitrone würde ihr gebrochenes Herz auch nicht heilen. Keine Arznei der Welt konnte das.

»Du bist aber früh auf, Laura. Dann scheint es dir ja besser zu gehen«, sagte Tom McRae. Er kam gerade aus dem Bad, wo er sich gewaschen und rasiert hatte, und zog sich die Hosenträger wieder über die Schultern. »Machst du dich diese Woche besonders früh an die Arbeit?«

Laura antwortete nicht sofort. Sie hatte eine schlaflose Nacht hinter sich, in der sie immer wieder Alex' Sturz, das Krankenhaus und die Stunden danach durchlebt hatte. Es wäre leicht gewesen, ihren Vater anzulügen und einfach ja zu sagen. Hatte sie ihn schließlich nicht über ein Jahr lang belogen, um ihre Beziehung mit Alex geheim zu halten? Doch plötzlich hatte sie genug davon.

»Nein, Papa. Ich gehe heute Morgen zu einer Beerdigung.«

Tom war im Begriff, seinen Frühstücksteller von Angie entgegenzunehmen, aber er hielt inne und sah seine Tochter scharf an. Sie sah bleich und abgespannt aus.

»Wer wird denn beerdigt?«

»Alex Monroe.«

»Aber du hast ihn doch kaum gekannt«, gab Tom zurück, »was willst du also bei seiner Beerdigung?«

Laura holte tief Luft und fuhr mit den Fingern über die Tischdecke. Jetzt gab es kein Zurück mehr. Ihr Vater hatte diesen forschenden Blick in den Augen.

»Papa, Mama, ich muss euch beiden sagen, dass ich letztes Jahr nicht ganz ehrlich zu euch gewesen bin. Ich habe mich mit Alex getroffen, und zwar oft. Er hat mir einen Heiratsantrag gemacht, und ich habe ja gesagt. Wir …« Ihre Stimme versagte, als sie sah, wie das Gesicht ihres Vaters eine finstere Miene annahm. »Wir hatten vor, dich an meinem zwanzigsten Geburtstag offiziell zu fragen.«

»Laura. Du hast dich meinen Anordnungen widersetzt.«

»Ja.« Sie hob das Kinn und sah ihn an, ohne mit der Wimper zu zucken. »Du hast eine Entscheidung gefällt, an die ich mich nicht halten konnten, und anstatt –«

»Also hast du dich hinter unserem Rücken mit dem Jungen getroffen, obwohl ich es verboten hatte.« Toms Stimme wurde mit jedem Wort lauter.

»Ich habe das nicht gern getan, Papa, aber du hast mir keine andere Wahl gelassen. Ich liebe … ich habe Alex geliebt und wollte mit ihm zusammen sein. Ihn insgeheim zu treffen, war die einzige Möglichkeit, die du uns gelassen hast.«

»Ich kann nicht glauben, dass du das getan hast, Laura. Ich … du bist immer so ein gehorsames Kind gewesen«, meldete sich Angie zu Wort und schüttelte enttäuscht den Kopf. Dennoch wäre ein Teil von ihr gern zu Laura hinübergegangen, um sie in die Arme zu nehmen, doch Toms Miene hielt sie davon ab.

Hässliche rote Flecken erschienen in seinem Gesicht, und er musste sich sehr anstrengen, sich zu beherrschen.

»Du gehst nicht zu seiner Beerdigung«, rief er und knallte mit der Faust auf den Küchentisch, dass das Geschirr und das Besteck klapperten.

»Oh, Tom …«

»Nein, Angie. Laura hat uns angelogen und uns zum Narren gehalten. Es wird Zeit, dass sie tut, was man ihr sagt.«

Jetzt liefen Laura die Tränen über die Wangen, aber sie machte sich nicht die Mühe, sie wegzuwischen. Sie starrte ihren Vater an, als hätte er den Verstand verloren.

»Es tut mir leid, wenn ich dir wehgetan habe. Es hat mir auch wehgetan, mich so zu verhalten, aber du hast mir keine Wahl gelassen. Alex und ich wollten zusammen sein, uns besser kennen lernen … wir wollten heiraten.«

»Du hattest kein Recht, ungehorsam zu sein.« Toms

Stimme war voller Wut, und er unterstrich jedes Wort mit einem Schlag auf die Tischplatte.

Frank erschien mit schläfrigen Augen in der Küchentür und lehnte sich an den Türrahmen.

»Was ist denn hier los?« Er hatte die lauten Stimmen gehört und wollte wissen, was in der Küche vorging. Zur Abwechslung war es diesmal also Laura, die den Zorn ihres Vaters zu spüren bekam.

»Geh zurück in dein Zimmer, Frank, unser Gespräch geht dich nichts an«, herrschte Tom ihn an.

»Aber ich will frühstücken. Ich habe Hunger.«

»Sofort!«

Frank trat aus der Tür und lehnte sich im Flur an die Wand, um weiter zuhören zu können. Er hatte nicht vor, sich entgehen zu lassen, wie Laura den Marsch geblasen bekam. Mit einem kleinen Lächeln strich er sich das Haar aus der Stirn.

»Frank, du kannst mein Frühstück haben. Ich habe keinen Hunger«, rief Laura ihm nach. »Ich muss mich für die Kirche fertigmachen.«

»Bist du plötzlich taub geworden, Laura McRae? Ich habe gesagt, du gehst nicht da hin.«

»Ich *möchte* nicht ungehorsam sein, Papa. Aber ich werde es tun, wenn ich muss.« Obwohl sie schlotterte, weil sie ihren Vater noch nie so wütend gesehen hatte, glitzerte die Entschlossenheit in ihren Augen. »Ich habe Alex geliebt. Wenn er noch leben würde, wäre er eines Tages mein Mann geworden. Nicht einmal du kannst mir das Recht verweigern, mich von ihm zu verabschieden.«

»Wie ich bereits gesagt habe, Laura, wirst du tun, was man dir sagt, solange du unter meinem Dach wohnst. Sonst wirst du gehen.« Er bedauerte diese Worte, noch während er sie sprach. Er sah, wie Laura stolz das Kinn hob, sich gerade aufrichtete und einen Blick auf ihn heftete, in dem sich Halsstarrigkeit und Resignation vermischten. Tränen und ein Ausdruck des Schmerzes zeichneten ihr Gesicht, bei dem er am liebsten seine Wut vergessen und sie in die Arme genommen hätte. Doch er wusste, dass er das nicht konnte. Was für ein verdammter Narr er doch war. Er hatte die Worte ausgesprochen und konnte sie nicht zurücknehmen.

Laura seufzte und zuckte mit den Achseln. Nie im Leben war sie entschlossener gewesen.

»Wenn es so sein muss, Papa«, sagte sie mit leiser, aber fester Stimme, »dann wird es eben so sein.« Sie erhob sich vom Küchentisch, warf ihrer Mutter einen kurzen Blick zu und verließ das Zimmer. Im Flur wäre sie fast mit Frank zusammengestoßen.

Tom stand auf, um sie zum Gehorsam zu zwingen, doch Angie berührte ihn am Arm.

»Lass sie doch gehen, Tom. Kannst du nicht sehen, wie weh ihr das alles tut? Sie hat den Jungen wirklich geliebt. Auch wenn sie etwas Falsches getan hat, kannst du doch deine Tochter nicht vertreiben, weil sie einen Mann geliebt hat. Ich hätte dasselbe gemacht wie sie, wenn meine Eltern mir verboten hätten, dich zu sehen. Sie haben schließlich anfangs auch nichts von dir gehalten und ihre Meinung irgendwann geändert.«

Sie lächelte ihn an, während sie an die letzten Monate dachte. Man hatte ihrer Tochter ihre Gefühle ansehen können. Ihre gesunde Gesichtsfarbe, das Glitzern in ihren Augen, der Elan ihrer Bewegungen … und ganz plötzlich all diese Unternehmungen mit ihren Freundinnen. Ausflüge in die Stadt, hier ein Picknick, da eine Wanderung in den Blue Mountains. Mit Sicherheit hatten Mary Ellen und Ruth ihr geholfen, ihre Liebelei zu verheimlichen.

»Sie hat mir nicht gehorcht«, wiederholte Tom beharrlich; er hatte dieselbe sture Ader wie seine Tochter. »Kein Mann sollte so etwas in seinem eigenen Haus dulden müssen. Ich habe ihr gesagt, dass ich weiß, was das Beste für sie ist.« Er hielt inne, dachte einen Moment nach und fügte dann hinzu: »Wenn sie auf mich gehört hätte, müsste sie jetzt nicht so leiden, oder?«

Angie schüttelte den Kopf.

»Nein. Hinterher ist man immer schlauer, nicht wahr?« Sie lächelte ihn sanft an, denn sie begriff, dass auch er in gewisser Weise verletzt worden war. Seine Laura, die immer so perfekt gewesen war, hatte etwas getan, das er für falsch hielt.

»Nun iss dein Frühstück, bevor es ganz kalt wird.« Jetzt war nicht der richtige Zeitpunkt für eine Diskussion, aber später, wenn er sich beruhigt hatte, würde sie sagen, was sie zu sagen hatte.

St. Brigid war an diesem wolkenlosen Morgen mehr als zur Hälfte mit Trauergästen gefüllt.

Lyle Morris, der sich um die Beerdigung gekümmert hatte, bestand darauf, dass sich Laura, Mary Ellen und Ruth in die erste Bank setzten. Eddie Ashworth, Joe Finn, Billy Wayne und ein paar andere Freunde von Alex saßen direkt hinter ihnen.

Vater O'Grady hielt mit zwei Messdienern den Gottesdienst ab, und der Schulchor sang. Vom Weihrauchduft umweht, hatte Laura in so unmittelbarer Nähe des mit Kränzen behangenen Sarges ein unwirkliches Gefühl. Als passierte das alles nicht ihr, sondern jemand anderem. Ach, wenn es doch nur so wäre.

Der Altar war mit weißen Lilien in eleganten Vasen geschmückt, und viele brennende Kerzen sorgten für eine feierliche Atmosphäre. Laura konzentrierte sich auf eine Kerze ganz am Rand, deren Flamme in einem Windhauch flackerte. Wie in Trance durchlebte sie einen Reigen der Erinnerungen an die Zeit, die sie gemeinsam verbracht hatten. Sie hörte Vater O'Gradys lateinische Gebete nicht, hörte den Messdiener nicht zur Kommunion läuten, hörte das Schluchzen der Frauen und das Räuspern der Männer nicht, während die Zeremonie ihren Lauf nahm. So viele Erinnerungen. So viel Schmerz. Bald wäre das Ritual des Abschieds der Lebenden von dem geliebten Toten vorbei. Doch würde der Schmerz jemals enden?

Tom McRae schlüpfte in die letzte Bank der Kirche und nahm mit großen Augen zur Kenntnis, wie viele Menschen sich hier versammelt hatten. Laura und ihren auffälligen schwarzen Hut sah er nicht; sie musste also vorn sitzen.

Angie hatte ihm heftige Vorwürfe gemacht, nachdem Laura zur Kirche gegangen war. In all den Jahren ihrer Ehe hatte er sie noch nie so aufgebracht erlebt. Anfangs hatte er versucht, es als übertriebenen Mutterinstinkt abzutun, doch das musste er schnell aufgeben. Sie hatte ihm in aller Direktheit gesagt, dass er zu hart zu Alex Monroe und Laura gewesen war.

Tom ließ den Blick ziellos durch die Kirche mit ihrem Sandsteintaufbecken und der gütigen Statue der heiligen Brigitta wandern und fragte sich, ob es wirklich falsch war, wenn ein Mann nur das Beste für seine einzige Tochter wollte.

Wenn er einen Fehler begangen hatte, so hatte Angie mit allem Nachdruck zu ihm gesagt, war es der gewesen, sich nicht gründlicher nach Alex zu erkundigen, der ein anständiger junger Mann gewesen war. Er verzog gequält das Gesicht, als die Messe endete und die Sargträger den Sarg auf ihre Schultern hoben. Seine Frau hatte Recht. Die gute Angie mit ihrem großen Herzen. Jetzt musste er wieder gutmachen, was noch gutzumachen war, er musste Laura wissen lassen, dass er Verständnis für ihren Schmerz hatte, dass er sie liebte und dass er sich wieder Frieden zwischen ihnen wünschte.

Langsam kamen die Trauergäste durch den Mittelgang. Er erkannte so viele Gesichter. Trainer, Jockeys, Pferdebesitzer, Stallknechte, Rennfunktionäre und Buchmacher. Sie alle waren hier, um dem jungen Mann die letzte Ehre zu erweisen, und die Tatsache, dass sie so zahlreich erschienen waren, zeigte deutlich, welch hohes Ansehen er genossen hatte.

Laura. Da war sie ja, sie kam fast als Letzte. Vater O'Grady sagte gerade etwas zu ihr.

Tom begrüßte Mary Ellen und Ruth mit einem Kopfnicken und einem angespannten Lächeln. Dann fiel Lauras Blick auf ihn, und ihre Schritte stockten.

Er sah, wie tapfer sie ihre Trauer zu ertragen versuchte. Er streckte die Arme nach ihr aus, und es schmerzte ihn zu sehen, wie sie im ersten Moment zögerte. Dann kam sie wortlos auf ihn zu und fiel ihm in die Arme, wo sie den Trost fand, den sie so bitter nötig hatte.

9

Gerda war der Meinung gewesen, ein kurzer Urlaub würde ihr in ihrer Trauer helfen, aber Laura, die für ihre achtzehn Jahre sehr reif war, wusste, dass ihr nur harte Arbeit Trost bringen konnte. Sie stürzte sich in die Hutmacherei und verbrachte ihre ganze Freizeit entweder im Laden oder zu Hause mit Entwürfen. Der Sommer war da, und zu ihrer Überraschung schrie alle Welt nach Variationen der Hüte, mit denen Hans das Schaufenster dekoriert hatte – einschließlich Kitty Smithers.

Die schwierigste Aufgabe, die Laura zu meistern hatte, war es, die Hüte so zuzuschneiden, dass sie auf ein mit Stoff bezogenes Drahtgestell passten. Dazu musste zunächst das Schnittmuster gezeichnet und der Form des Drahtgestells angepasst werden, bevor der Hut zugeschnitten und genäht wurde. Doch diese Art von Hüten ließ ihr die größte Freiheit bei der Gestaltung, und unter Gerdas Aufsicht und Anleitung dauerte es nicht lange, bis Laura die Hüte vom Entwurf bis zum letzten Stich selbstständig anfertigen konnte.

Sie bestand darauf, Hans für jeden Hut, der über seinen Laden verkauft wurde, Provision zu zahlen, obwohl er jedes Mal protestierte. Sie wusste, dass ihr Talent als Hutmacherin ein gutes Licht auf seinen Laden warf und neue Kundschaft brachte, doch sie war fest entschlossen, sich nicht in Abhängigkeiten zu begeben, wenn es sich vermeiden ließ.

Inzwischen war sie mit den meisten Herstellern der Ausgangsmaterialien bekannt. Filz, Binsen, Stroh oder Velours bildeten die Basis, die dann hier und dort ein wenig umgeformt und mit modischen Accessoires individuell vollendet wurde.

Gerade war sie dabei, letzte Hand an das schwarz-weiße, mit einem Netz überzogene Strohhütchen zu legen, das Kitty auf der Gartenparty im Government House tragen wollte, als Bert Denton den Laden betrat, in der einen Hand seinen sperrigen Musterkoffer, in der anderen seinen Hut. Er war ein kleiner, untersetzter Mann mit einem beinahe kahlen Kopf, einem runden, freundlichen Gesicht und – wie zum Ausgleich für den Haarmangel auf seinem Kopf – einem prächtigen schwarzen Bart, der allmählich grau wurde.

»Guten Tag, Laura McRae«, sagte er, und als er sie dann

über den Rand seiner Hornbrille hinweg ansah, dachte er, wie blass und dünn das Mädchen doch aussah.

»Hallo, Bert.« Die Herzlichkeit des Vertreters brachte Laura immer zum Lächeln. In all den Monaten, seit sie im Geschäft der Blumners arbeitete, hatte sie ihn noch nie anders als gut gelaunt erlebt. Immer freundlich, immer hilfsbereit, vor allem natürlich dann, wenn es ihm half, etwas zu verkaufen.

»Der sieht ja gut aus.« Er nahm Kittys Hut in die Hand und drehte ihn hin und her, um ihn genau zu betrachten. »Sie werden wirklich immer besser, Laura.«

Laura warf einen Seitenblick auf Gerda, die gerade den vorwitzigen Daniel wieder ins Hinterhaus schob. Sie lächelte glücklich über sein Kompliment.

»Ich hatte ja auch gute Lehrer.«

»Nun, vergessen Sie nicht, was ich Ihnen gesagt habe. Wenn Sie mehr verkaufen wollen, sagen Sie es mir. Ich kenne diverse Geschäfte in der Stadt, die Ihnen mit Freuden Ihre komplette Herstellung abnehmen würden.«

»Danke, Bert.« Er machte ihr dieses Angebot bei jedem Besuch. Sie wusste, dass er das Herz am rechten Fleck hatte. Für ihn selbst würde dabei nicht viel herausspringen, aber ihr war nicht wohl bei dem Gedanken, außerhalb des Ladens Geschäfte zu machen. Ihre Loyalität galt den Blumners, und sie hatte nicht vor, ihr gutes Verhältnis zu ihnen zu gefährden.

Um ihn abzulenken, fragte sie: »Haben Sie Zeit für eine Tasse Tee?«

Er nickte, und sie ging in Hans' winziges Büro an der Rückseite des Ladens und schaltete den einflammigen Gasherd ein. Als sie zu Bert zurückkehrte, fragte sie: »Und was haben Sie uns heute mitgebracht?«

Ihr Ablenkungsmanöver täuschte ihn nicht, und er grinste.

»Ein paar schöne Sachen. Eine neue Knopfkollektion aus England, frisch eingetroffen. Und etwas Neues aus den USA – Reißverschlüsse.«

»Reißverschlüsse«, wiederholte sie neugierig. »Was ist das denn?«

»Sie ersetzen die Knöpfe oder Haken und Ösen an Damenröcken oder Herrenhosen. Hier, ich zeige Ihnen, wie das funktioniert.«

Die nächsten zwanzig Minuten verbrachte Bert damit, bei zwei Tassen Tee und einem Stück von Gerdas Kirschtorte seine Waren vorzuführen, und wie immer verließ er den Laden mit einer ordentlichen Bestellung.

Lässig mit einer grauen Hose, einem Tweedjackett und einem gemusterten Pullunder bekleidet, stand Eddie Ashworth auf der kleinen, gefliesten Veranda vor Laura McRaes Haus und drehte und wendete seinen Panamahut, während er versuchte, seinen Mut zusammenzunehmen und an die Haustür zu klopfen. Was, wenn sie ihn nicht sehen wollte? Bevor er noch nervöser wurde, räusperte er sich, ballte die Finger zur Faust und klopfte fest an die grüne Holztür.

Sekunden später wurde die Tür von einem Jungen geöffnet, der seiner schmutzigen Kleidung nach offenbar heute Morgen bei einem Kricketspiel gewesen war. Er sah Laura so ähnlich, dass er nur ihr Bruder sein konnte.

»Hallo. Ich möchte Laura McRae besuchen.«

Mikey betrachtete den Fremden gründlich von oben bis unten, bevor er ihn etwas argwöhnisch fragte: »Kennt sie Sie denn?«

»Ja. Mein Name ist Eddie Ashworth. Ich war mit Alex Monroe befreundet.«

»Oh.« Der Argwohn in Mikeys Blick verblasste ein wenig. »Warten Sie hier; ich sehe nach, ob sie da ist.«

Eddie zog die Augenbrauen hoch und zuckte zusammen, als ihm die Tür vor der Nase zugeschlagen wurde. Er wandte sich achselzuckend ab und beschäftigte sich damit, auf der Straße auf und ab zu blicken. Die Häuser auf der hügeligen Addison Street waren klein und standen dicht gedrängt. Die meisten der bescheidenen Bungalows hatten recht kahle Gärten, weil der Boden so sandig war, aber Lauras Vorgarten war bildschön mit seinen Stauden und Blumen, Gänseblümchen, Hibiskus und Lavendel – das waren die Pflanzen, die er erkannte. Er hörte weder das Klicken der Haustür noch Lauras Schritte, bis sie hinter ihm das Wort ergriff.

»Eddie.«

Er schluckte den Kloß herunter, der irgendwo in der Gegend seines Adamsapfels feststeckte, und wandte sich ihr zu. Seine Bauchmuskeln waren fest angespannt vor lauter Nervosität, sein Lächeln gezwungen.

»Hallo, Laura.«

Gott, sie war wirklich hübsch. Etwas ganz Besonderes. »Ich … ich wollte Sie nur einmal besuchen und mich erkundigen, wie es Ihnen geht … das heißt, wie Sie zurechtkommen.«

Zurechtkommen? *Es durchstehen*, wäre eine passendere Bezeichnung für das gewesen, was sie täglich tat.

»Es geht mir gut«, antwortete sie mit einem knappen Lächeln. »Das ist aber nett, dass Sie an mich gedacht haben.« Ein leiser Schmerz zerrte kurz an ihrem Herzen. Eddie sah Alex unverkennbar ähnlich, und er erinnerte sie auf merkwürdig bittersüße Weise an den Mann, den sie so sehr geliebt hatte. Sie wandte den Blick von ihm ab und richtete ihn auf das Haus gegenüber.

Jetzt, da er sie offen anschauen konnte, betrachtete Eddie ihre Gesichtszüge und sah die Falten der Anspannung um ihren Mund, die Traurigkeit in ihren Augen. Seit Wochen konnte er an nichts und niemand anderen mehr denken. Doch das konnte er ihr nicht sagen. Noch nicht. Auch er trauerte, irgendwie, auch wenn er Alex in den letzten Jahren nicht mehr so nahe gewesen war.

»Ich verstehe schon, Laura. Ich kann Ihnen ein wenig nachfühlen, was Sie durchmachen. Er fehlt mir auch.«

»Ja, wahrscheinlich.« Sie zögerte und besann sich auf ihre guten Manieren. »Möchten Sie nicht hereinkommen und meine Mutter kennen lernen? Sie ist in der Küche.«

»Ja«, sagte er, und jetzt lächelte er wieder. »Gern.«

Samstagnachmittage waren immer entspannt, nicht zuletzt, weil Frank, der Unruhestifter, mit Tom auf der Rennbahn war. Mikey saß am Küchentisch und hatte den Mund voll Salat und Schnittchen, während er seine Mutter mit sämtlichen Einzelheiten seiner Kricketpartie vertraut machte. Natürlich hatte seine Mannschaft gewonnen. Angie hatte sich eine Schürze um ihre viel zu schlanke Taille gebunden und stand am Backofen, von dem ein verführerisches Brotaroma aufstieg. Ein großer Topf mit Eintopf blubberte auf dem Herd munter vor sich hin. Am einen Ende des Küchentischs lagen Lauras Nähutensilien verstreut. Stoff, Schere, ein Karton mit Bändern und Zierrat. Das Radio auf dem Kaminsims spielte einen Klassiker, »It's Only a Paper Moon«. Neben der Hintertür stand ein Korb mit Orangen aus dem Garten.

»Möchten Sie eine Tasse Tee und ein Sandwich, Mr Ashworth?«, fragte Angie, insgeheim erfreut, dass ein so gut gekleideter und gesitteter junger Mann ihre Tochter besuchte. Sie hoffte, dass seine Aufmerksamkeiten Laura von ihrer Traurigkeit ablenken würden und das Mädchen eine wohlverdiente Pause einlegen würde.

»Ich möchte mich nicht aufdrängen, Mrs McRae, aber ja, gern. Und nennen Sie mich doch Eddie. Ich bin es nicht gewöhnt, dass man mich Mr Ashworth nennt. Das ist mein Vater.«

»Was machen Sie denn so, Mr Ashworth?«, fragte Mikey neugierig und biss in einen Apfel.

»Ich arbeite bei einem Börsenmakler in der Stadt, an der Phillip Street. Und ich gehe zur Abendschule, um Buchhalter zu werden.«

»Wohnen Sie hier in der Nähe?«

»Mikey, hör auf mit dem Verhör«, protestierte Laura lachend und warf Eddie einen entschuldigenden Blick zu. »Ich fürchte, er ist in dem Alter, in dem man seine Nase überall hineinstecken muss. Will immer alles über jeden wissen.«

»Schon gut, das macht mir nichts aus.« Eddie grinste sie an und entspannte sich dann allmählich. Mrs McRae stellte einen Teller mit Schnittchen vor ihn. Das war wie zu Hause. Nein, verbesserte er sich, besser als *sein* Zuhause.

Er sah sich in der Küche um. Blitzblank geschrubbte Töpfe hingen an Haken über einem Arbeitstisch. Cremefarbene Dosen mit roten Deckeln und Schildchen, auf denen »Mehl«, »Salz«, »Zucker« und »Tee« stand, säumten das Kaminsims über dem Gasherd, an der Wand gegenüber hing ein Gemälde mit einer ländlichen Idylle, und das ganze Zimmer sah so aus, als würden Menschen darin leben. Ja, wirklich sehr heimelig.

Im Vorübergehen war ihm in dem kleinen Salon ein Klavier aufgefallen, und er fragte neugierig: »Wer spielt denn hier Klavier? Sie, Laura?«

Sie schüttelte heftig den blonden Kopf. »Grundgütiger, nein. Mama. Sie hat versucht, es mir beizubringen, aber ...«

»Laura konnte sich nie mit dem Klavier anfreunden«, sagte Angie und lächelte ihrer Tochter sanft zu. »Sie hatte keine Lust, Noten lesen zu lernen oder zu üben.«

»Mama gibt Klavierunterricht«, meldete sich Mikey zu Wort. »Möchten Sie es lernen?«

»Ich kann schon Klavier spielen, Mikey«, erwiderte Eddie lachend. »Hatte früher meine eigene Kapelle.«

»Wirklich?«, fragte Mikey mit großen Augen.

Eddie erzählte dem Jungen die Geschichte seiner kleinen Band, die in Sydney in diversen Tanzsälen gespielt hatte, bevor sie sich auflöste, und ließ dann noch ein paar Details aus seiner eigenen Vergangenheit folgen, bevor ihn Mikey weiter mit Fragen löchern konnte. Er erzählte, dass er in Randwick zur Schule gegangen war, wie er Alex bei der Rancharbeit kennen gelernt hatte und dass er sich eines Tages selbstständig machen wollte. Der Junge hörte sich interessiert an, dass er dreiundzwanzig war, eine vierzehnjährige Schwester namens Maggie hatte – also ein Jahr älter als Mikey – und dass sein Hund, ein betagter Schäferhund, auf den Namen Rusty hörte.

Angie, die gerade eine willkommene Pause einlegte und an einer Tasse Tee nippte, lächelte vor sich hin. Der hier würde Tom gefallen. Edward Ashworth schien ein anständiger junger Mann zu sein. Mit guten Zukunftsaussichten.

Sie nippte noch einmal und verschluckte sich. Sie fing an zu husten und konnte nicht mehr aufhören. Es war ein trockener, heftiger Husten, der kein Ende nehmen wollte, auch nicht, nachdem Laura ihr ein Glas kaltes Wasser aus dem Kühlschrank geholt hatte.

»Mikey, Schätzchen«, sagte sie immer noch hustend, »hol mir den Hustensaft, der neben meinem Bett steht.« Sie sah Eddie verlegen an und erklärte: »Ich bekomme immer diesen dummen, trockenen Husten. Er legt sich immer wieder, und dann kommt er zurück.«

Laura hielt den Dessertlöffel schon bereit, als Mikey mit dem Hustensaft zurückkam. Sie goss die Arznei auf den Löffel, und ihre Mutter, die nach dem Hustenanfall vornübergebeugt und atemlos dastand, nahm ihn ein.

»Setz dich, Mama. Du arbeitest wieder viel zu viel«, sagte Laura tadelnd, »wie immer.«

Das ließ sich Angie nicht zweimal sagen; immer noch mitgenommen von dem quälenden Husten, setzte sie sich Eddie gegenüber an den Tisch.

Eddie sah zu, wie Laura und Mikey ihre Mutter umsorgten. Der Junge goss ihr eine neue Tasse Tee ein, die er zuckerte und mitsamt Untertasse vor ihr auf den Tisch stellte, während Laura nach der Schüssel griff, um den Teig fertig zu rühren.

»Schon gut, Laura. Es geht mir besser, Schatz. Ich mache das schon.« Angie warf Eddie einen Blick zu, den man nur als verschwörerisch bezeichnen konnte, und schlug beiläufig vor: »Es ist viel zu schön, um den ganzen Tag im Haus zu bleiben, Laura. Wie wäre es, wenn du mit Eddie einen Spaziergang auf der Strandpromenade machst? Es würde dir guttun, ein Weilchen aus dem Haus zu kommen.«

Laura wusste genau, was ihre Mutter im Schilde führte.

»Mama, Eddie hat bestimmt zu tun, und außerdem«, sie zeigte auf ihre Nähutensilien, »sieh doch, wie viel ich noch an dem Hut zu tun habe. Kitty Smithers möchte ihn Montag haben.«

Angie schüttelte den Kopf. »Laura, Schätzchen, verrenne dich nicht so in deine Arbeit, dass dir keine Zeit mehr zum Entspannen bleibt.«

»Ich fände es sehr schön, wenn wir einen Spaziergang am Strand machen würden, Laura.« Danke, Mrs McRae, als hätten Sie meine Gedanken gelesen. »Der Pavillon ist geöffnet. Wir könnten dort eine Kleinigkeit essen, wenn Sie möchten.«

Laura musste zugeben, dass sie die Vorstellung, mit Eddie

auszugehen, trotz allem ein klein wenig aufregend fand. Sie war zwar nicht an ihm interessiert, aber es würde nicht schaden, sich ein oder zwei Stunden freizunehmen. Eddie war ein angenehmer Begleiter, und sie war ihm immer noch dankbar für seine Freundlichkeit, als Alex verunglückte.

Ihr kam der Gedanke, dass Mary Ellen darüber vielleicht nicht besonders erbaut wäre. Sie hatte damals selbst ein Auge auf Mr Edward Ashworth geworfen. Aber so, wie sie Mary Ellen kannte, hatte diese ihr Herz wahrscheinlich längst an den nächsten jungen Mann gehängt. Das schien ihre Freundin alle zwei Wochen zu tun. Ruth sagte, dass Mary Ellen kein Durchhaltevermögen hatte. Dass es ihr nicht darum ging, in jemanden verliebt zu sein, sondern nur um den Nervenkitzel, sich zu verlieben.

»Gut. Ich ziehe mir nur eben Hut und Handschuhe an.«

Bevor sie die Klinke der Haustür drückte, drehte sich Laura noch einmal um und winkte Eddie nach. Es war ein netter Ausflug gewesen. Sie waren in der Sonne über die Strandpromenade von Coogee spaziert und hatten den wenigen Schwimmern zugesehen, die durch das kalte Wasser wateten, und den Kindern, die Sandburgen bauten.

Sie schloss die Tür hinter sich und ging durch den dunklen Flur, der das Haus teilte. Ihr Zimmer und das Elternschlafzimmer lagen auf der einen Seite, der Salon und das Zimmer der Jungen auf der anderen. Als sie am Zimmer ihrer Brüder vorbeikam, wurde sie plötzlich um die Taille gefasst und herumgewirbelt.

»Frank, was machst du denn da? Lass mich los!«, protestierte sie, während Frank mit ihr einen Walzer durch den Salon tanzte.

»Ich hab Arbeit, ich hab Arbeit, ich hab Arbeit«, jubelte er und grinste breit.

Laura kniff überrascht die Augen zu. Es kam so selten vor, dass Frank glücklich war und sich ihr gegenüber nett benahm, dass sie im ersten Moment den Verdacht hatte, seine Freundlichkeit könnte Hintergedanken haben.

»Wovon redest du? Ich weiß doch, dass du Arbeit hast, du hilfst Papa in der Schmiede und auf der Rennbahn.«

Er lachte ihr laut ins Ohr. »Das ist doch keine richtige Arbeit. Das hier ist richtige Arbeit, eine Anstellung mit guten Zukunftsaussichten.«

Inzwischen hatte ihr Walzer sie in die Küche geführt, wo Angie beim Gemüseschälen am Küchentisch saß und jetzt die Augenbraue fragend hochzog.

»Was geht hier vor, Frank?«

»Ich habe Arbeit, Mama. Eine richtige Anstellung! Ein Bekannter von der Rennbahn hat sie mir heute Nachmittag angeboten. Er ist Vorarbeiter bei Tooths.«

»Tooths? Die Brauerei in Alexandria?«

»Ja. Ich fange am Montag an.«

»Hast du es deinem Vater schon gesagt?«, erkundigte sich Angie, die jetzt aufstand, um das Gemüse in einer Emailschüssel an der Spüle zu waschen.

»Ja. Er findet es gut.«

»Was wirst du denn da tun?«, fragte Laura. »Flaschen spülen?«

Sein Lächeln wurde merklich schmaler. »Nur kurze Zeit. Man muss von der Pike an alles lernen, weißt du. Marcus, mein Bekannter, hat gesagt, ich würde ganz unten anfangen und mich dann hocharbeiten. Es ist interessant, und ich kann alles über das Bierbrauen lernen. Aber was ich wirklich möchte, ist, die Lieferwagen zu den Wirtshäusern fahren. Wisst ihr, was? Man bekommt zum Mittagessen sogar ein Bier.«

Angie schüttelte den Kopf, sagte aber nichts. Sie bezweifelte, dass Alkohol am helllichten Tag etwas Gutes war, auch wenn Franks Augen bei der Aussicht auf Freibier aufgeleuchtet hatten.

»Du kannst doch gar nicht fahren, Frank.«

»Ich weiß. Aber ich kann den Führerschein machen. Es ist gar nicht schwer. Sid Morgan hat gesagt, er bringt es mir im Auto seines Vaters bei.«

»Tja, herzlichen Glückwunsch«, sagte Laura und nahm ihn impulsiv in die Arme. Es war schön, dass Frank sich einmal für etwas begeisterte. Die Arbeit in der Schmiede hatte ihn in letzter Zeit ziemlich gelangweilt. Er sagte, dass ihr Vater ihm nicht genug Verantwortung überließ. Und das, so dachte Laura, lag vielleicht daran, dass Frank nicht mit dem Herzen bei der Sache war. Jetzt klang er immerhin aufgeregt. Sie hoffte nur, dass die Begeisterung von Dauer wäre. Sie sah ihm zu, als er zur Spüle trat, wo ihre Mutter das Essen vorbereitete. Er war jetzt fast achtzehn und so hochgewachsen und breitschultrig wie ihr Vater. Das wäre bei der schweren Arbeit in der Brauerei sicherlich von Vorteil.

»Was gibt es zum Essen, Mama?«, fragte Frank und hob den Deckel vom Topf.

Laura saß an ihrem Arbeitstisch und legte letzte Hand an einen Sommerhut, den Bert zusammen mit sieben anderen Hüten zu einem Laden in der Strand Arcade mitnehmen wollte. Ihre Finger waren steif von der Näharbeit, und ihre Augen brannten, weil sie so konzentriert gearbeitet hatte.

Es waren hübsche Hüte, jeder anders, alle mit Pfiff. Am schönsten fand sie den Strohhut mit der apricotfarbenen Bordüre, der bestimmt einen guten Preis einbringen würde. Laura bemühte sich immer, neutrale Farben zu wählen, sodass man sie zu unterschiedlichen Ensembles tragen konnte.

Und sie war immer informiert, welche Farben in der kommenden Saison modern sein würden.

»Laura, komm in die Küche. Schnell!«, rief Frank lauthals durch den Flur.

Ihr erster Gedanke galt ihrer Mutter, und sie lief in die Küche, blieb aber abrupt stehen, als sie sah, dass ihrer Mutter nichts fehlte. Frank, Papa und Mikey drängten sich um das Radio und hörten eine Sondermeldung.

»... nach der Invasion in Polen hat Großbritannien Deutschland nun den Krieg erklärt, damit befindet sich nun auch Australien im Krieg ...«

Premierminister Menzies' restliche Ansprache ging in Franks Hurrarufen unter.

»Wir werden gegen die Hunnen kämpfen. Ich melde mich gleich morgen freiwillig.«

Toms Stimme war streng. »Du wirst nichts dergleichen tun. Dazu bist du noch zu jung.«

»Nächstes Jahr nicht mehr. In ein paar Monaten werde ich achtzehn.«

»Nun, du bist zum Glück zu alt.« Angie sah Tom an und schüttelte den Kopf.

»Papa, in der Zeitung steht, dieser Hitler ist ein böser Mann«, sagte Mikey mit großen, unschuldigen Augen. »Glaubst du, er greift Australien an?«

»Deutschland ist weit weg, mein Sohn. Ich glaube, wir sind hier ziemlich sicher.«

»Ja, aber was für eine großartige Gelegenheit für jemanden wie mich«, fuhr Frank fort, sich aufzublasen. Aufregung glitzerte in seinen Augen, und er schob sich das Haar aus der Stirn. »Eine Uniform anzulegen, kämpfen zu lernen, nach Übersee zu reisen. Was für ein Abenteuer!«

»Ja«, ließ sich Mikey von der Begeisterung seines älteren Bruders anstecken. Er überlegte einen Moment, dann sagte er: »Meinst du, der Krieg dauert so lange, bis ich auch alt genug bin?«

Tom legte die Arme um seine beiden Söhne.

»Ein Krieg ist kein Abenteuer«, sagte er leise »Es ist schwere, schmutzige, gefährliche Arbeit. Ich habe aus Pflichtgefühl im letzten Krieg gekämpft. Ich habe getan, was ich musste, aber ich habe es nicht gern getan.« Er nickte Frank zu. »Eines Tages musst du das vielleicht auch, aber glaube mir, das ist nichts, worauf man sich freuen sollte.«

»Gut gesagt, Papa. Ich glaube, jetzt sollten wir uns alle wieder beruhigen.« Laura übernahm das Kommando, weil sie die ängstliche Miene ihrer Mutter gesehen hatte.

»Wie wäre es mit heißem Kakao für alle?« Sie lächelte, als alle zustimmend nickten, und machte sich daran, den Ofen anzuheizen.

10

Das Wetter war ungewöhnlich warm für den australischen Frühling. Selbst um zwei Uhr früh war die Novembernacht noch warm, Laura hatte im Schlaf die Bettdecke zurückgeworfen und lag nur noch unter einem Laken. Das schmale Eisenbett sah aus, als hätte sie im Schlaf einen Ringkampf veranstaltet, ihre Bettwäsche war völlig zerwühlt und auf dem ganzen Bett verteilt.

Schattenhafte, aber erkennbare Bilder tanzten vor ihren geschlossenen Lidern umher. Sie saß mit ihrer Mutter im Salon. Angie strickte mit flinken Fingern einen roten Winterpulli für Mikey, während sie selbst ihrer üblichen Beschäftigung nachging und einen eleganten Hut nähte, diesmal einen steifkrempigen Florentinerhut. In ihrem Traum schien es im Zimmer immer dunkler zu werden, obwohl die Sonne hell durch die Spitzenvorhänge schien.

Ihre Mutter fing an zu husten und zu husten. Ihre Strickarbeit fiel ihr in den Schoß, und sie hob beide Hände an den Mund, aus dem Blut zu strömen begann. Doch das rote Blut lief ihr zwischen den Fingern hindurch auf die Brust und auf die Wolle, deren Farbe einen noch tieferen Rotton annahm.

Laura eilte an Angies Seite, doch das Bluten hörte einfach nicht auf.

Sie warf sich stöhnend im Schlaf hin und her, während ihr Traum mehr und mehr zum Albtraum wurde. Die Wände und der Fußboden des Salons färbten sich rot, Blut bedeckte ihre Hände, und immer noch lief ihrer Mutter der Lebenssaft aus dem Mund. Jetzt enthielt er rote Klümpchen. Ihre Mutter sah ihr tief in die Augen. Laura sah Angst, dann vollzog sich eine verblüffende Veränderung. Angies Augen wurden glasig und nahmen einen friedlichen Ausdruck an, dann schlossen sie sich.

Laura stöhnte und schlug unter dem Laken um sich, und der Traum spielte plötzlich woanders.

Das Zimmer sah anders aus, dunkel und trübe. Sie stand in der offenen Tür und zögerte einzutreten. Der Raum strahlte eine solche Kälte aus, dass ihre Zähne zu klappern begannen. Ein Bett war das einzige Möbelstück, abgesehen von zwei Nachttischchen, auf denen jeweils ein Messingkerzenständer mit einer einzelnen Kerze stand.

In dem Bett lag jemand.

Ohne sich bewusst zu bewegen, betrat sie das Zimmer, um nachzusehen, wer es war. Ihre Mutter lag auf dem Rücken, in ihr bestes Kleid gehüllt. Ihre Arme waren vor der Brust verschränkt, ihr Rosenkranz war durch die Finger ihrer rechten Hand geschlungen. Ihr helles, ergrauendes Haar war zu einem einzelnen Zopf geflochten, der auf einer Seite ihrer Brust lag. Irgendetwas lag auf ihren Augenlidern.

Laura blinzelte im Halbdunkel, um auszumachen, was es war, und sah, dass es Pennystücke waren. Sie runzelte die Stirn, weil sie sich fragte, wo sie das schon einmal gesehen hatte. Sie dachte verzweifelt nach, bis ihr die Antwort einfiel – als man Großvater McRae in Condobolin aufgebahrt hatte.

Sie begann zu schreien.

Der durchdringende Schrei weckte Tom McRae aus seinem wenig erholsamen Schlaf. Er drehte sich auf den Rücken und setzte sich im Bett halb auf.

»Himmel…«, fluchte er und fuhr sich mit den Fingern durch die zerzausten Haare.

Angie war schon aus dem Bett und hatte sich ihren Morgenmantel übergezogen, als ein zweiter Schrei die Stille der Nacht zerriss.

»Laura.« Sie gähnte. »Wieder ein Albtraum.«

Seit Alex' Tod schlief ihre Tochter nicht mehr gut. Sie aß nicht mehr gut und konnte sich nicht mehr für die Dinge begeistern, die sie früher so gern getan hatte. Der einzige Lichtstrahl, den Angie am Ende des Tunnels der letzten Monate sah, war, dass Laura nichts gegen Eddie zu haben schien, der sie oft besuchen kam und sie häufig überredete, mit ihm auszugehen.

Als sie Lauras Zimmer erreichte und das Licht einschaltete, saß ihre Tochter aufrecht im Bett und hatte das Laken von sich geworfen. Ihr Nachthemd war mit Schweiß durchtränkt. Ihre Augen starrten voller Entsetzen auf irgendetwas, das nur sie allein sehen konnte, und sie hatte die Arme fest vor der Brust verschränkt.

Angie wich vor Schrecken das Blut aus dem Gesicht. In einem solchen Zustand hatte sie Laura noch nie gesehen. Sie warf Tom, der hinter ihr stand, einen Blick zu, dann ging sie zum Bett und setzte sich darauf. Sie nahm die Hände ihrer Tochter und fing an, sie zu reiben.

»Komm schon, Laura«, sagte sie mit fester Stimme, »du bist jetzt wach, und alles ist gut. Aufwachen, sage ich!« Damit klopfte sie Laura fest auf die Wange. Langsam dämmerte die Erkenntnis in Lauras braunen Augen.

»Oh, Mama.« Laura beugte sich vor und nahm ihre Mutter fest in die Arme, dann ließ sie los und sagte: »Ich hatte einen furchtbaren Traum.«

»Ich weiß, mein Herz. Du träumst in letzter Zeit oft schlecht von Alex.«

»Ich habe nicht von Alex geträumt.« Ein Schauer durchfuhr Laura. »Ich habe geträumt …«, sie brachte die Worte kaum über die Lippen, »du *stirbst.*«

Sie blickte zu ihren Eltern auf und sah, wie sich deren Blicke trafen und das Gesicht ihres Vaters einen niedergeschlagenen Ausdruck annahm. Irgendetwas stimmte hier nicht.

Sie ergriff die Hände ihrer Mutter, und ihr fiel auf, dass sie nicht nur spindeldürr geworden waren, sondern nur noch aus Haut und Knochen bestanden. Sie zwang ihre Mutter, sie anzusehen.

»Was ist los, Mama? Bitte, was ist es? Ich bin kein Kind mehr, ich habe das Recht, es zu erfahren.«

Angie sah Tom an, der kaum merklich nickte.

Er brummte mit schroffer Stimme: »Ich gehe in die Küche und setze Teewasser auf.« Damit ging er aus dem Zimmer.

»Was ist denn?«, fragte Laura beharrlich. Bestimmt war es etwas, das mit ihrem Albtraum zusammenhing. Weiter mochte sie gar nicht denken.

Angie hielt sich den Finger vor die Lippen und flüsterte:

»Wir wollen die Jungen nicht wecken. Komm mit in die Küche, und wir trinken eine Tasse Tee.«

Laura sah zu, wie ihr Vater den Tee aus der Keramikteekanne einschenkte, der diverse Ecken fehlten, von der sich ihre Mutter aber nicht trennen wollte, weil man darin den besten Tee in Sydney aufgoss, wie sie sagte. Während Laura darauf wartete, dass jemand das Schweigen brach, versuchte sie, das unangenehme Gefühl zu unterdrücken, das nach ihren Eingeweiden griff und sie verknotete. Ihr Vater sah so ernst aus, und ihre Mutter, nun, sie fand keine Worte für den Gesichtsausdruck ihrer Mutter. Sie wusste nur, dass sie ihn noch nie gesehen hatte.

Ihr Vater räusperte sich und begann zu sprechen.

»Laura, du bist in den letzten drei Monaten auf eine harte Probe gestellt worden.« Er sah ihr in die Augen. »Du hast deinen Schmerz über den Verlust tapferer ertragen, als wir beide es erwartet hatten. Du hast große Kraft in dir, Kleines, wir haben sie wachsen gesehen. Und jetzt«, er hielt inne, um den Blick auf seine Frau zu richten und die Hand über den Küchentisch hinweg nach ihr auszustrecken, »jetzt wirst du noch mehr von dieser Kraft brauchen. Sei tapfer für Frank und Mikey, für uns alle.«

Sie erkannte seine Stimme kaum wieder, so fremd war ihr dieser traurige Ton, und als sie in seine Augen aufblickte, sah sie Tränen darin schimmern. Sie wusste, dass ihr Vater versuchte, ihr etwas sehr Wichtiges mitzuteilen, so viel verstand sie, aber sie begriff nicht, was es war.

Stirnrunzelnd fragte sie: »Was meinst du damit, Papa?«

Angie lächelte. Sie tätschelte zuerst ihrem Mann die Hand, dann ihrer Tochter.

»Ich bin krank, Laura. Du hast ja gesehen, wie sich mein Zustand in den letzten Monaten verschlechtert hat. Die Hustenanfälle, die Schwäche.«

»Ja. Doktor Hume hat gesagt, das liegt daran, dass deine Bronchitis so hartnäckig ist. Sie hat dich fest im Griff.«

»Doktor Hume hat nur versucht, es uns leicht zu machen, mir, uns allen. Schatz, die Wahrheit ist, dass ich Tuberkulose habe. Die Ärzte sagen, ich habe es schon drei Jahre, aber sie konnten es erst jetzt diagnostizieren.«

»Verdammte Ärzte«, murmelte Tom vor sich hin, ohne den tadelnden Blick seiner Frau zu beachten.

»Tuberkulose«, wiederholte Laura das unvertraute Wort. Sie hatte davon gehört, aber das war auch schon alles. Morgen würde sie Ruth bitten, ihr alles darüber zu erzählen.

»Schön, du hast also diese Tuberkulose. Wie lange wird es dauern, bis du wieder gesund bist?«

Tom lächelte grimmig über den Optimismus seiner Tochter – auch das war eine ihrer Stärken. Sie lief nicht mit einer Trauermiene herum, wie Frank es tat, wenn nicht alles glatt lief. Laura verschaffte sich einen Überblick über das Problem und suchte dann nach einer Lösung.

»Tuberkulose ist eine schwere Krankheit«, fuhr Angie fort. »Sie befällt die Lungen, daher der Husten. In meinem Fall ist eine Lunge schon ganz ausgefallen – ich habe sie vor ein paar Monaten röntgen lassen. Die Krankheit breitet sich langsam in der anderen Lunge aus ... Es gibt kein Mittel, das in diesem späten Stadium noch helfen könnte ...«

Laura, die wie gebannt am Gesicht ihrer Mutter hing, konzentrierte sich darauf, nicht nur auf Angies Worte zu hören, sondern auch zwischen den Zeilen zu lesen. Das zu hören, was nicht gesagt wurde. Da war dieser Gesichtsausdruck wieder. Woran erinnerte er sie? Das war es. Resignation und Schicksalsergebenheit. Sie wusste, dass es ihrer Mutter nicht gut ging, aber ...

Da war plötzlich der Albtraum wieder. Das Husten, die widerlichen Klumpen, die Szene auf dem Totenbett. Sie schüttelte heftig den Kopf, um all diese Gedanken weit unter die Oberfläche zu verdrängen. Nicht ihre Mutter!

Doch es war zwecklos, die Erinnerung ließ sich nicht unterdrücken. Die Erinnerungen an all die Kleinigkeiten, die schon seit Monaten, nein, Jahren vor sich gingen. Die Erkältungen, die sich endlos hinzogen. Wie schwach ihre Mutter nach jeder Attacke war. Wie viel Gewicht sie verloren hatte. Die Tatsache, dass ihr Vater die Arbeit im Haushalt verteilt hatte, damit ihre Mutter weniger zu tun hatte. Letzten Monat hatte sie sogar mit dem Klavierunterricht aufgehört, weil er sie zu sehr ermüdete.

»Nein.«

Das Wort entschlüpfte ihrer Kehle unwillkürlich; es kam als angstvolles Flüstern heraus.

»Nein. Es muss doch irgendeine Behandlung geben, die die Ärzte durchführen können. Bitte …« Sie sah ihren Vater an. Papa würde dafür sorgen, dass alles gut wurde, er war so stark, er konnte alles in Ordnung bringen. Und … nicht ihre Mutter, Gott, bitte nicht Angie.

Laura wünschte, das alles wäre noch Teil ihres Albtraums. Sie konnte alles ertragen, aber nicht diese Mienen ihres Vaters und ihrer Mutter. Sie sagten nicht viel, aber die Wahrheit stand ihnen ins Gesicht geschrieben. Laura sah, wie ihr Vater den Kopf schüttelte und den Arm um ihre Mutter legte.

»Wir sind bei allen Ärzten gewesen, die man aufsuchen kann, Laura«, sagte Angie leise. »Sie sagen alle dasselbe. Die Krankheit ist zu weit fortgeschritten für eine Behandlung.«

»Ich verstehe das nicht.« Laura kämpfte noch darum zu begreifen, was man ihr gerade gesagt hatte. »Wie bist du denn an diese Tuber … Tuberkulose gekommen?«

Sie konnte kaum denken. Alles drehte sich um sie, und ihr Herz hatte sich zu einem festen Ball zusammengekrampft, dessen Schlag alarmierend schnell vor sich hin raste. Er hallte in ihrem ganzen Körper, in ihren Ohren wider, bis ihr schwindelig wurde. Wenn sie die Blicke, die Andeutungen richtig verstand, redeten ihre Eltern so, als ob, als ob …

»Die Ärzte wissen es nicht genau, Schatz. Es ist eine ansteckende Krankheit, die ich mir überall geholt haben könnte. Doktor Hume meint, das Haus, in dem wir während der Wirtschaftskrise gewohnt haben, nun, das war vorher eine Rinderfarm. Es ist bekannt, dass Kühe die Krankheit übertragen … und ich habe doch so viel im Garten gearbeitet. Es ist möglich, dass der Keim im Boden geschlummert hat.«

»Aber es muss doch eine Behandlung geben.«

Angie lächelte ihre Tochter traurig an. Sie wusste genau, dass der Schlag, den Tom und sie ihr gerade versetzt hatten, schwer zu ertragen war. Gott allein wusste, wie schwer das alles für sie selbst zu ertragen war. Doch sie musste tapfer sein, um die anderen nicht noch mehr zu verstören.

»Wenn die Krankheit nicht so weit fortgeschritten wäre, gäbe es vielleicht eine. Aber leider sind sich die Ärzte alle einig, Laura. Man kann nichts tun.«

»Oh, Mama …«

Die beiden Frauen umarmten sich innig, während sich Tom so sehr bemühte, Stärke zu zeigen, dass sich sein Kinn verkrampfte. Er betrachtete die beiden. Laura, so hübsch mit ihren blonden Haaren, die noch heller waren als Angies. Angie, die Sanfte. Wie sollte er nur ohne sie existieren? Wie sollten sie alle ohne sie existieren? Angie McRae war die Liebe seines Lebens und das Herz seines Daseins.

Laura löste sich aus der Umarmung und wischte sich die Tränen aus dem Gesicht, um ihre Mutter zu betrachten.

»Das ist einfach ungerecht! Das hast du nicht verdient. Wie kann Gott das zulassen? Ich verstehe es einfach nicht.«

Sie sah das heitere Lächeln auf den Lippen ihrer Mutter, und die Wut begann, sich in ihr aufzustauen.

»Warum du, Mama?« Sie streckte die Hand aus und strich ihrer Mutter über die Wange. »Du bist so ein guter Mensch. Der beste, den ich kenne.«

Mit einer ungeduldigen Handbewegung strich sie sich noch eine Träne aus dem Gesicht.

»Das viele Beten, all diese Kirchgänge. Als guter Christ zu leben – was hat es dir genützt, wenn das der Lohn ist?« Sie stand auf und begann, rastlos in der Küche auf und ab zu gehen. »Ich wünschte, ich wäre es, nicht du.«

»Das darfst du nicht sagen. Du kannst Gott nicht die Schuld hierfür geben, Laura«, sagte Angie leise. Obwohl sie ihre Gefühle sonst nicht so offen zeigte, stand sie auf und nahm ihre Tochter erneut in die Arme. »Ich habe mich mit meinem Schicksal abgefunden, und du musst das auch tun. Wir alle müssen es.«

Angies Blick suchte über Lauras Schultern hinweg nach Tom. »Nur so können wir das durchstehen, als Familie.«

Laura versuchte, nicht daran zu denken, dass tief in ihrem Inneren ein kleiner Teil von ihr zu sterben begonnen hatte. Ihre Mutter hatte Recht. Sie musste stark sein, zumindest nach außen hin.

»Ja«, sagte sie schließlich, »du hast Recht.«

»Weißt du, als du vor Jahren schwer krank im Krankenhaus gelegen hast, habe ich die ganze Zeit gebetet, dass Gott dich verschont«, erinnerte sich Angie mit sanfter Stimme. »Ich habe ihm sogar einen Handel angeboten. Mein Leben gegen deins. Vater O'Grady würde uns jetzt sicher sagen, dass man mit Gott keinen Handel macht. Aber es ist doch komisch, vielleicht löst er jetzt das Versprechen ein, das ich ihm gegeben habe.«

»Nun, das sollte er aber nicht. Er ist doch angeblich ein

barmherziger Gott. *Ich* habe ihn nicht darum gebeten, mich zu verschonen. Es tut mir leid, dass ich am Leben geblieben bin, wenn das bedeutet, dass du …« Sie brachte die Worte einfach nicht über die Lippen – ihr Verstand konnte es noch nicht akzeptieren. »Dass du bald nicht mehr da bist. Es ist so ungerecht.«

»Schätzchen, es gibt nun einmal Dinge, an denen wir nichts ändern können.« Toms Stimme war leise, aber fest. »Ganz gleich, wie gern wir das möchten. Deine Mutter hat Recht, wenn sie sagt, dass wir diese schreckliche Last auf uns nehmen müssen. Wir müssen es irgendwie durchstehen. Und dazu werden wir uns beide darauf verlassen müssen, dass du uns hilfst, die Lage etwas zu erleichtern.«

Lauras Rückgrat schien sich aufzurichten, so als sei sie zu einem Entschluss gekommen.

»Du hast Recht, Papa. Wir schaffen das schon.« Sie sah ihren Vater an. »Werdet ihr es Frank und Mikey sagen?«

»Meinst du, das sollten wir?«, fragte Angie nachdenklich. »Mikey ist so sensibel.«

»Ich finde, sie haben ein Recht darauf, es zu erfahren, Mama.«

»Also gut. Ich glaube, jetzt gehen wir besser ins Bett und versuchen, noch ein paar Stunden zu schlafen«, schlug Tom vor.

Wieder im Bett in ihrem dunklen Zimmer, huschten Lauras Gedanken von hier nach dort. Erinnerungen an vergangene Tage, in denen ihre Mutter immer da gewesen war. Ihre stille Kraft, die Säule der Familie. Lieber Gott im Himmel, sie durfte gar nicht daran denken, dass Angie eines Tages nicht mehr da sein würde.

Gott. Warum sprach sie zu *Ihm*, tadelte sie sich selbst im Dunkeln. All diese Jahre, in denen ihre Mutter hingebungsvoll auf die Kirche gehört hatte, wohltätig gewesen war, ein wundervoller Mensch voller Nächstenliebe. Umsonst. Gott. Hah!

Nie wieder würde sie zu Ihm beten. Vater O'Grady mochte ja sagen, dass Gott ein mitfühlendes Wesen war, aber Laura glaubte ihm nicht mehr.

Zuerst Alex und jetzt das. Was hatte sie getan, um so viel Leid zu verdienen? Ihre Kehle schnürte sich zu, und sie spürte, wie sich die Tränen durch ihre geschlossenen Lider zu drängen versuchten. Mary Ellen hatte Recht. Sie fand, dass Gebete Zeitverschwendung waren, dass man nur bekam, was man wollte, wenn man jede Gelegenheit beim Schopf packte. Es sah ganz so aus, als ob kein Gebet der Welt ihrer Mutter helfen konnte.

Sie öffnete die Augen, und ihr Blick wanderte unwillkürlich zu dem Kruzifix auf der Kommode. Die Christusfigur aus Messing schimmerte dumpf in der Dunkelheit. Sie stieg aus dem Bett, ging zur Kommode und nahm das Kreuz in die Hand. Einige Minuten lang starrte sie es an, dann holte sie tief Luft, öffnete die untere Schublade und vergrub es unter ihren Pullovern – sollte es doch dort bleiben.

Schweren Herzens, aber fest entschlossen drückte sie die Schublade zu.

»Es tut mir so leid, Laura. Du wirst mir und Gerda sehr fehlen«, sagte Hans voller Mitgefühl, während Laura ihre persönlichen Gegenstände in der Werkstatt einsammelte und sie in eine Obstkiste legte. Er konnte sehen, dass die junge Frau sich alle Mühe gab, angesichts dieses erneuten Schicksalsschlags eine tapfere Miene aufzusetzen.

»Sie und der Laden werden mir auch fehlen«, erwiderte Laura und legte einen weiteren, halb fertigen Hut in die Kiste. Sie hatte bis zum Jahresanfang weiter für die Blumners gearbeitet – und sie hatte dort viel gelernt. Eines Tages würde sie dieses Wissen gewinnbringend einsetzen. Ihr Blick wanderte noch einmal durch den Laden und betrachtete das Inventar, die ordentlich aufeinandergestapelten Stoffballen, die Kartons mit den Zierbändern und Bordüren.

Die Kameradschaft der Blumners würde ihr genauso fehlen wie die Kunden oder die Herausforderung, dann und wann einer schlecht gelaunten Dame, die fest entschlossen war, nichts zu kaufen, doch etwas schmackhaft zu machen. Und der kleine Daniel, der inzwischen tollkühn mit seinem Dreirad durch den Laden sauste.

»Wenn wir irgendwie helfen können, brauchst du nur zu fragen«, murmelte Gerda und legte Laura die Hand auf den Arm.

»Danke.«

Aber was konnten sie schon tun? Niemand konnte etwas tun. Sie konnte täglich sehen, wie es mit der Gesundheit ihrer Mutter immer schneller bergab ging. Papa hatte sogar jemanden in der Schmiede eingestellt, um mehr Zeit zu Hause verbringen zu können.

»Sie werden doch sicher zu Hause weiter Hüte nähen.«

Laura nickte Gerda zu. »Ich habe so viel für Kitty Smithers und eine Freundin von ihr zu tun, und natürlich auch für Sie.« Einen Moment lang schien sie etwas unsicher zu sein. »Sie wollen doch, dass ich den Laden weiter mit Hüten beliefere, oder?«

»O ja, Laura. Die Hüte gehen schließlich weg, kaum dass wir sie ins Fenster stellen«, sagte Hans zufrieden. Die Nachricht, dass Lauras Hüte etwas Besonderes waren, hatte sich weit herumgesprochen, inzwischen kamen sogar Frauen aus weit entfernten Stadtteilen wie Woollahra oder Bondi in den Laden, um sie zu kaufen.

Eddie Ashworth, der den Laden hin und wieder aufsuchte, um mit Laura im Park hinter dem Strand essen zu gehen, wartete draußen auf dem Bordstein, denn er wollte nicht stören, während sich Laura verabschiedete. Nach ein paar Minuten ging er hinein.

»Guten Morgen zusammen«, grüßte er beim Eintreten. Er wies auf die Obstkiste, in der sich die Hüte, Bänder, Stoffblumen und andere Materialien bis zum Rand stapelten.

»Ist das alles?«, fragte er Laura. »Sonst komme ich gern wieder.«

»Das ist alles. Danke, Eddie.« Laura wandte sich den Blumners zu und umarmte sie beide herzlich.

»Glauben Sie ja nicht, dass Sie mich zum letzten Mal sehen. Ich werde oft vorbeischauen.«

Obwohl sie das mit Überzeugung sagte, wusste sie im Inneren, dass es nicht stimmte. Innerhalb weniger Wochen hatte sich ihr Leben dramatisch verändert. Sie hatte bereits den Großteil der Hausarbeit und das Kochen übernommen. Doktor Hume hatte genaue Anweisungen hinterlassen, was die richtige Hygiene anging. Die Kleider ihrer Mutter und ihr Essbesteck mussten separat gereinigt werden, und ihre Taschentücher durften nur einmal benutzt werden, dann mussten sie verbrannt werden.

Alle Hausbewohner mussten sich in regelmäßigen Abständen untersuchen lassen, um sicherzugehen, dass sie sich nicht angesteckt hatten.

»Das hoffe ich doch«, setzte Hans die Maskerade fort. Seine Stimme war rau vor Rührung.

Beide Blumners winkten ihr nach, als sie den Laden mit Eddie verließ.

Laura und Eddie gingen schweigend über die Coogee Bay Road. An der Kreuzung zur Addison Street schlug Eddie vor: »Laura, du könntest eine Pause brauchen. Wie wäre es, wenn wir heute Abend ins Kino gehen? Im Ritz läuft ein neuer Dad Rudd-Film.«

Laura warf einen Seitenblick auf Eddies ernstes Gesicht, die blauen Augen, die so an Alex erinnerten, den Mund, der so gern lächelte. Ein trauriger Stich durchfuhr ihr Herz.

»Ich weiß nicht, Eddie. Danke für die Einladung, aber …«

»Komm schon«, drängte er. »Deine Mutter möchte doch bestimmt nicht, dass du sie vierundzwanzig Stunden am Tag umsorgst. Und abends können sich doch dein Vater und die Jungen um sie kümmern.«

Laura ließ sich überreden. »Also gut. Komm zum Essen, danach können wir die Straßenbahn nehmen.«

»Die Verabredung gilt«, sagte er zutiefst erfreut.

Laura genoss den Luxus, noch ein paar Minuten im Bett sitzen zu bleiben, bevor sie ihren Tag begann. Die Morgensonne schien durch die Vorhänge und zeigte ihr, wie sich das kleine Zimmer verändert hatte. Ihr Vater hatte an der einen Wand mehrere Regalborde angebracht, auf denen Hüte in unterschiedlichen Stadien der Vollendung lagen. In der Ecke stand eine alte Singer-Tretnähmaschine, daneben ein kleiner Tisch zum Zuschneiden. Auf dem Boden standen ein paar Kartons mit verschiedenen Verzierungen. Ihre alten Möbel – es waren sowieso nicht viele, ein Bett, ein Nachttisch, eine Kommode und ein kleiner Schrank – hatten sie dicht zusammengerückt, um Platz für die Arbeitsutensilien zu schaffen, die auf Lauras Beharren in ihrem Zimmer untergebracht worden waren.

Der Klang andauernden Hustens holte Laura aus dem Bett. Sie warf sich etwas über und ging dem Geräusch nach. Angie saß auf einem Stuhl in der Küche, und ihre Brust hob und senkte sich, während sie mühsam zu atmen versuchte. In der rechten Hand hielt sie ein Taschentuch, das mit Blut befleckt war. Um die Linke hatte sie ihren Rosenkranz geschlungen, und auf dem Tisch lag die abgenutzte Bibel, die beim Buch

Genesis, 42, aufgeschlagen war. Ihr Keuchen durchschnitt die Stille des frühen Morgens.

Tom stand hinter Lauras Mutter und massierte ihr Rücken und Schultern, um die verkrampften Muskeln zu entspannen. Er redete so leise mit ihr, dass Laura seine Worte nicht verstehen und nur seinen liebevollen, mitfühlenden Tonfall hören konnte. Im Hintergrund lief das Radio mit Berichten vom Krieg in Europa, der jetzt seit sieben Monaten andauerte. Es hieß, dass die Deutschen Truppen zusammenzogen, um eines der skandinavischen Länder anzugreifen, wahrscheinlich Norwegen.

Ohne ein Wort griff Laura nach der Flasche mit dem Hustenmittel. Sie goss es auf einen Dessertlöffel, und Angie trank es zwischen zwei nach Luft ringenden Atemzügen. Langsam ging der Anfall in diesen seltsamen trockenen Husten über, der weniger unerträglich war.

Es war ein ungeschriebenes Gesetz im Haus geworden, nicht über die Anfälle zu reden; sie versuchten, sie zu ignorieren, doch das wurde mit jedem Tag schwerer. Sie sahen zu, wie Angie mit jedem Tag ein wenig schwächer wurde und die Krankheit sich festsetzte.

»Ich wecke jetzt besser Mikey. Heute ist sein Kricketfinale. Und ich muss zur Rennbahn«, sagte Tom.

Als er aus dem Zimmer ging, sah Laura den Schmerz in seinem von Kraft geprägten Gesicht, die Qual in der Haltung seiner Schultern. Armer Papa. Ich kann mich wenigstens aufs Weinen verlegen, wenn alles zu viel wird, dachte Laura. Er kann das nicht. Er muss der Fels in der Brandung sein.

Am späten Vormittag hatte Laura den Großteil der Hausarbeit erledigt, und Mary Ellen und Ruth waren zu Besuch gekommen. Sie saßen gemeinsam mit Angie am Küchentisch und unterhielten sich, während sich Frank im Hintergrund herumdrückte und dann und wann eine neunmalkluge Bemerkung machte.

Das heftige Klopfen an der Haustür war bis in die Küche zu hören.

Als Laura öffnete, war sie erst überrascht, dann erfreut über den Besucher.

»Bert Denton, was machen Sie denn hier?«

»Schön, Sie zu sehen, Laura. Ich hoffe, es stört Sie nicht, wenn ich an einem Samstag vorbeischaue. Ich habe Hans Ihre Adresse entlockt, als ich gestern im Laden war.«

»Ganz und gar nicht, es ist schön, Sie zu sehen. Kommen Sie herein.«

Als Bert jetzt dazukam, wurde es ziemlich voll in der Küche, doch das schien niemandem etwas auszumachen, am wenigsten ihm selbst; er fühlte sich wie zu Hause, sobald Laura ihn vorgestellt hatte.

»Tee?«, fragte Angie und setzte den Kessel auf. »Laura hat gerade einen Kuchen glasiert, und Frank wartet nur auf eine Ausrede, um sich darüber herzumachen.«

»Das klingt zu verlockend, um nein zu sagen«, sagte Mary Ellen. »Ich decke den Tisch.«

»Laura …« Bert räusperte sich. »Ich hoffe, Sie verzeihen mir meine Aufdringlichkeit. Ich musste Sie sehen und mit Ihnen über etwas sprechen, das mir nicht mehr aus dem Kopf geht, seit Sie aufgehört haben, bei den Blumners zu arbeiten.«

Laura runzelte neugierig die Stirn. »Was denn, Bert?«

Bert ließ den Blick über die anderen Gesichter in der Küche schweifen, weil er sich nicht sicher war, ob er fortfahren sollte.

»Keine Sorge. Ruth und Mary Ellen sind meine besten Freundinnen. Ich habe keine Geheimnisse vor ihnen oder meiner Familie.«

»Also gut. Ich habe mich mit einigen Ladeninhabern in der Strand Arcade und im Queen Victoria Building über Ihr Talent als Hutmacherin unterhalten. Sie würden sich Ihre Arbeiten gern ansehen und vielleicht einiges kaufen.«

»Was?«, prustete Frank verächtlich. Er verschwand augenblicklich aus dem Zimmer, und als er zurückkam, trug er einen von Lauras Hüten auf seinem wilden dunklen Haarschopf. Es war eine eigenwillige Kreation, ein mit weichem Netzmaterial überzogenes Strohhütchen mit einer breiten Schlapphutkrempe, die von einem Kirschgesteck geziert wurde.

»Wer würde denn solchen Unsinn kaufen? Alte Schachteln im zweiten Frühling vielleicht«, sagte Frank kichernd, während er durch die Küche stolzierte.

Bert warf ihm einen kalten Blick zu.

»Da irren Sie sich, junger Mann. Viele Leute sind bereit, einen ordentlichen Preis für Lauras Arbeit zu bezahlen.«

»Das soll wohl ein Scherz sein«, brummte Frank und stopfte sich ein ganzes Kuchenstück in den Mund. »Kitty Smithers vielleicht, aber jeder weiß ja, dass sie nicht ganz dicht im Oberstübchen ist.«

»Frank, benimm dich«, sagte Angie scharf. Sie entspannte sich, als ihr Sohn mit den Achseln zuckte, den Hut absetzte und sich über ein weiteres Kuchenstück hermachte.

»Das überrascht mich gar nicht«, stärkte Mary Ellen ihrer Freundin den Rücken. »Deine Hüte sind fantastisch, Laura, nicht wahr, Ruth?«

»Ja, sie sind so elegant. Wenn man heutzutage eine Dame mit einem ausgefallenen Hut sieht, kann man darauf wetten, dass Laura ihn gemacht hat.«

Bei so viel Lob wurde Laura rot, aber gleichzeitig verkrampfte ihr die Nervosität den Magen.

»Ich weiß nicht, ob ich für diesen Schritt schon bereit bin, Bert.«

»Doch, das bist du, Laura«, sagte Angie voller Überzeugung.

»Die Geschäfte in der Stadt werden Ihnen mehr bezahlen als die Läden hier«, argumentierte Bert weiter.

»Wirklich?« Das war Laura nicht klar gewesen. Da die Ausgaben für die Arzneimittel ihrer Mutter quasi mit jeder Woche stiegen, könnte ihre Familie das Geld gut brauchen.

»Du solltest es tun, Laura«, sagte Ruth mit einem ermutigenden Lächeln.

»Was hätten Sie denn davon, Mr Denton?«, erkundigte sich Frank mit argwöhnischer Miene.

Die Sache musste doch einen Haken haben, war es nicht immer so? Obwohl er sich bemühte, sich den Neid nicht anmerken zu lassen, wanderte sein Blick zu seiner Schwester. Warum war es immer Laura, die so ein Glück hatte? Dieser Kerl legte sich ins Zeug, um mehr von ihren albernen Hüten zu verkaufen, während es für ihn in der Brauerei nicht weiterging. Bis jetzt war aus der versprochenen Beförderung nichts geworden, und er hatte die Nase mehr als voll davon, braune Glasflaschen zu sterilisieren.

»Ich würde eine kleine Provision bekommen«, sagte Bert zu Frank, »genau wie Laura den Blumners eine Provision für die Hüte gibt, die sie für sie verkaufen. Das ist ganz normales Geschäftsgebaren.«

»Ich finde, du solltest es tun, Laura. Du hast das Zeug dazu, und deine Werkstatt steht doch schon«, murmelte Angie. Es wäre in vielerlei Hinsicht eine Gottesgabe. Sie wusste, dass ihre Tochter litt. Es schmerzte sie unendlich, sich um ihre Mutter zu kümmern, während diese immer kränker wurde. Vielleicht würde es ihr helfen, wenn sie sich mit der Hutmacherei ablenken konnte.

Ihr kam der Gedanke, dass dies der Anfang eines richtigen kleinen Unternehmens für Laura sein konnte. Sie würde dafür sorgen, dass Tom, ja, alle Familienmitglieder, Frank eingeschlossen, Laura bei diesem Schritt unterstützten.

»Warum zeigst du Mr Denton nicht deine Werkstatt?«, schlug Angie vor.

»Die würde ich gern sehen«, begeisterte sich Bert. Seine Augen begannen zu leuchten, denn er begriff, dass er in Mrs McRae eine Verbündete gefunden hatte.

Ruth schob den Küchenstuhl über das Linoleum und stand auf.

»Kommen Sie, Mr Denton, ich zeige Ihnen Lauras Zimmer. Es ist wie eine Miniaturfabrik.« Sie zog ihn hoch und schob ihn aus der Küche, während sie Laura zuwinkte, ihnen zu folgen.

Bis Bert seine dritte Tasse Tee getrunken hatte und der Kuchen vollständig vernichtet war, hatte er Lauras Zweifel darüber, die Blumners im Stich zu lassen, ausgeräumt und ihr versichert, dass Hans und Gerda sie verstehen würden. Sie waren schließlich Geschäftsleute und würden auch von ihr erwarten, dass sie versuchen würde, den größtmöglichen Gewinn zu erzielen.

Außerdem hatte er sie überredet, ihm ein Bündel mit Skizzen ihrer Entwürfe und zwei Hüte anzuvertrauen, mit denen er das Interesse der Geschäftsinhaber wecken konnte.

Laura war so klug zu sehen, dass dies ein Schritt in die richtige Richtung war. Bert kannte das Gewerbe, er kannte die Geschäfte in der Stadt, und er war ein guter Verkäufer. Und es bestand immer die Möglichkeit, dass ihre neu gegründete Partnerschaft auf Dauer zu Größerem führen konnte.

11

Siebenundfünfzig Pfund! Laura breitete die Fünf-Pfund-, die Ein-Pfund- und die Zehn-Shilling-Noten auf ihrem Bett aus. Sie betrachtete sie staunend, denn sie konnte gar nicht glauben, dass sie in fünf Monaten so viel verdient hatte. Und dieses Geld war das, was für sie übrig blieb, nach Abzug der Materialkosten, der Provision für Bert Denton und dem, das sie ihrem Vater jetzt für die Medikamente ihrer Mutter gab.

Laura biss sich fest auf die Lippe, um das Zittern zu unterdrücken. Sie gestattete sich nur noch selten den Luxus zu weinen, denn die scharfen Augen ihrer Mutter sahen das sofort. Es war schwer, stark zu sein und den Jungen mit gutem Beispiel voranzugehen.

Genauso schwer fiel es ihr, gute Miene zum bösen Spiel zu machen, wenn Vater O'Grady kam, um die Messe zu lesen und ihrer Mutter die heilige Kommunion zu spenden. Tief in ihrem Inneren wusste sie, dass es töricht war, wütend auf den Priester zu sein – er folgte ja nur den Lehren seiner Kirche –, und doch fiel ihr alles leichter, wenn sie jemandem die Schuld an der schrecklichen Krankheit zuschieben konnte, die ihre Mutter befallen hatte.

Beinahe ehrfürchtig bündelte sie die Geldscheine und legte sie in eine alte *Ritmeester*-Zigarrenkiste, die sie mit einem Band umwickelte. Sie konnte sich nicht darauf verlassen, dass Frank, der alte Schnüffler, seine Nase nicht auch in ihr Zimmer stecken würde, daher versteckte sie die Kiste an dem einzigen Ort, den sie für sicher hielt – bei ihren Zierbändern und Hutaccessoires. Es war unwahrscheinlich, dass er dort nachsehen würde.

Dann fiel ihr ein, dass Eddie an diesem Sonntag zum Mittagessen kam. Sie sollte sich lieber an die Vorbereitungen für das Roastbeef und den Makkaroniauflauf begeben.

»Mama, komm in den Salon. Eddie möchte dir etwas auf dem Klavier vorspielen«, sagte Frank und zwinkerte Eddie verschwörerisch zu.

Angie lächelte erfreut und erhob sich auf Mikey gestützt von ihrem Küchenstuhl. Sie hörte gern zu, wenn Eddie Klavier spielte. Er war durchaus talentiert und konnte sowohl nach Noten spielen als auch improvisieren. Er war so gut zu ihr gewesen in den letzten Monaten und besuchte sie mindestens einmal in der Woche, meistens mit einem Blumenstrauß oder einer anderen kleinen Überraschung. Natürlich wusste sie, dass seine Freundlichkeit ihr gegenüber ihm die Gelegenheit verschaffte, Laura zu sehen, aber sie war ihm trotzdem dankbar.

Er gehörte nicht zu den Leuten, die sich von der Tatsache abschrecken ließen, dass sie eine ansteckende Krankheit hatte – ganz anders als viele Freunde und Verwandte, einschließlich ihres eigenen Bruders. George lebte mit seiner Familie in Balmain, und als er von ihrer Erkrankung erfahren hatte, hatte er einen einzigen Anstandsbesuch gemacht. Danach war dann und wann ein Brief gefolgt, in dem er sich höflich nach ihrer Gesundheit erkundigte, aber keine Besuche mehr. Ein Stück weit konnte sie ihn sogar verstehen, dennoch war sie von ihrem eigenen Fleisch und Blut enttäuscht. Die Tuberkulose war nun einmal eine Angst einflößende Krankheit, die oft – wie in ihrem Fall – unentdeckt blieb, bis sie das Endstadium erreichte und eine Heilung nicht mehr möglich war.

»Vielleicht sollten wir warten, bis Laura und Tom mit dem Abwasch fertig sind, damit sie auch zuhören können«, meinte Angie. Im Salon setzte sie sich auf den gepolsterten Lehnstuhl, den Tom vor kurzem für sie gekauft hatte. Der

Stuhl war hart gepolstert, und er zwang sie zum Geradesitzen, wodurch sie leichter Luft bekam.

Sie sah, dass Eddie und Frank das Klavier aufgeklappt hatten und Papierstreifen in die Mechanik stopften. Angie runzelte verwundert die Stirn, sagte aber nichts. Allem Anschein nach hatte Eddie vor, sie wieder einmal mit einer seiner komischen Einlagen zu amüsieren.

Als sich die ganze Familie in dem kleinen Salon versammelt hatte, begann Eddie zu spielen.

Für Angies geschultes Ohr klang die Musik dumpf und hatte einen merkwürdigen, rumpelnden Unterton, wo sie normalerweise melodisch und klar gewesen wäre.

Frank lieferte die Erklärung dafür, nachdem Eddie zu Ende gespielt hatte.

»Wir haben Seidenpapier vor die Saiten gestopft. Dadurch klingt die Musik, als würde im Hintergrund jemand eine Trommel schlagen. Witzig, oder?« Er holte das zerfetzte Seidenpapier heraus und zeigte es herum.

»Und jetzt das Finale.«

Frank verband Eddie die Augen und ließ ihn dicke Wollhandschuhe anziehen.

»Meine Damen und Herren«, verkündete Frank mit einer Verbeugung, »Mr Ashworth spielt den *Liebestraum.*«

Angie schüttelte den Kopf in gespieltem Unglauben. Jeder wusste, dass dies eins ihrer Lieblingsstücke war. Wenn Eddie es unter solchen Umständen fehlerfrei spielen konnte, wäre das in der Tat eine phänomenale Einlage.

Sie wurde nicht enttäuscht und applaudierte ihm gemeinsam mit dem Rest ihrer Familie.

»Sie haben den Beruf verfehlt, Eddie«, sagte Tom und klopfte dem jungen Mann herzlich auf den Rücken. »Sie hätten ins Showgeschäft gehen sollen. Nicht schlecht«, sagte er an Angie gewandt, »oder, mein Herz?«

»Wirklich nicht schlecht«, pflichtete sie ihm bei, »aber jetzt würde ich gern noch etwas von Chopin hören, und zwar auf die herkömmliche Weise.«

»Mit Vergnügen, Mrs McRae«, sagte Eddie grinsend und zwinkerte Laura zu, die sich an das Klavier lehnte, um die Noten für ihn umzublättern.

Laura erwiderte das Augenzwinkern mit einem Lächeln und dachte unwillkürlich, wie nett es doch von ihm war, seinen Sonntagnachmittag zu opfern, um ihre Mutter zu unterhalten, obwohl er während der Woche und samstags so hart arbeitete.

Später an diesem Nachmittag nahmen Eddie und Laura auf den Gartenmöbeln Platz, die Tom für Angie geschreinert und unter dem Kampherbaum aufgestellt hatte, und aßen eine Kleinigkeit. Tom beobachtete sie unauffällig vom Küchenfenster aus.

»Hör auf, sie zu bespitzeln«, tadelte ihn Angie.

»Ich bespitzele sie doch nicht«, stellte er sich beleidigt. »Ich kann doch gar nicht hören, was sie sagen. Aber sie geben ein hübsches Paar ab, findest du nicht?«

»Wer denn?«, fragte Mikey, der jetzt zu seinem Vater an das Fenster trat. Er war fast so groß wie Tom, aber so dünn, dass ihm seine Kleider immer in unordentlichen Falten am Körper hingen, als gehörten sie nicht dorthin.

»Laura und Eddie. Wer denn sonst, Dummkopf?«, sagte Frank höhnisch.

»Genug von diesem Ton, junger Mann«, erwiderte Tom und runzelte die Stirn, weil Frank ständig versuchte, Mikey kleinzumachen.

Frank fuhr fort, ohne darauf einzugehen. »Doch, wenn du mich fragst, ist Eddie in Ordnung. Ich treffe ihn manchmal im *Duke of Gloucester*. Er gibt mir dann immer einen aus.«

»Ich dachte, Ruth wäre ein bisschen in ihn verliebt«, sagte Mikey, der sich von Frank nicht hatte beirren lassen. »Sie macht ihm immer schöne Augen, wenn sie in seiner Nähe ist.«

Ein langer, trockener Hustenanfall ging Angies Antwort voraus.

»Das Einzige, wofür Ruth Strachan Augen hat, sind ihre medizinischen Fachbücher. Ich kann mir nicht vorstellen, dass sie neben dem Studium und ihren beiden Arbeitsstellen noch Zeit für einen Verehrer hat.«

Tom richtete den Blick wieder auf das Paar unter dem Baum. Ja, Eddie Ashworth hatte gute Zukunftsaussichten. Er hatte sich auf der Rennbahn umgehört, und abgesehen davon, dass der junge Mann hin und wieder glücklos wettete, erzählte niemand etwas Schlechtes über ihn. Er half bei einem der wichtigsten Buchmacher aus, er hatte eine Büroanstellung, und er ging zur Abendschule, was von Ehrgeiz zeugte.

Er betrachtete das Spiegelbild seiner Frau im Küchenfenster. Angie wäre beruhigter, wenn sie wusste, dass sich Laura mit einem Mann zusammentat, der für sie sorgen konnte. Er selbst wäre auch beruhigter. Es wäre eine Sorge weniger.

Ihm wurde die Kehle eng, und er schluckte krampfhaft, um seine Gefühle wieder in den Griff zu bekommen. Gott, an ein Leben ohne Angie durfte er gar nicht denken. Die Leere, die Einsamkeit. Er konnte sie vor seinen Augen dahinschwinden sehen, und er konnte nicht das Geringste dagegen tun.

»Tja, ich gehe jetzt tanzen«, verkündete Frank grinsend und steppte pfeifend aus der Küche.

»Die Flut kommt gleich. Ich dachte, ich gehe vielleicht ein bisschen angeln. Willst du mitkommen, Papa?«, fragte Mikey.

Tom wandte sich zu seinem jüngsten Sohn um. Er bekam ein schlechtes Gewissen, weil er wusste, dass er nicht genug Zeit mit Mikey verbrachte, und der Junge wurde so schnell groß.

»Das klingt nach einer guten Idee. Hast du denn Würmer?«

»Hab sie nach dem Mittagessen im Gemüsebeet ausgegraben.«

»Gut, dann hole ich das Angelzeug.«

Angie lächelte, als die beiden aus der Küche gingen und sie allein ließen. Manchmal hatte sie das Gefühl, nie allein zu sein. Es war immer jemand an ihrer Seite, um ihr zu helfen oder etwas für sie zu holen. Sie brauchte kaum einen Finger zu heben oder eine Augenbraue hochzuziehen, und schon kam ihr irgendein Familienmitglied zu Hilfe – sogar Frank.

Doch manchmal war es schön, für sich zu sein. Zeit zum Nachdenken und zum Beten zu haben.

Traurigkeit durchspülte sie bei dem Gedanken an die Menschen, die sie so bald zurücklassen würde. Tom sagte zwar nicht viel, doch auch er wusste, dass ihre Zeit bald kommen würde. Es tröstete sie zu sehen, welche Stärke Laura an den Tag legte.

Sie würde ihnen helfen, den Schmerz zu überstehen.

»Komm schon, Laura, versuch's doch einmal«, redete Eddie ihr zu, während er den letzten Muffin verdrückte. »Du kannst es bestimmt, und es würde dir guttun, ein Weilchen aus dem Haus zu kommen.«

Die Idee war ihm heute auf dem Weg zu den McRaes gekommen. Es schien eine clevere Methode zu sein, mehr Zeit mit ihr verbringen zu können. Am liebsten wäre er natürlich jeden Abend zu ihr nach Hause gekommen, aber er bezweifelte, dass der alte McRae das gutheißen würde, obwohl er zu ihm immer freundlich war. Und auch Laura wäre nicht begeistert. Er wusste, dass sie ihn als Freund schätzte, aber er wollte so viel mehr von ihr als Freundschaft. Er konnte warten, sagte er sich. Er konnte sich gedulden, erst recht, wenn Laura McRae der Lohn dafür war.

»Ich weiß nicht. Ich habe noch nie Tennis gespielt.«

»Das macht doch nichts. Ich bringe es dir bei. Es macht wirklich Spaß. Der Tennisplatz ist nicht weit weg; wir könnten zu Fuß gehen.«

»Ich weiß –«

»Hör zu, warum versuchen wir es nicht nächstes Wochenende? Tennisschuhe und Schläger kannst du dir von meiner Schwester leihen, das wird Maggie nichts ausmachen.«

Wahrscheinlich würde es Maggie sehr wohl etwas ausmachen, dachte er, sie war eine kleinliche Zicke. Aber er würde sie schon überreden, wie immer.

»Sag Mary Ellen, sie soll einen Partner mitbringen, und ich suche einen für Ruth. Dann machen wir einen Ausflug daraus.« Er grinste sie begeistert an. »Was sagst du?«

Laura betrachtete die unteren Äste des Kampherbaums. Es war schwer, nicht nachzugeben. Eddie konnte mit seinem freundlichen Charme und seinen vernünftigen Argumenten so überzeugend sein. Außerdem ging die Anstrengung, ihre Mutter zu pflegen, nicht spurlos an ihr vorüber. Nicht, dass sie auch nur eine Sekunde davon bedauerte, aber es war mit jedem Tag, an dem es mit ihrer Mutter weiter bergab ging, schwerer zu ertragen; schwieriger, sich nicht davon niederschmettern zu lassen.

Die vergangenen vier Monate waren eine bittersüße Zeit für sie gewesen. Das Band zwischen ihr und ihrer Mutter war so stark geworden, dass sie manchmal schon wusste, was ihre Mutter sagen würde, bevor Angie es aussprach. Das war der süße Teil. Der bittere Teil lag in dem Wissen, dass jeder Tag, der verstrich, sie jenem letzten Abschied näher brachte.

»Ich finde, es ist eine gute Idee«, beschloss sie, »vorausgesetzt, es macht Maggie nichts aus, mir ihre Ausrüstung zu leihen.«

Sie war Maggie Ashworth erst einmal begegnet, und ihr war das siebzehnjährige Mädchen nicht so vorgekommen, als sei sie von der großzügigen Sorte. Maggie hatte Laura missmutig schweigend angestarrt, als Eddie die beiden am Strand miteinander bekannt gemacht hatte.

Sein Grinsen verbreitete sich triumphierend auf seinem Gesicht.

»Es wird dir gefallen, das verspreche ich dir.«

An dem Tag, als Frank in seiner Armeeuniform nach Hause kam, brach Angie in Tränen aus.

Selbst Laura war bestürzt darüber gewesen, dass er seine Drohung tatsächlich wahr gemacht hatte – und zwar gleich am Tag nach seinem achtzehnten Geburtstag. Tief in ihrem Inneren glaubte sie, dass ihn seine Kameraden in der Brauerei dazu getrieben hatten, denn viele von ihnen waren schon länger volljährig und hatten sich für das »große Abenteuer« gemeldet.

Sie hoffte nur, dass die Armee einen Mann aus ihm machen würde, denn für sie hatte er keine Ähnlichkeit mit dem tapferen Soldaten, der ihr Vater mit Sicherheit gewesen war. Frank log und betrog, und es bereitete ihm nach wie vor diebische Freude, in der Familie Unruhe zu stiften. Mikey, der Frank am wenigsten entgegenzusetzen hatte, bekam das meiste davon ab – den Gedanken, dass es ihm gelingen könnte, Laura einzuschüchtern, hatte Frank schon lange aufgegeben.

Sie hatte ihm immer schon Paroli geboten, und jetzt, da

ihre Hutmacherei sie ein Stück weit unabhängig machte, ließ sie sich gar nichts mehr gefallen.

Ihr kam der Gedanke, dass die Tatsache, dass Frank Soldat wurde, tatsächlich ein Gutes hatte: Ohne ihn wäre das Haus viel friedlicher.

Anfang Juni fuhr Frank nach Liverpool ins Ausbildungslager, um dort seine sechswöchige Grundausbildung zu absolvieren. Danach wurde er in der Victoria-Kaserne stationiert, was bedeutete, dass er übers Wochenende nach Hause kommen konnte.

Er erzählte ihnen, was für ein zäher Brocken der Sergeant im Ausbildungslager gewesen war, dass man sich problemlos durch das Soldatendasein mogeln konnte, solange man sich den Anschein gab zu tun, was von einem verlangt wurde, und dass die Bezahlung miserabel war, obwohl es Möglichkeiten gab – hier waren ihm keine Details zu entlocken –, sich hier und dort etwas am Rand zu verdienen.

Da sie wusste, wie sehr ihr Bruder zu Übertreibungen neigte, glaubte Laura ihm nur die Hälfte von dem, was er erzählte.

Bei seinem dritten Heimaturlaub brachte Frank jedem ein Geschenk mit – ein importiertes schwarzes Spitzenschultertuch für Mama, einen Rasierbecher für Papa, ein Ensemble aus Manschettenknöpfen und Krawattennadel für Mikey und handgenähte braune Ziegenlederhandschuhe für Laura.

»Woher hast du denn das Geld für diese Geschenke, mein Sohn?«, fragte Tom, der seinen Argwohn gegenüber Frank nicht abschütteln konnte.

Frank zuckte mit den Achseln.

»Abends gibt es in der Kaserne nicht viel zu tun, also spielen wir Poker. Ich habe den Pott gewonnen.« Er hustete verlegen und grinste in die Runde. »Sonst hätte ich mir das nie leisten können.«

Angie schlang sich das Tuch um die schmalen Schultern. »Es ist wunderschön, Frank. Danke.«

»Ja, danke, Frank«, murmelte Mikey, überrascht, aus den Händen seines sonst so rücksichtslosen Bruders ein Geschenk zu bekommen.

»Ebenso. Das war wirklich sehr fürsorglich von dir«, sagte Laura, ohne sich ihre wahren Gedanken anmerken zu lassen. War es die Wahrheit, dass er das Geld beim Glücksspiel gewonnen hatte? Woher konnte Frank Poker spielen? Soweit sie wusste, hatte er in seinem Leben noch kein Kartenspiel in der Hand gehabt.

Doch dann kam ihr der Gedanke, dass sie undankbar war. Vielleicht legte er ja wirklich eine neue Seite an den Tag. Vielleicht gab es doch noch Wunder.

»Meine Eltern würden dich gern kennen lernen, Laura. Mama möchte dich gern am Sonntag zu uns zum Mittagessen einladen«, sagte Eddie, um einen beiläufigen Tonfall bemüht.

Sie saßen auf der Eingangsveranda der McRaes und genossen die Nachmittagssonne. Ein paar Kinder spielten auf der anderen Straßenseite ein Hüpfspiel, und nur ihr Lachen und das eine oder andere vorbeifahrende Auto störten den friedlichen Nachmittag.

Wie üblich waren Lauras Hände mit einer Näharbeit beschäftigt, was Eddie die Gelegenheit gab, sie verstohlen zu beobachten. Er liebte es, ihr bei der Arbeit in der Küche zuzusehen, beim Nähen, am Strand oder auch auf dem Tennisplatz, wo sie innerhalb kürzester Zeit zu einer geschickten Spielerin geworden war.

Er gewann in ihrer Beziehung an Boden. Zuerst hatte sie zugelassen, dass er ihre Hand hielt, dann gab es gelegentlich ein Küsschen auf die Wange, und jetzt war er zu keuschen

Küssen übergegangen. Sie waren zwar für seinen Geschmack zu keusch, aber das akzeptierte er.

Immerhin sprach sie inzwischen nur noch selten von Alex, obwohl er wusste, dass sie immer noch oft an ihn dachte und davon träumte, was hätte sein können. Dem hatte er nichts entgegenzusetzen. Alles, was er tun konnte, war abzuwarten und zu versuchen, sich unentbehrlich zu machen.

Laura sah ihn ernst an, wenn auch ein wenig unsicher, ob sie diesen Schritt tun sollte. Die Eltern des jungen Mannes kennen zu lernen, mit dem man sich traf, war eigentlich immer ein Zeichen dafür, dass es mit der Beziehung ernst war. Sie mochte Eddie Ashworth aus vielen Gründen, aber *so* mochte sie ihn nicht.

»Vielleicht ein andermal, Eddie. Ich würde mich im Moment nicht wohl dabei fühlen.« Sie sah ihn fragend an. »Kannst du das verstehen?«

Er zuckte mit den Achseln und grinste, um seine Enttäuschung zu verbergen. »Sicher, ein andermal.«

»Wie wäre es, wenn ich einen Korb für ein Picknick packe und wir morgen einen Ausflug in den National Park machen?«, schlug sie vor, während sie sich wieder ihrer Arbeit zuwandte.

»Das klingt gut. Dann müssen wir aber früh aufbrechen, es ist ziemlich weit.«

Sie waren so in ihr Gespräch vertieft, dass sie gar nicht merkten, wie Lauras Bruder die Tür zum Vorgarten öffnete. Er kam den Weg entlang, den Armeerucksack über die Schulter geworfen, den Hut aus der Stirn geschoben.

Laura sah ihn zuerst.

»Frank! Wir haben dieses Wochenende gar nicht mit dir gerechnet. Ich dachte, du müsstest Wache schieben.«

»Ich habe mit einem Kameraden getauscht«, sagte er knapp und schob sich an ihnen vorbei.

Laura sah Eddie mit hochgezogenen Augenbrauen an, und dieser zog als Erwiderung ein komisches Gesicht. Frank und seine Launen. Im Lauf der vergangenen Monate hatte sich eine Art Freundschaft zwischen den beiden jungen Männern entwickelt. Manchmal spielten sie zusammen Billard, gingen etwas trinken oder tauschten Wett-Tipps oder Anekdoten aus.

Fünf Minuten später erschien Frank wieder auf der Veranda. Er hatte die Uniform ausgezogen und trug jetzt ein weißes Hemd, einen blauen Pullover mit V-Ausschnitt und eine graue Hose. Er setzte sich auf die Eingangstreppe und ließ die Schultern hängen.

Laura bemerkte, dass er die Hände aneinanderrieb und sie dann an den Hosenbeinen abwischte, als hätte er verschwitzte Handflächen. Irgendetwas stimmte nicht mit ihm. Sie sah ihn sich genauer an – sein Gesicht war ganz bleich.

»Bist du krank, Frank? Du bist so blass.« Sie wollte nicht, dass er irgendwelche Krankheitserreger mit nach Hause brachte, mit denen sich ihre Mutter anstecken konnte. Angie war jetzt so empfindlich, dass sich jeder, der auch nur den kleinsten Schnupfen hatte, von ihr fernhalten musste.

»N-nicht krank«, verneinte er. Seine blauen Augen huschten von Laura zu Eddie und dann wieder zu Laura.

»Ich musste da weg. Ich habe mich unerlaubt entfernt.«

»Was?« Vor lauter Schreck hätte Laura fast den Hut, an dem sie arbeitete, auf die Verandafliesen fallen lassen.

»Ist das nicht ziemlich dumm?«

»Wahrscheinlich. Aber wen interessiert das schon. Es ist das Geringste meiner Probleme.«

»Probleme?« Bei diesem Wort spitzte Laura die Ohren, und ein dumpfes Gefühl beschlich sie. »Was denn für Probleme, Frank?«

»Oh, nichts.« Er presste die Lippen zusammen und

blickte dann zu den Kindern auf der anderen Straßenseite hinüber. Da hatte er sich ja etwas Schönes eingebrockt, nicht wahr? Sein Magen rumorte, seit der Quartiermeister heute Morgen beim Appell seine Durchsage gemacht hatte und ihn dann zusammen mit dem Gefreiten Forbes, einem Kumpel aus der Brauerei, zu einem Gespräch gebeten hatte. Himmel, was für ein Dummkopf er doch gewesen war, Charlie Forbes zu vertrauen. Charlie hatte gesagt, es wäre ganz leicht…

»Heraus damit, Frank McRae. Ich merke doch, wenn dir etwas Kummer macht.« Laura ließ nicht locker. »Was hast du angestellt?«

Frank betrachtete ihr sanftes, beinahe zartes Gesicht und las überrascht schwesterliche Sorge darin. Sie waren sich zwar nicht besonders grün – dafür stritten sie sich zu oft –, aber sie waren immerhin ein Fleisch und Blut.

Außerdem wäre es einfacher, es ihr zu gestehen als Papa. Er sah sie beide an und fragte: »Können wir einen Spaziergang am Strand machen? Dann erzähle ich es euch. Ihr müsst mir nur versprechen, es niemandem zu sagen. Okay?«

Laura sah Eddie an, der zustimmend nickte.

»Also schön. Mama ruht sich aus, und Mikey hat die Nase in ein Buch gesteckt. Ich sage ihm nur Bescheid, wohin wir gehen.«

Laura musste sich sehr zusammenreißen, um Frank nicht schon auf dem fünfminütigen Weg zum Strand mit Fragen zu bombardieren. Es war aber auch zu friedlich zu Hause gewesen, dachte sie seufzend. Frank steckte in Schwierigkeiten, und seiner halb ängstlichen, halb trotzigen Miene nach war es keine Kleinigkeit. Sie hoffte nur, dass sie ihre Mutter vor dieser zusätzlichen Sorge abschirmen konnte.

Sie setzten sich mit Blick zum Meer auf eine rote Bank in der Nähe des Badestrandes und nahmen Frank in die Mitte. Der Winterwind hatte den indigofarbenen Wellen weiße

Krönchen aufgesetzt, und niemand wagte sich in die Brandung hinaus. Einige Pärchen spazierten Hand in Hand knapp außer Reichweite des Wassers über den Sand, die Schuhe unter den Arm geklemmt.

»Komm schon, Frank, heraus damit. Ich muss bald zurück, um das Abendessen zu machen.«

»Mein Kumpel, Charlie Forbes«, Frank sah Eddie an, »du hast ihn einmal in der Kneipe kennen gelernt. Nun ja … wir hatten Dienst im Vorratslager des Quartiermeisters und sollten dort eine Inventur durchführen. Da lagert so viel Ausrüstung, das glaubt man gar nicht. Charlie und ich haben gedacht, es würde nicht auffallen, wenn hier und da etwas fehlt, also haben wir … äh, ein paar Sachen versteckt und die Inventarnummern eingetragen, sodass es aussah, als wären sie ausgegeben worden.«

Er warf einen flüchtigen Blick auf Laura, sah ihre Missbilligung und wandte sich schnell wieder ab.

»Charlie hat eins der Fenster so präpariert, dass man es öffnen konnte, und dann sind wir nachts dort eingestiegen und haben das Zeug mitgenommen.«

»Wie viel *Zeug* denn?«, fragte Eddie.

»Nicht viel. Ein Dutzend Mäntel, ein Dutzend Paar Schuhe und Unterwäsche.«

»Keine Waffen?«, fragte Laura.

»Himmel, nein. Die werden unter Verschluss gehalten.«

»Was habt ihr mit den Sachen gemacht, nachdem ihr sie hattet?«

Frank sah Eddie an und stieß ein nervöses Glucksen aus.

»Das war wirklich einfach. Charlie hat einen Vetter, der im Hafen arbeitet. Er hat die Sachen an die Dockarbeiter verkauft, und wir haben alles durch drei geteilt.«

»Hattest du daher das Geld für die Geschenke, Frank? Du hast nicht beim Poker gewonnen, oder?«, fragte Laura, obwohl sie im Inneren schon wusste, wie die Antwort lauten würde.

»So ist es.«

»Was ist denn dann das Problem?«, fragte Eddie. »Es hört sich doch an, als wärt ihr damit durchgekommen.«

Frank verzog verächtlich die Lippe. »Irgend so ein Mistkerl von den Docks hat Charlies Vetter verpfiffen. Die Bullen haben ihn geschnappt, und er hat gesungen. Sie haben alles beschlagnahmt, was sie noch finden konnten, und die Sache dann der Armee übergeben. Charlie und ich sind heute Mittag wegen Diebstahls angeklagt worden und unter Kasernenarrest gestellt worden.«

»Könntet ihr der Armee denn den Verlust nicht einfach bezahlen?«, fragte Laura hoffnungsvoll.

»Das ist diesen selbstgerechten Offiziersschweinen nicht genug. Sie wollen Blut sehen. Charlie und ich landen mit Sicherheit im Militärgefängnis. Wahrscheinlich drei bis sechs Monate. Dann werden wir unehrenhaft entlassen.«

Eddie überlegte ein paar Minuten, dann fragte er: »Hast du ein Geständnis abgelegt, Frank?«

»Wo denkst du hin? Da bin ich mir mit Charlie einig. Sie müssen es uns nachweisen.« Er verzog das Gesicht und fügte hinzu: »Was aber nicht sehr schwierig sein wird, weil Charlies Vetter ja geplaudert hat.«

»Verstehe…« Eddies Stimme klang nachdenklich. »Was, wenn man den Vetter zu der Einsicht bringen könnte, dass er einen Fehler gemacht hat? Ihm vielleicht ein paar Pfund gibt, damit er eine Weile untertaucht. Bis sich die Lage beruhigt hat.« Er zwinkerte Frank zu. »In Coolangatta soll es um diese Jahreszeit sehr schön sein, und Charlies Vetter könnte ja möglicherweise auch im Knast landen.«

Laura blinzelte, erschrocken über Eddies Gedankengänge. Diese Seite lernte sie zum ersten Mal an ihm kennen. Sie hätte nie gedacht, dass er zu solcher Durchtriebenheit imstande war.

»Möglich. Für hundert Pfund würde er es bestimmt tun, fünfzig von jedem von uns.« Frank hielt inne, denn Eddies Vorschlag beruhigte ihn. Doch dann besann er sich.

»Das Militär wird uns trotzdem anklagen. Der verantwortliche Sergeant hat eine Auflistung gemacht, und ich glaube, der Quartiermeister kann beweisen, dass wir die Inventarnummern gefälscht haben.«

»Und woher willst du die fünfzig Pfund nehmen?«, fragte Laura. »Von deinem Gewinn aus dem Betrug?«

»Ich habe noch ungefähr fünfundzwanzig ...«

»Ich leihe dir den Rest«, sagte Eddie, »aber du wirst jeden Penny zurückzahlen, Frank McRae.«

»Ja, natürlich.«

Laura starrte ihren Bruder kalt an.

»Ist dir eigentlich klar, was passieren wird, wenn Mama das erfährt? Interessiert es dich überhaupt? Gott, Frank, ich würde dich erwürgen, wenn ich das Gefühl hätte, dass es irgendetwas nützen würde.« Wut über seine Dummheit stieg in ihr auf. Es kümmerte sie nicht, wie ihr Vater reagieren würde; es war ihre Mutter, die ihr Sorgen machte. Die Neuigkeit, dass man Frank unehrenhaft entlassen hatte, konnte sie ins Grab bringen.

Eddie streckte die Hand aus und tätschelte ihr den Arm.

»Beruhige dich, Laura. Keiner von uns möchte deiner Mutter Kummer bereiten.«

Während er nachdenklich auf das Wasser hinausblickte, kam ihm eine Idee, die er allerdings lieber nicht vor Laura erörterte. Im Gegenteil, je weniger sie davon wusste, desto besser.

»Ich glaube, das andere Problem bekommen wir auch gelöst.«

»Was? Wie denn? Wollt ihr den Sergeant und den Quartiermeister auch bestechen?«, fragte Laura.

»Das ist eine gute Idee«, entfuhr es Frank, doch dann wurde sein Gesicht lang. »Nein, ich glaube nicht, dass die Schufte darauf eingehen würden.«

»Das sind keine Schufte, Frank, es sind Soldaten, die ihre Arbeit tun.« Lauras Blick war kalt und gnadenlos. Ihr Bruder war ein egoistischer, unmoralischer Versager. Was auch immer das Militär mit ihm vorhatte, er hatte es verdient. Sie würde Eddies Vorschläge zwar billigen, aber nur um ihrer Mutter willen.

»Ich kenne jemanden, der uns vielleicht aushelfen könnte. Ich werde mich mit ihm in Verbindung setzen und sehen, was ihm dazu einfällt«, sagte Eddie und setzte ein geheimnistuerisches Grinsen auf.

»Was ist das für ein Plan, Eddie?«, wollte Laura wissen. Mit jeder Minute dieser merkwürdigen Unterhaltung entdeckte sie Seiten an Eddie Ashworths Charakter, die zuvor nicht augenscheinlich gewesen waren.

»Es ist noch zu früh. Im Moment ist es nur eine Idee, Laura. Überlass das nur mir.« Er richtete den Blick mit ungewohnt strenger Miene auf Frank. »Zuallererst wirst du nach dem Abendessen in die Kaserne zurückkehren und dich stellen. Wie lange wird es wohl bis zum Prozess dauern?«

»Ein oder zwei Wochen, nehme ich an.«

»Gut. Das ist genug Zeit für das, was mir vorschwebt.«

»Und was ist das?«, fragte Laura erneut.

Gleichzeitig jedoch begann ein Teil von ihr aller Neugier zum Trotz zu denken, dass sie es vielleicht gar nicht wissen wollte, weil sie fürchtete, dass es illegal wäre.

»Mach dir keinen Kopf darum, Laura, mach dir keinen Kopf darum.«

Trotz aller Versuche konnte sie ihm kein weiteres Wort mehr darüber entlocken.

Laura hatte kaum Zeit, die Tageszeitung zu lesen, doch manchmal las ihre Mutter ihr die interessantesten Artikel vor. Angie wies sie auf einen Artikel in der *Sun* hin.

Laura ergriff die Zeitung. Auf der dritten Seite stand ein kurzer Bericht.

In den frühen Morgenstunden wurde die Feuerwehr von Paddington zur Victoria-Kaserne gerufen. In einem der ältesten Gebäude der Kaserne war im Bürotrakt ein Feuer ausgebrochen. Zwei Räume brannten völlig aus, und diverse Militärakten wurden vernichtet. Die Polizei stimmt mit dem Hauptmann der Feuerwehr überein, dass der Brand die Arbeit eines professionellen Brandstifters zu sein scheint. Hinweise zu diesem Fall nimmt die Polizeistation von Paddington oder die Kripo von Sydney entgegen.

»Ein Glück, dass es nicht in der Nähe der Soldatenunterkünfte war. Frank und die anderen jungen Männer hätten in Gefahr geraten können«, keuchte Angie.

»Ja, Mama, das ist gut.« Laura hoffte, dass ihre Stimme normal klang, denn in ihrem Kopf herrschte ein einziger Aufruhr. War es möglich, dass Eddie etwas mit dem Brand zu tun hatte? Sie musste es erfahren.

Zum x-ten Mal wünschte sie, sie hätten ein Telefon im Haus; sie musste ihren Vater noch einmal darauf ansprechen.

»Mama, ich muss Eddie anrufen. Kommst du zehn Minuten allein zurecht?« Sie ließ Angie nicht gern allein, weil die Hustenanfälle, die sie so furchtbar schwächten, inzwischen regelmäßig auftraten.

Angie lächelte ihre Tochter an. Es freute sie, dass das Verhältnis zwischen Laura und Eddie immer enger wurde.

»Natürlich, Schatz. Geh nur.«

In der Telefonzelle wählte Laura mit zitternden Fingern Eddies Büronummer.

»Eddie, hast du die Zeitung gelesen? Das mit dem Brand?«, fragte sie, bevor er auch nur hallo sagen konnte.

»Ja… hör zu, da ist etwas schiefgegangen, Laura. Ich weiß nicht, wie es dazu kommen konnte. Alles, was ich getan habe, war, einen Bekannten zu bitten, dort einzubrechen und die Dokumente zu stehlen, die Charlie und Frank belasteten. Das ist alles.«

»Der Brand war also nicht geplant?«

»Gott, nein. Als würde ich so etwas tun.« Eddies Stimme klang heftig durch den Hörer. »Das Einzige, was ich mir vorstellen kann, ist, dass er die Sachen nicht gefunden hat und deshalb einfach alles in Brand gesteckt hat.«

»Ich verstehe.« Das ergab einen Sinn, wenn auch auf schrecklich verdrehte Weise. »Es hätte doch jemand verletzt werden können.«

»Himmel, Laura, erinnere mich nicht daran. Ich bin so froh, dass das nicht passiert ist.«

Laura seufzte. »Also gut. Wir können ja heute Abend darüber reden.«

»Gut. Gilt unsere Verabredung für die Party bei den Smithers' noch?«

Sie lächelte in den Hörer. »Natürlich.«

»Dann hole ich dich um acht ab. Ciao.«

Laura hängte den Hörer ein und trat aus der Telefonzelle. Eddie hatte sich so angehört, als hätte ihn der Vorfall in der Kaserne genauso überrascht wie sie, und sie hatte keinen Grund, ihm nicht zu glauben. Sie hoffte nur, dass das Ganze Frank eine Lehre wäre, auch wenn sie das nicht glaubte. Ihr

Bruder würde immer nur tun, was ihm gefiel, und sich einen Dreck um die Konsequenzen scheren.

Ein Gutes hatte der Brand allerdings. Ohne Beweise konnte das Militär Frank nicht anklagen, also würde ihren Eltern das Wissen erspart bleiben, dass ihr ältester Sohn ein Dieb war.

12

Die Musik auf der Party war schon aus einem halben Block Entfernung zu hören. Laura und Eddie gingen Arm in Arm über die belaubte Allee zum Haus der Smithers in Elizabeth Bay. Für Laura, die Coogee nur gelegentlich verließ, um einen Lieferanten zu besuchen oder in die Stadt zu fahren, war heute Abend etwas ganz Besonderes, denn Elizabeth Bay, das dem Hafen vorgelagert war, war eines der nobelsten Viertel diesseits der Brücke.

Bis jetzt hatte sie keinen Erfolg mit dem Versuch gehabt, ihr Nervenflattern über die bevorstehende Begegnung mit der High Society abzustellen. Eddie dagegen schien es nichts auszumachen, mit den Reichen und Schönen zu verkehren.

Das war eine von Eddies guten Seiten. Er nahm das Leben so, wie es kam, genau wie Alex es getan hatte. In letzter Zeit sah sie ihn mehr und mehr mit anderen Augen, vor allem, weil er sich solche Mühe gegeben hatte, Frank vor einer Gefängnisstrafe zu bewahren.

Der Plan hatte funktioniert. Frank hatte eine Woche Arrest aufgebrummt bekommen, weil er sich unerlaubt aus der

Kaserne entfernt hatte, die restlichen Anklagepunkte waren aus Mangel an Beweisen fallen gelassen worden.

Gerade hatten sie erfahren, dass Frank innerhalb der nächsten sechs Wochen nach Darwin versetzt werden würde, um die nördlichste Stadt des Landes zu verteidigen. Laura hoffte nur, dass er nicht wieder in Schwierigkeiten geriet, denn so weit im Norden konnte ihm niemand aus der Familie mehr helfen.

Ihr war klar geworden, dass Eddie Ashworth einen großen Bekanntenkreis hatte, in dem sich alle Berufsgruppen fanden – auch illegale. Das kam wohl davon, dass er so viel Zeit auf der Rennbahn verbrachte. Und wie Mary Ellen angemerkt hatte, machte es ihn in gewisser Hinsicht sogar interessanter. Schließlich war ihm Laura für seine Hilfe dankbar gewesen. Niemand sonst, das wusste sie, hätte das geschafft.

Das Haus der Smithers', eine einstöckige Villa im italienischen Stil, lag ein Stückchen von der Straße abgerückt in einem ummauerten Hof. Es war großartig. Laura fand das Haus in Coogee ja schon herrlich, aber dies hier übertraf es noch.

Ein schwarz gekleideter Butler bat sie zur Eingangstür herein und wies sie an, durch einen großzügigen Flur zur Rückseite des Hauses zu gehen, wo eine überdachte Pergola eine Sandsteinterrasse schützte, die den halben Garten einnahm. Am Ende der Rasenfläche befand sich ein gekachelter Swimmingpool – sehr extravagant, eine Seltenheit in Sydney. Dahinter befand sich ein Bootsanleger, an dem sich eine Dreizehn-Meter-Yacht in der Abenddünung wiegte. Chinesische Laternen hingen im Gebüsch, und an den Stützpfosten der Pergola waren bündelweise bunte Luftballons befestigt. Am Rand des Swimmingpools spielte eine fünfköpfige Tanzkapelle die neuesten Stücke. Eine Kellnerin bot ihnen Champagner an.

»Solche Feste wird es nicht mehr geben, wenn die Rationierungen in Kraft treten«, flüsterte Eddie Laura ins Ohr. »Was für eine Party ist das überhaupt? Irgendeine Wohltätigkeitsgeschichte?«

»Nichts Besonderes, soweit ich weiß. Kitty hat gesagt, sie hatte einfach nur Lust, eine Party zu geben.«

Insgeheim begriff Laura nicht, wie jemand so viel Geld haben konnte, dass er so etwas aus purer Lust und Laune veranstaltete. Ihr Blick überflog die Gäste, und sie bestaunte ihre Eleganz. Die Männer waren im Abendanzug oder im Frack; die Damen trugen teure Abendkleider und Schmuck.

Laura war fest davon überzeugt, dass es ihr Abendkleid mit den meisten Kreationen hier aufnehmen konnte. Sie hatte das sandfarbene Kleid mit dem passenden Bolerojäckchen selbst geschneidert und mit Pailletten und Perlen verziert. Aber mit dem Schmuck der anderen Frauen könnte sie es nie im Leben aufnehmen.

»Meine Lieben!« Kitty trennte sich von dem Pärchen, mit dem sie gerade geplaudert hatte, und kam auf sie zu.

»Laura, wie elegant. Diese Farbe steht Ihnen wunderbar.« Dann warf sie einen wohlwollenden Blick auf Lauras Begleiter und erklärte: »Sie auch, Eddie, Sie sehen fabelhaft aus. Kommen Sie mit, ich möchte, dass Sie jemanden kennen lernen.«

Dann unterhielt sich Laura eine gute Stunde lang mit Menschen, mit denen sie kaum etwas gemeinsam hatte. Sie war erstaunt, wie gut sie mitreden konnte, solange sich das Gespräch um den Krieg in Europa oder um Mode drehte.

Schließlich bat Eddie sie zum Tanz.

»Amüsierst du dich?«, fragte er.

»Überraschenderweise ja.« Dann gestand sie lächelnd: »Offen gestanden hatte ich fürchterliche Angst vor heute

Abend. Die Freunde der Smithers' sind so reich. Ich habe gedacht, ich würde nicht hierherpassen.«

»Du passt wunderbar hierher«, sagte Eddie und blickte über ihren Kopf hinweg auf die Villa, die jetzt wie eine Geburtstagstorte illuminiert war.

»Eines Tages sehe ich dich in einem Haus, das diesem hier ganz ähnlich ist, Laura McRae.« Er zog sie so dicht an sich, dass ihr Haar seine Wange kitzelte.

Sie lachte. »Du machst Witze! Ich träume ja auch gern, aber das hier ... ist eine andere Welt.«

In diesem Moment tanzten Bruce und Kitty auf sie zu, und sie tauschten die Partner.

Dann spielte die Kapelle ein schnelleres Stück, und nachdem sie mehrfach angerempelt worden waren, schlug Bruce vor: »Wollen wir uns setzen?« Als Laura zustimmend nickte, fasste er sie am Ellbogen und führte sie von der Tanzfläche.

»Ich möchte, dass Sie jemanden kennen lernen, Laura. Eigentlich ist er es sogar, der Sie kennen lernen möchte.«

Sie bekam vor Neugier große Augen. »Mich?«

»Ja, kommen Sie mit, ich sehe ihn da hinten an der Bar.« Bruce zeigte auf einen dunkelhaarigen Mann mit einem Schnurrbart, der extrem elegant gekleidet war und extrem gelangweilt aussah.

»Derek, mein Lieber. Hier ist die junge Frau, von der ich dir erzählt habe«, sagte Bruce, als sie ihn erreicht hatten. »Laura McRae, darf ich Ihnen Derek French vorstellen, den Verkaufsleiter von David Jones Ltd.?«

»Aahhh! Die Dame in Person.« Derek musterte sie kritisch, während sie sich die Hände schüttelten.

»Mr French, freut mich, Sie kennen zu lernen«, sagte Laura, so ruhig sie konnte. »Freut mich« war eigentlich nicht das richtige Wort, »haut mich um«, hätte besser gepasst. Der Verkaufsleiter des besten Kaufhauses von Sydney. Sie fragte sich, warum in aller Welt er sie kennen lernen wollte.

»Ich habe schon viel von Ihnen gehört. Von Kitty. Es stört Sie doch nicht, wenn ich Sie Laura nenne, oder?« Auf ihr zustimmendes Nicken hin fuhr er fort. »Sie singt Lobgesänge über Ihr Talent als Hutmacherin, von dem ich mich in den beiden Läden, die Sie beliefern, schon selbst überzeugt habe.«

»Danke.« Aus dem Augenwinkel sah sie, wie Bruce sich entfernte, um sich mit anderen Gästen zu unterhalten, und sie bekam das Gefühl, dass dieses Gespräch ein abgekartetes Spiel war.

»Die Hutabteilung bei David Jones hat einen sehr guten Ruf.«

»Ich weiß. Und das mit Recht.«

»Laura, darf ich ganz offen zu Ihnen sein? Unser Unternehmen ist immer auf der Suche nach neuen Talenten. Wir möchten unseren Kunden das Gefühl geben, dass in allen Bereichen nur die besten Kräfte für uns arbeiten. Würden Sie es in Erwägung ziehen, für unsere Hutabteilung zu arbeiten? Man hat mich autorisiert, Ihnen ein sehr attraktives Angebot zu machen, wenn Sie exklusiv für uns entwerfen und nähen. Sie bekämen praktisch freie Hand.«

Laura fuhr sich mit der Hand an die Kehle, um ihren rapide schlagenden Puls zu verbergen.

Er hatte ihr eine Anstellung angeboten. Eine ausgesprochen gute Anstellung. Was für eine Gelegenheit das wäre. Ihre eigene Hutabteilung. Außerdem würde sie auch mehr über das Geschäftliche lernen, und Hans hatte gesagt, das sei ebenfalls wichtig für sie.

»Das ist sehr großzügig von Ihnen, Mr French. Ich … ich weiß gar nicht, was ich sagen soll.«

Dann fiel ihr ihre Mutter ein. Wie sehr sie Laura brauchte,

wie schwach sie geworden war. Schon bald wäre sie an den Rollstuhl oder an das Bett gefesselt.

»Ich würde Sie am liebsten drängen, sofort ja zu sagen. Allerdings ist mir klar, dass Sie überlegen müssen, was das Beste für Sie ist«, sagte Mr French und trank einen Schluck Champagner.

Sie konnte die Stelle nicht annehmen – aber dass er sie gefragt hatte! Was für ein Wunder für ihr Selbstvertrauen, dass jemand wie er so viel von ihrer Arbeit hielt.

»Im Moment muss ich leider absagen, Mr French. Meine Mutter … ich habe Verpflichtungen zu Hause, deshalb arbeite ich ausschließlich dort.«

»Oh, ja, Kitty hat erwähnt, dass Ihre Mutter krank ist. Vielleicht könnten Sie eine Pflegerin einstellen?«

Sie schüttelte den Kopf.

»Das könnte ich nicht, nicht in diesem Stadium. Sie braucht mich …« Sie allein würde ihre Mutter pflegen, bis zum Ende. Das hatte sie sich geschworen. »Aber ich danke Ihnen von ganzem Herzen für das Angebot.«

Er lächelte nicht ohne Bedauern. »Oh, nun ja. Wie sagt man, wer nicht wagt … Viel Glück für die Zukunft, meine Liebe, und alles Gute.«

Kaum hatte sie sich von Mr French entfernt, als Kitty sah, dass sie allein war, und sie am Arm fasste. Sie schob sie auf ein Grüppchen von Leuten zu und sagte zu ihr: »So leicht kommen Sie nicht davon; hier sind noch mehr Leute, die Sie kennen lernen möchten.«

Wie zur Bestätigung ergriff eine junge Frau, die Kitty ihr als Alice Glass vorstellte, das Wort.

»Sie sind also Laura. Kitty tut ja ganz so, als würden Sie ihr persönlich gehören. Wo ist denn Ihr kleiner Hutladen?«

Laura hörte den Sarkasmus in ihrer Stimme und fand ihn unangenehm. Glass. Der Name sagte ihr etwas, aber sie konnte ihn nicht unterbringen. Ein Blick auf Miss Glass reichte, um zu wissen, dass Geld keine Rolle spielte, wenn es um ihre Kleider ging. Die hochgewachsene, gertenschlanke Rothaarige trug ein todschickes Abendkleid. Definitiv in Frankreich entworfen und geschneidert, und Miss Glass strahlte eine Weltgewandtheit aus, in deren Gegenwart sich Laura doch sehr linkisch fühlte.

»Ich habe noch keinen kleinen Hutladen. Ich beliefere Kitty Mallory in der Strand Arcade und Erica Foley auf der Pitt Street.«

»Nehmen Sie denn keine anderen Aufträge an?«, fragte Alice, und mehrere der anderen Frauen nickten interessiert mit den Köpfen.

»Leider nur von Kitty. Im Moment habe ich für mehr keine Zeit. Aber wenn Sie in einen dieser Läden gehen und sagen, dass wir uns kennen, bekommen Sie sicher Rabatt.«

Ein hochgewachsener, sehr gut gekleideter junger Mann, der an Alices Seite getreten war, hielt sich die Hand vor den Mund, um sein Lächeln über Lauras subtile Anspielung zu verbergen. Er zwinkerte ihr beifällig zu und murmelte: »Siehst du, Alice, Schatz – ein wunderbares Angebot. Jeder weiß doch, wie gern und hart du verhandelst.«

»Jeffrey Markham, sei nicht so gemein. Du hast versprochen, heute Abend nett zu mir zu sein«, schmollte Alice und warf Laura einen giftigen Blick zu. Dann hob sie die linke Hand, um seine Wange zu berühren, und stellte so ihren geradezu obszön großen Verlobungsring zur Schau.

»Ich habe nicht mitbekommen, wie Sie vorgestellt wurden; Sie sind …?«, fragte Jeffrey und hielt Laura die Hand entgegen.

Laura mochte den Mann auf Anhieb, und gleichzeitig tat er ihr leid. In den vergangenen Minuten hatte sich seine Verlobte als verwöhntes reiches Mädchen mit einer bösen

Zunge eingeführt. Ein Lächeln umspielte Lauras Lippen, als sie ihm ihren Namen sagte.

Dann fiel ihr wieder ein, womit sie den Namen Glass in Verbindung brachte. Erst letzte Woche war Alices Vater im Radio erwähnt worden. Er war ein Goldminenmagnat aus Kalgoorlie, der gerade einen neuen Fund gemacht hatte und der abwechselnd in Sydney und Perth lebte.

Erneut richtete sie den Blick auf den herrlichen Schmuck der jungen Frau – tropfenförmige Diamantohrringe und eine Halskette aus Diamanten und winzigen Goldblumen, die mit Rubinen besetzt waren. Unwillkürlich spürte sie, wie ein Hauch von Neid sie durchfuhr.

»Ah, Laura McRae. Angenehm.«

Ein seltsamer Unterton seiner Stimme ließ sie erneut zu ihm aufblicken. Als ob er sie kannte oder von ihr gehört hatte, obwohl sie nicht die geringste Ahnung hatte, wie sie darauf kam. Vielleicht lag es ja an seinen ausdrucksvollen grauen Augen und seinem belustigt verzogenen Mundwinkel.

In diesem Moment läutete der Butler die Glocke zum Abendessen, und Eddie beanspruchte sie wieder für sich. Die Gäste begaben sich unter die Pergola, wo ein Büfett mit verschiedenen Gemüsesorten und Salaten auf riesigen Servierplatten aufgebaut war, dazu mehrere Sorten Fleisch – Truthahn, Rind, Schwein –, Räucherlachs und frische Austern. Laura hatte in ihrem ganzen Leben noch nie so viele Speisen auf einem Fleck gesehen, nicht einmal, als sie an Mary Ellens Geburtstag im Hotel Sydney gegessen hatten.

Nach dem Essen wurde wieder getanzt, und im Lauf des Abends bemerkte Laura zu ihrer Überraschung immer wieder, wie Jeffrey Markham sie ansah. Wäre sie eitel gewesen wie Mary Ellen, hätte sie daraus geschlossen, dass sie eine Eroberung gemacht hatte, doch so war sie nun einmal nicht, daher vermutete sie, dass er einfach nur von der neugierigen Sorte war. Sie beschloss allerdings, Kitty bei ihrer nächsten Unterhaltung nach ihm zu fragen.

Als die Musiker Pause machten, spazierten Laura und Eddie hinunter zum Anleger, um sich die Yacht der Smithers' näher anzusehen. Sie lehnten sich an das Geländer, und Laura erzählte ihm von Mr Frenchs Angebot.

»Es ist wirklich schade, dass es nicht geht, Laura, aber du hast die richtige Entscheidung getroffen. Die Familie sollte immer an erster Stelle stehen.«

Weit weg von den anderen Gästen schien es im Halbdunkel die natürlichste Sache der Welt zu sein, dass sich sein Arm um ihre Taille stahl und er sie an sich zog, bis sich ihre Körper berührten. Da sie keinen Einspruch einlegte, wurde er mutiger und nahm sie in die Arme. Er küsste sie, erst sanft auf jede Wange, dann auf die Lippen.

Laura schmiegte sich an seinen warmen Körper. Es fühlte sich gut an, sich von ihm festhalten zu lassen. Sicher. Geschützt. Es spielte keine Rolle, dass sie nicht dieselbe Erregung spürte wie bei einem Kuss von Alex. Eddies Umarmung war nicht unangenehm, und seine Küsse auch nicht.

»Wo wir gerade von Familien sprechen«, begann er mit rauer Stimme. »Ich wollte dich schon lange etwas fragen.« Er legte ihr einen Finger unter das Kinn und drehte es so, dass sie ihn ansehen musste. »Ich denke, du weißt, dass ich dich liebe. Das könnte sogar ein Blinder sehen. Ich weiß, dass du nicht dasselbe empfindest, noch nicht.« Er hielt inne. »Aber ich hoffe, dass du es eines Tages wirst. Ich möchte dich heiraten, Laura. Ich werde dich glücklich machen, das schwöre ich.«

Sie erwartete diesen Antrag seit Wochen. Sie hatte schon mehrfach das Gefühl gehabt, dass er kurz davor war, etwas zu sagen. Und sie hatte die ganze Zeit gedacht, sie wüsste, wie sie reagieren würde, wie sie ihn ablehnen würde, ohne Eddie allzu wehzutun. Doch als es jetzt darauf ankam, konnte sie es nicht. Es gab kein einfaches Nein oder Ja. Schließlich mochte sie Eddie. Sein fröhliches Gemüt, seine angenehme Art, seine Freundlichkeit gegenüber ihrer Mutter. Was gab es daran nicht zu mögen?

»Ich weiß nicht, was ich sagen soll.« Was, wie sie begriff, die Wahrheit war.

Er küsste sie auf die Lippen und lächelte auf sie hinunter.

»Dann sag jetzt einfach gar nichts. Versprich mir nur, dass du darüber nachdenken wirst. Wirst du das tun?«

»In Ordnung.«

Als es sich Laura in den frühen Morgenstunden unter ihrer Bettdecke gemütlich machte, stieß sie einen müden, aber zufriedenen Seufzer aus. Was für ein Abend das gewesen war. Die Party war wunderbar gewesen. Ihre erste Begegnung mit Kittys reichen Freunden hatte ihr Spaß gemacht. Dann das Angebot einer Anstellung bei Mr French und schließlich Eddies Heiratsantrag …

Zu ihrer Überraschung dachte sie ernsthaft darüber nach. Wenn sie erst Ruth und Mary Ellen davon erzählte …

Die drei jungen Frauen saßen an ihrem Lieblingsplatz unter dem Kampherbaum auf einer Decke. Seit Eddies Antrag war eine Woche vergangen, und Laura hatte ihm immer noch keine Antwort gegeben. Sie rechnete es ihm hoch an, dass er sie nicht unter Druck setzte. Ihre Eltern, vor allem ihre Mutter, hatten sich über den Antrag gefreut, und ihr Vater drängte sie, sich zu entscheiden.

Das machte ihr normalerweise keine Schwierigkeiten, doch diese Entscheidung war zu wichtig. Es ging hier um den Rest ihres Lebens. Tief in ihrem Inneren war sie überzeugt, dass sie nie wieder eine Liebe finden würde, wie sie und Alex sie erlebt hatten. Das gab es nur einmal im Leben. Und Eddie würde einen guten Ehemann abgeben. Er würde gut für sie sorgen, das meinte sogar ihr Vater, und mit der Zeit würde sie ihn bestimmt so lieben lernen, wie er sie liebte.

Ein »Ja« würde auch ihre Eltern glücklich machen, vor allem ihre Mutter. Eigentlich wusste sie also schon, wie ihre Antwort lauten müsste.

»Und, hast du dich schon entschieden?«, fragte Ruth, die ihre Neugier nicht zügeln konnte.

Laura sah ihre Freundinnen an. »Das ist nicht so einfach. Es ist schließlich eine wichtige Entscheidung.«

»Du könntest eine bessere Partie machen, wenn du noch warten würdest«, erwiderte Mary Ellen, die es nie befürwortete, wenn Gefühle dem klaren Denken im Weg standen. »Eddie ist ja ganz nett, aber er bringt kein Geld mit. Seine Familie auch nicht. Ihn zu heiraten, bedeutet jede Menge harte Arbeit, für lange Zeit.«

»Und dann ist da noch seine Familie«, fügte Ruth hinzu und zog vielsagend die Augenbrauen hoch.

»Ja«, seufzte Laura.

Sie hatte Eddies Eltern jetzt zweimal besucht und fand sie sehr merkwürdig.

Joe Ashworth war Buchmacher, doch er war bankrottgegangen. Er war zwar ein gebildeter Mann, doch der Verlust seines Geschäfts hatte sich verheerend auf ihn ausgewirkt. Er hatte es aufgegeben, nach Arbeit zu suchen, und gab sich stattdessen damit zufrieden, zu Hause zu bleiben und sich seiner Leseleidenschaft hinzugeben.

Seine Frau Irene verdiente die Brötchen. Sie arbeitete in einer Schokoladenfabrik, doch ihr Lohn reichte nicht aus, um den Haushalt zu finanzieren, daher waren beide auf Eddies Unterstützung angewiesen.

Maggie Ashworth arbeitete als Verkäuferin bei Mark Foy und war vom ersten Augenblick an eifersüchtig auf Laura gewesen, obwohl sich Laura um Freundlichkeit bemühte.

»Nun, du kannst Eddie nicht ewig warten lassen«, sagte Mary Ellen sachlich wie immer.

»Das habe ich auch nicht vor. Ich werde heute Abend ja sagen«, entschied sich Laura plötzlich und lächelte breit.

»Oh, wie aufregend.« Ruth rückte zu ihr herüber und umarmte sie. »Ihr werdet bestimmt sehr glücklich.«

»Herzlichen Glückwunsch, Laura«, sagte Mary Ellen voll aufrichtiger Zuneigung.

»Hast du schon über ein Datum für die Hochzeit nachgedacht?«, wollte Ruth wissen.

»Ende des Jahres, denke ich. Wenn Eddie einverstanden ist.«

»Er ist bestimmt einverstanden«, sagte Mary Ellen und gluckste. »Die meisten Männer hassen lange Verlobungen.«

Laura lächelte sie beide an. »Ich möchte, dass ihr beide meine Brautjungfern werdet. Wahrscheinlich muss ich Eddies Schwester auch nehmen.«

»Ich wette, deine Eltern werden sich freuen«, sagte Ruth.

»Das glaube ich auch. Papa meint, Eddie hat gute Zukunftsaussichten.« Dann fiel ihr etwas ein, das sehr viel näher in der Zukunft lag.

»Frank und sein Freund Charlie brechen am Sonntag nach Darwin auf. Ich habe für Samstagabend ein Abschiedsessen für sie geplant. Ich möchte, dass ihr beide auch kommt«, sagte Laura und fügte hinzu: »Eddie und ich werden dann unsere Verlobung bekannt geben.«

»Ich kann immer noch nicht glauben, dass das Militär Frank genommen hat«, sagte Ruth. »Wisst ihr noch, wie schrecklich er als Kind gewesen ist?«

»O ja«, sagte Mary Ellen. »Aber bei seinem Charakter

könnte er für die Armee von großem Nutzen sein. Der Feind wird gar nicht wissen, was über ihn gekommen ist!«

Laura lachte, dann wurde sie ernst und sagte: »Es macht Mama traurig, auch wenn sie es gut verheimlicht.«

Die jungen Frauen sahen einander an, und sie brauchten keine Worte. Angie McRae blieb nicht mehr viel Zeit. Sie welkte jetzt rasch dahin, und niemand rechnete ernsthaft damit, dass sie Weihnachten noch erleben würde.

»Steht unsere Verabredung für Sonntag zum Tennis noch?«, fragte Ruth.

»Natürlich«, sagte Laura mit dem üblichen unausgesprochenen Vorbehalt. Nur, wenn der Zustand ihrer Mutter es erlaubte.

Schließlich spielte Laura an diesem Sonntag doch nicht Tennis. Die amüsante, aber laute Abschiedsparty und die Bekanntgabe ihrer Verlobung mit Eddie hatten ihre Mutter so erschöpft, dass Laura das Haus nicht verlassen wollte. In letzter Zeit machte sie sich bei jeder Veränderung des Gesundheitszustands ihrer Mutter solche Sorgen, dass sie sich ständig in ihrer Nähe aufhielt und aufmerksam auf weitere Verschlechterungen achtete.

Am Montagmorgen bestand Angie darauf, dass man sie mit dem Rollstuhl, an den sie jetzt gefesselt war, an ihren Lieblingsplatz unter dem Kampherbaum brachte. Sie war inzwischen so schwach, dass sie höchstens ein paar Schritte laufen konnte, ohne in einen Hustenanfall auszubrechen.

Der Garten war immer schon ihre Zuflucht gewesen, und da Mikey von der Schule abgegangen war, um in der Schmiede zu arbeiten, hatte sie ihm beigebracht, wie man sich um die Blumen und das Gemüsebeet kümmern musste. Im Vergleich zu ihrer Vorgehensweise war die seine zwar ziemlich planlos, aber die Rosen trugen viele Knospen für den Frühling, und die Tomatenstauden waren kräftig gewachsen, sodass sie im Sommer einen ordentlichen Tomatenvorrat für Salate und viele Blumen für das Haus hätten.

Das Einzige, wozu Angie jetzt noch imstande war, war, ihre Bibel zu lesen und den Garten zu bewundern.

Während Laura den Haushalt erledigte und das Mittagessen für ihren Vater kochte – er würde es später in dem alten Laster abholen, den er vor kurzem gekauft hatte –, beobachtete sie ihre Mutter durch das Küchenfenster. Bei jedem Hinsehen empfand sie es wie einen Schlag, wie zerbrechlich Angie geworden war. Ihr Haar war silbern geworden, und sie hatte nur noch so wenig auf den Knochen, dass ihr die Kleider lose am Körper hingen und zu groß aussahen, obwohl Laura sie abgenäht hatte.

Eins der vielen Dinge, die sie an ihrer Mutter bewunderte, war ihre stoische Art. Laura hätte ein solches Schicksal nie so ruhig hinnehmen können – vielleicht, weil ihr der Glaube ihrer Mutter fehlte.

Als sie mit der Arbeit fertig war, nahm Laura ihren Handarbeitskorb und setzte sich zu ihrer Mutter unter den Baum. Sie legte ihrer Mutter eine Decke auf den Schoß – Angie fror beim leisesten Luftzug.

Laura begriff – vielleicht mehr als alle anderen Familienmitglieder –, dass jeder Moment, den sie zusammen verbrachten, kostbar war.

Oft saßen sie einfach nur stundenlang gemeinsam da und schwiegen, weil Angie vom Reden husten musste. Längst verstanden sie einander wortlos.

Laura blickte zu ihrer Mutter hinüber und sah, dass sie den Kopf an das Kissen gelehnt hatte. Sie schien zu dösen und atmete unregelmäßig und rasselnd. Anfangs hatte Laura gedacht, sie würde sich nie an dieses erschütternde Geräusch gewöhnen. Inzwischen fiel es ihr kaum noch auf.

Wie friedlich ihre Mutter aussah, ihr Gesicht entspannt, das lange Haar zu einem einzelnen Zopf geflochten. In einer Hand hatte sie die Holzperlen ihres Rosenkranzes, und die Sonnenstrahlen, die durch das Laubdach fielen, fingen sich in der Medaille des Heiligen Judas Thaddäus, die an ihrer Strickjacke steckte und Laura zuzuzwinkern schien.

Ihre Worte waren ein angestrengtes Flüstern, obwohl sich die Augenlider nicht bewegten.

»Ich schlafe nicht, Schätzchen. Ich ruhe nur meine Augen aus. Ich hätte gern eine Tasse Tee mit Honig.«

»Natürlich, Mama.«

Laura legte den Sommerhut, an dem sie arbeitete, beiseite und schüttelte staunend den Kopf. Es war geradezu unheimlich, wie oft ihre Mutter genau wusste, dass sie beobachtet wurde, als verriete ihr ein sechster Sinn, wenn der Blick eines anderen auf sie fiel.

Mit halb geschlossenen Lidern sah Angie Laura auf dem Weg in die Küche nach. Ihre Tochter wurde mit jedem Jahr schöner. Ihre Augen begannen sich mit all den unvergossenen Tränen zu füllen, als sie sich eingestand, dass es so vieles gab, was sie nicht erleben würde, was sie nie mit Laura teilen könnte.

Laura und Eddie würden Mitte des nächsten Jahres heiraten, aber sie wäre nicht mehr da, um ihre Tochter in ihrem Hochzeitskleid zu sehen oder die Enkelkinder zu begrüßen, die irgendwann kommen würden. Das war schwer zu akzeptieren, vielleicht sogar noch schwerer als der schleichende Tod, den Gott ihr zugedacht hatte.

Ihr und Tom wäre es nicht vergönnt, gemeinsam alt zu werden. Ihr armer Tom. Sie würde ihm so fehlen.

Die Kinder würden Gott sei Dank zurechtkommen; sie lebten ihr eigenes Leben. Laura hatte ihre Hüte, sie hätte eines Tages großen Erfolg. Angie wusste nicht, auf welche

Weise oder wann, aber sie spürte den Erfolgswillen, der sich zu dem Talent ihrer Tochter gesellte.

Frank. Sie seufzte rasselnd. Er würde sich von einer Katastrophe zur nächsten hangeln. Diesen Weg hatte er schon in seiner Kindheit eingeschlagen, und sie bezweifelte, dass sich daran etwas ändern würde.

Und Mikey... er war noch jung und interessierte sich für so viele Dinge. Sie seufzte erneut. Es war ihr geliebter Tom, der mit der Einsamkeit am schwersten fertig werden würde.

Sie spürte eine Schleimblase in ihrer Kehle aufsteigen und versuchte, sie zu unterdrücken, indem sie an dem Glas mit Wasser nippte, das sie immer in Reichweite hatte. Wenn der Husten einmal einsetzte, war es fast unmöglich, ihn wieder unter Kontrolle zu bringen. Das krampfhafte Atemholen verstärkte die Schmerzen und sandte Qualen durch ihren ganzen Körper, denen Übelkeit und Schwäche folgten.

Plötzlich begann der Krampf. Er zerrte an ihrer Brust, ihrer Kehle und schien ihr ganzes Inneres so wund zu scheuern, dass es nicht zu ertragen war. Sie spürte etwas Festes in ihrer Kehle aufsteigen und tastete nach ihrem Taschentuch. Blut drang aus ihrem offenen Mund und lief ihr über das Kinn, während sie nach Atem rang. Ein Klumpen von der Größe eines Zwei-Shilling-Stücks befleckte das weiße Leinen, dann noch einer und noch einer. Während der Husten immer heftiger wurde, durchfuhr der Schmerz jede Muskelfaser ihres Körpers, und sie stöhnte laut auf. Sie kämpfte darum, Luft in ihre Lungen zu bekommen, doch sie schaffte es nicht.

Ihr angsterfüllter Blick huschte durch den Garten, und der schützende Kampherbaum erschien ihr plötzlich drückend und bedrohlich. Dann verschwamm es ihr allmählich vor den Augen.

So ist das also. Das Ringen nach Atem, ein und aus. Ein und aus. Heilige Mutter Gottes, lass es schnell gehen.

Ihr wurde schwindelig vor Schmerz und Sauerstoffmangel, und ihre Augen tränten, während sie den Blick mit äußerster Anstrengung auf die Gestalt richtete, die jetzt mit einem Teetablett auf sie zukam. Laura, ihr geliebtes Kind.

Sie verlor die Kontrolle über ihren Körper und fiel vornüber aus dem Rollstuhl. Das Letzte, was sie hörte, während sie in den Nebel des Vergessens sank, waren die Teetassen, die klirrend zu Boden fielen, als Laura begriff, was geschah.

Und das angstvolle Klagen ihrer Tochter.

»Mama … nein!«

Laura hatte gedacht, sie wäre auf diesen Moment vorbereitet, doch sie war es nicht, auch wenn sie weiß Gott schon oft genug daran gedacht hatte.

Es fiel ihr so schwer, neben dem Krankenhausbett mit seinen makellosen weißen Laken und seiner blauen Decke stillzusitzen. Sie hielt die schlaffe, klamme Hand ihrer Mutter und beobachtete Angie so gebannt, dass ihr die Augen brannten. Sie wollte noch so viel sagen …

Ein leiser Seufzer entwischte ihren Lippen. Sie blickte zu ihrem Vater hinüber. Sein schwarzes Haar war jetzt von der Sorge grau meliert, und sein Gesicht hatte einen grimmigen Zug angenommen. Er trauerte schon, obwohl Angie noch nicht von ihnen gegangen war.

Mikey stand am Fußende des Betts. Er wusste nicht, wohin er blicken oder was er sagen sollte. Immer wieder klammerte er seine langen Finger um den Rahmen des Eisenbetts, während er sich bemühte, nicht zu weinen.

Sie hatten in der Kaserne in Darwin angerufen, aber es war nicht sehr wahrscheinlich, dass Frank noch rechtzeitig Heimaturlaub bekommen würde.

Eine Krankenschwester kam in das Vierbettzimmer, um den Puls ihrer Mutter und den Sitz der Sauerstoffmaske zu kontrollieren. Laura erkannte sie im selben Moment, als die Erinnerung auch in den Augen der Schwester aufleuchtete.

»Ist das möglich ... Laura McRae?«, murmelte Schwester Breene erstaunt.

Laura nickte. »Schön, Sie zu sehen, Schwester Breene.«

Plötzlich kehrten die Erinnerungen an diese Zeit vor vielen Jahren zurück, an diesen paradiesischen Ort, den sie besucht hatte, als sie krank war. Alex' Blumen. All die Monate, die sie in einem Krankenhausbett verbracht hatte. Die Geschichten über das Weihwasser aus Lourdes.

Jetzt war die Situation umgekehrt. Nicht sie war die Patientin, sondern ihre Mutter. Doch Angie würde das Krankenhaus nicht lebend verlassen. O nein – ihr Magen verkrampfte sich vor Bitterkeit –, das Schicksal hatte etwas anderes beschlossen.

»Ich habe gerade mit Doktor Hume gesprochen«, teilte ihnen die Schwester mit. »Er wird in zehn Minuten hier sein.«

»Danke.«

Schwester Breene legte der jungen Frau die Hand auf den Arm. »Tut mir wirklich leid, Laura. Ihre Mutter war so wundervoll, als Sie damals krank waren.«

Laura lächelte dankbar, denn sie konnte nichts sagen. Die Anstrengung, ihre Tränen im Zaum zu halten, hatte ihr die Kehle zugeschnürt. Sie wusste, dass ihre Mutter sich wünschen würde, dass sie tapfer war, dass sie Mikey und ihrem Vater mit gutem Beispiel voranging, deshalb unterdrückte sie ihre Gefühle unerschütterlich. Sie wusste, dass Tränen ihr helfen würden, sich von der Anspannung zu befreien, aber sie hätte noch genug Zeit zum Weinen. Später.

Als Doktor Hume eintraf, untersuchte er Angie schnell, dann bat er Tom in den Flur hinaus.

»Angie ist ins Koma gefallen, Tom«, sagte Doktor Hume

voller Mitgefühl. Er kannte die McRaes schon lange, aber in den letzten achtzehn Monaten hatten sie ihm ihre ganze Stärke und ihren ganzen Zusammenhalt gezeigt.

»Ich habe Ihnen ja gesagt, dass das passieren würde. Sie hat jetzt keine Schmerzen mehr, und es ist wohl nur die Sauerstoffzufuhr, die sie überhaupt noch am Leben erhält.«

»Was wollen Sie damit sagen, Herr Doktor?«, fragte Tom, obwohl er die Antwort bereits kannte.

Doktor Hume überlegte einen Moment, bevor er etwas sagte. Ganz gleich, wie oft er während seiner Laufbahn schon jemandem einen solchen Rat gegeben hatte, es wurde niemals leichter oder weniger schmerzhaft.

»Es tut mir furchtbar leid, Tom. Wir können Angie nicht mehr helfen, sie nicht mehr zurückholen. Das Beste für alle Beteiligten ist es, den Sauerstoff abzustellen und sie gehen zu lassen.«

»Nicht, bevor der Priester da war. Das wäre Angies Wunsch. Wenn er getan hat, was er tun muss …« Tom schluckte, denn seine Kehle war so zugeschnürt, dass er fast keine Luft mehr bekam. Noch nie war es ihm so schwergefallen, etwas zu sagen, wie bei den folgenden Worten. »Dann ist es wohl am besten, wenn Sie tun, was richtig ist.«

»Also gut, überlassen Sie das mir.«

Als Vater O'Grady dann ihrer Mutter die Letzte Ölung spendete und den letzten irdischen Segen über sie sprach, fand Laura seltsamerweise Trost in diesem Ritual. Ihre Mutter hätte es so gewollt. Doch tief in ihrem Inneren, dort, wo sie ihre persönlichsten Gefühle aufbewahrte, breitete sich die Taubheit aus wie damals, als Alex gestorben war. Während sie so am Bett ihrer Mutter saß, fragte sie sich, ob dieses Gefühl oder vielmehr dieser Mangel an Gefühl ein Weg der Natur war, dem Menschen zu helfen, mit der Situation fertigzuwerden.

Wieder! Wieder geschah es. Lieber Gott. Nein, an Ihn würde sie sich nicht wenden, wozu auch? Nichts würde verhindern, dass sie all diese Trauer, all diesen Schmerz erneut durchlebte. Noch einmal von vorn.

Nachdem Vater O'Grady Angie das Sakrament gespendet hatte, brachte Tom Laura und Mikey hinaus auf den Flur, während der Arzt und Schwester Breene taten, was sie tun mussten.

Dann kam Dr. Hume an die Tür und sagte einfach nur: »Mein Beileid. Angie ist von uns gegangen …«

Von uns gegangen. *Nein!* Wieder und wieder gellte das Wort durch Lauras Kopf, ohne dass sie etwas dagegen tun konnte. Sie hatte selbst an diesem Punkt noch auf ein Wunder gehofft. Eine erstaunliche Wendung, die ihre Mutter wieder genesen ließ. Ihr Herz hämmerte dumpf in ihrer Brust, ihre Nerven waren zum Zerreißen angespannt.

Ein Teil von ihr weigerte sich zu akzeptieren, dass ihre Mutter jetzt an einem Ort war, wo weder ihre Stimme noch ihre Berührung sie erreichen konnten.

Tom legte die Arme um seine beiden Kinder und drückte sie an sich.

»Wenigstens ist sie jetzt an einem besseren Ort, einem Ort ohne Schmerzen.«

»Ja«, räumte Laura ein, der nun doch die Tränen über die Wangen zu rinnen begannen, »aber sie hat den Schmerz hier gelassen, bei uns. Oh, Papa …« Vor Trauer brach ihr die Stimme. »Ich kann das nicht aushalten. Was werden wir ohne sie tun?«

Auch in Tom McRaes dunklen Augen schimmerten die Tränen, als er seine Tochter jetzt noch fester an sich drückte und gequält den Kopf schüttelte.

»Ich weiß es nicht, Laura, mein Herz. Ich weiß es einfach nicht.«

Einmal mehr wurde harte Arbeit der Seelenbalsam, der verhinderte, dass Laura zusammenbrach, denn vor lauter Erschöpfung kam sie einfach nicht zum Nachdenken.

Ihren Vater hatte die Trauer in einen unnahbaren Fremden verwandelte, weder sie noch Mikey schienen zu ihm vordringen zu können. Es war, als sei ihm alles gleichgültig geworden. Er ging in die Schmiede und zur Rennbahn, tat, was er zum Überleben tun musste. Schlief, arbeitete, aß, aber er hatte seinen Schmerz mit einem Panzer umgeben, den niemand durchdringen konnte.

Ein paar Tage nach der Beerdigung kam Frank nach Hause. Er hatte es nicht eher geschafft, weil ihm der Heimaturlaub wegen des Trauerfalls nicht rechtzeitig genehmigt worden war und die Heimfahrt von Darwin aus mehrere Tage dauerte.

Laura war froh zu hören, dass er sich benahm. Zumindest erzählte er ihr das. Er erzählte ihnen auch vom Leben in Darwin. Von der Hitze, den Regenfällen, dem entspannten Lebensstil der Menschen dort im Norden.

Während seines Freigangs erneuerten Frank und Eddie ihre Freundschaft. Sie gingen zur Rennbahn und auf die eine oder andere Kneipentour, von der sie sturzbetrunken heimkamen. Laura war davon alles andere als begeistert, doch ihr Vater wiegelte ab und sagte, so seien junge Männer nun einmal.

Laura wusste, dass Mikey gern aufgehört hätte, in der Schmiede zu arbeiten, und sich am liebsten eine Stelle in einer Autowerkstatt gesucht hätte, bis er alt genug war, um sich zur Marine zu melden. Irgendwie schaffte sie es aber, ihn zu überzeugen, noch ein paar Monate zu bleiben, bis die erste Trauer vorbei war, sodass Tom nicht das Gefühl haben musste, dass ihn sein Sohn im Stich ließ.

Sie war jetzt gezwungen, die Buchhaltung für die Schmiede zu übernehmen – nur so konnte sie sichergehen, dass die Rechnungen bezahlt wurden, denn ihr Vater schien keinerlei Notiz davon zu nehmen, ob die Kunden bezahlten oder nicht. Manche bezahlten tatsächlich nur dann, wenn ihre Pferde siegten, und dazu kam es oft genug nie. Tom McRae baute einfach darauf, dass sie ihre Schulden eines Tages begleichen würden, aber Laura war weniger vertrauensselig, also verschickte sie Rechnungen und hielt die Buchführung stets auf dem neuesten Stand.

So ging das Leben in dem Haus an der Addison Street weiter, doch es fehlte der Funke, den Angie McRae verbreitet hatte.

Dieses Licht war für immer ausgelöscht.

Seit ihrer Verlobung mit Eddie aß Laura jeden Montag bei den Ashworths in Randwick zu Abend. Sie fuhr mit der Straßenbahn bis zur Cowper Street und ging zu Fuß weiter bis zur Prince Street, wo das Zweifamilienhaus in einer Reihe ähnlicher Häuser stand. Sie musste sich immer dazu überwinden, denn je besser sie die Familie kennen lernte, desto stärker wurde ihr Eindruck, dass sie extrem sonderlich waren. Eddie schien – zum Glück – das einzig normale Familienmitglied zu sein.

Das Haus war größer als der Bungalow der McRaes und hatte ein Esszimmer, das neben dem Tisch für acht Personen groß genug für eine zusätzliche Couchgarnitur und eine lange Anrichte war. Mrs Ashworth liebte es ein wenig chaotisch, und sämtliche Zimmer waren mit Möbeln vollgestopft, die nicht zueinander passten.

Irene Ashworth war eine großartige Köchin, und zu Lauras Ehren kochte sie immer etwas Besonderes.

»Nun, ihr beiden, wann werdet ihr denn einen Termin festsetzen?«, erkundigte sich Irene unverblümt wie immer, während sie sich über ihr Dessert hermachte. Ihr kräftiger Appetit und ihre ebenso kräftige Figur zeugten davon, dass auch sie ihre Freude an den eigenen Kochkünsten hatte.

»Laura ist doch noch in Trauer, Mutter«, murmelte Maggie. Sie warf ihrer zukünftigen Schwägerin einen verschlagenen Blick zu, bevor sie sich abwandte, um etwas zu betrachten, das sie mehr interessierte, nämlich ihr eigenes Spiegelbild.

»Man kann nicht ewig trauern, Laura«, stellte Joe Ashworth mit seiner wohlklingenden Stimme fest. »Ich habe Mrs Ashworth drei Monate nach dem Tod meines Vaters geheiratet. Niemand hat daran etwas Schlimmes gefunden.«

»Joe, drei Monate sind ja wohl kaum ewig«, wies Irene ihn zurecht. Sie ließ sich kaum eine Gelegenheit entgehen, auf ihrem Mann herumzuhacken, und die Frustration über seinen mangelnden Ehrgeiz war ihr deutlich anzumerken.

Laura warf einen verstohlenen Blick auf Eddies Vater und sah, wie er in stiller Wut die Lippen zusammenpresste. Manchmal tat er ihr leid, und sie bedauerte ihn wegen der ständigen Attacken seiner Frau. Als ihr die Spannung am Tisch unangenehm wurde, sagte sie: »Vielleicht ist es ja etwas anderes, wenn man nach langer Krankheit die Mutter verliert, Mr Ashworth.«

So kurz nach dem Tod ihrer Mutter war ihr noch nicht danach, eine Hochzeit zu planen, die ja eigentlich ein freudiges Ereignis sein sollte. Sie brauchte ihre ganze Energie, um einfach nur den Alltag zu bewältigen und sich um ihren Vater, um Mikey und um ihr florierendes Geschäft zu kümmern. Inzwischen hatte sie sogar ihre erste Angestellte! Bert Denton hatte sie endlich überredet, Ruths jüngere Schwester Eleanor als Teilzeitkraft einzustellen. Dadurch war ihre Produktion gestiegen, und das Ersparte in der alten Zigarrenkiste hatte sich im Lauf der letzten drei Monate fast verdreifacht.

»Sie brauchen doch keine Riesenhochzeit zu veranstalten, Herzchen. Das könnte sich Ihr Vater so kurz nach der Beerdigung sicher sowieso nicht leisten. Etwas Kleines. Wenn Sie möchten, könnten Sie ja nach der Messe hier einen Hochzeitsempfang geben. Klingt das nicht schön?«, ereiferte sich Irene, während sie ihren Apfelschnee mit etwas verzehrte, das mehr und mehr zur Seltenheit wurde – Schlagsahne.

»Eigentlich schon … Danke für das Angebot, Mrs Ashworth«, ließ sich Laura breitschlagen. Es erschien ihr zunehmend einfacher, mit dem Strom zu schwimmen, anstatt dagegen anzukämpfen.

»Mutter könnte doch für die Verpflegung sorgen«, schlug Eddie vor. »Das hat sie schon öfter bei Hochzeiten gemacht.«

»Als Max und Shirley geheiratet haben«, fügte Maggie hinzu. »Sie hatten eine tolle Hochzeit.«

»Ja. Nun, kommenden April wäre es doch vielleicht gut. Dann ist das Wetter weder zu heiß noch zu kalt«, sagte Laura.

Sie wusste, dass sie die Entscheidung nicht länger hinauszögern konnte. Sie hatte Eddie ein Versprechen gegeben, das sie auch zu halten gedachte. Es war nur einfach so, dass sie keine Freude daran hatte, und sie hätte sich gern darauf gefreut.

Die Trauer um ihre Mutter, die ihr so fehlte, hatte ihr die Freude an allem genommen. Die Erinnerungen drängten sich in ihren Kopf, ob sie arbeitete oder schlief. Sie sah und spürte Angie überall, und sich daran zu gewöhnen, dass ihre Mutter nicht mehr da war, sie sich ihr nicht mehr anvertrauen konnte, machte Laura unendlich traurig.

»Gut. Eddie, wie wär's, wenn du mit Laura vor Sonnenuntergang noch einen Spaziergang machst. Maggie und ich räumen den Tisch ab. Wenn ihr zurückkommt, können wir uns weiter über eure Pläne für die Hochzeit unterhalten.«

13

Seit dem Tod ihrer Mutter hatte sie endlose Stunden damit zugebracht, sich einzureden, dass es ihr helfen würde, den Schmerz zu lindern, wenn sie erst Mrs Eddie Ashworth war – so lange, bis sie es selbst glaubte.

Als sie vor dem Altar stand und während der Zeremonie ihre Antworten sprach, betete sie im Stillen darum, dass Angie McRae jetzt auf sie hinunterblickte und ihr Glück teilte, wenn es denn irgendwo einen Himmel gab.

Wegen des Krieges war es schwierig gewesen, weißen Stoff für das Hochzeitskleid zu bekommen, und Laura und Gerda Blumner mussten in mehreren Fabriken auf die Jagd gehen, bis sie etwas Geeignetes fanden. Das altweiße Satinkleid hatte lange Ärmel und war auf Taille geschnitten; der Rock wurde nach unten hin weiter und hatte kleine Bögen am Saum. Ihr Schleier war schlicht. Weiße Satinrosen waren zu einem Kränzchen geflochten, von dem ein ausladender Netzschleier bis zur Hüfte hing.

Mary Ellen, Ruth und Maggie, ihre Brautjungfern, trugen lange, zarte, rosafarbene Etuikleider mit Wasserfallausschnitt und dreiviertellangen Ärmeln.

Eddie, Frank, Mikey und Eddies Vetter Max bildeten das männliche Gegenstück und sahen in ihren Cutaways umwerfend aus, genau wie Lauras Vater.

Die Hochzeit fand in St. Brigid statt, und Vater O'Grady hielt die Messe.

Man musste es Mrs Ashworth lassen, dass sie wirklich einen perfekten Hochzeitsempfang auf die Beine stellte. Etwa vierzig Gäste drängten sich in ihrem Haus, das mit weißen Satinbändern, weißen Rosen und Efeukränzchen verziert war. Unter den Gästen waren auch Kitty und Bruce Smithers, Doktor Hume und seine Frau, die Blumners, Bert Denton, diverse Mitglieder der Familie Ashworth, ein paar entfernte Verwandte vom Land, und Eddie hatte auch ein paar Bekannte aus dem Büro und von der Rennbahn eingeladen.

Laura hatte fast die Hälfte ihrer Ersparnisse aus der Zigarrenkiste für die Hochzeit aufwenden müssen, weil die Finanzen ihres Vaters das nicht hergaben. Doch das machte ihr nichts aus, stellte sie fest, als sie und Eddie den Kuchen anschnitten. Das Ganze war es wert.

Das einzige Haar in der Suppe war die Tatsache, dass sie nach ihren kurzen Flitterwochen im Hydro Majestic Hotel in Medlow Bath nicht in eine eigene Wohnung ziehen, sondern bei den Ashworths wohnen würden. Eddie hatte ihr versprochen, dass es nur vorübergehend war, bis sein Vater Arbeit fand – Eddie konnte keine zwei Haushalte finanzieren –, doch Laura war skeptisch, weil ihr bewusst war, dass Joe Ashworth schon seit sechs Monaten auf Arbeitssuche war. Doch Eddie hatte sie um Verständnis gebeten, und sie hatte sich breitschlagen lassen.

Irgendwann im Lauf des Empfangs wies Ruth Laura darauf hin, dass Frank Eddie unentwegt mit Champagner abfüllte und ihr Bräutigam einen heftigen Schwips hatte. Als sie sich umgezogen hatten und zum Aufbruch bereit waren, war er spürbar betrunken.

Man hatte ein Taxi gerufen, um sie für die Hochzeitsnacht

ins Hotel zu fahren, und Laura hoffte, dass er während der halbstündigen Fahrt wieder nüchterner werden würde.

Während der Fahrt in dem halb dunklen Taxi wurde sie allmählich immer nervöser, und jetzt wünschte sie, sie wäre Eddie Ashworth so nahe, wie sie es Alex gewesen war. Sie hatte sich während ihrer Verlobungszeit keine großen Gedanken darum gemacht, dass er einen Teil von sich vor ihr verborgen hielt, erst jetzt begann es sie zu beunruhigen, dass er ganz zufrieden damit zu sein schien, sie auf eine Art Sockel zu stellen. Seine Umarmungen waren vor allem von Rücksichtnahme und, so fiel ihr jetzt auf, dem Fehlen jeder Leidenschaft geprägt. Bei dem Gedanken an den bevorstehenden Übergang in eine intimere Beziehung wurde ihr jetzt kribbelig zumute.

An der Rezeption des glamourösen Hotels bekamen sie ihr Zimmer zugewiesen, und dann brachte ein uniformierter Hoteldiener sie zum Aufzug und in ihre Suite in der zweiten Etage. Während er dann die Tür der Suite aufschloss, hob Eddie Laura in seine Arme.

»Tradition, wissen Sie«, erklärte er und trug sie mit einem schiefen Grinsen über die Schwelle.

»Wir hätten gern eine Flasche Champagner, Kumpel«, bestellte Eddie spontan. Er hielt dem jungen Mann eine Zehn-Pfund-Note entgegen und drückte sie ihm in die Hand. »Und zwar dalli, dalli.«

»Ja, Sir. Sofort.« Der Hoteldiener stellte ihre Koffer neben dem Bett auf den Boden und zog sich rasch zurück.

Eddie wandte sich Laura zu. »Nun, wie ist es denn so, Mrs Eddie Ashworth zu sein?«

Laura, die versuchte, ihre plötzliche Schüchternheit zu überwinden, lächelte ihm zurückhaltend zu.

»Etwas merkwürdig. Ich werde wohl eine Weile brauchen, um mich an meinen neuen Namen zu gewöhnen.«

Er lächelte. Jetzt war sie sein. Das monatelange Warten, die Zeit, in der er sich in Geduld geübt und den Gentleman gespielt hatte, war vorbei. Eddie betrachtete sie, während sie durch das Zimmer ging, und amüsierte sich darüber, dass sie so tat, als interessierte sie sich für das Mobiliar und die Aussicht.

Sie sah verdammt fantastisch aus in ihrem karamelfarbenen Kostüm mit dazu passenden Accessoires. Gott, was für eine bildschöne Frau er doch hatte. Sein Grinsen wurde breiter, und er schüttelte staunend den Kopf. Wie hatte er es nur geschafft, ein Geschöpf wie Laura McRae an Land zu ziehen? Er wusste es nicht, würde es nie erfahren, doch jetzt gehörte sie ihm. Zumindest fast.

Das Verlangen packte ihn. Er ging zu ihr hinüber, um sie an sich zu ziehen, und war überrascht, als sie in seinen Armen erschauerte wie ein aufgescheuchter Vogel.

»Meine wunderhübsche Frau«, flüsterte er, und seine Lippen nahmen die ihren in einem ungestümen Kuss des Triumphs ein.

Seine Arme umschlossen sie besitzergreifend, und Laura spürte seine Körperkraft. Mit einem nervösen Lächeln schlang sie ihm die Arme um den Hals und streichelte seinen Hinterkopf. Dann roch sie den Alkohol in seinem Atem und sah, dass sein Blick glasig war, ließ sich aber nicht anmerken, wie angewidert sie war.

»Vielleicht«, flüsterte sie, den Mund dicht an seinem Ohr, »könntest du den Koffer aufmachen, damit ich …« Sie musste sich räuspern. »Damit ich mir etwas Bequemeres anziehen kann.«

Gott, sie war so angespannt und nervös, dass sie nicht mehr geradeaus denken konnte. Empfände sie doch nur dieselben Gefühle für ihn, wie er sie offensichtlich für sie empfand, dann wäre alles einfacher, selbstverständlicher. So wie es mit … Alex gewesen wäre. Nein, rief sie sich zur Ordnung, denk jetzt nicht an Alex, bitte nicht.

An der Tür der Suite klopfte es, und Eddie ließ sie los, um aufzumachen.

»Aufgeschoben ist aber nicht aufgehoben, wie?«, sagte er etwas gedehnt.

Laura nutzte die Gelegenheit, während er dem Hoteldiener ein Trinkgeld gab. Sie öffnete ihren Koffer, griff rasch nach Nachthemd und Kulturbeutel und huschte ins Bad. Dort erwog sie im ersten Moment, die Tür von innen zu verriegeln, damit er ihr nicht folgte, entschied sich dann aber dagegen.

Himmel, was ist nur mit mir los? Ich bin eine erwachsene Frau. Fast einundzwanzig, und ich führe mich auf wie ein aufgeschrecktes Schulmädchen, ermahnte sie sich selbst. Natürlich hatte sie »es noch nie getan«, wie Mary Ellen es so treffend formulierte – na und? Es gab jetzt kein Zurück mehr.

Stirnrunzelnd betrachtete sie ihr Spiegelbild, und während sie sich umzog, versuchte sie, sich an die Vorträge zu erinnern, die Mary Ellen ihr und Ruth darüber gehalten hatte, wie es sich anfühlte, mit jemandem zu schlafen. Warum hatte sie nur nicht besser zugehört? Sie biss sich verunsichert auf die Lippe, während sie sich ihr verführerisches Nachthemd anzog.

Sie fuhr zusammen, als Eddie mit den Fingern an die Badezimmertür trommelte.

»Himmel, Laura«, erklang seine gedämpfte Stimme. »Du bist da drinnen doch nicht eingeschlafen, oder?«

Ihrer Antwort ging ein schrilles Lachen voraus. »Natürlich nicht. Ich bin gleich da.« Nachdem sie sich vergeblich gewünscht hatte, sie wäre so schlau gewesen, ihren Morgenrock mitzunehmen, drückte sie die Klinke und kehrte ins Zimmer zurück.

Sie sah sich rasch im Zimmer um und stellte fest, dass er die Bettdecke zurückgeschlagen hatte, sich aus seinem Anzug befreit hatte, der überall auf dem Boden verstreut lag, und einen wadenlangen Morgenmantel angezogen hatte – darunter, so vermutete sie, trug er nichts. Er stand am Fenster und starrte auf den Martin Place hinunter, ein halb leeres Champagnerglas in der Hand. Als er sich umdrehte und sie ansah, blieb sie wie angewurzelt stehen, wie gelähmt angesichts des Verlangens in seinen Augen.

»Mein Gott…« Eddies Blick haftete an ihr, als hätte er sie noch nie zuvor wirklich gesehen, und fuhr über das weiße Seidennachthemd hinweg, unter dem sich jede herrliche Kurve ihres Körpers abzeichnete. Mit seinem tiefen Ausschnitt und den Spaghettiträgern deutete es ihre runden, vollen Brüste mehr als nur an. Die Erregung rauschte durch seinen Körper wie eine donnernde Woge. Er schüttete den Rest seines Champagners in einem Schluck herunter und trat an das Tischchen, auf dem die Flasche und ein zweites Glas standen.

»Champagner, Laura?«

»E-etwas, danke.« Wie lächerlich formell sie doch klang, als hätten sie sich gerade erst kennen gelernt. Um sich zu beschäftigen, begann sie, die Kleider aufzusammeln, die auf dem Teppich verstreut lagen, bis er ihr mit der Hand Einhalt gebot.

»Hier.« Er reichte ihr ein Glas und stieß mit ihr an. »Auf uns. Glück für immer«, sagte er mit rauer Stimme. Er konnte den Blick immer noch nicht von ihr abwenden.

»Auf uns…« Sie nippte an ihrem Champagner und versuchte mit einem schlechten Gewissen, das Glas so langsam wie möglich zu leeren, um das Bevorstehende hinauszuzögern.

Eddie trat zur Bettkante und setzte sich. Er klopfte mit

der Hand neben sich auf die Matratze und blickte sie an. Als sie sich nicht bewegte, schoss seine Hand vor und packte die ihre. Mit einer Bewegung seines Handgelenks zog er sie zu sich herunter.

»Sind wir ein bisschen schüchtern?«, flüsterte er und gluckste dann leise.

Sie antwortete nicht. Es zu leugnen, wäre eine Lüge gewesen, es zu bejahen, hätte nur ihre Nervosität verstärkt.

Gierig schluckte er seinen Champagner, bis nichts mehr von der perlenden Flüssigkeit übrig war, und stellte dann seine Champagnerflöte achtlos auf den Nachttisch. Dann richtete er seine Aufmerksamkeit auf Laura.

Er konnte die Bewegung ihres Nachthemds sehen, als sie erschauerte. Vor Vorfreude, hoffte er. Sie konnte doch nicht so unschuldig sein, wie sie sich gab. Als Alex starb, war Laura schon einige Zeit mit ihm verlobt gewesen, und er wusste, dass sie viel Zeit allein miteinander verbracht hatten. Alex war nicht weniger scharf gewesen als andere junge Männer, warum spielte sie also die Schüchterne? Es war ihm egal, wie viele Männer sie schon gehabt hatte, obwohl er sich ziemlich sicher war, dass es nur einer war.

Zeit zu handeln, beschloss er, bevor ihn das Verlangen nach ihr verrückt machte.

»Wenn du den Champagner nicht trinkst, kannst du das Glas ja auch wegstellen«, sagte er in einem Befehlston, den sie von ihm nicht kannte, und ihre Augenbrauen fuhren überrascht in die Höhe.

Als sie die Hand ausstreckte, um genau das zu tun, umschlang er ihre Taille, um sie fest an sich zu pressen. Er drehte sie so, dass sie ihm halb zugewandt war, und musste den Kopf schütteln, weil er plötzlich verschwommen sah. Himmel, er hatte zu viel getrunken. Er hätte es besser wissen sollen. Doch einsatzfähig war er noch, Teufel, ja!

Er presste den Mund gierig auf den ihren und schlang seine freie Hand in ihr Haar, um ihren Kopf festhalten zu können. Seine Zunge begehrte Einlass, und als sie ihm diesen verwehrte, grollte er tief in seiner Kehle auf und küsste sie noch fester. Er packte ihr Kinn und zog daran, bis sie sich ihm öffnete. Gott, wie wundervoll sie sich anfühlte. Weich und warm. Seine Hände begannen, über ihre nackte Haut zu wandern, ihr den Rücken, die Arme, den Hals zu streicheln. Finger ließen den Träger von ihrer Schulter gleiten, bis er ihre nackte Brust fand und sie umfasste. Er begann, sie zu kneten, ein wenig rau in seiner Gier.

Er stieß sie rückwärts auf das Bett und legte ihre Beine so, dass sie ganz auf den Laken lag, mit dem Kopf auf dem Kissen. Während sein Mund sich den Weg zu ihren Brüsten suchte, zerrte seine Hand weiter an ihrem Nachthemd. Schließlich gab der Stoff nach und riss.

»Eddie, bitte…«

»Ich kann nicht mehr warten, Laura. Ich muss dich jetzt haben, oder ich werde verrückt.« Mit einer Bewegung hatte er sich aus seinem Morgenrock befreit, dann warf er sich auf sie. Seine Hände erkundeten jeden Zentimeter ihres Körpers mit einer Heftigkeit, die kein Nein duldete.

Sie versuchte, seine Bewegungen zu verlangsamen, indem sie seine Hände festhielt, versuchte, sich ihm zu entwinden. Er war zu schnell für sie, viel zu schnell. Doch es gab kein Entrinnen. Sein Gewicht drückte sie nieder, ihr war gar nicht klar gewesen, welche Kraft er besaß. Wie ein Wahnsinniger fasste er so grob nach ihr, dass es wehtat, und bearbeitete sie fordernd mit Mund und Zunge.

Was sie wollte, zählte nicht. Sie war sich nicht sicher, was sie erwartet hatte… Vielleicht hatte sie ja zu viele Liebesromane gelesen, doch sie hatte geglaubt, dass es zärtlich wäre – wie damals mit Alex.

Wieder hörte sie das Nachthemd reißen, als er es ihr endlich vom Leib zerrte und sie nackt unter ihm lag. Das war nicht so, wie es sein sollte! Hastig und wie von Sinnen. Es war schrecklich, und es machte ihr Angst. Er hatte sich nicht mehr unter Kontrolle, vielleicht war sie ja sogar daran schuld, wenn sie auch nicht wusste, wieso.

Sie spürte, wie sich sein Glied hart gegen ihren Unterleib presste, wie es heiß an ihrer Haut pulsierte, als sei es lebendig. Dann zwang er mit den Knien ihre Beine auseinander, so weit es ging. Währenddessen malträtierte sein Mund den ihren, seine plündernde Zunge drang in sie ein und zog sich zurück, die letzte Vorbereitung auf die endgültige Invasion. Sie hörte ihn schwer und unregelmäßig atmen, spürte seinen Körper zum Zerreißen gespannt und verschwitzt auf ihrer Haut.

Die Angst ballte ihr die Finger zu Fäusten, und sie fing an, ihm auf den Rücken zu hämmern. Es gelang ihr, die Lippen von ihm loszureißen und zu flehen: »Eddie, doch nicht so. Warte, bitte … ich bin noch nicht …«

Er ignorierte ihren drängenden Ton und stöhnte nur: »Ich kann nicht.«

Seine Hände umfassten die ihren. Er hielt sie auf dem Kissen gefangen, dann hob er für den Bruchteil einer Sekunde den Kopf. Sie sah den Ausdruck in seinem Gesicht und wusste, dass jedes Wort sinnlos war.

Als er in sie eindrang, schrie sie vor Schmerzen auf. Er drängte fester, tiefer, bis er ganz umschlossen war. Wieder stöhnte er auf, als litte er Qualen, und während sein Mund ihr feuchte Küsse auf den Hals drückte, begann er rhythmisch zuzustoßen.

Sie begriff hinter ihrem Schleier aus Schmerzen, dass die Leidenschaft viel zu sehr mit ihm durchgegangen war, als dass er auch nur einen Gedanken an ihr eigenes Vergnügen verschwendet hätte. Sie presste die Lippen aufeinander und drehte den Kopf zur Seite, während sie versuchte, sich in Gedanken von seinem Tun zu lösen, von den Schmerzen, die er ihrem Körper und ihrer Seele zufügte.

Es gelang ihr nicht ganz, und eine einzelne Träne glitt über ihre Wange auf das Leinenkissen.

14

Das laute Klappern einer Tasse auf einer Untertasse riss Laura aus dem unruhigen Schlaf, in den sie gefallen war, nachdem sie stundenlang wach gelegen hatte. Zwei Minuten, nachdem er sie genommen hatte, hatte sich Eddie auf den Bauch neben sie gelegt und losgeschnarcht, während sein rechter Arm in einer jahrtausendealten Geste der Besitzergreifung auf ihrer Taille lag.

Unfähig, weitere Tränen zu vergießen, hatte sie in einem dumpfen Schockzustand in der Dunkelheit gelegen und auf die Geräusche der Stadt gelauscht. Autos fuhren vorbei, irgendwo heulte eine Sirene, dann und wann drangen leise Stimmen oder Gelächter von der Straße zu ihr herauf, bis der Schlaf sie übermannte.

Laura bewegte sich und zuckte zusammen. Sie schien am ganzen Körper wund zu sein, und dann fiel ihr alles wieder ein. Letzte Nacht! Im ersten Moment wollte sie die Augen gar nicht öffnen, weil sie wusste, dass Eddie vor ihr stand, wahrscheinlich mit einer Tasse Tee zur Versöhnung in der Hand.

Was war nur aus dem sanften Mann geworden, von dem

sie dachte, dass sie ihn geheiratet hatte? Letzte Nacht hatte sie sich stundenlang vor Verwirrung, Ernüchterung und Wut verzehrt. War sein Werben um sie eine Illusion gewesen, ein Spiel, das er gespielt hatte und in dem sie der Gewinn war? Oder sollte sie Gnade vor Recht ergehen lassen und glauben, dass sein Verhalten in der letzten Nacht eine Verirrung gewesen war, das Beispiel eines Mannes, der jede Selbstkontrolle verloren hatte?

»Guten Morgen, Laura. Es ist herrlich heute.«

Sie wusste, dass sie die Augen nicht ewig geschlossen halten konnte, sie musste ihm im gnadenlosen Licht des Tages gegenübertreten. Langsam öffnete sie die von der Erschöpfung gezeichneten Augen und starrte zu ihm hinauf. Fast wäre ihr ein Seufzer der Erleichterung entwischt, als sie sah, dass er vollständig angezogen war, sich rasiert und sein Haar ordentlich gekämmt hatte. Das bedeutete, dass ihr eine Wiederholung der Prozedur vorerst erspart blieb.

»Das Frühstück ist unterwegs, und ich habe dir Badewasser einlaufen lassen.«

Er wich ihrem Blick aus, und sie sah, dass er blass war. Sie kannte dieses verkaterte Aussehen von den Tagen, an denen er mit Frank auf Kneipentour gewesen war. Sie bedankte sich mit einem Kopfnicken, denn ihr war immer noch nicht danach, auch nur ein Wort zu sagen, auch wenn sie wusste, dass sie nicht mehr viel länger schweigen konnte.

»Laura ...«

Eddie stellte die Teetasse auf den Nachttisch, bevor er sich neben ihr auf die Bettkante setzte. Sie rutschte augenblicklich so weit von ihm weg, wie es ging, ohne auf der anderen Seite aus dem Bett zu fallen. Er versuchte, ihre Hand zu ergreifen, doch sie riss sie zurück und steckte sie unter die Bettdecke.

»Es tut mir leid ... was da passiert ist.«

Es tut mir leid. Was für ein erbärmlicher Ausdruck. Ihr tat es auch leid, verdammt leid. Sie starrte ihn einfach nur weiter an, und in ihrem Blick lag eine völlig neue Härte. Eddie hatte sie letzte Nacht gezwungen, auf die denkbar unangenehmste Weise erwachsen zu werden.

»Sieh mich doch nicht so an. Bitte«, flehte er sie an. »I-ich weiß auch nicht, was in mich gefahren ist. Ich … konnte mich nicht beherrschen.« Seine Stimme überschlug sich. »Ich wollte dir doch nicht wehtun.«

Er sah die Ernüchterung in ihrem Blick, die Abweisung, zu der sich was gesellte? Angst, oder war es Hass? Himmel, er hatte wirklich alles ruiniert, und das hatte er nur sich selbst zuzuschreiben.

»Laura, sprich mit mir. Schrei mich an, ohrfeige mich, ganz egal! Nur starr mich nicht so an, so voller …« Er bekam das Wort nicht heraus. *Verachtung*.

»Voller was, Eddie?«, sagte sie schließlich. »Wie soll ich dich denn ansehen? Voll Zuneigung oder Freude? Doch wohl kaum.« Ihrer Meinung nach war das, was er ihr letzte Nacht angetan hatte, einer Vergewaltigung sehr nahe gekommen. Es war vielleicht nicht illegal gewesen, weil sie seine Frau war, aber eine willige Partnerin war sie nicht gewesen. Ganz im Gegenteil. Er hatte sie emotional und körperlich verletzt, ihren Traum von der Liebe in der Ehe zerstört, und sie hatte keine Ahnung, ob sie je in der Lage wäre, das zu vergessen.

Er fuhr sich nervös mit der Hand durch die Haare und brachte seine Frisur durcheinander.

»Ich weiß. Ich weiß. Ich habe nichts zu meiner Verteidigung vorzubringen. Was ich getan habe, war schäbig. Es tut mir so leid.«

»Es freut mich, dass du so empfindest, Eddie, aber ich glaube, ich kann jetzt einfach nicht darüber sprechen.« Sie konnte es kaum ertragen, ihn anzusehen.

Beschämt senkte er den Blick auf das zerknitterte Bettlaken und fing an, unsichtbare Kringel auf das weiße Leinen zu zeichnen.

»Ich verstehe. Bitte…« Plötzlich ließ er sich von der Bettkante gleiten und sank auf die Knie. »Ich werde es wiedergutmachen. Unsere Flitterwochen werden wunderschön, das verspreche ich dir. Sag nur, dass du mir die Chance gibst, alles wieder ins Lot zu bringen.«

Einigermaßen schockiert sah sie, dass er Tränen in den Augen hatte. Im ersten Moment war sie sich nicht sicher, ob er weinte, weil er sich selbst so leid tat, oder wegen seines Verhaltens. Aber war das wirklich wichtig? Jedenfalls sahen die Tränen echt aus.

Logisches Denken hatte immer schon zu Lauras Stärken gehört, und in diesem Moment begriff sie, dass sie Eddie geheiratet hatte, in guten wie in schlechten Zeiten, sodass ihr eigentlich kaum eine andere Wahl blieb, als ihm zu verzeihen und zu hoffen, dass sich die Dinge bessern würden. Sie wusste, dass es ein schweres Stück Arbeit wäre, die Angst vor seiner Berührung zu überwinden, doch ihr Ehegelübde war ihr wichtig, und tief im Inneren wusste sie, dass sie diese Anstrengung auf sich nehmen musste.

»Also gut. Aber du musst Geduld mit mir haben.« Jetzt endlich sah sie ihm in die Augen.

»Oh, Gott, danke, Laura. Es wird dir nicht leidtun, mein Schatz. Ich werde der perfekte Ehemann sein, warte es nur ab.«

Wie versprochen strengte sich Eddie während ihrer Flitterwochen gewaltig an, um ihr Vertrauen zurückzugewinnen, und am letzten Tag waren Lauras Erinnerungen an ihre Hochzeitsnacht zu einer Art unangenehmem Traum verblasst, den man am besten vergaß.

Laura hatte sich angewöhnt, alle vierzehn Tage die June Hutboutique und die Hutabteilungen der großen Kaufhäuser in der Stadt – Mark Foy, Farmer, Marcus Clark und David Jones – zu durchforsten, um einen Blick auf die Konkurrenz zu werfen.

Bei einem dieser Stadtausflüge traf sie sich mit Kitty Smithers zum Mittagessen im Hotel Metropole. Das Restaurant füllte sich schnell mit Geschäftsleuten und vielen Männern und Frauen, die die Uniformen der Marine, des Heers und der Luftwaffe trugen und die bummelnden Städter daran erinnerten, dass sich die Nation im Krieg befand.

»Du siehst etwas bedrückt aus, meine Liebe. Was ist los? Hattest du Streit mit Eddie?«

Laura lächelte sie trübe an. »Eigentlich keinen Streit, eher eine Meinungsverschiedenheit.«

Kitty lachte. »Du solltest Politikerin werden. Ich nenne einen Streit einen Streit, du nennst ihn eine Meinungsverschiedenheit. Sehr diplomatisch.«

Laura betrachtete Kitty. Kitty hatte sich das Haar schulterlang wachsen und es dann wasserstoffblond färben lassen. Die Spitzen waren auf eine modische Weise eingerollt, die an manchen Frauen ordinär gewirkt hätte, Kitty aber fabelhaft stand. Dazu trug sie heute eine ihrer skandalöseren Aufmachungen – ein teures Leinenkostüm mit einem übertriebenen knallroten Stehkragen. Das kesse Filzhütchen mit der Federverzierung und dem Netz an der Stirn – natürlich eine von Lauras Kreationen – stand ihr perfekt. Kitty sah immer elegant aus, aber heute hob sie sich auffällig von den gedeckter gekleideten Frauen im Restaurant ab. Schade, dachte Laura, dass der Krieg die meisten Kleiderhersteller noch konservativer machte.

»Diese Sache mit der Ehe ist etwas gewöhnungsbedürftig«, gab Laura mit einem ironischen Lächeln zu. Es war nicht leicht, mit einem launischen Ehemann in einem ungewohnten Haushalt zu leben. »Ich muss mich auf viele Dinge erst … einstellen. Mir war nicht klar, auf wie viele.«

Die Ashworths hackten pausenlos aufeinander herum, und Maggie, nun … wenn sie sich nicht gerade mit einer Wand aus trotzigem Schweigen umgab, vor allem ihrer Schwägerin gegenüber, dann ging sie mit allen möglichen Männern aus, von denen die meisten in Lauras Augen nicht der geeignete Umgang für eine so junge Frau wie Maggie waren.

»Was ist denn los, Schätzchen?«, fragte Kitty, als die Kellnerin ihr die Austern Kilpatrick serviert hatte.

»Oh, ich sollte mich wohl eigentlich nicht beschweren …«

Kittys ermunterndes Grinsen war ansteckend. »Aber du wirst es trotzdem tun!«

Laura lachte.

»Mrs Ashworth ist eine von diesen Ordnungsfanatikerinnen. Wir teilen uns natürlich die Arbeit, weil ich ja tagsüber zu Hause bin. Ich mache sauber, sie kocht. Leider hasst sie es, Spuren meiner Arbeit im Haus zu finden, also muss ich alles in unserem Schlafzimmer aufbewahren. Und Eddie hat es satt, dass überall halb fertige Hüte die Schlafzimmermöbel dekorieren.« Sie lächelte ihre Freundin achselzuckend an. »Ist wohl nicht sein Stil.«

»Das ist aber nicht sehr nett von ihm. Du verdienst schließlich ganz anständig mit deinen Hüten, und dein Ruf spricht sich immer mehr herum. Er sollte dich ermutigen, nicht entmutigen.«

»Das finde ich auch. Aber mir ist klar, dass niemand in diesem Haus gern sieht, was ich tue. Um des lieben Friedens willen habe ich vorgeschlagen, bei Papa im Haus zu arbeiten – ihn würde es nicht stören. Eddie will nichts davon hören. Er sagt, das gehört sich nicht, jetzt, da ich verheiratet bin.«

»Das ist doch Unsinn. Hättest du gern, dass ich bei ihm ein gutes Wort für dich einlege?«

Kitty war sich nicht ganz sicher, ob Eddie Ashworth sie um ihrer selbst willen respektierte oder weil sie Geld und gesellschaftliches Ansehen in Hülle und Fülle besaß. Aber das spielte ja auch keine Rolle, solange er ihre Ratschläge annahm. Lauras Kreativität blühte und gedieh, trotz der Schicksalsschläge, die sie in den letzten beiden Jahren eingesteckt hatte. Es wäre eine Schande, dieses Talent ohne guten Grund verkümmern zu sehen.

Aus dem Augenwinkel sah Laura eine hochgewachsene Frau, die sich ihren Weg durch das belebte Restaurant bahnte. Es dauerte einen Moment, bis sie Alice Glass wiedererkannt und begriffen hatte, dass diese Kitty und sie fest im Visier hatte.

»Hallo, Kitty, hallo, Laura«, sprudelte es aus Alice heraus. »Was für eine nette Überraschung, euch beide hier zu sehen.«

Laura hatte das Gefühl, dass die Überraschung eher etwas damit zu tun hatte, dass *sie* in diesem teuren Restaurant aß. Doch sie weigerte sich entschlossen, sich ärgern zu lassen.

Kitty sah Laura vielsagend an. »Oh, wir essen oft hier, nicht wahr, Laura?«

Laura reagierte auf das Stichwort: »Ja, sehr oft.«

Alice beugte sich verschwörerisch über Laura und sagte: »Sie wissen doch, dass ich mit Jeffrey Markham verlobt bin, nicht wahr?« Ohne eine Antwort abzuwarten, fuhr sie fort: »Ich hätte gern, dass Sie mein Hochzeitskleid entwerfen und nähen. Kitty hat mir ein Foto von Ihrem eigenen Hochzeitskleid gezeigt; es war fantastisch. Hätten Sie vielleicht Zeit?«

Laura ließ sich ihre Überraschung nicht anmerken. Sie konnte sich noch gut an Alices herablassendes Verhalten auf Kittys Party erinnern.

»Das hängt vom Datum der Hochzeit ab, Alice, und davon, was sich an Material auftreiben lässt. Es wird immer schwieriger, an Material für die Schneiderei zu gelangen.«

»Im nächsten Januar. Das sind noch ein paar Monate.«

Laura dachte einige Augenblicke nach. Eigentlich hatte sie keine große Lust dazu. Sie hatte genug mit ihrer Hutmacherei zu tun, und Alice Glass war ihr nicht besonders sympathisch. Andererseits war sie aber auch nicht so dumm, ein anständiges Honorar auszuschlagen.

»Also schön. Ich könnte etwas für Sie entwerfen, und jemand anders kann es nähen. Es gibt ja genug gute Schneider. Wir könnten uns einmal treffen und uns darüber unterhalten, was Ihnen vorschwebt.«

»Großartig. Meine Mutter wird sich freuen, und Jeffrey auch. Er ist etwas gereizt, weil ich die Hochzeit monatelang vor mir hergeschoben habe. Ich gebe Ihnen meine Karte. Bitte rufen Sie mich an. Danke.«

Dann lächelte sie Laura unerwartet freundlich zu und kehrte nach einer kurzen Verabschiedung wieder an ihren Tisch zurück.

»Das wird ja immer besser. Du scheinst Alice Glass auf deiner Seite zu haben«, stellte Kitty ironisch lächelnd fest. »War das nicht ein echter Ashworth, der da auf ihrer roten Mähne saß?«

Laura konnte sich das Kichern nicht verkneifen. »Ich glaube, so ist es.«

»Gut. Worüber hatten wir gerade gesprochen?«

»Wo ich arbeiten soll.« Laura aß einen Löffel Kürbissuppe, bevor sie fortfuhr. »Ich glaube nicht, dass es Eddie gefallen würde, dass ich mich mit dir über unsere Privatangelegenheiten unterhalte.«

Es gab Seiten an ihrem Mann, von deren Existenz sie vor ihrer Hochzeit nichts gewusst hatte. Er betrachtete sich als den Ernährer der Familie, obwohl sie mit ihren Hüten genauso viel Geld verdiente wie er im Büro. Auch glaubte er, sämtliche wichtigen Entscheidungen treffen zu können, auch wenn sie nicht damit einverstanden war; wenn sie ihm widersprach, benahm er sich wie ein verwöhnter, schlecht gelaunter Junge und schmollte tagelang vor sich hin.

Obwohl ihre Ehe erst drei Monate alt war, hatte sie bereits begriffen, dass sie zwangsweise diejenige sein musste, die Kompromisse einging, um die Dinge im Gleichgewicht zu halten. Das irritierte sie, denn ihre Eltern hatten ihr den Eindruck vermittelt, eine Ehe sei eine Partnerschaft. Eddie hatte eindeutig andere Vorstellungen. Er war in einer Familie aufgewachsen, in der die Mutter die Hosen anhatte, und er hatte offensichtlich beschlossen, dass er in seiner Ehe bestimmen würde, wo es langging.

»Vielleicht hast du Recht«, pflichtete Kitty ihr bei.

Sie konnte sehr gut zwischen den Zeilen lesen, und Lauras Ehe war eindeutig nicht so glücklich wie erhofft. Kitty hatte von Anfang an gewisse Untertöne in Eddies Charakter gespürt, die Laura erst jetzt entdeckt hatte. Während er um sie warb, hatte er sie anscheinend unterdrückt, und jetzt hatte er das Gefühl, dies nicht mehr nötig zu haben.

»Es gibt eine Alternative.«

Ernste braune Augen sahen Kitty fragend ins Gesicht. »Und zwar?«

»Derek French. Er würde dich sofort bei David Jones einstellen. Wenn du auf ihn zugehst.«

Laura schüttelte den Kopf. »Das kann ich nicht, ich hätte nicht den –«

»Mut?« Kitty lachte angesichts der Verlegenheit ihrer Freundin. Laura hatte keine Ahnung, wie attraktiv sie war oder dass sie dies zu ihrem Vorteil einsetzen konnte. Aber Kitty wusste, dass Derek French, der sich für einen Frauenhelden hielt, dafür sehr empfänglich war. Lauras Naivität war wirklich hinreißend. Eine Schande, dass sie sich an Eddie Ashworth verschwendet hatte – sie hätte eine bessere Partie machen können. Aber jetzt war es zu spät, um das zu ändern.

»Ich schon. Lass mich mit Derek sprechen, ich weiß, dass er darauf eingehen wird.«

»Lass mich darüber nachdenken.«

»Nein. Wenn du darüber nachdenkst, wirst du es nicht tun. Was du jetzt brauchst, sind Taten, meine Liebe.«

»Aber was ist mit Bert und den Geschäften, die ich beliefere? Ich muss doch auch an sie denken, oder?«

»Bert wird Verständnis haben. Und die Geschäfte werden es überleben. Es gibt schließlich auch noch andere Hutmacher. Nicht so gut wie du«, fügte sie lächelnd hinzu, »aber auch nicht schlecht. Denk doch einmal daran, welche Erfahrung du dort sammeln kannst. In einem so großen Kaufhaus arbeiten. Du wirst viel lernen. Viele meiner Bekannten halten David Jones für Australiens bestes Kaufhaus.«

Laura wusste das, aber sie war sich trotzdem nicht sicher. Zum hunderttausendsten Mal wünschte sie, ihre Mutter wäre da, um solche Dinge mit ihr durchzusprechen. Ihre Mutter war so klug gewesen, hatte instinktiv gewusst, was richtig war. Jetzt musste Laura ihre Entscheidungen allein treffen.

»Ich weiß nicht. Vielleicht, wenn du nur erwähnst, dass ich eventuell zur Verfügung stehe …«

Am Ende war es einfacher als erwartet. Zwei Tage nach ihrem Treffen mit Kitty rief Derek French sie an. Er bat sie, zu einem Vorstellungsgespräch zu kommen und ihre Skizzenmappe mitzubringen. Nach dem Gespräch ließ er ihr eine Woche Zeit, um ihre laufenden Geschäfte zum Abschluss zu bringen, sodass sie am darauffolgenden Montag bei David Jones anfangen konnte.

Es tat ihr zutiefst leid, es Bert sagen zu müssen. Trotz ihres Altersunterschieds hatten sie im Lauf des letzten Jahres eine kameradschaftliche Freundschaft entwickelt, doch genau wie Kitty es vorausgesagt hatte, hatte er Verständnis für ihr Bedürfnis, einen neuen Weg einzuschlagen. Einmal mehr scherzte er über ihren Traum, gemeinsam eine Hutboutique zu eröffnen, doch vorerst mussten sie dieses Ziel vertagen.

Das Licht des Halbmondes drang durch die Vorhänge und schien schwach auf die Zeiger der kleinen Uhr auf dem Nachttisch. Elf Uhr. Laura stöhnte. Sie hätte längst schlafen sollen. Ihr Körper brauchte dringend Ruhe, doch ihr Gehirn war so beschäftigt, dass sie keine Entspannung fand.

Derek hatte ihr heute von der kommenden Frühjahrsmodenschau im Geschäft erzählt. Sie würde alle Hüte dafür entwerfen und Hand in Hand mit dem Einkäufer der Modeabteilung arbeiten – eine Gelegenheit, auf die sie sich sehr freute.

Derek hatte angedeutet, dass das Thema wegen des Krieges militärisch inspiriert wäre, und ihr Kopf war voller Bilder von uniformartigen Hüten als Ergänzung einer Kleidermode, die mit Sicherheit noch nüchterner und strenger geschnitten wäre als im Moment.

Eddie lag neben ihr in ihrem Ehebett und schnarchte zufrieden vor sich hin. Sie hatten vorhin miteinander geschlafen. Wie üblich war es ziemlich schnell gegangen und alles andere als befriedigend gewesen. Mary Ellen hatte früher immer wieder davon gesprochen, wie wichtig sie das Vorspiel für eine Frau fand, doch als Laura das Thema mit Eddie anschnitt, war er verlegen geworden und hatte nicht darüber reden wollen.

Die Nacht war kühl geworden, und sie schmiegte sich dichter an Eddies Rücken, um sich zu wärmen, während sie versuchte, ihren Kopf zu leeren und einzuschlafen. Doch stattdessen tanzten Bilder eleganter Frauen in modischen Kleidern vor ihrem inneren Auge herum. Ob sie es konnte?

Oh, es war ein kühner Plan. *Ashworths*. Ihr eigenes Modehaus. Stil, Klasse, Luxus – genau das, was die reichen, modebewussten Frauen Sydneys verdienten. Ashworths wäre genau auf ihre Bedürfnisse zugeschnitten. Eine große Auswahl von Kleiderunikaten. Kleider für jeden denkbaren Anlass, von der Cocktailparty bis hin zum Ball, importierte Lederschuhe, Handtaschen, Accessoires. Die beste Hutabteilung in ganz Australien, für die sie verantwortlich zeichnen würde. Sie würde einen Juwelier einstellen, der exklusiven Schmuck entwarf, und es würde eine Make-up- und Parfümabteilung geben und… ja, frische Blumen, damit alle Etagen immer freundlich aussahen. Die Reichen und die Schönen würden ihre Stammkundinnen, weil man sie hier königlich behandelte. Jeden Monat würde es eine Modenschau mit einem der Jahreszeit angepassten Thema geben. Alle anderen Kaufhäuser würden neidisch auf Ashworths blicken.

Plötzlich dachte sie an die alte Zigarrenkiste mit ihren Ersparnissen. Sie hatte Eddie nichts davon erzählt. Warum nicht? Vielleicht, weil sie ihn überraschen wollte, wenn die Zeit reif war, ihm sagen wollte, dass sie genug Geld hatten, um sich ein eigenes Haus zu kaufen, ein Traum, der gar nicht mehr in so weiter Ferne lag. Laura hatte mehr als zweihundert Pfund in der Zigarrenkiste, ein Vermögen für jemanden wie sie, wenn auch noch lange nicht genug, um ihr eigenes Kaufhaus zu eröffnen.

Sie öffnete die Augen und starrte in die Dunkelheit. Jetzt war sie hellwach. Hastig stand sie auf und griff nach dem Skizzenblock, der an der Schranktür lehnte, dann stahl sie sich in die Küche, wo niemand sie stören würde. Die Uhr zeigte ein Uhr fünfzehn an.

Sie begann zu zeichnen. Eine Stunde später hob sie den Kopf, weil sie Nackenschmerzen hatte. Ein Dutzend Skizzen lagen auf dem Küchentisch verstreut. Sie gähnte und machte sich gar nicht erst die Mühe, sich die Hand vor den Mund zu halten. Sie war immer noch vor Aufregung berauscht, obwohl sie körperlich erschöpft war.

Es war ein wahrhaft wundervoller Traum. Jetzt musste sie nur noch einen Weg finden, um ihn wahr werden zu lassen.

Laura gab sich große Mühe, mit den Blumners in Verbindung zu bleiben, indem sie sie im Laden besuchte oder sie hin und wieder auch anrief. Während sie heute ihren Teil des Haushalts erledigte, ging ihr etwas durch den Kopf, das sie nicht gern mit Irene Ashworth besprechen wollte. Jetzt, da ihre Mutter nicht mehr da war, gab es nur noch eine ältere Person, der sie sich gern anvertraute, und das war Gerda.

Sobald sie mit der Arbeit fertig war und Eddie zur Rennbahn aufgebrochen war, zog sie sich um und stieg in die Straßenbahn nach Coogee. Lächelnd saß sie in der ratternden Straßenbahn und freute sich, dass sie den Rest des Tages für sich hatte. Nach den Blumners wollte sie Ruth und ihre Eltern besuchen, um dann zum Abendessen wieder zu Hause zu sein.

Der vertraute Anblick des Stoffgeschäfts und die Erinnerungen an sorglose Zeiten ließen ein melancholisches Gefühl in ihr aufsteigen, als sie an die Ladentheke trat und darauf wartete, dass Hans, der gerade eine Kundin bediente, sie erkannte.

Er feilschte mit der Frau, ob sie besser dreieinhalb oder vier Meter Stoff nehmen sollte, und der Klang seines holländischen Akzents ließ die Erinnerungen noch lebendiger werden. Bis zu diesem Moment war ihr gar nicht klar gewesen, wie sehr ihr das Geschäft und die Wärme und Freundlichkeit der Blumners gefehlt hatten. Sie hatte es in kurzer Zeit so weit gebracht. Zuerst die Ehe und ihre eigene Hutschneiderei, und jetzt entwarf sie Hüte für David Jones. Sie wusste, dass sie diesen Erfolg zum Großteil den Blumners zu verdanken hatte.

»Oh, das ist ja unsere Mrs Ashworth!« Hans kam um die Ladentheke herumgeschossen und nahm sie fest in die Arme. Sie erwiderte die herzliche Umarmung.

»Lass dich ansehen.« Er trat einen Schritt zurück und hielt sie auf Armeslänge. »Ah, meine Liebe, du siehst bestens aus.« Sein Blick erfasste ihr maßgeschneidertes Kostüm, ihren todschicken, selbst entworfenen Hut, ihre Lederschuhe. »Schlecht scheint es dir nicht zu gehen.«

Gerda kam in den Laden, um nachzusehen, was die lauten Stimmen zu bedeuten hatten.

»Laura! Du warst ja schon so lange nicht mehr da.«

»Ich weiß«, sagte Laura und küsste sie lachend auf die Wange. »Viel zu lange«, murmelte sie bedauernd. Dann sah sie Daniel in der Tür stehen, die die Werkstatt mit der Wohnung verband, und sie grinste ihn an. »Hast du mich vergessen, Daniel?«

Im nächsten Moment lief er auf sie zu, fast hätte sie das Gleichgewicht verloren, als der Vierjährige mit voller Wucht gegen sie prallte. Als sie ihn hochhob, umarmte er sie begeistert.

»Wie groß du geworden bist. Bald gehst du bestimmt schon in die Schule.« Er nickte und tätschelte ihr mit seiner warmen, nicht allzu sauberen Hand das Gesicht.

»Ich habe dir ein Geschenk mitgebracht«, sagte sie zu ihm.

Sie stellte ihn wieder auf den Boden und holte ein eingepacktes Geschenk aus ihrer Handtasche. Die drei Erwachsenen sahen geduldig zu, wie der blonde Junge das Papier aufriss, bis ein Armeejeep zum Aufziehen zum Vorschein kam.

»Danke«, sagte er höflich, und dann kniete er sich auf den Boden, um das Spielzeugauto herumzuschieben und dazu die passenden Motorengeräusche zu machen.

»Laura, das solltest du nicht. Du verwöhnst ihn noch«, sagte Gerda zu ihr. Dann lud sie Laura lächelnd ein. »Komm mit nach hinten. Ich habe gerade Kuchen gebacken. Trink eine Tasse Tee mit mir.« Sie richtete den Blick auf Hans, der sich schon wieder einer Kundin zugewandt hatte. »Samstagmorgens kommen immer noch viele Kunden; Hans hat bestimmt bis zwölf zu tun.«

Bei drei Tassen Tee und zwei Stück Kuchen erzählte Laura, wie ihre Beschäftigung bei David Jones aussah und was sie dort alles gelernt hatte. Nicht nur über die Hutmacherei, sondern über die Mechanismen des ganzen Kaufhauses – Personalwesen, Etats, Lieferanten und das Warenangebot.

»Dann gefällt es dir dort also?«

»Ja, Kitty hat es mir vorausgesagt, und sie hat Recht gehabt«, gab Laura bereitwillig zu.

»Und«, fuhr Gerda voll Zuneigung fort, »was macht die Ehe? Funktioniert alles gut?«

Laura verzog das Gesicht. »Es würde besser funktionieren, wenn wir eine eigene Wohnung hätten. Mit den Ashworths zusammenzuleben ist ... schwierig. Aber jetzt arbeite ich ja und bin nicht mehr so viel zu Hause.«

»Und das macht Eddie nichts aus?«, erkundigte sich Gerda überrascht.

»Natürlich macht es ihm etwas aus.« Laura zog ein ironisches Gesicht. »Wenn wir es uns leisten könnten, würde er mich, glaube ich, am liebsten den ganzen Tag an den Herd fesseln.«

Plötzlich wurde ihr schlecht, und sie wurde unangenehm daran erinnert, was der eigentliche Grund für ihren Besuch bei Gerda war.

»Gerda, kann ich bitte die Toilette benutzen?« Sie hielt sich ein Taschentuch vor den Mund. »Mir geht es nicht gut.«

»Natürlich. Du weißt ja, wo sie ist.«

»Ich mitkommen«, schlug Daniel vor und versuchte, Lauras Rocksaum zu fassen zu bekommen.

Gerda, die sah, wie blass Laura geworden war, lenkte ihn ab.

»Nein, Kleiner, komm, zeig mir dein neues Spielzeug. Kannst du es allein aufziehen?«

Wieder wurde Laura übel, sie schaffte es gerade noch zur Toilette, bevor sie sich heftig übergab. Sie starrte ihr blasses Spiegelbild an der Wand an und fragte sich, ob sie sich mit irgendetwas angesteckt hatte. Doch sie hatte kein Fieber, keine anderen Symptome außer dieser Übelkeit, was konnte es also sein?

»Es tut mir leid, ich werde so selten krank. Ich weiß auch nicht, was da über mich gekommen ist«, entschuldigte sich Laura, als sie sich wieder hinsetzte. Daniel kletterte prompt auf ihren Schoß und führte ihr seine Spielzeugsammlung vor.

»Wie lange geht es dir denn schon so?«, fragte Gerda sichtlich besorgt.

»Das ist das dritte Mal in zwei Wochen. Zweimal ist es nachts zu Hause passiert.«

Gerda schüttelte den Kopf. »Bekommst du deine Periode regelmäßig?«

Laura blinzelte. Woher wusste Gerda das nur?

»Äh, nein. Letzten Monat nicht.« Er war ihr nicht peinlich, Gerda das zu erzählen, die für sie wie eine Tante war. »Meinen Sie, mit mir stimmt etwas nicht, Gerda?«

»Nein, meine Liebe. Ganz im Gegenteil. Es könnte sein, dass du schwanger bist.«

Laura starrte sie ungläubig an. »Aber ich … ich …« Konnte das sein?

Gerda lachte ihr gutmütig zu. »Sind deine Brüste sehr empfindlich?«

Laura nickte. »Vielleicht ist es ja wirklich so … wir haben nicht darüber nachgedacht«, stotterte sie. »Ich meine, wir haben gedacht, wir warten ein paar Jahre … wenigstens, bis wir unsere eigenen vier Wände haben.«

»Manchmal ist es am besten, wenn man über solche Dinge nicht großartig nachdenkt. Geh zu deinem Doktor Hume und lass dich untersuchen.«

Ein Baby. Sie würden ein Baby bekommen. Laura begann innerlich vor Aufregung zu zittern. Ob Eddie sich freuen würde? Sie hatten noch keine großen Familienpläne geschmiedet. Sie blickte auf Daniels wuscheligen Blondschopf hinunter, seine dicken Fingerchen, die ewig in Bewegung waren, sein unschuldiges Gesicht, und sie lächelte.

Ihr eigenes Baby, das sie lieben und so vieles lehren und heranwachsen sehen konnte. Wie wunderbar!

15

Kannst du mir bis zum nächsten Zahltag einen Zehner leihen, Laura?«

Laura, die sich gerade ein Kleid über den Kopf zog, runzelte die Stirn.

»Habe ich dir nicht am Samstag schon zehn Pfund gegeben?« Als Eddie nickte, sagte sie: »Drei Pfund zehn sind alles, was ich habe. Reicht das? Ich nehme es vom Geld für die Miete, bis ich morgen meinen Lohn bekomme.«

Er griff rasch nach den Geldscheinen und steckte sie in seine Brieftasche. Dann drückte er ihr einen Kuss auf die Wange und tätschelte ihren Bauch. Sie war jetzt im vierten Monat, und allmählich konnte man es sehen.

»Danke, Schatz. Ich hatte etwas Pech auf der Rennbahn. Da war diese todsichere Sache«, er lachte bitter, »die dann Letzter wurde. Blöder Gaul.«

»Wettest du nicht ein bisschen zu viel, Eddie? Ich meine, es macht ja nichts, wenn man ab und zu eine kleine Summe setzt, aber du … wir können uns keine großen Wetten erlauben.«

»Normalerweise habe ich Glück, das weißt du doch. Denk nur an die fünfzig Pfund, die ich vor zwei Monaten gewonnen habe. Wenn ich das jeden Samstag schaffen würde, bräuchtest du nicht mehr zu arbeiten, meine Liebste.«

»Ich arbeite aber gern.« Und nur wenige Leute schaffen es, jede Woche fünfzig Pfund zu gewinnen, dachte sie grimmig. Weshalb es auch mehr reiche Buchmacher als reiche Wetter gab. Alex hatte immer zu ihr gesagt, es sei ein Spiel für Ganoven. Deshalb hatte er nie auf seine eigenen Pferde gesetzt, selbst wenn er glaubte, dass sie gewinnen würden. Andere Jockeys taten das, wenn natürlich auch diskret, doch Alex hatte es nie getan. Eddie hatte immer gesagt, sein alter Kumpel wäre zu gut für diese Welt, aber Laura war froh, dass er so gewesen war.

Eddie legte die Arme um sie, um sie an sich zu ziehen, und drückte seinen Unterleib gegen sie, sodass sie seine Erregung spüren konnte.

»Was ist es nur, das eine schwangere Frau so begehrenswert macht, frage ich mich? Vielleicht die Tatsache, dass sie das Kind ihres Mannes trägt.« Er küsste sie auf den Hals und versuchte dann, ihr mit dem Finger durch die Haare zu fahren.

»Wir haben keine Zeit für so etwas, ich komme sowieso schon zu spät zur Arbeit«, tadelte sie ihn und wand sich zielsicher aus seiner Umarmung.

»Schon gut«, gab er gutmütig auf und griff in den Schrank, um sich eine Krawatte auszusuchen. »Ich gehe mich rasieren.«

Erst, als er längst aus dem Schlafzimmer gegangen war, fiel ihr auf, wie geschickt er das Gespräch über sein Glücksspiel in einen Annäherungsversuch umgemünzt hatte, von dem er sicher sein konnte, dass sie ihm um diese Tageszeit ausweichen würde. War das ein absichtlicher Schachzug gewesen, um sich ihre Sorgen über seine Wettsucht nicht anhören zu müssen?

In letzter Zeit bat er regelmäßig um Geld; allerdings musste sie ihm lassen, dass er es immer zurückzahlte. Aus reiner Neugier griff sie nach dem Schuhkarton unter dem Bett, in den er seine alten Wettscheine warf. Sie verstand nicht, wozu er sie aufbewahrte. Vielleicht hatten sie ja Erinnerungswert für ihn, dachte sie achselzuckend.

Doch sie bekam große Augen, als sie sah, wie viele Kärtchen in dem Karton lagen. Es waren Hunderte. Was ging hier vor? Wie viel Geld gab er dafür aus? Und wie viel hatte er verloren?

Melodisches Pfeifen im Flur warnte sie, dass Eddie auf dem Rückweg war, und sie schob den Karton schnell wieder unter das Bett. Später, wenn er nicht mehr da war, würde sie der Sache nachgehen.

Wenn Eddie doch nur offener mit ihr umgehen würde, wünschte sie sich nicht zum ersten Mal, doch sie hatte festgestellt, dass es einen Teil von ihm gab, zu dem sie einfach nicht durchdringen konnte.

Sie schlüpfte in ihre hochhackigen Schuhe, griff nach Hut, Handschuhen und Handtasche, und da auch Maggie gerade fertig wurde, gingen sie zu dritt zur Straßenbahnhaltestelle.

Das Büro, in dem Laura ihre Hüte entwarf, war kaum mehr als ein Verschlag, der von der Werkstatt abgeteilt war, in der die Hüte hergestellt und gelagert wurden. Sie hatte einen Schreibtisch, einen Zeichentisch, einen Aktenschrank und einen zweiten Stuhl, das war alles. Ein kleines Fenster blickte über eine Straße hinweg auf die Ziegelwand eines anderen Gebäudes. Doch mit ein paar gerahmten Schwarz-Weiß-Fotografien ihrer Kreationen, ein oder zwei Topfpflanzen auf der Fensterbank und einem Wandregal voller Modemagazine war es ihr gelungen, dem Raum eine persönliche Note zu geben.

Oft schauten Mitarbeiter der anderen Abteilungen bei ihr vorbei, denn obwohl sie erst seit kurzem bei David Jones arbeitete, hatte sie hier viele Freunde gewonnen. Derek French war ein regelmäßiger Besucher. Er betrachtete Laura als seinen persönlichen Schützling und sonnte sich gern selbstzufrieden in ihrem Erfolg.

Laura zeichnete gerade, als er nach kurzem Klopfen an den Türrahmen in das Büro kam.

»Morgen, Laura.« Er trat neben ihr an das Zeichenbrett und blickte über ihre Schulter hinweg auf ihre Arbeit. »Aahh, die Kollektion für die Frühjahrsschau. Sehr gut, meine Liebe.«

»Hallo, Derek. Ja, ich komme gut voran, und ich bin sehr zufrieden mit den Hüten.« Sie wies auf eine Reihe von Skizzen, die an die rechte Seite des Zeichenbretts geheftet waren. »Ich habe Armee- und Marinekopfbedeckungen aus dem letzten Jahrhundert genommen und sie modernisiert. Was halten Sie davon?«

»Ich finde sie sehr inspiriert. Sie arbeiten doch mit Madame Rocheau aus der Modeabteilung zusammen, oder?«

»Ja, wir arbeiten eng zusammen. Sie zeigt mir die Kleider, und ich entwerfe den passenden Hut dazu.«

»Gut... Laura, könnten Sie einen Moment aufhören, bitte?«

Sie drehte sich zu ihm um, überrascht über seinen ernsten Ton. Dann leistete sie seiner Bitte Folge und setzte sich an ihren Schreibtisch.

»Sie sehen bestens aus, meine Liebe. Die Mutterfreuden stehen Ihnen gut«, sagte er mit einem breiten Lächeln, während sein abschätzender Blick sie millimetergenau betrachtete.

Was für ein Casanova er doch war, dachte Laura und versuchte, ihn zu ignorieren. Es war bei allen weiblichen Angestellten bekannt, und es hieß, wenn man ihm den kleinen Finger gab, nahm er die ganze Hand. Ein Ehering bot keinen Schutz, wenn Derek French ein Auge auf einen geworfen hatte. Auch Laura war nicht entgangen, dass er an ihr interessiert war, doch aus irgendeinem Grund blieb er auf Abstand – vielleicht ja, weil sie mit Kitty Smithers befreundet war.

»Was ist denn, Derek?«

»Erstens dachte ich, Sie würden vielleicht gern erfahren, dass die Verkaufszahlen Ihrer Abteilung im letzten Quartal um fünfzehn Prozent gestiegen sind. Das ist besser als die meisten anderen Abteilungen.«

Laura wurde rot vor Freude. Sie arbeitete seit vier Monaten hier, was ihrer unbescheidenen Meinung nach nur bedeuten konnte, dass ihre Hutentwürfe zu diesem Anstieg geführt hatten.

»Das ist ja eine gute Nachricht. Wenn ich darf, sage ich es den anderen?«

»Natürlich. In diesen schweren Zeiten ist uns eine gute Arbeitsmoral besonders wichtig.« Er rieb sich das Kinn und nestelte einen Moment an dem Taschentuch in seiner Brusttasche herum, bevor er fortfuhr. »Meine Frage ist etwas delikat, meine Liebe, deshalb müssen Sie mir verzeihen, wenn ich Sie in Verlegenheit bringe. Die Firma muss wissen, wie Ihre Pläne für den Rest Ihrer Schwangerschaft aussehen und ob Sie nach der Geburt des Babys zu uns zurückkommen werden.«

»Oh.« Darüber hatte sie schon sehr viel nachgedacht, obwohl sie nicht damit gerechnet hatte, dass Derek sie jetzt schon fragen würde. »Ich würde gern so lange wie möglich bleiben. Bis zum siebten Monat, wenn ich gesund bleibe. Danach ... bin ich mir nicht sicher. Mein Mann möchte gern, dass ich zu Hause bleibe, aber dann wird es finanziell sehr schwierig für uns. Im Moment stelle ich mir vor, dass ich sechs Monate bei dem Baby zu Hause bleibe und dann wieder arbeiten komme, wenn ich ein passendes Kindermädchen finde.«

»Wunderbar! Ich hatte gehofft, dass Sie das sagen. Sie sind uns hier sehr ans Herz gewachsen.« Seine Augen strahlten Wärme aus. »Sie haben so viel Talent, Laura. Es wäre eine Schande, nichts daraus zu machen.«

Sie lächelte über dieses Kompliment.

»Ich habe nicht vor, es dazu kommen zu lassen, Derek, das verspreche ich Ihnen.« Dann kam ihr eine Idee, und sie sprach sie sofort aus, ohne weiter darüber nachzudenken. »Vielleicht gibt es ja noch eine Möglichkeit. Ich könnte in der Zwischenzeit zu Hause Hüte entwerfen, und sie könnten hier genäht werden. Helen, die Abteilungsleiterin in der Näherei, könnte das wunderbar machen.«

»Ja«, erwiderte er langsam, »das könnte funktionieren. Ich werde es der Geschäftsführung bei unserer nächsten Besprechung vorschlagen.«

Glücklich über ein solch vorteilhaftes Arrangement, strahlte er sie an, als er sich von dem harten Stuhl erhob.

»Dann will ich Sie nicht länger von der Arbeit abhalten.« Mit einem angedeuteten Winken verließ er das Büro.

Nachdem Derek gegangen war, blieb Laura noch ein paar Minuten still sitzen. Sie musste sich mit Eddie unterhalten. Es ließ sich nicht länger hinausschieben, weil es galt, Entscheidungen zu treffen. Sie wusste genau, dass sie am liebsten jede Minute mit dem Baby verbringen würde, wenn es erst da war. Aber Joe Ashworth aalte sich nach wie vor in Selbstmitleid und weigerte sich, sich eine Stelle zu suchen. Wenn sie noch eine Person satt bekommen mussten, würden sie finanziell an die Grenze geraten. Wäre es Eddie nicht so wichtig gewesen, seine Familie nicht im Stich zu lassen und ihr finanziell auszuhelfen, hätten sie zu ihrem Vater und Mikey ziehen können. Leider wollte Eddie davon aber nichts hören. Irgendwie … musste sie einen Weg finden, Eddies Vater zur Arbeitssuche zu motivieren. Aber wie? Das war das Problem.

Und ob es Eddie gefiel oder nicht, es stand nun einmal fest, dass sie Karriere machen wollte und auch das Zeug dazu hatte. Warum sollte sie es also nicht tun?

Laura saß unter dem Kampherbaum im Garten des Hauses an der Addison Street und war sich schmerzlich bewusst, dass ihre Mutter nicht in der Küche damit beschäftigt war, das Sonntagsessen zu kochen. Schon hatte sich eine Aura der Isolation über den kleinen Bungalow gelegt, in dem die McRaes seit dem Ende der Wirtschaftskrise zur Miete wohnten. Das Haus war nicht mehr so heimelig wie zu Angies Lebzeiten. Ihr Vater und Mikey waren nun einmal Männer und achteten nicht besonders darauf.

Seit dem Tod ihrer Mutter ging Laura nicht mehr in die

Kirche, außer aus Pflichtgefühl an Feiertagen – die unverdiente Krankheit, die Angie aus ihrer Mitte gerissen hatte, hatte ihrem Glauben den Rest gegeben.

Der Sonntag war der einzige Tag, an dem Tom nicht arbeitete, deshalb verbrachte Laura seit ihrer Hochzeit einen Teil dieses Tages bei ihm. Manchmal kam Eddie mit, manchmal nicht. Heute war er mitgekommen, und nach dem Mittagessen war er mit Mikey angeln gegangen. Ihr Vater döste mit vollem Magen in seinem Sessel im Salon.

Laura hatte den Eindruck, dass ihr Vater nicht gut aussah. Sie war sich sicher, dass er nicht auf seine Gesundheit achtete, auch wenn er sich in Gesellschaft um Fröhlichkeit bemühte. Sie ließ sich davon nicht täuschen. Das Licht in seinen Augen war erloschen, seine Schritte waren kraftlos. Das Traurige war, dass sie nicht wusste, wie sie ihm helfen sollte, wie sie den Schmerz über seinen Verlust mindern konnte, denn auch sie trauerte immer noch stumm und heftig.

Sie hatte Ruth und Mary Ellen zum Tee eingeladen, und obwohl es schon Winter war, schien die Sonne so warm, dass sie ihn draußen unter dem Kampherbaum auftischen konnte. Obwohl Laura nicht groß darüber nachdachte, war dieser Baum ein Symbol für sie. Menschen kamen und gingen, das Haus veränderte sich, die Jahreszeiten verstrichen, doch der Baum blieb, wie er war. Unverrückbar, schützend, beständig. Ihre Mutter hatte diesen Baum wegen seiner Größe, seiner Farbe, seines dichten Laubes geliebt – und ihr ging es genauso.

»Himmel, wie dick du bist«, rief Mary Ellen lachend aus, als sie um das Haus herum in den Garten kam. Laura und Ruth saßen bereits an ihrem Lieblingsplatz.

»Oh, ich könnte es nicht ertragen, wenn mein Körper so aufgedunsen wäre.« Sie fuhr sich mit der Hand über ihre wohlgeformten Kurven. »Ich werde nie Kinder bekommen.«

»Danke«, erwiderte Laura trocken, »jetzt fühle ich mich gleich besser.«

Fast hätte sie hinzugefügt, dass es wohl auch besser war, dass ihre Freundin keine Kinder bekommen wollte. Mit ihrer Egozentrik und ihrer Vorliebe für wilde Partys würde Mary Ellen wahrscheinlich eine schreckliche Mutter abgeben. Laura hoffte nur, dass sie einen Mann mit ähnlichen Vorstellungen heiraten würde.

»Ich finde, sie sieht großartig aus«, verteidigte Ruth ihre Freundin entschlossen. »Mama bittet mich, dir das zu geben. Sie hat ein Mützchen, ein Jäckchen und kleine Schuhe gestrickt«, sagte sie, als sie Laura das Päckchen reichte.

»Wie lieb von ihr. Ich melde mich später und bedanke mich bei ihr.«

»Wie weit bist du jetzt?«, erkundigte sich Mary Ellen. Sie saß auf dem bemalten Hocker, den Lauras Vater geschreinert hatte, und schenkte sich eine Tasse Tee ein, ohne ihre Handschuhe auszuziehen. Dann nahm sie sich ein Stück Kuchen – der natürlich keine Glasur hatte, weil der Zucker rationiert worden war.

»Im siebten Monat. Nicht mehr lange«, erwiderte Laura mit einem zufriedenen Lächeln.

»Was machen die Rückenschmerzen?«, wollte Ruth wissen.

»Sie kommen und gehen. Das Sodbrennen ist viel schlimmer. Ich trinke eimerweise Ginger Ale.«

»Igitt! Das klingt ja schrecklich.« Mary Ellen konnte der ganzen Sache wirklich nichts Gutes abgewinnen. »Nun ja, das Eheleben hat aber sicher andere Vorteile. Ich … werde es ja selbst bald herausfinden«, fügte sie hinzu.

Ruth kniff verwundert die Augen zu, dann fragte sie: »Wie meinst du das?«

Mary Ellen kreischte auf, lächelte ihre Freundinnen strahlend an, und weil sie sich nicht mehr beherrschen konnte, zog sie den linken Handschuh aus und wackelte demonstrativ mit den Fingern.

»Seht euch das an! Ich bin seit gestern Abend verlobt.«

Laura und Ruth stießen Laute des Entzückens aus. Ruth sprang auf, lief zu Mary Ellen und nahm sie fest in die Arme. Laura gab ihr einen Kuss auf die Wange.

»Herzlichen Glückwunsch. Mit Harry Beckwith?«, fragte Laura mit einem vielsagenden Lächeln. Harry war während der letzten Wochen Mary Ellens alleiniger Verehrer gewesen.

Mary Ellen nickte. »Dem Dritten, vergiss das nicht, *dem Dritten.*«

»Natürlich. Mit wem auch sonst?«, sagte Ruth lachend. »Du hast doch schon vor über einem Jahr die Angel nach Harry ausgeworfen.«

»Er stand ganz oben auf meiner Liste«, gab Mary Ellen zu, ohne sich in Verlegenheit bringen zu lassen. »Harry hat alles, was ich mir von einem Ehemann wünsche. Er sieht gut aus, er hat Prestige und jede Menge wunderbares Geld. Und dann ist etwas ganz Seltsames passiert –«

»Was denn?«

»Ich habe mich in ihn verliebt. Stellt euch das vor! Ich, verliebt. Ich kann es selbst kaum glauben.«

»Früher oder später musste es ja passieren«, warf Ruth mit einem ironischen Kopfschütteln ein. »Habt ihr schon ein Datum festgesetzt?«

»In drei Monaten.« Sie sah Laura an. »Dann hast du doch genug Zeit, um dein Baby zu bekommen und mein Kleid zu entwerfen, oder? Ich möchte, dass ihr beide meine Brautjungfern werdet, und Harrys Schwester Veronica wird die dritte sein.«

»Ich entwerfe gern ein Kleid für dich«, sagte Laura, »aber

du musst dir jemand anderen suchen, der es schneidert. Gerda vielleicht.«

»Gut.« Mary Ellen blickte auf die Teetasse in ihrer Hand hinunter. »Ich wünschte, wir hätten Champagner, um darauf anzustoßen, nicht nur diesen dummen Tee«, sagte sie und zog einen Schmollmund.

Laura und Ruth sahen sich an und lachten.

Mary Ellen und Ruth blieben bis zum späten Nachmittag, und als Laura dann das klappernde Teetablett in die Küche trug, sah sie ihren Vater am Tisch sitzen und die Sonntagszeitung durchblättern. Im Hintergrund lief im Radio ein begeisterter Bericht über die sportlichen Ereignisse des Tages, gefolgt von Nachrichten über den Krieg. Die deutsche Wehrmacht war in die Sowjetunion einmarschiert.

»Wie steht's beim Fußball, Papa?«

»Unsere Jungs haben es vergeigt, Schatz. Das wird Mikey gar nicht freuen.«

»Sind sie immer noch angeln?«

Tom gluckste. »Eddie hat keine Ahnung, worauf er sich eingelassen hat. Normalerweise bleibt Mikey, bis er etwas gefangen hat.«

»Möchtest du eine Tasse Tee, Papa?«

»Nein, danke. Ich warte bis zum Abendessen.« Er sah zu seiner Tochter hinüber, die an der Spüle stand und das Porzellan säuberte. Sie war das blühende Leben. Gott, wie sehr er doch wünschte, dass Angie sie so strahlen sehen könnte. Sie hätte solche Freude daran gehabt, ihr erstes Enkelkind im Arm zu halten. Sein Blick schweifte durch das Zimmer. Wenn er sich anstrengte, konnte er sie beinahe immer noch sehen, ihren Duft riechen. In seinem Kinn zuckte ein Muskel, er räusperte sich und schob seine Erinnerungen beiseite.

»Ich überlege, ob ich von hier wegziehe, Schatz.«

Laura drehte sich überrascht um. »Warum?«

»Das Haus ist zu groß für mich und Mikey. Außerdem würde ich gern näher an der Schmiede wohnen. Vielleicht eine kleine Wohnung an der Rennbahn. Das wäre vernünftiger.«

Sie wusste, warum er ausziehen wollte – sie konnte es an seiner belegten Stimme hören, an seinen verkrampften Schultern sehen. Die Erinnerungen waren zu stark, an ihre Mutter, an die Vergangenheit, an die Liebe, die sie füreinander empfunden hatten. Wie sie schon am eigenen Leib erfahren hatte, musste jeder seinen eigenen Weg finden, mit der Trauer umzugehen.

»Das klingt nach einer guten Idee, Papa. Alles in allem.«

Die Haustür öffnete sich geräuschvoll, und sie hörte Mikey und Eddie durch den Flur kommen. Sie lächelte ihrem Vater zärtlich zu und blinzelte ihn an, um ihn aufzumuntern.

»Ich frage mich, wie viele Fische Eddie wohl gefangen hat…«

Als sie in dieser Nacht im Bett lag, den Kopf an Eddie geschmiegt, konnte sie nicht schlafen, weil das Baby sie trat und sie unerträgliche Rückenschmerzen hatte.

»Glaubst du, es wird ein Junge?«, fragte Eddie schläfrig.

»So, wie es mich ständig tritt, könnte es ein Rugbystürmer werden.«

»Gut. Ich meine nicht, dass es dich tritt, aber es wäre doch schön, zuerst einen Jungen zu bekommen, oder?«

Laura gähnte und versuchte, sich in eine angenehmere Position zu winden.

»Es ist mir egal, was es ist, wenn es nur bald kommt. Letzte Woche war ich ständig so müde, dass ich kaum an meinen Entwürfen arbeiten konnte.«

Er küsste sie auf die Wange. »Ich wünschte, du müsstest gar nicht arbeiten.«

»Nun, ich muss aber, also brauchen wir nicht darüber zu diskutieren.«

Plötzlich fiel ihr etwas ein, das Kitty ihr tags zuvor erzählt hatte. »Übrigens, Kitty sagt, wir sollen deinem Vater sagen, dass im Rathaus eine Stelle frei ist. Der Stadtrat richtet eine Bibliothek ein. Dein Vater liebt doch Bücher, deshalb hat sie sofort an ihn gedacht. Es könnte genau das Richtige für ihn sein.«

»Ich weiß nicht.« Eddie war skeptisch. »Papa hat seit über zwei Jahren keine Arbeit mehr gehabt. Er scheint ganz zufrieden damit zu sein, zu Hause herumzuwerkeln.«

Am Ende blieb Joe Ashworth jedoch gar nichts anderes übrig. Am folgenden Dienstag rutschte Irene auf dem Heimweg von der Arbeit auf dem Bordstein aus und brach sich das Handgelenk. Der Arzt sagte, dass sie mindestens drei Monate nicht arbeiten konnte.

Laura wartete nicht, bis Eddie das Thema anschnitt, *sie* erzählte Joe von der Stelle und sah mit gut verhohlener Überraschung, wie seine Augen hinter seiner Brille interessiert aufleuchteten. Sie begleitete ihn sogar zu seinem Vorstellungsgespräch.

Als Joe Ashworth frisch eingestellt und mit der Anweisung, am nächsten Tag anzufangen, aus dem Büro kam, lächelte sie genauso glücklich wie er.

»Wie meinst du das, du hast gekündigt?« Laura bekam vor Schreck große Augen.

Eddie zuckte mit den Achseln und wich ihrem Blick aus. »Ich habe genug davon. Die Börsenmaklerei ist langweilig. Ich brauche Abwechslung.« Er hatte nicht vor, ihr zu sagen, dass sein Vorgesetzter herausgefunden hatte, dass zwanzig Pfund aus der Portokasse fehlten, und ihn beschuldigt hatte, ein Langfinger zu sein. Er hatte den Entrüsteten gegeben und gekündigt, bevor noch weitere Unregelmäßigkeiten in den Büchern aufflogen.

»Du gehst doch zur Abendschule, um deinen Abschluss als Buchalter zu machen. Es ist doch dumm, jetzt zu kündigen, Eddie.«

Maggie, die im Wohnzimmersessel saß, kicherte hinter ihrer Frauenzeitschrift hervor.

»Genau, Eddie, wie kommst du eigentlich beim Lernen voran? Du musst ja ein Musterschüler sein, weil ich dich nie lernen sehe.«

Andeutungen wie diese ließen Laura aufhorchen. Das Mädchen wusste irgendetwas über Eddie – nicht, dass sie es Laura erzählt hatte. Eine Petze war die gute Maggie nicht.

»Warum meldest du dich nicht und kämpfst gegen die Deutschen oder die Japsen«, zischte Maggie. »Halb Sydney läuft in Uniform herum, nur du scheinst nicht besonders versessen darauf zu sein, deine Pflicht zu tun.«

»Ich hab's doch versucht«, schoss er zurück und erklärte Laura mit schuldbewusster Miene: »Maggie hat Recht. Jeder, der keine feste Stelle hat, meldet sich freiwillig. Nur mich wollten weder Heer noch Luftwaffe haben. Sie sagen, ich bin farbenblind und habe Plattfüße.«

Maggie schnaubte verächtlich. »Das mit den Plattfüßen glaube ich sofort. Dass du farbenblind bist, ist mir noch nie aufgefallen. Was ist mit der Marine?«

»Unmöglich. Du weißt doch, dass ich schon seekrank werde, wenn ich nur die Hafenfähre nehme.«

»Ich möchte nicht, dass du in den Krieg musst«, sagte Laura, ohne sich anmerken zu lassen, wie sehr es sie verletzte, dass Eddie ihr nichts davon gesagt hatte, dass er versucht hatte, sich freiwillig zu melden. »Was würde denn ohne dich aus diesem Haushalt werden?« Sie legte sich vielsagend die Hand auf ihren runden Bauch.

Und im nächsten Moment waren die Erinnerungen an das Leben während der Wirtschaftskrise wieder da, an das Leben in einer Absteige, während ihre Mutter sie von Resten ernährte und ihr Vater Klinken putzte, um Arbeit zu finden. Das wollte sie nie wieder durchmachen.

»Du solltest deinen Mann nicht kritisieren, Laura. Hast du nicht versprochen, ihn zu lieben, zu ehren und ihm zu folgen?«, sagte Maggie mit einem giftigen Unterton.

Laura warf ihr einen kalten Blick zu. Das Mädchen war unmöglich.

»Ich habe das Recht, mir Sorgen zu machen. Du trägst nicht besonders viel zu den Kosten dieses Haushalts bei, Maggie, obwohl du es dir wirklich leisten könntest.«

»Mutter sagt, das brauche ich nicht, weil ich für später sparen muss.«

»Wirklich! Wie viel hast du denn schon gespart?« Laura konnte sich diese Frage nicht verkneifen. Sie wusste, was Kleider kosteten, und wenn sie richtig gerechnet hatte, gab Maggie den Großteil ihres Lohns für ihre modische Garderobe aus. Zum Sparen blieb da nicht mehr viel.

»Hört auf, euch anzukeifen, ihr beiden«, fuhr Eddie sie an. Er stand vom Sofa auf und ging im Zimmer hin und her. »Ich finde schon wieder Arbeit, keine Sorge.«

»Das ist gut, Eddie«, versuchte Laura, wieder Ruhe in das Gespräch zu bringen. »Und du wirst auch weiter zur Schule gehen, nicht wahr?«

»Schule!« Maggie lachte verächtlich. »Er geht doch gar nicht zur –«

»Halt's Maul«, zischte Eddie. Er baute sich drohend vor seiner Schwester auf.

Maggie ließ sich von ihrem großen Bruder nicht einschüchtern, obwohl sie wusste, dass er furchtbar wütend werden konnte, wenn man ihn reizte.

»Du glaubst, er geht dienstags und donnerstags zur Abendschule, nicht wahr?«, fuhr sie Laura an. »Tja, das stimmt aber nicht. Er hat letztes Jahr damit aufgehört.«

»Maggie, ich habe dir doch gesagt …«, warnte Eddie. Doch er konnte nicht viel tun, wenn er ihr den Mund nicht mit einer Ohrfeige schließen wollte.

»Wie meinst du das? Er geht zweimal in der Woche zur Abendschule. Wo soll er denn sonst hingehen?«, fragte Laura. Ihr Blick wanderte sorgenvoll zwischen Eddie und Maggie hin und her. »Eddie, sag ihr, dass das nicht stimmt.«

»Es stimmt, frag ihn nur. Er spielt jeden Dienstag- und Donnerstagabend bei Cassidy Billard.«

»Du kleine Schlampe.« Eddie fasste Maggie in das dunkle Haar und riss heftig daran. Er lächelte, als sie vor Schmerzen aufschrie. »Woher zum Teufel weißt du das?«

»Eddie. Hör auf damit!«, rief Laura.

»Weil ein Freund von mir dich da gesehen hat. Immer wieder«, gab Maggie heftig zurück, während sie sich eine Träne von der Wange wischte. Er wusste genau, wie er ihr wehtun konnte, doch das war ihr egal. Sie hatte ihre liebe Schwägerin aus ihrer Selbstzufriedenheit aufgerüttelt, das war die Schmerzen wert.

»Eddie, lass sie los!«, befahl Laura wütend. Sie wusste nicht, warum, aber sie glaubte Maggie – und Eddie wies die Anschuldigung ja auch nicht zurück. Die ganze Zeit hatte sie gedacht, er würde pflichtbewusst zur Abendschule gehen, um etwas aus sich zu machen. Stattdessen hatte er sie zum Narren gehalten. Wahrscheinlich hatte er sich gefreut, wie einfach das ging. Sie schüttelte traurig den Kopf, während ihre Enttäuschung die Oberhand über ihre Wut gewann.

»Oh, Eddie …«

Eddie ließ Maggies Haare los und starrte Laura an. Seine

Miene war schuldbewusst, sein Gesicht rot. Er hatte gewusst, dass sie es irgendwann herausfinden würde; er hatte Glück gehabt, dass es so lange gedauert hatte. Ihr tadelnder Blick traf ihn mitten ins Herz, und er trat beklommen von einem Bein aufs andere. Dann sah er Maggie an und schwor sich, es der Schlampe eines Tages heimzuzahlen; sie hatte schon immer nichts als Unruhe gestiftet.

»Jetzt weißt du es«, räumte er trotzig ein. »Ich bin einfach nicht dazu gemacht, den ganzen Tag im Anzug herumzulaufen und Zahlen zu addieren. Es reicht, wenn ich das auf der Rennbahn tue. Ich hätte es dir schon irgendwann gesagt, wenn ich es für richtig gehalten hätte.«

»Ach ja? Und wann wäre das gewesen? In drei oder vier Jahren vielleicht?«

Ihr ungewohnter Sarkasmus trieb ihm die Röte ins Gesicht. »Nein, ich wollte es dir Ende des Jahres sagen.«

»Also schön.« Sie zuckte mit den Achseln. »Es spielt ja auch keine Rolle. Du tust ja sowieso, was du willst, Eddie, wie immer.« Sie sprach so leise, dass er sich vorbeugen musste, um sie zu hören.

»Ich will nicht, dass du dir Sorgen machst«, sagte er, um einen versöhnlichen Ton bemüht, »so kurz vor der Geburt. Ich finde schon wieder Arbeit, du wirst sehen, es dauert nur ein paar Tage.«

Laura sah ihn nachdenklich an, bis er den Blick von ihr abwandte. Sie würde ihn nie verstehen, nicht in hundert Jahren.

»Es gibt Arbeit in den Munitionsfabriken. Derek French hat einen Neffen, der in einer Fabrik in Haberfield arbeitet, glaube ich.«

»Was weiß Eddie denn darüber, wie man Gewehre und Bomben baut?«, wollte Maggie mit zynisch hochgezogenen Augenbrauen wissen.

»Das kann ich lernen. Und halt dich in Zukunft aus unseren Angelegenheiten heraus.« Um sicherzugehen, dass sie ihn verstand, packte er ihre rechte Schulter und krallte seine Finger hinein, bis sie zusammenfuhr. »Hast du verstanden?«

Wieder stiegen ihr Tränen in die blauen Augen, aus denen aber auch Trotz sprach.

»Ja, ich verstehe dich, *Bruderherz.*«

Wenn sie Rückenschmerzen hatte, war es angenehmer für sie, auf einem Holzstuhl zu sitzen als in einem Sessel. Seit Stunden saß Laura schon da, nachdem der Rest der Familie zu Bett gegangen war, und lauschte den Geräuschen der stillen Nacht – dem Ticken der Uhr auf dem Kaminsims, dem Ächzen der alten Dielen, dem Wind, der die Büsche gegen die Fensterscheiben wehte.

Ihr gingen weder Hutentwürfe noch das Baby durch den Kopf, sondern Eddie. Sie waren seit fast einem Jahr verheiratet; sie lebten mit Sicherheit genauso eng zusammen wie andere Paare, und doch hatte sie das Gefühl, ihn kaum zu kennen, außer im körperlichen Sinne. Als sie noch verlobt waren, hatte sie gedacht, dass sie ihn nach der Hochzeit lieben lernen würde. Das war nicht geschehen. Natürlich hatte sie ihn gern, aber sie empfand keine tiefen Gefühle für ihn wie für Alex. Außerdem hatte Eddie sie monatelang angelogen, ohne zu zögern, ohne das geringste Anzeichen eines schlechten Gewissens, und als es aufgeflogen war, hatte er es als unwichtig abgetan.

Mit jedem Monat verstörte sie sein dunkler Charakter mehr. Wie sollte sie je Liebe für jemanden entwickeln, den sie so wenig respektierte?

Und dann war da noch das Problem, dass sie bei den Ashworths wohnten. Spätestens seit Irenes Unfall war ihr klar, dass sie hier das Regiment übernehmen musste, dass sie sich durchsetzen musste, wenn sie nicht geistig und gefühlsmäßig verkrüppeln wollte. Wenn das Baby geboren war, würde sie das tun.

Als sie aufstand, lief ihr plötzlich Wasser an den Beinen entlang und breitete sich auf dem Teppich aus. Schmerzen durchfuhren ihren Unterleib so heftig, dass sie aufkeuchte. Sie streckte die Arme nach dem Stuhl aus und hielt sich an der Lehne fest, bis der Schmerz nachließ.

»Eddie!«, schrie sie aus vollem Hals, diesmal war es ihr egal, wen sie weckte.

16

Caroline Marie Ashworth wurde am 31. Juli 1941 geboren. Mit ihrer hellen Haut, ihren blauen Augen und dem feinen blonden Flaum auf ihrem Kopf war sie ein außergewöhnlich hübsches Baby.

Laura lag im Krankenhausbett und war froh, sich nach der langen Geburt ausruhen zu können, als sie eine Bewegung an der Tür erspähte. Eddie stand da, den Hut in der einen Hand, einen großen Strauß Nelken in der anderen, unschlüssig, ob er die sterile Atmosphäre der Station betreten sollte.

»Hallo, Laura, kann ich hereinkommen? Die Schwester scheint ja ein ziemlicher Drache zu sein. Sie hat gesagt, ich darf dich nicht zu lange stören.«

Sie lächelte. »Komm herein. Hast du das Baby schon gesehen?«

Er trat an ihr Bett, drückte ihr einen Kuss auf die Wange

und setzte sich auf den Stuhl, der daneben stand. Sein Grinsen war breit und stolz.

»Natürlich. Im Säuglingszimmer. Sie ist wunderschön. Sie sieht dir ähnlich, findest du nicht?«

Laura legte den Kopf schief und überlegte.

»Ich finde, sie sieht überhaupt noch niemandem ähnlich. Aber du hast Recht, sie ist das schönste Baby der Welt.« Sie betrachtete ihn einen Moment. »Du bist nicht enttäuscht, weil sie kein er ist?«

»Himmel, nein, sie ist fantastisch. Wir können ja beim nächsten Mal versuchen, einen Jungen hinzubekommen. Wie geht es dir?«, fragte er und strich ihr über die Wange. »Die Schwester sagt, es war eine schwere Geburt.«

Sie zuckte mit den Achseln, weil sie kein großes Gehabe darum machen wollte. Sechzehn Stunden Wehen, oder waren es zwanzig gewesen? Sie wusste es nicht mehr genau. Die Erinnerung an die Schmerzen war zwar noch wach, aber Laura wusste, dass sie bald verblassen würde.

»Doktor Hume sagt, beim ersten Kind ist es meistens am schwersten. Aber«, sie holte tief Luft, »jetzt ist es ja vorbei. Zeit, an die Zukunft zu denken, jetzt, wo du, ich und Caroline eine Familie sind.«

»Ja«, stimmte Eddie ihr zu. Er lehnte sich entspannt zurück. Laura sah in ihrem Krankenhausbett so schön aus, dass er sie am liebsten gebeten hätte, schnell nach Hause zu kommen, damit sie das zweite Kind angehen konnten. Das Vatersein gefiel ihm, beschloss er, es gab einem Mann ein Gefühl der Bedeutung.

»Ich habe noch mehr gute Neuigkeiten. Ich habe ein Vorstellungsgespräch in der Munitionsfabrik. Sie gehört dem Commonwealth und stellt Einzelteile für Enfield-Gewehre und andere Dinge wie Granaten und kleine Bomben her. Die Bezahlung ist gut, weil es eine kriegswichtige Fabrik ist.«

Er stand auf und hob die Blumen auf, die er ans Fußende des Betts gelegt hatte.

»Ich gehe jetzt. Draußen werde ich eine Schwester bitten, sie ins Wasser zu stellen. Mutter, Papa und Maggie kommen dich demnächst auch noch besuchen. Sie sind überglücklich, Schatz, wirklich.«

»Wie schön«, murmelte Laura halbherzig.

Eddie schaute auf die Uhr und warf ihr einen entschuldigenden Blick zu. »Ich muss los. Ich schaffe es gerade noch zum *Duke of Gloucester*, bevor sie schließen. Dann kann ich noch eine Runde ausgeben und die Zigarren spendieren, die ich gekauft habe.«

Laura spürte, dass es Eddie unangenehm war, sich im Krankenhaus aufzuhalten; er schien sich hier beklommen zu fühlen. Sie sah ihn kopfschüttelnd, aber gleichzeitig lächelnd an.

»Dann gehst du besser.«

Er grinste erleichtert.

»Okay. Ich nehme an, sie behalten dich eine Woche hier?«

»Zehn Tage. Doktor Hume sagt, ich brauche Ruhe. Es macht mir nichts aus, ich werde ja danach ziemlich viel zu tun haben, mit Caroline *und* meinen Hüten.«

Eddies Gesicht verfinsterte sich, und er warf ihr einen strengen Blick zu. »Versprich mir, dass das Baby immer an erster Stelle steht, Laura.«

Plötzlich stiegen ihr die Tränen in die Augen, und sie musste sie ein paar Mal zukneifen. Wie konnte er auch nur andeuten, dass es etwas Bedeutenderes für sie geben könnte als ihr Kind?

»Natürlich, Eddie. Caroline wird immer das Wichtigste in meinem Leben sein.«

»Gut, mein Schatz.« Er beugte sich über sie, drückte ihr die Lippen auf die Stirn, dann war er fort.

Das geheimnisvolle Lächeln, das Eddie zeigte, als er Laura und Caroline aus dem Krankenhaus abholte, erklärte sich, als sie die Treppe hinunter und auf ein großes schwarzes Auto zugingen, das am Bordstein parkte.

»Ihre Karosse erwartet Sie, Madam«, sagte Eddie mit einer Verbeugung und half ihr mit dem Baby in den Wagen.

»Von wem hast du es geliehen?«

»Geliehen? Wer redet denn von leihen? Der Wagen gehört uns, Schatz. Ich habe ihn heute Morgen abgeholt. Natürlich aus zweiter Hand, er ist vier Jahre alt. Aber ich habe ihn günstig bekommen.«

»Oh, Eddie, können wir uns denn ein Auto leisten?«

Laura seufzte vor sich hin, als er den Zündknopf drückte und vom Bordstein ausscherte. Man konnte jedenfalls nicht sagen, dass das Leben mit Eddie Ashworth langweilig war. Von einem Tag zum nächsten wusste man nie, wie seine Laune wäre oder was für eine Tat er jetzt wieder gestehen würde.

»Ich habe einen Kredit aufgenommen. Weil Papa jetzt arbeitet, hat sich Mutter bereit erklärt, unsere Miete zu senken. Außerdem haben wir ja jetzt mein Geld aus der Munitionsfabrik – ich habe die Stelle übrigens –, also sind die Raten kein Problem. Es wird wunderbar sein, ein Auto zu haben, Laura. Wir können Ausflüge damit machen. Vielleicht sogar irgendwo an der Küste Urlaub machen, wenn Caroline alt genug ist, um zu verreisen.«

»Möglich.« Sie gab sich alle Mühe, angesichts seiner Begeisterung nicht zu halbherzig zu klingen. Falls sie sich das Benzin für solche Fahrten leisten konnten, hätte sie gern hinzugefügt, doch sie ließ es sein. Außerdem war auch das Benzin wegen des Krieges rationiert.

»Wir sollten uns wirklich nach einer eigenen Wohnung umsehen, Eddie. In unserem Schlafzimmer wird es furchtbar eng mit der Wiege und den Babysachen werden.«

Doch während sie das sagte, sah sie aus dem Augenwinkel, wie sich sein Gesicht verhärtete. Sie wusste, dass ihm die Idee nicht gefiel, dennoch drang sie weiter in ihn.

»Deine Eltern haben doch bestimmt keine Lust, mitten in der Nacht von Babygeschrei geweckt zu werden. Und du wirst auch keine Ruhe bekommen.«

»Ich weiß nicht.« Eddie schüttelte den Kopf, während er geräuschvoll mit der Gangschaltung kämpfte, um abzubiegen. »Ich glaube, dass Mutter und Papa hingebungsvolle Großeltern sein werden, und mich kennst du doch. Wenn ich einmal schlafe, kann mich keine Bombe wecken.«

Laura legte ihre Hand auf die seine, die auf dem Lenkrad lag, und drückte sie.

»Denk bitte einfach nur darüber nach.«

Sie war im Begriff, ihm von ihren Ersparnissen in der alten Zigarrenkiste zu erzählen, aber irgendetwas hielt sie davon ab. Trotz aller Schwierigkeiten und der Anschaffungen für das Baby hatte sie es geschafft, wieder fast zweihundert Pfund anzusparen. Das würde eine ordentliche Anzahlung für ein kleines Haus oder eine Wohnung nicht allzu weit von ihrem Vater und seinen Eltern abgeben.

Er grinste sie an.

»Du hast ja Recht. Wie wäre es, wenn wir es ein paar Monate versuchen, und wenn es zu schwierig wird, ziehen wir aus? Okay, Schatz?«

»Das hört sich doch gut an.«

»Die Sache gefällt mir nicht. Du weißt genau, was ich davon halte, dass du arbeiten gehst und Caroline bei Fremden lässt.« Eddies Ton war schroff und aggressiv, er hatte die Arme vor der Brust verschränkt.

Laura hatte gewusst, wie er reagieren würde. Seit über einer Woche war er jetzt wütend, ohne dass sie wusste, warum.

Hatte sie etwas falsch gemacht, oder gab es ein Problem in der Munitionsfabrik oder auf der Rennbahn? Was auch immer, es schien unmöglich zu sein, vernünftig mit ihm zu reden, bevor sich seine Laune änderte.

Derek French, dem sehr daran lag, dass Laura dem Kaufhaus erhalten blieb, hatte ihr eine Teilzeitstelle angeboten, und Laura war fest entschlossen, sie anzunehmen. Sie hätte es nur lieber mit dem Segen ihres Mannes getan.

»Mrs Mathers ist keine Fremde, sie wohnt zwei Türen weiter, und du kennst sie schon seit Jahren. Sie hat selbst ein Kind, und sie betet Caroline an. Außerdem bin ich ja nur drei halbe Tage in der Woche fort. Ich fahre, wenn Caroline ihren Mittagsschlaf macht, und um halb sechs bin ich zurück. Ihr wird kaum Zeit bleiben, mich zu vermissen.« Ein Blick auf sein verschlossenes Gesicht sagte ihr, dass sie ihn nicht überzeugt hatte. »Außerdem glaube ich, dass es gut für sie ist, wenn sie mit einem anderen Kind zusammen groß wird.«

»Du hast deinen Entschluss doch schon gefasst, oder? Ganz gleich, was ich sage«, sagte Eddie, und die Falten auf seiner Stirn wurden immer tiefer.

»Eddie, ich möchte gern ausprobieren, ob es geht. Wenn Caroline unzufrieden ist oder es zu viel für mich wird, höre ich auf.«

»Also gut, dann tu es. Was für ein stures Weibsstück du doch bist!«

Sie presste die Lippen zusammen, reagierte aber nicht auf seine Beschimpfung. Wenn er solche Laune hatte, war es besser, wenn man sich still verhielt und wartete, bis es vorbei war.

Sie hatte in den letzten Jahren so hart gearbeitet und sich einen guten Ruf erworben. Eines Tages hätte sie ihr eigenes Geschäft, und dies hier war ein Schritt darauf zu. Sie hatte nicht vor, sich von Eddies Eifersucht daran hindern zu lassen.

Eddie zog sich wütend die Jacke an.

»Ich gehe in die Kneipe. Sag Mutter, sie soll nicht mit dem Essen auf mich warten, ich hole mir etwas an der Imbissbude.«

Laura seufzte erleichtert, als er ging. Sie wünschte, sie hätte gewusst, was an ihm nagte. Es war nicht nur ihr Wunsch, wieder arbeiten zu gehen. Doch wenn er nicht wollte, dass sie es erfuhr, würde sie es leider auch nie herausfinden. Nun ja, so war Eddie nun einmal.

Morgen würde sie Derek anrufen und alles in die Wege leiten.

Laura stieß zufällig auf den Brief, als sie die halb geöffnete Post auf der Kommode durchsah. Als sie die Benachrichtigung der Bank las, stieg so etwas wie Panik in ihr auf. Eddie hatte seit Monaten die Raten für das Auto nicht mehr bezahlt, und wenn er seine Rechnung nicht beglich, würde der Wagen gepfändet werden. Sie sah sich die Zahlensäule mit den monatlichen Raten an. Fünf Pfund, sieben Shilling und sechs Pence waren doch zu schaffen. Warum war Eddie also im Rückstand?

Laura hatte sich an den Luxus des Autos gewöhnt, obwohl er sein Versprechen noch nicht eingelöst und ihr beigebracht hatte, wie man es fuhr.

Was wurde nur aus seinem Geld, fragte sie sich. Einen Teil bekam seine Mutter für die Miete. Sie wusste auch, dass er sich gern gut kleidete, und es machte ihr nichts aus, dass er sich regelmäßig neue Kleidung kaufte, aber trotzdem hätte noch genug da sein müssen, um die Raten zu zahlen.

Plötzlich fiel ihr ein, wie sie sich gestern Abend über den Melbourne Cup unterhalten hatten. Er hatte einen brandheißen Tipp. Skipton würde gewinnen, wenn es in Flemington regnete. Er hatte versucht, ihr Geld abzuluchsen, um auf das Pferd zu setzen, aber sie hatte sich geweigert, ihm welches zu geben, sodass er wütend davongerauscht war.

In letzter Zeit schien er immer öfter schlecht gelaunt zu sein, und selbst seine eigene Familie mokierte sich inzwischen darüber, dass er ein unangenehmer Mitbewohner war. Natürlich hielten sie das für Lauras Schuld, weil sie gegen seinen Willen wieder arbeiten gehen wollte. Selbst Joe Ashworth, der ihr eigentlich dankbar war, sagte, ihr Platz sei zu Hause bei seiner Enkeltochter.

Ihr eigener Vater hatte allerdings seine Meinung überraschend geändert. Er hielt es jetzt für richtig, dass sie versuchte, Mutter zu sein und in ihrem Beruf voranzukommen.

Eddie steckte den Kopf zur Schlafzimmertür hinein. »Gehst du jetzt doch nicht einkaufen?«

Laura wusste, dass nicht der richtige Zeitpunkt war, das Problem der Raten für den Wagen anzusprechen, denn sie wusste ja, wie schnell er sich in seiner Eitelkeit verletzt fühlte. Zum Glück war Geduld eine ihrer größten Stärken.

»Doch, ich bin nur noch nicht ganz fertig.«

»Ich dachte, ich mache mit Caroline einen Spaziergang im Centennial Park, während du unterwegs bist. Was muss ich für sie mitnehmen?«

»Das ist eine wunderbare Idee, Eddie. Nimm eine Flasche und einen Sonnenhut mit, und eine Decke, falls es windig wird. Oh, und etwas altes Brot. Dann könnt ihr die Enten füttern, das macht sie gern.«

»Wann kommst du zurück, Schatz?«

»Gegen halb eins, denke ich.«

Er winkte ihr von der Tür her zu. »Aber gib nicht all dein Geld aus.«

Nachdem er gegangen war, blickte ihm Laura durch die

halb offene Tür nach. Kopfschüttelnd wunderte sie sich über seine Stimmungsschwankungen, von heftiger Wut zu größter Liebenswürdigkeit. Sie bezweifelte, dass sie sich je daran gewöhnen würde.

»Skipton hat gewonnen! Er hat gewonnen, Laura! Mit einer Chance von fünf zu eins.«

»Hast du auf ihn gesetzt?«, fragte Irene, während sie das Abendessen vor ihren Sohn stellte.

»Kann ein Papagei fliegen?«, gab Maggie zurück und zwinkerte Laura ausnahmsweise freundlich zu.

»Ja. Ich habe fünfundsiebzig Pfund gewonnen.«

»Gut.«

Jetzt war es an der Zeit, die Angelegenheit mit dem Wagen anzusprechen, vor seiner Familie, sodass er gezwungen wäre, seine Wut im Zaum zu halten. Der Gewinn kam gerade rechtzeitig, um die Rückstände auszugleichen.

»Das heißt ja, dass du diese Rechnung hier bezahlen kannst.« Laura reichte ihm die Bankbenachrichtigung.

Von einer Sekunde zur nächsten änderte sich Eddies Stimmung.

»Was fällt dir ein, meine Post zu lesen? Nur, weil du meine Frau bist, hast du noch lange kein Recht dazu.«

»Der Brief lag deutlich sichtbar auf der Kommode. Ich dachte, du wolltest, dass ich ihn sehe.«

»Was geht denn hier vor?«, wollte Irene Ashworth wissen.

»Nichts, womit du dich befassen müsstest, Mutter«, sagte Eddie mit verzerrtem Mund. Seine Wangen wurden rot vor Wut, und er säbelte heftig an seinem Roastbeef herum.

»Genau. Wenn ihr euch streiten wollt, macht es bitte unter vier Augen«, fügte Maggie beißend hinzu. »Es ist so langweilig, euch zuzuhören.«

»Kümmere dich um deinen eigenen verdammten Kram, Maggie«, gab Eddie im selben Ton zurück.

Caroline, die neben Laura in ihrem Hochstuhl saß, begann zu weinen. Laura beruhigte sie mit einem Löffel Kartoffelbrei.

»Du nicht auch noch, Caroline«, ermahnte Eddie seine Tochter lächelnd und tauchte plötzlich aus seiner finsteren Stimmung auf. Er hatte heute sehr viel Geld gewonnen, noch mehr, als er gesagt hatte, selbst Laura konnte ihm das nicht verderben.

»Wir sprechen später über die Sache mit dem Auto, Laura. Unter vier Augen«, sagte er entschlossen. »Das Problem in diesem Haus ist, dass einfach zu viele Frauen darin wohnen. Was sagst du dazu, Papa?«

Selbst am Esstisch hatte Joe Ashworth die Nase in einem Buch vergraben. Jetzt tauchte er gerade lange genug daraus auf, um zu sagen: »Ach, ich weiß nicht, Junge, ich habe gern eine Frau im Haus.«

Eddie lachte enerviert, und die Frauen fielen ein, erleichtert, dass die Spannung verflogen war.

Als sie Caroline schlafen gelegt hatte, griff Laura nach dem Weidenkorb mit ihren Hutmacherutensilien, den sie auf dem Schrank stehen hatte. Als sie das letzte Mal nachgezählt hatte, waren zweihundertzehn Pfund und sieben Shilling in der alten Zigarrenkiste gewesen, die sie ganz unten in den Korb gelegt hatte.

Sie hatte einmal die Absicht gehabt, es als Startkapital für ihre eigene Hutboutique zu benutzen, aber jetzt war es wichtiger, dass sie eine eigene Bleibe fanden. Sie konnte es nicht länger aufschieben; heute Abend mussten sie und Eddie zu einer Entscheidung kommen. Sie würde nicht zulassen, dass er sich wieder davor drückte, wie er es bis jetzt immer getan hatte. Die Lektion, die sie während der Wirtschaftskrise gelernt hatte, hatte sie auch nicht vergessen. Wenn ihr Vater damals ein eigenes Haus gehabt hätte, hätten sie nicht ständig umziehen müssen.

Während ihres Einkaufsbummels war Laura bei der Commonwealth Bank in Randwick gewesen, um mit dem Geschäftsführer über einen Kredit zu sprechen. Sie war hocherfreut gewesen, als er ihr gesagt hatte, dass ihre Sicherheiten ausreichten, um das Geld für das Häuschen zu leihen, das sie zum Verkauf angeboten gesehen hatte. Allerdings hatte er in ernstem Ton zu ihr gesagt, dass ihr Mann als der offizielle Ernährer der Familie mit ihr kommen musste, wenn sie den Kreditantrag stellte.

Heute Abend hatte sie vor, Eddie das Geld zu zeigen, das sie gespart hatte, dann konnten sie beginnen, Pläne zu schmieden. Sie genoss die Vorstellung, ihm die Banknoten vorzuzählen, die Früchte der Arbeit von über zwei Jahren. Ihre Finger zitterten sacht vor Aufregung, als sie das Band um die Zigarrenkiste löste und den Deckel abhob. Sie lächelte. Das Päckchen war so dick, dass es fast nicht mehr in die Kiste passte.

Aber erst wollte sie das Geld zur Sicherheit noch einmal zählen. Sie holte die gebündelten Banknoten heraus, zog das Gummi ab und fing an zu zählen. Fünf Pfund …

Zuerst entfuhr ihr ein kreischender Ton, dann begannen ihre Finger heftig zu zittern. Wo war ihr Geld? Ganz oben lag ein Fünf-Pfund-Schein, der Rest waren Zeitungsschnipsel in der Größe von Geldscheinen.

Ein kalter Schauer durchfuhr sie, als sie das ganze Ausmaß dessen, was geschehen war, begriff. Wie dumm sie doch gewesen war! Wie konnte sie nur glauben, dass es in der alten Zigarrenkiste sicher wäre? Oh, warum hatte sie es nicht zur Bank gebracht?

Ihre Gedanken wanderten viele Jahre zurück zu dem Shilling, den Frank gestohlen hatte. Das war damals viel Geld gewesen. Genau wie dies, ihr Geld, die Summe ihres weltlichen Besitzes.

Sie kniff die Augen zusammen und überlegte. *Wer…?*

Doch noch schlimmer als der Diebstahl war die plötzliche Erkenntnis, dass sie genau wusste, wer es gewesen war. Es gab nur eine andere Person, die in ihr Schlafzimmer kam. *Ihr Mann.*

Erstaunt über ihre innere Ruhe, überzeugte sich Laura, dass Caroline eingeschlafen war, bevor sie die Zigarrenkiste an ihre Brust drückte und sich auf die Suche nach Eddie begab.

Das Wohnzimmer war leer. Maggie und ihre Eltern waren zu Bett gegangen. Laura ging weiter in die Küche und fand ihn immer noch am Tisch, die Abendzeitung auf dem Schoß ausgebreitet.

Er blickte auf, als sie hereinkam, und erkundigte sich: »Schläft Caro?«

Im ersten Moment traute sie sich kaum zu sprechen, daher nickte sie nur und setzte sich ihm gegenüber.

Wie konnte er das tun? Und warum? Weil sie das Geld vor ihm geheim gehalten hatte? Vielleicht war das ja ein Fehler gewesen. Vielleicht hatte er das Geld genommen, um ihr einen Schrecken einzujagen, ihr eine Lektion zu erteilen.

Sie stellte die Zigarrenkiste auf den Tisch und schob sie unter der Zeitung hindurch, sodass er sie sehen musste.

»Ich dachte, du würdest dir das hier gern ansehen.«

Mit der Langsamkeit eines Menschen, der Zeit schindet, faltete er die Zeitung zusammen.

»Was ist das?«

»Du hast die Kiste noch nie gesehen?«

Er zuckte mit den Achseln. »Vielleicht schon. Warum?«

»Mach sie auf.«

Er klappte den Deckel der Kiste auf und schaute hinein.

Seine blauen Augen huschten zu ihrem Gesicht hinüber und dann wieder fort.

»Das sind Zeitungsschnipsel und ein Fünf-Pfund-Schein. Was ist denn daran Besonderes?«

»Als ich das letzte Mal einen Blick in die Schachtel geworfen habe, waren über zweihundert Pfund darin. Ich dachte, du wüsstest vielleicht, was aus dem Geld geworden ist.«

Seine Augenbrauen fuhren in die Höhe. »Wirfst du mir etwa vor, ich hätte es mir genommen?«

»Nun, wenn du es nicht warst, muss es jemand anders aus der Familie gewesen sein. Möchtest du gern, dass ich sie frage und es herausfinde?« Komm schon, Eddie, flehte sie im Stillen, sag die Wahrheit.

»Wie bist du überhaupt an eine solche Summe gekommen? Und warum hast du mir nichts davon gesagt?«, brauste er auf, doch der Schweiß stand ihm auf der Oberlippe.

»Das Geld ist der Gewinn, den ich mit meinen Hüten gemacht habe, seit ich damit angefangen habe.«

»Du hast mir nicht getraut, deshalb wolltest du nicht, dass ich es weiß, nicht wahr?«

Sie schüttelte heftig den Kopf. »Das war es nicht. Ich wollte dich überraschen, sobald es genug war, um die Anzahlung für ein eigenes Haus zu leisten.«

»Oh«, sagte er und kniff die Augen zusammen, »dafür ist das Geld also. Ich hätte es wissen müssen.«

»Du hast es genommen, nicht wahr?«, fragte sie geradeheraus, und die Art, wie sie das Kinn hob, sagte ihm, dass sie vorhatte zu bleiben, bis sie es herausgefunden hatte. »Wo ist das Geld?«

Er versuchte, sie anzusehen, aber er hatte nicht das Rückgrat dazu, schon gar nicht, wenn sie ihn so verletzt ansah. Gütiger Himmel. Er hatte gehofft, er hätte mehr Zeit. Ein paar Monate, um etwas in die Kiste zurückzulegen, wenn er wieder einmal etwas gewonnen hatte … bevor sie herausfand, dass es nicht mehr da war. Er hatte es zufällig gefunden, und er war wütend gewesen, weil sie ihm nichts davon gesagt hatte. All das schöne Geld!

»Fort.«

Sie riss die braunen Augen vor Schreck weit auf. »Was meinst du damit, fort?«

»Ich hatte in letzter Zeit eine ziemliche Pechsträhne. Habe seit Monaten nicht mehr auf einen Sieger gesetzt.«

»Dann solltest du aufhören zu wetten.«

»Das kann ich nicht.«

Sie ging nicht auf diese Antwort ein, denn was diese schlichte Aussage bedeutete, sollte sie erst sehr viel später begreifen.

»Du hast doch heute beim Melbourne Cup gewonnen. Hast du das Geld dafür gebraucht, um auf Skipton zu setzen?«

»Nein …« Er ließ die Schultern hängen, und die Finger seiner rechten Hand fingen an, nervös auf den Tisch zu trommeln. »Ich … ich war bei ein paar Buchmachern in Schwierigkeiten geraten.«

Das konnte doch nicht wahr sein, dachte Laura. Das Geld, das sie gespart hatte, konnte doch gewiss nicht unwiederbringlich fort sein?

»Was denn für Schwierigkeiten?«

»Ich habe ihnen ziemlich viel Geld geschuldet. Zweihundert Pfund. Und als ich dann vor ein paar Tagen deine Zigarrenkiste gefunden habe, randvoll damit … es war purer Zufall. Du warst einkaufen. Der Korb ist verrutscht und heruntergefallen, und alles kam herausgepurzelt.«

Er warf ihr einen Blick zu und sah, dass sie ihm nicht glaubte.

»Ehrlich! Ich habe die Kiste aufgemacht, weil ich neugierig war. Das Geld war wie die Erhörung meiner Gebete. Einer der Buchmacher hatte schon gedroht, mir seine Geldeintreiber auf den Hals zu hetzen, damit sie mir die Beine brechen oder noch schlimmer. Ich musste ihn bezahlen.«

»Oh, Eddie.«

»Ich musste es nehmen, Laura. Mit diesen Jungs ist nicht zu scherzen. Was wäre passiert, wenn sie mir etwas angetan hätten? Ich hätte nicht mehr arbeiten können; vielleicht hätten sie mich für immer zum Krüppel gemacht.«

Durch das Dröhnen in ihrem Kopf hörte sie sich fragen: »Es ist alles fort?«

Er nickte. »Bis auf die fünfundsiebzig Pfund, die ich gewonnen habe. Mit einem Teil davon muss ich die Raten für das Auto bezahlen.« Er beugte sich vor, um nach ihrer Hand zu greifen, doch sie zog sie fort. »Es tut mir leid, Laura. Es kommt nicht wieder vor, das verspreche ich dir.«

Sie starrte ihren Mann über den Tisch hinweg an, als sähe sie ihn zum ersten Mal. Der Mann, der ihr gegenübersaß, war ein willensschwacher Fremder. Keine Entschuldigung, kein Versprechen, ihr das Geld zurückzuzahlen. Die Dinge einfach nehmen, zu benutzen und zu vergessen, das war anscheinend immer schon Eddies Motto gewesen.

In diesem Moment kam ihr plötzlich eine Erkenntnis: Was auch immer sie im Leben erreichten, *sie* wäre es, die dafür arbeiten musste. Auf Eddie war kein Verlass. Und ob er es begriff oder nicht, seine Wettsucht war ein Problem. Er machte sich nicht die geringsten Sorgen um die Sicherheit seiner Familie; solange sie irgendwie durchkamen, war es ihm egal. Er war offensichtlich überzeugt, dass sich irgendjemand schon um ihn kümmern würde – früher hatten seine Eltern das getan, jetzt hatte sie diese Bürde geerbt.

Wenn sie ein Zuhause und wirkliche finanzielle Sicherheit haben wollten, müsste *sie* das planen. Doch jetzt war nicht der Zeitpunkt, um darüber zu reden, denn ihre Wut würde sie nur dazu verleiten, Dinge zu sagen, die sie später bedauern würde. Sie würde ihn einige Zeit im Saft seines schlechten Gewissens schmoren lassen, und dann würden sie reden, wirklich reden.

Wie sehr er auch predigte und tobte, sie würde die Kontrolle übernehmen und sie auch behalten.

Laura freute sich immer schon auf das glückliche Gesicht ihres Vaters, wenn sie mit Caroline in die Schmiede kam. Die beiden besuchten Tom, so oft es ging, denn Laura wusste, wie sehr ihn diese Besuche aufmunterten. Er betete seine Enkeltochter an, und sie konnte jetzt schon sehen, dass er Caro von vorn bis hinten verwöhnen würde, wenn sie größer wurde.

Die Mittagszeit war der beste Zeitpunkt für solche Stippvisiten, weil Tom dann gezwungen war, eine Pause einzulegen. Sie wusste, dass er sonst oft durcharbeitete, weil er jeder Untätigkeit aus dem Weg ging. Solange er zu tun hatte, hatte er weniger Zeit zum Nachdenken.

Auf dem Weg über die kleine Seitenstraße zu der Wellblechscheune, die im Sommer ein Heizofen und im Winter ein Kühlschrank war, dachte sie daran, wie Alex sie zum ersten Mal geküsst hatte. Ihr Mund verzog sich zu einem sehnsuchtsvollen Lächeln. Wie lange war das her? Über vier Jahre.

In der Zwischenzeit war so viel passiert. Und hier war sie nun, eine verheiratete Frau – ein trauriger Stich durchfuhr ihr Herz –, wenn auch nicht mit dem Mann, den sie liebte.

»Laura!« Überraschung lag in Toms Stimme, Entzücken in seinem Gesicht. »Und Caroline.« Während er vom Blasebalg auf sie zugelaufen kam, wischte er sich die Hände an einem Lappen ab, den er aus einer Tasche in seiner Lederschürze zog.

»Hallo, Papa.« Laura gab Tom einen Kuss, dann holte sie Caroline aus dem Kinderwagen und reichte sie ihm. »Deine Enkelin war heute Morgen etwas nörgelig.« Was nicht ganz der Wahrheit entsprach, aber das brauchte er ja nicht zu wissen. »Deshalb dachte ich, dass es gut wäre, wenn sie ihren Großvater besucht. Wo ist Mikey?«

»In der Gießerei, um Metall zu besorgen. Es ist so schwer, etwas aufzutreiben, dass wir demnächst noch zu den Schrotthändlern gehen müssen.«

Laura sah zu, wie Caroline ihren Vater angurrte und mit ihrem Händchen nach seiner Nase fasste. Er ließ es zu, und sie klammerte sich daran fest.

»Wie ich sehe, hat sie einen festen Griff«, sagte er mit einem tiefen Glucksen, das Laura an glücklichere Zeiten erinnerte. Es tat gut, ihn lachen zu hören, das tat er so selten.

»Ich setze Teewasser auf. Hast du etwas zu essen dabei?«

Er sah sie ironisch an, während er Caroline weiter in den Armen wiegte. »Das ist also der Grund für den Besuch – du willst mich wohl kontrollieren, wie? Irgendwo ist hier eine Dose mit meinem Mittagsbrot. Mikey sorgt schon dafür, dass ich etwas esse, das solltest du doch wissen.«

»Das höre ich gern. Wie ist die neue Wohnung?«

»Klein, aber gemütlich. Mikey gefällt sie – weniger Hausarbeit –, es ist nur weiter bis zum Wasser, wenn er angeln möchte. Und du, wie steht es bei dir, mein Schatz?«

»Oh, es ist ein bisschen eng bei den Ashworths. Eines Tages spare ich genug Geld für etwas Eigenes, ob es Eddie gefällt oder nicht.« Sie verdrehte die Augen. »Aber Irene und Joe sind lieb zu unserem Baby, vor allem Joe.«

»Tja, Eddie nimmt die Dinge, wie sie kommen. Du wirst auf den Umzug drängen müssen.« Obwohl Laura ihren Mann nie offen kritisierte, verriet ihm etwas an der Art, wie sie über ihn redete, dass ihre Ehe nicht die glücklichste war, aber Tom sprach sie nie darauf an. Laura wusste, dass er ihr auf jede mögliche Weise helfen würde, aber er wusste auch, dass bei Problemen zwischen Mann und Frau ein dritter Beteiligter eher störte als half.

»Ich habe vor ein paar Tagen Post von Frank bekommen. Der Brief liegt auf der Werkbank, falls du ihn lesen möchtest«, sagte Tom zu ihr. Er setzte sich auf den einzigen Stuhl in der Schmiede und ließ Caroline auf seinem Knie wippen. »Diese junge Dame hat einen guten Sitz. Wenn sie ein Jahr wird, können wir anfangen, sie auf ein Pferd zu setzen.«

»Solange wir Eddie nichts davon sagen«, stimmte Laura ihm mit einem verschwörerischen Lächeln zu. »Sie weckt seinen ganzen Beschützerinstinkt, weißt du.«

»Ja«, sagte Tom und sah sie an. »Er mag ja seine Fehler haben, aber dass er ein schlechter Vater ist, kann man nicht sagen.«

Laura und Caroline verbrachten über eine Stunde in der Schmiede, und erst als das Baby zu quengeln begann, steckte Laura sie wieder in den Kinderwagen, um sich auf den Heimweg zu machen.

»Irene lässt fragen, ob du vielleicht mit Mikey am Sonntag zum Mittagessen kommen möchtest, Papa.«

Tom verbarg seine Grimasse und verwandelte sie in ein Grinsen.

»Gern. Jede Mahlzeit, die Mikey nicht kochen muss, ist eine gute Mahlzeit.«

Nachdem es drei Tage lang sintflutartig geregnet hatte, rochen alle Zimmer im betagten Haus der Ashworths feucht. Die Küchendecke hatte ein Loch bekommen, und ein alter Eisentopf fing das Wasser auf, das durch den Putz tropfte.

Überall, wo Laura eine Leine spannen konnte, hingen halb getrocknete Windeln und Babykleider.

An diesem Morgen war sie froh, das feuchte Haus verlassen zu können, obwohl sie selbst halb nass in ihrem winzigen Büro bei David Jones ankam. Ohne sich jedoch von ihren nassen Schuhen, ihrem feuchten Rocksaum und ihren triefenden Haaren, die sich zu ringeln begannen, stören zu lassen, machte sie sich sofort an eine Reihe neuer Skizzen.

Die erste Skizze zeigte einen flachen Strohhut mit einer länglichen Krempe, die wie ein Regentropfen geformt und mit halb durchsichtigen Perlen verziert war, die wie Regentropfen aussahen. Auch das Sonnenlicht würde sich darin fangen – falls die Sonne je wieder zum Vorschein kam.

Helen, die Leiterin der Werkstatt, klopfte an und trat ein, um ihr zwei Hüte zu zeigen, die als Sonderanfertigung genäht worden waren.

»Laura, ist das nicht furchtbar, dass die Japaner Pearl Harbor bombardiert haben? Wer hätte gedacht, dass sie so etwas wagen?«, sagte Helen, während sie die Strohhüte mit den breiten Krempen und den Satinbändern auf den Schreibtisch legte. »Es heißt, dadurch wird der Krieg doppelt so lange dauern.«

Laura nickte zustimmend, während sie die fertigen Hüte kritisch betrachtete. Alles redete von Pearl Harbor. Sie hatte gehört, wie sich die Leute in der Straßenbahn und im Geschäft darüber unterhielten.

»Die Hüte sehen gut aus. Ja, das ist kein gutes Zeichen … für den Krieg, meine ich. Mein Schwiegervater sagt, die Japaner könnten sich gegen Australien wenden und vielleicht von einer Insel zur nächsten übersetzen, bis sie nach Darwin kommen.«

»Ist da nicht dein Bruder stationiert?«

»Im Moment ja. Papa hat letzte Woche einen Brief bekommen, in dem er angedeutet hat, dass er vielleicht im neuen Jahr nach Übersee versetzt wird.«

»Oje. Bin ich froh, dass ich eine alte Jungfer bin und es keinen jungen Mann gibt, um den ich mich sorgen müsste. Weißt du«, Helen senkte die Stimme zu einem verschwörerischen Flüstern, »ich habe schon daran gedacht, mich der Heimatarmee anzuschließen. Es heißt, es werden dringend Frauen gebraucht, wenn sich noch mehr Farmer verpflichten.«

»Ich wusste gar nicht, dass du Ahnung von der Landwirtschaft hast«, sagte Laura und lächelte bei dem Gedanken daran, wie die gertenschlanke Helen einen Traktor fuhr oder ein Schaf schor.

»O doch, ich komme aus den Darling Downs.« Sie blickte über Lauras Schulter hinweg auf die Skizzen. »Oh, das sieht ja interessant aus.«

»Findest du? Mir sind in der Straßenbahn ein paar Ideen gekommen, als ich zugesehen habe, wie alle aus dem Regen ins Trockene gehastet sind.«

»Ich weiß nicht, woher du immer deine Ideen nimmst, aber alle finden sie fantastisch. Wir sind so froh, dass du wieder da bist. Geht… zu Hause alles gut mit deinem kleinen Mädchen?«

»Bis jetzt ja.«

Das diskrete Räuspern einer Männerkehle ließ die beiden Frauen gleichzeitig herumfahren. Derek French stand in der offenen Tür.

Laura wusste, dass Helen Mr French nicht mochte. Zu vorwitzig mit den Händen und zu direkt mit seinen Blicken für ihren Geschmack. Helen entschuldigte sich und kehrte in die Werkstatt zurück.

Laura wusste auf den ersten Blick, dass etwas nicht stimmte. Er hatte die Stirn gerunzelt, und seine Lippen waren fest zusammengepresst.

»Was ist denn, Derek?«

»Laura, ich habe schlechte Nachrichten für Sie.«

Sie erstarrte. Ihr Herz begann alarmierend zu hämmern. »Caroline? Eddie?«

Er schüttelte den Kopf. »Ihr Vater. Ihr Bruder hat gerade angerufen. Offenbar ist Ihr Vater bei der Arbeit zusammengebrochen, sie haben ihn ins Krankenhaus gebracht.« Als er sie erbleichen sah, trat er an ihre Seite und legte ihr die Hand unter den Ellbogen. »Möchten Sie sich lieber hinsetzen?«

»Nein. Was …? Hat Mikey gesagt, was es ist?«

»Er wusste es nicht.«

Laura versuchte, sich zusammenzunehmen, aber sie schien alles in Zeitlupe zu tun. »Ich … muss gehen. Es könnte etwas Ernstes sein.«

»Natürlich. Ich habe dafür gesorgt, dass Ihnen der Pförtner ein Taxi ruft.«

Sie lächelte ihm flüchtig zu, während sie hastig ihren Mantel, ihre Handtasche und ihren Schirm an sich nahm.

»Danke, Derek. Welches Krankenhaus? Hat Mikey das gesagt?«

»Das *Prince of Wales*.«

Doktor Hume diagnostizierte eine doppelseitige Lungenentzündung.

»Wie konnte –?« Laura sah Mikey an und wartete auf seine Erklärung, als sie im Wartezimmer am Ende der Station saßen.

»Vorgestern hatte der Laster im Regen eine Panne, und er ist den Rest des Heimwegs zu Fuß gegangen. Er war nass bis auf die Haut, als er angekommen ist. Wollte nichts essen, hat sich nur abgetrocknet und ist sofort ins Bett gegangen. Am nächsten Tag hatte er so hohes Fieber, dass er nicht aufstehen konnte. Er hat gesagt, ich müsste die Schmiede aufmachen, er würde einen Tag im Bett bleiben, und dann wäre alles wieder gut. Mrs Kilkenny, unsere Nachbarin, hat nach ihm gesehen, und als ich abends nach Hause gekommen bin, schien es ihm besser zu gehen.«

Mikey rieb sich nervös die Hände.

»Heute war er nicht davon abzuhalten, zur Arbeit zu gehen. Ich fand, er sah nicht gut aus, und er hat kaum Luft bekommen. Ich habe ihn darauf angesprochen, aber du kennst ja Papa, er hat gesagt, es geht ihm gut. Ich hatte den Laster wieder in Gang gebracht, also sind wir gefahren… Als wir Pause gemacht haben, hat er sich auf den alten Amboss gesetzt – den er nie benutzt – und ist einfach umgekippt.«

Mikey schüttelte den Kopf, verstört von der Erinnerung.

»Der Lehrling und ich haben versucht, ihn wieder zu sich zu bringen, aber es ging nicht. Ich…«, er sah Laura an und lächelte verkniffen, »ich habe Angst bekommen, weil er so komisch geatmet hat. Wir haben ihn in den Laster gepackt und ihn ins Krankenhaus gebracht.«

Laura nahm seine Hände, um ihn zu beruhigen, dann kam Doktor Hume.

»Laura, Mikey.« Er zog einen Stuhl zu ihnen hinüber und setzte sich. »Ich will nicht um den heißen Brei herumreden, wir haben es hier mit einem kranken Mann zu tun.«

»Wie krank?« Mikey fragte als Erster.

»Beidseitige Lungenentzündung. Sie ist ziemlich weit fortgeschritten. Ich habe noch nie gesehen, wie es jemanden so schnell so heftig erwischt hat wie Tom.«

»Er ist etwas mitgenommen, Doktor. Er hat nicht mehr richtig auf sich Acht gegeben, seit…« Laura konnte den Satz nicht beenden.

»Ich verstehe. Ich habe ihm Sulfonamid verabreicht – die maximale Dosis –, und er liegt im Sauerstoffzelt. Ich wünschte nur, dieses neue Heilmittel, von dem alle Welt spricht – Penizillin –, wäre schon zu haben. Es kann nicht mehr lange dauern«, murmelte er halb vor sich hin. »Die nächsten achtundvierzig Stunden sind entscheidend.«

»Können wir ihn sehen?«

»Natürlich. Aber ich muss Sie warnen, er ist im Delirium. Möglicherweise erkennt er Sie nicht.«

Als sie dann am Bett ihres Vaters saß und seinen angestrengten Atemgeräuschen lauschte, wurde Laura von solchen Schuldgefühlen überschwemmt, dass sie kaum die Ruhe bewahren konnte. Sie verfluchte sich innerlich. Warum hatte sie die Vorzeichen nicht gesehen? Sie wusste, dass er nicht richtig auf sich geachtet hatte. Sie hätte ihn öfter besuchen sollen. Vielleicht wäre es nicht so weit gekommen, wenn sie besser aufgepasst hätte.

»Es ist nicht deine Schuld«, sagte Mikey, als hätte er ihre Gedanken gelesen. »Seit Mamas Tod ist er nicht mehr er selbst. Das weißt du genauso gut wie ich.«

»Das ist doch fast zwei Jahre her. Er, er hätte … sich doch langsam damit abfinden müssen.«

Mikey schüttelte den Kopf. »Ich weiß gar nicht, ob er das will.«

Was für ein seltsamer Satz aus seinem Mund, dachte Laura und betrachtete ihren jüngeren Bruder. Mikey war immer der Sensible unter den drei Geschwistern gewesen. Das hatte schon ihre Mutter gesagt. Laura sah ihm suchend ins Gesicht, während sie nachdachte, wie er das wohl gemeint hatte. Wollte er damit sagen, dass ihr starker, tüchtiger Vater einfach aufgab? Sie wusste, wie sehr Tom ihre Mutter geliebt hatte. Kam er einfach nicht über ihren Verlust hinweg?

»Er muss es wollen«, sagte sie etwas zu heftig.

»Angie. Bist du das, Liebste?«, krächzte Tom McRaes Stimme aus dem Inneren des Sauerstoffzelts, und seine Hand tastete nach Laura.

»Schon gut, Papa. Wir sind hier«, sagte sie tröstend und griff nach seiner Hand. Sie fühlte sich so heiß an. »Mikey ist auch hier.«

»Angie, du warst so lange fort. Wo bist du nur gewesen?« Er hustete keuchend, bis er nach Atem rang. »Du hast mir so gefehlt, mein Herz.«

Laura kniff die Augen zu, um die Tränen zurückzuhalten. Das war sein Kosename für ihre Mutter gewesen. Sie blickte zu Mikey hinüber und sah, dass auch ihm die Tränen in den Augen standen.

»Du hast mir auch gefehlt«, sagte sie, so ruhig sie konnte. »Du darfst nicht sprechen, du musst wieder gesund werden. Hörst du mich, Papa?«

»Ja, Angie, Liebste. Ich … höre dich …«

»Papa, werde schnell gesund«, wiederholte Mikey.

Doch Tom McRae wurde nicht gesund. Die Lungenentzündung hatte ihn zu fest im Griff, und allen Bemühungen Doktor Humes und des Krankenhauspersonals zum Trotz ging sein Leben drei Tage später friedlich zu Ende.

17

Nach Alex' Tod und dem ihrer Mutter war die Arbeit Lauras Rettung gewesen. Diesmal war es nicht so.

Innerhalb von etwas mehr als drei Jahren hatte sie die drei Menschen verloren, die sie – abgesehen von ihrer kleinen Tochter – am meisten liebte. Ihr normalerweise so reges Hirn, das sich die Inspiration für ihre Entwürfe überall holte, war wie ausgedörrt, ihre Kreativität wurde vom Schmerz überrollt. Der Verlust ihres Vaters – der ihr Fels in der Brandung gewesen war – war ein Schlag, der sie in die Depression trieb. Tom hatte in Lauras Augen immer etwas Unverwüstliches an sich gehabt; sie war wie selbstverständlich davon ausgegangen, dass er immer da wäre, um sich um sie zu kümmern und ihr zuzuhören. Jetzt war er fort, und alles, was ihr geblieben war, war ihr einziger Sonnenstrahl, Caroline.

Weil Mikey noch keine siebzehn war, war er in Lauras Augen zu jung, um allein zu wohnen, also zog er bei den Ashworths ein, deren Haus jetzt beinahe aus den Nähten platzte. Er war zufrieden damit, auf der offenen Veranda in einem alten Feldbett zu schlafen. Solange das Wetter warm war, war das kein Problem, und im Winter würde er sein Bett in der Küche aufschlagen.

Alle, ihre Nachbarn, ihre Freunde, waren außerordentlich großzügig gewesen. Auf der Beerdigung hatte Lyle Morris, für den Alex einmal gearbeitet hatte und der ein wichtiger Mann auf der Rennbahn war, eine Sammlung organisiert, und am Grab hatte er Mikey eine Summe in die Hand gedrückt, die für die Beerdigung reichte.

Laura und Mikey beschlossen, einige Möbelstücke zu behalten, darunter auch das Klavier ihrer Mutter, den Rest verkauften sie an einen Gebrauchtmöbelhändler. Als sie sich dann an das traurige, aber unumgängliche Ritual begaben, die Angelegenheiten ihres Vaters in Ordnung zu bringen, erlebten sie einige herzerwärmende Überraschungen. Einige Trainer und andere Kunden, die der Schmiede noch Geld schuldeten, bezahlten den Großteil der offenen Rechnungen, die zum Teil über ein Jahr alt waren. Ein konkurrierender Schmied, dessen Werkstatt weiter von der Rennbahn entfernt war, bot an, den Pachtvertrag für die Schmiede zu übernehmen. Er bezahlte ihnen fünfundzwanzig Pfund für die Werkzeuge ihres Vaters und noch einmal fünfundzwanzig aus Kulanz.

Die Arbeit hatte für Laura jede Bedeutung verloren, und sie gab ihre Stelle bei David Jones auf, um ihre Zeit ganz mit Caroline verbringen zu können. Eddie war überglücklich. Er fühlte sich, als hätte er einen Sieg errungen, obwohl er immerhin so klug war zu begreifen, dass sie nicht gekündigt hatte, um seinem Wunsch zu entsprechen. Vielmehr war sie körperlich und emotional so erschöpft, dass selbst er sich allmählich Sorgen machte.

Fast einen Monat lang zog sich Laura in sich selbst zurück. Sie raffte sich nur auf, um sich um Caroline zu kümmern und das Allernötigste zu erledigen. Den Haushalt, die Lebensmitteleinkäufe. Sie aß so wenig, dass sie fast drei Kilo abnahm, eine Gewichtsabnahme, die sie sich nicht leisten konnte. Niemand, nicht einmal Mary Ellen, Ruth, Kitty oder Alice Markham, die Laura jetzt doch in ihr Herz geschlossen hatte, konnte sie aus ihrer Lethargie wecken.

Ein Brief von Frank nach dem ersten Luftangriff auf Darwin teilte ihr mit, dass er für einen zweiwöchigen Heimaturlaub nach Sydney kommen würde, bevor man ihn zur Neunten Division nach Neuguinea versetzte. Das riss sie aus ihrer Trauer. Insgeheim war sie tief verstört. Sie und Frank hatten sich nie nahegestanden, doch die plötzliche Erkenntnis, dass ihr engster Verwandter – sie, Frank und Mikey waren schließlich alles, was noch von der Familie übrig war – an einen Kriegsschauplatz versetzt wurde, holte sie in die Wirklichkeit zurück.

Kurz nach dieser Neuigkeit hörte sie einen fürchterlichen Streit zwischen Maggie und Mikey mit an, der nur ausgesprochen selten wütend wurde. Sie wusste, dass es Zeit war, etwas zu ändern. Eddie würde nie etwas tun, also musste sie die Initiative ergreifen.

Während Caroline ihren Mittagsschlaf hielt, blickte sie das Heft durch, das die Unterlagen der Commonwealth Bank über das Vermögen ihres Vaters enthielt. Man konnte es kaum ein Vermögen nennen. Hundertachtzig Pfund, sechs Shilling und neun Pence. Der gesammelte Besitz aus fünfundfünfzig Lebensjahren. Nicht viel, konnte sie Mary Ellen schon mitleidig sagen hören.

Frank wollte seinen Anteil sicherlich haben, und sie gönnte ihn ihm. Aber wenn sie ihren Anteil mit Mikeys zusammentat und die Bank ihnen einen Kredit gab, konnten sie sich vielleicht ein Haus leisten. Nichts Großartiges natürlich.

Aber ein Haus, den ersten Schritt auf *ihrem* Weg in die Sicherheit, ihr eigenes Zuhause. Sie würde sich morgen darum kümmern, mit Eddie… und wenn sie ihn mit Gewalt zur Bank schleifen musste.

John Badger richtete den Blick über die Glasplatte seines riesigen Mahagonischreibtischs hinweg auf das junge Paar mit dem Kind. Er hatte sein seriöses Gesicht aufgesetzt, und ihm war sehr wohl bewusst, wie abschreckend das auf die Menschen auf der anderen Seite des Schreibtischs wirkte, jene, die sich Geld leihen wollten.

Der Mann machte einen beklommenen Eindruck, als wäre er lieber nicht hier. Mrs Ashworth – er hatte schon einmal ein Gespräch mit ihr geführt – war eine sehr entschlossene junge Frau. Sie sah gefasst aus, und wenn er sie richtig einschätzte, würde sie sich nicht so einfach abwimmeln lassen. Das Kind nuckelte an ihrem Daumen, während seine leuchtend blauen Augen interessiert über den Schreibtisch wanderten.

»Wir leben in schwierigen Zeiten, Mrs Ashworth«, begann Badger in unpersönlichem, geschäftsmäßigem Ton. »Durch die Folgen der Kriegsanstrengungen ist nicht viel Geld für Kredite da.«

Laura zog überrascht die Augenbrauen hoch. »Bei unserem letzten Gespräch haben Sie mir aber den Eindruck vermittelt, dass ein Kredit für uns in Frage käme, Mr Badger.«

»Aah, ja, aber damals sind Sie auch von einem Grundkapital von über zweihundert Pfund ausgegangen, und die Kreditsumme wäre kleiner gewesen. Jetzt«, er warf einen Blick auf das Geschäftsbuch auf seinem Schreibtisch, »haben Sie nur hunderteinundzwanzig Pfund – ein beträchtlicher Unterschied.« Er hielt inne, um seine Worte wirken zu lassen, dann fügte er hinzu: »Ich müsste mich darauf verlassen, dass Sie Ihre monatlichen Rückzahlungen pünktlich leisten.«

»Natürlich würden wir das. Mein Mann verdient gut in der Munitionsfabrik. Über sechs Pfund in der Woche.«

»Mehr, wenn man die Überstunden einrechnet«, fügte Eddie hinzu. Der Bankdirektor war ihm auf Anhieb unsympathisch gewesen, und er konnte gar nicht schnell genug wieder aus seinem stickigen Büro hinauskommen, auch wenn Laura noch so sehr auf einen Kredit aus war. Ein aufgeblasener, eingebildeter Idiot, das war Badger.

»Dazu kommt das Geld, das ich demnächst mit meiner Hutmacherwerkstatt verdienen werde«, sagte Laura, ohne zu beachten, dass Eddie missbilligend die Luft anhielt. Sie hatte zwar im Moment keine konkreten Pläne, wieder Hüte zu verkaufen, aber das brauchte der arrogante Mr Badger ja nicht zu wissen.

»Und was glauben Sie, was Sie damit verdienen werden, Mrs Ashworth?«, fragte John Badger und sah sie über seine goldgeränderte Brille hinweg an. Was für eine hübsche Frau, dachte er, wenn auch etwas dünn für seinen Geschmack. Aber wenn sie lächelte…

»Ich gehe davon aus, dass ich dasselbe verdienen werde wie mein Mann, möglicherweise auch mehr.«

»Mmm, ich verstehe. Die Bank rechnet aber nicht mit den Einkünften einer Frau, wenn sie über einen Kreditantrag entscheidet, Mrs Ashworth, sondern nur mit denen des Ehemanns.« Er warf einen erneuten Blick auf den Aktenordner, dann fragte er: »An welche Summe hatten Sie denn gedacht?«

Lauras Herz schlug schmerzhaft in ihrer Brust, und ihr war bewusst, dass Caroline unruhig wurde, weil es fast Essenszeit für sie war. Mit demselben geschäftsmäßigen Ton wie er – und in der Hoffnung, ihn damit zu beeindrucken – sagte sie, ohne zu zögern, als ob sie ein Brot bestellte: »Zweihundertvierzig Pfund.«

John Badger öffnete zweimal den Mund und schloss ihn wieder. Er blickte noch einmal auf den Inhalt des Ordners, dann spielte er mit dem Füllfederhalter in seiner Hand, während er im Kopf etwas durchrechnete.

»Haben Sie denn irgendwelche Sicherheiten?«

»Wir haben ein Auto, einen 37er Ford V8 De Luxe. Ich habe hundertfünfundsiebzig Pfund dafür bezahlt, die letzte Rate letzte Woche.« Eddie grinste seine Frau an. »Er gehört uns.«

»Sonst noch etwas? Aktien, Möbel, Schmuck?«

Laura schüttelte den Kopf. Es war ihr unangenehm, dass Mr Badger ihr das Gefühl gab, eine Bettlerin zu sein, aber sie war zu stolz, sich etwas anmerken zu lassen.

»Nein, nichts, was von Wert wäre.«

Im Büro wurde es so still wie in einer Kirche vor der Messe. Es war, als spielte der Bankdirektor ein Katz-und-Maus-Spiel mit ihnen, wer hielt es am längsten aus, nichts zu sagen?

Laura hatte nicht vor, von ihrem Stuhl aufzustehen, bis er

ihnen gab, was sie wollte. John Badger brach das Schweigen zuerst, und für sie war das schon ein kleiner Sieg.

»Ich verstehe...«, sagte Badger schließlich langsam. »Nun, es ist höchst ungewöhnlich, und es ist eine große Summe, Mr und Mrs Ashworth. Dennoch will ich sehen, was sich machen lässt. Sie müssen diese Formulare ausfüllen und unterzeichnen, Mr Ashworth. Ich gehe davon aus, dass der Kredit auf Ihren Namen laufen wird, Sir?«

Eddie zuckte mit den Achseln. »Ich denke schon.« Er sah Laura an, um ihre Bestätigung abzuwarten.

»Nein, Mr Badger, der Kredit wird auf drei Namen laufen«, sagte Laura entschlossen. »Auf den meines Mannes, auf meinen und auf den meines Bruders Michael McRae.«

»Das ist aber ungewöhnlich, Mrs Ashworth, vor allem angesichts der Tatsache, dass Ihr Mann das feste Gehalt bezieht. Der Kredit wird doch davon bezahlt, oder nicht?«

Sie sah ihn direkt an, und irgendetwas in den braunen Tiefen ihrer Augen verbot ihm, ihre Worte in Frage zu stellen.

»Wir werden alle drei unseren Anteil beisteuern, Mr Badger. Die Anzahlung gehört Michael und mir. Ich sehe keinen Grund, warum unser Name nicht auch auf dem Hypothekenbrief stehen sollte.« Sie sah ihren Mann mit hochgezogener Augenbraue an. »Hast du irgendwelche Einwände, Eddie?«

Eddie zuckte mit den Schultern, als könnte es ihm kaum gleichgültiger sein. Innerlich jedoch kochte er. Sie traute ihm nicht, verdammt! Was glaubte sie denn, was er tun würde? Das Haus verspielen?

»Nein, Schatz, wenn du es so möchtest.«

Als die Ashworths gegangen waren, zog John Badger ein zusammengelegtes weißes Taschentuch aus der Tasche und wischte sich die Schweißperlen von Stirn und Oberlippe. Dies war schon das zweite komplizierte Gespräch an diesem

Tag gewesen, und obwohl es erst zwölf Uhr war, sehnte er sich nach der Ruhe und Ordnung seiner Wohnung.

Zuerst war da diese Mrs Smithers gewesen, die in die Bank geschneit gekommen war, als ob sie ihr gehörte, und darauf bestanden hatte, mit ihm zu sprechen. Oh, er wusste über sie Bescheid. Er las die Klatschspalten der Sonntagszeitungen und hatte ihren Namen auf Anhieb gekannt. Die Frau hatte darauf bestanden, eine Garantie für den Kredit der Ashworths zu hinterlegen, und die strikte Anweisung hinterlassen, dass man ihnen nichts davon sagte.

Er senkte den Blick auf den Brief. In ihrer extravaganten Handschrift auf Papier mit dem Briefkopf der Bank verfasst, besagte er, dass Mrs Smithers den Kredit der Ashworths voll bezahlen würde, wenn sie in Verzug gerieten. Höchst ungewöhnlich! Fast hoffte er, dass die Ashworths tatsächlich in Verzug geraten würden, damit die feine Dame in ihre Tasche greifen musste – nicht, dass sie eine solche Summe vermissen würde, sie würde nicht die kleinste Lücke auf ihrem gut gefüllten Bankkonto hinterlassen. Der Brief war unter Zeugen verfasst worden, daher ging er davon aus, dass er ein gültiges Dokument war.

Dann waren Mrs Ashworth und ihre Familie gekommen. Eine entschlossene junge Frau der ersten Güte. Was für ein Paar!

Zum Glück war er autorisiert, Kredite von bis zu zweihundertfünfzig Pfund ohne die Genehmigung der Hauptgeschäftsstelle zu vergeben. Dort brauchte niemand zu erfahren, dass er, John Badger, etwas so Impulsives getan hatte. Wenn er nur daran dachte, bekam er Kopfschmerzen. Wo hatte er nur sein Aspirin?

Fast sechs Monate ließ Laura ihre Kreativität ruhen und war allem Anschein nach ganz zufrieden damit, das kleine Haus in Randwick nicht weit von der Einkaufsstraße und der Straßenbahn in ein gemütliches Heim zu verwandeln. Sie unternahm Streifzüge, um Stoff aufzutreiben, und nähte für fast alle Zimmer neue Vorhänge, gestaltete das Haus mit Zimmerpflanzen freundlicher und stattete es mit alten Möbelstücken aus, die sie bei Gebrauchtmöbelhändlern aufspürte und mit viel Geduld und Lack wieder aufpolierte.

Das Haus, das ursprünglich einem alten Seebären gehört hatte, war alt und ziemlich reparaturbedürftig. Nicht nur sein Anstrich, sondern auch die Wasser- und Stromleitungen bedurften der Erneuerung, doch die Ashworths hatten kaum Geld für so etwas, daher begnügten sie sich mit dem, was sie hatten, wie es so viele andere Bewohner Sydneys auch mussten.

Frank kam auf Heimaturlaub, bevor man ihn nach Neuguinea schickte, und Laura fand, dass er sich verändert hatte. Der Bombenangriff auf Darwin, der seinen alten Kameraden Charlie Forbes das Leben gekostet hatte, schien vollbracht zu haben, was ihren Eltern mit all ihrer Liebe und Disziplin nicht gelungen war – er hatte ihn zum Mann gemacht. Er war ganz vernarrt in Caroline, die er mit Spielzeug überhäufte und auf Spaziergänge mitnahm, um ihr Eis und Süßigkeiten zu kaufen.

Überall in Sydney wurde getanzt und gefeiert, sodass Frank fast jeden Abend unterwegs war. Eines Nachmittags kam er in einem Taxi nach Hause und brachte eine junge Frau namens Elsie Harris aus Glebe mit. Er verkündete, dass sie vor seiner Abreise nach Neuguinea heiraten würden.

Obwohl Laura die beiden anflehte zu warten – er kannte sie erst acht Tage –, blieb ihr Bruder wie immer stur. Sie heirateten in aller Stille in Elsies Heimatkirche in Glebe und verbrachten dann drei Tage in Manly, bis er seinen Marschbefehl bekam. Franks Braut blieb bei ihren Eltern wohnen, besuchte Laura und Mikey aber jeden Monat. Beim zweiten Besuch verkündete sie, dass sie schwanger war, und Laura freute sich für die beiden – so konnte sich Frank bei seiner Rückkehr auf etwas ganz Besonderes freuen.

Mikey war jetzt genauso groß wie Frank, und die Arbeit in der Schmiede hatte ihn zu einem kräftigen jungen Mann gemacht. Natürlich hatte Frank ihn während seines Urlaubs gehänselt, doch Mikey hatte gelernt, nicht darauf einzugehen, und ihn einfach ignoriert. Seit Monaten suchte er erfolglos Arbeit in einer Autowerkstatt. Er hatte sich immer schon sehr für Mechanik interessiert, und ohne seine Hilfe hätte Eddie den Ford niemals fahrtüchtig halten können. Der Mangel an Neuwagen und die empörenden Preise für Gebrauchte machten den Ford zu einem kostbaren Stück, das sein Gewicht beinahe in Gold wert war. Allerdings war das Benzin auf zwei Gallonen pro Woche rationiert, sodass Ausflüge aufs Land nicht in Frage kamen, wenn es weiter als bis La Perouse gehen sollte.

Mikey, den seit dem Tod seines Vaters jeder Mike nannte, als wäre er plötzlich erwachsen geworden, war Laura im Haus eine große Hilfe. Irgendwie brachte er den sandigen Boden dazu, eine ganze Reihe von Gemüsesorten hervorzubringen – Möhren, Mangold, Salat, Tomaten und rote Beete –, und er stutzte den Apfelbaum so, dass er in der nächsten Saison Früchte tragen würde. Er baute einen Hühnerstall aus Materialien, die er einem Nachbarn abschwatzte, sodass sie immer frische Eier hatten. Im Vorgarten säumte er die kleine Rasenfläche mit Zinnien, Zuckererbsen und zwei blauen Hortensien.

Caroline war sein Augapfel, und er entwickelte genauso viel Geschick wie Laura beim Wickeln und bei der Zubereitung von Babymahlzeiten. Außerdem ermöglichte die Tatsache, dass Mike als Babysitter bei ihnen wohnte, es Laura und

Eddie, unter die Leute zu gehen, obwohl der Funke in Lauras Blick lange Zeit erloschen schien.

Eines Tages passte Mikey auf Caroline auf, und Laura griff aus einer Laune heraus zu ihrem Block und begann zu zeichnen, Hüte, die in einem nüchternen Stil gehalten waren, der dem Krieg Respekt zollte. Heutzutage waren so viele Dinge rationiert, und mit Hüten ließ sich nicht mehr viel verdienen. Normalerweise hätte ein halbwegs anständiger Hut mit einer hübschen Verzierung ein paar Guineen eingebracht; jetzt galt es, die Hüte schlichter zu halten, wenn man noch Gewinn damit machen wollte. Die Alternative war natürlich, sich einen privaten Kundenstamm aufzubauen, so wie sie es mit Kitty, Alice Markham und Mary Ellen getan hatte. Sie konnten es sich leisten, ohne mit der Wimper zu zucken, das Doppelte zu bezahlen.

Morgen würde sie sich mit Bert Denton in Verbindung setzen und ihm sagen, dass sie wieder arbeiten wollte. Sie hatte ein schlechtes Gewissen, weil sie irgendwie auch das Gefühl hatte, Derek French ansprechen zu müssen, aber vorerst hielt sie es für besser, zu Hause zu arbeiten, wie sie es damals auf der Addison Street getan hatte. So konnte sie beides verbinden, ein Berufsleben und die Freude, Caroline heranwachsen zu sehen.

»Himmel! Die verflixten Japsen haben ihre U-Boote im Hafen von Sydney geparkt.« Eddie las die Schlagzeile der *Sun* vor, während er in eine Scheibe Toast biss. »Himmel, demnächst kommen sie noch über die George Street marschiert. So eine Frechheit, hier direkt vor unserer Nase hereinzufahren.«

»Sie wollen uns in Panik versetzen«, meinte Mike, der gerade seinen eigenen Toast mit einer jämmerlich dünnen Butterschicht bestrich, bevor er großzügig Marmelade darauf verteilte.

»Ihr beide reicht schon, um mich in Panik zu versetzen, wenn ihr nicht das Thema wechselt«, mahnte Laura, während sie Caroline fütterte – oder es zumindest versuchte, denn die freiheitsliebende junge Dame war entschlossen, allein zu essen. »Beeil dich lieber, Eddie, sonst verpasst du noch die Bahn zur Rennbahn.«

Eddie warf Mike über den oberen Rand seiner Zeitung hinweg einen Blick zu. »Sag mal, suchst du immer noch Arbeit?« Er sah, wie Mike heftig nickte.

»Es könnte sein, dass bei uns etwas zu machen ist. Wenn du möchtest, lege ich ein gutes Wort für dich ein.«

»Das wäre großartig, Eddie. Ich langweile mich hier zu Tode. Nicht genug zu tun.«

»Das mag ja sein, aber wenigstens hatten wir immer einen Maler«, zog Laura ihn auf und fuhr ihm durch den dunklen Lockenschopf. Sie wusste, dass er immer noch darauf brannte, zur Marine zu gehen. Er hatte einen Kalender an der Innenseite seiner Zimmertür hängen, auf dem er mit religiöser Inbrunst jeden Tag anstrich, der ihn seinem achtzehnten Geburtstag näher brachte.

Wenn sie ihn doch nur überreden könnte, zu Hause zu bleiben. Sie wusste, dass ihre Eltern das von ihr erwartet hätten, aber sie hatte sich schon mehrfach erfolglos den Mund fusselig geredet, um ihn zur Vernunft zu bringen. Manchmal konnte er genauso stur sein wie Frank. Bei diesem Gedanken verzog sie das Gesicht. Es gab Leute, Kitty zum Beispiel, die der Meinung waren, dass die Sturheit bei den McRaes in der Familie lag und Laura davon nicht ausgeschlossen war.

»Okay, ich bin weg«, verkündete Eddie und stand auf. Er drückte Caroline einen Kuss auf die Stirn, und sie streckte ihm automatisch die Arme entgegen, damit er sie hochhob. »Jetzt nicht, Caro, Schätzchen …«

Als Caroline zu quengeln begann, setzte Eddie eine schuldbewusste Miene auf. Laura lächelte und versuchte, ihre Tochter abzulenken, indem sie ihr das nächstbeste Spielzeug hinhielt. Ihr Ehemann hatte haufenweise Fehler, aber seine Liebe zu seiner Caro machte vieles wieder wett.

Laura bekam einen Schmatz auf die Wange, und dann verließ er die Küche, Mantel, Hut und Aktentasche in der Hand.

»Was hältst du davon«, sagte Mike und befreite Caroline aus dem Hochstuhl, »wenn du Onkel Mike im Garten hilfst? Dann kannst du ein paar schöne Löcher buddeln und Sandkuchen backen.«

Laura lachte. »Du weißt doch, wie gern sie das tut. Wenn du sie also in ein Ferkel verwandeln willst, tu es jetzt. Dann kann ich sie baden, wenn sie wieder ins Haus kommt.«

»Diese Hüte sehen fantastisch aus, Laura. Sie haben immer noch dasselbe Händchen dafür«, begeisterte sich Bert, während er das letzte Exemplar ihrer jüngsten Kreationen in den Karton legte.

»Danke, Bert. Das war gar nicht so einfach. Es ist schwer, an Material zu kommen, weil so viele Fabriken den Rationierungen unterliegen. Ich habe gehört, dass Henderson seine Hutboutique geschlossen hat, bis der Krieg vorbei ist. Ist das wahr?«

»Ja. Die Preisentwicklung hat ihm den Rest gegeben. Was für eine Qualität soll man denn bei den derzeitigen Preisen liefern? Es ist einfach lächerlich.«

Laura grinste. »Oh, ich empfinde es als Herausforderung an meinen Erfindungsgeist.«

In diesem Moment kam Eddie in die Küche. Er hatte Caroline auf dem Arm.

»Hallo, Bert, was macht das Geschäft?«

Bert zuckte mit den Achseln und grinste ihn herzlich an. »Es geht den Umständen zum Trotz ziemlich gut.« Ihm kam eine Idee. »Hey, haben Sie Ihren Wagen noch?«

Auf Eddies Kopfnicken hin fuhr Bert fort. »Mit einem Wagen steigen Ihre Chancen auf dem Arbeitsmarkt. Mein Vorgesetzter sucht jemanden mit einem Fahrzeug für eine Vertreterstelle, jemanden, der die Geschäfte in den Vororten abklappert – vielleicht auch aufs Land fährt, wenn es Ihnen nichts ausmacht, Ihren Wagen so umrüsten zu lassen, dass er mit Kohle fährt.«

»Eddie hat doch eine Stelle, Bert.«

»Aber sie ist langweilig«, räumte Eddie ein, »und der Schichtdienst gefällt mir gar nicht.«

Lauras Augenbrauen fuhren in die Höhe. Bis jetzt hatte sie ihn noch nie über seine Arbeit klagen hören. Seinen Erzählungen nach hatte sie gedacht, es würde ihm Spaß machen, Handfeuerwaffen am Fließband zusammenzusetzen, Bomben mit Zündern zu versehen, Segeltuch für Rucksäcke zuzuschneiden und vieles andere.

»Aber ich kann mir nicht vorstellen, Schleifchen und Knöpfe zu verkaufen«, sagte Eddie und grinste. Nicht, dass er damit etwas gegen Bert sagen wollte, denn er mochte den Mann gern. Er konnte sich nur nicht vorstellen, seinen Lebensunterhalt so zu verdienen.

»Es geht um etwas anderes. Hören Sie, wenn Sie Interesse haben, kommen Sie vorbei und reden mit meinem Vorgesetzten. Ich kann gern einen Termin für Sie machen.«

Eddie sah Laura an, die mit den Schultern zuckte. Arbeit, war Arbeit, fand er, und es gab derzeit genug Stellen, die von Frauen ausgefüllt wurden, weil nicht genug Männer da waren.

»Wenn die Bezahlung stimmt, bin ich interessiert. Und wenn er bereit ist, den Umbau des Wagens zu bezahlen.«

»Gut, ich spreche es mit ihm ab und sage Bescheid.« Bert zwinkerte Laura zu und murmelte. »Jetzt muss ich los. Wenn ich mich spute, kann ich die Hüte heute Nachmittag noch bei Mallory abliefern.«

»Und, wie war es?«

Hochzufrieden schlüpfte Eddie aus dem Jackett seines Anzugs und begann, seine Weste aufzuknöpfen. »Ich habe die Stelle. Es war ganz einfach. Mr Tremayne und ich haben uns auf Anhieb gut verstanden, denn wir kennen uns von der Rennbahn. Er ist ein begeisterter Wetter. Setzt Hunderte von Pfund, als wäre es Kleingeld. Er muss stinkreich sein.«

Laura war alles andere als begeistert, das zu hören. Sie wollte nicht, dass Eddie glaubte, er könnte mit so jemandem Schritt halten. Sie wusste genau, dass er immer noch auf der Rennbahn wettete, wann immer er ein oder zwei Pfund übrig hatte. Sie war bereit, es zu ignorieren, solange er seinen Anteil zu ihrem Kredit beitrug und sich an den Haushaltskosten beteiligte.

»Was für eine Arbeit ist es denn?«

»Nicht das, was Bert macht. Mr Tremayne will das Geschäft noch auf ein zweites Standbein stellen. Er verkauft Reinigungsmittel, Bratöl und Farben und braucht jemanden mit einem Wagen, der die Vertreterbesuche macht und die Lieferungen übernimmt.«

Er ging zum Herd, hob den Deckel vom Topf, identifizierte den Inhalt und stöhnte. »Schon wieder Kanincheneintopf. Himmel, dann und wann will ein Mann doch auch einmal ein ordentliches Stück Fleisch essen.«

Laura ließ sich nicht anmerken, wie frustriert sie war. Er brauchte schließlich nicht beim Metzger Schlange zu stehen und auf die Ration von zweieinhalb Pfund Rindfleisch zu warten.

»Es hat keinen Zweck zu jammern. Wir sitzen alle im selben Boot.«

»Kitty und Bruce Smithers nicht. Ich wette, dass sie jeden Tag Fleisch auf den Teller bekommen.«

»Kann sein. Aber sie können es sich auch leisten, Schwarzmarktpreise zu bezahlen. Wir nicht.«

Angesichts der Schärfe und Frustration in ihrer Stimme war er so anständig, sich zu entschuldigen. »Entschuldige, Schatz. Ich weiß ja, dass es nicht deine Schuld ist.«

»Übrigens kommt Elsie am Sonntag mit dem Baby zum Mittagessen. Bitte sei nett zu ihr.« Franks Frau hatte im Frühling einen Sohn bekommen, den sie Peter Thomas genannt hatte.

»Natürlich.«

Er mochte Elsie nicht. Sie war eine verhuschte junge Frau, die nicht einen eigenen Gedanken im Kopf zu haben schien und nicht einen Funken Charakter besaß. Manchmal wusste er nicht, warum sich Laura überhaupt mit ihr abgab, es sei denn aus Pflichtgefühl, weil sie verwandt waren. Elsie und Laura hätten nicht unterschiedlicher sein können. Laura mit ihrem Feuer, ihrem Ehrgeiz. Zu viel von Letzterem, grollte er im Stillen. Seine wunderschöne Frau hatte ihren eigenen Kopf – wie sie schon viel zu oft bewiesen hatte.

»Aber nach dem Essen gehe ich mit Alfie Fredericks zum Fußball.«

»Das macht Elsie bestimmt nichts aus.« Sie lächelte ihm vage zu. »Dann können wir über unsere Babys plaudern.«

»Wo ist Caro überhaupt?«

»Sie schläft noch. Ihren Mittagsschlaf liebt sie heiß und innig.«

»Das ist in ihrem Alter ja auch richtig.« Eddie trat hinter Laura, die Kartoffeln und Möhren für den Eintopf würfelte.

Seine Arme stahlen sich um ihre Taille, und er zog sie fest an sich, um ihren Nacken zu küssen.

»Dann sollten wir die Gelegenheit nutzen, oder? Caro hätte doch bestimmt gern ein Geschwisterchen zum Spielen.«

Er hörte ihren Seufzer nicht, der kaum mehr war als ein schwaches Luftanhalten. Er presste sich an sie, und sie konnte seine Erektion deutlich spüren. Wenn sie ihn doch nur ein wenig lieben würde, wenn er doch nur Alex wäre ... *wenn*. Kein Wenn der Welt konnte daran etwas ändern.

»Ich habe das Bett gerade frisch bezogen.« Was für eine schwachsinnige Bemerkung, begriff sie, kaum dass sie die Worte ausgesprochen hatte. Es konnte Eddie kaum gleichgültiger sein, ob das Bett frisch bezogen war oder nicht.

»Das macht nichts.« Seine Hand wanderte an ihr empor, bis er ihre Brust fand. Er drückte sie fest, um dann zur anderen hinüberzuwandern. Seine Zunge verirrte sich in ihr Ohr, während er mit der freien Hand geschickt ihre Bluse aufzuknöpfen begann. Langsam drehte er sie zu sich um.

»Wir haben doch das Sofa.« Seine hellblauen Augen wanderten zur Couch hinüber und dann wieder zu Laura. »Das reicht mir voll und ganz«, sagte er mit rauer Stimme, und sein Mund kam auf den ihren zu.

Sie hatten sich am Mittwochnachmittag bei Kitty Smithers zum Tee getroffen, um Mary Ellen Beckwith aufzuheitern. Seit ihrer Hochzeit verkehrte diese in denselben Kreisen wie Kitty, Alice Markham oder Sarah Clarke-Bruce, die ebenfalls eine feste Größe auf der Ehrentribüne der Rennbahn war.

Letzte Woche hatte Mary Ellen ein Telegramm aus dem Verteidigungsministerium bekommen, in dem sie unterrichtet wurde, dass die Lancaster ihres Mannes über Nordfrankreich abgeschossen worden war. Er galt als vermisst.

Laura, die Caroline im Kinderwagen dabeihatte, traf als Erste in Kittys Haus in Coogee ein. Mrs Denning hatte den Tisch im luxuriösen Wohnzimmer des Hauses gedeckt, dessen großzügige Verglasung einen herrlichen Ausblick über den Pazifik bot.

»Sie ist völlig außer sich«, sagte Laura. Sie setzte Caroline auf den Boden, wo sie umherkrabbeln konnte, ließ sie aber nicht aus den Augen. Insgeheim war sie immer noch überrascht, dass die egozentrische, eigensinnige Mary Ellen sich so in Harry verliebt hatte.

»Ich weiß«, stimmte Kitty ihr zu. »Man weiß gar nicht, womit man sie trösten kann.«

»Mary Ellen hat immer schon einen Hang zu dramatischen Übertreibungen gehabt, aber ich muss zugeben, dass ich sie so noch nie erlebt habe.«

»Bruce sagt, wenn Harry überlebt hat, ist er wahrscheinlich in deutsche Gefangenschaft geraten.«

»Dann wollen wir das wohl hoffen oder, dass ihn die französische *Resistance* aufgelesen hat.«

Die elektrische Türklingel summte, und kurz darauf erklangen Stimmen im Foyer. Mary Ellen und Ruth waren angekommen.

Nachdem sie alle begrüßt hatte, wandte sich Mary Ellen an Laura, das hübsche Gesicht zu einem Schmollmund verzogen.

»Himmel, hättest du Caroline denn nicht zu Hause bei Mike lassen können? Sie fängt bestimmt gleich an zu weinen oder übergibt sich oder macht irgendetwas Unbezahlbares kaputt.«

»Das wird sie nicht.« Ruth hatte Caroline hochgehoben, um ihr ein Gemälde an der Wand zu zeigen, und meldete sich jetzt zu ihrer Verteidigung zu Wort. »Sie ist so ein liebes Kind.«

»Ist ja schon gut. Lasst uns nicht darüber streiten«, sagte Mary Ellen und brach prompt in Tränen aus.

»Oh, Liebes, Kopf hoch«, tröstete Kitty sie, während sie sie auf einen Sessel zuschob.

»Tut mir leid, dass ich so ein Trauerkloß bin. Es ist nur ... die Ungewissheit«, sagte Mary Ellen schluchzend. »Er ist so weit weg ... ich male mir andauernd die schrecklichsten Dinge aus. Ich sehe vor mir, wie sich sein Fallschirm in einem Baum verfängt und die Nazis ihn als Zielscheibe benutzen. Oder er ist verletzt, und niemand hilft ihm. Oder ... noch schlimmer.«

»Bleib optimistisch, Mary Ellen, sonst treibst du dich selbst zum Wahnsinn ... von uns ganz zu schweigen«, sagte Kitty und schwächte ihre Kritik dann ab, indem sie lachte.

»Ich weiß, was wir tun können«, schlug Ruth vor. »Wir verbannen heute Nachmittag das Thema Krieg. Niemand darf den Krieg oder irgendetwas, das damit zusammenhängt, erwähnen.«

»Das könnte unsere Gespräche aber sehr einschränken«, sagte Laura ironisch.

»Unsinn! Frauen, die nicht wissen, worüber sie reden sollen?«, gab Kitty zurück. »Da wären Männer und Sex, Skandale und Mode, und wenn uns gar nichts mehr einfällt«, sie verzog das Gesicht so grotesk, dass alle lachten, »bleibt uns immer noch die Politik.«

»Wo ist denn Alice?«, fragte Mary Ellen und zündete sich tapfer lächelnd eine Zigarette an.

»Seit wann rauchst du denn?«, entfuhr es Ruth, bevor sie es verhindern konnte.

»Oh, seit einem Monat. Ich muss doch etwas zu tun haben, jetzt, wo Harry im ...« Sie warf einen Blick auf die Gesichter ihrer Freundinnen und bog den Satz um, »... im Ausland ist.«

»Alice kommt gleich«, sagte Kitty. »Sie musste mit ihrer Mutter zu Mittag essen. Die Arme! Mrs Glass ist eine herrische alte Schachtel.«

»Wie geht es Mike, Laura?«, fragte Ruth.

»Gut. Streicht jeden Tag im Kalender an, bis er –« Laura unterbrach sich und lachte auf. »Seht ihr? Ich habe doch gesagt, dass es nicht einfach ist, nicht über ... ihr wisst schon, was, zu reden.«

Kitty sah sie alle kopfschüttelnd an. »Wir geben uns nur nicht genug Mühe. Ich klingele jetzt nach Mrs Denning, damit sie uns den Tee bringt. Möchte jemand lieber Kaffee?«

Der Nachmittag hatte sie ermüdet, dachte Laura, während sie den Kinderwagen von der Straßenbahnhaltestelle durch den Park nach Hause schob. Es war schwierig, Mary Ellen aufzumuntern, nicht dass man ihr deswegen Vorwürfe machen konnte.

Ein Rad des Kinderwagens rutschte in eine Furche, fast wäre er umgekippt, und Caroline wäre hinausgefallen.

Ob sie auch so verzweifelt wäre wie Mary Ellen, wenn Eddie in Harrys Lage geraten wäre? Eine beunruhigende Frage, aber wenn sie ehrlich war, hätte sie sie nicht mit einem klaren Ja beantworten können, sondern eher mit einem Vielleicht. Natürlich hätte sie sich Sorgen gemacht. Sie wollte ja nicht, dass Eddie etwas zustieß; er war ihr Mann und der Vater ihres Kindes.

Sie hatte versucht, ihn zu lieben. Doch was er ihr in der Hochzeitsnacht angetan hatte, dass er ihr das Geld aus der Zigarrenkiste gestohlen hatte, und hundert andere Kleinigkeiten verhinderten, dass sich das Fünkchen Gefühl in eine Flamme der Liebe verwandelte.

Vor ihrer Hochzeit hatte sie gedacht, dass die Liebe zu ihm mit der Zeit kommen würde, auch wenn sie nicht glaubte, dass sie mit Eddie dieselbe Intensität erleben würde wie mit Alex. Hin und wieder überkam sie ein schlechtes Gewissen, weil sie Eddies Gefühle nicht teilte, und sie spürte, dass er wusste, dass sie ihn nicht liebte, auch wenn sie versuchte, so zu tun. Ihr Zusammenleben wäre so viel einfacher gewesen, wenn sie es gekonnt hätte. Aber sie war zu dem Schluss gekommen, dass man die Liebe nicht erzwingen konnte.

Sie war so in ihre Gedanken versunken, dass sie Bert erst auf der Eingangsveranda sah, als sie die Gartentür schon hinter sich geschlossen hatte.

Caroline sah ihn und rief: »Bert mit Caroline spielen.«

»Hallo, Caroline, mein Schätzchen, ich wünschte, ich könnte mit dir spielen.«

Caroline schob die Unterlippe vor. Laura holte sie aus ihrem Kinderwagen, und sie klammerte sich enttäuscht an die Rockschöße ihrer Mutter.

»Mit Ihnen hatte ich nicht gerechnet. Haben Sie Zeit für eine Tasse Tee?«

»Nein, danke. Ich muss noch zu den Blumners, bevor ich Feierabend mache.« Er fasste sie am Arm und führte sie auf die Veranda.

»Laura, es hat sich eine großartige Gelegenheit ergeben – für uns beide.«

Sie lächelte vor sich hin, als sie die Haustür aufschloss und den Kinderwagen in den Flur schob. Bert sprach ständig von Gelegenheiten und dass man bereit sein musste, sie beim Schopf zu packen, wenn sie des Weges kamen.

»Ich komme gerade aus der Strand Arcade. Mallory hat geschlossen, weil Henry einen Herzanfall hatte. Ziemlich ernst, sagt der Ladenbesitzer nebenan.«

»Oh, wie schrecklich. Ist er im Krankenhaus? Wie geht es Meg?«

»Ja, er ist im Krankenhaus. Ich habe mit Meg gesprochen, nachdem ich es erfahren hatte. Anscheinend sind die Ärzte der Meinung, dass er nicht wieder arbeiten kann. Sie müssen den Laden verkaufen, sagt Meg, und zwar so schnell wie möglich, um die Arztrechnungen bezahlen zu können.«

»Oh, wie schade.« Laura wusste, dass sie zwanzig Jahre ihres Lebens in diesen Laden investiert hatten. »Wie wollen sie denn ohne Einkommen leben?«

»Der Erlös aus dem Verkauf wird eine Weile reichen, und ich glaube, Meg bekommt eine kleine Pension aus England. Sie hat schon Pläne geschmiedet, in eine kleine Kate an der Südküste zu ziehen. Meg kann gut mit Geld umgehen; sie kommen schon zurecht.« Er sah Laura an, um sich ihrer Aufmerksamkeit zu versichern. »Laura, sie suchen einen Käufer.«

Laura starrte ihn an, dann begriff sie, worauf er hinauswollte, und lachte.

»Mich brauchen Sie nicht anzusehen. So viel Geld habe ich nicht. Ich wünschte, ich hätte es.«

Sie waren in der Küche angelangt, Laura setzte sich an den Tisch und nahm Caroline auf den Schoß, um ihr Schuhe und Mäntelchen auszuziehen.

Bert nickte ernst, als hätte er genau diese Antwort erwartet. Dann sagte er schlicht: »Ich schon.«

»Sie wollen den Laden kaufen?«

»Ich würde ihn für einen sehr guten Preis bekommen.«

»Schön, aber was wissen Sie über Hüte und darüber, wie man sie verkauft?«

»Nicht so viel wie Sie. Ich möchte Ihnen eine Partnerschaft anbieten, Mrs Ashworth. Werden Sie meine Geschäftspartnerin. Sie machen die Hüte; ich verkaufe sie.«

Laura klappte die Kinnlade auf, und sie bekam große Augen.

»Ich habe kein Geld für eine solche Partnerschaft, Bert.« Sie dachte an die jämmerlichen zweiundzwanzig Pfund auf ihrem Konto. »Das wäre kein gutes Geschäft für Sie.«

»Wenn Sie drei Viertel der Arbeit machen, würde ich sagen, es ist ein sehr gutes Geschäft. Wir teilen uns den Gewinn.«

»Warum Mallorys Laden? Warum ich?«

»Ich habe es satt, fünf Tage in der Woche auf der Piste zu sein. Ich möchte mich verändern, und ich habe die besten Kontakte.« Er sah sie verschlagen an. »Genau wie Eddie. Warum Sie? Weil Sie die begabteste Hutmacherin in ganz Sydney sind.«

»Aber ich dachte, jetzt ist keine gute Zeit, um ein Geschäft zu eröffnen. Was ist mit dem Krieg?«

»Sie haben Recht. Bis er vorbei ist, werden die Zeiten mager bleiben, aber wenn ich mich recht erinnere, gab es nach dem letzten Krieg einen großen Aufschwung. Wenn wir es also schaffen, die Flaute zu überstehen, meine Liebe, wird das Geschäft nach dem Krieg mit Sicherheit besser.«

»Ich weiß nicht, was ich sagen soll. Ich weiß es wirklich nicht.«

»Ich weiß, dass es ziemlich überraschend kommt. Ich bin erstaunt, wie schnell ich mich selbst dazu entschlossen habe. Ich sehe es als Gelegenheit für uns beide. Eine solche Gelegenheit gibt es nicht alle Tage.«

»Ich müsste es mit Eddie besprechen. Wenn er nicht dahintersteht, kann ich es, glaube ich, nicht. Und an Caroline muss ich auch denken.«

Er stand auf und berührte ihre Hand.

»Natürlich, natürlich. Denken Sie ein paar Tage darüber nach.« Er griff nach seinem Hut und ging zur Tür. »Sie brauchen nicht mitzukommen; ich kenne den Weg inzwischen. Wir unterhalten uns später.«

Als er fort war und sie Caroline schlafen gelegt hatte, setzte sich Laura an den Küchentisch und hing ihren Gedanken nach.

Zöger nicht, sagte eine Stimme in ihrem Kopf. *Pack die Gelegenheit beim Schopf. Vielleicht kommt sie nie wieder.*

Das war doch ihr Traum, zumindest fast – ihr eigenes Geschäft, in dem sie ihre eigenen Hüte entwarf, herstellte und verkaufte. Selbst wenn Eddie nicht einverstanden war, würde sie es irgendwie schaffen. Sie konnte es sich nicht leisten, es nicht zu tun.

18

Korporal Frank McRae lehnte sich vorsichtig an den Zeltpfosten und beobachtete den Mann am anderen Ende des Lagers durch den Rauch seiner Zigarette. Das war also der Kerl, von dem die Männer schon seit Tagen redeten, als wäre er ein Gott. Ein Yankee. Ein halbes Dutzend von ihnen kampierte am oberen Ende des Lagers. Sie waren hier, um sich mit der Neunten Division auszutauschen und ihre Methoden im Dschungelkrieg zu beobachten.

Sein Name war Hauptmann Jackson Beaumont, und ihm eilte ein beachtlicher Ruf voraus. Er war in Pearl Harbor dabei gewesen und hatte es in weniger als drei Jahren vom Gefreiten zum Hauptmann gebracht. Ziemlich beeindruckend, fand Frank.

Er hatte auf den Philippinen und in Italien gedient, wo

man ihm die Tapferkeitsmedaille verliehen hatte, weil er ganz allein einen Maschinengewehrposten ausgeschaltet hatte. Das war ebenfalls ziemlich beeindruckend.

Bis auf seinen treuen Begleiter Sergeant Sardi hatte er sämtliche Mitglieder seiner Einheit überlebt. Man erzählte sich auch andere Dinge über ihn, zum Beispiel, dass er vor dem Krieg ein Gangster in New York gewesen war. Außerdem sagte man ihm und Sardi nach, einen hübschen Schwarzmarkthandel zu betreiben. Sie konnten alles besorgen, was man wollte – solange man das Geld dafür hatte.

»Korporal.«

Beim Klang von Leutnant Cotterills Stimme drehte Frank sich um. »Sir.«

»Ich möchte, dass Sie den Amerikanern hier alles zeigen. Sie sollen sich einen Tag hier einleben, dann möchte ich, dass sie Patrouille gehen. Drei Mann pro Patrouille. Nehmen Sie den befehlshabenden Offizier und den Sergeant mit und verteilen Sie die anderen entsprechend.«

»Ja, Sir.« Er sollte den Babysitter für einen Haufen Amis spielen. Himmel, wo war er denn hier gelandet?

»Wir haben Berichte von einer japanischen Truppenbewegung am Südhang. Greifen Sie nicht an, wenn Sie ihnen begegnen, sondern beobachten Sie sie nur. Verstanden?«

»Ja, Sir. Soll ich die Amerikaner davon in Kenntnis setzen, Sir, oder tun Sie das?«

Der Leutnant schüttelte den Kopf.

»Ich halte um sieben die übliche Lagebesprechung ab. Die Amerikaner sind angewiesen, daran teilzunehmen.« Er überlegte einen Moment, dann fügte er hinzu: »Frank, sehen Sie zu, dass sie sich unterwegs still verhalten. Ich will keine Verluste, weder auf ihrer Seite noch auf unserer.«

»Ja, Sir. Verstehe, Sir.«

Jack Beaumont stand im Inneren des Zelteingangs und sah zu, wie der Regen als durchsichtige Wand zu Boden fiel und so hart landete, dass die Tropfen zwanzig Zentimeter hochhüpften, wenn sie auf eine Pfütze trafen. Der Lärm war unglaublich; dumpf dröhnend traf der Regen auf die Bäume und das Zeltdach.

Zehn Minuten später hörte der Wolkenbruch genauso abrupt auf, wie er angefangen hatte, und als die Sonne dann wieder auf den heißen Boden schien, stieg Nebel auf, und die Insekten kamen zum Vorschein. Sie summten ihm um die Ohren, versuchten, ihm in Nase und Augen zu kriechen, und ruinierten ihm gründlich die Laune.

Er kniff die Augen zu Schlitzen zusammen und dachte an einige der Orte, an denen er in den letzten drei Jahren gewesen war. Rom, die süditalienischen Weinberge, die Alpen. Er hatte mitgeholfen, halb Italien in Schutt und Asche zu bombardieren, bis die neuen Ruinen kaum noch von den antiken zu unterscheiden waren. Doch an einem Ort wie diesem war er noch nie gewesen. Nichts als Grün, so weit das Auge reichte. Und Schlamm. Massenweise Schlamm und eine stinkende, schweißtreibende Hitze, die schlimmer war als New Orleans an einem Hochsommertag. Verdammt, die australischen Soldaten, die hier seit 1943 die Stellung gegen die Japaner hielten, verdienten einen Orden für ihre Ausdauer.

Er sah zu, wie der australische Korporal auf ihn zukam. Ganz gleich, wie vorsichtig dieser seine Schritte auch setzte, seine Stiefel waren schlammverkrustet, als er das Zelt erreichte.

Frank salutierte. »Guten Morgen, Sir. Willkommen im Camp Blue Ridge Two. Ich hoffe, Sie und Ihre Männer finden sich hier gut zurecht.«

»Sicher, Korporal«, sagte Jack. »Wie ich sehe, haben wir uns auch genau die richtige Jahreszeit ausgesucht.«

Frank grinste. »Ja, Sir. Dachte ich mir, dass Sie begeistert sind. In der Regenzeit kommen die Schauer so regelmäßig wie ein Uhrwerk.«

Frank betrachtete den Amerikaner verstohlen von oben bis unten. Er war ein kräftiger Kerl. Eins fünfundachtzig, kohlrabenschwarzes Haar, so breitschultrig, dass er problemlos im Sturm der South Sydney Rabbittohs hätte spielen können. Sein Kinn kündete von großer Zähigkeit, und der zynische Ausdruck seiner Augen spiegelte die Hölle wider, die er in den letzten drei Jahren durchgemacht hatte. Manche Männer trugen die Narben ihrer Schlachten deutlich sichtbar, aber die wirklich Starken verbargen sie in ihrem Inneren.

Jack war sich bewusst, dass sein jüngeres Gegenüber ihn unter die Lupe nahm, doch er ignorierte es. Viele Männer, auch seine eigenen, hielten ihn für eine Kuriosität. Er hatte zwei Kampfschauplätze überlebt und hatte die höchste militärische Auszeichnung seines Landes verliehen bekommen. Dabei war das gar nicht so schwer gewesen.

Er kniff die Augen noch ein wenig enger zu und erinnerte sich …

Ein deutsches Maschinengewehr hatte seine Einheit auf einem Berghang östlich von Siena unter Beschuss genommen. Zwei seiner Männer waren bereits umgekommen, und er war so aufgebracht gewesen, dass er einfach etwas tun musste. Nach Anbruch der Dunkelheit war er durch den Stacheldraht gekrochen, wobei er den italienischen Boden mit einem halben Liter Blut getränkt hatte, dann hatte er zwei Handgranaten in den Unterstand geworfen. Ein Mann entkam – zumindest fast. Sein Messer hatte ihm mit einem Stoß den Rest gegeben. Er fand nicht, dass er besonders tapfer gewesen war – es musste getan werden, und er hatte es getan. Sein Vorgesetzter hatte das anders gesehen und ihn für die Auszeichnung vorgeschlagen.

Er richtete sich auf, um die Erinnerungen abzuschütteln, aber es waren zu viele, manche davon suchten ihn heute noch in seinen Träumen heim.

Er fuhr sich mit der Hand durch das feuchte Haar und fragte: »Wie geht es weiter, Korporal?«

»Oh, ja, richtig, Sir. Heute Nachmittag sehen Sie sich hier um. Lagebesprechung morgen früh um sieben im Messezelt. Dann Patrouillen; die Besetzung wird noch bekannt gegeben. Haben Sie noch Fragen, Sir?«

Jack betrachtete den kleineren Mann. Der Korporal war vom Krieg abgehärtet, genau wie er selbst. Man konnte es an der Anspannung seines Mundes sehen, an der steifen Haltung seiner Schultern und der ständigen Wachsamkeit in seinem Blick. In Habachtstellung, ständig in Erwartung.

»Ich glaube nicht.«

»Sir, ich …« Franks Stimme senkte sich zu einem Flüstern. »Ich habe gehört, Sie können gewisse Dinge organisieren. Nylonstrümpfe? Meine Frau und meine Schwester, ich hätte gern, ich meine, wenn es geht … zwei Paar?«

Jack lächelte. Es war ein entspanntes, selbstbewusstes Lächeln, das in völligem Gegensatz zu der Härte rings um seine Augen stand. Er hatte nicht lange gebraucht, um den richtigen Eindruck von diesem Mann zu bekommen. Ein Opportunist? Wahrscheinlich. Im richtigen Leben so etwas wie ein Schwindler. Ja, er hatte eine natürliche Gerissenheit an sich.

»Das könnte schon sein. Am besten unterhalten Sie sich mit meinem Sergeant darüber.« Jack blickte hinter sich. »Lou, komm doch kurz her.«

Sergeant Lou Sardi kam von der Rückseite des Zelts und trat zu den beiden Männern. Er war genauso dunkelhaarig wie der Hauptmann, aber einen Kopf kleiner und breiter. Er hatte den Körperbau eines Ringers, über seine linke Wange lief eine halbmondförmige Narbe, und seine Nase war an zwei Stellen gebrochen gewesen.

»Ja, Hauptmann?«

»Der Korporal hat einen Wunsch.« Er zwinkerte Frank zu. »Sorg dafür, dass er in Erfüllung geht, ja?«

Nachts, wenn sich die Luft abkühlte, roch der Dschungel anders; nicht durchdringend nach Verwesung wie am Tag. Auch war er nicht so still. Unvertraute Geräusche, Vögel und weiß Gott welche anderen Kreaturen der Nacht waren auf Futtersuche, als die Patrouille durch den Dschungel zog, fast so leise wie der Nachtwind im Blätterdach hoch über ihnen.

Es lag etwas Gespenstisches in der Luft, völlig anders als alles, was Jack aus Europa kannte. Vielleicht war es das Gefühl, in eine primitive Welt einzudringen, sich auf völlig fremdem Territorium zu befinden.

Genau wie Jacks Augen stellten sich auch seine anderen Sinne auf die Dunkelheit des Dschungels ein. Auf die Geräusche, die natürlich waren und die, die es nicht waren. Das beständigste Geräusch war das leise Rascheln des Stoffs, der sich an Stoff rieb, und das leise Klirren von Metall.

Jack musste widerstrebend zugeben, dass er die Tüchtigkeit der australischen Soldaten und des »kleinen Korporals«, wie er Frank respektlos nannte, bewunderte. McRae wusste, was er tat. Als erfahrene Dschungelkämpfer bewegten sie sich lautlos und verstohlen und verständigten sich per Handzeichen über die einzuschlagende Richtung und eventuelle Gefahren.

Bei der Lagebesprechung hatte Leutnant Cotterill den Befehl ausgegeben, die Vorhut eines japanischen Trupps zu finden, der sich Berichten zufolge dem Lager näherte. Es war, als suchte man eine Stecknadel im Heuhaufen, fand Jack. Sie konnten kaum mehr als einen Meter weit sehen; wie zum Teufel sollten sie also den Feind finden, wenn sie nicht gerade über ihn stolperten.

Jack hatte schnell begriffen, dass es seinen Männern am schwersten fallen würde, sich ruhig zu verhalten. Sie waren einen kameradschaftlich lockeren, weniger disziplinierten Umgang gewöhnt, und oft unterhielten sie sich unterwegs leise. Er hob den Lederschutz seiner Armbanduhr und sah auf das leuchtende Zifferblatt. Noch eine Stunde bis Mitternacht. Drei Stunden stapften sie jetzt schon hier herum und hatten nicht das Geringste gesehen. Vielleicht hatte sich der kleine Korporal verlaufen, oder er führte sie in die falsche Richtung.

Im nächsten Moment sah er das Handzeichen, das sie anwies, sich fallen zu lassen. Noch während er dem Folge leistete, runzelte er die Stirn, hauptsächlich, weil er absolut nichts gehört hatte.

Frank lag auf die Ellbogen gestützt am Boden und spitzte die Ohren, um das Geräusch wiederzufinden, das ihn alarmiert hatte. Irgendetwas hatte er gehört. Jemand hatte gehustet, kaum hörbar unter den Geräuschen des Dschungels. Die Tatsache, dass nur so wenig Mondlicht durch die Baumkronen drang und er gezwungen war, sich auf seinen Instinkt und seine Erfahrung zu verlassen, war auch nicht besonders hilfreich. Er signalisierte seinem Hintermann, sich nach rechts zu bewegen, und winkte dann den amerikanischen Hauptmann nach links. Er hoffte, dass die Amerikaner vorsichtig und leise wären. Wenn der Feind in der Nähe war, reichte ein knackender Zweig, und sie waren tot.

Wehe, wenn jetzt etwas passierte, sagte er zu sich selbst. Nur noch einen Monat, bis die Armee endlich seinen wohlverdienten Heimaturlaub springen ließ. Er hatte seinen Sohn noch nicht ein einziges Mal gesehen, dabei war der Junge schon fast ein Jahr alt. Er griff automatisch in seine Brusttasche, um das eselsohrige Foto von Peter und Caroline zu betasten, das Elsie ihm geschickt hatte.

Frank wartete weitere fünf Minuten, den Körper dicht am Boden, den Kopf wie eine Schildkröte gehoben, um in das Dschungeldickicht zu spähen und nach verdächtigen Umrissen zu suchen. Sie waren verdammt gute Dschungelkämpfer, diese Japaner. Das hatte er in der Zeit gelernt, die er an verschiedenen Stellen Neuguineas verbracht hatte. Lautlose, gnadenlose, brutale Kämpfer. Er hatte schon mehr als einen Kameraden an ihre Bajonette verloren.

Er wischte sich behutsam den Schweiß von Stirn und Oberlippe und gab den anderen vorsichtig den Befehl aufzustehen.

Das Geschoss traf Frank, bevor er den Knall hörte, und er brach zusammen wie eine Stoffpuppe. Ein Volltreffer in den Oberschenkel. Verdammte Mistkerle.

»Scharfschütze. Auf Baum«, flüsterte er durch einen Nebel aus lähmendem Schmerz.

Ein zweiter Schuss knallte.

Sergeant Sardi sah es aufblitzen, und Jack ging zu Boden. Außer sich vor Wut sprang Sardi auf, zielte in etwa zehn Metern Höhe auf den Baum und überzog ihn mit Maschinengewehrfeuer.

Ein schriller Aufschrei, gefolgt vom dumpfen Aufprall eines Körpers, sagte ihm, dass er sein Ziel getroffen hatte. Er lächelte grimmig, sank dann auf die Knie und kroch zu der Stelle hinüber, an der Jack Beaumont auf dem Rücken lag.

»Mist ...«

Lou kniete sich neben seinen Vorgesetzten und betastete dessen Oberkörper, bis er die Verletzung in der Schulter fand. Er hörte, wie Jack stöhnte und etwas zu sagen versuchte.

Dann sah er das Weiße in den Augen des Hauptmanns aufleuchten, als sich diese verdrehten.

»Sanitäter«, flüsterte er, so laut er es wagte.

Lou Sardi betrachtete den Mann, den er liebte wie einen Bruder. Drei lange Jahre hatten sie gemeinsam in Zelten und Schützengräben verbracht. Mehr als einmal hatten sie sich gegenseitig das Leben gerettet, sich zusammen betrunken, Bordelle besucht und sich gegenseitig ihre Sünden gebeichtet.

Seit zwei Tagen lag Jack jetzt bewusstlos in einem Bett des Dschungelkrankenhauses. Der Lagerarzt hatte ihn notdürftig zusammengeflickt und Lou gesagt, dass Jacks Schlüsselbein so stark zertrümmert war, dass er den Arm möglicherweise nie wieder benutzen konnte. Man würde ihn zusammen mit Korporal McRae nach Moresby und von dort nach Sydney fliegen, wo sie eine Spezialbehandlung bekommen würden. Was bedeutete, dass Lou sich irgendwie einen Flug nach Sydney erschleichen musste, um bei Jack zu bleiben. Zu viel hatten sie gemeinsam durchgemacht, um jetzt getrennt zu werden.

Lou wachte über Jack, der schweißüberströmt im Delirium um sich schlug, als wären alle Dämonen der Hölle hinter ihm her. Was vielleicht auch stimmte – Lou wusste alles über Jacks Vergangenheit.

Das Treffen war für acht Uhr in der ersten Etage über O'Malley's Billardsalon in Brooklyn angesetzt. Mario hatte gesagt, er solle ja nicht zu spät kommen. Arschloch. Aber Mario Taranto war der älteste Sohn und mutmaßliche Erbe des Alten, deshalb verzichtete Jack auf jeden Einwand. Er hätte zwar nicht auf Mario gepisst, wenn er brennend irgendwo in der Gosse gelegen hätte, aber um des Alten wil-

len – Flick Taranto, so genannt wegen seiner flinken Hand mit einem Klappmesser – musste er ihm gegenüber die Höflichkeit wahren.

»Du gehst doch nicht schon wieder aus, oder, Jack?«, fragte Theresa, als sie sah, wie er in sein marineblaues Jackett schlüpfte, bevor er seinen Hut von der Garderobe nahm. Ihr nörgelnder Tonfall machte ihn wahnsinnig.

»Es ist geschäftlich; es wird nicht spät.«

Sie wischte ihrem dreijährigen Sohn einen Essensrest vom Kinn und richtete dann ihre großen schwarzen Augen auf Jack.

»Das sagst du jedes Mal, Jack«, schmollte sie. »Weißt du, Nicky erkennt seinen Papa kaum noch. Er glaubt, sein Onkel Roberto ist sein Vater, weil er ihn viel öfter sieht.«

In Jacks Kinn zuckte ein Muskel. Sie hatten dieses Gespräch schon so oft geführt, dass es ihn nur noch langweilte. Sie wusste, dass er für Flick Taranto arbeitete. Und wenn die Tarantos hopp sagten, dann war man besser zur Stelle, sonst war man arbeitslos – im besten Fall. Und so viel Arbeit gab es in New York nicht für einen Gauner wie ihn, der mit vierzehn die Schule verlassen und sich danach mit kleinen Betrügereien über Wasser gehalten hatte, bis Flick ihn unter seine Fittiche nahm.

»Halt die Klappe, Theresa. Du hast gewusst, was ich tue, als du bei mir eingezogen bist. Bekommst du nicht jede Menge Geld von mir?« Er sah, wie sie gleichgültig mit den Achseln zuckte. »Nun, das würde ich nicht verdienen, wenn ich nicht für Flick arbeiten würde.«

Außerdem war es ihm in letzter Zeit herzlich egal, ob sie in der Wohnung war oder nicht, wenn er nach Hause kam. Sie waren seit vier Jahren zusammen, doch ihre Affäre war längst abgekühlt. Das einzig Wertvolle, das es zwischen ihnen noch gab, war Nick. Sein Sohn war das einzig Gute in seinem Leben, das Einzige, das ihn weiter darum kämpfen ließ, seine Lage zu verbessern, mehr Geld zu verdienen, sich bei den Tarantos hochzuarbeiten. Wenn er seine Karten richtig spielte, käme er bald direkt nach Mario und hätte eine wirkliche Machtposition.

»Ich muss los.«

Sie legte die Hände auf die Hüften, und ihr Schmollmund wurde noch stärker.

»Dann erwarte aber nicht, dass ich auf dich warte«, sagte sie mit einer anzüglichen Hüftbewegung.

Jack betrachtete ihren üppigen Körper, der sich deutlich unter ihrem engen Kleid abzeichnete, ihre auffallend schönen italienischen Gesichtszüge und ihre schwarze Lockenmähne. Er ging zu ihr hinüber, nahm sie in die Arme, küsste sie leidenschaftlich und presste sie an sich, bis sie die Arme um seinen Hals schlang und sich ihrerseits an ihn schmiegte.

»Das kann sein, Baby, aber ich weiß, wie ich dich in Fahrt bringen kann, wann immer ich Lust habe«, flüsterte er und wanderte mit der Hand an ihr empor, bis sie sich um ihre Brust legte. Er wartete, bis er ihren leisen Kehllaut hörte, dann stieß er sie von sich. Sein triumphierendes Lachen ließ sie wissen, dass es keine große Herausforderung gewesen war, sie in Erregung zu versetzen. Nicht ohne Belustigung beobachtete er, wie ihre Wangen leuchtend rot anliefen.

»Ich hasse dich, Jack Beaumont, weißt du das?«

»Natürlich tust du das, weil ich dich aus der Reserve locken kann, wann immer ich will.« Damit setzte er den Hut auf und griff nach seinem Mantel, weil der Herbstabend kühl geworden war.

»Bis später, Baby.«

»Es geht um Folgendes. Hörst du zu, Jack?«

Jack legte das Kartenspiel, das er gemischt hatte, wieder auf den Tisch. »Ja.«

»Vinnie Spinozzas Restaurant an der Flatbush Lane. Mario sagt, er macht Schwierigkeiten. Will sein Schutzgeld nicht bezahlen.«

»Dummer Junge«, gluckste Jack. »Soll ich ihn ein bisschen in die Mangel nehmen?«

»Nein. Das hat Mario schon getan. Es sieht so aus, als ob Vinnie nur die harte Tour versteht.«

Jack warf einen Blick auf Mario und zog die Augenbraue hoch. Mario wusste, wie man einen Mann grün und blau schlug, vor allem mit Hilfe der beiden Kerle, die ihm seine Opfer festhielten. Spinozza musste entweder aus Stahl sein oder lebensmüde.

»Wir haben gedacht, wir machen Kleinholz aus seinem Laden, aber Papa meint, wir müssen an Spinozza ein Exempel statuieren. Wenn sich ein Geschäftsmann weigert zu zahlen, wer weiß, vielleicht kommen andere auch auf den Geschmack«, sagte Mario. Seine kleinen, dunklen Augen starrten Jack unverhohlen hasserfüllt an.

»Dann wollt ihr ihn umbringen?«

Jack runzelte die Stirn. Es gab nicht viel, das er für Geld nicht getan hätte, aber bei zwei Dingen zog er seine Grenze. Mord und Drogen. Bis jetzt hatte Flick das immer respektiert.

»Das ist ein bisschen zu extrem«, sagte Flick und legte Jack freundschaftlich die Hand auf die Schulter. Mario bemerkte die Geste und zog eine finstere Miene.

»Es reicht, wenn wir ihm das Geschäft ruinieren. Dann weiß jeder im Viertel, dass wir es ernst meinen. Beschreib ihm den Plan, Mario.«

»Eine Brandbombe. Ich habe das Restaurant die letzten

drei Abende beobachtet. Er schließt um kurz nach ein Uhr. Heute Abend warten wir, bis er abgeschlossen hat, dann tun wir es. Jack, du konntest den Ball immer am besten werfen, also kannst du den Brandsatz von der anderen Straßenseite aus in das Fenster werfen. Schön ungefährlich, von einer dunklen Seitenstraße aus. Es ist ganz einfach.«

So hörte es sich für Jack auch an. Der einzige Haken war, dass er es zusammen mit Mario machen musste.

»Okay, wann treffen wir uns?«

»Komm um eins. Wir warten, bis er geht, dann tun wir es.«

Leichter Nieselregen hatte eingesetzt, als Jack, der die Zeit in Ollie's Bar totgeschlagen hatte, gegenüber dem Restaurant aus dem Taxi stieg. Er sah sich flüchtig um und verschaffte sich einen Überblick.

Das Restaurant lag im Dunkeln. In der oberen Etage des Mietshauses nebenan brannte in zwei Fenstern Licht, und die Straße war in alle Richtungen verlassen. Jack stellte den Kragen seines Mantels auf, sah die Seitenstraße, in der sich der Abfall türmte, und ging darauf zu.

Mario wartete im Schatten. Jack nickte knapp, dann wandte er sich ihrem Ziel zu.

»Ist Spinozza schon herausgekommen?«

»Das Geschäft ging heute wohl nicht sehr gut. Er hat vor zehn Minuten abgeschlossen und ist Richtung Untergrundbahn gegangen.« Mario senkte den Blick auf die Kiste zu seinen Füßen. Er bückte sich und hob zuerst eine Flasche auf, die mit einem Lappen verschlossen war, dann eine zweite. »Zwei sollten reichen. Kannst du sie von hier aus werfen?«

Jack schätzte nachdenklich die Entfernung ein. Das Restaurant war zehn Meter breit, und abgesehen von der Eisentür bestand die Front aus Glas, hinter dem ein Neonschild blinkte. Von ihrem Standpunkt aus waren es ungefähr zwanzig Meter.

»Ich denke schon«, sagte er zuversichtlich.

Er hielt die erste Flasche fest, während Mario den in Benzin getränkten Lappen anzündete. Er wartete, bis der Docht fast halb heruntergebrannt war.

»Himmel, Jack. Jetzt wirf das verdammte Ding schon!«

Jack lächelte in die Dunkelheit. Er hatte die Flasche nur deshalb so lange festgehalten, um Mario einen Schrecken einzujagen. Der kleine Gauner war nicht einmal mehr halb so mutig, wenn er seine Handlanger nicht dabeihatte.

Er warf die Flasche und sah fasziniert schweigend zu, wie sie im hohen Bogen auf ihr Ziel zuflog. Er hörte Glas splittern, dann sagte ihm das Rauschen, als das Benzin die Tischdecken, die Tische und Stühle entzündete, dass er getroffen hatte.

»Okay, jetzt die zweite, und beeil dich.«

Diesmal zögerte Jack nicht. Eigentlich hielt er den zweiten Brandsatz gar nicht für nötig, aber was sollte es? Dafür wurde er schließlich bezahlt.

»Wollen wir abwarten, ob es funktioniert?«

»Nein. Besser, wenn man uns nicht auf der Straße antrifft, wenn die Feuerwehr kommt. Mein Wagen steht am anderen Ende der Seitenstraße, komm mit.«

Jack hörte die Nachricht am nächsten Tag. Er lag im Halbschlaf im Bett. Theresa war mit Nick in den Park gegangen und hatte das Radio angelassen.

»... das Feuer, bei dem Spinozzas Restaurant gestern in den frühen Morgenstunden zerstört wurde. In den Trümmern wurden die Überreste eines Toten gefunden, der als Vincent Spinozza identifiziert wurde. Da die Polizei von Brandstiftung ausgeht, hat sie die Ermittlungen aufgenommen.«

Er fuhr im Bett auf und strich sich aufgeregt mit den Fingern durch die Haare. Tod und Teufel, was hatte er getan? Spinozza im Restaurant? Wie zum Teufel hatte Mario ihn dann abschließen und fortgehen sehen können?

Jack warf die Bettdecke zurück und stand auf. Er versuchte, die Sache zu begreifen. Wie konnte Mario ein so grundlegender Fehler unterlaufen sein? So dumm war er nicht. Sie hatten aus Versehen einen Mann umgebracht. Umgebracht, zum Kuckuck. Ihm wurde schlecht, wenn er daran dachte.

Er zog die Kleider über seine Boxershorts und war in drei Minuten aus der Wohnung, ohne auch nur einen Gedanken an die einen Tag alten Bartstoppeln zu verschwenden, die sein Kinn verdunkelten.

Es war nicht leicht, Mario aufzuspüren, obwohl er wusste, wo sich dieser am häufigsten aufhielt. Er verbrachte den halben Tag damit, vergeblich von einer Stelle zur nächsten zu gehen, bis er sich schließlich geschlagen gab und Flick aufsuchte.

Dieser versuchte, ihn zu beruhigen, erklärte, dass es einfach nur ein schrecklicher Irrtum gewesen war, dass ihm nichts passieren würde. Niemand hatte sie gesehen, also standen sie auch nicht unter Verdacht.

Doch Jack sorgte sich nicht wegen der Bullen, er wollte wissen, wie Mario das passieren konnte.

Schließlich spürte er Mario in einer neuen Bar in der Bronx auf. Er war mit seinen beiden Handlangern und ein paar Frauen da, die sich alle prächtig zu amüsieren schienen. Jack setzte sich an die Bar und schob dem Barkeeper einen Geldschein hin.

»Sie kennen Mario und seine Jungs, oder?«, fragte er leise.

»Ja, sie sind Stammkunden. Mario gibt gutes Trinkgeld.«

Er zwinkerte Jack zu. »Solche Leute sind meine Lieblingskunden.«

Jack verstand den Wink mit dem Zaunpfahl und schob ihm noch einen Fünfer hin.

»Wissen Sie zufällig auch, wer die Frau ist, mit der er zusammen ist? Wie sie heißt?«

Der Mann hinter der Bar zögerte nicht.

»Ja, das ist Gina Spinozza. Ihr Mann ist letzte Nacht gegrillt worden.« Er ließ den Blick von den lachenden Zechern zu dem Kunden mit dem grimmigen Gesicht wandern. »Sieht nicht aus wie die trauernde Witwe, oder?«

Jack kniff die Augen zusammen. Er wandte sich wieder an den Barkeeper.

»Geben Sie mir einen Scotch on the Rocks, und hier«, er schob noch einen Schein über die Theke, »machen Sie sich auch einen.«

»Danke, Kumpel.«

Er zwang sich, den Scotch langsam zu trinken.

Jack sah Mario erst eine Woche später bei der nächsten Zusammenkunft bei O'Malley's wieder. Es fiel ihm schwer, sich von ihm fernzuhalten, aber er zwang sich dazu; er wollte, dass sich die kleine Ratte in Sicherheit wiegte, bevor er ihn konfrontierte. In der Zwischenzeit dachte er darüber nach, was er hinterher tun würde.

Die Polizei hatte angefangen, in der Nachbarschaft des Restaurants Fragen zu stellen, und er kannte ihre Vorgehensweise. Es war nur eine Frage der Zeit, bis sie die Verbindung zwischen Gina und Mario und dann zu Tarantos Schutzgeldorganisation herstellten. Er hatte nicht vor, darauf zu warten, ganz gleich, wie inbrünstig Flick beteuerte, dass er ihn beschützen würde.

Als Jack ankam, war die Zusammenkunft halb vorbei. Er

hatte den Zeitpunkt mit Absicht gewählt, weil die Zeit für Beschwerden am Ende eines solchen Treffens war. Das Geschäft kam immer zuerst.

Mario wich seinem Blick aus, und sein gebräuntes Gesicht war mit einem feinen Schweißfilm überzogen.

»Flick, ich finde, du solltest die Wahrheit über den Brand bei Spinozza erfahren…«, begann Jack und erzählte ihm dann alles, bis hin zu Marios Verhältnis mit der Witwe Spinozza.

»Ist das wahr, Mario?«, fragte Taranto senior, als Jack fertig war. »Du hast gewusst, dass Spinozza oben schlief?«

»Ja, Vater.« Wutentbrannt sah Mario Jack ins Gesicht und sagte: »Na und? Er war ein Versager, der sich geweigert hat, seinen Beitrag zu leisten. Solchen Leuten müssen wir eine Lektion erteilen. Das hast du selbst gesagt, Vater.«

»Ich habe dir nicht die Erlaubnis erteilt, ihn umzubringen. Du hast dich meinen Anweisungen widersetzt, Mario.« Flicks Stimme war drohend und leise, sein Mund verzog sich angewidert. »Wenn du nicht mein Sohn wärst, würde ich mehr tun als nur das hier.« Er hob die Hand und ohrfeigte Mario. »Für eine Frau, eine verflixte Hure. Du verdammter Narr. Ich hoffe, sie war es wert.«

»Vater, ich liebe sie. Wir werden heiraten.«

Jack beobachtete Flick, sah, wie sich im Gesicht des Mannes, der ihm vor über zehn Jahren die Freundschaft angeboten hatte, Wut mit Enttäuschung mischte.

»Das wirst du nicht tun. Das ist ein Befehl. Wenn du sie heiratest, werde ich dich enterben. Sie ist es nicht wert, die Mutter meiner Enkel zu werden. Verstehst du mich, Mario?«

Flick starrte Jack minutenlang an, und als er schließlich die Augenbrauen hochzog, glitzerte eine verschleierte Erlaubnis in seinen dunklen Augen auf.

»Jetzt möchte sich Jack mit dir unterhalten. Draußen im Hinterhof. Geh!«

Noch während er Mario verprügelte, musste sich Jack eingestehen, dass es ihm nicht die Genugtuung verschaffte, die er erwartet hatte. Er hatte nicht einmal das Gefühl, dass der Gerechtigkeit Genüge getan war, als er zusah, wie der Mann mit blutigem Gesicht und gebrochenem Arm zu Boden sank, wo er reglos liegen blieb. Dieser miese kleine Feigling.

Jack rückte seine Kleider zurecht. Wenn Mario erst der Anführer der Tarantos war, wären seine Tage gezählt.

Morgen würde er Theresa von seinem Plan erzählen, nach Vancouver zu ziehen. Dort gab es jemanden, der ihm einen Gefallen schuldete und ihn in seiner Bar arbeiten lassen würde. Sie konnte mitkommen, wenn sie wollte, oder in Brooklyn bleiben, er würde für sie sorgen. Ihm war es egal. Außer, was Nick betraf.

Die Entzündung tobte in Jacks Körper. Immer wieder hatte er Albträume, durchsetzt mit realistischen Visionen von Ärzten und einer hübschen rothaarigen Krankenschwester, die seine Hand gehalten hatte. Der kleine Korporal hatte auf dem langen Flug nach Sydney neben ihm gelegen, und er hatte den Arzt sagen hören, dass McRae nach seiner Schussverletzung wahrscheinlich für immer hinken würde.

Auch zu ihm hatte einer der Ärzte etwas gesagt. Hätte ihn die Kugel zwei Zentimeter weiter rechts getroffen, hätte sie eine Arterie zerschmettert, sodass er im Dschungel Neuguineas verblutet wäre.

Himmel, so wie er sich fühlte, war es ihm eigentlich egal, ob er weiterlebte oder nicht… Nur, dass er Nick gern wiedergesehen hätte.

Lou Sardi saß in Sydney an Jacks Krankenhausbett und tupfte ihm kopfschüttelnd den Schweiß von der Stirn. Jack murmelte im Delirium etwas vor sich hin, aber er verstand es nicht. Vielleicht erinnerte er sich an glücklichere Zeiten vor dem Krieg.

Vinnie Spinozzas Tod hatte Jack verändert; ein Leben auf der Flucht musste einen Mann verändern. Und es hatte ihn bewogen, intensiv über sein Leben nachzudenken, darüber, was für ein Mann er geworden war. Für Jack war es ein Segen gewesen, dass Amerika in den Krieg eintrat und er sich sofort gemeldet hatte. Vielleicht sah er darin eine Möglichkeit, für seine Sünden zu büßen, eine zweite Chance zu bekommen.

Nun, grinste Sardi und dachte an all das Gute, das Jack im Lauf des Krieges vollbracht hatte. Vielleicht hatte er ja seine Fehler in New York wirklich wiedergutgemacht.

19

Eddie saß auf dem Hocker, den Lauras Vater geschreinert hatte, und sah Mike und Caro zu, die die Hühner in ihrem Gehege an der Rückseite des kleinen Gartens fütterten. Er knabberte am Nagelhäutchen seines linken Daumens und versuchte, den Schweiß zu ignorieren, der allmählich den Rücken seines Hemdes anfeuchtete, während er überlegte, wie er es Laura sagen sollte.

Früher oder später musste sie es erfahren. Aber er würde ihr nicht alles erzählen, nur das, was sie seiner Meinung nach unbedingt wissen musste. Sie wäre alles andere als beeindruckt, vor allem jetzt, wo Mike demnächst zur Marine gehen würde. Er war letzte Woche achtzehn geworden und hatte die Papiere schon unterzeichnet. Jetzt wartete er auf seinen Einsatzbefehl.

Er würde es heute Abend nach dem Essen tun, wenn Caro im Bett war und Mike das Radio eingeschaltet hatte, um sich das »Lux Radio Theater« anzuhören.

Nachdem sie mit der Arbeit fertig waren, sah Eddie zu, wie Mike und Caro mit einem alten Tennisball Fußball spielten. Seine Tochter, die jetzt zweieinhalb war, war ein wahres Energiebündel.

Wenn Mike ging, müsste er sich wahrscheinlich um den Gemüsegarten und die Hühner kümmern. Er schüttelte angewidert den Kopf. Himmel, und da sollte ein Mann sich nicht wie ein gerupfter Papagei fühlen.

Er stand auf und räkelte sich ausgiebig.

»Ich gehe eine Runde Klavier spielen, Mike. Muss die Finger in Bewegung halten.«

»Klar. Ich muss zum Frisör. Ich nehme ein gewisses Persönchen zum Eisessen mit«, erwiderte Mike. »Okay?«

»Eisessen, Eis.« Caroline klatschte voller Vorfreude in die Händchen und zerrte an Mikes Hosenbein, um ihn schneller zum Törchen zu bewegen.

»Du hast was?«

»Ich habe gekündigt. Wir hatten eine Auseinandersetzung, und ich habe Tremayne gesagt, wohin er sich seine Anstellung schieben kann.« Fast hätte Eddie gelächelt, als er an das schockierte Gesicht dachte, das Tremayne gemacht hatte. Was für ein Jammerlappen.

Oh, dachte er, dann erzähle ich ihr eben alles.

»Das Auto habe ich auch verkauft. Es hat nur noch Schwierigkeiten gemacht und hatte dauernd Pannen, und es ist so gut wie unmöglich geworden, Kohle für den Konverter zu kaufen.«

Laura holte tief Luft, bevor sie etwas sagte. Dann holte sie noch dreimal Luft, um sich im Griff zu behalten. Ausgerechnet jetzt, wo sich ihre Lage zu bessern begann. Der Laden, »A & D Hutmoden« in der Strand Arcade, lief gut, der Kredit schrumpfte allmählich, und sie hatte genug Geld zur Seite gelegt, um über einen kurzen Urlaub nachzudenken.

»Warum denn den Wagen, Eddie? Ein Auto ist im Moment sein Gewicht in Gold wert, denn es werden kaum neue produziert.« Dann sah sie ihn kalkulierend an. »Wie viel hast du dafür bekommen?« Die Art, wie er ihrem Blick auswich, verriet ihr, dass er es ihr nicht sagen wollte.

»Nicht viel. Es war schließlich in ziemlich schlechtem Zustand.«

»Wie viel?«

»Fünfundneunzig Pfund.«

Sie lächelte erleichtert. »Wunderbar. Davon können wir einen Teil des Kredits zurückzahlen.«

»Ähmm … nein. Es ist nicht mehr da.« Er sah sie verlegen an. »Ich hatte nämlich ein paar Wettschulden.«

Wut glitzerte in ihren Augen auf, und diesmal ließ sie sich ihren Ärger anmerken.

»Schon wieder Wettschulden? Eddie, das muss aufhören, hörst du mich?«

Statt einer Antwort nickte er nur. Wie dumm sie doch gewesen war zu glauben, dass er seine Wettsucht unter Kontrolle hatte. Einmal mehr dankte sie dem Himmel, dass sie so klug gewesen war, den Kredit für das Haus nicht allein in seinem Namen aufzunehmen. Wer konnte wissen, was er tun würde, wenn er ernsthaft in Schwierigkeiten geriet. Lieber Himmel, wann würde er endlich lernen, dass Pferdewetten etwas für Gauner waren?

»Wie viel hast du noch?«, fragte sie knapp.

»Genug, um mein nächstes Vorhaben auf den Weg zu bringen.«

Während Laura darauf wartete, dass er sie aufklärte, musste sie gegen eine Wand der Niedergeschlagenheit ankämpfen. Sie hatte gehofft, dass er nach Carolines Geburt mehr Verantwortungsbewusstsein entwickeln würde. Er sagte so oft, dass er nur das Beste für seine Tochter wollte, und doch tat er es schon wieder, wechselte die Stellen wie seine Socken, ohne sich einen Deut darum zu scheren, dass er jetzt Vaterpflichten hatte. Wozu nur, fragte sie sich. Das Goldtöpfchen am Ende des Regenbogens?

Sie schüttelte traurig den Kopf. Begriff er denn gar nicht, dass die Ashworths es nur durch harte Arbeit zu einem solchen Goldtöpfchen bringen würden?

»Ich möchte eine Tanzkapelle gründen. Du weißt ja, dass ich schon einmal in einer Band gespielt habe, bevor wir uns kennen gelernt haben. Dann miete ich einen Saal für Tanzveranstaltungen. Laura, es sind so viele Soldaten in der Stadt, dass die Kapellen viel Geld verdienen. Sieh dir das Red Mill an, das Trocadero oder das Ginger Jar im Moore Park. Nach allem, was ich gehört habe, kann ich damit an einem Abend mehr verdienen als in einer Woche bei diesem Geizkragen Tremayne.«

Mit verkniffenem Gesicht registrierte Laura die Begeisterung in seiner Miene und seinem Ton. Wie hätte ihre Mutter ihn genannt? Sie versuchte, sich daran zu erinnern. Eine unruhige Seele. Das war Eddie, immer in Bewegung, von einem Plan zum nächsten in der Hoffnung auf besseren Verdienst.

»Was ist mit den Raten für das Haus?«

»Du verdienst doch gut mit deinen Hüten, du kannst die Raten übernehmen, bis ich auf festen Füßen stehe. Außerdem hat die ganze Sache noch einen Vorteil, Laura. Wenn ich abends arbeite, kann ich mich tagsüber um Caro kümmern. Du kannst das Geld einsparen, das du Mrs Mathers bezahlst. Du könntest sogar noch mehr Zeit im Geschäft verbringen, wenn du möchtest.«

Der alte Schlauberger. Daran hatte er sicher lange gefeilt.

»Du scheinst ja an alles gedacht zu haben, Eddie.« Sie erhob sich aus dem Sessel und ging zur Tür. »Ich hoffe um deinetwillen, dass es auch funktioniert.« Ihr Blick wurde härter. »Wenn dein Geschäft läuft, erwarte ich, dass du wie immer deinen Anteil an unseren Haushaltsrechnungen bezahlst.«

Nie im Leben würde sie es zulassen, dass er noch mehr Geld für seine Wettsucht aufwandte. Ihr war klar, dass sie ihn nicht ganz daran hindern konnte, aber sie konnte ihr Bestes tun, um es ihm so schwer wie möglich zu machen.

»Ich gehe in die Küche und höre mit Mike Radio. Oh, und vergiss nicht, dass ich Elsie versprochen habe, dass wir Frank morgen im Krankenhaus besuchen.«

Auf dem Weg durch den kurzen Flur verkniff sie sich die Tränen der Frustration.

Korporal Frank McRae hatte im Krankenhaus große Geschicklichkeit im Umgang mit seinen Krücken entwickelt. Die Wunde war schwer entzündet gewesen, und die Ärzte waren wochenlang sehr besorgt gewesen. Kurzfristig hatten sie sogar eine Amputation in Erwägung gezogen, doch dann hatte die Wirkung des neuen Wundermittels Penizillin eingesetzt, und jetzt war er entzündungsfrei und auf dem besten Weg der Genesung.

Überraschend gewandt bahnte sich Frank seinen Weg durch mehrere Stationen, bis er die Abteilung erreichte, wo die Amerikaner behandelt wurden. Seit er sich wieder fortbewegen konnte, hatten ihn die Schwestern nicht mehr überreden können, im Bett zu bleiben. Er besuchte den Yankee jeden Tag. Er wollte die Freundschaft zu Hauptmann Jack Beaumont nicht einschlafen lassen, vor allem, weil er das Gefühl hatte, dass Jack eine interessante Zukunft hatte.

Außerdem tat ihm der Mann ein wenig leid, denn mit Ausnahme von Sardi und ein paar Krankenschwestern, die ihn für den attraktivsten männlichen Patienten im ganzen Krankenhaus hielten, hatte er keine Besucher.

Frank bekam Besuch von diversen Kameraden aus der Armee und der Brauerei und von seiner Familie. Elsie – was für ein Durchhaltevermögen sie doch hatte – kam jeden Tag mit Peter. Laura und Eddie kamen, wenn sie es einrichten konnten, doch am meisten hatte es ihn gerührt, seinen Bruder in seiner Marineuniform zu sehen. Der Junge, den er so gnadenlos gehänselt hatte, war erwachsen geworden und hatte sogar eine Freundin – die schüchterne Eleanor Strachan, Ruths Schwester. Er musste lächeln, wenn er daran dachte, wie sehr es Mike geärgert hatte, dass man ihn nicht sofort auf ein Schiff beordert hatte. Weil er als Schmied und Waffenbauer gearbeitet hatte, hatte man beschlossen, sich seine Erfahrung zunutze zu machen und ihn in der Werft auf Cockatoo Island einzusetzen.

»Wie geht es denn dem Hauptmann heute?« Frank setzte sich auf den Stuhl neben Jack Beaumonts Bett und lehnte seine Krücken an den Tisch.

»Genauso wie gestern«, erwiderte Jack, »ziemlich lausig. Und dir?«

Ihr gemeinsamer Einsatz in Neuguinea und die lange Rekonvaleszenz im Krankenhaus hatten zu einer Art Freundschaft zwischen ihnen geführt, auch wenn Frank mehr Herzblut hineinlegte. Jack mochte den kleinen Korporal immer noch nicht besonders. Er erinnerte ihn zu sehr an die Gestalten, mit denen er in New York verkehrt hatte. Typen, die immer den eigenen Vorteil im Blick hatten, die für Geld alles taten und denen es egal war, wenn sie dazu das Gesetz brechen mussten.

Bei diesem Gedanken schüttelte er über sich selbst den Kopf. Himmel, du warst doch selbst einer, Kumpel, welches Recht hast du also, jemanden wie Frank zu kritisieren. Gar keins! Nur glaubte er, dass er sich seit jener schicksalhaften Nacht in Brooklyn geändert hatte. Der Zwischenfall hatte ihn tief getroffen. Natürlich hatte er im Krieg Menschen getötet, aber das konnte er rechtfertigen. Vinnie Spinozzas Tod war durch nichts zu entschuldigen.

Zwar verdrehte er das Recht immer noch zu seinem Vorteil, wenn er konnte, aber wenn der Krieg zu Ende war, würde es nur noch den rechten Weg für ihn geben. Das war seine Buße für das, was er getan hatte.

»Großartig, Kumpel. Ich werde übermorgen entlassen. Elsie kommt mich abholen. Mann!« Frank rieb sich die Hände und beugte sich zu Jack hinüber, um ihm zuzuflüstern: »Weißt du, es ist fast zwei Jahre her, dass ich mit einer Frau im Bett war.« Er wackelte vielsagend mit den Augenbrauen. »Elsie wird gar nicht wissen, wie ihr geschieht. Wenn Peter nicht wäre, würde ich sie eine Woche nicht mehr aus dem Bett lassen. Was meinst du, was sie dann für O-Beine hätte.«

Jack bekam Mitleid mit Elsie. Franks Frau war so nett gewesen, ihn ein paar Mal zu besuchen. Sie war ihm sympathischer als Frank McRae. Aber der Mann hatte sich loyal gezeigt und den Kontakt aufrechterhalten, was auch nicht zu verachten war.

Er bewegte sich im Bett, um seine Schulter bequemer zu lagern. Die Kugel hatte ihm das Schlüsselbein zertrümmert, deshalb heilte es so langsam. Dank intensiver Physiotherapie kehrte seine Kraft allmählich zurück, aber für ihn ging es viel zu langsam.

»Die Armee hat mich entlassen und zahlt mir eine Pension. Was machst du, wenn sie dich hier herauslassen?«

»Ich vermute, erst einmal lande ich hinter einem Schreibtisch in Sydney.« Was gar nicht so schlecht war. Er und Lou konnten ihren kleinen Nebenerwerb aufrechterhalten, den seine Vorgesetzten geflissentlich übersahen, solange er diskret vorging. Natürlich würde das nach dem Krieg enden, und sie müssten sich nach einer neuen Einkommensquelle umsehen.

»Das hast du dir auch verdient, Kumpel.« Frank zog ein zusammengefaltetes Stück Papier aus seiner Tasche und drückte es Jack in die Hand. »Hier ist meine Telefonnummer. Lass uns in Verbindung bleiben, Jack. Ich werde bei Elsie und ihren Eltern in Glebe wohnen. Mein Schwager und ich könnten dir bestimmt ein paar Sehenswürdigkeiten in Sydney zeigen.«

Jack grinste ihn an. »Danke. Weißt du, Rhonda, die Schwester mit den großen …« Seine Hände deuteten einen bestimmten Teil der weiblichen Anatomie an. »Sie hat mir angeboten, mich herumzuführen.«

»Alter Glückspilz. Sie könnte mir gern jederzeit eine Massage verpassen. Trotzdem«, kam er wieder auf sein Thema zurück, »Eddie, mein Schwager spielt in einer Tanzkapelle, und Laura …«

»Deine Schwester?«

Frank nickte. »Sie sagt, es ist die beste Kapelle in ganz Sydney. Sie spielen Samstagabend im Bondi Pavillon. Ich weiß doch, wie gern ihr Amis tanzt …«

»Ich überlege es mir.«

»Ahh, Frank, da bist du ja«, sagte Laura Ashworth mit tadelnder Stimme, als sie mit Caroline im Schlepptau auf ihren

Bruder stieß. »Ich bin jetzt so ziemlich durch sämtliche Stationen in diesem Krankenhaus gewandert. Solltest du nicht im Bett sein?« Sie drückte ihm einen schwesterlichen Kuss auf die Wange, und dann streckte Caroline ihrem Onkel Frank die Arme entgegen, damit er sie hochhob.

»Nicht, seit ich wieder laufen kann«, sagte Frank ohne jedes schlechte Gewissen. »Du weißt doch, dass ich Krankenhäuser nicht ausstehen kann. Laura, das hier ist ein Kamerad von mir. Wir haben etwas gemeinsam.« Er zwinkerte Jack zu. »Nämlich denselben verdammten Scharfschützen. Laura Ashworth, Hauptmann Jack Beaumont.«

Franks Schwester lächelte Jack an, und ihre Blicke trafen sich für einige Sekunden. Jack spürte, wie sich seine Brustmuskeln anspannten. Dann wanderte das Gefühl höher und schnürte ihm die Kehle zu, bis er den Eindruck bekam, dass die Zeit stillstand. Was unterschied sie nur von all den anderen Frauen, die er im Lauf seines Lebens kennen gelernt hatte? Hübsch war sie mit ihren blonden Haaren, aber er war schon mit vielen hübschen Frauen ausgegangen. Nein, da es ihn so dramatisch und so schnell berührte, musste es etwas anderes sein, etwas, das tiefer ging.

Die Augen! *Ja.* Sie hatte die herrlichsten braunen Augen, die er je gesehen hatte. Sie waren braun mit bernsteinfarbenen Reflexen, und im Moment lag eine Mischung aus Verärgerung und Geduld gegenüber ihrem Bruder darin. Zudem klang sie auch einzigartig. Australische Akzente waren nichts Neues für ihn, aber ihre Stimme hatte diesen samtigen Unterton, volltönend und warm. Die Art von Frauenstimme, die er am liebsten hörte.

»Freut mich, Sie kennen zu lernen, Ma'am«, sagte er und hielt ihr die Hand entgegen. Die Berührung ihrer Finger war warm und fest. Viele Frauen mochten es nicht, wenn man ihnen zur Begrüßung die Hand schüttelte, aber sie war anders. Sie hatte keine Sekunde gezögert, das gefiel ihm.

Eigentlich gefiel ihm alles an ihr… bis auf den Ehering. Ein dumpfer Schmerz durchfuhr seine Brust und legte sich auf sein Herz.

»Hauptmann. Hat Frank Sie hier bei Laune gehalten, oder hat er Sie zum Wahnsinn getrieben?« Der Schabernack glitzerte in ihren Augen, als sie den Blick von Jack zu Frank wandern ließ. »Möglich wäre beides.«

So dicht an seinem Bett blieb Laura kaum etwas anderes übrig, als Hauptmann Beaumont anzusehen. Der Amerikaner war ein hochgewachsener, wohlproportionierter Mann. Seine Haut war leicht getönt, sein Oberkörper muskulös und mit schwarzem Brusthaar bedeckt, das an den Rändern des Verbandes hervorlugte. Er sah aus wie ein Filmstar.

Sein dunkles Haar war kurz geschnitten; er hatte dichte, gerade Augenbrauen, unter denen neugierige grünbraune Augen hervorschauten. Sein Mund sah aus, als ob er gern und herzlich lachte, in letzter Zeit aber nicht viel Grund dazu gefunden hatte. Was für Grausamkeiten mochte er im Krieg mit angesehen – oder begangen – haben, dass sich seine Mundwinkel so nach unten verzogen hatten?

»So war es auch«, beantwortete Jack grinsend ihre Frage. »Aber hier ist jede Gesellschaft besser als keine Gesellschaft.«

»Himmel, das ist aber hart, wenn man von seinem Kameraden und seiner Schwester in die Mangel genommen wird«, brummte Frank gutmütig und setzte Caroline auf das Fußende von Jacks Bett.

Laura erwiderte reumütig: »Wie geht es dir, Frank?«

Sie reichte ihm ein braunes Päckchen. »Karamellbonbons. Versteck sie lieber, bevor eine gewisse junge Dame sie sieht.«

»Vielleicht hätte sie ja gern einen Schokoriegel«, meldete sich Jack zu Wort.

Als er sich über den Nachttisch beugte, um die obere Schublade zu öffnen, fielen Laura seine kräftigen Muskeln ins Auge, die dunklen Haare auf seinen Armen und große, kräftige Hände. Ein undefinierbares Gefühl lief ihr über den Rücken, um sich dann in ihrem Bauch niederzulassen. Was in aller Welt ist mit mir los, fragte sie sich und wandte den Blick ab, um ihn auf ihre Tochter zu richten, die auf dem Bett herumkrabbelte.

Plötzlich kam sie zur Besinnung und rief aus: »Hauptmann, sie hat ein weißes Kleidchen an. Ich glaube, Schokolade ist keine gute Idee.«

»Nennen Sie mich Jack, und ich sehe nach, ob ich etwas finde, was ihren mütterlichen Segen bekommt«, sagte Jack grinsend. Er kramte in der Schublade herum und brachte eine rosafarbene Süßigkeit zum Vorschein. »Hier, wie ist es damit?«

»Lutscher«, bettelte Caroline und streckte ihr Händchen aus.

»Danke, Haupt...« Laura erinnerte sich an ihre Abmachung. »Jack.«

»Wo ist denn Eddie?«, fragte Frank neugierig und zog einen zweiten Stuhl an das Bett, damit Laura sich setzen konnte.

»Er lässt sich entschuldigen. Seine Kapelle studiert gerade ein paar neue Arrangements ein.«

»Dann haben sie also Erfolg?«

»Ja. Ich gehe samstags meistens mit, wenn ich einen Babysitter finden kann.«

Bei diesen Worten spitzte Jack die Ohren. Er hatte längst beschlossen, dass er sie stundenlang ansehen könnte. Ihr Gesicht war so lebendig, ihre Bewegungen so voller Energie. Und die Art, wie sie sich kleidete. Feminin, nicht ordinär wie Theresa. Ein Hauch von Klasse, das war es, was Laura Ashworth hatte. Noch etwas, das er an einer Frau gern sah.

»Elsie sagt, du kommst demnächst nach Hause, Frank«, sagte Laura und richtete den Blick dann auf den Hauptmann. »Wie sieht es denn bei Ihnen aus … Jack?«

Es ging ihm besser, wenn er sie nur ansah. Mit jeder Minute besser.

Frank antwortete für ihn. »Unser guter Jack hat sich ziemlich schwergetan. Die Ärzte dachten schon, er könnte seinen Arm nie mehr benutzen. Aber jetzt ist er auf dem Weg der Besserung, nicht wahr, alter Knabe?«

»Ja. In zwei Wochen sollte ich hier herauskommen«, bestätigte Jack. Eigentlich hatte ihn die Aussicht, den Rest des Kriegs in Sydney auszusitzen, nicht besonders begeistert, aber wenn er seinen bewundernden Blick auf Laura Ashworth richtete, musste er zugeben, dass es auch seine Vorteile hatte.

Laura und Caroline verbrachten noch eine halbe Stunde bei den beiden Männern. Als ihre kleine Tochter dann unruhig wurde, verabschiedete sich Laura. Jack ließ sie nur ungern gehen, und Frank ging es genauso. Irgendwie hatten Laura und die Kleine die sterile Station erhellt und die Krankenhauslangeweile unterbrochen.

Ein paar Minuten später trat eine Schwesternschülerin in weiß gestreifter Uniform und gestärktem Häubchen an Jacks Bett. Sie warf einen tadelnden Blick auf das Durcheinander, in das Caroline die Bettwäsche verwandelt hatte, und schüttelte in gespielter Verzweiflung den Kopf.

»Zeit für Ihre Übungen, Hauptmann.«

Jack zwinkerte Frank zu und setzte eine Unschuldsmiene auf.

»Natürlich, Schwester Smith«, sagte er und schlug die Bettdecke zurück. »Immer hereinspaziert.«

»Hauptmann Beaumont!«

Frank gluckste laut, genau wie die Hälfte der anderen Männer in dem Krankensaal. Einer pfiff laut auf, und ein anderer rief: »Und ich bin dann der Nächste.«

»Dann will ich dich nicht länger stören«, sagte Frank grinsend und erhob sich auf seine Krücken. »Bis demnächst, Kumpel.«

Hauptmann Jack Beaumont hatte Langeweile. Im Anschluss an seine Entlassung nach über zweimonatigem Krankenhausaufenthalt hatte man ihm auch noch zwei Wochen Erholungsurlaub gegeben. So saß er nun auf der Fensterbank seines Hotelzimmers und blickte auf die Hauptstraße hinunter, die sich durch The Rocks wand, eins der weniger schicken Viertel in Hafennähe. Wenn er sich noch eine Woche entspannen müsste, würde er verrückt werden.

Er blickte auf den Briefstapel, den man an ihn weitergeleitet hatte. Theresa hatte ihm ein aktuelles Foto von Nick geschickt, der jetzt in die Schule ging und so gewachsen war, dass Jack ihn kaum wiedererkannte. Der Babyspeck war fort, genau wie die schwarzen Löckchen. Sein Sohn war ein hübscher Junge, und er fehlte ihm. Theresa hatte geschrieben, dass man Flick Taranto wegen Steuerhinterziehung festgenommen hatte. Genau wie Capone. Jetzt war Mario der Anführer der Organisation. Gott steh den anständigen Bewohnern von Brooklyn bei, dachte Jack.

Das alles schien jetzt so weit weg zu sein, so lange her. Nach allem, was er im Krieg erlebt hatte, betrachtete er sich als anderen, besseren Menschen.

Theresa hatte unverhohlen angedeutet, dass sie es müde war zu warten, dass er nach Hause kam. Himmel, er glaubte doch sowieso keine Sekunde lang, dass sie sich das Bett nicht von einem anderen wärmen ließ. Sie hatte viel zu viel Freude am Sex, um so lange enthaltsam zu bleiben. Doch dieser Gedanke sorgte ihn nicht. Seine Leidenschaft für Theresa war schon lange erloschen, und das einzig Gute, das ihre Beziehung hervorgebracht hatte, war Nick.

Sein rastloser Blick landete auf dem zusammengefalteten Zettel auf der Zedernholzkommode. Franks Adresse. Vielleicht sollte er ihn anrufen und sich erklären lassen, wo die Kapelle seines Schwagers spielte. Es konnte ja sein, dass Laura dort war.

Außerdem war jede Beschäftigung besser, als vier Wände anzustarren. Er würde Lou zum Mitgehen überreden. Das würde kaum schwierig werden. Sergeant Lou Sardi amüsierte sich gern.

Während Lou das Taxi bezahlte, stand Jack da und lauschte. Drei Jahre an verschiedenen Kriegsschauplätzen hatten ihn gelehrt, seine Ohren zu spitzen. Einmal hatte ihm dies das Leben gerettet, ihm und vier von seinen Männern.

Auch damals war es dunkel gewesen, und nebelig, während sie sich im Straßengraben einer Landstraße vorarbeiteten. Er hatte einen gedämpften italienischen Fluch aufgefangen, dann das Geräusch von Schritten am Straßenrand. Ohne sich hundertprozentig sicher zu sein, aus welcher Richtung die Geräusche kamen, hatte er eine Handgranate geworfen. Es hatte eine Explosion gegeben. Männer hatten qualvoll aufgeschrien. Dann Stille.

Heute Abend waren die Geräusche freundlicher, Wellen, die an den Strand rollten, und die Musik. Friedlich, zivilisiert. Er atmete die salzige Luft in tiefen Zügen ein. Er fand, dass sie nachts anders roch. Kräftiger, kühler. Wegen der angeordneten Verdunkelung brannten kaum Straßenlaternen, doch der Halbmond beleuchtete ihren Weg, und die Musik wies sie in die richtige Richtung. Dann sah er ein scheunenähnliches Gebäude direkt am Wasser, auf das viele Leute zusteuerten.

Eine Frau in mittleren Jahren, die sich das graue Haar zu einem festen Knoten zusammengebunden hatte, begrüßte Jack und Lou lächelnd an der Tür.

»Vier Shilling für Zivilisten, zwei Shilling, sechs Pence für Soldaten.« Dann teilte sie ihnen mit Verschwörermiene mit: »Auf der Rückseite steht ein Fass, da können Sie sich Bier kaufen, wenn Sie möchten.« Dann zwinkerte sie ihnen zu. »Aber davon weiß ich natürlich nichts.«

»Danke, Ma'am.«

»Himmel, Jack, hier ist es ja brechend voll«, merkte Lou an, als sie aus dem Eingangsbereich in den Hauptsaal traten.

»Ja.« Jack sah sich um, während sie durch die Menge schlenderten, die aus Soldaten und Zivilisten bestand. Die meisten standen in Grüppchen zusammen. Von den Dachbalken hingen bunte Lichter, Luftballons und bunte Kreppgirlanden. Zigarettenrauch stieg zur Decke, wo er wie eine Wolke schwebte.

Die Musik war gut. Eine achtköpfige Kapelle im Abendanzug spielte eine flotte Version von Glen Millers »Tuxedo Junction«, und die Leute tanzten scharenweise begeistert dazu.

»Den kleinen Korporal hier zu finden, könnte genauso schwierig werden wie die Suche nach der Stecknadel im Heuhaufen.«

Jack lächelte, dann runzelte er die Stirn.

»Wir sollten ihn lieber nicht so nennen, sonst rutscht es uns eines Tages noch heraus, wenn er dabei ist, dann ist er am Ende beleidigt. Außerdem ist er ja nicht mehr beim Militär, also passt es gar nicht mehr.«

Lou zuckte mit den Achseln. »Okay. Was tun wir also?«

Auch Jack konnte jetzt wieder mit den Achseln zucken, ohne vor Schmerzen zusammenzufahren.

»Wir mischen uns unters Volk. Schauen uns um. Erkunden die Lage.« Seine Augen glitzerten im gedämpften Licht des Tanzsaals, als er sie über die Menge schweifen ließ. »Es sieht so aus, als wären ein paar ziemlich hübsche Frauen hier.«

Jack wanderte eine Weile umher, bis er am Rand der Tanzfläche stehen blieb, um die Tanzenden zu beobachten. Der Frühlingsabend war schwül; er hatte immer noch Schwierigkeiten damit, dass an diesem Ende der Welt der Sommer im Anmarsch war, nicht der Winter. In New York würden die Leute jetzt ihre Mäntel, Handschuhe und Wollmützen aus der mottengeschützten Verpackung holen und sich auf ein eisiges Weihnachtsfest vorbereiten.

In diesem Moment sah er Laura, die mit einem jungen Seemann in weißer Uniform Jitterbug tanzte. Ihr Partner hob sie im Rhythmus der Musik auf seine Hüfte, schwang sie hinüber auf die andere, schob sie zwischen seinen Beinen hindurch und warf sie dann über seine Schultern, als wäre sie federleicht. Währenddessen ließ sie ihre freie Hand im Takt flattern und lächelte glücklich. Ihr gewelltes blondes Haar tanzte dabei hin und her.

Laura Ashworth hatte einen perfekten Körper, seine Erinnerung hatte ihn nicht getrogen – sie war eine Schönheit. Das Paar tanzte dichter an ihn heran, und im Vorüberwirbeln fiel ihr Blick auf ihn. Sie lächelte ihm zu, um ihm zu zeigen, dass sie ihn wiedererkannte, dann dirigierte ihr Partner sie unter die bunten Lichter zurück.

Sobald Mary Ellen Beckwith den Hauptmann erspähte, hielt sie geradewegs auf ihn zu.

»Hallo«, sagte sie selbstbewusst. »Sind Sie zufällig Hauptmann Jack Beaumont?«

Jack betrachtete sein kostspielig gekleidetes Gegenüber. Attraktiv – auf eine dunkle, ernste Art. Ihr Lächeln gefiel ihm, freundlich und unnahbar zugleich.

»Ja.« Er ließ sich seine Überraschung nicht anmerken.

»Frank McRae hat mir erzählt, dass Sie vielleicht kommen. Er hat mich gebeten, nach Ihnen Ausschau zu halten«, sagte sie und lächelte erneut. »Mein Name ist Mary Ellen Beckwith.«

»Hallo, Mary Ellen. Wo ist Frank denn?«

Der Hauptmann war wirklich ein gut aussehender Mann. Sie hakte sich bei ihm unter und sagte: »Er ist für die Getränke zuständig. Wollen wir nicht nach draußen gehen und eine Zigarette rauchen? Es ist so stickig hier. Wegen der Verdunklung dürfen die Fenster nicht geöffnet werden, zumindest nicht auf der Strandseite.«

»Gern. Wenn das Stück zu Ende ist.« Er wusste zwar, wessen Gesellschaft ihm lieber gewesen wäre, aber so gebot es die Höflichkeit.

Neugierig folgte Mary Ellen seiner Blickrichtung. Laura. Na, dann träumen Sie schön, Hauptmann! Laura würde ihn keines Blickes würdigen, das war einfach nicht ihr Stil. Laura McRae Ashworth war ein anständiges Mädchen. Mary Ellen lächelte verstohlen und schwieg, bis das Stück endete.

Draußen standen ein Holzfass und Gläser auf einer langen Tischplatte, die auf Holzböcken ruhte, und natürlich mussten sie Schlange stehen. Es dauerte mehrere Minuten, bis sie bedient wurden, dann standen Jack und Mary Ellen Seite an Seite da und lauschten der Dünung, während sie schweigend ihr Bier tranken.

Sie sah ihm zu, wie er das bernsteinfarbene Getränk in drei durstigen Zügen trank, und zog anerkennend die Augenbrauen hoch – das war ein Mann, der wusste, was er mochte, und keine Scheu hatte, das auch zu zeigen.

»Sieht aus, als hätten Sie das nötig gehabt«, sagte sie und beendete den Satz mit einem schrillen Lachen. Harry trank manchmal so – als wäre er kurz vor dem Verdursten. Sie seufzte im Stillen. Der arme Harry, der sich jetzt irgendwo im Schmutz eines deutschen Gefangenenlagers abplagte. Er fehlte ihr so sehr.

Plötzlich erspähte Mary Ellen ihren gemeinsamen Bekannten.

»Da ist Frank.« Sie winkte.

Frank kam auf Jack zugehinkt und begrüßte ihn wie einen vermissten Bruder.

»Die Tanzfläche ist für mich tabu«, klagte er und rieb sich den Oberschenkel. »Wie sieht es bei dir aus?«

»Ich habe so gut wie keine Probleme. Sie haben mich ins Hauptquartier versetzt. Fahrzeug- und Ausrüstungskontrolle.«

»Das ist doch bestimmt nicht schlecht.«

»Nein, aber irgendwann langweile ich mich wahrscheinlich zu Tode.«

»Tja, aber es ist besser, als wieder einem Scharfschützen vor die Flinte zu geraten.« Frank wandte sich an Mary Ellen. »Kennt Jack Eddie und Mike schon?«

»Ich dachte, du würdest es gern übernehmen, sie einander vorzustellen.«

»Natürlich, kommt mit. Innen ist es still, also macht die Kapelle wohl eine Pause.«

Als sie vor der Bühne ankamen, beklagte sich gerade der Trompeter: »Eddie, wir brauchen unbedingt Ventilatoren. Sonst ist es hier im Sommer wie in einer Sauna.« Zur Demonstration fuhr er mit dem Finger an der Innenseite seines Kragens entlang, der vom Schweiß verfärbt war.

»Du hast Recht. Ich gehe am Montag sofort zur Verwaltung.« Dann fiel Eddies Blick auf Laura. Dankbar für jede

Gelegenheit, Max und seinen Nörgeleien zu entfliehen, steuerte er auf sie und Mike zu.

»Ich hätte so gern ein Bier, wenn du mir eins besorgen könntest, Mike.« Er legte den Arm besitzergreifend um seine Frau und drückte sie an sich.

»Siehst du, was habe ich dir gesagt? Der Saal ist voll.«

Sie lachte zu ihm auf und fächelte sich mit einem Notenblatt Luft zu. Nach Mikes energischem Tanzstil musste sie sich erst einmal abkühlen.

»Wie eine Sardinenbüchse.«

»Wenn ich noch ein Engagement für den Sonntagabend finde, brauche ich mir um Geld keine Sorgen mehr zu machen.«

Laura legte ihm die Hand auf den Ärmel. »Immer mit der Ruhe, Eddie. Das ist der beste Weg, ein Geschäft aufzubauen.«

Dass er »ich« gesagt hatte, nicht »wir«, war ihr ebenfalls nicht entgangen.

»Mmmm.«

Diese Bemerkung verriet ihr, dass er ihrem Rat eigentlich keine Beachtung schenkte. So war Eddie nun einmal, sturköpfig und fest entschlossen, die Dinge auf seine Art anzugehen. Warum erwartete sie überhaupt irgendetwas anderes?

»Laura, erinnerst du dich noch an meinen amerikanischen Kumpel, Hauptmann Jack Beaumont? Eddie, das ist Jack«, mischte sich Frank ein, der den Amerikaner im Schlepptau hatte.

»Ihre Kapelle ist großartig, Eddie. Habe selten etwas Besseres gehört.« Jack geizte nicht mit Komplimenten.

»Danke«, sagte Eddie grinsend. Der Mann gefiel ihm auf Anhieb. »Die Jungs und ich haben hart gearbeitet. Wenn wir gleich weitermachen, spielen wir ein paar amerikanische Tanznummern für Sie.«

»Hallo, Mrs Ashworth, schön, Sie wiederzusehen«, sagte Jack förmlich und schüttelte ihr die Hand.

»Schön, dass Sie wieder auf den Beinen sind, Hauptmann.« Laura fühlte sich in Jack Beaumonts Gegenwart eingeschüchtert, weil er so groß war, obwohl seine Art nicht im Mindesten bedrohlich war. Er war die Höflichkeit in Person, wie die meisten anderen amerikanischen Soldaten auch. Dennoch verursachte ihr die Intensität seines Blicks ein unangenehmes Gefühl der Befangenheit. Sie war es zwar gewöhnt, dass die Männer ihr interessierte Blicke zuwarfen; sie wusste, dass man sie attraktiv fand, aber Jacks Blick machte sie nervös und brachte ihre Gefühle aus dem Gleichgewicht.

»Sie wollten mich doch Jack nennen, Ma'am. Erinnern Sie sich?«

»Nur, wenn Sie mich Laura nennen«, gab sie lächelnd zurück.

»Laura. Mit Vergnügen.«

Es war weniger das, was er sagte, als vielmehr die Art, wie er es sagte. Leise und intim, als spräche er mit ihr und sonst niemandem. Du bist verrückt, Laura Ashworth. Spar dir deine Fantasie für deine Hüte auf. Sie warf einen verstohlenen Blick auf Eddie und stellte erleichtert fest, dass er sich angeregt mit Frank unterhielt.

Jack hätte gern mit ihr getanzt – und auch wieder nicht. Verworrener konnten seine Wünsche wohl kaum sein. Dann versuchte er mit aller Macht, sich zu erinnern, was Frank ihm im Lauf ihrer Bekanntschaft über seine Schwester erzählt hatte, doch besonders viel davon fiel ihm nicht ein. Oder doch. Jetzt wusste er es wieder. Frank hatte kein Geheimnis daraus gemacht, dass ihm nicht besonders viel an seiner Schwester lag. Er hatte geradezu eifersüchtig geklungen, und das war nicht schwer zu verstehen.

Laura Ashworth war etwas Besonderes, das spürte er

genauso deutlich, wie er den Besitzerstolz spürte, den ihr Mann ihr gegenüber empfand. Himmel, nicht, dass er ihm das verübelte. Wenn er eine solche Frau gehabt hätte, hätte er sie auch keine Minute aus den Augen gelassen.

Als er sah, dass sich die Musiker zum Weiterspielen bereitmachten, trat Jack zu Eddie und fragte ihn höflich: »Ich würde gern mit Ihrer Frau tanzen. Haben Sie etwas dagegen, Eddie?«

Eddie kniff überrascht die Augen zusammen.

»Tanzen? Mit Laura? Sicher, wenn Sie möchten. Ich will doch, dass sich Laura amüsiert.«

Was nicht ganz der Wahrheit entsprach. Er wollte, dass Laura gut aussah, wenn sie zu den Tanzveranstaltungen kam, weil der gute Eindruck dann auch auf ihn zurückfiel, und er hatte nichts dagegen, wenn sie tanzte, solange es nicht zu oft derselbe Mann war. Nach allem, was Frank erzählt hatte, wäre es außerdem gut, sich den Hauptmann bei Laune zu halten.

»Wollen wir tanzen?«, fragte Jack Laura und hielt ihr die Hand hin.

Die Kapelle hatte ihren Lieblingstanz angestimmt, einen Walzer, aber es war nicht der Tanz, dem sie nicht widerstehen konnte, sondern die Bitte in Jacks Augen …

Sie mischten sich unter die Menge auf der Tanzfläche, und Jack legte ihr den Arm um die schlanke Taille und kreiste mit ihr durch den Saal.

»Sie tanzen sehr gut.« Für einen solchen Hünen tanzte er erstaunlich anmutig.

Er grinste auf sie hinab. »Ich glaube, es ist meine Partnerin, die mich heute Abend so gut aussehen lässt.«

»Sie alter Schmeichler!« *Du bist verheiratet, Laura Ashworth, vergiss das nicht.* Sie versuchte es mit einem anderen Gesprächsthema.

»Was haben Sie vor dem Krieg gemacht, Jack?«

Eigentlich war er gar nicht darauf aus, sie zu erschrecken, sondern vielleicht eher darauf, ihre Neugier zu wecken.

»Ich war Gangster«, antwortete er so beiläufig, als hätte er gesagt, er wäre Schuhverkäufer gewesen.

Laura bekam große Augen und legte den Kopf zurück, um ihn zu beobachten, während sie ihre Kreise zogen. Ob er das ernst meinte, fragte sie sich.

»Wirklich?«, sagte sie, ohne eine Miene zu verziehen. »Und waren Sie sehr gefährlich?«

Er grinste breit und freute sich, dass sie ihren Schreck so vertuscht hatte.

»Ich fürchte, ja, Ma'am. Sehr gefährlich.«

Sie zog eine Augenbraue hoch. »Wie John Dillinger oder Bugsy Siegel?«

»So gefährlich nun auch wieder nicht.« Seine Stimme wurde vertraulich leise. »Ich darf zum Glück behaupten, dass das Militär dem ein Ende gesetzt hat. Heute bin ich ein geläuterter Mann.«

Sie spitzte die Lippen, um sich das Lächeln zu verkneifen, denn sie war sich immer noch nicht sicher, ob er die Wahrheit sagte.

»Freut mich, das zu hören. Wir haben in Sydney auch so schon genug Gauner.«

Das Stück endete, und er war gezwungen, sie wieder zu ihrem Tisch am Fuß der Bühne zu begleiten, wo Mary Ellen mit einer paar anderen Frauen saß und plauderte. Er hätte sich so gewünscht, dass der Tanz ewig dauerte, sodass er ihr nahe sein und sie besser kennen lernen konnte. Es gab vieles, das er über Laura Ashworth wissen musste, und dazu musste er Franks und Eddies Nähe suchen.

Nun, er hatte kein Problem damit, sich mit ihnen zu verbrüdern. Himmel, dachte er und schüttelte sacht den Kopf, es hatte ihn wirklich erwischt. Wie würde sich Lou amüsieren, wenn er es ihm erzählte, doch das würde er nicht. Das hier musste sein Geheimnis bleiben.

»Mike und Frank haben mich Samstag auf die Rennbahn eingeladen. Eddie kommt auch«, sagte Jack. »Gehen Sie auch zur Rennbahn, Laura?«

»Manchmal.« Auch nach so vielen Jahren waren die Erinnerungen an Alex und an ihren Vater noch lebhaft. Nur manchmal ging sie mit, um Eddies Wettsucht im Auge zu behalten, was ihn furchtbar anwiderte.

Ganz plötzlich brannte Laura darauf, den Hauptmann auf Distanz zu halten.

»Jack, ich muss das Abendessen für die Jungs vorbereiten. In der nächsten Pause werden sie Hunger haben. Mary Ellen«, rief sie, »hilfst du mir, das Essen zu machen?«

»Danke für den Tanz, Laura, es war mir wirklich eine große Freude.« Jack ging kopfschüttelnd davon, die Lippen fest zusammengepresst. Verdammt! Was hatte er nur gesagt, dass sie plötzlich so still und nervös geworden war?

Um sich von den Gedanken an den attraktiven Mann abzulenken, mit dem sie gerade getanzt hatte, begann Laura, das Abendessen für die Musiker vorzubereiten. Irgendwie hatte sie das Gefühl, Jack Beaumont schon seit Jahren zu kennen. Tatsächlich wusste sie so gut wie nichts über ihn außer dem, was Frank ihr von ihm erzählt hatte. Sie hatte das Gefühl, dass seine Augen die tiefsten Geheimnisse eines Menschen sehen konnten. Das war ein beunruhigender Gedanke.

Laura verdrängte den Amerikaner mit aller Gewalt aus ihrem Kopf, und mit Mary Ellens halbherziger Hilfe richtete sie Sandwichteller mit Käsestückchen und Rosinenplätzchen für die Männer an.

Jack lag in seinem abgedunkelten Zimmer auf dem bezogenen Bett. Hellwach lauschte er seinem Herzschlag, dem Rhythmus der Stadt. Um drei Uhr nachts war die Stadt gespenstisch still, nur dann und wann fuhr ein Auto vorbei, und weil es neblig war, ertönte hin und wieder ein Nebelhorn im Hafen.

Er zog an seiner Zigarette und beobachtete dann, wie der Qualm zur Decke stieg. Seit er erwachsen war, befolgte er eine unumstößliche Regel, wenn es um Frauen ging. Hände weg, wenn sie verheiratet waren.

Als dann die Erinnerung an Laura Ashworth vor seinen weit geöffneten Augen umhertanzte, spürte er, wie sein Herz schneller schlug. Alle Muskeln in seinem Körper spannten sich an. *Ein Blick*. Mehr war nicht nötig gewesen. Er wusste kaum etwas über sie außer den halb vergessenen Gesprächsfetzen mit Frank im Krankenhaus – und doch hatte er das Gefühl, sie schon ewig zu kennen. Sie war wundervoll. Es war mehr als das, sie faszinierte ihn.

Er seufzte erneut und drückte mit einer frustrierten, beinahe aggressiven Bewegung die Zigarette im Aschenbecher aus.

Die eine Frau, die er mehr wollte als alle anderen, war die eine, die er nicht haben konnte.

20

Während Laura letzte Hand an einen neuen Hut für Kitty legte, lauschte sie mit halbem Ohr auf Berts Telefonat im Laden. Kitty wollte den Hut heute abholen, weil sie ihn für einen Anlass am Wochenende brauchte. Angesichts der Materialknappheit war Laura sehr stolz auf das Ergebnis. Sie hatte den dunkelblauen Veloursgut, dessen strenge Form einem Herrenfilzhut nachempfunden war, mit einem breiten, gelblich-grünen Satinband und einer Pfauenfeder aufgelockert. Es war das Beste, was sie unter diesen Umständen zuwege brachte. Viele andere Hutboutiquen hatten vorerst einfach geschlossen. Sie war entschlossen, das nicht zu tun. Irgendwie würde ihr Laden schon überleben.

Sie hörte, wie der Hörer aufgeknallt wurde, dann steckte Bert den Kopf in ihren durch einen Vorhang abgeteilten Arbeitsbereich.

»Kein Glück«, sagte er. Seine Wangen waren rot, so heftig hatte er mit ihrem Lieferanten diskutiert. »Alles ist Mangelware. Die Regierung belegt alles mit Beschlag, was nicht niet- und nagelfest ist.«

Laura brauchte nur einen Blick auf ihre Werkstatt zu werfen, um zu wissen, dass das stimmte. Alles war knapp. Herrenanzüge konnten nur einreihig geschneidert werden und durften nur eine minimale Anzahl an Taschen haben, um Material zu sparen. Die Länge von Damenröcken wurde von der Regierung bestimmt. Keine Rohlinge aus Filz oder Stroh, so gut wie kein Velours. Überall versiegten die Materialquellen und mit ihnen das Geschäft.

»Wir müssen unser Angebot ausweiten.« Laura stand von ihrem Hocker auf und trat in den Laden, um sich umzusehen. Das Schaufenster war halb leer. Sie hatte zwar versucht, die Lücken mit hübsch arrangierten Stoffresten zu füllen, aber sie wusste auch, dass das kein zufriedenstellender Ersatz für ordentliche Ware war.

»Auf was denn?«, fragte Bert bedrückt.

»Accessoires, denke ich. Der Laden ist nicht groß genug, um Schuhe zu verkaufen, aber wir könnten es mit Handschuhen, Schals, Tüchern, Handtaschen und vielleicht sogar einem kleinen Modeschmucksortiment versuchen. Du hast doch deine alten Kontakte noch, oder?«

»Ja. Aber wir bräuchten Geld, um die Waren anzuschaffen. Ich glaube nicht –«

»Ich habe etwas Geld auf dem Konto, Bert.« Sie hatte gespart, um den Hauskredit zu verringern, aber jetzt war es wichtiger, dass ihr Geschäft überlebte. »Genug für den Anfang.«

»Bist du sicher, dass du dir das leisten kannst, Laura?«

»Ja. Eddie hat großen Erfolg mit seiner Kapelle. Sie haben jetzt zwei Auftritte in der Woche.«

Bert kratzte sich den zunehmend kahlen Kopf und überlegte, dann verzog sich sein Mund zu einem Lächeln.

»Das könnte uns retten. Dann können wir wenigstens etwas verkaufen, bis es mit den Hüten wieder besser geht.«

»Ich habe noch eine Idee. Ich dachte, ich sehe mich einmal in den Läden um, die in der Nähe gebrauchte Kleider verkaufen, und kaufe ein paar brauchbare Hüte und Stoffe auf. Dann lassen wir die Hüte ordentlich reinigen, und ich könnte sie aufpolieren. Was hältst du davon?«

»Eine gute Idee. Aber vielleicht sollte ich das machen. Als alter Vertreter kann ich besser feilschen.«

»Sehr gut«, pflichtete sie ihm bei.

»Wann soll ich damit anfangen?«

Laura lächelte ihm zu. »Am besten sofort, Bert. Vielleicht machen wir dann sogar noch ein ordentliches Weihnachtsgeschäft.«

»Du kommst doch auch mit zur Rennbahn, oder?«, fragte Kitty und deutete einen Schmollmund an.

»Ich kann es gar nicht abwarten, diesen Amerikaner kennen zu lernen, von dem Mary Ellen so schwärmt.«

Die beiden Frauen tranken Tee in einem Teesalon am Eingang der Strand Arcade. Da Laura in letzter Zeit so viel arbeitete, war dies für Kitty die einzige Möglichkeit, sich mit ihr zu treffen. Laura, so beschloss sie, blühte auf, wenn sie Schwierigkeiten zu meistern hatte und sich abplagen musste. Laura hatte noch nie lebendiger und frischer ausgesehen.

Laura nippte an ihrem Tee und gab sich Mühe, nicht zu erschauern, während sie ihn schluckte. Es war eine Schande, was heutzutage als Tee verkauft wurde.

»Du weißt doch, wie gern Mary Ellen flirtet«, sagte sie. »Es ist harmlos, und im Moment ist sie mit allem zufrieden, was Hosen trägt.«

Kitty lächelte. »Oh, ich habe aber gehört, dass Hauptmann Beaumont ganz ansehnlich ist, und solange Harry in Sachsen festsitzt, stört es doch niemanden, wenn Mary Ellen sich ein bisschen amüsiert.« Kitty hielt kurz inne, dann fuhr sie fort. »Außerdem bin ich beeindruckt, wie sehr sie an ihrem Mann hängt. Nicht wie so viele andere verheiratete Frauen, die mehr tun, als nur mit den Soldaten flirten.«

Eigentlich hatte Laura nicht vorgehabt, so kurz vor Weihnachten zur Rennbahn zu gehen, aber angesichts von Kittys flehender Miene überlegte sie es sich anders. Sie hatte weiß Gott nicht viele schöne Erinnerungen an die Rennbahn. Ihr Vater. Alex… Andererseits würde ihr die Abwechslung guttun, und sie konnte Eddie und seine Wetten im Auge behalten. Seine Wettsucht war nach wie vor ein Problem – nicht für ihn, er genoss jede Sekunde, sondern für sie. Er war zwar großzügig, wenn er gewann, doch das geschah unglücklicherweise nicht so oft, dass man ihn als Wettkönig hätte bezeichnen können. Ganz im Gegenteil – meistens hatte er schlichtweg Pech. Weil er jetzt mit seiner Musik gut verdiente, hatte er reichlich Geld, das er verspielen konnte.

Kitty verzog das Gesicht und bestrich ihr Gebäckstück mit Marmelade. »Irgendwie ist Devonshire-Tee ohne Sahne nicht das Wahre. Findest du nicht?«

»Doch.« Laura seufzte. »Aber wir müssen wohl oder übel den Gürtel enger schnallen und uns damit abfinden, genau wie alle anderen auch. Sagt uns die Regierung.«

»Aber ich bin es leid. Weibliche Straßenbahnschaffner, weibliche Landarbeiter, weibliche Fabrikarbeiter, es reicht einfach.«

»Oh, ich weiß nicht. Viele Frauen haben auch Freude daran …« Laura dachte an Helen, ihre alte Freundin aus ihrer Zeit bei David Jones, die ihr geschrieben hatte, wie großartig sie die Arbeit an der Heimatfront fand. »Im Augenblick bleibt uns ja nicht viel anderes übrig. Interessant wird es, wenn die Männer nach dem Krieg zurückkommen. Ich glaube, dass viele Frauen ihre Stellen nicht mehr aufgeben wollen. Sie haben die Unabhängigkeit geschmeckt.«

»So wie du, Liebes.«

Laura grinste Kitty an, und sie stießen mit ihren Teetassen an, als wollten sie einen Toast ausbringen.

»Genau.«

Nicht nur Jack Beaumont, auch Lou Sardi war ein Hüne, und zusammen ließen sie Jacks enges Quartier in der Kaserne wie eine Puppenstube wirken. Sie waren beide seit zwei Wochen wieder im Dienst. Jetzt entspannten sie sich bei einer Flasche Resch's, und Lou rauchte seine Lieblingsmarke Camel.

»War es nicht nett von Eddie, dass er uns eingeladen hat, Weihnachten zum Abendessen zu ihm und seiner Familie zu kommen?«, fragte Lou, während er Rauchkringel in die Luft blies.

Jack lockerte seine Uniformkrawatte, öffnete seinen oberen Hemdknopf und begann dann, seine Ärmel aufzukrempeln.

»Ja«, erwiderte er, um einen beiläufigen Tonfall bemüht. »Ist bestimmt besser als Kantinenessen.« Insgeheim war Jack überglücklich über die Aussicht, in Lauras Nähe zu sein. Ihm war klar, dass Frank und Eddie versuchten, sich gut mit ihm zu stellen, um von seinen Schwarzmarktverbindungen zu profitieren – vor allem Frank. Da das in seine Pläne passte, konnte er gut damit leben.

Aber Laura hatte ihn auf der Rennbahn kaum gegrüßt. Nur hier und da ein vages Lächeln. Sie war ganz damit beschäftigt gewesen, ihren Mann am Gängelband zu halten. Eddie hatte keine Ahnung von Pferden, das hatte er eindeutig bewiesen, indem er so gut wie nie auf einen Sieger setzte.

»Himmel, ist das schwer, sich daran zu gewöhnen, dass es um diese Jahreszeit so heiß ist. Das kommt mir ganz verdreht vor«, beklagte sich Lou.

»Ich finde es zur Abwechslung ganz angenehm.«

Lou spitzte die Ohren. »Was meinst du damit, zur Abwechslung?«

»Ich habe nachgedacht, Lou. Ich mag Sydney. Es ist natürlich nicht New York, aber hier ist vieles möglich. Vor ein paar Tagen habe ich zufällig eine Unterhaltung zwischen ein paar australischen Generälen mit angehört. Sie haben vor, Land zu kaufen, als Investition für die Zeit nach dem Krieg.«

»Warum?«

»Sydney wird einen gewaltigen Aufschwung erleben, wenn die Rationierungen aufgehoben werden und das Militärpersonal wieder ins zivile Leben zurückkehrt. Die Leute werden Arbeit wollen, Häuser … Luxusgüter. Ich dachte, wir könnten vielleicht eine Importfirma aufmachen. Haushaltsgeräte oder so etwas. Hier gibt es nicht annähernd so viele Elektrogeräte wie zu Hause. Sogar Toaster sind hier eine Seltenheit. Die Leute werden ganz scharf darauf sein – sobald wir ihnen mit der richtigen Werbung den Mund wässerig gemacht haben, natürlich.«

»Himmel, Jack, du hast dir aber wirklich schon sehr detaillierte Gedanken gemacht.«

Jack trank einen Schluck aus der Bierflasche, dann stellte er sie auf den Nachttisch.

»Ja.« Er beugte sich vor und sagte in vertraulichem Ton. »Es ist nie zu früh, um Pläne zu schmieden. Wenn ich schon für die Fahrzeugflotte zuständig bin, kann ich sie auch benutzen, um herauszufinden, wo das Land am billigsten ist.«

»Weißt du«, warf Lou ein, »ich habe zu Hause bei einer Baufirma gearbeitet. Das ist vielleicht auch nicht schlecht.«

Jack zeichnete einen imaginären Bogen in die Luft. »Ich kann es schon vor mir sehen. Beaumont und Sardi, Import …«

»Wie wäre es mit Sardi Stabilbau, Qualität für Ihr Zuhause?« Lou wurde heiser vor Aufregung.

»Klingt beides gut«, sagte Jack mit einem breiten Grinsen. Lou war der ideale Geschäftspartner. Nicht aus der Ruhe zu bringen, vernünftig, und auch wenn er aussah wie ein Bär, war er nicht dumm.

»Aber was ist mit deinem Jungen, Jack? Mit Nick? Willst du ihn denn nicht wiedersehen?«

»Natürlich möchte ich das. Aber ich kann nicht nach New York zurück. Dort läuft ein Haftbefehl gegen mich wegen Mordes an Spinozza. Vielleicht kann ich Theresa und Nick nach dem Krieg nach Los Angeles ausfliegen und mich da mit ihnen treffen. Vielleicht darf er ja sogar eines Tages hier Ferien machen.«

»Das wäre natürlich schön«, sagte Lou, als ob es tatsächlich in Frage käme. Eigentlich bezweifelte er es jedoch. Nach allem, was Jack ihm von seiner Exgeliebten erzählt hatte, war sie nicht die Sorte Frau, die etwas herausrückte, wenn es sich einmal in ihrem Besitz befand, und das schloss auch Nick mit ein.

»Also, was ist mit Weihnachten bei den Ashworths? Wir werden Geschenke brauchen. Wie wäre es mit einem Truthahn. Kannst du einen besorgen?«

Lou rieb sich das Kinn, und seine Bartstoppeln kratzten ihm die Finger.

»Es ist doch alles rationiert; weißt du, wie schwer es ist, in dieser Stadt an Fleisch zu kommen? Es wäre einfacher, einen aus Hawaii einzufliegen.«

»Okay. Kümmere dich morgen darum. Es ist nur noch eine Woche bis Weihnachten.«

Jack Beaumont klopfte fest an die Haustür, direkt über dem immergrünen Kranz mit den Schleifen. Beifällig grinsend sah er sich um. Ihr Haus war genau so, wie er es erwartet hatte. Ordentlich, frisch gestrichen, kein Unkraut im Garten, der Rasen gemäht. Er klopfte erneut, und die dunkelgrüne Tür öffnete sich.

»Hauptmann! Ich meine Jack.« Laura bekam vor Überraschung große Augen.

»Wer ist da, Mami?«, fragte eine Kinderstimme irgendwo hinter ihrem Rock.

Laura nahm Caroline auf den Arm.

»Es ist Hauptmann Beaumont, Schätzchen. Ein Freund von Onkel Frank. Er ist Soldat, genau wie Onkel Frank einer gewesen ist. Jack, Sie haben Eddie gerade verpasst. Er ist zur Probe gegangen.«

»Hallo, Laura, Caroline. Das macht nichts, eigentlich bin ich auch nicht Eddies wegen hier.«

Zum ersten Mal im Leben hatte Jack Beaumont einen Knoten in der Zunge. Es verschlug ihm schier die Sprache,

Laura vor sich zu sehen, deren blondes Haar in der Nachmittagssonne glänzte und die eine bunte Schürze über ihrem blauen Kleid trug.

»Mister Jack …« Caroline beugte sich zu ihm herüber. »Wir haben einen richtigen Weihnachtsbaum. Willst du ihn sehen?«

»Oh, natürlich.« Er fand seine Stimme wieder. »Ich … äh, bin über diesen Truthahn gestolpert, der bei uns herumhing«, sagte er und grinste ironisch. »Ich dachte, er ist vielleicht ganz nützlich für das Weihnachtsessen. Sagen wir einfach, es ist Lous und mein Beitrag zum Fest.«

Lauras Lächeln wurde breiter, als sie das gigantische, in weißes Papier gewickelte und mit Bindfaden verknotete Bündel sah.

»Ein Truthahn. Das ist ja großartig. Danke. Woher in aller Welt haben Sie ihn?« Der rätselhafte Blick, den er ihr zuwarf, ließ sie noch breiter lächeln. »Oh, ich verstehe. Vergessen Sie einfach, dass ich gefragt habe.«

Sie wusste, dass Jack und Lou so gut wie alles besorgen konnten. Mary Ellen und Kitty benutzten ihren Schwarzmarkthandel völlig schamlos, um sich mit Nylonstrümpfen, Parfüm, Schokolade, Zigaretten und anderen rationierten Luxusgütern einzudecken.

»Haben Sie einen Kühlschrank?«

»Nur eine Eisbox.«

»Gut, wenn sie groß genug ist.«

»Ich glaube schon. Es ist ja nur für ein paar Tage«, sagte sie.

Jack folgte ihr durch den engen, gebohnerten Flur und das kleine Wohnzimmer in die Küche, wo er den Truthahn auspackte. Laura wickelte ihn in ein sauberes Küchenhandtuch und brachte ihn mit etwas Mühe in der Eisbox unter.

»Möchten Sie eine Tasse Tee? Etwas Stärkeres kann ich Ihnen leider nicht anbieten.«

»Ja, gern.«

»Mister Jack...«, sagte Caroline. »Komm mit, Onkel Mike macht den Baum fertig.«

Als wäre das sein Stichwort gewesen, kämpfte sich Mike, der fünf Tage Urlaub hatte, mit einer Tanne, die in einem Eimer Erde steckte, aus dem Garten ins Haus.

»Hallo, Jack.« Die beiden Männer gaben sich die Hand. »Wo soll er hin, Laura?«

»Vor den Wohnzimmerkamin. Caroline, zeig Onkel Mike doch bitte, wohin er den Baum stellen soll.«

Jack sah zu, wie sich die beiden aus der Küche kämpften und dabei eine Tannennadelspur hinterließen. Carolines Versuche, ihrem Onkel zu helfen, brachten ihn zum Grinsen, denn er wusste aus seiner Erfahrung mit Nick, dass sie Mike mehr behinderte, als dass sie ihm beim Transport seiner sperrigen Ladung half.

»Caroline ist eine echte Schönheit, Laura.«

»Dem kann ich nicht widersprechen.« Wieder lächelte sie, während sie das gute Porzellan und die silberne Zuckerschüssel hervorholte.

»Wie viele Leute erwarten Sie denn zum Weihnachtsessen?«, erkundigte er sich. Ihm war jedes Gesprächsthema recht, solange er nur noch ein wenig bleiben konnte. Vielleicht würde sie sich ja sogar wieder ein wenig entspannen.

»Eddies Eltern und seine Schwester. Bert Denton... Mike, Frank, Elsie und Peter. Sie und Lou, Eddie und ich und Caroline. Oh, ja, und Eleanor, Mikes Freundin. Insgesamt vierzehn.«

»Kann ich sonst noch irgendwie helfen? Brauchen Sie noch etwas zum Essen oder Trinken?«

Sie schüttelte den Kopf, und ihr goldblondes Haar bewegte sich auf ihren Schultern hin und her. »Wir haben alles, mit dem Truthahn haben Sie schon genug getan. Zusammen mit dem Schinken, den ich gekauft habe, wird es ein großartiges Weihnachtsessen.«

Caroline kam zurück in die Küche. »Onkel Mike sagt, wir können den Baum schmücken. Mami. Jetzt, bitte?«

»Wir haben doch Besuch, Schätzchen. Wir warten, bis Hauptmann Beaumont wieder geht.«

Jack sah, wie das kleine Mädchen die Unterlippe vorschob, als ob es gleich weinen würde. Er beugte sich zu ihr hinunter und nahm ihre Hand.

»Weißt du, Caroline, ich kann sehr gut Weihnachtsbäume schmücken. Soll ich mithelfen?«

»Jack… das brauchen Sie doch nicht…«, protestierte Laura.

Er blickte zu ihr auf. »Ich würde es aber gern. Ehrlich. Es macht mir Spaß. Es ist schon lange her, dass ich zuletzt mit einem Kind einen Baum geschmückt habe.«

Plötzlich fiel ihr die Veränderung in seinem Ton auf, die Einsamkeit in seiner Stimme.

»Natürlich. Sie können gern bleiben und mithelfen. Haben Sie selbst Kinder, Jack? Sie und Ihre Frau müssen Ihnen fehlen.«

Er sah sie an und schüttelte den Kopf. »Keine Frau. Theresa und ich haben nie geheiratet. Aber wir haben einen Sohn.« Eine Sekunde lang schienen seine Augen in die Ferne zu blicken. »Ich habe ihn fast vier Jahre nicht mehr gesehen.«

»Das ist ja furchtbar.« Sie meinte es ernst. Die Vorstellung, Caroline vier Jahre lang nicht zu sehen, war unerträglich. »Wie alt ist er denn?«

»Nick wird Ende Januar acht.«

»Komm schon, Mami«, meldete sich Carolines Stimmchen ungeduldig zu Wort, »wir hängen den Schmuck an den Baum.«

»Also gut«, gab Laura lachend nach.

Sie verbrachten die nächste Stunde damit, Lauras Weihnachtsschmuck an den einen Meter zwanzig hohen Weihnachtsbaum zu hängen. Mike weigerte sich standhaft, ihnen zu helfen, mit der Begründung, er hätte einfach kein künstlerisches Talent. Außerdem war es Zeit, die Hühner zu füttern, daher flüchtete er sich in die Zurückgezogenheit des Hühnerstalls.

Der Weihnachtsschmuck war zum Großteil selbst gebastelt. Sie kräuselten schmale Kreppstreifen an den Rändern, damit sie wie Wellen aussahen, und wanden sie dann um die Zweige. Sterne und Monde aus Pappe waren mit Silber- und Goldpapier beklebt; Wattebäusche, die wie Schneebälle aussahen, wurden an den kleineren Zweigen befestigt, und bunt angemaltes Popcorn auf Schnüren um den Baum gewunden. Für die Baumspitze hatte Laura einen Pappengel mit Chiffonflügeln, einer goldenen Krone und einem Zauberstab gebastelt.

Als sie fertig waren, traten sie einen Schritt zurück, um ihr Werk zu bewundern.

»Das ist der schönste Weihnachtsbaum, den ich je gesehen habe«, erklärte Jack. Weil er ihn zusammen mit Laura Ashworth geschmückt hatte.

»Mama, vergiss die Strümpfe nicht, in die der Weihnachtsmann die Geschenke steckt.«

»Natürlich nicht, Schätzchen.«

Laura legte vier Strümpfe – handgestrickte Wollstrümpfe in verschiedenen Farben – auf den Kaminsims, sodass sie leer und erwartungsvoll vor dem Kamin hingen.

»Meinen Sie, Weihnachten in Australien wird sehr viel anders für Sie sein als in Amerika?«, fragte sie Jack, während sie aufräumte.

»Darauf können Sie wetten. Schon das Wetter.«

»Was essen Sie Weihnachten zu Hause?«

»Truthahn und Schinken. Kartoffel- und Kürbispüree, Erbsen und Mais. Zum Nachtisch Kürbiskuchen mit Schlagsahne. Wenn man natürlich Italiener ist – und das bin ich zur Hälfte –, gibt es Lasagne, vielleicht Meeresfrüchte, und Eierlikör.« Er sah ihre fragende Miene und erklärte es ihr. »Das ist ein Getränk aus Eiern, Milch, Zucker, Gewürzen und Schnaps.« Er grinste. »Kann einen ziemlich umhauen, wenn jemand zu großzügig mit dem Schnaps war.«

»Tja, da hier alles rationiert ist, werden Sie bei uns keinen Eierlikör bekommen«, sagte Mike, der gerade ins Zimmer kam, spitz. Er pfiff beifällig, als er den Weihnachtsbaum sah. »Der sieht ja großartig aus.«

Jack warf einen Blick auf seine Armbanduhr und pfiff ebenfalls. »Himmel, wie schnell die Zeit vergangen ist. In einer Stunde habe ich Dienst. Ich sollte besser gehen.«

Laura nahm Caroline auf den Arm und brachte ihn zur Tür. Das kleine Mädchen, das von dem kräftigen Amerikaner sehr eingenommen war, umarmte ihn glücklich, bevor er ging.

»Bis Weihnachten«, sagte er. Er setzte seine Uniformmütze auf und zog sie schief.

Laura und Caroline sahen ihm nach, als er über die Straße auf seinen Militärjeep zuging.

Obwohl sie wusste, dass es falsch war, konnte sie den Blick nicht von seiner maskulinen Gestalt losreißen. Sie konnte gut verstehen, warum Mary Ellen und andere Frauen von Jack Beaumont so hingerissen waren. Er strahlte eine stille Stärke aus, die sie an ihren Vater erinnerte, und ihr war auch nicht entgangen, wie sanft er mit Caroline umgegangen war. Er schien zu wissen, was er vom Leben wollte und wie er es bekam. Beinahe unbewusst spürte sie, dass sich auch die Frau an seiner Seite sicher und beschützt fühlen würde.

Plötzlich stieg ihr die Hitze in die Wangen. Himmel, hör auf damit. Du hast kein Recht, ihn so zu sehen. Arbeit. Das war es, was sie brauchte.

Laura machte auf dem Absatz kehrt und ging ins Haus. Jede Menge Arbeit, das würde ihr den attraktiven Amerikaner schon aus dem Kopf schlagen.

Trotz des Krieges wurde Weihnachten ein schönes Familienfest. Doch es gab auch traurige Ereignisse, denn Mike, der die Nachricht bis zum Fest für sich behalten hatte, um Laura oder Eleanor nicht zu bestürzen, lief am Neujahrstag auf einer Fregatte in den Pazifik aus. Sein Schiff gehörte zu einer Flotte, deren Auftrag es war, die demoralisierte japanische Marine in den Nordpazifik zu treiben.

Das Leben in Sydney ging weiter, und innerhalb der nächsten drei Monate gehörten Jack Beaumont und Lou Sardi fest zur erweiterten Familie der Ashworths. Seltsamerweise hatte Eddie, der Laura gegenüber doch so besitzergreifend war, keine Ahnung, dass seine Frau der Grund war, warum sich Jack so zu seinem Haushalt hingezogen fühlte. In seiner Selbstüberschätzung glaubte er, Jack hätte Gefallen an *seiner* Musik und an *seiner* Gesellschaft beim Tanzen, auf der Rennbahn oder bei den seltenen Gelegenheiten, wenn sie in Coogee angeln gingen. Jack stellte sich absichtlich gut mit ihm, fragte ihn nach seiner Meinung in politischen oder geschäftlichen Fragen, und Eddie kam nicht darauf, was der wirkliche Grund für Jacks Freundschaft war.

Laura ging es genauso. Sie dachte, er und Lou wären einsam und hätten einfach Freude daran, Familienanschluss zu haben. Jack überhäufte sie mit Alkohol- und Lebensmittelgeschenken – Lebensmittel, die es nicht einmal mit Essenskarten gab – und Caroline, die ihn innerhalb kurzer Zeit Onkel Jack nannte, mit amerikanischem Spielzeug.

Ihre Entscheidung, das Angebot ihres Geschäfts auszuweiten, hatte sich als klug erwiesen, denn andere Geschäfte schlossen, sodass sie immer weniger Konkurrenz hatten und ihr Umsatz stieg – so sehr, dass Bert und Laura planten, zu expandieren und in der Stadt einen zweiten Laden aufzumachen, sobald Bert ein passendes Ladenlokal ausfindig machen konnte. Sie gingen davon aus, bis Juni das nötige Geld für ihre Pläne beisammenzuhaben.

Doch auch Laura war gegen die Auswirkungen des Krieges nicht gefeit. Am neunzehnten Juni 1945 wurde ihr durch ein Telegramm mitgeteilt, dass das Schiff des Seemanns Michael McRae versenkt worden war. Mike galt jetzt offiziell als vermisst.

Was ist nur heute mit mir los, fragte sich Laura, während sie durch das Geschäft wanderte, das sie gerade aufgeschlossen hatte. Schon beim Aufwachen an diesem Wintermorgen war sie ungewöhnlich unruhig gewesen. Sie konnte sich nicht konzentrieren, und ihre Nerven schienen grundlos angespannt zu sein.

Vormittags kamen meistens nicht viele Kunden, sodass Laura dann ihre Hüte nähen konnte. Heute zog sie sich in den kleinen, durch Vorhänge abgetrennten Werkstattbereich zurück, um an ihrer jüngsten Frühlingskreation zu arbeiten. Sie hatte das Gefühl, dass die Frauen es müde waren, mit dem Krieg und seiner zerstörerischen Wirkung auf die Familien fertig werden zu müssen. Niemand war unberührt geblieben; jeder hatte einen geliebten Menschen verloren, oder er war verstümmelt worden oder galt als vermisst. Also plante sie trotz der Materialknappheit eine Kollektion fröhlicher Frühlingshüte. Das war ihr Beitrag zum Erhalt des Kampfgeistes der Frauen von Sydney.

Der Hut, an dem sie arbeiten wollte, der weiße Strohhut mit der breiten Krempe, war mit einem breiten gelben Band verziert und hatte an der Rückseite ein fünfzehn Zentimeter breites weißes Netz. Er würde fantastisch aussehen, wenn sie nur die nötige Konzentration aufbringen könnte, um ihn fertig zu nähen.

Schritte unterbrachen sie, und sie lugte um den Vorhang herum.

»Guten Morgen, Laura«, sagte Jack. Er zog seine Uniformmütze ab und legte sie auf die gläserne Oberfläche der Ladentheke.

»Jack, was machst du denn hier?«

»Oh, ich war in der Nähe und dachte, ich schaue kurz vorbei und sage hallo. Wenn es dir nichts ausmacht.« Das entsprach nicht ganz der Wahrheit. Er war an diesem Morgen mit dem unwiderstehlichen Drang aufgewacht, sie zu sehen.

»Natürlich nicht. Montags habe ich nicht viel zu tun; es wird normalerweise erst mittags mehr.« Wie großartig er in seiner Winteruniform aussah, dachte sie – eine beigefarbene Hose und ein schokoladenbraunes Jackett mit einer beeindruckenden Menge an Messingknöpfen und Rangabzeichen.

Jack riss den Blick von der Frau los, für die er einen Umweg eingelegt hatte, er gab vor, das Angebot des Ladens zu betrachten. Er war noch nie in ihrem Geschäft gewesen, obwohl er schon mehrfach daran vorbeigegangen war, immer in der Hoffnung, dass sie ihn bemerken würde. Doch das hatte sie nie getan.

Bei diesem Gedanken lächelte er ironisch vor sich hin. Es war seltsam, dieses Gefühl, das er für Laura Ashworth empfand. Tiefgehend und verzehrend. Wahrscheinlich Zeitverschwendung. Sie sah ihn nie auf diese besondere Weise an. Nicht, dass sie ihren Mann je so ansah. Durch lange, genaue Beobachtung war ihm klargeworden, dass sie Eddie Ashworth nicht liebte. Sie ertrug ihn und seine verrückten Vorhaben und Launen mit bewundernswerter Duldsamkeit.

»Das ist ja wirklich ein beachtlicher Laden. Wie schaffst du es, trotz der Rationierungen ein so großes Angebot zu haben?«

Aus irgendeinem Grund empfand sie eine absurde Freude darüber, dass ihm das auffiel.

»Es ist nicht einfach. Bert ist erste Klasse im Abstauben. Ihm verdanken wir unseren Erfolg mit den Accessoires. Er klappert die Fabriken ab und kann immer jemanden überreden, etwas herauszurücken. Viele Frauen kommen inzwischen eher wegen der Accessoires als wegen der Hüte.« Voller Genugtuung ließ sie den Blick über die Ständer mit den Handtaschen und das Regal mit den bunten Schals, den Gürteln und den Handschuhen schweifen. »Die Kombination ist ein Volltreffer.«

»Tja, wenn ihr es schafft, bis Kriegsende durchzuhalten, werdet ihr doppelt so viel zu tun haben. Es heißt, dass es nach der Kapitulation der Deutschen nicht mehr lange dauern kann, bis die Japaner ihrem Beispiel folgen.«

»Das hoffe ich auch«, sagte sie nachdrücklich. Wenn der Krieg vorüber war, wäre Mike in Sicherheit. Wenn sie nur wüsste, wo er war. Der Gedanke, dass er sich in einem dieser schrecklichen japanischen Gefangenenlager befand – was für Geschichten die Männer mitbrachten, die von dort entflohen oder freigelassen worden waren –, quälte sie zutiefst.

Aus dem Augenwinkel sah sie eine Bewegung am Eingang. Was sie dort sah, ließ die Schere aus ihren plötzlich gefühllosen Fingern zu Boden klappern. Ihr Mund wurde trocken, und ihre Augen weiteten sich vor Schreck.

»Mike …«, flüsterte sie so leise, dass es kaum zu hören war.

Ihr Bruder stand in der offenen Tür. Ohne Schuhe, die Uniform in Fetzen, den rechten Arm verbunden. Seine Wangen waren mit kleinen Verletzungen übersät und seine dunklen Locken wild zerzaust. Seine Miene war traurig, dann lächelte er langsam und sagte etwas, doch aus seinem Mund kam kein Geräusch. Dann hob er die rechte Hand zu einem beiläufigen Salut und winkte ihr mit den Fingern zu. Im nächsten Moment umhüllte ihn ein Licht wie Nebel.

Laura kniff verwirrt die Augen zu, und plötzlich war Mike fort.

»Laura. Was ist?« Jack folgte ihrer Blickrichtung. Er runzelte die Stirn. »Was ist los? Sag es mir? Was kannst du da sehen?«

Gequälte Augen sahen ihn an. Langsam und wie benommen schüttelte sie ungläubig den Kopf. »Ich … weiß, dass es verrückt klingt. Ich h-habe gerade Mike gesehen. Er hat in der Tür gestanden. Er hat mir zugewinkt.«

»Das kann nicht sein. Laura, er ist …«

»Er ist tot!«

»Das kannst du doch nicht wissen«, widersprach er ihr entschlossen und trat auf sie zu, bewegt von dem Schmerz in ihren Augen. Was hatte sie gesehen? Oder vielmehr, was glaubte sie, gesehen zu haben? »Erzähl mir genau, was du gesehen hast.«

»Mike! E-er hat einfach nur dagestanden. Erst hat er traurig ausgesehen, und dann hat er gelächelt und mir merkwürdig zugewinkt, wie ein … Salut. Dann ist er einfach v-verschwunden.« Ihre Kehle schnürte sich zu, und sie holte tief Luft und atmete langsam wieder aus, bevor sie fortfuhr. »Natürlich kann ich es nicht wissen, aber ich weiß, dass er tot ist. Ich kann nicht erklären, woher ich es weiß. Es ist einfach so.« Laura rieb sich langsam die Stirn und versuchte zu begreifen, was sie gesehen hatte.

»Ich ... er war hier, um sich zu verabschieden.« Sie fasste sich an die Brust. »Ich ... ich ... spüre es hier.«

Jack schüttelte den Kopf. »Laura, das ist nicht möglich.«

»Oh, Jack.« Als ihr die volle Bedeutung ihres Erlebnisses klar wurde, begann der Raum, sich zu neigen, und die Wände drehten sich. Ihre Knie gaben nach, und sie stürzte hinter die Ladentheke.

Er war noch rechtzeitig bei ihr, um zu verhindern, dass ihr Kopf auf den Boden prallte. Er ließ sich auf die Knie sinken und wiegte ihren bewusstlosen Körper auf seinem Schoß. Er betrachtete ihre makellosen Gesichtszüge, ihre blasse Haut, die Löckchen auf ihrer Stirn und wusste über jeden Zweifel erhaben, dass sie Zeugin eines außergewöhnlichen Anblicks gewesen war. Laura Ashworth war keine Frau, die in Ohnmacht fiel – es sei denn, sie hatte Grund dazu.

Ein paar Augenblicke lang gestattete er sich den Luxus, ihre Haut zu streicheln, ihr das Haar aus der Stirn zu streichen und die Lippen zu betrachten, die er sehnsüchtig gern geküsst hätte, seit er Laura zum ersten Mal gesehen hatte. Verbotene Früchte. Das war es, was sie für ihn war. Verboten, weil sie einen Goldring an der linken Hand trug. Er biss frustriert die Zähne zusammen. Vielleicht war es ja gut, dass sie nicht dasselbe für ihn empfand. Das hätte die Qual nur verdoppelt.

»Laura.«

Ihre Augenlider zuckten, öffneten sich aber nicht. Ein Stöhnen entwich ihren Lippen, und die Versuchung, sie wachzuküssen, überwältigte ihn fast. Er riss sich zusammen und klopfte ihr mit der Hand auf die Wange.

»Laura, bitte. Wach auf.«

Sie öffnete die Augen und starrte verwirrt zu ihm auf. Warum lag sie auf dem Boden in Jacks Armen? Was machte Jack Beaumont in ihrem Laden? *Jack*. Sein Gesicht strahlte Sorge aus, als sei ihr etwas Schlimmes zugestoßen.

»Du bist ohnmächtig geworden.« Er hielt es nicht für klug, sie daran zu erinnern, warum sie ohnmächtig geworden war. Womöglich passierte es dann gleich wieder.

»Du hast mich aufgefangen?«

»Ja.«

Sie lächelte zu ihm auf. »Danke.«

Dieses Lächeln war zu viel für ihn. Er hatte so lange darauf gewartet, dieses Lächeln zu sehen, das ihn in ihren Augen zu etwas Besonderem machte.

»Oh, Laura …« Er zog sie hoch, bis sich ihre Gesichter fast berührten, dann küsste er sie, sanft, um sie nicht zu alarmieren. Im ersten Moment erstarrte sie in seinen Armen, doch dann entspannte sie sich allmählich, und sie erwiderte den Kuss.

Seine Arme waren so kraftvoll und selbstsicher, seine Lippen fest und zunehmend fordernd. Sie spürte, wie seine Zunge mit ihren Lippen spielte und Einlass begehrte, und obwohl ein Teil von ihr wusste, dass sie das nicht tun sollte, dass sie ihn von sich stoßen sollte, konnte sie das nicht. Die Hitze in ihrem Unterleib, das Blut, das durch ihre Adern pulsierte, sein kräftiger Männergeruch überwältigten sie, und sie konnte nicht widerstehen. Es war so lange her, dass sie so empfunden hatte … nicht mehr seit Alex.

Er umarmte sie fester, und sie leistete keinen Widerstand, sondern drückte sich an ihn, begrüßte seine Nähe und genoss sie in vollen Zügen.

Es war Jack, der ihrer Umarmung schließlich ein Ende setzte. Er löste sich von ihr und half ihr, aufzustehen. Dann trat er ein paar Schritte zurück, um ihnen beiden Platz zum Atmen zu lassen. Als er das Wort ergriff, war seine Stimme rau.

»Ich hätte das nicht tun sollen.« Seine Augen blickten auf ihr Gesicht hinab. »Ich wünschte, ich könnte sagen, es tut mir leid. Das kann ich nicht. Ich habe mir schon gewünscht, dich zu küssen, als ich dich zum ersten Mal gesehen habe.«

»Ich hätte es nicht zulassen sollen, also trifft mich die gleiche Schuld.«

Sie war von ihrer eigenen Aufrichtigkeit überrascht, und das Blut stieg ihr in die Wangen, als sie an seinen Kuss dachte und ihre Reaktion darauf. Noch nie war sie sich ihrer Weiblichkeit so bewusst gewesen. Nach Alex hatte sie gedacht, sie würde sich nie wieder so fühlen. Es war wundervoll, und gleichzeitig war es auch furchtbar. Sie hatte einen Mann und ein Kind.

»So lange habe ich mir gewünscht, dir zu sagen, was ich fühle, Laura. Aber bis jetzt konnte ich es nicht.« Er zuckte mit seinen breiten Schultern und lächelte schief. Er sah ihr forschend ins Gesicht und las darin dieselbe Leidenschaft, die er selbst empfand. Es machte ihn froh und traurig zugleich. Er legte ihr die Finger auf die Lippen.

»Sag nichts, noch nicht. Weißt du noch … warum du ohnmächtig geworden bist?«

Sie schloss die Augen, und plötzlich war alles wieder da. Wie konnte sie es nur vergessen? Mike! Sie erinnerte sich an jede Einzelheit.

»Ja.« Es war nicht mehr als ein trockenes Flüstern.

»Du musst tapfer sein. Ich glaube, du solltest lieber niemandem erzählen, was du gesehen hast.« Er hätte gern über sie beide gesprochen, wagte es aber nicht. Was sie gerade enthüllt hatten, war zu neu, zu zerbrechlich. Worte konnten das Wunder in Scherben legen, bevor sie die Gelegenheit bekamen, die Tiefe ihrer möglichen Gefühle füreinander zu ergründen.

»Du hast Recht. Vielleicht habe ich mir das Ganze ja auch eingebildet.« Obwohl sie beide wussten, dass es nicht so war.

Maisie, die Kellnerin aus dem Teesalon am Ende der Strand Arcade, unterbrach ihr Gespräch. Sie kam mit aufgeregtem Gesicht in den Laden gelaufen.

»Laura, hast du das gehört?« Sie wartete nicht auf eine Antwort. »Die Alliierten haben irgendwo in Japan eine Atombombe abgeworfen. Hi-Hiroshima, glaube ich.«

»Wann denn?«, fragte Jack plötzlich hellwach.

»Vor ganz kurzem. Es hieß, dass mehrere hunderttausend Menschen umgekommen sind. Kannst du das glauben? Die Stadt wurde dem Erdboden gleichgemacht.« Sie strahlte Jack lächelnd an. »Ist das nicht wundervoll, Soldat? Ich denke, jetzt wird der japanische Kaiser kapitulieren, meinen Sie nicht?«

Laura erschauerte. Sie hoffte, sie hätte sich verhört.

»Über hunderttausend Tote? Bist du sicher?«

»Das haben sie im Radio gesagt, Herzchen.« Maisie winkte Laura zu. »Ich muss zurück. Die Vormittagskundschaft kommt gleich. Wiedersehen.«

Jack und Laura sahen einander an, aber sie sprach zuerst. »Hiroshima. Ist das eine Hafenstadt?«

»Ja.«

Tränen stiegen ihr in die Augen. »Vielleicht ist Mike dort gewesen.«

»Das weißt du doch nicht mit Sicherheit.«

»Nein.« Aber im Herzen wusste sie es. Wenn Mike in Kriegsgefangenschaft geraten war, war es möglich, dass er in Hiroshima an Land gebracht worden war, bevor man ihn in ein Lager brachte. Das wussten sie beide, ohne dass sie es aussprechen mussten.

Jack blickte auf seine Armbanduhr.

»Besser, wenn ich gehe. Im Hauptquartier ist nach dem Bombenabwurf bestimmt die Hölle los. Hoffentlich bedeutet das das Ende des Krieges.« Er sah ihr direkt in die Augen und war überglücklich über die Zuneigung, die ihm dort entgegenblickte.

»Ich rufe dich an, und dann arrangieren wir eine Verabredung. Um zu reden. Über uns.« Er lächelte sie an und berührte kurz ihre Wange. Dann wandte er sich ab und verließ den Laden.

Laura berührte die Stelle, an der seine Finger auf ihrer Wange gelegen hatten. Plötzlich überkam sie schreckliche Traurigkeit, und sie verschränkte die Arme vor dem Bauch und wiegte sich selbst in ihrem Schmerz. Mike. Wie er als Kleinkind gestottert hatte, dürr wie ein Whippet groß geworden war, seine Begeisterung für das Kricketspiel, seine Liebe zu Eleanor. So jung, und sie konnte es niemandem sagen, weil die Hälfte der Leute glauben würde, sie hätte den Verstand verloren.

Wie ungerecht das alles war. War Alex ihr nicht vor seiner Zeit genommen worden? Und ihre Eltern? Doch Laura wusste, dass das Leben nun einmal nicht fair war.

Sie musste über Jack nachdenken. Was sollte sie nur tun? Sie war nicht so weltgewandt wie Mary Ellen oder Kitty. Ihre Freundinnen würden ihr wahrscheinlich zu einer Affäre mit ihm raten, um über ihn hinwegzukommen. War sie dazu in der Lage? Es widersprach allem, was ihre Eltern sie gelehrt hatten, über die Liebe und die Ehe, über Verantwortung und Aufrichtigkeit. Aber sie liebte Eddie nun einmal nicht. Sie hatte ihn nie geliebt und nur allzu bald nach der Hochzeit erkannt, dass sie ihn auch nie lieben würde.

Doch gab ihr das die Erlaubnis, sich in einen anderen zu verlieben, mit ihm zu schlafen?

Nein. Obwohl sie es sich so sehr wünschte.

Lieber Gott im Himmel, was sollte sie nur tun?

21

Der Centennial Park war der ideale Ort für ihr erstes Treffen. Jack wählte den Park, weil sie dort beide einigermaßen anonym bleiben würden. Hand in Hand spazierten sie am Lilienteich vorbei durch den Rosengarten, beinahe überwältigt von ihren Gefühlen und der Tatsache, dass sie zusammen waren.

»Wie hast du es geschafft, dich davonzumachen?«, fragte Jack.

»Ich habe Bert gesagt, ich hätte einen Termin bei der Bank – was auch stimmt. Ich werde hinterher noch hingehen.«

»Setzen wir uns doch.« Er zog eine karierte Decke aus einer Papiertüte und breitete sie im Gras am Teich aus. Seit jenem Tag in ihrem Laden hatte er gründlich darüber nachgedacht, was er zu ihr sagen sollte. Dass er sie für den Rest seines Lebens an seiner Seite haben wollte, war nicht zu übersehen – er konnte sie nicht aus seinen Gedanken oder aus seinem Herzen drängen.

»Laura …«

»Schsch. Jack, lass mich etwas sagen.«

Laura hatte stundenlang mit ihren Gefühlen, ihren Verpflichtungen und ihren Überzeugungen gerungen. Der Kampf zwischen ihrem Gewissen und ihren Gefühlen war lang und hart gewesen.

Sie sagte einfach nur: »Ich liebe dich, Jack Beaumont.«

Sie lächelte zu ihm auf. Doch als er die Hand nach ihr ausstreckte, gebot sie ihm mit einer Geste Einhalt.

»Nicht. Wenn du mich berührst, werde ich nicht mehr den Mut haben zu sagen, was ich sagen muss.« Ohne sein Stirnrunzeln zu beachten, fuhr sie fort. »Ich hätte nie gedacht, nie damit gerechnet, im Leben noch einmal Liebe zu finden. Nicht nach Alex. Dann bist du gekommen. Zuerst war ich voller Argwohn – du warst so stark und selbstsicher. Du hast mir ein wenig Angst gemacht.« Sie lachte über seine verwunderte Miene. »Bis neulich. Da habe ich endlich meine Gefühle und auch meine Verwirrung verstanden. Ich wusste, dass das, was ich empfinde, Liebe ist.«

Sie ergriff seine Hand und drückte sie ermutigend.

»Aber... eigentlich darf ich das nicht empfinden. Ich bin verheiratet, ich habe ein Kind von einem anderen, und...« Es war so schwer, das zu sagen, und sosehr sie sich auch dagegen wehrte, ihre braunen Augen füllten sich mit Tränen. »Ich habe Verantwortlichkeiten und Verpflichtungen, denen ich nicht einfach den Rücken zukehren kann.«

Im ersten Moment sagte er gar nichts. Dann schüttelte er langsam den Kopf. »Ich will dich, Laura. Caroline auch. Lass dich von Eddie scheiden und heirate mich.«

Sie wagte es nicht, ihn anzusehen. Wenn sie es tat, wäre sie verloren. Sie musste stark sein, auch wenn es ihr größter Wunsch war, sich ihren Gefühlen hinzugeben. Glücklich zu sein.

»Das kann ich nicht.«

»Warum denn nicht, verdammt? Nenne mir einen guten Grund.«

»Ich kann dir mehrere nennen, auch wenn sie dir alle

nicht gefallen werden.« Ihre Stimme bebte. »Pflicht. Ehre. Berufsleben. Scheidung. Wir sind doch beide katholisch – und du weißt, wie die Kirche über die Scheidung denkt. Sie erkennt sie nicht an.«

»Himmel, Laura, daran glaubst du doch genauso wenig wie ich. Du gehst doch nicht einmal mehr zur Messe«, sagte er aufgebracht. »Welche Pflicht? Du hast deine Pflicht getan. Du bist sechs Jahre lang eine gute Ehefrau gewesen, aber glücklich bist du nicht. Du hast dir von Eddie eine Menge bieten lassen, das kann ich dir an den Augen ansehen. Wir haben nichts Böses getan, du und ich, nicht körperlich.«

»Das haben wir wohl, Jack. Dadurch, dass ich zugelassen habe, dass ich mich in dich verliebe, habe ich ihn entehrt, unser Eheversprechen und mich selbst. Ich hätte es besser wissen sollen. Ich hätte stärker sein sollen.«

»Himmel, so etwas kommt nun einmal vor.« Er fuhr sich geistesabwesend mit der Hand durch das dunkle Haar. »Pack das Glück doch beim Schopf, wenn du es kannst. Das ist das Motto der Zukunft. Die ganze Welt hat durch den Krieg Schreckliches erlebt. Millionen Tote und Vertriebene. Das hat viele Regeln, ja, sogar Religionen auf den Kopf gestellt. Du wirst feststellen, dass vieles von dem, was in der Vergangenheit wichtig war, nicht mehr lange von Bedeutung ist.« Er hielt einen Moment inne und überlegte.

»Ich habe eine Menge Glück gehabt und zwei Feldzüge überstanden, ohne pulverisiert zu werden. Jetzt will ich …« Sein Blick wanderte brennend über ihr Gesicht, ihren Körper, ihre Brüste, die sich unter ihrem Wollkleid abzeichneten. Gott, wie er sich danach sehnte, sie zu berühren, zu spüren, wie ihr Körper auf seine Berührung antwortete. »Ich habe mir das Recht auf etwas Glück verdient. Genau wie du.«

Er streckte die Hand aus, um ihre Wange zu streicheln.

Sie ergriff sie und hielt sie dort fest. »Du brauchst dir keine Sorge um deinen Beruf und dein Geschäft zu machen. Es gefällt mir, dass du ehrgeizig bist, dass du dir selbst etwas aufbauen willst. Ich habe auch Pläne, und ich werde voll und ganz hinter dir stehen.«

»Aber eine *Scheidung*, Jack. Du kennst Eddie nicht so, wie ich ihn kenne. Er wird mir das Leben zur Hölle machen! Er wird versuchen, mir Caroline wegzunehmen. Er wird aus Rachsucht die schrecklichsten Dinge über uns erfinden.« Sie zuckte mit den Schultern. »Nicht, dass mir das meinetwegen Sorgen machen würde – mir geht es um Caroline. Ich könnte es nicht ertragen, sie zu verlieren.« Sie sah ihm in das sorgenvolle Gesicht. »Weißt du, wie schwer es ist, sich in Sydney scheiden zu lassen? Es dauert Jahre.«

»Das ist mir egal. Ich werde ewig warten. Auf dich.«

Noch einmal schüttelte Laura den Kopf, dann strich sie sich eine aufmüpfige Träne aus dem Auge.

»Ich kann es nicht, Jack. Vielleicht bin ich einfach nicht stark genug, um so etwas durchzustehen.« Vielleicht saß ihre christliche Erziehung doch zu tief, und sie wagte es nicht, die Kirche in Frage zu stellen.

»Du bist eine der stärksten Frauen, die mir je begegnet sind.« Mike und Frank hatten ihm erzählt, was sie mit Alex und ihrer Mutter durchgemacht hatte. »Laura, tu uns das nicht an. Wir finden einen Weg.«

Sosehr es Jack auch widerstrebte, sich das einzugestehen, im Grunde wusste er, dass er nichts sagen konnte, was ihre Meinung ändern würde. Er kannte Laura Ashworth sehr gut. Er wusste über ihre Stärken und ihre Schwächen Bescheid und über ihre unerschütterliche Überzeugung, dass sie das Richtige tun musste. Er bewunderte ihre Prinzipientreue, die ihn gleichzeitig aber auch grenzenlos frustrierte. Natürlich hätte er es auf einen Streit anlegen können, um ihr seine Vorstellung klarzumachen, aber er wusste, dass das nirgendwo hinführen würde.

Was sollte er tun? Ihre Entscheidung hinnehmen, bis sie ihren Gefühlen nachgab? Sich so unentbehrlich machen, dass sie nicht mehr in der Lage wäre, dagegen anzukämpfen? Er würde nicht von Laura Ashworth ablassen, ganz gleich, was sie sagte.

Irgendwie würde er auch mit dem Problem Eddie Ashworth fertigwerden. Der Mann hatte unzählige Schwächen: Er war ein Spieler, und er trank, er war selbstsüchtig und liebte nur das Geld.

Jack hatte vor, in Australien sein Glück zu machen – er und Lou hatten eine ganze Reihe von Geschäftsideen. Der Krieg war vorüber, und schon bald würden die Leute nach modernen Annehmlichkeiten und neuen Häusern hungern. Eines Tages würde er so viel Geld haben, dass er damit zu Eddie marschieren und es ihm für Laura anbieten konnte. Wenn das alles war, was nötig war, würde er es tun, verdammt.

»Also gut«, räumte er ein. »Lass uns eine Weile auf Abstand voneinander gehen, aber erwarte nicht von mir, dass ich verschwinde. Ich bleibe in der Nähe.«

Laura seufzte und küsste seine Hand.

»Das wird der Himmel sein und die Hölle zugleich.« Sie müsste sehr aufpassen, dass Eddie nichts merkte. »Aber natürlich. Du darfst nicht gehen. Onkel Jack würde Caroline so sehr fehlen.« Ihr Lächeln war mit Bedauern versetzt. »Und mir auch.«

Laura ließ sich von ihm umarmen, er hielt sie fest und strich ihr über das Haar. Sie weinte stumm an seiner Brust. Wie sollte er es ertragen, sie gehen zu lassen? Jack blickte über ihren Scheitel hinweg auf die Büsche ringsum und legte einen Schwur ab. Sie würde die Seine werden. Eines Tages.

»Aah, Mrs Ashworth. Wie schön, Sie zu sehen«, log John Badger, während er Laura in sein Büro begleitete. Er hatte Laura Ashworth nicht vergessen. Hin und wieder studierte er ihre Kreditakte, in der Hoffnung, dass sie in Rückstand geraten war, doch es war ihm nicht vergönnt – die Schuldsumme schrumpfte konstant, und zwar viel schneller, als ihm lieb war.

»Sie auch, Mr Badger«, erwiderte Laura matt. Die Begegnung mit Jack hatte sie körperlich und geistig erschöpft.

»Was verschafft mir die Ehre, Mrs Ashworth?«

»Ich bin hier, um persönlich den Rest unseres Hauskredits abzubezahlen.« Er keuchte auf, als Laura den Umschlag aus ihrer Tasche zog und auf seinen Schreibtisch legte, doch sie beachtete ihn nicht.

»So schnell.« John Badgers ungläubige Reaktion war nicht gespielt. »Höchst… ungewöhnlich. Die Kreditabteilung wird beeindruckt sein.«

»Danke, Mr Badger. Aber das ist nicht der einzige Grund, warum ich hier bin. Jetzt, da ich Eigentum als Sicherheit im Rücken habe, würde ich gern einen neuen Kredit aushandeln.«

John Badgers Miene erstarrte. »Sie, Mrs Ashworth? Aber was ist denn mit Ihrem Mann, Madam?«

Kühl und entschlossen fuhr sie fort, als hätte er nichts gesagt.

»Ich brauche einen Geschäftskredit für mich und meinen Geschäftspartner, Mr Bertram Denton aus Erskineville, der ebenfalls über Grundbesitz verfügt, den er als Sicherheit zur Verfügung stellt. Mr Denton und ich betreiben eine Hutboutique in der Strand Arcade«, sagte sie zu ihm. »Das Geschäft geht sehr gut. Wir würden gern expandieren und ein Ladenlokal an der Oxford Street erwerben.«

»Warum ist Mr Denton denn nicht mitgekommen, Mrs Ashworth?«

»Er ist im Geschäft, während ich das Vorgespräch führe.«

»Ihr Mann hat mit diesem Geschäft nichts zu tun?«

»Nein. Mein Mann hat keinerlei Anteil an meinem Geschäft. Allerdings hat er mir seine schriftliche Einwilligung gegeben, unser Haus in Randwick als Sicherheit für den Geschäftskredit zu benutzen …«

»Ich weiß nicht …«, begann Badger widerstrebend. »Wie viel wollten Sie denn aufnehmen?«

»Mr Denton hat ein bestimmtes Haus im Auge. Es hat vorn ein Ladenlokal und hinten eine Werkstatt. Das Büro im ersten Stock ist an eine Anwaltsfirma vermietet, und im zweiten Stock ist eine Wohnung. Die Miete würden wir mit zur Rückzahlung benutzen. Wir haben dem Besitzer ein Angebot gemacht. Eintausend Pfund, wie besehen.«

»Tausend Pfund? Oje!«

»Es ist ein gutes Geschäft«, versicherte sie ihm mit einem souveränen Lächeln. »Bitte werfen Sie einen Blick auf unseren Geschäftsbericht der letzten beiden Jahre. Daran können Sie sehen, wie gut unser Geschäft trotz der schwierigen Kriegszeit gelaufen ist. Wir glauben, dass jetzt der richtige Zeitpunkt gekommen ist, in eine Zweigstelle in einem anderen Teil der Stadt zu investieren.« Sie wies auf die Aufzeichnungen. »Ich habe eine Prognose für die nächsten fünf Jahre aufgestellt.«

Badger betrachtete das Rechenwerk. »Ich muss zugeben, dass es auf dem Papier beeindruckend aussieht. Dennoch bin ich nicht sicher, was die Bank davon halten würde, einen Kredit an …«

»Eine Frau zu vergeben?«

»Offen gesagt, ja.« Badger warf einen erneuten Blick auf die Geschäftszahlen und schüttelte den Kopf.

Laura verkniff es sich mit aller Kraft, etwas zu sagen, und wartete. Sie wusste, dass es ein so gutes Geschäft war, dass der alte Geizkragen nicht nein sagen konnte. Aus zwei wortlosen Minuten wurden vier, immer noch las er mit höchster Konzentration in ihren Prognosen.

Laura erhob sich von ihrem Stuhl, dessen Beine geräuschvoll über den Boden schabten.

»Nun, danke, dass Sie sich die Zeit genommen haben, Mr Badger.« Dann ließ sie den abschließenden Satz folgen, zu dem Jack ihr geraten hatte. »Es gibt ja auch noch andere Banken …« Sie begann, ihre Papiere einzusammeln.

Badger kniff erstaunt die Augen zusammen.

»Was? Mrs Ashworth, wir wollen doch nichts Voreiliges tun. Bitte, setzen Sie sich, dann sehen wir, was sich machen lässt.«

Maggie Ashworths Hochzeit mit dem Alleinunterhalter Jerry Wallis Ende September wurde ein großartiges Fest, denn Kitty Smithers hatte ihr in einer Anwandlung von Großzügigkeit das Strandhaus in Coogee für den Empfang angeboten. Eddies Kapelle spielte auf der Terrasse mit Meeresblick, und obwohl Lebensmittel immer noch rationiert waren, konnten Jack und Lou alles Nötige für ein königliches Hochzeitsessen besorgen.

»Ich gebe es ja nur ungern zu, aber sie sieht wunderschön aus«, sagte Mary Ellen, während sie Maggie und Jerry bei ihrem Hochzeitswalzer auf der Terrasse zusah.

»Das stimmt«, pflichtete ihr Kitty bei und wandte sich an Laura. »Ich weiß gar nicht, wie du es geschafft hast, so einen herrlichen Brautschleier hinzubekommen.«

Laura lachte. »Das war weniger schwierig als erwartet. Es war nur etwas Fantasie dazu nötig. Bert hat bei einem Gebrauchtwarenhändler eine wunderschöne Tischdecke aus Damast und Klöppelspitze gefunden. Ich habe den Damast herausgeschnitten und die Spitze gerafft, und *voilà*!«

Ihr Geschäft lief weiterhin gut. Sie und Bert renovierten gerade in der Oxford Street, und ihre Abmachung mit Eddie – dass er sich um das Haus und um Caroline kümmerte – funktionierte gut.

Kitty bot eine elegante Erscheinung in ihrem schwarzen, schulterfreien Etuikleid mit passendem Netzhütchen, natürlich von Laura. Sie ließ den Blick über die Gäste schweifen, bis er auf Ruth stieß.

»Wer ist denn der Mann an der Seite deiner Freundin?«

Laura folgte ihrer Blickrichtung. »Dr. Benjamin Levi. Ruth hat mir gesagt, dass er sie überredet hat, vom Katholizismus zum Judentum zu konvertieren.«

»Das ist keine große Überraschung. Ruth war sowieso immer nur mit halbem Herzen katholisch«, kommentierte Mary Ellen und trank an ihrem Champagner. Langsam wurde sie wirklich beschwipst.

Laura zuckte mit den Achseln. »Ich freue mich für Ruth, wenn es das ist, was sie will. Wann wird denn Harry zurückerwartet?«, fragte sie Mary Ellen.

»Bald. Im Lauf des Monats.« Die Vorfreude in ihrem Lächeln war nicht zu übersehen. »Und wie ich ihn empfangen werde.« Sie zwinkerte vielsagend. »Ladet uns bitte erst einmal ein paar Wochen nicht zu irgendwelchen Partys oder Kaffeekränzchen ein. Dazu werden wir viel zu beschäftigt sein, falls ihr versteht, was ich meine.«

Laura und Kitty lachten wie aus einem Mund.

Dann standen Ruth und Ben plötzlich bei ihnen.

»Ich muss euch eine Neuigkeit erzählen«, sagte Ruth, und ihre blauen Augen leuchteten. »Ich werde im Guy Hospital in London Pädiatrie studieren. Ben wird auch dort arbeiten. Ist das nicht großartig?«

»Ruth, wie schön!«, rief Laura und unterdrückte die plötzliche Woge der Traurigkeit. Ihre Schulkameradin seit

Kindertagen, ihre vertrauteste, älteste Freundin wäre weit, weit weg. Keine intimen Unterhaltungen am Samstagnachmittag mehr im Avenue, keine gemeinsamen Ausflüge. Der Gedanke, dass ihre Kameradschaft enden könnte, schmerzte sie. Ruths medizinische Laufbahn führte sie in eine andere Richtung. *Nichts bleibt, wie es ist,* fielen ihr die Worte ihrer Mutter ein.

»Aber dann wirst du ja jahrelang fort sein«, schmollte Mary Ellen.

»Aber nicht für immer«, sagte Ruth lächelnd und hakte sich bei Ben unter. »Das verspreche ich euch.«

»Kommt, wir tanzen. Dein Mann und seine Jungs spielen wirklich großartig, Laura«, sagte Ben und zog Ruth dann unter halbherzigem Protest auf die gepflasterte Terrasse.

Am anderen Ende der Terrasse beobachtete ein Augenpaar die drei Frauen, vor allem aber Laura. Frank stellte fest, wie selbstverständlich sich Laura in der besseren Gesellschaft bewegte. Als wäre sie privilegiert zur Welt gekommen und nicht unter ärmlichen Verhältnissen aufgewachsen. Er musste sich eingestehen, dass Laura dieselbe Eleganz und Anmut besaß wie die beiden anderen Frauen.

»Woran denkst du, Schatz?«, sagte Elsie und hakte sich bei ihrem Mann ein.

Frank zuckte mit den Achseln. »Nichts Besonderes, Els. Das hier ist jedenfalls eine beneidenswerte Hochzeit. Schön zu sehen, wie die oberen Zehntausend leben, nicht wahr?«

»Oh, uns geht es doch auch gut, Frank. Deine Anstellung als Lieferwagenfahrer bei Mr Beaumont ist doch gut bezahlt. Und das ist auch gut so, schließlich müssen wir bald noch jemanden satt bekommen«, sagte sie und rieb sich zufrieden den Bauch.

»So ist es wohl. Möchtest du tanzen, Schatz?«

»Oh, ja, Frank, aber nicht, dass du mich so herumwirbelst wie sonst.«

Die Neuigkeit von Ruths bevorstehender Abreise hatte die drei Frauen auf der anderen Seite der Terrasse nachdenklich gemacht. Sie alle spürten, dass sie mit Ruth etwas verlieren würden, obwohl keine von ihnen es aussprach.

»Ich brauche noch etwas zu trinken«, beschloss Mary Ellen.

»Ich auch«, pflichtete Kitty ihr bei, sie gingen beide zur Bar.

»Endlich allein«, sagte eine tiefe Stimme hinter Laura.

Sie wusste, dass es Jack war, bevor sie sich zu ihm umdrehte. Sie konnte sich nur schwer daran gewöhnen, ihn in Zivilkleidung zu sehen. Dabei machte er eine wunderbare Figur in seinem zweireihigen dunkelblauen Smoking.

»Tanzt du mit mir?«, fragte Jack.

»Ich glaube, das sollten wir lieber nicht.«

»Unsinn. Niemand wird Verdacht schöpfen, wenn zwei Freunde miteinander tanzen. Außerdem hat mich Eddie darum gebeten.«

»Was?«

»Ja«, sagte Jack. »Er hat mich gebeten, mich um dich zu kümmern, weil er ja spielen muss.«

Das Herz raste ihr in der Brust bei der Vorstellung, in seinen Armen zu tanzen. Sie sehnte sich jeden Tag nach ihm. Seit dem Zwischenfall in ihrem Laden wusste sie, dass sie eine Lüge gelebt hatte. Für alle Welt schien sie Eddie Ashworths liebende Ehefrau zu sein, doch die *wahre* Liebe ihres Lebens war Jack, der Mann, den sie nicht haben konnte.

Nur die Arbeit hatte ihr geholfen, den Schmerz auf ein erträgliches Maß zu reduzieren.

Jack legte die Arme um sie, und sie tanzten einen Foxtrott rings um die Terrasse.

»Woran denkst du gerade?«

»Ach, nur an den Laden und daran, was dort noch alles zu tun ist.« Was nur die halbe Wahrheit war.

»Oh, Ich hatte gehofft, du würdest an mich denken.«

»Ja«, flüsterte sie, »und an dich. Immer an dich.«

Er nickte zufrieden und lächelte auf sie hinunter. Dann wurde seine Miene ernst.

»Eddie sagt, du hast vom Verteidigungsministerium eine Benachrichtigung über Mike bekommen. Es tut mir leid, Laura. Unendlich leid.«

»Ach ja. Offensichtlich hat es einen Kriegsgefangenen gegeben, der aus Hiroshima berichtet hat. Der Mann, ein gewisser Beatty, war mit Mike befreundet. Er sagt, man hat sie im Hafen auf einem gekaperten Frachter gefangen gehalten. Am Morgen des Abwurfs hätten Mike und ein paar andere Männer auf den Docks gearbeitet. Beatty war krank gewesen, deshalb war er unter Deck geblieben. Er sagt, er hat einen unglaublich hellen Lichtschein gesehen und dann einen heulenden Wind gehört, der fast das Schiff losgerissen hätte. Als er das Deck erreichte, waren die Männer, die Hafengebäude, die Häuser, alles verschwunden.«

»Himmel!«

»Ungefähr zum selben Zeitpunkt habe ich Mike gesehen. Merkwürdig, nicht wahr?«

»Ja, und traurig.«

»Beatty hat mir geschrieben. Wenn er nach Sydney kommt, sagt er, meldet er sich bei mir. Das ist doch liebenswürdig von ihm, nicht wahr?«

»Sehr.« Er wirbelte sie herum, um sie auf andere Gedanken zu bringen, und beschloss, dass er es ihr genauso gut jetzt sagen konnte.

»Ich fliege nächste Woche nach Amerika.« Er sah ihren erschrockenen Ausdruck und fuhr fort: »Lou und ich haben eine Importlizenz bekommen, also muss ich nach Los Angeles, um zu sehen, was sich nach Australien einführen lässt. Zum Großteil Elektrogeräte. Wir würden gern eine Reihe von Geschäften eröffnen, vier für den Anfang, wenn ich die Hersteller bewegen kann, die Anschlüsse für australische Verhältnisse zu ändern.«

»Dann bleibst du sicher eine Weile fort?«

Er zog sie ein paar Sekunden dichter an sich, dann lockerte er seinen Griff.

»Nicht länger als notwendig. Eigentlich wollte Lou gehen, aber ich konnte ihn davon überzeugen, dass ich härter verhandeln kann. So konnte ich dafür sorgen, dass Theresa und Nick mit dem Zug nach Los Angeles kommen. Ich kann es kaum erwarten, ihn wiederzusehen. Theresa sagt, er wird langsam ein richtiger Frechdachs.«

Eine Woge der Panik schlug plötzlich über Lauras Herz zusammen. Vielleicht hing Jack doch noch an Theresa. Irgendwie zwang sie sich zu fragen: »Meinst du, sie lässt Nick mit nach Australien kommen?«

»Ich glaube kaum. Theresa ist sehr besitzergreifend. Sie hat mir geschrieben, dass sie mich fallen lassen hat. Sie wird einen Makler aus Kalifornien heiraten und nach Santa Barbara ziehen. Ich möchte ihn mir ansehen, um sicherzugehen, dass er Nick ein guter Vater sein wird. In Zukunft muss ich mich selbst darum kümmern, Nick so oft wie möglich zu sehen. Und zwar von Sydney aus.« Er drückte ihr beruhigend die Hand.

Er würde ein Sparkonto für Nicks College anlegen, Theresa etwas zur Hochzeit schenken und den Rest seiner Ersparnisse als Startkapital für sich und Lou mit nach Sydney bringen. Zusammen mit dem Geld, das sie während des Krieges auf dem Schwarzmarkt verdient hatten, hätten sie mehr als genug für die beiden Geschäftsgründungen.

Laura entspannte sich. »Ich wünsche dir eine schöne und erfolgreiche Reise und ein glückliches Wiedersehen mit Nick«, sagte sie, und ein breites Lächeln ließ ihr Gesicht aufleuchten.

In diesem Moment fiel Kitty Smithers' Blick auf das Tanzpaar. Als Laura lächelnd ins Jacks Gesicht aufblickte, wurde ihr alles klar. Die Art, wie sie sich anlächelten, wie sie sich ansahen, diese glückliche Aura, die sie der Welt entrückt umgab, war für ein paar Sekunden zu sehen gewesen. Sehr verräterisch.

Dann endete die Musik, und Jack legte Laura besitzergreifend die Hand auf den Rücken und führte sie zu einem Stuhl. Dann holte er etwas zu trinken.

»Interessant, nicht wahr?«, flüsterte Mary Ellen Kitty ins Ohr.

»Was denn?«

»Oh, komm schon, du hast es doch genauso gemerkt wie ich, auch wenn wir die Einzigen zu sein scheinen. Jack ist bis über die Ohren in Laura verliebt, seit er sie das erste Mal gesehen hat.«

»Du bist doch verrückt.«

»Ich sage dir, den Mann hat es erwischt. Und ich glaube, unserer lieben Laura geht es genauso.«

Kitty wandte sich Mary Ellen zu. »Kein Wort mehr, hörst du mich?« Ihr Ton war leise, aber die Drohung darin war deutlich. »Wenn mir auch nur zu Ohren kommt, dass du etwas sagst...« Sie kannte Mary Ellens Leidenschaft für den Tratsch.

Mary Ellen trat einen Schritt zurück.

»Kitty, du denkst etwas völlig Falsches. Ich liebe Laura wie eine Schwester. Ich würde sie niemals verletzen. Ich bin einfach nur neugierig. Ich beobachte ihre Romanze schon, seit Jack die Szene betreten hat, das ist alles.«

Kitty entspannte sich und lächelte sie an. »Entschuldige, Mary Ellen. Es darf sich nur nicht herumsprechen, das ist alles. Laura hat sich ein wenig Glück verdient.«

Mary Ellen nickte zustimmend.

22

Jack und Lou brauchten sechs Monate, um ihre beiden Unternehmen zu eröffnen.

Jack flog zweimal in einer der ersten DC6-Maschinen, die zwischen Sydney und den USA verkehrten, nach Los Angeles, um mit Herstellern von Haushaltsgeräten zu verhandeln. Außerdem nahm er die Produkte mehrerer australischer Hersteller in das Sortiment der vier Geschäfte auf, die er gepachtet hatte und *Beaumont Elektro* nannte, eins in der Stadt, eins an der Bondi Junction, ein drittes in Ashfield und das vierte in Manly. Eine Anzeigenserie umwarb die Kunden mit zwei Finanzierungsalternativen: Skonto bei Barzahlung oder Ratenzahlung. Sein Angebot reichte von Toastern und Wasserkochern bis hin zu Waschmaschinen und Kochherden, und für die wohlhabende Welt die neueste Erfindung, der Geschirrspüler, der entsprechend kostspielig war.

Jack finanzierte Frank zwei Lieferwagen und beauftragte ihn damit, die Waren vom Hafen oder den Fabriken in die Geschäfte und von dort zu den Kunden zu liefern.

Noch vor Kriegsende hatte Lous Baufirma *Sardi Stabilbau* in zwei Teilen Sydneys, die eine günstige Verkehrsanbindung hatten – Liverpool und Chatswood – Land gekauft. Er besaß die Genehmigung, das Land zu parzellieren, und war jetzt dabei, Straßen anzulegen und die Parzellen zu markieren, während immer mehr Kriegsheimkehrer sich neue Arbeit suchten und mit ihrer Familienplanung begannen. Er engagierte den Architekten Arthur Perry, der ein erschwingliches Klinkerhaus als Serienmodell entwarf. Und er folgte Jacks Beispiel und engagierte einen Werbefachmann, um die Öffentlichkeit auf sein Unternehmen aufmerksam zu machen.

Eddie hatte das Gefühl, dass er als Einziger auf der Stelle trat, während er den Amerikanern zusah und während Laura und Bert, die nach dem Ende der kriegsbedingten Rationierungen jetzt wieder mehr Spielraum für extravagante Hutentwürfe hatten, ihr Geschäft an der Oxford Street ausbauten. Da Caroline jetzt zur Schule ging, hatte Eddie noch mehr Freizeit. Er brachte seine Tochter zur Schule, dann stand ihm der Rest des Tages zur Verfügung. Manchmal fuhr er zu einem ländlichen Pferderennen oder besuchte eine Rennbahn in einem Vorort von Sydney. Doch er verlor nach wie vor pausenlos und war bei den Buchmachern als größter Pechvogel aller Zeiten bekannt.

Laura und Jack hatten kaum Zeit, um sich unter vier Augen zu treffen, doch ihre Sehnsucht, einander zu sehen, und wenn es nur für einige kostbare Momente war, ließ nicht nach. Sie hatten jetzt beide geschäftlich viel zu tun und konnten höchstens dann und wann bei gesellschaftlichen Anlässen bei Kitty oder den Markhams ein paar Worte miteinander wechseln oder sich gelegentlich in kleinen Cafés in der Stadt treffen, wo es unwahrscheinlich war, dass man sie erkannte.

Laura traf etwas zu früh zu einer solchen Verabredung in Martas Café an der Lower George Street ein. Sie sah, wie Jack das Café betrat und nach ihr suchte. Als er dann zu ihrem Tisch kam, lächelten sie sich beide an.

»Wie lange hast du Zeit?«, fragte er und setzte sich ihr gegenüber hin.

»Eine Dreiviertelstunde. Bert hat eine Rippenfellentzündung, deshalb bin ich den halben Tag an der Oxford Street und die andere Hälfte in der Strand Arcade.«

Er schüttelte den Kopf. »Du arbeitest viel zu viel, weißt du.« Sein Blick wanderte über ihre Gestalt hinweg. Ihre Schlankheit verlieh ihr ein ätherisches Aussehen, das er noch verlockender fand. »Du fehlst mir«, flüsterte er.

Ihr Lächeln verwandelte sich in einen Seufzer. »Du mir auch.« Ihr zunehmender Erfolg mit den beiden Geschäften war kein Ersatz für das, was sie mit Jack hätte haben können. An einen Mann gefesselt zu sein, den sie nicht liebte, stürzte sie oft in tiefe Verzweiflung. So oft hatte sie sich schon gefragt, was sie vom Leben wollte, und es gegen das abgewogen, was die Gesellschaft ihr gestattete. Sie wäre so gern mit Jack zusammen gewesen, doch ihr heiliges Gelübde band sie an Eddie.

Laura sah Jack durch den Schleier ihrer Wimpern hindurch an. Sie konnte doch nicht davon ausgehen, dass er ewig auf sie wartete.

»Wie geht es Eddie?«

Sie zog überrascht die Augenbrauen hoch. Sie ließ sich Zeit mit ihrer Antwort, schenkte zwei Tassen Tee ein und gab Milch und Zucker dazu.

»Er wettet immer öfter, verliert ständig und hat angefangen zu trinken, um zu vergessen, dass er verliert. Letzte Woche hat die Kapelle einen ihrer festen Auftritte verloren.«

Jack zuckte mit den Achseln. »Die Leute interessieren sich jetzt nach Kriegsende für andere Dinge. Lou und ich können aus unserem Erfolg schließen, dass viele Paare für Häuser, Möbel und Kinder sparen. Sie wollen sich niederlassen.

Sicher eine ganz normale Kriegsfolge. Da sind Tanzveranstaltungen eben nicht mehr wichtig.«

»Wahrscheinlich.« Sie trank einen Schluck Tee. »Jede Woche kommen weniger Leute zu ihren Auftritten.« Sie durfte gar nicht daran denken, wie Eddie reagieren würde, wenn dieses Engagement auch noch wegfiel. »Eddie ist ein guter Musiker. Ich weiß nicht, wie er Geld verdienen soll, wenn diese Einnahmequelle versiegt.«

»Er könnte es bei einem Radiosender versuchen. Ich habe gehört, dass man dort als Pianist gut verdient.«

Das würde Eddie nicht gefallen. Jetzt war er sein eigener Herr, und so war es ihm gerade recht. Er erarbeitete seine eigenen Arrangements und war dafür zuständig, wer eingestellt oder entlassen wurde. Er war Eddie Ashworth, und es war seine Kapelle.

Jack sah, wie nervös sie dieses Thema machte. »Reden wir lieber über uns.«

»Uns!«, sagte Laura heftig. »Ich wünschte, es gäbe ›uns‹.«

Sie hatte schon daran gedacht, Jeffrey Markham, Alices Mann, darauf anzusprechen. Er war mit einem Scheidungsanwalt bekannt. Wenn sie doch nur mit irgendjemandem über ihre Gefühle hätte sprechen können. Die Beichte erleichterte die Seele, sagte man. Doch wem hätte sie beichten können? Ruth war in England – verheiratet mit Ben, ihrem Arzt. Sie hatten vor, ins Heilige Land auszuwandern, sobald die Vereinten Nationen Israel zu einem freien Staat erklärten.

»Eines Tages wird es uns geben. Ich hoffe nur für uns beide, dass es bald passiert«, sagte Jack aufgewühlt.

»Ich weiß gar nicht, warum du dich mit mir abgibst, Jack«, seufzte Laura. »Es gibt so viele Frauen, die alles darum geben würden, Mrs Jack Beaumont zu werden. Ich könnte dir spontan zwei oder drei nennen. Warum willst du auf etwas warten, das vielleicht niemals eintreten wird?«

»Weil du es bist, die ich liebe«, schwor er. »Jemand anders interessiert mich nicht.«

Sie schüttelte den Kopf über die Sinnlosigkeit der ganzen Situation. »Ich möchte nur, dass du glücklich bist. Das hast du dir verdient.«

»Ich werde glücklich sein, wir werden glücklich sein«, versicherte er ihr. Dann wurde sein Gesicht ernst. »Laura, wir können so nicht weitermachen. Ich möchte nicht, dass wir uns für ein paar gestohlene Stunden irgendwo verstecken. Ich möchte, dass wir zusammen sind, dass du meine Frau wirst. Nicht in ein oder zwei Jahren, sondern sofort. Das wollen wir doch beide, oder?«

Laura biss sich auf die Unterlippe und überlegte. Jack hatte Recht. Sie gehörten zusammen, und es gab nichts, was sie sich sehnlicher wünschte. Wenn sie nur nicht dieses schlechte Gewissen gehabt und sich so darum gesorgt hätte, was Eddie tun würde. Er würde versuchen, ihr Caroline wegzunehmen.

Jack beobachtete ihr Gesicht und wusste genau, welche Ängste und Zweifel ihr durch den Kopf gingen – sie hatten schon oft genug darüber gesprochen. Er wusste auch, dass die Zeit für eine Entscheidung gekommen war.

»Laura, ich werde eine Weile verreisen. Ich möchte, dass du über *uns* nachdenkst, während ich fort bin.«

Sie hörte den Unterton seiner Worte, als ob er ihr ein Ultimatum stellte.

»Wohin musst du denn?«, fragte sie, und ihre Augen wurden groß.

»Geschäftlich nach Los Angeles. Ich werde mehrere Wochen unterwegs sein. Ich habe zwei Immobilien in Sydney gekauft. Ein Haus in Vaucluse nicht weit vom Meer, und ich habe eine Anzahlung für ein Apartmenthaus in Bondi geleistet. Da werde ich auch wohnen, weil es vom Büro aus gut zu erreichen ist. Das Haus in Vaucluse werde ich vermieten.«

Lauras Gedanken begannen zu rasen. *Jack verreiste. Er forderte eine Entscheidung von ihr.*

Er schob die Hand in die Innentasche seines Jacketts und brachte einen Messingschlüssel zum Vorschein. Er schob ihn über den Tisch zu ihr hinüber.

»Der ist für dich.«

»Wofür ist der denn?«

»Es ist der Schlüssel zu meiner Wohnung in Bondi. Der Wohnblock blickt auf den Strand am Ostende der Ramsgate Avenue.« Er sah, wie sie heftig den Kopf schüttelte, sah, wie sich ihr Gesicht verspannte und ihre Lippen das Wort *nein* formten.

»Nimm ihn. Ich möchte die Wohnung nicht als Treffpunkt benutzen. Ich möchte, dass du hineinkannst. Betrachte sie als einen Ort, zu dem du jederzeit Zutritt hast, den du jederzeit benutzen kannst. Bitte, Laura, nimm den Schlüssel.«

»Ich kann nicht. Es wäre nicht …«

»Ich knüpfe keine Bedingungen daran, das verspreche ich dir.«

Sie starrte auf den Schlüssel. Es war doch nur ein Stück Metall. Was, wenn sie ihn annahm? Spielte das irgendeine Rolle? Er wäre ja nicht da, er wäre unterwegs, und wie viel Freizeit hatte sie schon, um dort hinzugehen? Es konnte nicht schaden, den Schlüssel zu nehmen.

»Also gut. Aber ich werde ihn nicht benutzen. Du wirst schon sehen.« Sie ergriff den Schlüssel, wendete ihn einmal in der rechten Hand und steckte ihn dann in ihre Geldbörse.

»Gut, Liebste. Versprich mir nur, dass du über die ganze Sache nachdenken wirst, während ich in Amerika bin.« Er senkte die Stimme zu einem geflüsterten Hauch. »Ich werde noch verrückt vor Sehnsucht nach dir. Kannst du dir vorstellen, wie ich mich bei dem Gedanken fühle, dass Eddie dich jederzeit berühren kann und ich nicht?«

Sie wurde rot und hob die Hand, um sie auf ihre Wange zu legen. »Für mich ist es auch nicht leicht.« Dann stellte sie die gefürchtete Frage. »Wann musst du fort?«

»Donnerstag.«

Jetzt suchte Laura verzweifelt nach einem neutralen Gesprächsthema, damit sich der Gefühlsaufruhr zwischen ihnen beiden wieder legen konnte.

»Hast du schon gehört, dass Alice Markham schwanger ist? Kitty sagt, es sind Zwillinge. Jeffrey ist überglücklich. Zwei zum Preis von einem sozusagen.«

»Ja, ich weiß.« Jack spielte mit. »Lou hat auch jemanden gefunden.« Er grinste bei dem Gedanken an das Liebesglück seines Freundes. »Madeline Kirkpatrick, eine Kriegswitwe. Euch wird bald eine Einladung zu ihrer Hochzeit ins Haus flattern.«

Sie unterhielten sich noch fünf Minuten weiter und nippten an ihrem kalten Tee, während sie den Abschied so lange wie möglich hinauszögerten. Er streichelte ihre Hand und hob sie an seine Lippen. Sie ließ es schüchtern geschehen und sah sich dann verstohlen um.

»Wir müssen gehen«, murmelte Laura, »die Kellnerin sieht uns schon an.«

»Als wären wir das erste Liebespaar, das sie zu sehen bekommt.«

Sie traten Arm in Arm in die Sonne hinaus. Er wies auf seinen Wagen, einen neuen Buick.

»Kann ich dich irgendwo absetzen?«

»Lieber nicht. Das wäre unklug.«

Bedauernd pflichtete er ihr bei. »Wahrscheinlich hast du Recht.«

Eddie Ashworth blickte auf die Tanzpaare hinab – nur zwölf – und schüttelte den Kopf. Das war's dann. Sein letzter Auftritt. Er hatte nicht die geringste Ahnung, was er falsch gemacht hatte. Der Krieg war vor fünfzehn Monaten zu Ende gegangen, damals hatte es genug Leute gegeben, die sich amüsieren wollten. Er hatte alles getan, um auf sich aufmerksam zu machen. Anzeigen, eine attraktive Sängerin, Tanzwettbewerbe, aber sein Publikum schrumpfte unaufhörlich.

Er betrachtete die anderen sieben Musiker. Sie traf es noch schlimmer als ihn selbst, obwohl er sie heute Abend aus eigener Tasche bezahlen würde, genau wie letzte Woche schon.

Laura sagte, es sei an der Zeit, sich etwas Neues zu suchen. Aber was? Das Klavierspiel und die Leitung der Kapelle lagen ihm. Er hatte mit Sicherheit keine Lust, wieder in der Fabrik oder im Büro zu arbeiten. Außerdem ging Lauras Geschäft so gut, dass er gar nicht zu arbeiten brauchte, wenn er es nicht wollte.

Sie war eine echte Karrierefrau, dachte er missgünstig. Alles, was sie anfasste, wurde zu Gold, während es bei ihm höchstens zum billigsten Blech reichte. Sie hatte Expansionspläne – noch ein Geschäft und noch eins. Laura hatte Ähnlichkeit mit seinem Kumpel Jack. Ehrgeizig und in Gedanken immer in der Zukunft.

Gedankenverloren schüttelte er erneut den Kopf. Er versuchte schon lange nicht mehr, Laura dazu zu bringen, dass sie tat, was er sagte. Sie war zu eigensinnig und viel zu klug.

Eddies Gedanken wandten sich wieder seinem Lieblingsthema zu. Ihm selbst. Er hatte im Lauf der Zeit ein paar Freunde in der Musikindustrie gewonnen, er würde seine Fühler ausstrecken. Oder vielleicht fand er ja eine Anstellung bei einem Musiktheater, auch wenn die Konkurrenz dort hart war.

»Was machen wir, wenn wir fertig sind?«, fragte Fred, der Trompeter, der immerhin beim Kartenspiel gut an Eddie verdiente.

»Es gibt da eine Kneipe am Cross«, sagte Billy, der Saxophonist. »Wir sollten uns alle sinnlos besaufen. Eine musikalische Abschiedsfeier.«

Alle nickten zustimmend und wandten sich Eddie zu.

»Ich finde, das klingt genau richtig«, sagte Eddie mit einem freudlosen Grinsen. »Ich bin dabei.«

Am darauffolgenden Samstagnachmittag besuchten Laura und Caroline die Blumners, während Eddie auf der Rennbahn war. Danach fuhren sie mit dem Taxi zu Kitty Smithers nach Coogee. Caroline besuchte Kitty leidenschaftlich gern, weil Mrs Denning immer eine besondere Köstlichkeit für sie bereithielt. Sogar Morris, der Butler, ging gern mit Caroline spazieren. Er ging mit ihr in den Park und dann zum Strand, um den Fang der Fischer zu begutachten.

»Du bist heute so angespannt«, sagte Kitty, sobald sie allein waren. »Stimmt etwas nicht?«

»Bin ich das?« Laura zog die Augenbrauen hoch. »Nein, es ist alles bestens. Na ja, ich mache mir Sorgen um Hans. Er sieht nicht gut aus. Gerda sagt, er braucht Urlaub. Sie sind nicht mehr verreist, seit sie das Geschäft aufgemacht haben.«

Kitty warf ihrer Freundin ein verschmitztes Lächeln zu und blies Zigarettenrauch in die Luft.

»Nein, ich habe dich gemeint. Geht es *dir* gut?«

»Ja. Warum sollte es mir nicht gut gehen?«

Kitty, die einen feuerwehrroten Hosenanzug und dazu mehrere weiße Perlenketten und baumelnde Ohrringe trug, schüttelte den Kopf, denn ihr war der Schmerz nicht entgangen, der wie ein Schatten über Lauras feine Gesichtszüge gehuscht war.

»Schätzchen, du kannst vielleicht dem Rest der Welt etwas vormachen, aber ich kenne dich, glaube ich, besser als die meisten. Es ist Eddie, nicht wahr?«

Es wäre so schön, sich alles von der Seele zu reden, vor allem nach Jacks Ultimatum. Wenn Ruth greifbar gewesen wäre, hätte sie nicht gezögert, ihr alles zu erzählen. Aber konnte sie Kitty vertrauen? Sie lächelte verstohlen. Was war ihr Leben wert, wenn sie einem Menschen nicht vertrauen konnte, den sie als ihre liebste Freundin betrachtete?

»Es ist mehr als nur Eddie, nicht wahr? Es ist noch jemand beteiligt. Kommt das der Sache näher, Herzchen?«

Laura nickte mit großen Augen. »Woher weißt du das?«

»Dein Geheimnis ist bei mir gut aufgehoben. Ich weiß seit Maggies Hochzeit von dir und Jack Beaumont.« Dann fügte sie trocken hinzu: »Nicht, dass ich es dir verübeln könnte, er ist ein Prachtkerl.«

»Das stimmt.« Laura gab jede Zurückhaltung auf. »Oh, Kitty, ich liebe Jack so sehr. Ich wäre so gern mit ihm zusammen, aber dann ist da Eddie. Manchmal macht er mir Angst. Er ist seiner Wettsucht völlig verfallen, und jetzt trinkt er auch noch.«

»Ich weiß. Mir ist auch aufgefallen, wie merkwürdig er jede Bewegung, die du machst, mit Argusaugen beobachtet. Ich fand ja immer schon, dass er sehr besitzergreifend ist.«

»Ich möchte mich von ihm scheiden lassen.« Laura sah Kittys überraschte Miene und verzog das Gesicht. »Ich weiß, ich sollte eine gute Katholikin sein, die an eine Scheidung nicht einmal denkt, weil die Kirche sie verbietet. Aber verdammt, ich will Jack, nicht Eddie. Ich habe nur Angst, dass er mir Caroline wegnehmen wird.« Sie hielt einen Moment inne. »Ich habe in der Zeitung von Richtern gelesen, die einen für eine schlechte Mutter halten, wenn sie glauben, dass man Ehebruch begangen hat.« Sie fing an, nervös die Hände zu verknoten. »Ich könnte es ertragen, das Geschäft zu verlieren, aber nicht Caroline.«

»Vielleicht hast du Recht. Wer weiß, wie ein Richter einen solchen Fall einschätzt. Sogar die Tatsache, dass du eine erfolgreiche Geschäftsfrau bist, könnte gegen dich verwendet werden. Viele Justizbeamte scheinen der Meinung zu sein, dass Frauen zu Hause bleiben, sich um den Ernährer der Familie kümmern und beinahe ununterbrochen schwanger sein sollten.«

Laura nickte. »Jack drängt mich, Eddie zu verlassen. Ich möchte es ja auch gern, aber ich habe Angst vor den Konsequenzen. Wenn Eddie doch nur Arbeit hätte. So ist es, als würde ich ihn im Stich lassen und noch einmal zutreten, obwohl er schon am Boden liegt.«

»Vielleicht sollten wir uns darauf konzentrieren, Arbeit für Eddie zu finden. Vielleicht kann ihm Bruce ja helfen, er kennt so viele Leute.«

»Er will aber nur das eine, seine eigene Tanzkapelle. Etwas anderes möchte er nicht tun.«

Kitty schnaubte verächtlich. »Dann ist es ja gut, dass du gut verdienst, sonst wäre eure ganze Familie in Schwierigkeiten.«

»Das ist das nächste Problem. Er weiß, dass er es nicht nötig hat zu arbeiten. Er hat jeden Stolz verloren.«

»Was sagt denn Jack dazu?«, fragte Kitty und zündete sich eine neue Zigarette an.

»Er rät mir zu einem sauberen Bruch. Ich soll mich von einem Scheidungsanwalt beraten lassen.«

»Wenn ihr beide es wollt, dann tu es doch.« Kitty sah Lauras Finger ziellos über ihre Stirn flattern. Sie zitterten.

»Ich habe Angst, dass ich Eddie damit erst recht zur Rachsucht treibe. Jack kann er nichts anhaben, aber mir kann und würde er das Leben schwer machen. Außerdem, was bleibt ihm denn noch, wenn ich ihm Caro wegnehme? Ich glaube, dass er allmählich Lunte riecht ...« Sie beendete den Satz nicht.

»Laura, sei vorsichtig. Wenn Eddie das Gefühl bekommt, dass du ein Verhältnis mit einem anderen hast, wird er vielleicht gewalttätig.« Sie hatte die weniger angenehmen Seiten von Eddie Ashworths Charakter schon öfter aufblitzen sehen, und es war kein schöner Anblick gewesen.

Laura lehnte sich auf dem Sofa zurück. »Mein Herz sagt mir, ich soll gehen, aber mein Gewissen sagt mir, dass es nicht der richtige Zeitpunkt ist. Ich sollte warten, bis Eddie Arbeit gefunden hat.«

»Was wird Jack dazu sagen?«

Laura grinste ironisch. »Er wird nicht begeistert sein! Ihm graust bei der Vorstellung, dass ich in Eddies Bett schlafe und er mich berührt.« Sie sah Kitty mit hochgezogenen Augenbrauen an. »Bis jetzt ist Jack sehr geduldig gewesen, aber ich weiß nicht, wie lange er das noch kann.«

In diesem Moment verrieten ihnen Gelächter und die Geräusche von Kinderfüßen im gefliesten Foyer, dass Caroline und Morris von ihrem Spaziergang zurück waren. Kitty und Caroline vertagten ihr delikates Thema und ließen sich den Tee servieren.

Es wurde schwer für Laura, Eddies Berührung zu erdulden. Sie entwickelte großes Geschick darin, ihren ehelichen Pflichten auszuweichen, doch was sie in ihren wachen Momenten am meisten beschäftigte, war die Frage, wie sie den Schlag austeilen konnte, ohne dass ihr Mann brutal wurde. Sie wusste, dass er dazu in der Lage war.

Als sie Caroline am Ende eines hektischen Tages ins Bett gebracht hatte, dachte sie über die Möglichkeit nach, Eddie eine Trennung auf Probe vorzuschlagen. Jack wäre bald wieder da, und er erwartete eine Entscheidung. Wäre Eddie einverstanden?

Sie stritten sich in letzter Zeit häufig über Kleinigkeiten, unter anderem, weil er sich weigerte, auf Arbeitssuche zu gehen. Sie wusste, dass seine Selbstachtung auf den Tiefpunkt gesunken war, und obwohl sie ihn nicht liebte, empfand sie doch Mitgefühl für ihn. Es war ja nicht Eddies Schuld, dass sich der Publikumsgeschmack gewandelt hatte. Was ihm fehlte, war die Kraft, sich zusammenzureißen und einen neuen Anfang zu wagen.

Als ihre Tochter fest schlief, verließ sie das Zimmer auf Zehenspitzen. Mit einem müden Seufzer steuerte sie auf ihr Schlafzimmer zu. Eddie stand über irgendetwas gebeugt neben dem Schrank. Bei ihrem Eintreten fuhr er schuldbewusst zusammen.

Laura sah, dass er ihre Geldbörse geöffnet hatte. »Was suchst du, Eddie?«

»Oh, ich wollte nur nachsehen, ob du Kleingeld hast, Schatz.«

Sie glaubte ihm nicht, Er war noch nie an ihre Geldbörse gegangen. Wenn er Geld wollte, fragte er sie direkt danach. »Du weißt doch, dass ich immer Kleingeld in der Küchenschublade habe«, sagte sie und fing an, sich auszuziehen.

»Das hatte ich ganz vergessen.«

Lügner. Aber sie war zu müde, um mit ihm zu diskutieren, und… oh, wie sehr ihr Jack fehlte. Die vier Wochen seiner Abwesenheit kamen ihr vor wie vier Jahre, und es würde noch mindestens eine Woche dauern. Sie zwang sich, an etwas anderes zu denken.

Es war ein erfolgreicher Tag gewesen. Derek French, der jetzt bei Myers in Melbourne arbeitete, hatte sie angerufen, um ihr zu sagen, dass sich ihre jüngste Hutlieferung verkaufte wie warme Semmeln. Das hatte sie auf einen Gedanken gebracht. Vielleicht sollte sie mit Bert über die Möglichkeit einer Zweigstelle in Melbourne sprechen? Warum sollten sie schließlich Myers einen Anteil überlassen, wenn es einträglicher war, ihre Waren selbst zu verkaufen? Morgen würde sie sich an die Arbeit machen und mit den Kalkulationen für ein solches Vorhaben beginnen.

Eddie kam zu ihr geschlichen. Er legte ihr die Arme um die Taille und drückte sie fest an sich.

»Darauf habe ich den ganzen Tag gewartet, Schatz. Wir haben schon so lange nicht mehr miteinander geschlafen.«

Sein Mund legte sich besitzergreifend auf den ihren, und sie erstarrte. Früher einmal hätte sie seine Berührungen ertragen, es vielleicht sogar genossen, wenn er sich die Zeit nahm, sie in Erregung zu versetzen, aber jetzt nicht mehr. Nicht mehr seit Jack.

Er schubste sie von sich. »Himmel, das ist ja, als würde man ein Stück Holz küssen. Was ist denn mit dir los. Jedes Mal, wenn ich in deine Nähe komme, wirst du starr wie ein verflixtes Brett.«

»Tut mir leid, Eddie. Ich bin einfach... müde, und ich habe fürchterliche Kopfschmerzen«, log sie.

Auch die äußere Erscheinung ihres Mannes war nicht besonders anziehend. Früher einmal hatte er großen Wert auf seine Kleidung und seine Körperpflege gelegt, doch jetzt rasierte er sich nur noch jeden zweiten Tag. Er musste dringend zum Frisör, und sie hatte sich daran gewöhnt, ihn in Hose, Unterhemd und Sandalen herumlaufen zu sehen. Er zog sich nur noch anständig an, wenn er aus dem Haus gehen musste. In letzter Zeit verbrachte er seine Tage damit, im Haus herumzuhängen, an heißen Tagen am Bondi Beach schwimmen zu gehen, Klavier zu spielen, Radio oder Schallplatten zu hören oder zur Rennbahn zu gehen. Eddie Ashworth war ein Faulpelz geworden.

Er kniff die Augen zusammen und sah zu, wie sie Rock und Bluse auszog.

»Nichts als Ausreden, Laura. Ein Ehemann hat seine Rechte, weißt du.« Er streckte erneut die Hand nach ihr aus. Er befummelte ihre Brust, dann senkte er die Hand, um ihren Unterrock hochziehen und die Innenseiten ihrer Oberschenkel streicheln zu können.

»Komm schon, Schatz. Lass mir doch auch einmal meinen Spaß. Ich weiß genau, dass es nicht die falsche Zeit im Monat ist. Du fühlst dich so verdammt gut an.« Seine Stimme wurde rau vor Verlangen. Mit einer Hand hielt er sie im Nacken fest, während er die Lippen fest auf ihren Mund drückte und sich mit der Zunge den Zugang zu ihrem Mund erzwang.

Seine Liebkosungen wurden immer hektischer, und als Laura ihren Unterrock reißen hörte, riss sie ihren Mund von ihm los. Sie hatte es nur mit Mühe geschafft, den Ekel zu unterdrücken, den sie bei seiner Berührung empfand. Sie sah ihn scharf an.

»Also schön, Eddie. Ich schlage dir eine Abmachung vor. Wir schlafen miteinander, wenn du mir versprichst, dass du morgen den musikalischen Leiter des Trocadero anrufst, wie du es mir schon vor Wochen versprochen hast. Du könntest diese Stelle als Pianist bekommen.«

Seine Stimmung schlug sofort um. »Was glaubst du eigentlich, wer du bist, dass du mir Vorschriften machen kannst?«, schrie er sie an. »Das lasse ich mir nicht gefallen.«

Der Diplomatie müde, ließ sich Laura ihre Frustration anmerken. »Du musst arbeiten. Du hast seit Wochen keinen Finger mehr gerührt.«

Diese Bemerkung machte ihn noch wütender. Erneut schrie

er sie an. »Ich brauche keine Abmachungen mit dir zu treffen. Du bist meine Frau, und ich habe ein Recht darauf, dass du mir gefällig bist, wann immer ich Lust darauf habe.«

»Schsch, du weckst Caroline.«

Er schubste sie grob auf das Bett und ließ sich auf sie fallen. Ungeduldige Hände begrabschten ihren Körper. Sie musste beträchtliche Selbstdisziplin aufbringen, um nicht aufzuschreien oder vor ihm zurückzuweichen, aber sie hatte Übung darin, seine Zuwendung ohne jede Reaktion über sich ergehen zu lassen. Nach einigen Momenten starrte er auf sie hinab, und sie sah die Frage in seinen Augen. Irgendetwas in diesem Blick sagte ihr, dass es nicht mehr lange dauern würde, bis er sie fragte, ob es einen anderen Mann in ihrem Leben gab. Sie musste diesem Verdacht aus dem Weg gehen, bis sie bereit war, es ihm zu sagen, und dieser Zeitpunkt war definitiv noch nicht da. Sie musste mitspielen. Ohne ein Wort half sie ihm, sein Unterhemd auszuziehen und seinen Gürtel aufzuschnallen.

»So ist es schon besser. Braves Mädchen, gib mir, was ich will.« Sein triumphierendes Grinsen war eher eine Fratze. »Wir können es auch ganz leise machen«, fügte er verschlagen hinzu.

Als er dann ohne jedes Vorspiel in sie hineinstieß, schloss sie fest die Augen und drehte den Kopf zur Seite, um seinen hartnäckigen Küssen zu entgehen. Unwillkürlich kam ihr der Gedanke, dass dies vielleicht der letzte Rest von Kontrolle war, der Eddie über sie geblieben war.

Doch ihre Seele oder ihr Herz würde er nie berühren. Sie gehörten für immer einem anderen.

23

Laura konnte den Blick nicht von der kleinen Uhr abwenden, die auf einem Regal in ihrem Büro stand, um zwei Uhr ließ sie entnervt den Stift fallen, weil sie keinen einzigen Strich mehr zeichnen konnte. Jack würde im Lauf des Nachmittags zurückkommen, und sie hatte schon den ganzen Tag Schwierigkeiten, sich zu konzentrieren. Sie musste noch mehrere Entwürfe fertigstellen, aber ihr fehlte die Inspiration.

Außerdem hatte sie Bert schon zweimal angeherrscht, und schließlich Helen, die nach ihrem Einsatz an der Heimatfront jetzt für sie und Bert arbeitete. Selbst ein köstliches Mittagessen und zwei Tassen Tee hatten ihre Laune nicht verbessert. Sie konnte die Nerven unter ihrer Haut zucken spüren, sie war angespannt wie ein Flitzebogen. Und das alles, weil sie Jack seit über einem Monat weder gesehen noch gesprochen hatte.

Dafür hatte sie aber reichlich Zeit gehabt zu überlegen, und sie wusste jetzt, was sie tun wollte. Wieder und wieder hatte sie die Szene in dem Café durchgespielt und sich an seine Heftigkeit und Ungeduld erinnert. Es war unumgänglich für ihn, dass sie die Entscheidung traf, was aus ihnen werden sollte. Deshalb hatte er sie so lange allein gelassen, um ihr Zeit zu lassen, das Problem in ihrem Kopf zu lösen.

Sie sehnte sich danach, seine Stimme zu hören, ihn zu sehen, seine Hand zu berühren, seine Lippen auf sich zu spüren. Sie stand auf und schritt in dem kleinen Büro auf und ab. Sechs Schritte hin, sechs Schritte her. Entschlossen zwang sie sich, die Skizzen auf dem Zeichentisch zu betrachten, und griff dann frustriert nach einem Stift, um sie alle durchzustreichen. Wertlos. Alles wertlos.

Sie beschloss, dass sie etwas tun musste. Bewegung. Ein Spaziergang im Hyde Park würde ihr guttun, die Spinnweben vertreiben, und es war auf jeden Fall besser, als durch das Büro zu schleichen wie eine eingesperrte Tigerin.

»Helen.« Sie griff nach ihrer Handtasche und steckte den Kopf aus dem Büro. »Ich muss eine Weile an die frische Luft. Ich weiß nicht, wann ich wieder da bin.«

»Soll ich so lange den Laden übernehmen, Laura?«

»Natürlich«, kläffte Laura und bedauerte dann ihren scharfen Ton. »Bitte.«

Laura durchwanderte den ganzen Park – von der Oxford Street vorbei am Kriegerdenkmal und dem Spiegelteich bis hin zum Springbrunnen –, und die Bewegung beruhigte sie sehr. Die Bäume und die frische Luft, das Gras, die umherschlendernden Pärchen, der wolkenlose Himmel, das alles verfehlte seine heilende Wirkung nicht. Gott sei Dank.

Sie beschloss, sich zu verwöhnen und ein Taxi zurück zu nehmen – es würde viel schneller gehen, als zu laufen. Sie sah in ihrer Geldbörse nach, ob sie genug Geld hatte. Ein oder zwei Sekunden lang streichelten ihre Finger den Schlüssel, den Jack ihr an jenem Tag gegeben hatte, als brächte ihn die Berührung näher zu ihr.

Der Taxistand war beinahe leer. Sie setzte sich auf die Rückbank eines Wagens, doch anstatt den Fahrer zu bitten, sie zur Oxford Street zu bringen, sagte sie: »Bondi Beach, bitte.« Sie würde dort auf Jack warten. Lou hatte gesagt, sein Flug würde heute Nachmittag landen.

Eine merkwürdige Ruhe überkam sie, als sie die Stadt an sich vorüberstreichen ließ. Ihre Trennung hatte die gewünschte Wirkung gehabt. Laura sah jetzt, wie sehr sie Jack brauchte, und zwar für immer. Er fehlte ihr mehr, als sie je für möglich gehalten hätte, und in seiner Abwesenheit hatte sie höchstens rudimentär funktioniert. Es war, als hätte sie einen bedeutenden Teil ihrer selbst verloren und könnte nur vollständig sein, wenn er ihr zurückgegeben wurde.

Zitternd hielten ihre Finger den Schlüssel, und sie öffnete die Tür zu Jacks Wohnung. Sie hätte sich wie ein Eindringling fühlen sollen, doch das tat sie nicht. Während sie durch die Zimmer wanderte, staunte sie darüber, wie sauber es hier war, bis ihr wieder einfiel, dass Jack jede Woche jemanden kommen ließ, der sich um die Wohnung kümmerte. Die Fußböden waren aus poliertem Holz, und die Wände waren in einem gedämpften Blauton gestrichen, als spiegelte sich das Meer, das man von fast allen Fenstern aus sehen konnte, schwach darin wider. Die Küchenschränke waren in einem fröhlichen Gelb gestrichen und hatten weiße Zierleisten, der Fußboden war hier aus dunkelrotem Linoleum. Im Gästezimmer standen immer noch ein Dutzend Kartons und ein paar unausgepackte Koffer, aber keine Möbel.

An der Schlafzimmertür blieb sie zögernd stehen. Es war ein großes Zimmer mit einer hohen Decke, und aus den Fenstern zu beiden Seiten des Betts strömte Licht herein. Jacks Möbel waren maskulin angehaucht. Bett, Schrank und zwei Kommoden waren aus dunklem Mahagoni. Eine beigefarbene Tagesdecke aus Chenille lag auf dem Doppelbett, und das schokoladenbraune Daunenbett – dieselbe Farbe wie die Vorhänge – war auf einer Seite zurückgeschlagen.

Eine Tür des Kleiderschranks stand offen, und Laura trat darauf zu, um sie zu schließen. Stattdessen öffnete sie sie ganz und berührte seine Jacketts. Sie fuhr mit den Fingern über die Ärmel und genoss den rauen Harris Tweed, die glatte Wolle und den feinen Gabardine. Ohne bewusst darüber nachzudenken, zog sie eines der Jacketts heraus und legte es um ihre Schultern. Es war ihr viel zu groß, doch sie schmiegte sich fest hinein und atmete die Essenz seines Trägers ein – einen schwachen Hauch von Zigarettenrauch, ein fichtenduftendes Rasierwasser… und ihn.

Zwei oder drei Minuten stand sie da, in sein Jackett gehüllt, die Augen geschlossen. Sie stellte sich sein Gesicht vor, seinen Körper, seine kräftigen Arme, die sie umfingen. Dann begannen ihr die Tränen über die Wangen zu laufen, und endlich ergab sie sich dem hohlen, einsamen Schmerz in ihr.

Ihr Entschluss stand fest. Ohne ihn war sie nur halb lebendig. Sie würde sich von Eddie scheiden lassen, und so schnell es ging, würde sie Jack heiraten. Über die Schwierigkeiten, die dazwischenlagen, dachte sie nicht nach, nur darüber, dass sie zusammen wären.

Sie hängte sein Jackett wieder in den Schrank und kehrte ins Wohnzimmer zurück. Er hatte es nicht großartig eingerichtet, dachte sie vage. An der Außenwand befand sich ein altmodischer Kamin, und rechts und links davon waren Fenster. Auf dem Kaminsims standen ein paar Fotos von Nick. Ein großer indischer Teppich, blassgrün mit einer Rosenbordüre, verlieh dem Zimmer einen Hauch von Farbe. Und am Fenster stand ein schwarzer Ledersessel mit Blick nach draußen.

Irgendwie wusste sie, dass dies sein Lieblingsplatz war. Sie streichelte das glatte Leder, dann setzte sie sich. Sie befreite sich aus ihren hochhackigen Schuhen und zog die Füße ein, dann setzte sie den Hut ab und legte ihn auf den Glastisch neben dem Sessel. Der herrliche Ausblick auf den Strand interessierte sie nicht, sie schloss die Augen.

Ihre Gedanken drifteten davon.

Als Jack mit seinem Koffer in die Wohnung kam, fand er sie schlafend in seinem Sessel zusammengerollt wie ein Kätzchen.

Wie oft hatte er sie schon in seiner Fantasie hier gesehen?

Zu oft. Er kniete sich vor den Sessel, sah die dunklen Streifen auf ihren Wangen und begriff, dass sie geweint hatte. Sie sah verloren und unschuldig aus und so verdammt schön.

»Laura. Laura, Schatz, wach auf.« Ihre langen Wimpern zuckten, dann öffnete sie langsam die Augen.

Und blickte in ein paar grünbraune Augen mit goldenen Reflexen, in deren Winkeln sich kleine Fältchen sammelten. Sein Mund dehnte sich zu einem Grinsen purer Freude.

»Oh, Jack, ich …« Ihre Arme glitten um seinen Hals, um ihn an sich zu ziehen. »Du hast mir so gefehlt.«

Mit dem Zeigefinger zeichnete sie einen Moment seine Gesichtszüge nach, dann beugte sie sich vor und küsste ihn. Er nahm sie in die Arme und löste sie von der Sessellehne, um sie an seine Brust zu drücken, während seine Zunge sanft ihren Mund erkundete. Schließlich ließen sie keuchend voneinander ab.

»Ich habe dir gefehlt«, sagte er in verwundertem Ton.

Sie lächelte ihn an, und ihre Hände, die es nicht abwarten konnten, sich wieder mit seinem Körper vertraut zu machen, fuhren ihm über Schultern und Rücken und durch das Haar. Sie lösten seine Krawatte und den oberen Hemdknopf, dann den zweiten und den dritten, sodass ihre Finger hineinschlüpfen und sich in seinem Brusthaar verknoten konnten. Ihre Finger kribbelten von der Berührung, und als sie weiterwanderten, spürte Laura, wie er erstarrte.

Er küsste ihre Nasenspitze.

»Ich war in Los Angeles und San Francisco sehr beschäftigt. Habe ein paar gute Geschäfte abgeschlossen. Aber«, sein Ton war rau, »es sind verdammt einsame fünf Wochen gewesen.«

Wieder trafen seine Lippen auf die ihren. Sie waren weich, warm, erwartungsvoll, und er presste sie an sich, als hätte er sie am liebsten mit sich selbst verschmolzen. Seine Hand wanderte über die Vorderseite ihrer Brust und fand ihre Brustwarze, die schon vor Verlangen steif war. Er rieb und rollte sanft darüber, bis Laura aus tiefster Kehle aufstöhnte und sich noch fester an ihn drückte. Gott, lange ertrug er das nicht mehr, er war schließlich nur ein Mensch.

Plötzlich fuhr er von ihr zurück und stand kopfschüttelnd auf. Er trat ans Fenster und blickte auf den Strand hinaus, ohne ihn jedoch wirklich zu sehen. Er biss die Zähne zusammen und stopfte die Hände tief in die Hosentaschen. Ohne sich zu ihr umzudrehen, fragte er sie mit angespannter Stimme: »Was hältst du von einer Tasse Tee?«

Laura lächelte. Das Allheilmittel der westlichen Welt.

»Hast du auch Kaffee?« Sie wusste, dass er welchen hatte. Von einer seiner Reisen nach Amerika hatte er eine moderne Maschine mitgebracht, die Filterkaffee zubereitete.

Laura stand auf und streckte ihre Beine. Dabei betrachtete sie seine reglose Gestalt. Er strahlte Anspannung aus, und sie wusste, dass er seine Gefühle fest unter Kontrolle hielt.

Lächelnd ging sie auf ihn zu und stellte sich hinter ihn. Ihre Arme wanden sich wieder um seine Hüfte, und sie legte den Kopf zur Seite, um ihre Wange an seinen Rücken zu legen und seine Wärme zu spüren. Nichts auf der Welt fühlte sich so an wie das, was sie für Jack Beaumont empfand. Es war stärker als das, was man ihr als Kind eingetrommelt hatte, was die Kirche predigte. Dieser Schluss hatte sich in den Wochen seiner Abwesenheit herauskristallisiert.

Was hatte er im Centennial Park zu ihr gesagt? »Pack das Glück beim Schopf, solange du kannst.« Sie hatte begriffen, dass es zwar eine simple Weisheit war, aber die Wahrheit. Sie wollte mehr als gestohlene Augenblicke. Sie wollte ihn ganz, und zwar für immer.

»Also. Bleibt es bei Kaffee?«

Beim brummenden Klang seiner Stimme, die sie durch seinen Rücken hindurch hörte, drückte sie die Lippen auf sein Hemd und legte die Arme noch fester um ihn.

»Ja.« Ihre Stimme war kaum mehr als ein Flüstern. »Aber jetzt noch nicht.« Sie drehte ihn um und nahm ihn bei der Hand. »In deinem Schlafzimmer ist etwas, das ich dir zeigen möchte.«

Neugierig ließ er sich von ihr durch den Flur zum Schlafzimmer führen. Dort suchte sein Blick nach Veränderungen. Nichts. Verwundert zuckte er mit den Achseln. Sie lächelte ihn nur rätselhaft an und trat auf das Bett zu.

Als sie sich wieder zu ihm umdrehte, sah er, dass sie ihre Bluse aufgeknöpft und einen Spitzenunterrock freigelegt hatte. Sie öffnete den Reißverschluss ihres Rocks und ließ ihn zu Boden fallen. Weil sie ihm dabei nicht in die Augen sehen konnte, richtete sie ihren Blick auf eine Stelle irgendwo über seinem Kopf und ließ die Träger des Unterrocks langsam von ihren Schultern gleiten, bis dieser dem Rock Gesellschaft leistete. Sein Mund wurde trocken, als sie in Büstenhalter, Höschen, Hüfthalter und Strümpfen vor ihm stand. Er starrte sie unübersehbar beifällig an und lächelte, als sie rot wurde. Er wusste, dass sie das nicht jeden Tag tat, und er liebte sie umso mehr dafür.

»Laura?« Es war unmöglich, ihre Handlungsweise falsch zu interpretieren, aber er fragte dennoch. »Bist du sicher?«

Sie trat auf ihn zu, und ihre Hände suchten die seinen. »Ich könnte mir nicht sicherer sein«, flüsterte sie. »Ich will dich so sehr, dass ich fast verrückt werde.« Sie lächelte beinahe verrucht zu ihm auf. »Wenn wir, ich… dich haben kann, fühle ich mich vielleicht nicht mehr so schrecklich.«

Mit zitternden Fingern half sie ihm aus seinem Hemd. Dabei küsste sie seine Brust und behinderte ihn auf die sanfteste Art dabei, sie völlig auszuziehen, bis er sie sacht von sich stieß.

»Nur weil du verrückt bist, muss ich es doch nicht auch noch werden«, sagte er grinsend zu ihr. Er zog sich die Hose aus, dann streckte er die Hand nach Laura aus und zog sie wieder an sich. Er wiegte ihren nackten Körper in den Armen und küsste ihre Stirn, ihre Augenlider, ihre Wangen, ihre Nasenspitze. Alles, bis auf ihren Mund, bis sie mit einer ungeduldigen Handbewegung seinen Kopf fasste und ihre Lippen an die seinen hob.

Sie fielen seitlich auf das Bett und berührten sich lachend mit den Lippen, als hätten sie wochenlang gehungert und könnten nur voneinander satt werden.

Er schlug die Bettdecke zurück und legte Laura auf den Rücken. Dann legte er sich auf die Seite, sodass er ihren Körper sehen und liebkosen konnte. Seine Hände streichelten ihre Brüste, während sein Mund von dem ihren Besitz ergriff, jeder Kuss leidenschaftlicher als der letzte.

Er wusste instinktiv, dass sie noch nie zärtlich mit jemandem geschlafen hatte; er hatte vor, es richtig zu machen, mehr von der Leidenschaft zu wecken, die wartend unter ihrer Oberfläche schlummerte. Seine Hand begann, lässig über ihren Körper zu kreisen. Als sich seine Finger über dem seidigen Haardreieck schlossen, erstarrte sie, und er hörte, wie sie scharf Luft holte. Er würde ihr keine Zeit zum Überlegen lassen, keine Zeit, Fragen zu stellen. Seine Hand liebkoste die Innenseite ihrer Oberschenkel, bis sie sich wieder entspannte.

Sie keuchte auf, als seine Finger dann in sie eindrangen und fanden, was sie suchten. Oh, so war sie noch nie berührt worden, niemals. Seine Finger kreisten, neckten und streichelten mit zunehmendem Druck, und ihr Körper antwortete mit einem Pulsieren, das zu einem Crescendo anschwoll. Sie bäumte sich gegen ihn auf und beantwortete seine wilden Küsse mit einer Hingabe, die sie noch nie erlebt hatte. Dann spürte sie sich plötzlich abheben, und die Gefühlswogen prallten aufeinander, bis etwas in ihr zersprang. Sie bäumte sich zuckend gegen seine forschende Hand, und der Strudel der Lust zog sie mit sich.

Dann legte er sich auf sie und küsste sie so heftig, dass das Gefühl noch stärker wurde. Sie konnte spüren, wie er sich an ihrer Feuchtigkeit rieb, dann sanft in sie eindrang und sich wieder rieb. Sie stöhnte aus tiefster Kehle auf, als er sich tief in ihr bewegte. Dann begann er zuzustoßen, erst sanft, dann immer heftiger, und als sie ihn ganz in sich zog, legte sich ihr erhitzter innerer Kern fest um ihn. Sie bewegten sich rückhaltlos miteinander, bis er sich in sie ergoss und sie in Zuckungen freudiger Erlösung verlor.

Erschöpft lagen sie da, bis ihm nach einer Weile bewusst wurde, wie schwer er war, und er sich von ihr wälzte und sie an seine Seite zog.

»Ich ... ich hatte keine Ahnung, dass es so sein kann«, flüsterte sie gelassen, im Einklang mit dem Leben und der Welt. »So ... herrlich.«

Es war eine Bemerkung, die ihm alles sagte. Anscheinend war Eddie ein lausiger Liebhaber, wahrscheinlich hatte sie noch nie einen Orgasmus erlebt. Gott, in was für eine Frau hatte er sich verliebt. Er küsste ihr lächelnd die Wange.

»Was fangen wir nur an, du und ich.«

Laura legte sich halb auf seine Brust, um sein Gesicht zu betrachten. Ihr blondes Haar fiel ihm auf die Wangen und kitzelte ihn. Sie sah zu, wie seine Nase zuckte und er versuchte, die Strähnen fortzupusten. Sie blickte ihn lange an und schüttelte dann kaum merklich den Kopf.

»Ich werde mich scheiden lassen.« Sie hatte den Himmel erlebt, und jetzt, da sie dieses Gefühl gefunden hatte, würde sie es nicht wieder aufgeben. »Aber ich brauche etwas Zeit, um Eddie darauf vorzubereiten. Er hat gerade eine Vertretung im Trocadero bekommen, einen Abend in der Woche. Und sonntags spielt er im Hotel Astra in Bondi.« Sie streichelte ihm sacht über das Kinn. »Ich brauche Zeit, um eine Wohnung zu finden und einen Anwalt zu beauftragen ... Du gehst doch mit, wenn ich es ihm sage, oder?«

Sie glaubte nicht, dass sie Eddie allein gegenübertreten konnte. Wenn Jack bei ihr war, wusste sie, dass Eddie sich zurückhalten würde.

»Natürlich.« Er küsste sie auf die Stirn, die Wangen, die Mundwinkel. »Als ich unterwegs war, hatte ich Angst, ich könnte dich für immer verlieren. Glaub mir, Laura, was auch immer wir durchstehen müssen, wir tun es zusammen.« Sein Mund legte sich für ein paar köstliche Sekunden auf den ihren.

»Sagen wir zwei Wochen. Das sollte reichen.«

»Gut. Dürfen wir in der Öffentlichkeit zusammen erscheinen?«

»Wenn der Anwalt nichts dagegen hat, warum nicht? Außerdem«, sie betrachtete ihn nachdenklich von oben bis unten, »gibt es in Sydney viel zu viele Frauen, die ihre Krallen gern in Jack Beaumont schlagen würden – jetzt, wo er der große Geschäftsmann ist.«

»Ich glaube, du hast deine Ansprüche deutlich geltend gemacht, Laura Ashworth.« Dann begannen seine Hände, über ihren Körper zu wandern. Sie fanden die Stellen, auf die Laura ansprach, mit absoluter Zielsicherheit.

Laura lächelte ihn liebevoll an und presste sich dichter an ihn.

»Oh, Jack. Das Gefühl beruht doch auf Gegenseitigkeit.«

Eddie stand neben dem Bett und suchte das Zimmer sorgfältig ab. Irgendwo bewahrte sie hier etwas Bargeld auf. Für Notfälle. Wo zum Teufel war es?

Er hatte schon sämtliche Schubladen durchsucht, jede Manteltasche in ihrem Schrank, ihre Handtaschen und ihr Schmuckkästchen. Himmel, er brauchte dringend Geld. Einer der Buchmacher, Clarrie, war im Begriff, die Geduld mit ihm zu verlieren, er musste seine Schulden abbezahlen. Und er hatte letzten Freitag wieder fünfzig Pfund beim Hunderennen verloren. Der Trainer hatte gesagt, er könnte nichts falsch machen. Der Greyhound war gelaufen, als wäre er schon vierzig Jahre alt.

Eddie lief der Schweiß über Stirn und Schläfen und an seinem Nacken hinunter. Verdammt, wenn er ihnen nichts gab, würden ihn Clarries Handlanger verprügeln. Clarrie wusste, dass er Klavier spielte, also hätten sie sicher Anweisung, mit seinen Händen anzufangen. Ihm jeden Finger einzeln zu brechen, die Schweine. Eddie betrachtete seine Hände. Die perfekten langen Finger. Er bewegte sie in alle Richtungen und bewunderte ihre Geschicklichkeit.

Dann kniete er sich kopfschüttelnd auf den Boden und zog die Koffer, in denen sie ihre nicht benötigten Kleider verwahrten, unter dem Bett hervor. Er suchte alles ab. Nichts, nicht das Geringste. Er sah die Kleider noch einmal durch und rümpfte die Nase, als er die Mottenflocken in den Musselinsäckchen roch. Was für ein Mief. Immer noch nichts.

Entmutigt stand er auf und setzte sich auf die Bettkante. Nachdenklich rieb er sich die Bartstoppeln. Wo würde Laura etwas aufbewahren, was er nicht finden sollte? Sein Blick fiel auf die Ledermappe, in der sie ihre Hutentwürfe und ihre – ha! – Zukunftspläne aufbewahrte.

Er hob die Mappe auf das Bett und löste die Schleife. Er war nicht überrascht, eine Vielfalt an Skizzen vorzufinden. Alles Mögliche. Nicht nur Hüte. Kleider, Ladengrundrisse, ein Gebäude mit mehreren Stockwerken, die alle für unterschiedliche Waren ausgelegt waren. Ganz hinten sah er halb unter dem Lederfutter einen Farbfleck. Ein, zwei, drei. Vier Fünfzig-Pfund-Scheine. Heureka! Eine Woge der Erleichterung durchlief Eddie, und er begann, sich zu entspannen … bis er sich an das erste Mal erinnerte, dass er sich an ihrem Geld vergriffen hatte. Damals war sie viel zu schnell dahintergekommen. Es kostete ihn all seine Selbstbeherrschung, einen Schein in der Mappe zu lassen. Vielleicht würde sie das Geld ja in den nächsten Monaten nicht brauchen, und falls doch – Pech gehabt. Bis dahin hatte er längst eine Glückssträhne erwischt und konnte es ihr zurückzahlen.

»Ich will auch mit zum Strand, Papa«, erklärte Caroline, als sie sah, wie ihr Vater seine Badehose in ein leuchtend buntes Handtuch wickelte und es in einen Leinenbeutel steckte.

»Nein, Schätzchen, heute geht das nicht«, antwortete Eddie und fuhr ihr liebevoll mit den Fingern durch das blonde Haar. »Papa geht nur schnell eine Runde schwimmen, dann muss er zur Arbeit ins Hotel. Wenn nächsten Samstag schönes Wetter ist, nehme ich dich mit zum Strand. Das verspreche ich dir.«

Laura zog überrascht die Augenbraue hoch. »Was, du willst einen Samstag auf der Rennbahn opfern?«, sagte sie beißend, dämpfte den Sarkasmus dann aber mit einem schnellen Lächeln. »Das nenne ich Vaterliebe.«

»Wie viele Tage sind es noch bis nächsten Samstag, Papa?«

»Sechs, Schätzchen. Ich muss jetzt los.«

»Versuch, nicht zu spät zu kommen, Eddie, es gibt Lamm zum Abendessen.«

»Um halb sieben bin ich da, Schatz. Versprochen.«

Versprochen. Eins seiner Lieblingswörter. Es war immer so leicht gesagt; es auch einzuhalten, war der schwierige Teil. Laura nahm Caroline auf den Arm und drückte sie fest an sich.

»Komm mit, mein großer Schatz, wir gehen die Hühner füttern.«

Eine Woche noch, dann wären sie und Caroline fort. Es war schon alles durchgeplant. Der Anwalt, eine Wohnung in Edgecliff, und Jack hatte sie tatkräftig unterstützt. Geliebter Jack. Was hätte sie nur ohne ihn getan?

»Suchen wir Eier, Mami. Ich möchte ein gekochtes Ei zum Frühstück.«

»Ja, bestimmt finden wir ganz viele.«

Eddie sah auf die wasserdichte Armbanduhr, die ihm Jack zum einunddreißigsten Geburtstag geschenkt hatte, und legte seiner Kleider zusammengefaltet auf den Leinenbeutel. Es war warm, und der Strand war voller Badegäste und Sonnenanbeter. Er hatte noch eine Stunde Zeit, bis er sich für seinen Auftritt umziehen musste. Zeit genug, ein paar Wellen abzufangen und dann im Clubhaus am Strand eine kalte Dusche zu nehmen. Er hielt sich die Hand über die Augen und betrachtete die Brandung. Großartig! Der heiße Wind ließ die Wellen über zwei Meter hochschlagen. Einige waren so steil, dass es schon wieder gefährlich war, dachte er, als er über den heißen Sand auf das Wasser zuging.

Als er bis zu den Oberschenkeln im Wasser stand, begann er, auf die Brandung zuzupaddeln. Der Strand verschwand, als er unter einer brechenden Welle hindurchtauchte. Als er wieder an die Oberfläche kam, schüttelte er sich das Wasser aus den Augen. Er hatte sein ganzes Leben in Wassernähe verbracht und war ein guter Surfer. Er wusste, wie man die Welle genau im richtigen Moment erwischte und darauf ins flache Wasser ritt, mit Kopf und Schultern der brechenden Welle voraus, die Hände fest an die Seiten gedrückt, während er mit den Füßen paddelte, um noch mehr Antrieb zu bekommen.

Caro, die gerade sieben geworden war, wäre bald alt genug, um ihr das Wellenreiten beizubringen. Sie liebte das Wasser. Er ritt auf der nächsten Welle zum Strand und stieß mit einem Beinpaar zusammen. Verdammte Surfer, sie waren überall. Es war besser, wochentags zu surfen, wenn nicht so viel Betrieb war, aber das schaffte er nicht immer. Er sah auf die Uhr am Strand. Eine Welle noch, dann zur Arbeit.

Wassertretend ließ er die erste Welle vorüber, dann die nächste. Salzwasser brannte ihm in den Augen. Da kam sie. Fast drei Meter. Die Wasserwand türmte sich vor ihm auf, und er wandte ihr selbstsicher den Rücken zu, um darauf zum Strand zu reiten. Hätte er noch ein paar Sekunden gewartet, hätte er gesehen, dass die Welle zu steil war.

Als Eddie seine Position in zwei Drittel der Wellenhöhe bezogen hatte, überschlug sie sich plötzlich und begrub ihn unter sich. Das Gewicht des Wassers zog ihn mit sich, und er trudelte immer weiter in die Tiefe. Sein Körper rammte den Sand, und sein Kopf traf im spitzen Winkel auf den Boden. Er hielt die Luft an und kämpfte sich in Richtung Oberfläche, als ein Knirschen durch seine Wirbelsäule fuhr. Sein Körper erschlaffte. Schmerz durchfuhr ihn vom Nacken bis zum Kreuz, und er keuchte auf. Wasser drang in seinen geöffneten Mund. Er verschluckte sich daran und trudelte weiter durch das Meer. Er hatte keine Kontrolle mehr. Keine Kraft. Wieder schluckte er Wasser, und noch einmal.

Himmel, er würde ertrinken.

Laura saß allein im Krankenhauswartezimmer. Jack, der eilig auf sie zuschritt, konnte sehen, dass sie sich stocksteif hielt und ihre Nervosität unterdrückte, versuchte, Ruhe zu bewahren. Wie gern hätte er sie in die Arme genommen und sie getröstet, doch das konnte er nicht. Nicht hier.

Sie hob den Kopf und sah ihn. »Jack.«

Er lächelte sie an und setzte sich neben sie. Er nahm ihre Hand – sie war so kalt, dass er anfing, sie zu reiben. Sie war blass um den Mund, und Traurigkeit lag in ihrem Blick.

»Wie geht es ihm?«

Sie schüttelte den Kopf. »Nicht gut. Die Ärzte sind seit Stunden bei ihm. Weil es so voll war, war er nicht lange unter Wasser. Jemand hat ihn gesehen und die Rettungsschwimmer gerufen. Sie haben ihn wiederbelebt und ihm das Wasser aus den Lungen gepumpt. Das hat ihn gerettet. Aber … sie wissen nicht, ob er einen Hirnschaden hat oder …«

»Schsch, Laura.« Zum Teufel mit den Konventionen! Er legte die Arme um sie und drückte sie an seine breite Brust.

»Mrs Ashworth?«

Ein Arzt in einem weißen Kittel tauchte vor ihnen auf.

»Ja.«

»Ich bin Dr. Cornwall.« Er richtete den Blick auf Jack. »Sind Sie ein Verwandter, Sir?«

»Nein, ein Freund der Familie.« Jacks Blick verbat es dem Arzt, ihn fortzuschicken. »Ein enger Freund der Familie.«

»Ich verstehe. Würden Sie beide mit in das Büro neben der Rezeption kommen?«

Jack musste Laura stützen, als sie dem Arzt in das winzige Büro folgten. Eine Schwester begleitete sie ebenfalls und sorgte dafür, dass sie es sich bequem machten, dann blieb sie für den Notfall an der Tür stehen.

»Mrs Ashworth. Ihr Mann …« Dr. Cornwall hielt inne und blickte auf die Krankenakte, die er mitgebracht hatte. »Ich bin Neurologe. Dr. Hume hat mich gebeten, Mr Ashworth zu untersuchen, und das habe ich getan. Bitte«, er sah sie beide ernst an, »bedenken Sie, dass dies nur eine erste Diagnose ist. Ich hatte noch keine Gelegenheit, Ihren Mann endgültig zu untersuchen, aber …« Er hielt inne und fuhr sich mit der Hand über den Mund, als hätte er Mühe, die richtigen Worte zu finden. »Ich muss ganz offen sein, und Sie, Mrs Ashworth, müssen tapfer sein.«

»Doktor! Spucken Sie's schon aus, zum Kuckuck.« Jack verlor die Geduld.

Der Arzt richtete sich auf. »Ja. Nun gut. Mrs Ashworth, es sieht so aus, als wäre Ihr Mann querschnittsgelähmt. Möglich, dass es nur vorübergehend ist, aber es kann auch für immer sein. Im Moment wird er immer wieder bewusstlos, wahrscheinlich aufgrund einer Gehirnerschütterung, und solange er nicht bei Bewusstsein ist und wir weitere Untersuchungen durchführen können, kann ich keine endgültige Diagnose abgeben.«

»Ich verstehe.« Lauras Stimme war kaum hörbar. Sie klammerte sich Trost suchend an Jacks Hand. Gelähmt. »Und sein Gehirn?«

»Mmm. Ich glaube, er hat ein paar Worte gesagt und schien auch zu wissen, was er sagte. Ich würde sagen, ein Hirnschaden ist unwahrscheinlich, obwohl auch das noch untersucht werden muss.«

»Wann werden Sie Gewissheit haben, Herr Doktor?«, fragte Jack, der die freie Hand ohnmächtig zur Faust geballt hatte.

Dr. Cornwall spitzte die Lippen und überlegte. »Mehrere Tage, vielleicht eine Woche.«

»Mrs Ashworth, möchten Sie eine Tasse Tee?«, fragte die Schwester.

»Nein, danke.« Laura fühlte sich ganz krank. Sie konnte sich nicht vorstellen, dass Eddie sich nie wieder bewegen, nie wieder gehen sollte. »Darf ich ihn sehen?«

Die Schwester sah den Arzt an, der zustimmend nickte.

»Natürlich. Kommen Sie bitte mit.«

Jack sah zu, wie Laura an das Bett ihres Mannes geführt wurde. Jetzt würde sie Eddie nie verlassen, das wusste er. Sie war viel zu anständig, um einen Mann zu verlassen, der hilflos war – auch wenn sie ihn nicht liebte. Er hatte die Befürchtung, dass Eddie Ashworth diese Situation aus Leibeskräften ausnutzen würde.

Laura würde die ganze Verantwortung für ihre Familie schultern, das Geld verdienen, sich um alles kümmern.

Und was bedeutete das für ihn? Es bedeutete, dass sein lang gehegter Traum, dass sie eines Tages seine Frau werden würde, genau das bleiben würde – ein Traum.

Kopfschüttelnd machte er kehrt und ging langsam aus dem Krankenhaus in die nächste Bar, um sich sinnlos zu betrinken.

Da war er wieder gewesen, dieser *Traum*. Es war immer derselbe Traum, den sie mehrmals im Jahr träumte. Das Bemerkenswerte an diesem Traum war seine Klarheit. Sie dachte über seine Bedeutung nach, ohne damit weiterzukommen, und in solchen Momenten wünschte sie, Ruth könnte ihr helfen. Dr. Ruth Levi besaß einen ausgesprochen analytischen Verstand. Mary Ellen nicht.

Außerdem war Mary Ellen viel zu sehr damit beschäftigt, in der feinen Gesellschaft Mrs Harry Beckwith zu geben. Laura verspürte nicht den geringsten Hauch von Verdruss über die Unterschiede zwischen ihrer und Mary Ellens Stellung. Sie war ein Arbeitstier, und ihre Freundin, nun, Mary Ellen war einfach … Mary Ellen.

Sie ließ ihre Gedanken zu Jack abschweifen. Er litt am schlimmsten unter der Situation. Sie wusste, wie sehr er sich gewünscht hatte, dass sie zusammen wären, und ihr schlechtes Gewissen wuchs. Die beiden Männer in ihrem Leben spannten ihre Gefühle an wie ein Gummiband: der Mann, den sie liebte, mit dem sie aber von Rechts wegen nicht zusammen sein durfte, und der andere, den sie nicht liebte, für den sie jetzt aber noch mehr Verantwortung trug. Der Einzige, der mit dem Arrangement zufrieden war, war Eddie, der keine Ahnung hatte, was sie wirklich empfand.

Neben Caroline war es wieder einmal die Arbeit, die sie davon abhielt, den Verstand zu verlieren. Sie und Bert wagten den Sprung ins kalte Wasser und eröffneten einen Laden in Melbourne. Derek French war zwar nicht begeistert gewesen, hatte aber als Geschäftsmann einräumen müssen, dass es eine vernünftige Entscheidung war.

Lauras Leben war nichts als Routine. Arbeit, Familienleben mit Caroline und Eddie, und hin und wieder ein verstohlenes Rendezvous mit Jack. Trostlosigkeit war an die Stelle einer gemeinsamen Zukunft getreten, daher lebte Laura nur für den Tag und versuchte, nicht allzu viel an morgen zu denken – oder an die Jahre, die ihr noch bevorstanden.

24

Eine Woche nach ihrem achtundzwanzigsten Geburtstag erhielt Laura einen Brief von einem unerwarteten Absender.

Als sie von der Arbeit nach Hause kam, verabschiedete sie sich von Mrs Stacy, die sie jetzt ganztags beschäftigte, um sich um Caroline und Eddie zu kümmern. Mrs Stacy war unentbehrlich für sie geworden. Sie hielt das Haus makellos sauber, sorgte dafür, dass ihre Tochter glücklich war, und wenn Laura zur Tür hereinkam, hatte sie das Abendessen fertig auf dem Herd stehen.

Auf dem Weg durch den Flur sah Laura ihre Post durch,

und ein Brief von einem Anwaltsbüro fiel ihr ins Auge. Markham, Markham und Walsh. War das nicht Jeffrey Markhams Firma? Sie schlitzte den Umschlag auf und trat in die Küche.

Eddie hatte den Tisch für das Abendessen gedeckt. Er kam gut mit seinem Rollstuhl zurecht, und manchmal, wenn etwa Frank und seine fünfköpfige Brut zu Besuch waren, spielte er den Alleinunterhalter, indem er spektakuläre Tricks damit vollführte und zum Beispiel auf der Stelle kreiselte und auf einem Rad balancierte. Manchmal ging der Trick auch schief, und er fiel aus dem Stuhl und blieb am Boden liegen, bis ihm jemand zu Hilfe kam.

Körperlich hatte er sich der Situation angepasst, in der er zwangsweise steckte, doch mental sah es anders aus. Laura hatte einen seiner Freunde, Alfie Fredericks, als Fahrer für ihn eingestellt, damit er nicht ans Haus gefesselt war. Doch es verging kein Tag, an dem die Bitterkeit über den Unfall, der sein Leben verändert hatte, nicht an die Oberfläche stieg, und er war oft gereizt und aggressiv.

Er bestand darauf, dass man Caroline nicht in die Nähe des Wassers ließ, weil er Angst hatte, dass ihr ebenfalls etwas zustoßen würde.

»Irgendetwas Interessantes dabei, Schatz?«, fragte Eddie und hielt ihr das Gesicht entgegen, das sie geistesabwesend küsste.

»Ich weiß es nicht«, sagte sie vage und zog den Brief hervor. »Warum sollte Jeffrey Markham mir schreiben? Es sei denn, er würde eine Überraschung für Alice und die Zwillinge planen. Aber dann ruft er doch normalerweise an.«

Bevor Caroline aus dem Garten kam und gebadet werden musste, las sie den Brief rasch laut vor.

»Sehr geehrte Mrs Ashworth, es ist mir eine Freude, Sie in einer Angelegenheit zu beraten, die Ihnen finanziell von

Nutzen sein wird. Bitte sprechen Sie einen Termin ab, der Ihnen gelegen wäre, damit ich Ihnen die Details mitteilen kann. Hochachtungsvoll, Jeffrey Markham.«

»Das klingt aber verdammt rätselhaft. Was hat das zu bedeuten?«, fragte Eddie, als sie ihm den Brief reichte.

»Ich habe keine Ahnung«, sagte sie lächelnd, sodass ihr müdes Gesicht wie verwandelt aussah. »Es klingt aber nicht schlecht, oder? Ich rufe ihn morgen früh an.«

Am folgenden Nachmittag erschien Laura um halb drei im Büro von Markham, Markham und Walsh.

»Hallo, Laura«, begrüßte Jeffrey Markham sie in seinem Büro im vierten Stock eines Hauses an der Phillip Street. Er wies auf einen gepolsterten Stuhl auf der anderen Seite seines Schreibtischs. »Setz dich doch bitte. Was macht die Familie?«

»Gut, es geht allen gut.« Es war ein merkwürdiges Gefühl, diesem Mann so offiziell gegenüberzusitzen, der mit Alice verheiratet war, mit der sie gut befreundet war, seit sie ihr vor Jahren das Hochzeitskleid entworfen hatte.

Sie hatte die halbe Nacht wach gelegen und sich gefragt, worum es bei dieser Begegnung wohl gehen würde, aber natürlich war sie davon auch nicht klüger geworden.

»Ich nehme an, du bist neugierig, warum ich dir diesen Brief geschickt habe?«

»Natürlich. Ich habe keine Ahnung …«, begann sie wahrheitsgemäß.

»Dann will ich mein Bestes tun, um es dir zu erklären.« Einen Moment lang sah er sie nüchtern an und fügte dann hinzu: »Wahrscheinlich bringt es einige traurige Erinnerungen zurück, auch wenn das nicht beabsichtigt ist. Doch das Endresultat wird gut für Laura Ashworth sein, das verspreche ich dir.«

Sie hatte keine Ahnung, wovon er redete, sie wünschte

nur, er würde zur Sache kommen. Doch Alice hatte ihr schon oft erzählt, wie umständlich Jeffrey sein konnte – typisch Anwalt.

»Vor vielen Jahren hat mich ein sehr junger Klient aufgesucht, um sein Testament aufzusetzen. Es war ein außergewöhnliches Testament. Der junge Mann hatte sehr spezielle Wünsche, an die ich mich buchstabengetreu gehalten habe. Mein Klient war Alexander Monroe.«

Laura holte Luft. »Alex! Das verstehe ich nicht.«

»Natürlich nicht. Dein Alex«, er lächelte ihr zu, »ich hoffe doch, ich darf ihn so nennen, war ein sehr vernünftiger junger Mann. Er hat mir alles über euch beide erzählt. Über eure Hochzeitspläne. Unglücklicherweise ist es dazu ja nicht gekommen. Das Schicksal hatte andere Pläne, und Alex ist gestorben.«

Eine Woge der Überraschung durchfuhr Laura, und sie stellte fest, dass es immer noch wehtat, diese Worte zu hören. All diese Versprechen, die Jugend, dahin.

»Das Testament, das er aufgesetzt hat, war sehr präzise. Im Fall seines Todes sollte sein Besitz – sein Konto, das Erbe seines Vaters und einige andere Besitztümer – zu Geld gemacht und bis zu deinem achtundzwanzigsten Geburtstag angelegt werden.«

Laura bekam große Augen. »Mein Geburtstag? Was hat das denn mit mir zu tun?«

»Du, Laura McRae Ashworth, bist Alex' Alleinerbin. Er hat dir sein gesamtes Vermögen hinterlassen, unter der Bedingung, dass man es dir nicht sagte und du es erst erben kannst, wenn du achtundzwanzig wirst. Ich glaube, er wollte, dass dein Vater erfuhr, dass er gut für dich gesorgt hätte, wenn er am Leben geblieben wäre.«

»Das hat Alex getan?« Ihre Stimme klang mehr als verwundert. »Das… das kann ich gar nicht glauben.«

»Dein Verlobter war ein vorausschauender Mann, der die Risiken seines Berufs kannte.« Er schob Laura einen Scheck hinüber und sah zu, wie sie vor Erstaunen große Augen bekam. Ein zufriedenes Grinsen umspielte seinen strengen, schmalen Mund.

»Ich – ich kann es nicht glauben«, wiederholte sie. Ihr wurde mulmig zumute, als sie die Summe auf dem Scheck wieder und wieder las. So viel Geld. Alex. Plötzlich stiegen ihr die Tränen in die Augen, als sie noch einmal mit der Tiefe seines Gefühls für sie konfrontiert wurde. Ihm hatte so viel an ihr gelegen, und dies, so hatte er vor all den Jahren beschlossen, war der beste Weg, es ihr zu zeigen, falls er einmal nicht mehr da sein sollte, um es selbst zu tun.

»Ich dachte mir, dass du dich freuen würdest. Ich war so frei, unser Honorar bereits abzuziehen, und wenn wir dir dabei behilflich sein können, dein Vermögen anzulegen, tue ich das natürlich gern.«

»Oh, ja. Natürlich.« Laura sah ihn mit ernster Miene an. »Ich kenne dich und Alice schon so viele Jahre, und du hast es die ganze Zeit gewusst und nichts gesagt.« Sie schüttelte den Kopf. »Wenn ich einmal jemanden brauche, dem man ein Geheimnis anvertrauen kann, Jeffrey, dann erzähle ich es dir.«

Er lachte. »Es war nicht immer einfach. Alice hat mir von deinen finanziellen Schwierigkeiten in der Vergangenheit erzählt. Was wirst du mit dem Geld tun, wenn ich das fragen darf?«

Sie zog die Augenbrauen hoch und ließ sie wieder sinken. »Ich weiß es noch nicht. Zuerst ein neues Haus, glaube ich.« Alex' Erbe war wie Manna. Es eröffnete ihr so viele Möglichkeiten. Sie wusste genau, was sie damit tun würde. Mit dieser unverhofften Geldquelle konnte sie sich ihren Traum verwirklichen. Denn es war so lange nur ein Traum gewesen;

jetzt konnte es mit kluger Planung und einem ordentlichen Schuss Mut Wirklichkeit werden.

Oh, danke, Alex. Er hatte alles für sie getan, und um seiner Erinnerung willen und weil er so fest an sie geglaubt hatte, würde sie ihn nicht enttäuschen.

Drei Monate, nachdem sie Alex' Erbe erhalten hatten, waren die Ashworths umgezogen. Laura fand ein hübsches Haus mit drei Zimmern und einer kleinen Wohnung über der Garage. Es lag nahe am Wasser in Double Bay. Außerdem kaufte sie Berts Anteil an den Hutgeschäften, sodass er komfortabel in einem Dorf am Meer in der Nähe von Gosford in Pension gehen konnte.

Wie vorauszusehen hatte sich Eddie gegen den Umzug gewehrt. Er wollte nicht aus der Innenstadt fort, und eines der Zugeständnisse, die Laura einging, um ihn zum Mitmachen zu bewegen, war, ihm ein neues Auto zu kaufen. Er bestand darauf, dass es der neue Holden sein musste, der gerade erst auf den Markt gekommen war und den unverschämten Preis von über sechshundert Pfund kostete. Dann musste sie Alfie ein volles Gehalt zahlen, damit er Eddie herumchauffieren und Gesellschaft leisten konnte. Allerdings weigerte sie sich, ihn in ihr Haus einziehen zu lassen. Mrs Stacy zog in die Wohnung über der Garage.

Lauras Leben ging hektisch weiter. Sie war beinahe jede wache Stunde damit beschäftigt, Entwürfe zu zeichnen und ihre beiden Geschäfte in Sydney sowie den Laden in Melbourne zu führen. Dennoch nahm sie sich die Zeit, ihren Traum zu planen – eine Kaufhausboutique für die reichen, modebewussten Frauen Sydneys.

Es war ein kühner Plan, doch sie wusste, dass der Zeitpunkt kaum besser sein konnte. Nach dem Ende des Zweiten Weltkriegs erlebte Australien einen gewaltigen Aufschwung.

Aber dieses Vorhaben wollte gut geplant sein, und es erforderte jeden Cent, den sie auftreiben konnte, also müsste sie ihre drei Läden verkaufen.

Laura wusste genau, was sie wollte – der Traum hatte sich über Jahre unauslöschlich in ihr Gedächtnis gegraben, und sie und Bert hatten während dieser Zeit die nötigen Kontakte geknüpft. Sie wusste, wo sie Qualitätsware bekam, und das war es, was die Frauen in Sydney und im ganzen Land dazu verlocken würde, bei *Ashworths* einzukaufen.

An einem Nachmittag im Januar 1950 saßen Laura, Eddie, Jack, Madeline und Lou im Wohnzimmer der Ashworths und diskutierten über Lauras Geschäftsidee.

»Es ist eine großartige Idee, und wenn sie jemand umsetzen kann, bist du es, Laura«, sagte Madeline Sardi. Sie hatte den Blick auf ein Pappmodell eines Gebäudes gerichtet, dessen Etagen teilweise frei lagen, dann blätterte sie die detaillierten Skizzen durch, die Laura mit Hilfe eines Architekten angefertigt hatte.

»Ach, meinst du, Madeline«, warf Eddie mit verächtlicher Miene ein. »Ich finde sie völlig verrückt. Lauras Hutgeschäfte erwarten dieses Jahr ein dickes Plus. Wenn wir die Erbschaft vernünftig anlegen würden, hätten wir für den Rest unseres Lebens ausgesorgt, und du«, er zeigte anklagend mit dem Finger auf Laura, »willst das alles aufs Spiel setzen.«

Laura wurde ärgerlich. Sie hatten diese Diskussion schon mehrfach geführt.

»Eddie, ich habe dir doch gesagt, dass Hutgeschäfte keine Zukunft haben. Hüte werden immer unmoderner. Die jüngeren Frauen wollen sich lässiger kleiden. Das merkt man in der ganzen Modeindustrie. Derek French und die anderen Hutmacher wissen es längst. Viele andere kleine Geschäfte haben ihr Angebot erweitert, um zu überleben. Wenn ich meine Geschäfte verkaufe, Alex' Erbe nehme und eine Hypothek auf das Haus aufnehme, habe ich genug, um ein Gebäude in der Stadt zu kaufen, es zu sanieren und es mit allem Nötigen auszustatten. Ich will ja David Jones oder Farmer keine Konkurrenz machen. Etwas Kleineres, aber an einem guten Standort.« Sie lächelte in die Runde. »Ich habe auch schon etwas gefunden. An der Pitt Street. Zehn Meter Schaufensterfront, sechs Stockwerke, es steht leer, und es ist genau das, was ich suche.«

Jack schnippte mit den Fingern.

»Ich kenne das Haus.« Laura hatte Recht, es war perfekt geeignet. »An der Südseite der Market Street. Neunzehntes Jahrhundert, sieht viktorianisch aus. Die Besitzer haben es vergammeln lassen, also dürfte es ein Schnäppchen sein, aber du wirst viel daran tun müssen, denke ich.«

»Natürlich würde Sardi Stabilbau gern ein Angebot für die Sanierung einreichen«, sagte Lou und grinste.

»Himmel, Lou, Jack.« Eddies Ton war angewidert. »Ich dachte, ihr beide würdet ihr sagen, dass es verrückt ist. Ein Kaufhaus für reiche Frauen. Pah! Es wird uns ruinieren, das kann ich jetzt schon spüren.«

»Der Meinung bin ich nicht«, sagte Jack und wandte sich direkt an Eddie. »Es gibt in Sydney und im ganzen Land viele wohlhabende Frauen, die nur auf ein exklusives Geschäft wie *Ashworths* warten. Die Idee hat großes Potenzial. Wenn Laura nicht auf die Idee gekommen wäre, hätte es irgendwann ein anderer unternehmungslustiger Geist getan.«

»Hör zu, Eddie«, unternahm Laura noch einen Versuch, ihren Mann zu beruhigen. Sie wünschte sich seine Zustimmung, weil sie wusste, dass er ihr sonst das Privatleben zur Hölle machen würde. »Ich leugne ja nicht, dass es ein gewisses Risiko birgt, aber ich habe diesen Plan schon seit Jahren im Kopf. Ich weiß, was ich tun muss, damit das Ganze ein Erfolg wird. Es wäre einfacher, wenn ich deine Zustimmung hätte.«

Eddie spürte, wie sich vier Augenpaare bohrend auf ihn richteten, während sie auf seine Antwort warteten. Er hatte gedacht, sein Kumpel Jack würde zu ihm stehen. Andererseits war Jack ein ziemlich erfolgreicher Geschäftsmann. Er hatte gut verdient, seit er seine Firma hier aufgemacht hatte, also konnte Lauras Idee ja vielleicht auch funktionieren. Außerdem hatte sie die Kontrolle über das Geld, selbst wenn er nein sagte, konnte sie es trotzdem tun. Er war doch sowieso nichts als ein nutzloser Invalide; er hatte keinen Einfluss auf seine Frau. Was für eine Rolle spielte es also, wie er sich entschied?

»Okay, okay. Ich habe gesagt, was ich zu sagen hatte. Ich werde nicht mehr widersprechen. Außerdem«, er sah seine Frau mit einem schiefen Lächeln an, »kannst du mir ja einen Rolls kaufen, wenn du über Nacht Erfolg hast.«

Er hatte in der Zeitung gelesen, dass Rolls Royce ein neues Modell namens Silver Cloud herausgebracht hatte, das einen kraftvollen Acht-Zylinder-Motor hatte.

Während das Gespräch um ihn herum weiterging, zog sich Eddie in seine eigene Welt zurück, wie er es seit seinem Unfall häufig tat. Während er Laura verstohlen beobachtete, verschlug ihm die Energie, die sie zu umgeben schien wie ein unsichtbarer Mantel, den Atem. Niemals war sie ihm lebendiger erschienen, doch das lag nicht nur daran, dass sie im Begriff war, diesen dämlichen Traum in die Tat umzusetzen.

Seine Beine mochten ja in Ketten liegen, aber sein Gehirn nicht. Die Schlampe hatte einen anderen, deshalb strahlte sie so. Sie hatte ja reichlich Gelegenheit dazu, schließlich war sie dauernd geschäftlich unterwegs und hatte haufenweise andere Ausreden. Er verkniff sich das höhnische Lachen, das in seiner Kehle aufstieg. So viel also zu der Unschuld in ihren großen braunen Augen. Er würde herausfinden, wer der Mistkerl war, und dann… Seine Finger umklammerten die Armlehnen seines Rollstuhls. Dann würde er mit beiden abrechnen.

»Ein Rolls. Genau das Richtige, um an der Rennbahn vorzufahren und die Buchmacher eifersüchtig zu machen«, dachte Eddie laut.

Laura und Jack wechselten einen Blick, und sie zwang sich zu einem Lächeln. Immer dachte er nur an sich selbst. Ach ja, konnte sie von Eddie wirklich etwas anderes erwarten?

Sie richtete den Blick auf die anderen drei. »Und wie mache ich jetzt weiter?«

Eine Woche vor der festlichen Eröffnung von Ashworths kehrten Doktor Ruth Levi und Doktor Ben Levi mit ihren Kindern Jordana und Aidan nach Sydney zurück. Laura, Mary Ellen, Kitty und Alice Markham holten sie im Hafen ab, und am nächsten Abend gab Kitty eine großzügige Willkommensparty in ihrem Haus in Elizabeth Bay. Zu Lauras besonderer Freude hatten sie vor zu bleiben. Ruth hatte ihr so gefehlt. Ben hatte vor, an der Macquarie Street eine Praxis zu eröffnen, während Ruth auf eine Anstellung in einem Kinderkrankenhaus hoffte.

Monatelang hatte sich Laura keine Ruhe gegönnt, um den Laden an der Pitt Street in ihren Traum zu verwandeln. Ihr alter Widersacher John Badger hatte zu ihr gestanden, sodass ihr für die ersten Jahre ein hinlänglicher Überziehungskredit zur Verfügung stand, den sie allerdings so schnell wie möglich wieder auffüllen wollte.

Für Jack hatte sie kaum Zeit, auch wenn sie sich, wann

immer es möglich war, irgendwo trafen, manchmal in seiner Wohnung in Bondi, manchmal in einem kleineren Hotel. Die Zeit, die sie gemeinsam verbrachten, war immer wundervoll und immer zu kurz. Weil sie mit aller Kraft darauf hinarbeitete, ihr Geschäft vor Ostern zu eröffnen, um vom Publikum der Royal Easter Show profitieren zu können, sahen weder Caroline und Eddie noch ihre Freunde besonders viel von Laura, die nur auf ihren Traum hinarbeitete.

Im Erdgeschoss des Hauses an der Pitt Street war unter dem alten Linoleum ein Marmorfußboden zum Vorschein gekommen, der restauriert worden war. Im ganzen Haus waren die Wände zartrosa gestrichen. Die Stützsäulen im Erdgeschoss waren mit Teakfurnier verkleidet worden, das von flachen Messingringen festgehalten wurde. Französische Kristallkronleuchter und indirekte Vorhangbeleuchtung spendeten das nötige Licht, und an der westlichen Wand warteten zwei Aufzüge darauf, die Kunden in die oberen Etagen zu befördern.

Von Jack ermutigt, hatte Laura eine glamouröse Werbekampagne gestartet. Radiospots und Zeitungsanzeigen verkündeten, dass ihr Laden eine absolute Neuheit in Sydney war und kein anderes Geschäft ein ähnliches Angebot hatte.

Laura hatte das Erdgeschoss so geplant, dass man dort nach Herzenslust stöbern konnte. Hier fanden sich die feinsten Accessoires. Handtaschen, Handschuhe, Schals, Damenwäsche und Nylonstrümpfe, exklusive Pralinen, importiertes Parfüm, Kosmetik, Zigaretten und eine exklusive Schmuckabteilung. Die oberen Abteilungen waren der Kleidung vorbehalten – für den Alltag und für offizielle Anlässe, Leder und Pelze, Hüte, Schuhe, ein Schönheitssalon und ein Spezialitätenrestaurant.

Für das Restaurant, das sie zu Alex' Ehren nach dem Renndress der Jockeys *Silks* nannte, ließ sie sich auf der Rennbahn inspirieren. Als Dekoration dienten Fotos von Vollblütern und Siegern des Melbourne Cups sowie bekannten Jockeys, Pokalimitate, Siegerschleifen, Rennkleidung und Mützen. Das Restaurant besaß die Genehmigung, bis acht Uhr zu öffnen, sodass man dort vor dem Theater zu Abend essen konnte.

Laura ließ sich von Gerda Blumner dabei helfen, die Accessoires auszusuchen, und gemeinsam statteten sie das Erdgeschoss mit einem ungewöhnlichen, stilvollen Angebot aus. Die Kleidung stammte von den exklusivsten Herstellern in Sydney und Melbourne, aber auch aus Paris, London und New York. Schuhe aus Italien und Spanien gesellten sich zu handgenähter Fußbekleidung aus Sydney, und Laura würde weiterhin ausgesuchte Hüte für das Geschäft entwerfen.

Am 20. März 1950 wurde *Ashworths* vom Gouverneur von New South Wales eröffnet. Die Medien, die Laura wochenlang schamlos umworben hatte, wurden genauso königlich behandelt wie die wohlhabenden Kunden, die aus Neugier zur Eröffnung gekommen waren. Auch Persönlichkeiten aus Radio und Theater waren eingeladen, und sie mischten sich unter die Reichen und die Neugierigen.

Derek French, der als Geschäftsführer mit an Bord war, konnte berichten, dass *Ashworths* in den ersten fünf Tagen so viel eingenommen hatte, wie sie für drei Wochen erwartet hatten. Der Erfolg wurde nicht nur der Qualität des Angebots zugeschrieben, sondern auch der Bedienung.

»Qualität und Service der Extraklasse« wurde das Motto von *Ashworths*, und Derek und Laura sorgten dafür, dass Waren und Personal diesem Versprechen auch gerecht wurden.

Nach dem ersten Monat waren ihre Einnahmen den Erwartungen immer noch um fünfundzwanzig Prozent voraus.

Ashworths florierte in einem Land, dem es wirtschaftlich gut ging, und Lauras Geschäft entwickelte sich zum beliebtesten Einkaufsziel in der Stadt.

25

Jack Beaumont blickte aus seinem Hotelfenster auf den Yarra River hinunter, der träge auf die Port Phillip Bay zufloss. Sein Spiegelbild in der Glasscheibe war grimmig. Seine Augen waren zusammengekniffen, und sein Mund, der so gern lächelte, war nach unten verzogen. Doch in seinem Inneren sah es noch schlimmer aus. Er fühlte sich, als hätte er begonnen, einen langsamen Tod zu sterben. Und jetzt wurde die Zeit immer knapper.

Er hatte eine Stunde lang mit Lou telefoniert. Er saß tief in der Klemme. Lou hatte von Bekannten zu Hause erfahren, dass die New Yorker Polizei ihn in Sydney ausfindig gemacht hatte. Das FBI war davon unterrichtet worden, und man hatte einen Haftbefehl wegen Mordes an Vinnie Spinozza ausgestellt. Es konnte nicht mehr lange dauern, bis man ihn an die USA ausliefern würde. Gott, dabei schien das alles so lange her zu sein! Er hatte in den letzten vierzehn Jahren ein neues Leben begonnen. Er hatte sich sicher gefühlt, obwohl er wusste, dass Mord nicht verjährte. Lou sagte, dass schon im Lauf des nächsten Tages ein Ermittler mit einem Auslieferungsbefehl in Sydney eintreffen konnte, der dafür sorgte, dass er innerhalb einer Woche deportiert wurde.

Er setzte eine ironische Miene auf. Er hatte ja immer

schon den Verdacht gehabt, dass er sich dem Problem eines Tages stellen musste und dass Weglaufen keinen Zweck mehr hatte. Was er getan hatte, war falsch gewesen. Mario Taranto hatte Spinozzas Tod verursacht, aber er selbst hatte auch eine Rolle dabei gespielt.

Laura. Er dachte an sie, daran, was das für sie bedeuten konnte. Die Zeitungen würden sich mit Sicherheit auf die Geschichte stürzen – *Erfolgsunternehmer wegen Mordes verhaftet.* Was, wenn irgendein Journalist herausfand, dass sie eine Liebesbeziehung hatten? Es würde einen Riesenskandal geben, der Lauras guten Namen ruinieren würde. Er würde das nicht zulassen, nicht, solange er atmete.

Er stand am Fenster und fuhr sich nervös mit der Hand durch das Haar. Leider konnte er sich den Luxus nicht erlauben, seine Vorgehensweise besser zu planen. Er musste eine Reihe unangenehmer Entscheidungen treffen – und zwar sofort.

Was würde er Laura sagen? Sie hatte absolutes Vertrauen zu ihm, glaubte, dass sie alles über ihn wusste. Aber von Spinozza wusste sie nicht. Anfangs hatte er gefürchtet, er könnte sie in die Flucht schlagen, wenn er ihr von seinem Leben in New York erzählte, und dann fiel es ihm im Lauf der Jahre immer schwerer, das Thema anzuschneiden, weil ihn die Scham zum Schweigen zwang.

Jetzt wusste er, dass er in die Staaten zurückkehren musste, obwohl er wusste, dass er wahrscheinlich einer Gefängnisstrafe entgegenreiste – ganz gleich, ob ihn der Justizbeamte zuerst erwischte oder nicht.

Also musste er Abschied von Laura nehmen.

Jack erstarrte. Er ballte die Hände in den Hosentaschen zu Fäusten, und sein Atem ließ die Scheibe beschlagen. Abschied. Das Wort schnürte ihm die Kehle zu, und in seinem Kinn zuckte ein Muskel. Konnte er das? Ihm blieb keine andere Wahl, das wusste er genau. Er musste es tun, um Laura vor jeder Möglichkeit eines Skandals zu schützen. Er konnte und wollte ihren guten Namen nicht aufs Spiel setzen. Er ließ die Schultern hängen, dann richtete er sich entschlossen wieder auf.

Sie würde bald kommen. Er begann, in Lauras Hotelzimmer auf und ab zu gehen. Sie hatten diese Verabredung schon vor Wochen geplant; sie waren inzwischen in Sydney viel zu bekannt, sodass sie immer öfter verreisen mussten, wenn sie sich sehen wollten. Sie war unter dem Vorwand hier, in Melbourne ein eventuelles Ladenlokal für eine Filiale von *Ashworths* zu begutachten, und auch er war auf der Suche nach Immobilien.

Der Schlüssel klapperte im Schloss, und er wandte sich in ihre Richtung um. Er wollte sich für immer einprägen, wie sie aussah, als sie ins Zimmer kam und ihn sah. Das Lächeln, das Leuchten in ihren herrlichen Augen. Sie müsste weit reichen – diese Erinnerung.

»Jack, du bist ja schon da. Wie schön«, sagte Laura in diesem sanften, warmen Ton, in dem sie nur mit ihm sprach. Sie kam geradewegs auf ihn zu und trat in seine wartenden Arme.

Mit enormer Selbstüberwindung widerstand er dem Bedürfnis, sie an sich zu drücken, sie für immer dort festzuhalten. Er küsste sie mit einer Zärtlichkeit, die seine wahren Gefühle Lügen strafte, denn in diesem Moment begehrte er sie mit verzweifelter Heftigkeit, doch er musste versuchen, diese zu unterdrücken.

Laura von sich zu schieben, war die erste Probe. Er biss die Zähne zusammen, entfernte sich von ihr und betete so inbrünstig wie noch nie um die Kraft für das, was er tun musste.

Er setzte sie auf die Bettkante, nahm sich einen Stuhl und setzte sich ihr gegenüber hin.

Laura runzelte die Stirn. »Jack, was ist los?«

Er sandte seinen Worten einen langen, gedehnten Seufzer voraus. »Ich wollte schon lange...« Er begann von vorn. »Ich muss dir etwas sagen.«

Laura konnte die Anspannung in seiner Stimme hören, sie an seiner Haltung sehen. Instinktiv erstarrte sie ebenfalls und wartete.

»Du weißt doch, dass wir beide davon geträumt haben, dass du dich von Eddie scheiden lassen würdest und wir heiraten würden... tja, wir wissen beide, dass das nie geschehen wird.«

»Ich kann ihn doch nicht im Stich lassen, Jack. Er ist doch auf mich angewiesen.«

»Ich weiß. Aber...« Er rang um die richtigen Worte. Er musste ihr die größte Lüge seines Lebens auftischen. Er musste überzeugend wirken, um ihre Liebe für immer zerstören zu können.

»Laura, ich dachte, ich würde schon mit der Situation zurechtkommen. Die Heimlichtuerei, dann und wann die paar gestohlenen Stunden. Ich habe mir gesagt, dass es keine Rolle spielt, wenn wir nicht heiraten können, solange wir uns lieben und hin und wieder zusammen sein können. Aber jetzt begreife ich, dass ich mehr will... dass ich mehr *brauche*.«

»Was willst du denn, Jack? Dass ich Eddie verlasse? Ist es das, was du sagen willst?«

Mit versteinertem Gesicht starrte er sie an, dann fragte er: »Würdest du das tun?«

Seine Augen hatten einen Ausdruck, den sie noch nie gesehen hatte, Eiseskälte und etwas, das sie nicht definieren konnte.

»Ich würde es gern.« Und das stimmte. Von ganzem Herzen.

Aber ihr Leben lang hatte man ihr gewisse Verhaltensregeln eingetrommelt. Durch ihr langes Verhältnis mit Jack hatte sie bereits eine dieser Regeln gebrochen, doch die Liebe hatte ihr Gewissen beruhigt. Sie hatte Eddie vor dem Altar etwas geschworen – in guten wie in schlechten Zeiten –, und sie war gesetzlich und moralisch an ihn gebunden. Wenn er nicht zum Krüppel geworden wäre, hätte sie den Mut gefunden, ihn zu verlassen. Jetzt aber …

»Ich kann es nicht.«

Er seufzte. »Ich dachte mir, dass du das sagen würdest.« Er hielt die Lüge noch einen Moment zurück, dann sprach er sie aus. »Und das ist das Problem. Mich so mit dir zu treffen, tja, es reicht mir nicht mehr.«

Sie wurde von Panik ergriffen, die sich über ihren ganzen Körper legte, bis sie nur noch eine merkwürdige Taubheit verspürte. Dann fragte sie mit einer Stimme, die sie kaum als die ihre erkannte: »Was willst du mir damit sagen?«

Tränen stiegen ihr in die Augen und liefen ihr über die Wangen.

»Ich will dich nicht verlieren, Jack. Du bist das Wunderbarste in meinem Leben.«

Bring es hinter dich, befahl er sich, bevor du den Mut dazu verlierst. In völlig emotionslosem Ton sagte er zu ihr: »Ich denke, was ich sagen will, Laura, ist … auf Wiedersehen. Ich gehe zurück nach Amerika.«

Wahrscheinlich in eine Gefängniszelle. Aber das war jetzt auch egal.

»F-für wie lange?«

»Für unbestimmte Zeit.«

»W-was ist mit mir? Was ist mit uns?« Sie konnte nicht glauben, was sie gerade gehört hatte. Er gab ihr den Laufpass. Und was noch schlimmer war, sie konnte an seinem vorgeschobenen Kinn und der Härte in seinen Augen sehen, dass er jedes Wort ernst meinte.

Der Schmerz in ihren Augen machte auch ihn fast blind, das Bohren in seiner Brust war kaum zu ertragen. Er musste in seinem Leben schon oft brutal sein, aber das hier! Mach weiter. Zerstöre ihre Liebe zu dir. Tu's endlich, zum Kuckuck. Er zwang die Worte heraus.

»Ich will ein normales Leben. Ich will mit meiner Frau am Arm über die Straße gehen können. Ich will ein Zuhause und Kinder. Du«, er starrte ihr unerbittlich in die Augen, »kannst mir nichts davon geben. Ich gehe, und ich hoffe, dass ich eines Tages jemanden finde, der es kann.«

Selbst wenn ihr Leben davon abgehangen hätte, hätte sie nichts sagen können. Tief im Inneren wurde sie von Angst verzehrt, die ihr alle Kraft und Hoffnung nahm. Sie verstand es nicht! Nach all dieser Zeit. Ein Leben ohne Jack. Seine Liebe, seine Umarmungen. Oh, Gott –

So monoton, als sei sie nur eine Bekannte, nicht seine Geliebte, fuhr er fort.

»Ich habe dafür gesorgt, dass sich Lou und Madeline um meine Geschäftsinteressen kümmern. Madeline wird sich um meine Läden kümmern und meine Investitionen verwalten, bis ich entscheide, ob ich sie verkaufe oder nicht.« Er starrte blind auf die beigefarbene Tapete, ganz gleich, wohin, solange er ihr nicht in die Augen sehen musste.

»Auf lange Sicht ist es besser so. Das wirst du mit der Zeit schon einsehen.«

In Lauras Innerem zerbrach etwas. Er verließ sie, einfach so, und tat, wozu er Lust hatte. Zum Teufel mit ihm. Voll Schmerz und Wut schrie sie ihn an.

»Besser für wen? Ich bin doch diejenige, die all die Risiken eingegangen ist. Ich bin es, die jahrelang Ehebruch begangen hat. Was für eine Närrin bin ich doch gewesen. Ich habe das alles riskiert, weil ich an unsere Liebe geglaubt habe. Ich dachte, du liebst mich genauso.«

Obwohl es ihn alles kostete, zuckte er mit den Achseln, als wäre ihm das völlig gleichgültig.

»Laura, wir könnten jetzt stundenlang darüber diskutieren, aber wozu soll das gut sein? Es läuft auf dasselbe hinaus. Ich habe nichts mehr davon. Ich will mehr, als du mir geben kannst, und ich muss es mir irgendwo anders suchen.«

Seine plötzliche Härte schockierte sie so, dass ihre Wut verflog. Sie konnte nicht klar genug denken, um mit ihm zu diskutieren, ihn zu überreden oder ihn auch nur anzuflehen, dass er blieb. Ein Teil von ihr war taub, doch unbewusst hatte sie es kommen sehen. Ihm war schon seit einiger Zeit anzusehen gewesen, wie unzufrieden er mit ihrer Beziehung war. Sie hatte die Zeichen ignoriert, weil sie der Wahrheit nicht ins Gesicht sehen wollte. Einer Zukunft ohne Jack. Heilige Mutter Gottes, hilf mir, das zu überleben.

»Also gut. Ich werde Eddie verlassen, ich …«

Jack schüttelte erneut den Kopf, und sein Lächeln war mit Traurigkeit versetzt.

»Du könntest nicht mit deinem Gewissen leben, wenn du das tätest. Außerdem würde es jede Menge schlechte Presse für *Ashworths* bedeuten.«

»Das ist mir egal.« Alles, was zählte, war Jack. Dass er sie nicht verließ.

»Das sagst du jetzt, aber du meinst es nicht. Akzeptiere es, Laura. *Es ist vorbei.*«

In diesem Moment wurde es ihr klar. Er wollte gehen! Sie starrte ihn an, als sähe sie ihn zum ersten Mal wirklich, und was sie da sah, hatte kaum etwas mit dem Mann zu tun, den sie zu kennen glaubte.

»Weil du es sagst?«

»Ganz genau!« Er zwang sich zu der Heftigkeit in seiner Stimme und bemühte sich dann um einem gleichgültigen Ton.

»Hör zu, ich schreibe dir, wenn ich mich zu Hause niedergelassen habe.« Natürlich hatte er keinerlei Absicht, ihr zu schreiben. Was er vorhatte, war, sich in Los Angeles den Autoritäten auszuliefern. »Ich weiß noch nicht, was ich tun werden, aber in Amerika gibt es so viele Möglichkeiten. Ich werde mir eine suchen und jemanden finden«, fast wäre er an den Worten erstickt, »mit dem ich sie teilen kann.« Er sollte gehen. Sofort. Für einen scharfen, sauberen Bruch sorgen. Er griff nach seinem Jackett und seiner Aktentasche und ging auf die Tür zu.

»Jack, nein …«

»Auf Wiedersehen, Laura. Viel Glück.«

Laura hörte, wie sich die Hotelzimmertür klickend hinter ihm schloss, und brach auf dem Bett zusammen. Sie zitterte, als hätte sie plötzlich Schüttelfrost bekommen. Sie starrte zur Decke und spielte die Szene, die sich gerade abgespielt hatte, in Gedanken wieder und wieder durch. Das hier war ein Albtraum. Sie hatte ja schon öfter Albträume gehabt. Jack würde nicht gehen, er würde zurückkommen. Er war nur frustriert, ja, frustriert über ihre Situation.

Stundenlang lag sie reglos da und dachte nach, und dann kam eine furchtbare Ruhe über sie. Er würde nicht zurückkommen. *Niemals*. Der Mann, den sie seit zehn Jahren zu kennen und zu lieben geglaubt hatte, war gerade einfach so aus ihrem Leben gegangen.

Für immer.

26

Als Kitty, Mary Ellen und Ruth erfuhren, dass Jack Laura verlassen hatte und wie schwer es sie getroffen hatte, beharrten sie mit vereinten Kräften darauf, dass sie wenigstens kurz allein Urlaub machte. Laura erfuhr nie, was Kitty zu Eddie gesagt hatte, und es interessierte sie auch nicht.

Vielleicht hatte Kitty ihn ja gewarnt, seine Frau stünde nach Jahren der pausenlosen Arbeit vor einem Nervenzusammenbruch, vielleicht hatte sie auch einfach nur gesagt, dass Laura einmal eine Pause brauchte. Ganz gleich, warum, jedenfalls äußerte er keinerlei Einwände dagegen, dass sie eine Woche in Kittys Strandhaus in Coogee verbrachte. Und Laura, die es liebte, alles zu organisieren, ließ es völlig untypischerweise geschehen, dass andere für sie organisierten. Es war, als hätte sie emotional wie körperlich das Ende ihrer Energiereserven erreicht und könnte sich keinen Zentimeter mehr bewegen.

Zuerst war es ihr schwergefallen, nichts zu tun, als Zeitungen, Bücher oder Magazine zu lesen, sich auf der gefliesten Terrasse zu sonnen oder am Strand entlangzuwandern und nachzudenken. Sie konnte nicht anders, als die Erinnerungen an ihre Zeit mit Jack Revue passieren zu lassen. Es war so herrlich gewesen. Er fehlte ihr so sehr. Mit jedem Atemzug dachte sie an Jack. Ganz gleich, wie sehr er sie verletzt hatte, sie würde ihn immer lieben.

Es dauerte vier Tage, bis sie sich daran gewöhnt hatte, sich zu entspannen, anstatt morgens zu *Ashworths* zu hetzen, doch dann entspannten sich ihre Nerven, und schließlich begann sie, die Situation zu akzeptieren. Am fünften Tag erinnerte sie sich an einen der wichtigsten Grundsätze ihrer Mutter. Ändere, was du ändern kannst, und akzeptiere, was du nicht ändern kannst. Das wäre für den Rest ihres Lebens ihr Credo.

Als sie dann mit ihren Erinnerungen abschloss, richteten sich ihre Gedanken auf *Ashworths* und auf Caroline – das wäre ihre Rettung.

Im Frühsommer 1956 kam ein Brief von Jack. Madeline Sardi las ihn ohne jeden Kommentar, dann reichte sie ihn ihrem Mann, der gerade mit dem Frühstück fertig war.

Lou überflog den zweiseitigen Brief, dann pfiff er leise vor sich hin.

»Himmel … das hatte ich nicht erwartet.«

Der Brief beschrieb Jacks Verhandlung in New York.

Man hatte ihn und Mario Taranto der Brandstiftung in Spinozzas Restaurant angeklagt und gab ihm die Schuld am Tod von Vinnie Spinozza. Mario, der bereits eine fünfzehnjährige Gefängnisstrafe absaß, hätte gern den Kronzeugen gegeben und behauptete, Jack hätte gewusst, dass sich Vinnie in dem Haus befand, als er die Brandbomben warf. Doch den eindrucksvollen Bemühungen von Jacks Anwalt, der die Glaubwürdigkeit eines bereits verurteilten Zeugen in Frage stellte, war es zu verdanken, dass die Anklage auf Totschlag reduziert worden war.

Im Zeugenstand hatte Jack seine Version der Ereignisse erzählt und aufrichtige Reue über Vinnies Tod gezeigt. Dennoch hatten ihn die Geschworenen für schuldig befunden, und der als streng bekannte Richter hatte ihn zu zehn Jahren verurteilt.

Madeline schnalzte mitfühlend mit der Zunge.

»Sollten wir es Laura sagen? Sie ist immer noch bestürzt, weil er ihr nie geschrieben hat. Jedes Mal, wenn wir uns sehen, fragt sie nach ihm, und ich muss ihr sagen, dass ich nur weiß, dass er eine Adresse für seine Geschäftspost hinterlassen hat. Ich habe nicht das Gefühl, dass sie mir glaubt.«

Lou schüttelte heftig den Kopf.

»Wir haben Jack doch versprochen, es nicht zu tun. Er wollte nicht, dass sie erfährt, dass sie einen Verbrecher geliebt hat. Deshalb hat er ja die Verbindung zu ihr abgebrochen. Jack hat gewusst, dass er im Gefängnis landen würde. Aber zehn Jahre, lieber Himmel. Dann ist er ja fast fünfzig, wenn er herauskommt.«

»Armer Jack«, sagte Madeline mitfühlend. »Erst das mit Laura, und jetzt das.«

»Ja.« Lou stand vom Tisch auf und legte den Arm um seine Frau. »Jack ist zäh. Er wird es überleben. Er muss.«

»Komm schon, Morning Sun, komm schon, mein Schätzchen«, murmelte Eddie vor sich hin. Er saß in seinem Rollstuhl auf der Ehrentribüne des Warwick Farm Racecourse und sah zu, wie das Feld aus der Kurve kam und auf die Zielgerade ging.

Er hatte fünfzig Pfund auf Morning Sun gesetzt, der Schimmel lag an zweiter Stelle und hielt gut mit. Doch hundert Meter vor dem Ziel begann das Pferd zu ermüden.

»Komm schon, komm schon!«

Der Jockey schlug unbarmherzig auf sein Pferd ein, aber…

»Schindmähre!« Eddie setzte das Fernglas ab und fluchte. Man sollte den Gaul an die Leimfabrik verkaufen. Er betrachtete den Wettschein in seiner Hand und kochte vor Wut. Dann riss er das Papier angewidert in vier Stücke und warf sie zu Boden.

Alfie Fredericks, ein untersetzter Mann mit einem Gesicht, das die Spuren einiger zorniger Huftritte trug, kam zu ihm und setzte sich neben den Rollstuhl. Er reichte Eddie den bestellten Whisky.

»Wie ist es für dich ausgegangen, Kumpel?«

»Schlecht. Morning Sun. Mistgaul. Gute Chancen, bisher gute Erfolge, und was wird er? Vierter.«

»Ich habe mit Three's A Crowd richtig gelegen.«

»Schön für dich«, sagte Eddie säuerlich.

Alfie sah ihn sich genauer an, und jetzt fiel ihm auf, wie blass Eddie war und wie seine Hände zitterten, als er das Glas an die Lippen hob.

»Himmel, Eddie, du siehst aber nicht gut aus.«

»Natürlich nicht. Ich habe heute zweihundert Pfund verloren.«

»Oh.«

Alfie wusste, wann es besser war, den Mund zu halten. Er wusste auch, dass Eddie mit Frank McRae unter einer Decke steckte. Eddie verbrachte jede Woche einen halben Tag mit Franks Buchführung. McRaes Lastwagenflotte war gemeinsam mit Beaumonts Elektrogeschäften gewachsen, und seit dem vorigen Jahr übernahm er auch Überlandtouren. Mit Franks Buchführung – kreativer Buchführung – verdiente sich Eddie das Geld für seine Wetten. Von seiner Frau bekam er es nämlich nicht.

Doch zweihundert Pfund zu verlieren, war eine Menge, selbst für Eddie, dessen Ruf als Unglücksrabe inzwischen legendär war.

Eddie zählte die Geldscheine, die er noch in der Brieftasche hatte. Er reichte Alfie einen Zwanziger.

»Setz das im letzten Rennen auf Black Sultan.«

»Äh, bist du sicher, Eddie? Die Chancen stehen ziemlich schlecht. Es heißt, das Pferd ist nicht in Form. Es hat sich gerade erst von einer Krankheit erholt.«

Plötzlich packte Eddie Alfies Handgelenk.

»Ich möchte keinen Vortrag hören. Bring einfach das verdammte Geld zum Wettschalter, ja?«

»Schon gut, schon gut«, beruhigte ihn Alfie. Er trank sein Bier aus, dann stand er auf, um zu tun, was sein Brötchengeber verlangte. Eddie war ziemlich unleidlich, wenn er eine Pechsträhne hatte. Und wenn Eddie verlor, musste er seinen Kummer im Alkohol ertränken.

Alfie mochte Eddie Ashworth, doch gleichzeitig tat er ihm auch leid. Der Mann war sein bester Freund, eigentlich sogar sein einziger Freund, aber manchmal war er schwer zu ertragen. Im Lauf der Jahre hatte er immer wieder mit angesehen, wie Spieler in den Teufelskreis gerieten, in dem auch Eddie gefangen war, bis ihr Leben ein einziger Sumpf wurde, genau wie Eddies.

Und dann war er auch noch ein Krüppel. Armer alter Eddie. Er hatte wirklich nicht viel Glück, abgesehen davon, dass er eine hübsche Tochter und eine schöne, reiche, kaltherzige Frau hatte. O ja, er wusste alles über sie. Er wusste, dass sie lange eine Affäre mit Jack Beaumont gehabt hatte, bis der sich nach Amerika abgesetzt hatte. Eddie hatte einen Schnüffler auf sie angesetzt und es herausgefunden. Gott, er war krank vor Eifersucht gewesen. Tja, Alfie vermisste Jack Beaumont jedenfalls nicht.

Wenigstens benahm sich Laura Ashworth jetzt wie eine anständige Ehefrau, obwohl Eddie Derek French oder Markham, den Anwalt, im Verdacht hatte. Ja, so war Eddie, voller Argwohn, sobald jemand seine Frau auch nur von der Seite ansah.

So mancher hätte vielleicht versucht, mit dem zufrieden zu sein, was er hatte, aber Eddie Ashworth nicht. Alfie hatte mit angesehen, wie sich sein Zustand seit seinem Unfall kontinuierlich verschlechterte, er kannte Eddies körperliche und mentale Schwächen besser als jeder andere. Der Mann verzehrte sich innerlich vor Bitterkeit wegen des Unfalls, aber auch, weil seine Frau so erfolgreich war. Es war wirklich eine

Schande. Eddie hätte mehr Glück verdient, nicht nur beim Pferderennen, sondern allgemein.

Eddie hatte Jahre zuvor zu ihm gestanden, als ihm der Jockeyverband das Leben schwer gemacht hatte, also würde er jetzt auch zu ihm stehen. Um jeden verdammten Preis.

Der Stoff des hautengen schwarzen Samtabendkleids kribbelte auf ihrer Haut, als Laura hineinschlüpfte. Es war tief ausgeschnitten, aber nicht zu tief, und wirkte besonders elegant durch die langen Ärmel, die ihr bis zur Hälfte der Hand fielen. Das Oberteil saß wie angegossen, und von den Hüften an fiel der Stoff gerade zu Boden. Am rechten Bein war es bis zum Oberschenkel geschlitzt. Schwarze Lederpumps vervollständigten ihre Garderobe, und auf dem Bett lag ihr schwarzer Chinchillapelz, den sie mitnehmen würde, falls es später kühl wurde.

Sie betrachtete sich kritisch und drehte sich vor dem Ankleidespiegel hin und her. Die Kreation aus Paris war jeden unverschämten Franc wert, den sie dafür bezahlt hatte. Aber welchen Schmuck sollte sie dazu tragen?

Zwischen den teuren Parfümflaschen auf ihrer eleganten Ankleidekommode standen mehrere Schmuckschatullen. Sie setzte sich auf den gepolsterten Hocker, um etwas Passendes auszusuchen. Das Kleid war eigentlich schon auffällig genug – sie hatte es extra für den heutigen Ball im Government House gekauft –, sodass sie eigentlich nur noch etwas ganz Schlichtes brauchte. Sie durchsuchte erst eine Schatulle, dann noch eine, ohne etwas zu finden, das ihr zusagte. In der dritten Schatulle waren viele ältere Schmuckstücke, sie öffnete sie dennoch und sah ihren Inhalt durch.

Der Schmetterling. Perfekt. Ihre Finger schlossen sich um eine Brosche in Form eines Monarchfalters. Sie hatte sie seit Jahren nicht mehr getragen, es nicht über sich gebracht, weil

Jack sie ihr geschenkt hatte. Sie legte sie in ihre Hand und strich mit dem Daumen über das kleine, elegante Schmuckstück, während sie daran dachte, warum es ihre Gefühle so berührte. Eines Abends hatte sie Jack eine Geschichte aus ihrer Kinderzeit erzählt, von Frank, der einen Monarch getötet und sie damit zum Weinen gebracht hatte. Zwei Wochen später hatte ihr Jack die Brosche und dazu passende Ohrringe geschenkt.

Der Schmetterling bestand aus schwarzem Elfenbein und Golddraht, und das Muster des Schmetterlings war mit Topasen und gelben Diamanten nachempfunden. Dazu passende Ohrringe mit denselben Steinen. Sie hatte Jacks Geschenk wie einen Schatz gehütet, es aber nur selten getragen, weil sie Angst hatte, dass Eddie sich erkundigen würde, woher es kam. Heute zuckte sie rebellisch mit den Achseln, steckte die Brosche an den V-Ausschnitt des Kleids und zog dann die Ohrringe an. Fantastisch! Genau das Richtige.

Ihr Blick fiel erneut auf die Brosche. Jack, wo bist du jetzt? Bist du glücklich? Hast du jemanden gefunden, den du liebst?

Hör auf damit, befahl sie sich selbst. Im Lauf der Jahre hatte sie es sich einigermaßen erfolgreich angewöhnt, nicht zu oft an Jack zu denken. Sie sorgte dafür, dass sie immer beschäftigt war, selbst jetzt, da sie reicher war, als sie es sich je hätte träumen lassen, und sie die Führung ihres Geschäftes getrost Derek French und Eleanor Strachan hätte überlassen können. Ihre beiden Häuser in Sydney und Melbourne waren nach wie vor ein gigantischer Erfolg. Ihr Mund verzog sich zu einem ironischen Lächeln.

Sie konnte sich wahrheitsgetreu sagen, dass sie alles hatte. Erfolg, finanzielle Sicherheit, gesellschaftliche Bedeutung. Sie reiste jedes Jahr nach Übersee, nach Paris oder Italien, nach London oder Hongkong, und es fehlte ihr an nichts. Caroline besuchte Kincoppal, ein exklusives Internat in Sydney. Im letzten Schuljahr kam sie an den Wochenenden nach Hause. Ihre Tochter war ein kluger Kopf und eine begabte Klavierspielerin, was Eddie besonders stolz machte.

Eddie. Als sie an ihren Mann dachte, versiegte ihr Lächeln, dann gefror es. Es gab keinen anderen Ausdruck dafür, Eddie war der Fluch, der auf ihrem Leben lastete. Kleinlich, kritisch, eifersüchtig auf ihren Erfolg und immer noch besitzergreifend wie ein Wahnsinniger! Seine Wettsucht und sein Alkoholismus wurden immer schlimmer. Sie hatte ihn vergeblich angefleht, sich in ärztliche Behandlung zu begeben, schließlich hatten sie eine Vereinbarung getroffen.

Ihr Leben war friedlicher, wenn sie einander aus dem Weg gingen, und außer beim Essen und bei unumgänglichen Themen sprachen sie kaum noch miteinander.

Im vergangenen Jahr hatte sie ihm den heiß begehrten Rolls Royce gekauft, Alfies Gehalt erhöht und Mrs Stacy angewiesen, darauf zu achten, dass er anständig aß. Hin und wieder besuchten sie gemeinsam einen gesellschaftlichen Anlass, so wie den heutigen Ball, aber meistens ließ sie sich von Derek French oder Jeffrey Markham begleiten, der seit zwei Jahren Witwer war, weil Alice an Krebs gestorben war.

Weil sich Eddie hartnäckig geweigert hatte, aus dem Haus in Double Bay auszuziehen, als sie etwas Größeres kaufen wollte, hatte sie sich damit beschäftigt, es zu vergrößern, zu renovieren und zu modernisieren. Weil sie immer wieder Stücke aus Übersee mitbrachte, war ihr Haus eine Schatztruhe voller Antiquitäten, Bilder und handgefertigter Möbel.

Die Edelsteine der Brosche glitzerten im Licht, und als sie in den Spiegel der Ankleidekommode schaute, sah sie unvergossene Tränen aufschimmern. Warum? Tränen um das, was hätte sein können? Vielleicht. Tränen um all die Jahre, die sie ohne *ihn* verschwendet hatte? Mit Sicherheit. Sie schloss die

Augen und ließ eine Träne über ihr geschminktes Gesicht laufen, während sie Jack vor ihrem inneren Auge heraufbeschwor. Sie vermisste ihn mit Leib und Seele, genau wie an jenem Tag, an dem er sie in Melbourne verlassen hatte. Daran hatte sich seit vier Jahren nicht das Geringste geändert. Die Liebe, die Hingabe, die Sehnsucht waren unverändert geblieben, überdeckt von ihrer Schicksalsergebenheit und der weltgewandten Maske, die der Reichtum und der Erfolg mit sich gebracht hatten.

Erfolg. Früher einmal war er ihr Antrieb gewesen wie sonst nichts auf der Welt, bis sie eine beneidenswerte Position in der Geschäftswelt von Sydney erreicht hatte. Ihr Blick wanderte durch das geräumige Schlafzimmer. Überall sah man den Luxus, in ihrem Chippendalesofa, der Louis-XIV-Uhr auf dem Kaminsims oder dem belgischen Plüschteppich.

Oh, Mama, Papa. Hätten sie doch nur sehen können, wozu es ihr kleines Mädchen gebracht hatte. Aber bist du glücklich? Sie konnte die Frage ihrer Mutter glasklar hören. Sie achtete darauf, zu beschäftigt zu sein, um über das Glücklichsein nachdenken zu können. Noch einmal blickte sie auf Jacks Brosche hinunter und erinnerte sich an eine Zeit, in der sie überglücklich gewesen war. Oh, Gott, welche Hoffnung blieb ihr jetzt noch auf Glück?

Mit geschlossenen Augen hauchte sie einen Seufzer in das leere Zimmer und gestand sich endlich ein, dass der Erfolg eine leere Errungenschaft war. Ohne Jack war ihr Triumph nichts wert. Sie hatte doch alles, was eine Frau vom Leben wollen konnte, oder nicht? Und doch hatte sie das Gefühl, ohne den geliebten Mann an ihrer Seite nichts zu besitzen, was irgendeinen Wert hatte. Plötzlich riss sie die Augen auf und starrte ihr Spiegelbild an, die Wahrheit traf sie wie ein Fausthieb zwischen die Augen.

Ohne ihn war ihr Leben eine leere Hülle, ein Schwindel. So viele Jahre. Die Tatsache, dass er nicht zurückgekommen war, konnte nur eines bedeuten – dass er eine andere gefunden hatte, die er liebte. Sie seufzte erneut, stand auf und nahm den Pelzmantel vom Bett. Eddie würde schon an der Haustür auf sie warten.

Der Ausdruck ihrer braunen Augen verhärtete sich, und ihr Gesicht nahm einen strengen Zug an. Lass dich scheiden, sagte plötzlich eine Stimme in ihrem Kopf. Im Gegensatz zu früher kannst du es dir jetzt leisten. Damals hattest du nicht den Mut, um diesen Schritt zu tun. Doch jetzt hatte sie ihn.

Mit großen Augen gestand sie sich ein, dass es die Wahrheit war. Kurz nach Eddies Unfall war ihr die Vorstellung, ihn sich selbst zu überlassen, ein Gräuel gewesen. Selbst als Jack ihr ein Ultimatum gestellt hatte, war sie vor dieser schweren Entscheidung zurückgeschreckt. Nun, das war jetzt vorbei. Sie und Eddie lebten sowieso fast vollkommen voneinander getrennt. Außerdem betrachtete die Gesellschaft Scheidungsfälle inzwischen weniger stirnrunzelnd, auch wenn die katholische Kirche ihre Haltung nicht geändert hatte. Doch was kümmerte sie das, wo sie doch sowieso nicht mehr zur Kirche ging?

Sie richtete sich auf. Ja. Sie konnte es sich leisten, Eddie ein bequemes Leben zu ermöglichen, und er brauchte sie nicht mehr, weil sich Mrs Stacy um ihn kümmerte. Und schließlich blieb ihm doch seine alles verzehrende Leidenschaft – Pferdewetten.

Sie betrachtete sich im Spiegel und studierte jede Kontur haargenau. Mit achtunddreißig war sie immer noch relativ jung. Warum sollte sie den Rest ihres Lebens an Eddie vergeuden? Auch wenn sie Jack nicht haben konnte, konnte sie sich doch wenigstens von Eddie befreien, was ihr ein geringes Maß an Glück bescheren würde und, was noch viel wichtiger war, Frieden.

Sie würde keinen Tag mehr verschwenden. Morgen würde sie sich mit Jeffrey Markham in Verbindung setzen und sich seinen Rat zu einer Scheidung einholen.

Lou würde sie umbringen, doch es war ihr egal.

Wenn Madeline Sardi sich etwas in den Kopf setzte, war sie nicht davon abzubringen. Seit Jacks Rückkehr nach Amerika hatte sie sein Geschäft verlässlich zu einem Imperium ausgebaut, das sich über die ganze Ostküste und viele größere Städte im Inland erstreckte. Ihr Fleiß hatte Jack Beaumont zu einem sehr reichen Mann gemacht.

Gestern hatte sie einen Brief von Jack bekommen, den er eine Woche nach seiner Entlassung geschrieben hatte. Das hatte sie zu diesem Schritt bewogen.

Laura Ashworth hatte es verdient, die Wahrheit zu erfahren. Dann konnte sie damit tun, was sie wollte. Seit über vier Jahren brannte Madeline darauf, der Frau, die sie mit großem Stolz ihre Freundin nannte, den wahren Grund zu erzählen, warum Jack sie verlassen hatte. Einen besseren Zeitpunkt als jetzt, da er ein freier Mann war und Laura ihr von ihren Scheidungsabsichten erzählt hatte, konnte es nicht geben. Wenn es zwei Menschen gab, die es verdienten, glücklich zu werden, waren es Laura und Jack.

Während sie sich mit besonderer Sorgfalt für ihr gemeinsames Mittagessen mit Laura bei *Silks* ankleidete, ging Madeline noch einmal durch, was sie sagen würde.

Erst als ihre Vorspeisen schon auf dem Tisch standen, machte es Laura, die spürte, dass Madeline etwas auf dem Herzen hatte, ihrer Freundin leicht.

»Du machst einen angespannten Eindruck, Madeline. Hattest du Streit mit Lou?«

Madeline schüttelte den Kopf und lächelte ironisch.

»Noch nicht. Allerdings werden wir heute Abend Streit bekommen, wenn er erfährt, was ich dir erzählt habe.«

Laura wurde neugierig und lächelte ermutigend.

»Es geht um Jack.«

»Jack?« Lauras Lächeln verblasste. »Geht es ihm gut? Was ist denn mit ihm?«

»Ihm fehlt nichts, keine Angst. Hör zu, Laura, er und Lou werden mich umbringen, das weiß ich, aber das Risiko gehe ich ein.« Sie holte tief Luft. »Jack ist im Gefängnis gewesen. Er ist jetzt entlassen worden ...«

Während des Essens, das keine von ihnen angemessen würdigte, erzählte Madeline Laura die ganze Geschichte. Warum Jack Australien verlassen hatte, der Prozess und das Gnadengesuch, mit dem Jacks Strafe auf vier Jahre verkürzt worden war, nachdem Flick Taranto auf dem Sterbebett bezeugt hatte, dass Jack keine Ahnung von Spinozzas Anwesenheit gehabt hatte, als er den Brand legte. Jetzt, da er frei war, hatte Jack beschlossen, ein Ferienhotel am Lake Tahoe zu kaufen, weil er hoffte, dass sein Sohn eines Tages mit in dieses Geschäft einsteigen würde.

Der Kellner brachte ihren Kaffee. Laura lehnte sich totenbleich auf ihrem Stuhl zurück und versuchte zu begreifen, was Madeline ihr gerade erzählt hatte.

Eine Mordanklage gegen Jack, die dann in Totschlag abgewandelt wurde. Im ersten Moment hatte sie das mehr schockiert, als sie sich eingestehen mochte. Der Mann, den sie liebte, hatte einen anderen getötet. Das war ein harter Brocken, doch sie glaubte ihrer Freundin, dass Jack unschuldig war, dass Mario Taranto das Ganze eingefädelt hatte. Der arme Jack – fast fünf Jahre im Gefängnis, weil er unabsichtlich den Tod eines anderen verursacht hatte.

Und dann fiel plötzlich der Groschen. Die verletzende Szene

in Melbourne. Jack hatte gar nicht aufgehört, sie zu lieben. Er wollte sie schützen.

Ein strahlendes Lächeln breitete sich über ihr Gesicht. Es gab keine andere Frau.

»Was denkst du gerade?«, fragte Madeline.

»Ich denke, dass du mir sagen wirst, wie ich Jack erreichen kann. Ich will ihn anrufen.«

In Madelines Grinsen spiegelte sich ihre Genugtuung wider.

»Mit dem größten Vergnügen, meine Liebe.«

Sie öffnete ihre Handtasche und reichte Laura ein zusammengefaltetes Stück Papier.

27

Ein verträumtes Lächeln umspielte Lauras Lippen, als sie daran dachte, wo sie in vier Tagen wäre. Hawaii. Seit sie beschlossen hatte zu handeln, sich mit Jack in Verbindung zu setzen und sich in Bezug auf eine Scheidung beraten zu lassen, hatte sie keine Sekunde geruht. Jeffrey hatte sie an einen Scheidungsspezialisten weiterempfohlen, der bereits dabei war, ihre Papiere aufzusetzen.

Dann hatte sie Jack angerufen, ihr Herz schlug jetzt noch schneller, als sie sich daran erinnerte, wie sie zum ersten Mal nach so langer Zeit seine Stimme gehört hatte. Es war wunderbar gewesen, mit ihm zu sprechen, auch wenn es pausenlos in der Leitung geknackt hatte. Seine Stimme hatte überrascht geklungen, als sie ihren Namen sagte, doch dann hatte er sich anscheinend gefreut. Sie hatten sich eine Stunde lang unterhalten, und schließlich hatte er Honolulu als Treffpunkt vorgeschlagen, weil es auf halbem Weg zwischen den USA und Australien lag.

Jetzt saß sie an ihrem Schreibtisch und musste sich eingestehen, dass der Gedanke an das Zusammentreffen sie nervös machte. Wäre es wieder so wie damals? Sie hatten sich beide in den fünf Jahren sehr verändert. Er klang stiller und härter nach seinem Gefängnisaufenthalt, und ... auch sie war nicht mehr dieselbe.

Sie hob hartnäckig das Kinn und schob ihre Zweifel beiseite. Sie musste es tun. Sie musste herausfinden, ob Jack noch etwas für sie empfand.

»Ich ... kann nicht glauben, dass du das getan hast, Eddie.« Vor lauter unterdrückter Wut bekam Laura die Worte kaum heraus, als sie ihrem Mann am Samstagabend beim Essen gegenübersaß.

»Mama, es war doch nicht schlimm«, verteidigte Caroline ihren Vater. »Ich fand es schön. Und ich habe sogar gewonnen.«

»Darum geht es nicht, Caroline. Dein Vater weiß, was ich vom Glücksspiel halte.«

»Hör doch auf, aus einer Mücke einen Elefanten zu machen, zum Kuckuck«, herrschte Eddie Laura an. »Caro ist doch kein kleines Mädchen mehr. Es wird Zeit, dass sie ein paar Dinge lernt, die man als Erwachsener tut.«

Seine lässige Einstellung brachte das Fass für Laura zum Überlaufen.

»Caroline, bitte geh in dein Zimmer«, sagte sie, so ruhig sie konnte. »Ich möchte allein mit deinem Vater sprechen.«

Eddie sah seine Tochter achselzuckend an und zwinkerte ihr zu.

»Geh nur, Schatz. Ich nehme an, deine Mutter wird mir jetzt die Meinung sagen.«

Laura überzeugte sich davon, dass die Tür geschlossen war, bevor sie das Wort ergriff.

»Jetzt reicht es, Eddie. Ich habe genug. Caroline zur Rennbahn mitzunehmen, ihr zu zeigen, wie man wettet. Es ist … zu viel. Glaubst du, ich möchte, dass sie so endet wie du? Ist es das, was du dir für sie wünschst?«

Immerhin stieg ihm eine schuldbewusste Röte ins Gesicht.

»Was du hast, Eddie, ist eine Krankheit. Eine Krankheit! Ich habe mich schon mit diversen Ärzten darüber unterhalten, aber du willst dir ja nicht helfen lassen, und ich kann dich nicht dazu zwingen.« Sie starrte ihn aufgebracht an. »Ich werde nicht zulassen, dass unsere Tochter denselben Weg geht wie du.«

»Himmel, ein Tag auf der Rennbahn. Das ist doch wirklich ein bisschen übertrieben, oder nicht?«, konterte er mit einem böswilligen Grinsen.

Vielleicht, aber die Tatsache, dass er die Dreistigkeit besaß, über ihre Wut zu lachen, vergrößerte ihren Ärger noch. Es war, als addierten sich all die Verletzungen, die Beschimpfungen, die Nörgeleien und der Mangel an Respekt plötzlich, sodass sie sie keinen Moment länger ertragen konnte.

»Nein, das ist es nicht, verflixt. Ich lasse es nicht zu. Hörst du mich? Ich lasse es nicht zu, Eddie.«

»Ach ja?« Er schob aggressiv das Kinn vor. »Sie ist genauso meine Tochter wie deine, also sag mir nicht, was du zulässt und was nicht. Ich habe genauso über Caros Leben zu bestimmen wie du. Und wenn ich sie zur Rennbahn oder zum Hunderennen mitnehmen und ihr die amüsante Seite des Lebens zeigen möchte, werde ich das tun, du hinderst mich bestimmt nicht daran.«

Sie funkelten einander über den Tisch hinweg an und gaben sich keine Mühe, das ganze Ausmaß ihrer Gefühle zu verbergen – den brodelnden Ekel in Lauras Augen, den Neid und die Frustration in Eddies.

Laura sagte kalt: »Da irrst du dich, Eddie. Ich bin es, die in diesem Haus das Sagen hat, nicht du. Es ist mein Geld, das uns diesen Lebensstil ermöglicht. Mein Geld, von dem deine guten Kleider gekauft werden, das Essen auf dem Tisch, der Rolls und dein Chauffeur. Was *ich* sage, gilt. Und ich sage dir, nach dem, was du heute getan hast, habe ich genug.«

»Großartig, wirf mir nur vor, dass ich keinen Beitrag –«

»Du hast auch vor deinem Unfall kaum etwas zu unserem Lebensunterhalt beigetragen. Spiel mir nicht den Märtyrer, das funktioniert nicht mehr. Außerdem sind es nur deine Beine, die dir den Dienst versagen, sonst nichts. Es gibt eine ganze Reihe von Dingen, die du hättest tun können, wenn du gewollt hättest. Klavierstunden geben, Buchhaltung oder eine Stelle in einem Büro. Du weißt genau, dass ich bei *Ashworths* eine Stelle für dich hätte.« Sie hielt inne, um wieder zu Atem zu kommen. Dann fuhr sie fort. Sie würde ihre Wut jetzt nicht mehr zügeln. »Aber nein, alles, was du willst, ist den Pferden nachlaufen. Du hast dein ganzes Leben damit verbracht, einem unmöglichen Traum nachzujagen.«

»Ich hasse Büroarbeit, das weißt du ganz genau«, spie er zurück.

Laura sah in mitleidig an. »Eddie, du hast doch nicht einmal versucht, dich über deine Behinderung hinwegzusetzen.«

»Was weißt du schon davon?«, grollte er. Er wusste, dass sie die Wahrheit sagte, doch das konnte er vor ihr nicht zugeben.

»Ich weiß, dass ich genug von meinem Leben mit dir habe.«

Eigentlich wollte sie es ihm erst nach ihrer Rückkehr aus Hawaii sagen, aber jetzt war es heraus.

»Ich habe die Scheidung eingereicht, Eddie. Unsere Ehe ist vorbei. Sie ist seit Jahren nur noch eine Fassade. Jeder von uns lebt sein eigenes Leben, also denke ich, es ist besser, wenn wir auch unsere eigenen Wege gehen.« Sie sah das Erschrecken und den Unglauben in seinem verkniffenen Gesicht. Weil sie es kaum abwarten konnte, es hinter sich zu bringen, versicherte sie ihm: »Oh, mach dir keine Sorgen um deinen Lebensstil. Daran wird sich nichts ändern. Ich sorge dafür, dass du ordentlichen Unterhalt bekommst. Du kannst das Haus, den Rolls, Alfie und die Haushälterin behalten. Das werde ich alles so festlegen. Ich will natürlich das Sorgerecht für Caroline, du bekommst jedes Besuchsrecht, das du dir wünschst.«

Seine blauen Augen hefteten sich auf ihr Gesicht, das immer noch so schön war.

»Das ist aber sehr großzügig von dir, angesichts deines Reichtums. Was glaubst du denn, was Caro von dieser … Scheidung halten wird?«

»Ich gehe davon aus, dass es sie bestürzen wird, aber wie du ja selbst gesagt hast«, gab sie zurück, »ist sie alt genug, um es zu verstehen. Caroline ist sich der Misstöne in diesem Haus sehr wohl bewusst.«

»Du hast das alles schon durchdacht, nicht wahr? Dann hast du das also schon länger vor?«

»Ja. Ich bin es leid, so zu tun als ob. Ich brauche endlich Frieden anstatt dieser ständigen Anspannung und der Streitereien.«

»Ich verstehe. Dann wartet wohl schon ein anderer auf dich, wie? Es gibt bestimmt viele Männer, die Laura Ashworth und ihr Geld gern in die Finger bekommen würden.« Sein Ton wurde böse. »Ein paar davon hatten dich bestimmt auch schon.«

Sie warf ihm einen vernichtenden Blick zu.

»Sei nicht so primitiv. Außerdem geht es dich nichts an.«

»Noch bist du meine Frau, also geht es mich sehr wohl etwas an.«

»Hör zu, ich würde das Ganze gern mit dir durchsprechen, aber das scheint ja ohne einen Vermittler nicht möglich zu sein«, sagte Laura mit kühler, selbstsicherer Stimme. »Wenn ich aus Hawaii zurückkomme, werden Caroline und ich ausziehen. Ich lasse meinen Anwalt einen Termin vereinbaren, an dem wir die Einzelheiten der Scheidung besprechen können.«

»Was, wenn ich sage ...« Er hielt inne, und sein Gesicht nahm einen berechnenden Ausdruck an. »Wenn ich dir *versprechen* würde, dass ich die Pferdewetten und den Alkohol aufgebe? Würdest du dann bleiben?«

Laura sah ihn einige Momente direkt an. Die zusammengesunkenen Schultern, das schüttere hellbraune Haar, der resignierte Blick.

»Nein, Eddie. Ich glaube nicht, dass du dieses Versprechen halten könntest. Du hast mir schon so viel versprochen und nichts davon gehalten. Seien wir doch ehrlich, ja? Du willst doch gar nicht mit etwas aufhören, das dir solche Freude macht, und ich, nun ja, ich möchte einfach nur mein eigenes Leben. Vielleicht sogar ein bisschen Glück.«

»Ha!« Er zeigte mit dem Finger auf sie. »Dann gibt es also doch einen Mann!« Wütend ließ er die Hände wieder auf den Tisch sausen. »Ich habe es doch gewusst. Jack Beaumont, nicht wahr? Du hast die ganze Zeit gedacht, ich wüsste nichts von dir und ihm, aber ich habe es gewusst. Ich habe dich von einem Detektiv verfolgen lassen. Ich war verdammt froh, als er nach Amerika zurückgegangen ist. Das war das Beste, was er je getan hat, wenn du mich fragst.«

Obwohl es sie insgeheim schockierte, dass Eddie von

ihrem Verhältnis gewusst hatte, würdigte ihn Laura keiner Antwort.

»Dieses Gespräch führt nirgendwo hin.« Sie erhob sich vom Tisch und begann, das Geschirr zusammenzutragen. »Du kennst meine Absichten, du hast also während meiner Abwesenheit eine Woche Zeit, darüber nachzudenken. Ich möchte eine einvernehmliche Scheidung, und wenn du dem zustimmst, gebe ich dir alles, was ich gesagt habe. Wenn nicht, sorge ich dafür, dass du nichts bekommst. Wir unterhalten uns weiter, wenn ich aus Hawaii zurück bin.«

Während Laura den Tisch abräumte und sich dann in der Küche mit Mrs Stacy unterhielt, blieb Eddie sitzen und trommelte rhythmisch mit den Fingern auf den Tisch. Er schnaubte verächtlich vor sich hin, als er über ihre Worte nachdachte. Eigentlich hatte er ein solches Ultimatum schon vor Jahren erwartet, denn ihre Beziehung war längst in ein Verhalten ausgeartet, das man kaum als zivilisiert bezeichnen konnte.

In seiner Wange zuckte ein Nerv, und er rieb geistesabwesend darüber. Sie war so clever. Hatte sich schon alles zurechtgelegt. Es war der verdammte Jack Beaumont. Himmel. Ihm kam die Galle hoch, wenn er sich Jack mit seiner Frau vorstellte. Er dachte, es wäre vielleicht jemand anders gewesen, French oder dieser arrogante Anwalt, Markham. Er hatte doch gesehen, wie sie Laura ansahen … anhimmelten. Doch Beaumont, das tat weh. Er war immerhin einmal sein Freund gewesen.

Er steuerte seinen Rollstuhl vom Tisch auf das Wohnzimmer zu, wo sie den Alkohol aufbewahrten. Himmel, jetzt brauchte er wirklich etwas zu trinken. Ein Hauch von Mitgefühl durchzog ihn, als er sich einen doppelten Chivas Regal einschenkte. Konnte er Laura wirklich Vorwürfe machen, weil sie fortwollte? Er war kein richtiger Mann mehr, konnte ihr nicht geben, was sie brauchte – nicht, dass sie *das* je von ihm gewollt hatte. Vielleicht war es ja besser so ... und ... solange sie ihn finanziell gut versorgte, nun, vielleicht war es ja gar nicht so schlimm.

Die Schmetterlinge in Lauras Bauch, als sich das Flugzeug dem Flugplatz von Honolulu näherte, rührten nicht von der bevorstehenden Landung her, sondern von der Vorstellung, Jack zu sehen. Sie war so nervös, dass sie gar nicht mehr geradeaus denken konnte. Sie zupfte am Kragen ihrer Bluse herum, dann öffnete sie ihre Handtasche, um sich zu überzeugen, dass ihr Pass und ihre Papiere in Ordnung waren. Als das Zeichen zum Angurten aufleuchtete, schnallte sie sich fest, und dann konnte sie nur noch aufgeregt warten. Der Rest ihres Lebens hing von dem ab, was sie in Jacks Augen sehen würde.

Jack Beaumont, der am anderen Ende des Flugplatzes in der Wartehalle saß, war nicht weniger nervös als Laura. Sie hatten ein paar Mal telefonieren können, aber das war natürlich nicht dasselbe. Er wollte sie sehen. Himmel, ihr erster Anruf hatte ihn völlig umgeworfen – er war so unerwartet gekommen. Er war zwar wütend auf Madeline gewesen, aber letztlich trug sie das Herz am richtigen Fleck.

Laura ... Er hatte gedacht, er müsste den Rest seines Lebens in einem gefühlsmäßigen Vakuum verbringen, ohne sie. Jetzt hatten sich seine Erwartungen verändert. Jetzt hatte er wieder Hoffnung.

Er trat von einem Bein auf das andere und unterdrückte seine Ungeduld am Zoll. Sein Blick klebte am Ausgang, und unter seinem Arm schmolz der Inhalt der größten Pralinenschachtel, die er hatte finden können, durch seine Körperwärme rapide dahin. Die ersten Passagiere kamen zum Vorschein, und er trat näher – er wollte das Erste sein, was sie sah, wenn sie durch die Tür kam.

Da war sie. So elegant und selbstbewusst in ihrem weißen Leinenkostüm, unter dem sie eine smaragdgrüne Tupfenbluse trug. In der rechten Hand trug sie einen Strohhut und eine Handtasche. Sie sah ihn und lächelte. Sein Herz tat einen Satz, doch irgendwie schaffte er es, im Weitergehen den Kloß in seinem Hals herunterzuschlucken.

Er legte ihr drei Blütenkränze um den Hals und begrüßte sie mit dem traditionellen: »*Aloha*, Laura Ashworth.«

»Jack. Hallo. Du siehst großartig aus.« Er trug eine cremefarbene Hose, Sandalen und ein knallbuntes Hemd mit offenem Kragen. Er sah sonnengebräunt und gesund aus, wenn auch etwas hagerer, als sie ihn in Erinnerung hatte.

»Du auch«, sagte er leise. Während sich sein Blick an ihrer Schönheit weidete, wurde ihm klar, dass seine Erinnerung ihr nicht gerecht geworden war.

Dann trafen sich ihre Blicke, und es war, als stünde alles ringsum still. Die lärmende Geschäftigkeit schien sich in Luft aufzulösen, und die Jahre der Trennung waren vergessen. Es war, als hätten sie sich erst gestern gesehen. Dann fielen sie sich in die Arme, und ihre Lippen verschmolzen zu einem Begrüßungskuss, der kein Ende nehmen wollte.

Laura konnte Jacks Herz schlagen spüren, sie roch seinen wunderbaren Männerduft und fühlte seine festen Muskeln. Die silbernen Stellen an seinen Schläfen hatte sie sofort bemerkt, sie verliehen ihm noch mehr Charakter. So lange hatte sie sich danach gesehnt, genau hier zu sein, in Jacks starken Armen, wenn es nach ihr gegangen wäre, hätte sie sich nie wieder von hier fortbewegt.

Etwas atemlos lösten sie sich voneinander und grinsten sich gegenseitig an.

»Ich … ich … es gibt so viel, was ich dir sagen muss.«

»Die Tatsache, dass du hier bist, sagt mir alles, was ich wissen muss. Und jetzt«, sagte er mit einem liebevollen Lächeln, »lass uns von hier verschwinden, damit wir uns wirklich unterhalten können.«

Im Taxi vom Flugplatz nach Waikiki saßen sie so dicht beieinander, wie es irgendwie möglich war. Arme, Oberschenkel, Seiten berührten sich, Hände verschlangen sich ineinander. Sie redeten kaum, sondern sahen sich nur an und lächelten, völlig voneinander gefangen. Hin und wieder wies Jack sie mechanisch auf eine Sehenswürdigkeit hin, wie ein Fremdenführer, und sie »ooh«- und »aah«te pflichtbewusst.

Schließlich erreichten sie das Royal Hawaiian Hotel in Waikiki Beach, und sobald sie registriert war, fuhren sie zu ihrer Suite hinauf, die auf den Strand blickte.

Er gab dem Pagen ein Trinkgeld, dann waren sie allein.

»Ich kann es kaum glauben, dass du hier bist.« Sein Ton war voller Verwunderung, er zog sie an sich.

»Du kannst es aber glauben, Liebster. Ich weiß ja, dass es lange gedauert hat, und das tut mir leid. Aber jetzt bin ich hier, und wenn du mich willst –«

»*Wenn* ich dich will?«, fragte er mit rauer Stimme und legte die Lippen auf ihren Hals. »Ich habe nie aufgehört, dich zu wollen, Laura. Die letzten fünf Jahre waren die Hölle.«

Tränen schossen ihr in die Augen. »Es tut mir leid. Wäre ich damals stärker gewesen, beharrlicher …«

»Es gibt nichts, was dir leidtun müsste. Du hast das getan, was du für richtig gehalten hast. Aber ich sorge mich um deinen Ruf, Liebste. Deshalb bin ich nicht nach Sydney zurückgekommen, obwohl ich es gern getan hätte.«

»Mein Ruf! Oh, Jack. Ich liebe dich, und ich glaube doch, dass du dasselbe empfindest.« Ein entschlossenes Leuchten trat in ihre Augen. »Nichts wird uns je wieder trennen. Skandal oder nicht, wir werden zusammen sein.«

»Aber –«

»Ich habe Eddie gesagt, dass ich die Scheidung will. Du hast ja keine Ahnung, wie die letzten Jahre gewesen sind. Er ist so heruntergekommen. Die Wettsucht hat ihn fest im Griff, er lebt nur noch dafür. Überraschenderweise hat er die Nachricht gut aufgenommen und kaum protestiert.«

»Das klingt gar nicht nach dem Eddie, den ich kannte«, sagte Jack und zog eine Augenbraue hoch.

»Jack, du würdest Eddie kaum noch wiedererkennen. Er sieht zehn Jahre älter aus, als er eigentlich ist. Ich habe ihn aufgegeben. Ich möchte jetzt nur noch glücklich sein.«

Ein verruchtes Glitzern funkelte in seinen Augen auf, und er nahm sie fester in die Arme.

»Ach ja? Und wie kann ich dich glücklich machen, mein Schatz?«

Ihre Arme stahlen sich an seiner Brust hinauf um seinen Hals, und sie legte den Kopf zurück, um ihn ansehen zu können.

»Nun«, sagte sie mit einem neckischen Lächeln, »du könntest aufhören, so viel zu reden.«

»Ja, Ma'am.« Sein Mund legte sich mit einer Leidenschaft auf den ihren, die die Zeit nicht gedämpft hatte. Während er sie küsste, begaben sich seine Hände auf Wanderschaft, um sich wieder mit ihren Rundungen vertraut zu machen, ihrer Sanftheit, ihren Reaktionen und diesem geliebten leisen Stöhnen, mit dem sie ihm sagte, dass sie dasselbe wollte wie er.

Sie brauchten gar keine Worte, dachte Laura und klammerte sich an Jack. Sie badete sich in dem Gefühl, seine Hände zu spüren, seinen beharrlichen Mund und seine Zunge, und sie erwiderte seinen Kuss mit derselben Leidenschaft. Dann lehnten sie sich zurück, um sich tief in die Augen zu sehen, und zogen sich fieberhaft küssend und tastend aus.

Leise lachend vergrub er das Gesicht in ihrem Haar. Sie stürzten nackt und ineinanderverschlungen auf das Bett. Mit einem leisen, sehnsuchtsvollen Stöhnen vertiefte er den Kuss, seine Zunge glitt zwischen ihre Lippen, um sie zu verzehren, und die ganze Zeit schmiegte er ihre weiche Haut an seinen harten Körper. Zunächst versuchte er noch, sich einen Anschein von Selbstbeherrschung zu geben, doch die jahrelange Abstinenz machte es ihnen beiden unmöglich. Sanft drückte er ihre Beine auseinander und legte sich auf sie.

Seine Lippen fuhren über ihre Brüste, um daran zu saugen, doch dann schlang sie die Hand in seine Haare und zog seinen Kopf zurück, um ihm in die Augen zu sehen. Durch halb geschlossene, vor Sehnsucht schwere Lider studierte sie seine Züge. Und dann bewegten sich ihre Lippen und brachten das eine Wort heraus.

»Bitte.«

Als sie später völlig erschöpft und reglos ineinanderverschlungen auf dem breiten Bett lagen, begannen sie sich leise zu erzählen, was während ihrer Trennung geschehen war. Laura erzählte ihm vom Erfolg ihres Unternehmens und von Carolines Heranwachsen, Jack erzählte ihr von den Veränderungen, die außerhalb der Gefängnismauern in Amerika vorgegangen waren und von der Feierstimmung nach der Wahl von John F. Kennedy.

»Wie war es im Gefängnis?«, fragte Laura schließlich leise. Bei ihrer Begegnung am Flugplatz war ihr eine neue Härte an ihm aufgefallen, vor allem rings um die Augen.

»Schlimmer als jeder Kriegsschauplatz«, sagte er und versuchte, die Vergangenheit mit einem Achselzucken abzutun. »Eine andere Art von Krieg, aber genauso tödlich. Im Gefängnis lebt man nicht. Man überlebt, so gut es geht.«

Sie hörte seinen Ton und streichelte ihm über die Wange. »Du Armer. Das Leben hat dir wirklich übel mitgespielt.«

Was musste er durchgemacht haben. Seine Wortwahl und sein Ton ließen es nur ahnen. Doch sie spürte auch, dass er nicht darüber sprechen wollte, noch nicht. Sie kannte ihn gut und wusste, dass er selbst entscheiden würde, wann und wo er seine Gefühle mit ihr teilen würde.

»Was ist mit dir, Liebste. Kannst du mit dem leben, was ich getan habe? Mit dem Guten und dem Bösen?«

»Oh, ja, Jack, daran brauchst du nicht zu zweifeln.« Sie lächelte ihn liebevoll an. »Wir haben beide falsche Entscheidungen getroffen und dafür bezahlt.«

Der Rest der Woche wurde nicht viel anders als der erste Tag. Jack meinte scherzhaft, dass sie schon vor der Hochzeit in den Flitterwochen waren. Es war ihnen egal. Seit sie sich ineinander verliebt hatten, konnten sie zum ersten Mal offen und natürlich zueinander sein. Am Ende der Woche wussten sie, was als Nächstes zu tun war.

An ihrem letzten Tag saßen sie am Pool des Hotels und sprachen über ihre Pläne.

»Ich wäre gern nach Sydney zurückgekommen, aber ich wollte es deinetwegen nicht.« Er überlegte einen Moment. »Madeline hat großartige Arbeit mit meiner Firma geleistet. Jetzt ist es Zeit, dass ich das Ruder übernehme. Ich habe eine Menge Geschäftsideen, die ich gern ausprobieren würde.«

»Bist du sicher, Jack? Was ist mit deinem Hotel am Lake Tahoe?«

»Das ist es, was ich will«, versicherte er ihr lächelnd. »Sydney hat mir gefehlt. Ich steige aus der Sache in Tahoe aus und bringe noch ein paar Dinge zum Abschluss. Das dürfte etwa eine Woche dauern, dann möchte ich Nick besuchen. Danach steige ich ins erste Flugzeug nach Sydney.«

»Schön.« Sie erwiderte sein Lächeln, froh, dass er an sein Leben in Sydney anknüpfen wollte, obwohl es keine Rolle spielte, wo sie lebten, solange sie nur zusammen waren.

»In dieser Zeit kann ich auch die Angelegenheit mit Eddie zu Ende bringen. Der Anwalt hat gesagt, eine einvernehmliche Scheidung dauert ungefähr drei Monate.«

»Wo wirst du denn wohnen? Doch nicht im selben Haus wie er?«

»Kitty vermietet mir ihr Strandhaus in Coogee. Caroline ist gern dort, und ich sowieso … dort sind meine Wurzeln, in Coogee.«

28

Wo war die miese Ratte nur?

Jack Beaumont ließ den Blick über die voll besetzte Ehrentribüne der Rennbahn von Randwick schweifen. Er musste hier sein, es war sein Leben. Gütiger Himmel, er war so wütend über die Streiche, die Eddie ihm seit seiner Rückkehr nach Sydney spielte. Als er zwei Wochen nach seinem Abschied von Laura in Honolulu landete, hatte ihr Anwalt Eddies Zustimmung zu einer Einigung in der Tasche, die man nur als ausgesprochen großzügig bezeichnen konnte.

Dann hatte die Situation sich verändert … sobald Eddie erfuhr, dass Jack wieder in der Stadt war. Dieser eifersüchtige, unersättliche Schuft. Dachte, er könnte noch mehr Geld aus Laura herausquetschen, indem er sich querstellte und eine Gewinnbeteiligung an *Ashworths* forderte. Das war seine jüngste Forderung. Nach langer Überlegung war Laura bereit gewesen, ihm zehn Prozent zu geben, doch Eddie wollte fünfundzwanzig, und das fand Laura zu Recht inakzeptabel. Sie hatte verdammt hart gearbeitet, um dort hinzukommen, wo sie war, Eddie war einfach nur mitgeschwommen, also würde sich der Mann entweder mit zehn Prozent zufriedengeben oder gar nichts bekommen.

Mit Hilfe seines Fernglases fand er Alfie Fredericks. Der ehemalige Jockey schob sich geschickt durch das Publikum und näherte sich den Wettschaltern. Wenn er ihn im Auge behielt, sollte ihn Alfie zu seinem Brötchengeber führen.

Zehn Minuten später erspähte er Eddie auf halber Höhe der Tribüne. Er setzte sich in Bewegung, ohne zu wissen, was er sagen würde, wenn er ihm gegenüberstand. Er hoffte nur, dass er die Beherrschung nicht verlieren würde, obwohl er wusste, dass ihm das in seiner derzeitigen Stimmung schwerfallen würde.

Jack versuchte, sich sein Erschrecken nicht anmerken zu lassen, als er Eddie aus der Nähe sah. Er saß im Rollstuhl und hatte eine Decke um die Beine geschlungen, obwohl es warm war. Sofort erkannte er, dass die exquisit geschneiderte Kleidung und die Aura des reichen Mannes nur Fassade waren. Der Mann, den er einmal seinen Freund genannt hatte, hatte etwas Unheimliches an sich. Er beobachtete, wie Eddie verzweifelt das Programm studierte.

Er kannte diesen Blick aus dem Krieg und dem Gefängnis. Dies war ein Mann am Rande des Zusammenbruchs. Jack schüttelte ungläubig den Kopf und dankte dem Himmel dafür, dass Laura und Caroline zu Hause ausgezogen waren. Je weiter sie von Eddie Ashworth entfernt waren, desto besser.

Ein sechster Sinn ließ Eddie aufblicken, und im ersten Moment verzerrte ein namenloses Gefühl sein Gesicht. Dann setzte er die Maske wieder auf.

»Oh, wenn das nicht Jack Beaumont ist, der ehemalige Knastbruder!« Sein Ton war höhnisch. »Bist du zurück, um dein Königreich für dich zu beanspruchen … und meine Frau?«

»Freut mich auch, dich zu sehen, Eddie. Und, hast du in letzter Zeit etwas gewonnen?«, fragte Jack mit einem vielsagenden Blick auf das Häufchen zerrissener Wettscheine neben dem Rollstuhl.

»Das habe ich gar nicht nötig, *Kumpel.* Ich mache das nur zum Spaß. Ich habe eine reiche Frau, weißt du?«

Jack ballte die Hände zu Fäusten. Eddie hatte schon immer eine große Klappe gehabt, genau wie Frank McRae, und Jack sah ein, dass es wenig Zweck hatte, sich mit den üblichen Höflichkeitsfloskeln abzugeben. Besser, wenn er sofort zur Sache kam.

»Was Laura angeht, Eddie, so möchte ich dich warnen. Ich würde ihr Angebot an deiner Stelle annehmen, es ist mehr als fair, sonst –«

»Was sonst, Jack?« Eddie setzte sich gerade hin, und seine Stimme klang schriller als sonst. »Was wird der große Jack Beaumont unternehmen? Mir die Beine brechen? Dann brauche ich mir ja keine Sorgen zu machen, das ist schon erledigt.«

Einige umstehende Zuschauer warfen ihnen Blicke zu, weil der Streit sie neugierig machte.

»Du weißt genau, was ich meine, Eddie«, sagte Jack mit zusammengebissenen Zähnen. Wie hatte Laura ihren Mann nur so lange ertragen, wenn er so aggressiv war? Dann sah er Eddies Whiskyglas. War es möglich, dass es am Alkohol lag?

»Nein.« Eddie musste den Kopf scharf zurücklegen, um Beaumonts Gesicht zu sehen, und er erkannte die unterdrückte Wut darin. Obwohl er früher einmal vor Jacks Körperkraft und seiner gebieterischen Ausstrahlung Angst gehabt hatte, kümmerte ihn das jetzt nicht mehr. Im Gegenteil, er genoss es gründlich, Jack in aller Öffentlichkeit zu ködern, weil der Ami nichts dagegen tun konnte.

»Möchtest du es mir vielleicht erklären, *Kumpel*?«

»Sagen wir einfach, es wäre gesünder für dich, wenn du das Angebot annehmen und Laura in Ruhe lassen würdest.«

»Das klingt wie eine Drohung.«

Jack zuckte mit den Achseln, antwortete aber nicht.

»Laura möchte also mit dir zusammenleben, ja?«

»Ja.«

Eddies Mund verzog sich. »Wenn du sie haben willst, musst du dafür bezahlen. Ihr beide könnt euch das doch leisten. Weißt du …« Er hielt inne und tat so, als dächte er nach. »Vielleicht fechte ich die Scheidung doch an. Das wäre doch für die Zeitungen ein gefundenes Fressen.«

Jacks Hand schoss vor. Er packte Eddie am Jackett und schüttelte ihn.

»Du miese kleine Ratte. Wenn du weißt, was gut für dich ist, wirst du das bleiben lassen.«

»Heh. Moment mal!« Alfie Fredericks war gerade rechtzeitig zur Stelle. »Lassen Sie ihn los, Mister. Wie können Sie einen Mann im Rollstuhl so behandeln?«

Jack ließ Eddie los. Er starrte die beiden an, bis er sich wieder unter Kontrolle hatte. Als er schließlich sprach, war sein Tonfall kühl.

»Sie wissen, wer ich bin. Jack Beaumont. Ich möchte Ihnen einen Rat geben«, sagte er zu Alfie. »Es wäre klug, wenn Sie Ihrem Brötchengeber klarmachen, was am besten für ihn ist. Wenn er sich in der Scheidungssache querstellt und gierig wird, gerät er nur in Schwierigkeiten, denen er nicht gewachsen ist.«

Natürlich bluffte Jack, er hoffte nur, dass Eddie und Alfie das nicht wussten.

Damit machte er auf dem Absatz kehrt und ging davon.

Alles andere als zufrieden mit sich selbst, ging er auf den Ausgang der Rennbahn zu. Er hatte sich von Eddie aus der

Reserve locken lassen, hätte beinahe die Beherrschung verloren, das war ihm seit der letzten Rauferei auf dem Gefängnishof nicht mehr passiert. Jeder, der nicht völlig blind war, konnte sehen, dass Eddie krank war, nicht nur körperlich, sondern auch geistig.

Laura wäre nicht darüber begeistert, dass er Eddie gedroht hatte. Er hoffte, dass seine List funktionierte, sonst konnten sie noch lange auf ihre Hochzeit warten.

»Jack, bist du sicher, dass du nicht mitkommen willst?«, bettelte Laura. Sie war noch in ihrem Büro bei *Ashworths* und betrachtete abwesend die Häuser auf der anderen Straßenseite.

Kitty gab in ihrem Haus in Elizabeth Bay eine Überraschungsparty zu Bruces fünfzigstem Geburtstag.

»Kitty hat so viele Leute eingeladen. Die Levis und die Beckwiths. Und viele Kinder. Sie hat einen Clown bestellt, der eine Vorstellung für sie gibt. Es wird bestimmt lustig.« Sie musste ihn unbedingt sehen, den Klang seiner Stimme hören. Nur, um ihm nah zu sein und von ihren Freunden mit ihm gesehen zu werden. Es wurde Zeit, dass sie sich daran gewöhnten.

»Ich würde ja gern«, sagte er hustend, »aber ich habe mir eine böse Grippe eingefangen. Ich sollte heute Abend nicht unter Menschen gehen, Schatz. Ich glaube nicht, dass Kittys Freunde begeistert wären, wenn ich meine Bazillen unter ihnen verstreuen würde. Ich verzichte lieber.«

Laura seufzte enttäuscht.

»Schade, aber du hörst dich wirklich schrecklich an.« Dann fügte sie leise hinzu: »Du wirst mir fehlen. Ich habe vorhin mit Eddie gesprochen, er kommt auch nicht. Er sagt, es wäre ihm zu kompliziert, weil er mit dem Taxi fahren müsste. Alfie hat ein paar Tage frei, und Eddie hat ihn den Rolls mitnehmen lassen. Ungewöhnlich großzügig für Eddie, findest du nicht?«

»Das kann man wohl sagen.«

»Er hatte die ganze Woche fürchterliche Laune, Jack. Mein Anwalt konnte ihn immer noch nicht zur Vernunft bringen.«

Dann hatte sein Bluff auf der Rennbahn also nicht funktioniert.

»Oh, er überlegt es sich schon, wenn er sieht, dass du nicht nachgibst. Er hängt zu sehr an seinem Lebensstil und seinem Geld, um ewig Ärger zu machen.« Er unterdrückte ein erneutes Aufhusten und sagte: »Ich rufe dich morgen an. Dann entwerfen wir eine Strategie. Vielleicht überlegt er es sich ja schneller, wenn du ihm den Geldhahn zudrehst.« Dieser verdammte kleine Mistkerl. Jack hätte ihn fröhlich dafür erwürgen können, dass er versuchte, ihre Pläne zu durchkreuzen. Das war wirklich niederträchtig von ihm. Doch so war Lauras selbstsüchtiger Ehemann nun einmal.

»Amüsiert euch gut, du und Caroline, und gratuliert Bruce von mir. Ich rufe dich morgen an.«

»Gut, mein Liebster. Pass auf dich auf. Auf Wiedersehen.«

Jack legte den Hörer auf und trat an das Fenster, das auf den Garten seines Hauses in Vaucluse blickte. Doch er sah weder die gestutzten Büsche noch die hohen Bäume, die ihm ein Maximum an Zurückgezogenheit gestatteten, sondern seine Gedanken waren anderswo.

Er schloss die Augen und dachte an ihr kurzes Zusammensein auf Hawaii zurück. Es war ein Vorgeschmack auf ihre Zukunft gewesen. Perfekt. Er hatte gewusst, dass der Erfolg ihres Unternehmens Laura zu einer Dame von Welt machen würde. Sie kleidete sich jetzt mit großer Präzision in exklusive Stücke, die aus ihrem eigenen Geschäft stammten. Auch ihre Frisur hatte sich geändert, sie war kürzer und legerer geworden, sah aber immer noch fabelhaft aus.

Doch innerlich war sie dieselbe geblieben. Als wäre es gestern gewesen, erinnerte er sich an die junge Frau, die er vor fast vierzehn Jahren in ihrem Hutgeschäft in der Strand Arcade in den Armen gehalten hatte. Es erschreckte ihn, sich vorzustellen, dass es schon so lange her war. Sie hatten beide lange auf die Gelegenheit warten müssen, gemeinsam glücklich zu werden, doch am Ende hatten ihr Erfolg, ihr Reichtum und der Lauf der Zeit ihr den Mut gegeben, die Fesseln der Loyalität abzuschütteln, die sie an Eddie banden … er hatte vor, dafür zu sorgen, dass sie das niemals bereuen würde.

Eddie fuhr mit dem Rollstuhl zur Kühlschranktür und öffnete sie, um den Teller herauszuholen, den die neue Haushälterin, Mrs King, für ihn vorbereitet hatte. Schinkensalat. Schon wieder. Himmel, was für eine fantasielose Frau. Ein paar Sekunden lang erwog er die Möglichkeit, dass Laura sie dazu angehalten hatte, doch dann verwarf er den Gedanken wieder. Laura war zwar ein Biest, aber hinterlistig war sie nicht.

Himmel, aber sie war ihm auf die Nerven gegangen, als sie ihn gefragt hatte, ob er mit zu Bruces Party kommen würde. Er hatte sich nicht erweichen lassen – was zum Teufel ging es ihn an, wenn Smithers fünfzig wurde? Sein Mund verzog sich bitter. Nicht das Geringste.

Er hörte, wie sich Mrs King verabschiedete und die Haustür hinter sich schloss. Auf Wiedersehen. Dann stellte er das Abendessen auf seinen Schoß und rollte wieder ins Wohnzimmer. Er schaltete den Fernseher ein, um sich die Nachrichten anzusehen, konnte aber nur die halbe Portion essen. Sein verdammter Magen rebellierte schon wieder. Er stellte den Teller auf den Couchtisch, weil er wusste, dass Laura das hasste. Na und? Sein Mund verzog sich höhnisch. Sie wohnte nicht mehr hier.

Er rollte zum Barschrank und goss sich ein Glas Whisky ein. Seine Hand zitterte, als er das Glas an die Lippen hob und es halb leerte. Dann begann der Alkohol zu wirken, und das Zittern hörte auf. Er holte ein Taschentuch aus der Hemdtasche, um sich den Schweiß von der Oberlippe zu wischen. Grinsend leerte er dann das Glas und goss sich ein neues ein.

Eine Stunde und drei Gläser später griff er zum Telefon. Mit verschwommener Stimme entschuldigte er sich bei Kitty dafür, dass er nicht zu der Party gekommen war, und legte dann mit einem geheimnisvollen Lächeln auf. Dann wählte er eine zweite Nummer, die er auswendig kannte.

»Du kannst kommen«, sagte er in den Hörer und legte wieder auf.

Es war so schön, Mary Ellen und Ruth bei Kittys Party wiederzusehen, dachte Laura und reichte Morris ihren Mantel und ihre Tasche. Alle Welt schien in letzter Zeit so beschäftigt zu sein, dass es Monate her war, seit sie sich das letzte Mal gesehen hatten.

Ihre langjährigen Freundinnen standen am Pool und plauderten. Harry und Ben hatten sich zu den Männern gesellt. Typisch. Laura verzog den Mund zu einem belustigten Lächeln. Angeblich waren australische Partys weltweit einmalig, weil sich die Männer an einem Ende sammelten, normalerweise in der Nähe der Bar, während sich sämtliche Frauen zu einer anderen Gruppe zusammenfanden.

»Ich glaube, hier sind Glückwünsche angebracht«, sagte Laura zu Ruth und küsste sie herzlich auf die Wange. In Ruths roter Haarpracht erschienen die ersten grauen Strähnen. »Professorin für Kinderheilkunde. Ein gelungener Wurf.«

»Danke. Ich trage immense Verantwortung. Ben«, Ruths Blick wanderte zu ihrem Mann hinüber, »unterstützt mich sehr.«

»Es ist großartig«, stimmte Mary Ellen ihnen mit einem warmherzigen Lächeln zu, »und wer weiß, vielleicht brauche ich dich ja eines Tages sogar. Ich habe auch Neuigkeiten. Harry hat mich tatsächlich überredet, der Adoption zuzustimmen.«

Ruth und Laura wechselten einen Blick, und Laura zog die Augenbrauen hoch.

»Wirklich! Ich meine, mich erinnern zu können, dass eine gewisse Person ausdrücklich darauf bestanden hat, keine Kinder zu wollen.«

Mary Ellen zwinkerte ihnen verschwörerisch zu. »Ja. Das gebe ich zu. Ihr wisst doch, dass ich es für Harry tue. Der Mann wünscht sich sehnsüchtig einen Erben, und ich scheine nicht in der Lage zu sein, ihm auf natürliche Weise ein Kind zu schenken.«

Laura hörte die Aufrichtigkeit unter Mary Ellens kühler Fassade.

»Ich freue mich für euch. Du wirst bestimmt eine großartige Mutter.«

Mary Ellen lächelte zuversichtlich. »Bestimmt.« Sie hatte so viele Jahre gebraucht, um sich zu diesem Entschluss durchzuringen, und jetzt wünschte sie es sich von ganzem Herzen, nicht nur, weil Harry es wollte.

Die kleine Jordana Levi unterbrach das Gespräch mit einem begeisterten Aufschrei. »Mami, Mami, der Clown ist da.«

Während der nächsten halben Stunde amüsierten sich die Gäste einschließlich der etwa zehn Kinder unterschiedlichen Alters über die Darbietung des Clowns Marty.

Nachdem Bruce die Geburtstagstorte angeschnitten hatte und der Kaffee serviert worden war, gingen die ersten Gäste, und Kitty trat an Lauras Seite.

»Stimmt etwas nicht, Laura? Du bist den ganzen Abend so still gewesen.«

Laura lächelte ihre Freundin an. »Wirklich?« Sie dachte ein paar Sekunden nach. »Das kann schon sein. Ich weiß auch nicht, warum.« Sie rieb sich die Stelle in ihrem Nacken, die schon seit einer Stunde kribbelte.

»Ich habe schon die ganze Zeit ein merkwürdiges Gefühl, auch wenn ich nicht weiß, wieso. Als ob etwas nicht stimmt, oder als ob ich vergessen hätte, mich um irgendetwas zu kümmern.«

Kitty zwinkerte ihr zu.

»Vielleicht liegt es ja daran, dass Jack nicht hier ist?«

Laura verdrehte die Augen, dann schüttelte sie den Kopf. Sie hatten immer wieder über ihre Beziehung mit Jack gesprochen. Kitty, Ruth und Mary Ellen standen hundertprozentig hinter ihrem Entschluss, sich von Eddie scheiden zu lassen. Alle drei fanden, sie hätte es schon vor Jahren tun sollen. Nun, sobald sie es schaffte, Eddie in seiner Sturheit zu bekehren, würde sie Mrs Jack Beaumont werden.

Aus dem Augenwinkel sah sie, wie Mrs Denning, die Haushälterin der Smithers, über die Terrasse kam und offenbar auf der Suche nach jemandem den Hals reckte. Jetzt kam sie auf Laura und Kitty zu.

»Mrs Ashworth.« Mrs Denning klang bestürzt.

»Was ist denn, Mrs Denning?«, erkundigte sich Kitty.

»Es ist Ihr Haus in Double Bay, Mrs Ashworth. Die Polizei hat angerufen. Es brennt dort.«

Kitty und Laura sahen sich an.

»Mr Ashworth, geht es ihm gut?«, fragte Laura, und vor Schreck hüpfte ihr das Herz in die Kehle.

»Sie wissen es nicht. Niemand hat ihn gesehen. Die Polizei sagt, die Feuerwehr ist immer noch dabei, den Brand unter Kontrolle zu bringen.«

29

Laura stolperte, denn ihr wurde plötzlich schwindelig. War das der Grund für das mulmige Gefühl, das sie schon den ganzen Abend hatte, fragte sie sich. Dann sah sie Bilder von Eddie vor ihren weit geöffneten Augen tanzen, hilflos in den Flammen gefangen. Kitty legte ihr den Arm um die Schulter und rief nach Bruce.

»Nein, es geht schon.« Laura befreite sich und riss sich mit letzter Kraft zusammen. »Wo ist Caroline?«

»Irgendwo im Haus, vielleicht hat sie sich hingelegt. Sie kann hier übernachten. Geh nur«, drängte Kitty. »Ich bitte Bruce, dass er mit dir fährt.«

»Nein. Es ist seine Party. Ich fahre allein.«

»Das kannst du nicht.«

»Mir fehlt nichts, Kitty.«

Alles, was ihr später von der Fahrt in Erinnerung geblieben war, war, dass sie nicht lange dauerte. Das war auch gut so, denn ihr Herz raste während des ganzen Wegs.

Zwei Feuerwehrwagen und ein Polizeiauto standen mit taghell blinkenden Lichtern vor ihrem Haus und blockierten die halbe Straße. Laura parkte ihren Mercedes irgendwie am Straßenrand und stieg aus. Die Luft war so voller Qualm, dass sie in den Augen brannte und Laura husten musste.

Einige Nachbarn standen im Morgenmantel auf der Straße und beobachteten das Drama. Laura erspähte Eddies Haushälterin, die bei einem Polizisten stand, der sich Notizen machte. Sie eilte auf sie zu.

»Sie können da nicht hin«, sagte ein hochgewachsener Polizist im Befehlston zu ihr.

»Das ist mein Haus«, gab Laura zurück. Ohne ihn zu beachten, lief sie zu Mrs King.

»Eddie, Mr Ashworth, ist er …?«

Mrs King schüttelte den Kopf.

»Wir haben bis jetzt noch keine Spur von irgendjemandem gefunden, Mrs… Ashworth, ja?«, erkundigte sich ein zweiter Beamter.

»Ja.« Laura starrte mit schreckensgeweiteten Augen auf die verkohlten Dachbalken und die rauchenden Ziegelsteine. Das war einmal ihr Zuhause gewesen, und jetzt… was für eine Verwüstung. Die Vorderfront des Hauses schien unversehrt zu sein, doch es sah so aus, als seien Eddies Zimmer verbrannt. Von dort stieg der Rauch auf, und dorthin zielten die Feuerwehrschläuche. Schockiert und benommen sah sie einen Feuerwehrmann über die Straße auf die Polizisten zugehen.

»Das Feuer ist gelöscht, es schwelt jetzt nur noch. Ich schicke den einen Wagen zur Wache zurück und lasse den anderen noch eine Stunde zur Beobachtung hier.«

»Gut«, sagte der Polizist. »Was halten Sie davon? Haben Sie schon eine Vorstellung von der Brandursache?«

»Ich weiß nicht. Die Küche ist verbrannt. Es könnte dort angefangen haben. Wir werden mehr wissen, wenn die Sonne aufgeht. Einer der Männer hat einen verkohlten Rollstuhl gefunden, Sie rufen besser einen Leichenwagen. Im hinteren Schlafzimmer liegt ein Toter auf den Überresten des Betts.«

Bevor einer der beiden Männer nach ihr greifen konnte, landete Laura bewusstlos im Gras.

Kaum, dass die Akte auf dem Schreibtisch von Detective Peter Cox gelandet war, war sein Interesse geweckt. Ashworth. Bei dem Namen klingelte es.

Peter, der neu in der Polizeiwache von Rose Bay war, durchforstete sein Hirn, um dem Namen einen Fall zuzuordnen. Dann fiel ihm ein, dass er ihn in der Zeitung gelesen hatte.

Ashworths. Natürlich. Dieses todschicke Damenmodehaus an der Pitt Street, von dem seine Frau so schwärmte und sich wünschte, sie könnte es sich leisten, dort einzukaufen. Laura Ashworth war die Besitzerin, und der Tote, Eddie Ashworth, war ihr Mann. Er hatte im Rollstuhl gesessen.

Ein erster Bericht führte auf, dass das Feuer im Schlafzimmer ausgebrochen war, nicht in der Küche, wie zunächst vermutet, und es gab diverse Hinweise auf Brandstiftung.

Glasscherben im Inneren des Hauses deuteten darauf hin, dass ein schwerer Gegenstand in das Zimmer geworfen worden war, und in der Nähe der Hintertür hatte man in den Trümmern ein Stück einer langsam brennenden Zündschnur gefunden, wie sie von Minenarbeitern benutzt wurde. Ashworths Rollstuhl hatte nicht neben seinem Bett gestanden, sondern im Flur – merkwürdig, weil der Tote ja ein Krüppel gewesen war und nicht selbst bis zum Bett gegangen sein konnte.

Aus diesen Tatsachen ergaben sich für Detective Cox mehrere Möglichkeiten.

Erstens: Ashworth war mit einer brennenden Zigarette ins Bett gegangen und eingeschlafen, sodass er das Haus selbst in Brand setzte.

Zweitens: Ein unbekannter Täter war mit Brandstiftungs- oder Mordabsichten in das Haus eingedrungen.

Drittens: Dieselbe unbekannte Person hatte einen Brandbeschleuniger im Schlafzimmer deponiert, das Haus verlassen und dann einen Gegenstand durch das Fenster geworfen, mit dem er den noch zu identifizierenden Brandbeschleuniger anzündete.

Zwei Dinge verwunderten ihn daran. Sie wussten schon, dass keine Wertgegenstände fehlten. Es hatte also kein unbekannter Dieb das Feuer gelegt, um seine Spuren zu verwischen. Und was war mit der Zündschnur? Warum sollte ein brandstiftender Einbrecher so etwas benutzen?

Seiner Meinung nach gab es also genug Gründe, der Sache weiter nachzugehen.

Peter Cox tippte mit dem Bleistift auf seine Schreibtischunterlage und überlegte. Wer mochte Edward Ashworth nach dem Leben trachten? Oder wollte jemand das Haus zerstören und hatte nicht gemerkt, dass Ashworth darin schlief?

Peter Cox griff nach dem Telefon und wählte die Nummer der Leichenhalle. »Dr. Fellowes, bitte.«

»Ja?«

»Dr. Fellowes, hier ist Detective Cox von der Wache in Rose Bay. Haben Sie den Toten schon identifiziert, der bei dem Hausbrand in Double Bay umgekommen ist?«

»Ja. Edward Ashworth. Seinen Zahnunterlagen nach hatte er einen Goldzahn, oben eine Krone und unten eine Teilprothese. Ich bin mir sicher, dass es Ashworths Überreste sind.«

»Gut. Ich will eine Autopsie.«

Kurzes Schweigen am anderen Ende der Leitung. »Warum?«

»Ich habe Grund zu der Annahme, dass hier ein Verbrechen vorliegt. Ich möchte wissen, ob er erstickt ist oder ob es eine andere Todesursache gab. Ich brauche den Bericht schnell.«

Ein Seufzer folgte einer kurzen Pause. »Natürlich.« Der Ton war leicht gereizt. »Vor morgen Mittag schaffe ich es allerdings nicht.«

»Gut.«

Kurz darauf legte ihm ein Kollege einen Briefumschlag auf den Schreibtisch.

»Der Chef meinte, das könnte Sie interessieren. Es ist heute mit der Post gekommen.«

Peter Cox hielt den Umschlag so, dass der Inhalt auf den Schreibtisch fiel.

Eine Reihe von Schwarz-Weiß-Fotos eines Pärchens in romantischen Posen purzelte auf die Schreibunterlage. Er nahm die Bilder einzeln in die Hand und studierte sie mit versteinerter Miene. Er erkannte die Frau; es war Laura Ashworth. Der Mann, auch über ihn hatte er einmal in der Sonntagszeitung gelesen – Jack Beaumont, ein Amerikaner, der gerade nach Sydney zurückgekehrt war, um sich hier seinem expandierenden Unternehmen zu widmen.

Interessant. Ja. Sehr interessant.

Laura saß in Kittys Wohnzimmer in Coogee, ohne die herrlichen Gemälde und das luxuriöse Mobiliar ringsum wahrzunehmen. Sie hatte dunkle Ränder unter den Augen, ihre Wangen waren hohl, und sie war sichtlich erschöpft.

Eddies Tod hatte sie härter getroffen, als sie für möglich gehalten hätte. Es war weniger die Tatsache, dass er tot war, als vielmehr die Art, wie er umgekommen war, die sie so bestürzte. In den Flammen gefangen. Bewegungsunfähig. Sie konnte sich vorstellen, welche Angst er durchlebt hatte, wie furchtbar er gelitten hatte, bevor ihn der Rauch überwältigt hatte. Diese Tragödie vergrößerte ihre Schuldgefühle, weil sie ihm die Scheidung angekündigt hatte und ihn all diese Jahre mit Jack betrogen hatte, noch weiter.

Caroline litt zum Glück nicht sehr, zumindest schien sie nicht zu leiden. Ihre Tochter hatte Eddie sehr nahegestanden und sich in sich selbst zurückgezogen, um ihn schweigend zu betrauern. Nach der Beerdigung beschäftigte sich Caroline mit langen Spaziergängen am Strand und tat ihr Bestes, um diesen Schicksalsschlag zu verkraften.

Jack war eine Säule der Kraft. Er war an ihrer Seite, sooft er konnte. Er und Frank hatten die Beerdigung organisiert. Madeline Sardi und unerwarteterweise auch Mary Ellen waren ihr eine große Hilfe. Laura lächelte ironisch, als sie an ihre Freundinnen dachte. Niemand wollte, dass sie allein war, ständig schaute irgendjemand im Strandhaus vorbei, um nachzusehen, wie sie und Caroline zurechtkamen. Sie meinten es gut, doch was Laura – genau wie ihre Tochter – eigentlich brauchte, war Zeit für sich selbst, um den Schock zu verwinden.

Vier Tage nach der Beerdigung beschloss Laura, wieder zur Arbeit zu gehen, obwohl Kitty sie bedrängt hatte, es nicht zu tun und stattdessen mit Caroline in Urlaub zu fahren. Das würde sie auch tun, aber noch nicht. Was sie im Moment am meisten brauchte, war, ihre Gedanken beschäftigt zu halten.

An ihrem ersten Arbeitstag begrüßte George, der Türsteher, sie mit einem Salut und einem Lächeln.

»Morgen, Mrs Ashworth. Sieht so aus, als würde es heute schön werden.«

Laura blieb stehen und warf einen Blick auf den Himmel zwischen den Gebäuden. »Das glaube ich auch, George.«

Er hielt ihr die Tür auf, und ihr Blick wanderte durch das Erdgeschoss. Laura lächelte unwillkürlich, denn es war ein Anblick, der ihr immer wieder Freude machte. *Ashworths*, ihr Reich. Das Erdgeschoss mit seiner Atmosphäre von Luxus und Weltgewandtheit. Schon beim Eintreten schwelgte man in Opulenz, genau, wie sie es beabsichtigt hatte. Die Uhr zeigte fünf vor neun, und die meisten Angestellten standen schon hinter ihren Verkaufstheken. Sie blieb mehrfach stehen, um sich mit einigen Verkäufern zu unterhalten – sie kannte jeden mit Vornamen – und einen Blick auf neue Waren zu werfen.

Gerda war in Pension gegangen, und ihr Sohn hatte ihre Stelle übernommen. Genau wie seine Mutter hatte auch Daniel ein gutes Auge für Innovatives.

Als Laura ihr Büro erreichte, fühlte sie sich, als hätte man sie durch die Mangel gedreht. Sie hatte in jeder Etage vorbeigeschaut, und das gesamte Personal hatte ihr rührend sein Mitgefühl ausgesprochen. Sie alle hatten Eddie von seinen gelegentlichen Besuchen gekannt – von denen Laura manchmal geglaubt hatte, dass er nur in der Hoffnung gekommen war zu sehen, dass das Geschäft schlecht lief. Um seine Enttäuschung herunterzuschlucken, hatte er dann gemeinsam mit Alfie auf Kosten des Hauses teuer und ausgiebig bei *Silks* gegessen.

Merkwürdig, dachte sie, während sie auf ihr Büro zuging, sie hatte von Alfie Fredericks weder etwas gehört, noch hatte sie ihn – oder den Rolls! – gesehen. Eddie hatte ja vor seinem Tod gesagt, dass sein Begleiter in Urlaub fahren würde. Wohin konnte er gefahren sein? Eddies Tod war durch alle Medien gegangen, sodass er davon wissen musste, es sei denn, er befand sich in einer entlegenen Gegend ohne Radio und Zeitungen. Sehr, sehr seltsam.

»Guten Morgen, Laura«, wurde sie von Fiona Grayson, ihrer Sekretärin, begrüßt.

»Gibt es irgendetwas Besonderes?«

»Nicht viel. Mr French ist in Melbourne. Er kommt heute Nachmittag zurück, und, oh, ja, Sie haben Besuch.« Fiona strahlte sie an. »Mr Beaumont. Er ist in Ihrem Büro.«

»Danke.«

»Soll ich Ihnen Tee oder Kaffee besorgen?«

»Nein, danke. Ich rufe an, wenn ich etwas brauche.«

Laura ließ sich von Jack umarmen, und sie blieben einige Momente eng umschlungen stehen, bis er sich von ihr löste.

»Wie geht es dir?«

Sie lächelte schwach. »Besser.« Sie legte die Arme um seinen Hals, um seinen Kopf so zu senken, dass sich ihre Lippen trafen. Sie küssten sich, bis sie beide atemlos waren.

»Und Caroline?«, murmelte er heiser in ihr Ohr.

»Sie kommt auch zurecht. Sie wollte ins Internat zurück, also habe ich sie gelassen. Es hilft bestimmt, wenn sie mit ihren Altersgenossinen zusammen sein kann.«

»Gut.« Er nahm ihre Hand und führte sie zu ihrem Ledersofa. Sie setzten sich dicht nebeneinander und verschlangen die Hände ineinander.

»Ich möchte dir ja nicht ungeduldig oder gefühllos vorkommen. Es tut mir leid, dass Eddie tot ist – und was für ein lausiger Tod. Aber –«

Er wurde durch ein diskretes Klopfen an der Tür unterbrochen. Fiona Grayson steckte den Kopf zur halb geöffneten Tür herein.

»Laura, entschuldigen Sie die Störung. Ein gewisser Detective Cox ist hier. Er hätte Sie gern gesprochen.«

»Schicken Sie ihn herein, Fiona.« Laura löste die Finger von Jacks Hand und setzte sich an ihren Schreibtisch, das Ehrfurcht einflößendste Möbelstück im Zimmer. Jack blieb auf der Couch sitzen und kreuzte die ausgestreckten Beine an den Knöcheln.

»Ah, Detective Cox, kommen Sie herein.«

»Mrs Ashworth, danke, dass Sie sich die Zeit nehmen.« Peters scharfer Blick huschte zu dem Mann auf der Couch hinüber, doch weder sein Ton noch seine Miene verrieten seine Überraschung. Gut. Wenn Beaumont hier war, konnte er vielleicht zwei Fliegen mit einer Klappe schlagen.

Laura stellte ihm Jack vor, der sich erhob und dem Polizisten die Hand schüttelte. Als dieser Jack betrachtete, flackerte etwas in seinen Augen auf, das Laura nervös machte, ohne dass sie es sich erklären konnte.

»Womit kann ich Ihnen helfen, Detective?«

»Ich kann gern gehen«, bot Jack an. »Ich rufe dich später an.«

»Es wäre mir lieber, wenn Sie bleiben, Mr Beaumont. Diese Angelegenheit könnte Sie auch betreffen.« Cox richtete seine Aufmerksamkeit auf Mrs Ashworth. Sie war eine ausgesprochen hübsche Frau, stellte er kühl und sachlich fest. Elegant und mit einer ganz besonderen Ausstrahlung. Er konnte verstehen, warum sich Beaumont in sie verliebt hatte.

»Mrs Ashworth, ich habe Neuigkeiten, die Sie bestürzen werden. Ich wünschte, es ließe sich schonend vermitteln, aber das geht nicht. Ich habe Grund zu der Annahme, dass der Tod Ihres Mannes kein Unfall war.«

Peter wartete gespannt auf ihre Reaktion, und er wurde nicht enttäuscht. Laura Ashworth wurde blass, und sie kniff ungläubig die Augen zu, die sich mit Tränen füllten. Entweder war sie wirklich bestürzt, oder sie war eine verdammt gute Schauspielerin. Er tendierte eher zu Ersterem.

Jetzt erklärte er ihr die Einzelheiten und die Spuren, die man an der Brandstelle gefunden hatte und die den Untersuchungsrichter veranlasst hatten, weitere Ermittlungen durchführen zu lassen.

»Ermordet? Das können Sie doch nicht ernst meinen. Wer sollte denn Interesse daran haben, Eddie zu ermorden?«, fragte Laura leise, während ihr Blick zwischen Jack und dem Polizisten hin und her huschte.

»Das habe ich vor herauszufinden«, sagte Cox entschlossen. »Hatte Ihr Mann irgendwelche Feinde, Mrs Ashworth? Jemand, der beabsichtigt haben könnte, ihm etwas anzutun?«

Detective Cox war ein Profi, und in den folgenden zwanzig Minuten stellte er Mrs Ashworth und Jack Beaumont eine Reihe von Fragen, um klarzustellen, ob einer von beiden oder beide etwas mit dem Todesfall zu tun haben konnten. Seine Sternstunde war gekommen, als er ihnen die belastenden Fotos gezeigt hatte und sie einigermaßen verlegen zugegeben hatten, dass sie eine Affäre hatten.

Beaumont war aggressiv geworden, aber Cox hatte sich nicht in die Karten sehen lassen. Noch nicht. Er war noch nicht so weit, das er eine Anklage hätte aussprechen können.

Als er später nach unten fuhr, nachdem ihn die Sekretärin zum Aufzug gebracht hatte, war er sehr zufrieden mit dem Verlauf seiner Befragung. Er hatte herausgefunden, dass Eddie Ashworth krankhaft wettsüchtig gewesen war, also war es möglich, dass er Feinde auf der Rennbahn hatte. Außerdem war sein Chauffeur mit dem Rolls verschwunden. Auch das war eine Möglichkeit.

Eigentlich war er allerdings der Meinung, dass er seinen Mann schon hatte. Jack Beaumont hatte kein Alibi für diese Nacht, also hatte er die Gelegenheit gehabt. Er liebte Mrs Ashworth, also hatte er auch ein Motiv.

Ja, daraus ließ sich mit Sicherheit eine hieb- und stichfeste Anklage gegen den amerikanischen Geschäftsmann formulieren.

Sobald der Polizist fort war, ließ sich Laura auf ihrem Stuhl zurücksinken. Sie war am Ende ihrer Selbstkontrolle.

»Oh, Jack. Er glaubt, dass Eddie ermordet wurde. Das kann doch nicht wahr sein. Wer sollte das tun?«

»Kleine Korrektur, mein Schatz.« Jack trat an ihren Schreibtisch und setzte sich auf die Tischkante. Er nahm ihre Hände. »Dieser Polizist glaubt, dass *ich* Eddie umgebracht habe.«

»*Nein*!«

Laura riss erschrocken die Augen auf. Sie warf den Kopf hin und her und wies entschlossen zurück, was er gerade gesagt hatte. »Es war ein Unfall. Mit Sicherheit. Ich kann mir nicht vorstellen, dass jemand Eddie hätte umbringen wollen.«

»Du vielleicht nicht«, sagte er, »aber Cox schon. Ich konnte es ihm ansehen, als er uns diese Fotos zeigte. Sie liefern ihm das Motiv. Ich wäre ja nicht der erste Mann, der zum Mörder wird, um die Frau zu bekommen, die er liebt. Denk nur an Mario Taranto und Gina Spinozza.« Er sah, wie sie die Fassung verlor und ihr die Tränen über das Gesicht zu laufen begannen. »Nicht, Laura, bitte. Du weißt doch, dass ich das niemals tun könnte, oder?«

»Natürlich weiß ich das«, rief sie. »Du hattest nichts damit zu tun. Aber was können wir denn tun, wenn sich dieser Cox in den Kopf gesetzt hat, dass Eddie ermordet worden ist. Wie können wir das Gegenteil beweisen?«

»Mmm…« Jack überlegte. »Du kannst davon ausgehen, dass Cox die nächsten Tage damit verbringen wird, Beweise gegen mich zu sammeln. Er hat die Fotos, ich habe kein Alibi, Eddie und ich sind auf der Rennbahn aneinandergeraten. Und wenn er sich mit den amerikanischen Behörden in Verbindung setzt und erfährt, dass ich wegen Totschlags eingesessen habe, hat er Munition in Hülle und Fülle.« Er überlegte einen Moment, dann entfuhr ihm ein seltsames Lachen. »Oje, ich höre mich wirklich an, als wäre ich es gewesen.«

»Du hast nichts damit zu tun, und wir werden es beweisen«, sagte Laura standhaft und umklammerte seine Hände. »Ich liebe dich, Jack Beaumont, und wir werden diese Krise überstehen.«

»Ja.« Er beugte sich vor, um sie zu küssen. »Ich brauche einen guten Anwalt. Dann werde ich selbst ein bisschen Detektiv spielen. Ich vermute, dass die Lösung bei Alfie Fredericks liegt. Er hat Eddie besser gekannt als jeder andere.« Er wusste, wie Eddies kranker Verstand gearbeitet hatte. »Wenn irgendjemand die Antworten kennt, ist es Alfie.«

Sie lächelte ihn an, dann schob sie ihn von der Tischkante.

»Warum verschwendest du dann deine Zeit damit, dich mit mir zu unterhalten? Geh ihn suchen!«

Peter Cox war ausgesprochen zufrieden mit sich selbst. Das Verhör war wie am Schnürchen gelaufen. Beaumont hatte ein Motiv, kein Alibi, er hatte Eddie Ashworth bedroht, und er war schon einmal wegen Brandstiftung verurteilt worden.

Der zweite Bericht der Ermittler versorgte ihn mit weiteren Informationen. Es waren vier Tatsachen ans Licht gekommen, die Peters Theorie unterstützten.

Eine Whiskyflasche war von dem Feuer in einen Klumpen verwandelt worden, an dem noch Whiskyspuren gefunden worden waren. An einer zweiten, ebenfalls zusammengeschmolzenen Flasche hatten sich Benzinspuren gefunden, und es waren Überreste einer benzingetränkten Decke gefunden worden, dazu die Zündschnur. Die Autopsie von Edward Ashworths Leiche hatte Alkohol und eine große Dosis Beruhigungsmittel zutage gefördert – genug, um ihn umzubringen.

Ende Januar lud Detective Peter Cox Jack Beaumont zum Verhör vor, und am nächsten Tag wurde Mordanklage gegen den Amerikaner erhoben.

Bei der Gerichtsanhörung sprach sich der Staatsanwalt gegen eine Freilassung auf Kaution aus, doch der Richter hatte ein offenes Ohr für die Argumente, die Jacks Anwalt vorbrachte, und setzte die Kaution auf Schwindel erregende fünfzigtausend Pfund fest. Jack musste seinen Pass abgeben und verpflichtete sich, dreimal in der Woche auf der Wache in Rose Bay vorstellig zu werden. Der Verhandlungstermin wurde für die erste Aprilwoche festgesetzt.

Weder Detektive Cox noch Jack noch den von seinem Anwalt angeheuerten Privatdetektiven war es gelungen, Alfie Fredericks zu finden. Der Mann hatte sich in Luft aufgelöst. Genau wie Eddies Rolls.

Laura saß an ihrem Schreibtisch, das Gesicht in die Hände gestützt, die Augen geschlossen. Sie hatte das Gefühl, in einem endlosen Albtraum zu leben, weil alles mit jedem Tag schlimmer wurde.

Die Tatsache, dass man ihn zum zweiten Mal in seinem Leben des Mordes angeklagt hatte, hatte Jack in tiefe Frustration gestürzt. Zwar glaubte Laura nicht eine Sekunde lang an seine Schuld, und auch ihre Freundinnen blieben auf ihrer Seite. Kitty, Ruth, Mary Ellen und andere stellten sich gemeinsam hinter sie, während andere ihr die kalte Schulter zeigten. Sie beharrten darauf, dass sie sich weiter in der Öffentlichkeit zeigte, dass sie sich von den neugierigen Blicken und bösen Zungen nicht einschüchtern ließ.

Doch das war schwer gewesen. Jedes Mal, wenn sie durch ihr Geschäft ging, spürte sie die Blicke der Menschen auf sich, und ihr Alltag wurde zu einem endlosen emotionalen Spießrutenlauf.

Jack und sein Anwalt waren beide überzeugt, dass Alfie ihnen wertvolle Hinweise geben konnte; das Problem war nur, dass der ehemalige Jockey auch nach intensiver Suche nicht zu finden war. Er war an Eddies Todestag verschwunden und seitdem nicht wieder aufgetaucht. Der Anwalt hielt ihn für den Täter; Laura war anderer Meinung. Sie glaubte nicht, dass Alfie imstande war, jemanden zu ermorden, schon gar nicht Eddie.

Er war Eddie treu ergeben gewesen – sie hatte die Beziehung der beiden Männer oft merkwürdig gefunden – und wenn sie sich nicht völlig irrte, war er nicht imstande, seinem alten Freund etwas anzutun. Eine andere Möglichkeit war natürlich, dass ihm ebenfalls etwas zugestoßen war.

Laura öffnete die Augen und blickte auf ihre Schreibtischunterlage. Ihr starrte eine Zeitung entgegen. *Dreiecksbeziehung führt zu Mord* lautete die Schlagzeile.

Man musste Detective Cox lassen, dass er versucht hatte, die Presse aus der Sache herauszuhalten. Doch dummerweise hatte ein vorwitziger Journalist Wind von der Geschichte bekommen, und hier stand sie nun schwarz auf weiß. Alle Einzelheiten über Eddies Tod und Jacks Verhaftung, aufgeblasen, um die Sensationsgier einer Öffentlichkeit zu befriedigen, die sich brennend für das Privatleben Prominenter interessierte – und die Profitgier der Zeitungsverleger.

Das Telefon auf ihrem Schreibtisch klingelte, und sie war so nervös, dass sie erschrocken zusammenfuhr.

»Hier ist Frank. Wie geht es dir?«

»Ich lebe noch.« Laura wartete auf seine schadenfrohen Bemerkungen. Wie lange hatte er darauf gewartet, dass sie von ihrem Sockel stürzte. Nun war es geschehen, und ganz New South Wales wusste es.

»Ich dachte, du kannst vielleicht ein bisschen Aufmunterung brauchen. Ich würde dich gern mit Elsie und den Kindern besuchen. Nach dem Tee. Wäre das okay?«

»Ja. Natürlich.« Kein »Ich habe es ja immer gewusst.« Nichts!

»Laura, wir glauben übrigens kein Wort von dem, was der *Sydney Morning Herald* gedruckt hat. Die Zeitungen wühlen doch nur im Dreck.«

»Danke, Frank. Aber es stimmt teilweise. Das mit mir und

Jack – aber er hat Eddie nicht umgebracht, das schwöre ich bei meinem Leben.«

»Ich weiß. Die Polizisten sind Dummköpfe, wenn sie das glauben. Jack Beaumont ist in Ordnung. Leute, die sich Tapferkeitsmedaillen verdienen, begehen wohl kaum Morde.« Frank hielt inne und räusperte sich. »Du hattest ein ziemlich trauriges Leben mit Eddie. Früher war er ja ganz nett, aber seit seinem Unfall war er komisch. Ich kann es dir nicht verdenken, dass du glücklich sein möchtest, Schwesterherz. Du hast ein Recht darauf, genau wie alle anderen auch.«

Laura zog überrascht die Augenbrauen hoch und lächelte den Hörer an. Die Zeit, die Ehe und das Familienleben hatten Frank verändert.

»Es freut mich, dass du das denkst. Warum kommt ihr nicht schon zum Tee? Ich rufe Mrs Stacy an und bitte sie, für deine Meute einkaufen zu gehen.« Ihr Bruder hatte vier Jungen und ein Mädchen, die für ihren Appetit genauso berüchtigt waren wie für ihre Neugier – beides hatten sie von ihrem Vater geerbt.

»Ja. Okay.« Noch eine Pause. »Oh, und Laura, sag Jacks Staranwalt, dass einer meiner Fahrer meint, er hätte in Melbourne bei einem Gebrauchtwagenhändler einen Rolls gesehen. Er hatte ein Nummernschild aus New South Wales. Vielleicht sollte sich das jemand ansehen.«

»Danke. Ich sage es ihm. Bis später.«

Laura legte nachdenklich den Hörer auf. Sie war immer noch verblüfft. Noch nie war Frank so... freundlich zu ihr gewesen. Als ob er Verständnis für ihre verzweifelte Lage hätte.

Schließlich war es Franks Mitgefühl, nicht die Zeitungsschlagzeile, das zu viel für sie war. Zum Teufel mit Make-up und Mascara, dachte sie, und gab sich für die nächsten zehn Minuten ihren Tränen hin.

Alfie Fredericks saß auf einem Gartenstuhl auf der Veranda seines Verstecks in den rauen Bergen südlich von Tumut. Ein selbstzufriedenes Lächeln kräuselte seine Lippen und ließ sein vom Wetter gegerbtes Gesicht weicher wirken. Er hob seine Bierflasche und prostete sich selbst wortlos zu. Er hatte es geschafft! Es war nicht einfach gewesen. Himmel, es war einen Monat her, und immer noch hatte er jede Nacht Albträume, wenn er daran dachte.

Er blickte auf die Zeitung, die er auf die Veranda fallen lassen hatte. Sie war eine Woche alt. Die *Sun* und der *Herald* waren über Laura Ashworth und Jack Beaumont hergefallen. Eddie hätte sich gefreut. Er trank noch einen Schluck Bier und genoss den Malzgeschmack in seiner Kehle.

Einen Monat musste er noch stillhalten, dann konnte er los. Nach Norden, so weit er wollte. Bei dem Gedanken an die fünftausendvierhundertdreißig Pfund in der alten Keksdose auf dem handgeschnitzten Kaminsims wurde sein Lächeln breiter. Genug für einen Neuanfang. Hitze machte ihm nichts aus, vielleicht würde er also nach Townsville oder sogar nach Cairns ziehen.

Ein langer Seufzer entwich seinen Lippen. Wohin er auch ging, ohne seinen Kumpel wäre es nicht dasselbe. Armer Eddie. Er wäre gern zu Beaumonts Prozess gegangen und hätte sich davon überzeugt, dass der bekam, was er verdiente, aber es war zu riskant. Je weiter er sich davon fernhielt, desto besser.

Mit seinem krummen Zeigefinger wischte er sich den Schweiß von der Oberlippe. Es würde heute heiß werden, mindestens dreißig Grad im Schatten. Er ließ den Blick über den Busch wandern. Jenseits der Lichtung wuchsen Eukalyptusbäume und einzelne Koniferen. In der Ferne grasten ein paar Wildpferde. Sein Mund zuckte, als er daran dachte, wie er reiten gelernt hatte – beim Wildpferdefang.

Sein melancholisches Lächeln verwandelte sich in ein breites Grinsen. Solche Drecksarbeiten hatte er nicht mehr nötig. Dank der Ashworths hatte er jetzt ein hübsches Startkapital. Vielleicht würde er ein bisschen Land kaufen und Pferde züchten. Manchmal hatte er mit Eddie davon gesprochen, das gemeinsam zu tun. Nun, das war so jetzt nicht mehr möglich, aber es war immer noch eine Überlegung wert...

30

Laura und Caroline warteten an der Treppe von St. Brigid darauf, dass die Besucher der vorigen Messe die Kirche verließen.

So viele Jahre, dachte Laura. Es war so viel geschehen, seit sie diese Kirche zuletzt betreten hatte. Es kam ihr fast vor, als wäre es in einem anderen Leben gewesen.

»Hier bist du als kleines Mädchen zur Kirche gegangen?«, fragte Caroline. Sie zupfte ihre Mutter am Ärmel, um sie zum Eintreten zu ermuntern.

»Ja, Schätzchen. Das hier ist ein sehr erinnerungsträchtiger Ort.« Dieser schreckliche Ostersonntag, an dem sie fast gestorben wäre. Alex. Ihre Eltern. All diese Beerdigungen!

In der Kirche setzten sie sich auf eine Bank in der Mitte, und dann ließ Laura den Blick durch den Innenraum schweifen. Er hatte sich kaum verändert, abgesehen von einem neuen Anstrich.

Sie wusste nicht, warum sie sich von Caroline zu diesem sonntäglichen Kirchgang hatte überreden lassen. Sie ging kaum noch zur Messe, nicht einmal an Feiertagen. Jahrelang hatte sie die Kirche verachtet, und dann konnte sie sich damit herausreden, dass sie eine viel beschäftigte Geschäftsfrau war.

Sie kniete sich hin. Es war unmöglich, die neugierigen Blicke zu ignorieren, das Gemurmel hinter vorgehaltener Hand, als sie von einzelnen Gemeindemitgliedern erkannt wurde.

Wochenlang waren die Klatschspalten und sogar das Fernsehen voll von Geschichten über sie und Jack gewesen. Doch es hatte keinen Zweck, den Medien aus dem Weg zu gehen. Ihre Mutter hätte gesagt, dass es das Beste war, ihnen gegenüberzutreten, also hatte sie das getan. Es hatte viele peinliche Situationen im Geschäft oder auf der Straße gegeben und neugierige oder böse Anrufe. Doch sie hatte sich mit der traurigen Berühmtheit abgefunden, weil ihr klar war, dass bald der nächste Skandal die Öffentlichkeit fesseln würde und sie und Jack in Vergessenheit geraten würden. Schnee von gestern.

Als das erste Lied einsetzte, musste sie lächeln, denn sie erkannte Vater O'Grady am Altar. Himmel, er musste mindestens fünfundsechzig sein. Im Verlauf des Messrituals spürte Laura, wie sie sich entspannte und sich ein Gefühl des Friedens in ihr ausbreitete.

Eigentlich war das unlogisch, denn ihre Nerven waren zum Zerreißen gespannt. Jacks Prozess war auf Anfang Juni vertagt worden, und es war ihnen immer noch nicht gelungen, Alfie Fredericks ausfindig zu machen. Warum sollte sie also Frieden verspüren, nur weil sie in der Kirche war?

In der Stille der Kirche kam ihr plötzlich eine Erinnerung. Vor all diesen Jahren … warum war sie vom Rand des Abgrunds zurückgekehrt? Hin und wieder fragte sie sich das. Ihr Leben war kein Traum gewesen, das stand fest. Alex'

Tod, ihre Mutter, ihr Vater. Und Mike, der ihr immer noch fehlte. Was wohl aus ihm geworden wäre?

Sie senkte den Kopf, um ihre gefalteten Hände zu betrachten. Vielleicht war damals, als sie so krank gewesen war, ihre Zeit einfach noch nicht gekommen gewesen. Vielleicht war sie gerettet worden, um das zu vollbringen, was sie geschafft hatte, und um sich in Jack zu verlieben.

Während die Gemeinde auf Latein und auf Englisch sang, dachte sie über ihre Ehe nach, über Jack und über die schwierige Situation, in der sie jetzt steckten. Sie wäre nie ganz frei von Schuld, weil sie nicht in der Lage gewesen war, Eddie so zu lieben, wie er sie geliebt hatte. Vielleicht, und bei dieser Möglichkeit fühlte sie sich sehr beklommen, war sie ja durch ihre Unfähigkeit, Zuneigung zu ihrem Mann zu empfinden, dafür verantwortlich, dass er immer tiefer gesunken war.

Doch sie hatte kein schlechtes Gewissen, weil sie Jack liebte. Er und Caroline waren ihr Leben.

Als Vater O'Grady die Hostie hob, blickte sie zum Altar auf und begriff mit großer Klarheit, dass jedes Warum und jedes Problem Gottes Wille war. Das sollte sie einfach akzeptieren. Ja. Mit diesem Gedanken durchströmten sie neue Kraft und neue Gelassenheit. Sie nahm das Gefühl fraglos hin und wusste, dass es sie stark machen würde.

Während des Schlusslieds hob sie trotzig das Kinn, und während der Gesang der Gemeinde anschwoll, beschloss sie im Stillen, alles in ihrer Macht Stehende zu tun, um Jacks Unschuld zu beweisen. Blieb nur noch die Frage, wie.

Als Jack sie am selben Abend anrief, um ihr zu sagen, dass Alfie wahrscheinlich gesichtet worden war, konnte Laura kaum glauben, dass ihre Gebete so schnell erhört worden waren. Jack erzählte ihr, dass die Detektive akribisch alles über Alfies Leben in Erfahrung gebracht hatten, von seiner Geburt in Tumut bis heute.

Dort, in Tumut, hatte sich jemand im Gemischtwarenladen nach den Fredericks' erkundigt und erfahren, dass Alfies Eltern Pioniere gewesen waren und eine Hütte in den Bergen besaßen und dass vor kurzem ein Mann, auf den Alfies Beschreibung passte, in der Ortschaft Vorräte gekauft hatte.

Das war alles, was Jack wissen musste. Am Montagmorgen würde er gleich nach seinem üblichen Stelldichein bei der Polizei nach Tumut fahren. Laura drängte ihn, jemanden mitzunehmen, der als Zeuge fungieren konnte, Lou oder Jeffrey Markham, und er hatte ihr widerstrebend zugestimmt.

Allerdings war er alles andere als begeistert, als er seinem Reisebegleiter am nächsten Tag gegenüberstand – Detective Peter Cox. Laura hatte den Polizisten angefleht, Jack im Namen der Gerechtigkeit zu begleiten.

Während sie dann die staubige Sommerlandschaft durchquerten, schüttelte Cox verwundert den Kopf, denn er konnte nicht genau sagen, wie Laura Ashworth ihn dazu überredet hatte, Beaumont zu begleiten. Vielleicht waren es die Tränen gewesen, die in ihrer Stimme mitgeklungen hatten, oder der subtile Appell an seine sanftere Seite, die er normalerweise in der Öffentlichkeit nicht zeigte. Andererseits konnte er ja auch nicht viel verlieren. Wenn Jack Beaumont unschuldig wäre, musste Alfie der Täter sein. So konnte er nur gewinnen.

Sie hielten in Goulburn an, um eine Tasse Tee zu trinken, und als sie in Gundagai zu Mittag aßen, duzten sie sich schon. Obwohl Peter die Beweislage gegen Beaumont immer noch überzeugend fand, wurde ihm der Mann langsam sympathisch. Dennoch hatte er nicht vor, sich dadurch bei der Ausübung seiner Pflicht beeinflussen zu lassen.

Als Jacks Auto, ein neuer Lincoln Continental, um halb drei in Tumut eintraf, waren die Männer fast sieben Stunden unterwegs. Ihr erster Halt war der Gemischtwarenladen. Der Laden war ein Überbleibsel aus einer anderen Zeit; das Angebot reichte von Konserven und frischem Obst und Gemüse bis hin zu Werkzeug, Kleidung und Gegenständen des Alltags auf dem Land.

Der Besitzer, ein wortkarger Mann, der sein ganzes Leben in Tumut verbracht hatte, erinnerte sich an Alfie. Erst nachdem sie einen Beutel Obst und zwei Flaschen Limonade gekauft hatten, beschrieb er ihnen missmutig den Weg zu Fredericks' Hütte.

Dazu mussten sie die Asphaltstraße verlassen, und Jack war wenig angetan davon, wie sein fast neuer Wagen über die Furchen und Schlaglöcher rumpelte. Der Nachmittag war drückend heiß. Kein Lufthauch bewegte die Bäume oder das vergilbte Gras, das sich meilenweit um sie herum erstreckte. Sie folgten der gewundenen Straße bergauf. Manchmal folgte sie einem Bachlauf, manchmal durchquerte sie eine Farm, was bedeutete, dass Peter aussteigen, ein Gatter öffnen und schließen und wieder einsteigen musste.

»Wie viele Meilen hat dieser Kerl gesagt?«, fragte Peter säuerlich, als er das dritte Gatter öffnete.

»Vier? Sechs? Ich glaube, sieben haben wir schon«, erwiderte Jack und blickte auf den Tachometer. »Wahrscheinlich hat er *Land*meilen gemeint.«

Hinter der nächsten Kurve wurde die Straße gerade, und sie sahen eine Holzhütte. Schon aus der Entfernung konnten sie sehen, dass das Gebäude heruntergekommen und in Schieflage geraten war. Eine dünne Rauchsäule stieg aus dem Schornstein in den blauen Himmel auf, und an der Hauswand stand ein Motorrad mit Seitenwagen im Schatten.

»Das muss es sein«, sagte Jack triumphierend.

»Ja«, pflichtete ihm Peter kopfnickend bei.

»Hör zu, lass uns hier halten und zu Fuß gehen. Er soll keine Gelegenheit zum Weglaufen bekommen, weil er vielleicht den Motor hört.«

Jack nickte. Sie waren ihrem Ziel zu nahe gekommen, um es jetzt noch zu verlieren. Er vertraute darauf, dass Peter Cox ein fähiger Polizist war. Zumindest hatte er eine überzeugende Anklage gegen ihn formuliert; wenn sie Alfie jetzt die Wahrheit nicht entringen konnten, hatte Jack keine Chance mehr davonzukommen.

»Lass mich die Fragen stellen«, schlug Peter vor. »Alfie ist schon ein paar Mal wegen Unregelmäßigkeiten auf der Rennbahn mit dem Gesetz in Konflikt geraten. Ich werde ihm wahrscheinlich mehr Kopfzerbrechen bereiten als du.« Obwohl er sich da nicht so sicher war.

Jack Beaumont war willensstark und zäh, und aus der sturen Haltung seines Kinns schloss Peter, dass der Amerikaner alles daransetzen würde, ein Ergebnis zu erzielen. Vielleicht *sollte* Alfie mehr Angst vor Beaumont haben als vor ihm!

Jack zog die Augenbrauen hoch. »Meinst du? Ich bin doch der Pechvogel, der hinter Gittern landet, wenn ich meine Unschuld nicht beweise. Was habe ich zu verlieren?«

Jetzt nickte Peter zur Bestätigung mit dem Kopf.

Es war ihr Pech, dass Alfie, der in der Hütte ein Nickerchen gemacht hatte, in diesem Moment aufwachte und an die Tür trat, um nach dem Wetter zu sehen. Als er die beiden kräftigen Männer – der eine war Beaumont, der andere musste ein Bulle sein – erblickte, verfiel er in Panik. Er schob sich die Hosenträger über die nackten Schultern und sprintete zur Hintertür hinaus.

Alfie kannte die Gegend rings um die Hütte wie seine

Westentasche und war sich sicher, dass er die beiden Männer abhängen konnte, vor allem, weil der eine – der Polizist – etwas übergewichtig zu sein schien. Jack Beaumont. Himmel, nur fort von ihm. Er hatte in der Zeitung von seiner Verurteilung in Amerika gelesen. Der Mann war ein ehemaliger Gangster, zum Kuckuck … Er war zu allem imstande.

Der schmächtige Mann rannte wie noch nie in seinem Leben und vergaß, dass er humpelte – der Tritt eines unwilligen Rennpferds –, vergaß das Keuchen seiner tabakgeschädigten Lungen, vergaß den heißen, staubigen Nachmittag. Flucht war alles, woran er dachte, und er wusste, dass er sie abschütteln konnte, wenn er das Felsenkliff mit den Höhlen erreichte.

Jack blinzelte in die Sonne und wischte sich den Schweiß von der Stirn. In diesem Moment sah er eine Bewegung neben der Hütte.

»Verdammt, er hat uns gesehen«, brüllte er und rannte los. Er hörte, wie Cox hinter ihm zur Bestätigung grunzte und dann ebenfalls loslief.

Alfie Fredericks hatte nicht damit gerechnet, wie verzweifelt Jack Beaumont war.

Jack war dem schmächtigen Mann zwar näher gekommen, aber langsam ging ihm die Puste aus. Er konnte sein Herz gegen seine Rippen hämmern spüren, und sein Atem ging keuchend. Er musste Alfie auf den nächsten zwanzig Metern erwischen, bevor er nicht mehr konnte. Drei Meter. Zwei Meter.

Alfie stolperte über einen Stein. Er ging zwar nicht zu Boden, taumelte aber, sodass sich Jack auf ihn stürzen konnte. Er packte ihn an den Knöcheln, warf ihn krachend hin und hielt ihn fest, obwohl Alfie verzweifelt um sich trat.

»Lass mich los, du Mistkerl«, brüllte Alfie. Er wand sich hin und her, doch Beaumont ließ sich nicht abschütteln.

Peter Cox kam keuchend bei den beiden am Boden liegenden Männern an.

»Ich bin beeindruckt, Beaumont. Ich dachte, er würde entwischen.«

Jack holte tief Luft. Dann hob er sein mit Schmutz verschmiertes Gesicht und grinste.

»Das wäre er auch fast. Noch ein paar Meter, und ich hätte ihn verloren.«

Peter packte Alfie am Arm und zog ihn hoch.

»Kommen Sie, alter Knabe, ich habe ein paar Fragen an Sie.« Er wies sich mit seiner Dienstmarke aus.

»Wie wäre es, wenn du jetzt den Wagen holst?«, schlug Peter Jack vor, während sie zur Hütte zurückmarschierten. »Ich finde, jetzt haben wir uns etwas zu trinken verdient, meinst du nicht?«

»Haben Sie Bier dabei?«, fragte Alfie, und sein Blick huschte zwischen den Männern hin und her. Sie waren beide kräftige Kerle, die ihn zu Brei schlagen konnten, wenn ihnen danach zumute war. Besser, wenn er sie nicht verärgerte.

»Nein. Aber es wartet jede Menge Bier im Ort auf Sie, wenn Sie uns erzählt haben, was wir wissen wollen.«

Peter stieß Alfie auf einen der alten Stühle im Inneren der Hütte und wartete auf Jack, bevor er seine Fragen stellte. Jack kam mit einer Flasche und zwei Thermosbechern herein. Er goss beide Becher voll und reichte ihm einen.

»Sie stecken ziemlich in der Klemme, Alfie. Sie haben einen gestohlenen Rolls Royce verkauft. Ich wette, Sie haben das Geld zum Großteil noch irgendwo versteckt.«

»Ich habe das Auto nicht gestohlen. Es hat Eddie gehört, und er hat es mir geschenkt. Er hat die Papiere ganz offiziell auf mich eingetragen.«

Das wusste Peter schon von seinen Nachforschungen in

Melbourne, doch er hatte nicht vor, es sich anmerken zu lassen.

»Schön und gut, aber darauf habe ich nur Ihr Wort. Vielleicht haben Sie ja seine Unterschrift auf den Papieren gefälscht.«

»Nein, ehrlich nicht.«

»Sie wissen doch, dass Edward Ashworth tot ist, oder?«, fragte Peter. »Vielleicht haben Sie sich ja mit Ashworth gestritten, ihn umgebracht, und dann haben Sie das Haus in Brand gesteckt, um die Tat zu vertuschen.« Er sah Jack verschwörerisch an. »Wenn mit dem Rolls alles in Ordnung war, warum haben Sie ihn dann nach Melbourne gefahren, um ihn zu verkaufen? Ja«, er rieb sich das Kinn, »ich glaube, das ergäbe eine handfeste Anklage wegen Diebstahls und Mordes. Wenn ich es darauf anlege.«

Alfie sah die beiden Männer an. Die Härte in ihren Augen ließ ihn erzittern.

»Nein, ich bin es nicht gewesen. Eddie hat mir gesagt, ich sollte den Rolls in Melbourne verkaufen, weil ich dort mehr dafür bekommen würde. Er war mein Freund. Mein bester Freund.« Er wies auf Jack. »Er hat es getan. So stand es in der Zeitung. Er hat Eddie umgebracht, weil er Mrs Ashworth haben wollte.«

Jack trat einen Schritt auf ihn zu, und er machte sich auf dem Stuhl klein.

»Sie werden doch nicht zulassen, dass er mir etwas antut, oder, Mr Cox?«

Ohne Jack anzusehen, sagte Peter Cox leise: »Das kommt ganz darauf an. Wissen Sie, Alfie, ich habe nachgerechnet. Wer auch immer Ashworth den Alkohol und die Schlaftabletten verabreicht oder ihn gezwungen hat, sie zu nehmen, muss mehrere Stunden bei ihm gewesen sein, bis sie wirkten. Für einen Teil dieser Zeit hat Mr Beaumont ein Alibi.«

»In der Z-zeitung stand aber …«

Peter sah ihn kopfschüttelnd an.

»Alfie, Sie sollten nicht alles glauben, was Sie in der Zeitung lesen. So, jetzt kommen wir zur Sache. Man hat gesehen, wie Sie das Haus der Ashworths um Viertel vor sieben betreten haben. Mrs King hat Sie gesehen, als sie auf den Bus gewartet hat. Ein Nachbar hat bezeugt, dass Sie gegen elf wieder gefahren sind. Da Sie also den Rolls hatten und ihn später verkauft haben, muss ich davon ausgehen, dass Sie fast vier Stunden dort gewesen sind. *Sie* hatten die Gelegenheit, das Verbrechen zu begehen, und das Motiv: den Rolls. Was haben Sie und Mr Ashworth während dieser Zeit gemacht, Alfie?«

»Nichts. Wir haben gar nichts gemacht. Eddie hat ein paar Gläser Whisky getrunken, ich ein paar Flaschen Bier. Wir …« Seine grauen Augen huschten von einem Mann zum anderen, und die Angst kroch ihm über den Rücken. »Wir … haben ferngesehen.«

»Haben Sie Mr Ashworth zu Bett gebracht, bevor Sie gefahren sind?«

»Ähm …« Alfie runzelte die Stirn. »Ich weiß es nicht mehr. Eddie konnte schließlich selbst ins Bett gehen.«

»Davon gehe ich aus, aber in diesem Fall wäre es schwierig gewesen. Sein Rollstuhl stand im Flur. Oder haben Sie ihn dort hingestellt, weil Sie wussten, dass Ashworth nicht mehr in der Lage wäre, ihn zu erreichen, wenn es einmal brannte?«

Jack bemühte sich um Geduld. Am liebsten hätte er die Wahrheit aus dem kleinen Mistkerl herausgeschüttelt oder -geprügelt. Alfie schwitzte am ganzen Körper, und er konnte den Blick keine Sekunde stillhalten. Der Mann log ganz eindeutig.

»Nein. Davon weiß ich nichts. Ehrlich.«

Peter trank einen großen Schluck aus dem Becher, den Jack ihm eingeschenkt hatte. Er schmatzte betont mit den Lippen und sah dann zu, wie Alfie sich den trockenen Mund leckte.

»Es ist verdammt heiß. Ich würde auch gern etwas trinken.«

»Das müssen Sie sich erst verdienen, Alfie«, sagte Jack und trank ebenfalls einen Schluck von seiner kühlen Limonade.

»Was macht er eigentlich hier?«, fragte Alfie hasserfüllt. »Er sollte im Gefängnis sitzen.«

»Mr Beaumont wird nicht ins Gefängnis kommen, Alfie. Wir haben neues Beweismaterial gefunden, das den Verdacht gegen Mr Beaumont entkräftet.«

Jack wandte sich ab, um sich seine Überraschung nicht anmerken zu lassen. Er gab vor, das Innenleben der Hütte zu studieren – nicht, dass es hier viel zu studieren gab. Die groben Holzwände waren mit alten Zeitungen tapeziert; das Mobiliar bestand aus einem Bett, einem Tisch und vier Stühlen, einer Kommode, einem Schrank und einer Reihe alter Fotos.

»Aber … das ist unmöglich. Er ist schuldig.« Plötzlich wurde Alfie nervös. Er sprang auf und ging hin und her. Eddie hatte doch gesagt, der Plan wäre narrensicher!

»Sie sind ein viel besserer Kandidat für das Gefängnis als Mr Beaumont. Sie hatten die Gelegenheit. Sie hatten ein Motiv – Habgier. Sie wollten Mr Ashworths Auto. Ich habe Zeugen, die Sie beim Betreten und Verlassen des Hauses gesehen haben. Was sagen Sie dazu, Alfie?«

Alles ging schief. Das war nicht geplant gewesen … Eddie hatte es versprochen.

»Aber ich habe nichts getan. Wirklich.«

Peter Cox zog ein Paar Handschellen aus seiner hinteren Hosentasche.

»Sie haben mich nicht überzeugt. Wenn ich mich hier umsehe und den Kaufpreis des Rolls finde, habe ich Sie am Wickel.« Er achtete auf Alfies Reaktion bei diesen Worten. Der Blick des Mannes huschte geradewegs zu der Keksdose auf dem Kaminsims.

»Ich hätte gern ein Plätzchen. Was haben wir denn hier?«

Bevor Alfie es verhindern konnte, hatte Peter nach der Dose gegriffen. Er öffnete sie und sah ein Bündel Geldscheine. Grinsend zeigte er Jack seinen Fund.

»Grün. Hübsche Farbe, wenn auch nicht besonders schmackhaft.« Er klapperte mit den Handschellen, dann legte er sie Alfie an.

»Ich war es nicht. Das schwöre ich«, protestierte der Jockey. Er zitterte jetzt vor Angst vor dem, was die Zukunft ihm bringen mochte.

»Dann sagen Sie mir doch, wer es war.«

»Ich könnte ihn ein bisschen bearbeiten«, schlug Jack vor und rammte seine Faust in die offene Handfläche. »Es gibt diverse Möglichkeiten, einem Menschen Schmerzen zuzufügen, ohne dass es ihm anzusehen ist.« Mit einem boshaften Grinsen fügte er hinzu: »Es bleibt nicht einmal ein blauer Fleck zurück.«

»*Nein*!«, schrie Alfie.

Peter schaute auf seine Armbanduhr. »Ich muss noch kurz pinkeln, dann fahren wir.«

»Nein, bitte. Lassen Sie mich nicht mit Beaumont allein.«

Peter zuckte mit den Achseln. »Tut mit leid, der Ruf der Natur.«

»Schon gut, *schon gut*. Ich sage es Ihnen.«

Jack und Peter wechselten einen Blick.

»Setzen Sie sich«, befahl Peter und setzte sich dann Alfie gegenüber auf einen der wackeligen Stühle. Er öffnete sein Notizbuch und sah den ehemaligen Jockey erwartungsvoll an.

»Ich warte.«

»Eddie Ashworths Tod war kein Mord, es ...« Alfie blickte von einem Mann zum anderen und schluckte. »Es war Selbstmord.«

»Selbstmord!« Jack pfiff durch die Zähne, dann setzte auch er sich an den alten Tisch. Darauf wäre er im Leben nicht gekommen.

»Das erklären Sie uns besser, Alfie.«

Alfie, der panische Angst vor dem Gefängnis hatte, begann, ihnen Eddies Plan darzulegen.

Eddie hatte kurz vor Weihnachten erfahren, dass er Darmkrebs hatte. Ein Spezialist im Krankenhaus hatte ihm eröffnet, dass der Krebs unheilbar war. Eddie erinnerte sich daran, dass sein Onkel daran gestorben war, als er noch ein Jugendlicher war. Er hatte sich geschworen, sich eher umzubringen, als einen solch langsamen, qualvollen Tod zu sterben.

Als er erfuhr, dass Laura vorhatte, Jack zu heiraten, hatte er daher voller Rachsucht beschlossen, das Beste aus seinem Tod zu machen. Er würde ihn wie Mord aussehen lassen und falsche Spuren legen, die auf Jack hindeuteten. Er wählte den Brand, damit der Verdacht der Polizei auf Jack fiel, Alfie sollte Fotos machen, die Laura und Jack zusammen zeigten, und sie der Polizei schicken, um ihr ein Motiv für Jack zu liefern.

Doch dazu hatte Eddie Hilfe benötigt, und das war Alfies Part gewesen. Da er im Krieg in einer Munitionsfabrik gearbeitet hatte, kannte er sich mit Brandsätzen aus. Er hatte Alfie eine Zündschnur kaufen und in eine Benzinflasche stecken lassen.

An dem besagten Abend hatte sich Eddie betrunken und über zwanzig Schlaftabletten genommen – eine tödliche Dosis. Nachdem er ins Koma gefallen war, hatte Alfie die

Aufgaben erledigt, die Eddie ihm gestellt hatte. Zuerst hatte er von außen einen Stein in das Schlafzimmerfenster geworfen, damit es so aussah, als hätte jemand einen Molotowcocktail geworfen. Alfie hatte dafür gesorgt, dass sich das Feuer rasch in Eddies Schlafzimmer ausbreitete, nachdem er sich überzeugt hatte, dass Eddie tot war. Er hatte die Whiskyflasche mit dem Benzin dort platziert, noch mehr Benzin im Zimmer verschüttet und dann den Rollstuhl fortgeschoben, um Verdacht zu erregen. Schließlich hatte er die Zündschnur bis zur Hintertür ausgelegt und sie angezündet. Dann hatte er sich mit dem Rolls davongemacht.

»Mein Gott, etwas so Barbarisches habe ich ja noch nie gehört! Was hat ihn nur dazu getrieben?«, fragte Jack schockiert. So etwas konnte nur ein Wahnsinniger tun.

»Ashworth war völlig besessen davon, sich an euch zu rächen«, vermutete Peter. »Er wusste, dass er bald sterben würde und du dann die Frau bekommen würdest, die er liebte oder zumindest einmal geliebt hatte. Er hat gehofft, euch beide für immer leiden zu lassen.«

»Der arme Kerl«, schluchzte Alfie. »Eddie hatte solche Schmerzen durch den Krebs. Manchmal konnte er nicht mehr klar denken.« Er sah die beiden Männer an. »Es war furchtbar für mich, das tun zu müssen. Zuzusehen, wie sich seine Atmung verlangsamte, bis sie aufgehört hat. Ich musste es Eddie versprechen. Es… es war vielleicht nicht richtig, aber ich habe Eddie geliebt wie einen Bruder. Ich hätte alles für ihn getan. Er… er hat mir gesagt, der Plan wäre narrensicher.«

»Ach ja? Es ist eine Straftat, jemandem beim Selbstmord zu helfen. Die Höchststrafe dafür sind, glaube ich, fünf Jahre«, teilte Peter Alfie mit.

»Aber… aber ich habe doch nur einem Freund geholfen. Ich wollte es ja gar nicht, er hat mich mehr oder weniger gezwungen«, jammerte Alfie.

»Nun ja. Immerhin haben Sie es sich von der Seele geredet, Alfie, daher wird das Gericht vielleicht nicht so streng sein«, sagte Peter. Der alte Schwächling tat ihm leid.

Jack schüttelte immer noch erstaunt über Alfies Enthüllungen den Kopf.

»Ich weiß gar nicht, wie ich Laura das sagen soll.« Er fuhr sich nervös mit der Hand durch das Haar. »Sie hat mit Sicherheit keine Ahnung davon, was für ein krankes Hirn Eddie hatte.«

Peter seufzte.

»Dir fällt schon etwas ein.« Er sah noch einmal auf seine Uhr, dann zur offenen Tür. Die Dämmerung hatte sich über das Land gelegt und verdunkelte das welke Gras. Ein Kakaduschwarm hatte sich auf den Zweigen eines gigantischen Gummibaums niedergelassen und beendete den Tag mit einer geräuschvollen Kakophonie.

»Besser, wenn wir aufbrechen. Alfie, packen Sie Ihre Sachen. Wir essen in Tumut eine Kleinigkeit und fahren dann nach Sydney zurück.«

Er sah Jack an. Dann grinste er breit und hielt ihm die Hand entgegen.

»Alfies Geständnis macht dich dann wohl zu einem freien Mann, Jack. Ich habe mich in dir geirrt.« Er zuckte mit den Achseln. »Gelegentlich kommt das vor.«

Jack schüttelte dem Polizisten fest die Hand.

»Danke.«

Im Strandhaus war es still. Laura hatte ferngesehen, jetzt saß sie allein auf dem Sofa und wartete.

Warum hatte sie nur noch nichts gehört? Hatten sie Alfie gefunden? Sie stand auf und trat ans Fenster, um in die Dunkelheit hinauszublicken. Sie konnte das Meer hören, das rastlos gegen die Klippen in der Nähe des Hauses brandete.

Die Vernunft gebot ihr, zu Bett zu gehen, doch sie konnte es nicht. Aber sie war auch nicht imstande, sich hinzusetzen und ihre Aktentasche zu öffnen, um einen Blick auf den Vorschlag zu werfen, den Derek ihr heute Nachmittag unterbreitet hatte.

Er hatte eine großartige Idee gehabt – eine Cocktailparty im *Silks*, bei der die neueste Mode aus Australien und Übersee präsentiert wurde. Es würden nur geladene Gäste kommen, und mit der richtigen Werbung konnte es …

Sie unterbrach ihren Gedankengang, weil sie Schritte an der Haustür hörte. Kittys elegante Wanduhr zeigte kurz nach Mitternacht an. Es klopfte sacht an das Buntglas der Haustür, dann sah sie den Umriss eines hochgewachsenen Mannes und eilte im Laufschritt darauf zu.

Sie riss die Tür auf, Jack stand davor. Er trug kein Jackett und hatte die Hemdsärmel aufgekrempelt und die Krawatte gelockert. Sie starrte ihn so lange an, bis er etwas sagte.

»Ich weiß, dass es spät ist … Ich hatte nicht gedacht, dass du noch auf bist, aber dann habe ich Licht gesehen und beschlossen …«

Weiter kam er nicht, denn sie warf sich in seine Arme und drückte ihn.

»Ich habe mir solche Sorgen gemacht«, sagte sie atemlos und fuhr dann anklagend fort: »Warum hast du nicht angerufen?«

»Peter und ich waren uns einig, dass wir so schnell wie möglich nach Sydney zurückwollten. Wir sind ohne Pause von Tumut aus durchgefahren. Darf ich ein paar Minuten hereinkommen?«

»Natürlich.«

Sie hätte ihn am liebsten mit Fragen bombardiert, aber sie kannte Jack gut genug, um zu wissen, dass er ihr alles erzählen würde, wenn er die Zeit für gekommen hielt. Sie versuchte, ihre Ungeduld zu zügeln, und setzte sich auf das Sofa. Er setzte sich zu ihr.

»Ich könnte etwas zu trinken gebrauchen...«

»Erst reden, dann trinken.«

Er grinste und küsste sie.

»Das wünsche ich mir schon den ganzen Tag und die halbe Nacht.« Er schlang die Arme um sie und zog sie dichter an sich.

»Jack! Bitte...«

Ihre Augen flehten ihn an, ihr alles zu erzählen, und mit einem gespielten Seufzer der Enttäuschung berichtete er ihr haargenau, was sich zugetragen hatte.

»Selbstmord...«, sagte Laura schließlich, als er ihr alles erzählt hatte. Es war so bizarr, dass sie es sich kaum vorstellen konnte. Nein, ihr wurde schlecht, wenn sie es sich vorstellte. Es klang wie ein Roman. O Gott, wie sehr musste Eddie sie und Jack gehasst haben, um sich so etwas auszudenken. Sie wusste jetzt, dass ihre Affäre mit Jack und ihre Heiratspläne ihren Mann schlimm getroffen hatten. Sie begann zu begreifen und konnte nicht mehr stillsitzen. Sie stand auf und ging im Zimmer hin und her.

»Ich habe gedacht, ich würde Eddie Ashworth kennen. Aber...« Sie hielt mit zitternder Stimme inne. »Ich kannte ihn überhaupt nicht.«

»Ich habe mich auf der Rückfahrt mit Peter über ihn unterhalten. Er war der Meinung, Eddie war nicht ganz bei Verstand. Er hat in den letzten Wochen ein Charakterprofil von Eddie erstellt, mitsamt seiner Wettsucht und seinen anderen Macken. Möglich, dass die Lähmung und die Arbeitslosigkeit zu seiner geistigen Instabilität beigetragen haben, genau wie seine Eifersucht auf deinen Erfolg... Die Krebsdiagnose hat ihm wahrscheinlich den Rest gegeben. Sie hat in ihm den Wunsch geweckt, uns so weh wie möglich zu tun. Und fast hätte er das auch geschafft.«

»Wenn ich nicht so viel bei *Ashworths* zu tun gehabt hätte, wäre mir aufgefallen, wie er sich verändert hat. Vielleicht hätte ich ihm dann irgendwie helfen können.«

»Das glaube ich nicht, Schatz.« Jack sah zu, wie sie stehen blieb, ein Wachposten am dunklen Fenster, ein schlanker, kerzengerader Umriss im Gegenlicht der Tischlampe. Sie hatte ihm den Rücken zugewandt, und er wusste, dass sie weinte. Er ließ ihr etwas Zeit, dann stand er auf und trat hinter sie.

»Es ist jetzt vorbei, Laura. Eddie ist tot. Lass ihn in Frieden ruhen und bedaure ihn einfach nur.« Er seufzte und verstummte dann. »Peter möchte, dass ich morgen auf die Wache komme. Er möchte eine Pressekonferenz geben, um zu erklären, dass der Fall abgeschlossen ist.«

»Will er alles öffentlich machen? Auch den Selbstmord? Das wäre furchtbar, vor allem für Maggie, Caroline und seine Familie.«

»Nein, Liebes, er wird nur sagen, dass neue Beweismittel aufgetaucht sind. Alfie wird mitspielen, weil ihn das vor dem Gefängnis bewahrt. Wir haben schon alles durchgesprochen.«

Sie wandte sich halb um und blickte zu ihm auf. »Wirklich?«

»Wirklich«, wiederholte er grinsend. Er legte die Arme um sie, drehte sie um und zog sie so fest an sich, dass sich ihre Wärme bis zu seiner Seele durchbrannte. Während er ihren blonden Scheitel küsste, spielte er in Gedanken noch einmal die letzten sechs Wochen durch. Es war eine schreckliche Zeit gewesen. Die Presse, die Anschuldigungen.

Doch er hatte darüber triumphiert, und jetzt konnte er seinen Lohn einstreichen. Laura Ashworth. Eine außergewöhnliche Frau. Das lange Warten war vorüber, er hatte ihr Herz erobert und bewahrt, er würde sie nie mehr loslassen.

Jack löste sich von ihr. Er legte die Hände um ihre Oberarme.

»Laura, du hast dir nichts vorzuwerfen, außer vielleicht, dass du ihn nicht lieben konntest. Und das ist nicht deine Schuld gewesen.« Er schüttelte sie sacht, um seine Worte zu unterstreichen. »Liebe lässt sich nicht erzwingen. Das haben schon viele Leute vergeblich versucht. Eddie ist ja nicht deinetwegen zum krankhaften Spieler oder Trinker geworden, das hatte er selbst zu verantworten. Der Unfall in Bondi war nicht deine Schuld, sondern Pech, und du bist mit Sicherheit nicht für seinen Krebs verantwortlich.«

Er schüttelte sie erneut.

»Du bist Eddie Ashworth so lange eine gute Ehefrau gewesen. Sogar als unsere Beziehung begonnen hat, hast du weiter gut für ihn gesorgt.«

»Ich habe ihm wehgetan. Es hat ihm wehgetan, dass ich ihn nicht lieben konnte. Ich weiß, was du sagst, klingt vernünftig und logisch, aber …«

»So musst du denken, Laura. Du wolltest ihm nicht wehtun. Wir haben uns nun einmal verliebt, und es war nur natürlich, dass Eddie dadurch verletzt wurde.« Er küsste sie sanft und überlegte verzweifelt, wie er ihren Schmerz lindern könnte. Seiner Meinung nach hatte sie sich wirklich nichts vorzuwerfen. Vielleicht konnte er sie ja auf andere Gedanken bringen.

»Wann wirst du mich heiraten?«, fragte er sie unvermittelt, und seine Stimme war rau vor Liebe. »Wir brauchen nicht zu warten. Alle Welt weiß von unserer Affäre. Wir haben halb New South Wales schockiert und die andere Hälfte amüsiert, warum sollen wir also das Trauerjahr abwarten?

Eine Hochzeit«, er grinste auf sie nieder, »würde den Leuten neuen Gesprächsstoff geben.«

»Wahrscheinlich ... hast du Recht«, stimmte sie ihm mit einem zögerlichen Lächeln zu. Sie hatten schon so lange gewartet ... und ganz plötzlich kam ihr noch ein anderer Gedanke. Sie war noch nicht zu alt für ein zweites Kind. Wenn Jack eins wollte.

»Gibst du mir dein Wort darauf?«, drängte er und drückte sie an sich.

»Absolut, mein Liebster.«

Sie schmolz in seinen Armen dahin und empfand tiefe Freude. Vor langer Zeit hatte er ihr Herz, ihren Verstand und ihre Seele gewonnen und war jahrelang ihre geheime Zuflucht gewesen.

Diesmal würden sie für immer zusammenbleiben.

Danksagung

Dieses Buch wurde von den Erzählungen meiner Mutter darüber inspiriert, wie ihre Familie die Jahre der Weltwirtschaftskrise und des Zweiten Weltkriegs überlebt hat. Aus diesen Geschichten ist die Figur der Laura McRae entstanden.

Meinen Dank an:

Selwa Anthony, Agentin der Extraklasse. Lorna Bruce-Clarke (meine Mutter). Meine Lektorinnen Julia Stiles, Linda Funnell und Roberta Ivers. Die Mitchell Library. Die Randwick and District Historical Society. Die Stadtbücherei von Rockdale City. Schwester Hilary vom Brigidine College, Randwick. Senior Constable Karen Davis vom New South Wales Police Department. Brett J. Gumbley für seine Auskünfte über Autos. Den Tuberkuloseverband von New South Wales. *Australia's Yesterdays*, herausgegeben von Reader's Digest.